【完全版】凌襲

結城 彩雨

フランス書院文庫X

【完全版】凌襲

もくじ

第一章　女教師の美肛――11
第二章　制服と白い臀丘――72
第三章　恐怖の全裸散策――134
第四章　白昼の兄嫁強奪――177
第五章　連続する肛肉姦――220
第六章　夜の恥虐教室――285
第七章　兄嫁交尾特訓――349
第八章　菊門の嬲辱鬼達――411
第九章　悪夢の裏孔拷問――474

第十章　屈辱の客室乗務――535
第十一章　アヌスの運搬人――599
第十二章　女教師哀艶ビデオ――660
第十三章　羞恥の御礼浣腸――723
第十四章　マッチ売りの人妻――783
第十五章　裸のホステス接待――845
第十六章　人妻催淫クリーム――906
第十七章　地下室の内診台――970
第十八章　四匹の美肉牝奴隷――1033

フランス書院文庫X

【完全版】凌襲

第一章　女教師の美肛

1

マージャンは今日も木田冷二の一人勝ちだった。新入生を相手にイカサマで金をせしめるなど、冷二にとっては簡単なことだ。

「八万もうけか。フフフ」

雀荘を出た冷二は、金をポケットに突っこむと、足早に駅へ向かった。結局今日も授業にまったく出ずに、朝から雀荘に入りびたりだった。

駅は夕方のラッシュアワーで、大変な混雑だった。

高校の時から痴漢癖のある冷二は、すぐに女を物色した。目をつけたのはミニスカートをはいたOLらしい女だった。

すぐ後ろにピタリと並び、さりげなく顔を覗くと、すごい美形だ。肩までのびて綺麗なウエーブのかかった黒髪、スラリとのびた両脚は太腿もムチムチと官能的で、ふくらはぎも形よく、足首は細く締まっている。

さすがの冷二も思わず見とれた。ふと、どこかで会ったことがあるような気がしたが、どうしても思いだせない。

快速電車が入ってきて、ドアが開いた。冷二は素早く女の腰に手をまわして抱き、後ろから押してくるのをいいことに、ちょうど連結部のドアに女を押しつけた。両手を双臀と下腹へすべりおろす。

「あ……」

女は狼狽して逃げようとしたが、ドッと乗りこんでくる乗客に、もう身動きすることすらできなかった。

いい身体してやがる……。

冷二は押される力にまかせて女に密着すると、ゆっくり双臀と下腹を撫でまわした。ムチムチとした肉づきが手のなかで弾む。特に双臀は冷二の嫌いなガードルを着けていず、形よく張った臀丘とその深い谷間までがはっきりと感じとれた。

女は冷二を睨んだが、冷二はニヤリと笑いかえした。あわてて目をそらす女に、狼狽ぶりが表われていた。

冷二は手をモゾモゾと動かしつつ、女の反応をうかがうように耳にフーッと熱い息を吹きかけた。ニヤニヤと女の顔も覗きこんだ。たちまちその綺麗な顔が赤くなっていくのがわかった。

美人ほど気どってて声も出せねえものさ。スカートのなかまで手を入れてくれって言ってるようなもんだぜ……。

勝手なことを思いつつ、冷二は下腹を撫でまわす手をさらにおろし、茂みのあたりをまさぐった。

女の腰が引けるようによじれる。そして女の神経が前の手に集中している間に、冷二は後ろ手でミニスカートをたくしあげにかかった。すぐに裾がずりあがってきて、パンティストッキングの太腿が指先に触れた。冷二は素早くミニスカートのなかへ手をすべりこませた。

女はさすがにハッとして、冷二の手を振り払おうとした。その手を逆に握ってやると、あわてて引っこませる。

こりゃいい尻してやがる。久しぶりの上等な肉だぜ……。

パンティとパンティストッキングの上から双臀をネチネチと撫でまわした。冷二は思わず舌なめずりが出た。なんとムチムチとした見事な肉づきか。豊かな肉づきでいてムチッと引き締まっている。

肉づきを味わうように臀丘に指先をくいこませたり、双臀の肉を下からすくい取るように押しあげたりして、揺さぶった。

女は腰をよじって避けようとはするものの、赤く染まった美貌は必死に平静さを装っている。

冷二は女のパンティと太腿の境目にそって指でなぞり、さらに臀丘の悩ましい曲線にそって指を這わせた。やたら触るのではなく、股間の中心へ向かって遠いほうから指をスーッと這い寄らせていく。

女の美貌がますます赤くなった。時折り耐えられないように腰をよじり、唇を噛みしめる。

今度は人差し指と中指とで肉の花園のあたりをさすり、親指で肛門のあたりをまさぐる。

「あっ……」

ビクッと女体が震え、臀丘の谷間がキュウッとすぼまった。平静を装っていた顔も目も伏せるようになり、うなだれている。

冷二は丹念に指先でこすり、ゆるゆると揉みこんだ。パンティとパンティストッキングの薄い布地の下に、どんな媚肉が隠され、どんな肛門が息づいているのかと思うと、ゾクゾクした。このところ痴漢行為にも飽き気味だった冷二だけに、こんな気分になったのは久しぶりだ。

たまんねえ。犯りてえ……。

満員電車のなかでレイプすることなどできないが、下着の上から触るだけでは、とても我慢できなかった。我れを忘れてパンティストッキングを脱がそうとしていた。

女は驚愕の目で冷二を見て、必死に腰をよじり、手を押さえつけてきた。それをかまわず、双臀の半ばまでパンティストッキングをずりさげた時、

「やめてください！」

こらえきれずに女が叫んだ。

いっせいにまわりの乗客が女を見、そして冷二を見た。ヤバいと思った時は遅かった。

「なんだ、痴漢か」

「つかまえて警察へ突きだしてやる」

そんな声が飛んだ。

冷二はあわてた。しかし、ちょうど電車が駅に着いて、おりる人ごみにまぎれて冷二は逃げた。危なかった。あと一分も遅かったら、つかまっていたかもしれない。

「ちくしょう」

冷二は腹立たしげに呟いた。

いつもそうだ。しょせん車内の痴漢行為では、パンティのなかまで手を入れられる

わけもない。ましてレイプなど不可能だ。ただ消化不良のあと味の悪さが残った。まして女がよかっただけに、冷二は未練とくやしさに、よけいに腹が立った。

苛々してマンションへ戻ると、入口で仲間の木戸と寺島が待っていた。

「遅いじゃねえか、冷二。さっそく六本木へナンパにいこうぜ」

「今度できたディスコ、いい女が集まってるって噂だからな」

寺島と木戸はニヤニヤと笑った。

冷二は二人に誘われていたことを思いだした。電車のなかでのことですっかり忘れていた。

「その気になれねえよ、今夜は。ナンパしても、引っかかるのはガキばかりだろうしよ」

いつもなら女遊びには真っ先に飛びだす冷二が、不機嫌に答えた。

寺島と木戸はけげんな表情をした。

「どうしたってんだ、冷二。最近変だぞ。この前だってせっかくナンパした女を、いきなりレイプしようとして騒がれてよ」

「レイプなんかしなくたって、たっぷり楽しめたってのに」

しつこく冷二を誘った寺島と木戸だったが、無駄とわかると諦めて、ブツブツ言いながら引きあげていった。

冷二は部屋へ入ると、冷蔵庫からビールを取りだしてあおった。

「レイプか……」

冷二は呟いた。

親からの仕送りはかなりあるし、イカサママージャンでの稼ぎもあって、冷二は金に不自由はしていない。これまでずいぶんと派手に遊びまわってきた。だが、このところなにをやっても面白くない。もうナンパはつまらない。ピンサロやホテトルで遊んでもすぐ飽きてしまうし、ＳＭクラブへも行ったが刺激はなかった。電車のなかでの痴漢も中途半端だ。

大学へも行かず、こんなふうにブラブラと遊びまわるようになって、もう何年になるのだろう。すべての歯車が狂いだしたのは、五年前のあの出来事からだ。電車のなかで痴漢行為をしてつかまりそうになったことが、冷二に五年前を思いださせた。

当時、冷二は無口でおとなしい高校生だった。所属していた空手部でも、いつも黙々と練習していたし、一人のことが多かった。

そんな冷二には、誰にも言えない秘密があった。バッグに隠しカメラをセットし、ラッシュの満員電車で狙いをつけた美人のスカートのなかを撮っては痴漢行為をし、そのあとをつけて女の部屋へ忍びこみ、下着を盗み集めるのだ。

その日、冷二が狙ったのは新婚の新妻だった。女の部屋へ忍び入り、パンティを盗んで出てきたところを運悪くその夫に見つかって、取り押さえられてしまった。

当然、下着ドロとして警察でさんざん油を絞られたあげく、高校は退学処分となった。実力者の父の力で二流の私立高へ編入、そのまま二流大学へ入れたものの、以来両親は冷二にマンションを与え、相当の仕送りをしてくるだけで、事実上は実家から追いだされたのも同じだった。

それからというもの、冷二は人が変わったように派手に遊びまくり、今ではプレイボーイを気どってはいるものの、チンピラ同然だった。

屈折した冷二の精神は、五年前から女を欲望のはけ口、いや、単なる肉としてしか見なくなった。特にこのところ、いやがる女を責め嬲って泣きわめかせてみたいという倒錯した欲望が湧きあがってきた。

そんな冷二に恋人などできるはずもなく、刺激を求める欲望は大きくなるばかりだ。

「電車での女、いい尻してやがったな。あんな女を思いっきりレイプしてみてえ」

ビールをあおって冷二は呟いた。

五年前のことを思いだし、冷二の思考はその時に狙った女たちから盗んだパンティに及んだ。

まだどこかにしまってあったはずだ。ゴソゴソと押入れをさがしはじめた冷二は、奥からダンボールの箱を取りだした。

箱を開けると、パンティがひとつずつビニール袋にていねいにしまってあった。ファイルもあり、それには女の名前と住所ごとに写真が整理されていた。

「こんなものに夢中になっていたとはな」

冷二はビニール袋のひとつからパンティを取りだした。洗濯篭のなかから盗んできたもので、パンティの裏地には小さなシミのあとがあった。それを鼻に持っていき、クンクンと嗅いだ。ほのかに女の匂いがする。

冷二の脳裡に、五年前にあとをつけた女たちの記憶がありありと甦った。ゾクゾクするほどいい女ばかりだ。冷二が遊んでいる女たちとは美しさでも上品さでも較べものにならない。

これだけいい女たちを、みすみす放っとく手はねえな。今からでも五年前のつづきをすりゃいいんだ。五年もすりゃ、もっと熟して綺麗になってるだろうからな……。

ファイルの写真を一枚一枚見ながら、そんな考えが冷二のなかで頭をもたげた。五年前は女を襲う勇気もなかったが、今なら度胸もついた。

ファイルのなかで最初に冷二の目がいったのは、やはり佐藤夏子だった。夏子の部屋へ盗みに入って出てきたところを、彼女の夫につかまった。夏子があまりに冷二好みの女で、二度も忍びこんだのが失敗だった。

「夏子か……お前には五年前のお礼まいりもかねて、特に念入りにあいさつをしてやらなくちゃな」

呟きながら、冷二は早くも声がうわずった。夏子への淫らな思いと復讐の気持ちが入りまじり、嗜虐の欲情が昂る。

初めて夏子を見た時の衝撃を、冷二は今でもはっきりと覚えている。色白のしたたるような美貌と、見事なまでのプロポーション。冷二は圧倒される思いで生唾を呑みこみ、胴震いがとまらなかった。一生に一度でいいから、こんな美人を抱いてみたい。そんな思いを胸に、恐るおそる電車のなかで夏子の双臀に触った。ムチムチと弾む肉に手が震えた。

そして、忍びこんだ夏子の家で、洗濯物のなかから小さな白いパンティをさがしだし、匂いを嗅いだだけで思わず精を漏らしてしまったくらいだ。

「夏子か……フフフ」

冷二はうわずった笑いをこぼして舌なめずりをした。

2

冷二の女たちへの追跡調査は、まず夏子からはじまった。

調査は思ったより簡単だった。五年前の住所はわかっている。そこへ行ったら引っ越していた。区役所で住民票を調べると、すぐに転居先はわかった。

夏子は冷二のところからふた駅ほど先に、新居をかまえていた。すでに幼稚園へ通う娘を一人もうけていた。

「そうか、ガキがいるのか」

冷二は五年の月日の流れを感じた。

車を夏子の家の近くにとめ、家のほうをうかがった。幼稚園へ行く子供がいるなら、昼すぎには子供を迎えにいくために夏子は出てくるはずだ。

冷二はじっと待った。

四十分もしただろうか、いかにも人妻らしい、しっとりした美女が出てきた。

冷二は思わずハッとした。まぎれもなく佐藤夏子だった。

妖しいばかりにととのった美貌と艶やかな黒髪。透き通るような白い肌。ワンピースの上からもわかる成熟した肢体。どこを取りあげても、人妻の色気がムンムンと匂う。

「また一段と綺麗になりやがったな。すげえ色気だ」

冷二はゴクリと生唾を呑みこんだ。

五年ぶりに見る夏子は、腰のあたりから太腿にかけて一段と脂がのり、胸のふくらみもぐっと大きくなっている。それがまた、いっそう妖しい色香を感じさせた。

夏子は今年三十歳になるはずだが、その妖しい色香は年の功ならではだろう。まさかこれほど色っぽくなっているとは、さすがに冷二も予測できなかった。

車をおりて夏子のあとをつけた。

スカートをはちきらんばかりの双臀の揺れが、冷二の目を吸い寄せる。ふくらはぎの白さもまぶしい。

「たまらねえ女だ」

冷二は思わず呟いた。

美しい夏子を素っ裸に剝いて縄で縛りあげ、美貌を羞恥で真っ赤に染めて身も世もなく泣き悶えさせてみたい。冷二の淫らな思いはふくれあがった。どんなふうにいたぶってやるか、考えるだけでもゾクゾクした。

待ってろよ、奥さん。今にそのムチムチの身体にたっぷりと仕置きしてやるからな。ひいひい泣きわめくほど嬲り抜いてやる……。

冷二は夏子の後ろ姿を見つめつつ、何度も胸のなかで呟いた。

ただ犯してしまうだけでは面白くない。あらゆる変態的な方法で女に生まれたことを後悔するほどに、こってりと責め嬲ってやるのだ。

そんなことを考えているうちに、幼稚園まで来てしまった。幼稚園の前は園児と迎えの母親とでごったがえしていた。そして夏子の美しさは、母親たちのなかでもひときわ輝いていた。他の女は冷二の目にまったく入らなかった。

目の大きな人形のように可愛い女の子が、夏子にかけ寄ってしがみつく。夏子はしゃがむと我が子を抱きしめて、可愛くてならないというように頬ずりした。

しゃがんだことで夏子のスカートの裾がずりあがり、白い太腿が半分近く剝きだしになった。

冷二は電柱の蔭から思わず身をのりだした。目が夏子の太腿に釘づけになった。

なんという官能的で妖しい肉づきをした太腿だろう。成熟した女の色気がムンムンと匂う。両膝がゆるんで内腿までがわずかに見える。その内腿の奥に隠された秘肉を思い、冷二はゴクリと喉を鳴らした。てのひらまでじっとりと汗ばむ。

「た、たまんねえ……」

冷二はすぐにでも飛びだしていって、夏子の内腿にしゃぶりつきたい衝動を必死にこらえた。

今日のところは夏子の様子をうかがうだけでいい。夏子を襲うのは責め具を買いそろえてからだ。それにどんなふうに夏子を責め嬲るかも、じっくりと考えておきたかった。

夏子を見つめながら、冷二は何度もそう自分に言いきかせた。五年前の失敗の二の舞をするわけにはいかない。

しばらく他の母親たちとおしゃべりをしていた夏子は、やがて子供と手をつないで家路についた。

冷二はまたあとをつけた。夏子の身体から目が離せない。それでも家まであとをつけて、ひとまず引きあげるつもりだった。

夏子は途中で子供に引っぱられて公園に入っていく。子供ははしゃいでブランコに乗ったり、スベリ台で遊びはじめた。ベンチに腰かけて子供を見守る夏子の目に、母親の慈愛があふれていた。

そんな夏子を冷二は植木の蔭からじっと見ていた。見れば見るほど夏子は美しく、官能美あふれる身体つきをしている。陽をいっぱいに受けて、夏子はキラキラと輝いて見えた。脚を組んだため、夏子の脚の美しさが際立った。

犯りてえ。あのムチムチの身体を思いきり責めてみてえ……。

メラメラと燃えあがる嗜虐の欲情に、冷二は胴震いした。冷静にならなければいけないと思うのだが、欲望に負けそうになる。

ふと夏子が立ちあがって歩きはじめた。公園の奥にあるトイレに向かっている。

夏子が小便をしにいく。そう思うと冷二は、もう欲望を抑えきれなかった。目を血走らせ、我れを忘れて夏子を追った。

公衆トイレに入った夏子が、一番端のドアを閉めるのが見えた。幸い他に入っている人もなく、あたりに人影もない。冷二は舌なめずりをして、夏子の入ったトイレのドアの前へ忍び寄った。床に這いつくばるようにして、ドアと床の間に顔をくっつけ、隙間からなかを覗きこんだ。

夏子のハイヒールをはいた足が、ふくらはぎの半ばほどまで見える。ガサガサと音がして、スカートがまくりあげられる気配がした。さらにパンティがずりさげられる気配に、冷二は思わず生唾を呑みこんで必死に覗こうとした。

パンティとパンティストッキングを膝に絡ませたまま、真っ白な双臀が沈んできた。夏子は覗かれていることに、まったく気づいていなかった。

なんという肌の白さだ。シミひとつなく、剝き卵のように艶やかだった。そして、ムチムチと豊満で妖しい肉づき。

冷二は息をつめて、くい入るように覗きこんだ。だが、夏子の脚が邪魔になって、もっとも秘めやかなところは見えない。どんなに目をこらしても、顔をずらして覗いても、見えそうで見えない。

冷二は焦り、苛立った。そのうちに、チョロチョロと清流が湧きでたと思うと、次第に勢いを増していく。それでも清流の源は見えなかった。

ちくしょう。こっちを向け。脚をどかしてはっきり見せるんだ……。

冷二は胸のうちで叫んだ。今日は夏子を見るだけでいい、襲うのは責め具をそろえ、計画を練ってからだという当初の考えは、もうどこかへ消し飛んでいた。

ドアと床の間の隙間から手を入れると、冷二は我れを忘れて夏子の太腿をまさぐっていた。温かい清流が冷二の手にかかって、しぶきをあげた。

「ひいーっ！」

たちまち夏子は悲鳴をあげた。必死に冷二の手を振り払おうとするものの、一度ほとばしった尿流は簡単に押しとどめることはできず、立ちあがることもできなかった。ましで狭いトイレのなかで、逃げるところもない。

「なにを、なにをするんですか！　誰か……ああっ、誰か助けて！」

「騒ぐんじゃねえよ。小便をすっかり出してしまえよ、奥さん」

冷二は夏子の足首をつかむと、向きを変えさせようとした。なんとしても秘められた肉をこの目で見たかった。だが、隙間から手を差し入れてでは、思うようにはいかない。

「ほれ、こっちを向いてオマ×コをはっきり見せねえか。この足が邪魔なんだよ」

「やめて、やめてください！……ああ、いやっ！　誰か」

「騒ぐなって言うのがわからねえのか、奥さん。いいことをしてやろうというんじゃねえか」

冷二は一方の手で夏子の足首をがっしりつかまえたまま、もう一方の手を差し入れて、女の下半身をまさぐった。内腿を撫でまわし、その奥に秘められた媚肉を狙う。まだほとばしる清流が手にはじけるのもかまわず、指先を這いあがらせた。

「いや、いやあ！」

夏子は夢中で腰をよじり、冷二の手を振り払おうとする。そのため、冷二の指先がやっと夏子の媚肉に触れても一瞬で、すぐそらされてしまって思うようにならなかった。

夏子が腰をよじるたびに、清流があたりに飛び散った。はじけたしぶきが冷二の顔にまで飛んだ。それでも冷二はまったく気にせず、目を血走らせて、執拗に手を動かした。

また冷二の指先が夏子の媚肉をとらえた。一気に指先を肉の花園へ分け入らせようとする。

「あ、あああっ……いやあ！」

ひときわ高い悲鳴とともに夏子の腰が振りたてられ、また冷二の指は狙いをそらされてしまった。

冷二は焦れた。最高のごちそうを前にして、まともに触ることさえかなわないのだ。強引にドアを開けようとしても、しっかりと鍵がかかっている。

「鍵を開けろ。たっぷり可愛がってやるからよ。ほれ、開けねえか、奥さん」

いくら怒鳴ってドアをガタガタさせても、夏子が鍵を開けるわけはない。

「誰か、助けて……助けて！」

夏子は悲鳴をあげるばかりだった。

いきなり夏子の足首をつかんでいた手に爪を立てられ、冷二は思わず手を離してしまった。もう隙間から手を差し入れることもできなくなった。少しでも手を入れようとすると、ハイヒールが踏みつけてくる。

そのうえ、夏子のけたたましい悲鳴に、公衆トイレの前には人が集まりはじめた。平日の昼間で女性ばかりとはいえ、さすがの冷二もあわて、ようやく我れにかえった。一瞬、冷二の脳裡に五年前に取り押さえられた悪夢が甦った。二度とつかまるわけにはいかない。

「ちくしょう」

冷二は素早く逃げた。

後ろを振りかえっても、どうやら追ってくる者はいない。車へ戻って発進させてから、ようやく冷二はひと息ついた。

「まずったな。ちょいと焦りすぎた」

冷二はひとりごとを言って、思わずニガ笑いした。失敗したとはいえ、夏子に顔を見られていないのがせめてもの救いだった。

夏子の爪で引っかかれた手に血がにじんで疼いている。だが手の痛みよりも、夏子の肌をまさぐった感触がまだはっきりと残っていて、そっちのほうに意識はいっていた。そして清流にまみれた手は、まだ濡れていて夏子の匂いが残っている。

「まったく特上の女だ。あれほどになっていようとはな」

冷二は低い声で呟いた。

夏子の妖しい美しさに思わず血がカァーと頭にのぼったのも無理からぬことだ。

だが今は妙に冷静になっていた。夏子への熱い淫らな思いとともに、五年前の復讐をしてやるのだという気持ちが冷たくひろがっていく。

焦る必要はまったくなかった。夏子を襲うのは責め具をそろえ、じっくりと計画を練り直してからだ。

これで夏子もしばらくは警戒心が強くなるだろう。そこを無理して襲えば、また失敗することになる。なにも夏子からはじめなくても、冷二がレイプしたくなる女はリストに何人ものっているのだ。

3

冷二が新たな標的に選んだのは芦川悠子だった。

五年前、悠子はピチピチとした女子大生だった。いつもテニスのラケットを手にしていて、小麦色に焼けた肌がまぶしかった。テニスコートでミニスカートの裾をひるがえしてボールを追う悠子の姿を、冷二はよく木蔭から見つめたものだ。

悠子は女子大の寮にいたため、下着を盗むのは苦労した。結局、テニスのあとに悠子が更衣室でシャワーを浴びている間、こっそり忍びこんで盗みだした。

その悠子も今では二十五歳。小学校教師である。冷二のところから車で一時間ほどの郊外に、白いマンションを借りて一人で住んでいることも突きとめた。

冷二は悠子の朝の出勤時間に、白いマンションの前で待った。ベージュのワンピースに身を包んだ悠子が出てきた。スカートはミニになっている。

あっ……。

冷二は悠子を見たとたん、思わず声をあげそうになって、あわてて口を押さえた。

一週間ほど前、夕方のラッシュの電車でスカートのなかにまで手を入れたあのOL風の美女ではないか。あの時の美女が芦川悠子だったとは。道理でどこかで会ったことがあるような気がしたわけだ。

それにしても悠子は五年前に較べて、ずっと大人っぽく、美しくなっていた。ヘアースタイルも黒髪がずっと長くなって、肩までのびて綺麗なウエーブを見せている。綺麗になりやがって。これじゃすぐに芦川悠子とわからなかったわけだ……。

女は五年間でこうも変身するものかと、冷二は驚かされた。ピチピチのテニスギャルの面影はなく、健康に発達した太腿だけが女子大生の頃を思わせる。

冷二は悠子のあとをそっと追った。十分ほど静かな住宅地のなかを歩いて駅に出た。ひと駅先に大きな団地があるせいで、電車の混雑は夕方のラッシュよりひどかった。乗りきれない人が出るほどだ。冷二はまた、悠子の腰を抱くようにして満員電車に押しこんだ。ようやく乗りこめた時には、冷二の手は悠子の形いい双臀に、ぴったりと押しつけられていた。

ゆるゆると撫でまわす。今触っているのが芦川悠子だと思うと、冷二はこの前以上にゾクゾクした。

あふれる人にドアが閉まりきらず、電車はまだ動きだしていない。なかは身動きひとつできない混みようで、冷二の手は悠子の双臀から離すこともできないほどだった。

ようやく電車が動きだすと、冷二の手はゆっくりと震動に合わせるようにミニスカートをたくしあげた。

それまでじっとしていた悠子の身体がピクッと震えた。だが、あまりのすしづめ状態に、悠子は後ろの冷二をまともに振りかえることも、身をずらすこともできなかった。まして冷二の手を振り払うことなどできる状態ではない。

なんの抵抗も受けずに、ゆうゆうとスカートのなかへ手を入れた冷二は、パンティストッキング越しに太腿を撫でまわし、双臀に這いあがらせた。

フフフ、ここまでは声を出さねえのは、この前でわかってんだ……。

冷二はゆっくりと悠子の双臀を撫でまわした。ムチムチとした臀丘の肉が、指先にはじけるようだ。臀丘は形よく高く張って、谷間は深く落ちこんでいる。その形のよさと豊かな肉づきは、女子大生の時にテニスできたえられただけのことはある。

女の身体は双臀の肉づきと形で決まると思っている冷二は、悠子の双臀に充分満足させられた。

いい尻してるぜ。女の尻ってのはこうでなくちゃよ。気に入ったぜ……。

冷二は双臀をいじっていた手を太腿の間にすべりこませると、人差し指と中指とで肉の花園のあたりをこすりはじめる。親指は肛門のあたりをまさぐった。

「ああ……」

悠子は思わず声をあげかけた。

パンティとパンティストッキングの上からとはいえ、薄い布地だ。じかに触られている錯覚に陥ったのだ。悠子は唇を噛みしめ、窓に流れていく景色に目をやったまま、腰をよじろうとする。必死に平静を装って耐えているふうだ。だが、悠子の頬と耳が火のように赤く染まっている。

冷二は焦らなかった。この前のように欲情を剝きだしにして、すぐにパンティをずりさげるようなことはしない。パンティとパンティストッキングの上からではあっても、丹念に執拗に媚肉と肛門のあたりを指先でこすり、まさぐりつづけた。

「うっ……」

噛みしめていた悠子の口がゆるんで、小さな声が出た。が、まわりの者は気づかない。悠子の額に薄っすらと汗が光り、時折り小鼻がピクピクと動いた。

フフフ、感じてきたのか?……

冷二は腹のなかで舌なめずりした。指先でまさぐる部分も、パンティとパンティストッキングが湿っぽくなってきた気がする。

どれ、試してみるか……。

電車が駅に着いてさらに人が乗りこんでくると、冷二は悠子の反応を見つつ、ゆっくりとパンティストッキングをずりさげにかかった。

さすがに悠子は身を固くした。

「あっ、いや……」

必死に腰をよじろうとする。だがまわりの者には、悠子が押されて声を出し、もがこうとしているとしか見えなかった。

冷二は慎重だった。悠子が声をあげそうになるとパンティストッキングをずりさげる手をとめ、ちょっと間をおいてからまたさげる。

やめてください……。

そう言わんばかりに、悠子は後ろの冷二を振りかえろうとする。だが声を出さないのは、それだけ狼狽が大きいのか。それとも執拗に股間をまさぐられ、声を出す気力を失ったのか。

もうパンティストッキングとパンティは、悠子の双臀の半ばまでずりさげられていた。冷二はそこでいったん手をとめた。そして電車が動きだして大きく揺れた時を狙って、クルリと一気に太腿までパンティとパンティストッキングを剝きおろした。

「あ、ああっ」

悠子が戦慄の声をあげた時には、もう冷二の指先は花園にじかに押しつけられていた。たちまち悠子は首筋まで赤くなった。急所を押さえられたように、声も出せず、動くこともできなくなった。悠子の顔がうなだれ、両眼が閉じられた。

やったぜ。そうやっておとなしくしてろよ……。

冷二はゾクゾクと快感がこみあげるのを感じた。痴漢癖のある冷二だが、パンティのなかまで指を入れたのは、これが初めてだ。それも芦川悠子ほどの美女に。冷二は天にも昇る心地だった。

正直言ってここまでやれるとは思っていなかった。悠子を襲う前の、ほんのお遊びのつもりだったのだ。

冷二はゆっくりと悠子の媚肉の合わせ目にそって指を這わせた。ここで焦っては駄目だ。少しずついたずらをエスカレートさせていくのだ。媚肉の合わせ目をなぞっては、裸の双臀全体を撫でまわし、また媚肉をなぞる。何度も繰りかえした。

ブルブルッと悠子の双臀が小さく震えている。それが指先に心地よかった。臀丘は柔らかく、肌はスベスベとして、媚肉の合わせ目は粘膜が指先に吸いつくようだ。

冷二は指先をそっと花園に分け入らせた。濡れているというほどではないが、じっとりとした肉の感触があった。

ビクッと悠子の身体が硬直し、双臀の震えが大きくなったが、それだけだった。目を閉じた美貌をうなだれたまま、抗いの声を出す気配はない。

女ってのは、まったく不可解な生き物だぜ。この前みてえに言いやがるかと思えば、

こうしてオマ×コのなかまでいじらせてよ……。

そんなことを思いながら、冷二は悠子の肉の構造を調べるようにゆっくりと指先でまさぐりつづける。

粘膜のじっとりとした感触が、さらに粘っこささを増した。次第に熱っぽくなってきて、明らかに悠子の身体は反応を見せはじめるようだ。必死に耐えようと思う気持ちが、かえってまさぐられる股間に集中し、指の動きを感じとってしまう。今にも崩れそうな女の官能とおぞましさがせめぎ合っていた。

敏感なんだな。こりゃ楽しみだぜ。さぞかし味のほうも……。

冷二は思わず舌なめずりした。この調子だと、悠子レイプ計画も思ったより順調にいきそうだ。

冷二の指は媚肉の頂点にひそんでいる女芯をとらえた。包皮をグイと剝いて肉芽をさらけだした。

「あ……」

さすがに悠子の腰がビクッビクッとおののいた。

「い、いやっ……」

うなだれた顔が弾かれたようにあがり、悠子は声をあげた。しかし低いうめきにしかならなかった。悠子は唇を嚙みしめたまま、必死に冷二の手をそらそうと腰をよじる。

それをあざ笑うように、冷二は肉芽を根元まで剝きあげては包皮を戻し、また剝きあげることを繰りかえした。いきなり肉芽に触れては、悲鳴をあげられるおそれがある。

「あ……あ……」

悠子は必死に声を噛み殺し、ワナワナと震えだした。覗きこんだ悠子の美貌は唇を噛みしめて、今にも泣きださんばかりの表情だ。

それでも肉芽は剝きあげるごとにヒクヒク蠢いて、妖しく尖っていく。そして女の奥底からジクジクと熱く溢れだすのが、冷二の指にもわかった。

ここまで悠子を追いつめたことに、冷二は恍惚となった。まさか女芯の肉芽までいじれようとは、夢にも思わなかった。これが夏子のように気の強そうなタイプの女だったら、スカートのなかへ手を入れるのさえ不可能だったろう。

お嬢様タイプだけあって、育ちがいいから声も出せねえってわけか……。

冷二はさらに指を二本、肉奥へ深く埋めこんだ。

悠子の媚肉はとろけるばかりの柔らかさを見せて、灼けるようにたぎりはじめていた。噛みしめた唇からあえぎにも似た息がもれ、時折り泣き声をあげんばかりに口を開いた。

冷二はそんな悠子の反応をうかがいつつ、深く埋めこんだ二本の指で肉襞をまさぐり、指を捻じり合わせ、ゆっくりとまわした。

「あ……」

わななく腰が指の動きをとめようとこわばり、冷二の指を締めつけてくる。するとかえって指の動きを鋭く感じてしまい、悠子はあわてて力をゆるめた。

「ああ……」

やめて……と耐えきれずに悠子が声をあげかけた時、電車が駅に着いてドアが開いた。ドッと押しだされる人の波に呑みこまれ、冷二と悠子もホームに出ていた。

人の波がホームの階段へ向かって流れていく。冷二はその波にまぎれて、悠子をうかがった。

悠子はハンドバッグからハンカチを取りだして額の汗に押し当て、目頭を拭っている。どうやら泣いているようだ。

フフフ、うれし泣きか、芦川悠子先生……。

冷二は腹のなかでせせら笑った。指先にはねっとりと濡れたものが光っていた。冷二はそれをペロリと舐めた。

悠子の歩き方がぎごちなかった。ミニスカートでかろうじて見えないものの、ずりさげられたパンティとパンティストッキングが、太腿の付け根に絡まったままなのだ。

悠子はホームの階段をあがらずに、その下にあるトイレへ向かった。

「チャンスだな」

冷二は低く呟くと、悠子のあとを追った。今度は夏子の時みたいに失敗は許されない。冷二は自分でも驚くくらい冷静に行動した。

トイレに人影がないことを確かめると、悠子が閉めようとしたドアに素早く靴を挟ませた。そのままなかへ押し入り、背中でドアを閉めて鍵をかけた。

「ああ、なにを……なにをするんですか!?」

悠子は恐怖の声をあげた。

「おとなしくしろ。電車のなかでのつづきをしてやるからよ」

「!?……いやっ！」

悠子の顔が恐怖に凍りついた。冷二が電車のなかの痴漢だとわかったのだ。

「い、いやです！……誰か助けて！」

悠子は悲鳴をあげて逃げようとした。だが、ホームの階段をあがる雑踏と、すぐ横を次々と入ってくる電車の騒音に悠子の悲鳴はかき消された。そのうえ狭いトイレでは、思うように抵抗もできない。

「助けて……」

「電車のなかじゃ、オマ×コまで触らせたくせに、ここじゃいやだってのか。気どるなよ」

いきなり冷二は悠子の頬を、バシッバシッと張った。

「ああっ」

悠子は壁に倒れかかってのけぞり、抗いの力が急速に抜け落ちた。冷二の暴力におびえきって、あとはすすり泣くばかりになった。

「電車のなかみたいに、おとなしくしてりゃいいんだ」

冷二は肩にかけた鞄から用意した縄を取りだすと、悠子の両手首を前で合わせて縛った。その縄尻を天井のパイプにかけて、悠子を爪先立ちに吊る。

「ああ、許して……縛られるなんて、いやです！」

「やられようとしてるのに、なにをねぼけたこと言ってるんだ」

冷二はせせら笑った。目の前に悠子の身体が両手を高く吊られて一直線にのびきっていた。もう逃げることも、しゃがむこともできない。

「それじゃ、たっぷりと可愛がってやるぜ、芦川悠子先生」

名前を口にされて、悠子はハッと冷二を見た。ただの行きずりの痴漢でないことだけは、悠子にもわかった。

冷二はニヤニヤと笑って舌なめずりをすると、悠子の前にかがみこんだ。

「女子大生でテニスしてた頃もピチピチギャルだったけど、また一段と成熟したな。

大人の色気ってのかな」

　冷二はスベスベとした悠子の太腿を撫でまわした。太腿が小さく震えている。

「あの頃はパンティを盗むのがやっとだったけど、今じゃこうして触り放題とはな」

「…………」

　悠子はかえす言葉を失った。ただ唇がわななくばかりだ。

　いきなり冷二の手がミニスカートのなかに這いあがってきたと思うと、太腿に絡まったパンティとパンティストッキングは一気に足もとまで引きおろされた。

「いやあ！」

　悠子は激しく頭を振りたてた。

綺麗にウエーブした黒髪が顔に振りかかり、それが妖しい色気を感じさせる。

　冷二はパンティとパンティストッキングを足首から抜き取ると、丸めてポケットに入れた。

「記念にもらっとくぜ」

　笑いながら再びハイヒールをはかせてから、手を太腿へと這いあがらせていく。今度はミニスカートのなかへ手を入れるのではなく、太腿を撫でる手で少しずつずりあげはじめた。

「ああ、やめて……い、いやです」

　悠子はおびえ、腰をこわばらせた。女としてもっとも恥ずかしいところを触られる恐怖もあったが、今度は電車のなかと違って、見られるおぞましさも加わった。

　ジワジワとミニスカートの裾が太腿をすべり、ずりあがっていく。悠子は必死に太腿を閉じ合わせた。

「や、やめてください」

「こんなムチムチの太腿を見せつけられて、やめられるかよ」

「ああ……」

　悠子はワナワナと震える唇を噛みしめて、すすり泣いた。

「ほうれ、もう少しで見えるぜ。芦川先生はどんなオマ×コしてるのかな」

わざとそんなことを言いながら、一気にずりあげようとはせず、少しずつことを進めた。

ムチムチと官能美あふれ、白くシミひとつない悠子の太腿が、次第に冷二の目の前に露わになっていく。やがて太腿の白さに馴らされた冷二の目に、繊毛の妖しい黒が、ドキッとさせられるほどの鮮烈さで飛びこんできた。

「見えた。ほれ、芦川悠子先生のオケケがよ」

冷二はあとは一気に腰までミニスカートをまくりあげた。

「ああ……」

ビクンと悠子の腰が硬直を見せた。

艶やかな繊毛が、ムッとするような匂いを立ち昇らせながら冷二の目の前でフルフルと震えていた。必死に閉じ合わせる真っ白な太腿も、ブルブルと震えていた。

「色っぽい生え方しやがって。意外と濃いんだな」

冷二は手をのばして茂みに触れた。繊毛をかきまわすように指を動かす。つまんで引っぱり、さらに指でかきあげた。

茂みに隠された恥丘は小高く、ひっそりと秘められた肉の割れ目を切れこませている。

「やめて……ああ、許して」

悠子がすすり泣きながら腰をよじるのもかまわず、冷二は茂みに鼻を埋めるようにして匂いを嗅いだ。妖しい悠子の色香が鼻いっぱいにひろがって、冷二はそれだけで酔いしれる。これが芦川悠子の女の匂いなのだと、冷二は胸のうちで何度も自分に言いきかせた。

動物の牡が牝の匂いを嗅ぐことで発情するのがよくわかる。冷二はもう、ズボンの前が痛いまでに硬くなっていた。

「それじゃ今度は股をおっぴろげてもらおうか、芦川悠子先生。オマ×コをよく見せてくれよ」

「そんな……いや、いやです！」

「諦めな。俺は狙った女は逃さねえんだ。どんなことをしてもものにするってわけだ。早く開け！」

冷二はつい先日まではガツガツと女にしゃぶりついていったのが嘘のような落ち着きだ。やはり夏子の時の失敗が薬になっているらしい。

「許して……ああ、いやです！」

狼狽してまた抵抗を見せる悠子の左足首を、冷二はがっしりとつかんだ。もう一本縄を取りだし、素早く悠子の左膝の上に巻きつけて縛る。その縄尻を天井のパイプに引っかけて、グイグイと容赦なく引き絞った。

たちまち悠子の両膝が割れ、左膝がジワジワと吊りあがっていく。

「許して……いっ、いやです……」

「さっさと自分から股をおっぴろげねえからだよ。罰として思いっきり開かせてやるぜ」

「い、いやあ……ああっ、誰か……」

吊りあげられる左脚を波打たせて、悠子は泣き声をあげた。だが、いくら泣き叫んでも電車の音にかき消されてしまう。

「フフフ、もっと開いてやるぜ。なにもかもはっきり剝きだしにするんだ」

冷二はグイグイ縄を引き、極限まで股間を引きはだけた。吊られて折れ曲がった膝が、悠子の乳房にくっつくほどに引きあげる。

「いい格好だぜ、芦川悠子先生。狭いトイレのなかではお似合いだ」

縄を留めてから、冷二はまた悠子の前にかがみこんだ。

悠子の股間が、これ以上あられもない姿はないほどに開ききった。つい今まで繊毛と太腿に隠されていた肉の花園は、その合わせ目をはっきりと見せ、奥に妖しい肉襞までのぞかせている。

「綺麗なオマ×コしてるじゃねえか。色も形もバージンみたいだぜ」

冷二は鼻先がつかんばかりにくい入るように覗きこんだ。奥まで見ようと、媚肉の合わせ目を左右に指でくつろげる。

「い、いや……ああ……見ないで……」

激しい羞恥に打ちのめされたように、悠子はもう失神したようになって、すすり泣きの消え入るような声をあげ、ブルブルと震えるばかり。

冷二はくい入るように覗きつつ、肉の構造を確かめるように丹念にまさぐった。

電車のなかでさんざんいじりまわした悠子の媚肉は、熱い蜜にまみれて肉襞が指先に絡みついてくる。女芯の肉芽もポッチリと尖っている。それでいて肉は少しも崩れていず、初々しい彩色を見せていた。生娘ではないが、あまり使いこまれていないのは、ひと目でわかった。

「うまそうなオマ×コだ」

さすがに冷二も胴震いがきて、思わず生唾を呑みこんだ。

ずいぶんと女遊びをしてきた冷二だったが、これほど美しく、艶っぽい肉の構造を見たことがない。冷二は欲望のおもむくままに悠子の媚肉に唇を寄せると、荒々しく吸いついた。

「ひっ……許して……い、いやあ！」

悠子の腰がビクンとはねた。だが、それ以上の抵抗は見せなかった。すすり泣きながら、うわごとのように許しを乞うだけだ。

冷二はグチュグチュと音をたてて悠子の肉を吸引した。さらにペロペロと犬のように舐めまわした。

「た、たまらねえ」

冷二はうなった。口のなかいっぱいに悠子の蜜の匂いと味がひろがって、冷二の欲情はいっそう昂る。

「ああ……許して」

そう言ってすすり泣きながら、悠子の身体は冷二の舌と唇の愛撫に、再び反応しはじめる。

肉襞がヒクヒクと蠢き、また蜜が湧きだすのを、冷二の舌は感じとっていた。半ば気を失ってすすり泣きながら、身体だけは妖しく応じてくるのだから、女というのはわからない。

もうこっちのものだからな。メロメロにしてやるぜ。時間はたっぷりある……。

冷二は蛭のように媚肉に吸いついたまま、執拗に唇と舌を動かしつづけた。その間も冷二の手は悠子の双臀へまわって這い、太腿へと撫でまわしていく。冷二は上眼使いに悠子の顔を見てから、舌先でペロリと女芯の肉芽を舐めあげた。

「あ、ああっ！」

たちまち悲鳴をあげて悠子の腰が躍った。

「や、やめて！」

「感じるってわけか、芦川悠子先生。それじゃあやめるわけにいかねえな」

冷二は一度口を離して言い、ベトベトの口を舌なめずりした。それからまた顔を押しつけ、今度は唇で肉芽を挟んで思いっきり吸った。

「ひいい……ひっ、ひっ」

悠子の顔がのけぞり、けたたましい悲鳴がほとばしった。ちょうど電車が入ってこなかったら、誰かに聞かれたところだ。冷二の顔を弾き飛ばさんばかりに、悠子の腰がはねあがった。

「そんなに気持ちいいのか、芦川悠子先生。いい声で泣くじゃねえか」

冷二はまた口を離して悠子を見あげ、ゲラゲラと笑った。

「もうオマ×コはビチョビチョだ。そろそろ俺のを咥えこみたくなってきたんじゃねえのか」

冷二がからかっても、悠子はもう返事もできない。すすり泣くばかりだ。

ようやく冷二は立ちあがると、ズボンのチャックを引いて肉棒をつかみだした。すでに天を突かんばかりに反りかえっていた。そのドス黒さが、これまでの冷二の女遊びの数々を物語っている。

「どうだ。並みの男には負けねえぜ」

すすり泣くばかりだった悠子がハッとするや、たちまち美しい目をひきつらせて悲鳴をあげた。

「い、いやあ！」

「ちょいとデカいからって、そうオーバーに驚くことはねえだろうが。見かけは悪いが、ぶちこまれると、ズンといいぜ」

からかうように揺すってみせると、悠子は白目を剝かんばかりにまた悲鳴をあげた。

「許して！　そ、それだけは……」

「口ではそう言っても、オマ×コはもうびっしょりで、早く入れて欲しいと言ってるぜ、芦川悠子先生」

「お願い、それだけは許して！　ああ、私には婚約者がいるんです」

悠子は泣きながら哀願した。半年後に結婚する予定だという。悠子ほどの美人なら、婚約者がいても当然だ。

「ああ、結婚できなくなってしまう……許して！」

「フフフ、知ったことかよ」

冷二はせせら笑って悠子の腰に手をまわすと、グイと抱き寄せた。灼熱が悠子をからかうように太腿にこすりつけられた。

「いや。いやあ！」

「俺のデカいのを咥えこめば、婚約者のことなんか忘れちまうぜ」

「許して……」

悠子は泣き声を放って、押しつけられてくるものをそらそうと腰をよじった。

「ガタガタ言うな。おとなしく咥えこむんだ」

冷二は悠子の双臀を両手に抱えこむようにして、腰を進めた。開ききって熱くたぎる媚肉に、先端が触れた。冷二は一度なぞるようにこすりつけると、ジワジワと分け入らせはじめる。

「ああっ、い、いやあ！　助けて、正史さん……」

「婚約者の名を呼びながら犯される気分は、どんなもんだ」

「あぁっ……う、うむっ……」

吊られた片脚をキリキリよじって悠子はのけぞり、絶息せんばかりの声をあげた。ジワジワと灼熱がもぐりこんでくる感覚に、悠子は目の前が暗くなった。

「痛い……うむ、痛……」

片脚吊りで窮屈な身体に人並み以上のものが入ってくる感覚が、苦痛と錯覚させるのだろうか。

「痛いわけないぜ。オマ×コはびっしょりでスイスイ入っていくからな」

悠子はまたのけぞって、キリキリと歯を嚙みしばった。

「ほうれ、すっかり入っちまったぜ。フフフ、締まりのいいオマ×コしてるじゃねえか」

悠子は総身を揉み絞った。

「う、うむ……」

そう言って覗きこんだ悠子の美貌は、唇を噛みしめ、汗を光らせて、苦しげにあえいでいた。もうまともに口をきく余裕すらない。

「芦川悠子先生の身体も、これでもう俺のものだな」

冷二は悠子の美貌を見つめつつ、ゆっくりと腰を動かして突きあげはじめた。

「あ、ああっ……許してェ」

悠子は顔を真っ赤にしてうめいた。必死に唇を噛みしめても、すぐに開いてパクパクとあえいだ。そして耐えきれないように顔をのけぞらせて、黒髪を振りたてる。

「いやがってるくせに、よく締まるじゃねえか。いい感じだぜ」

冷二はゆっくりと責めたてながら、悠子の感触を味わった。熱くとろけた肉が絡みつき、ヒクリ、ヒクリと反応する収縮がたまらない。それが、ついに念願を果たしているのだという勝利感と入りまじり、冷二を法悦に酔わせた。

「芦川悠子先生、どうだい？　こうやって抱かれてる気分は」

絶えず結合が深くなるように突きあげつつ、冷二は言った。

悠子はもう返事ができず、激しく頭を振りたてた。

「気持ちよくってたまらねえんだろ。身体は正直だぜ」

「ああ……」

悠子の泣き声にあえぎがまじり、どこか艶めいたすすり泣きに変わった。そして身体も抗いの気配が消え、次第に冷二になじんでいく。悠子の肉はますます熱っぽくとろけ、しとどの蜜にまみれてヒクヒクとあえいだ。

言葉を失い、意志を喪失していくのとは裏腹に、悠子の身体はまるで別の生き物みたいに、反応を露わにしていく。

「フフフ、敏感なんだな、芦川悠子先生」

「………」

「どうした。気持ちよくって言葉も出ねえってわけか」

冷二は悠子の双臀を抱きあげていた両手の一方を胸へまわした。ワンピースの胸もとのボタンをはずして左右へはだけると、ブラジャーをむしり取って乳房を剥きだしにした。

見事なまでに形のいい乳房がブルンと震えた。硬く張って、まだあまり男の愛撫を受けていないみたいだ。乳首も小さく、プルプル震えていた。

「おっぱいもたいしたもんだな。綺麗な形してやがる」

冷二は悠子の乳房をわしづかみにして、ゆっくりと嬲った。乳首をつまんで揉んでやると、たちまち硬く尖ってくる。その間も絶えずこねくりまわされ、突きあげられる肉の最奥、そして撫でまわされる双臀。もう悠子の剝きだしの肌はじっとりと汗に濡れ光り、匂うようなピンク色にくるまれた。

「ああ……も、もう許して……」

耐えきれない悠子は声をあげた。だがそれは、激しく拒むといったふうではなかった。ハアハアッとあえぎが悠子の口からこぼれ、また声が出る。

「あ、ああっ……」

悠子の顔がのけぞり、腰に痙攣が走りはじめた。冷二を咥えた肉も、キュウと締めつけてくる。

「なんだ。もうイクのか」

「いやっ……」

悠子は顔をのけぞらせたまま、黒髪を振りたくった。身体に走る痙攣を押しとどめようがない。

その時、誰かがトイレに入ってくる気配がした。冷二はすぐに気づいたが、悠子は気づく余裕すらない。冷二は悠子の声を押し殺すためもあって、いきなり悠子の唇を吸った。

「う、うむ……」

悠子はハッとして振りほどこうと弱々しく顔を振ったが、冷二は離さない。舌で悠子の歯を割って舌を絡め取り、きつく吸う。さらにダラダラと唾液を流しこんだ。

隣りのトイレに人が入るのがわかった。それでも冷二は責めるのをやめなかった。悠子の口を奪ったまま、荒々しく突きあげる。

悠子は白目を剝き、ガクン、ガクンと腰をはねあがらせ、キリキリと身体を収縮させたかと思うと、

「う、ううむ！」

冷二に舌を吸われたまま生々しいうめき声を絞りだした。

激しい収縮と痙攣が襲い、さすがの冷二もグッとこらえなければ果てそうだった。

隣りはまったくこっちに気づいていないようだ。電車の騒音と震動がすべてを覆い隠してくれた。そして気づかぬままに用をたして去っていく。

それでも冷二はまだ悠子の口を吸ったままだった。継続的な収縮と痙攣がようやくおさまり、悠子の身体が弛緩してから、やっと口を離した。

悠子は高く泣いて、ガックリと身体が崩れた。あとはハアハアとあえぐばかりだった。

「どうだ、俺のはデカいからよかっただろうが。たいした悦びようだったぜ」

冷二は一度引き抜くと、かがみこんで悠子の股間を覗きこんだ。しとどに濡れた媚肉は、指をそえなくても生々しく口を開いていた。ただれんばかりに充血した肉襞が、まだヒクヒクと蠢くのが生々しい。

冷二はさかんに舌なめずりした。

絡みついてきたきつい収縮は抜群といえた。それは想像していたよりも、はるかに快美な感触だった。

「まったくいいオマ×コしてるぜ。このオマ×コで客をとれば、いくらでも稼げるぜ、芦川悠子先生」

冷二がからかっても、その声も聞こえないらしく、悠子は両眼を閉じたまま、ハアハアと乳房をあえがせている。

立ちあがった冷二は、再び悠子にまとわりついた。一気に底まで貫いて突きあげた。

「ひい！……い、いやあ……」

たちまち悠子の口に悲鳴がほとばしり、上体がのけぞった。

「も、もう、いやあ……許して！」

「こっちはまだ出してねえんだよ。お楽しみはこれからじゃねえか」

「いや、いやっ！」

「自分だけさっさと気をやって、いい気なもんだぜ。犯されて気をやるくらいだから、

一回くらいじゃもの足りねえはずだぜ」

冷二は容赦なく突きあげた。

弛緩していた肉がピクピクと反応を見せて、また妖美な収縮を見せはじめた。熱い蜜もジクジクと溢れでる。

「ほれ見ろ。オマ×コは悦んでるぜ。よしよし、今度はさっきよりもっとよくしてやるからな」

冷二は腰を動かしながら、双臂にまわした手でムチッと張った臀丘の谷間を割り開いた。その底に隠れている悠子の肛門を指先でさぐり当てる。

「ひっ……そ、そんなところを……いや、いやです！」

戦慄の叫びをあげ、悠子は狂ったように身悶えた。おぞましい排泄器官としか考えたことのない箇所まで嬲られるなど、悠子の想像を絶した。

冷二の指の先で悠子の肛門はおびえるようにしっかりすぼまっていた。それをほぐすように揉みこむ。

「いやっ、そんなところ……ああ！」

悠子は腰を振りたてて泣いた。それが肉棒を自らしっかりと感じとることになっても、悠子は振らずにはいられない。

「尻の穴もいい感じだぜ。ヒクヒクさせてよ」

冷二はゆるゆると揉みほぐした。前の蜜を指にすくって、悠子の肛門に塗りつけていく。

「いや……あ、ああ……」

肛門を弄ばれる異常さに、次第に悠子の泣き声が力を失った。それにかわって肉奥を突きあげられる快感がふくれあがっていく。自ら腰を振りたてたことで、官能のうねりが堰を切ったように押し寄せてきたのだ。

「あ、あああ……」

悠子はなす術もなく官能のうねりに呑みこまれた。

「激しいな、芦川悠子先生」

悠子の肛門を揉みこみつつ、冷二はとどめを刺すように深く子宮口をえぐった。

「………」

悠子は総身をキリキリと収縮させた。吊りあげられた左足の爪先が反りかえり、激しく痙攣した。

きつく襲ってくる収縮に、今度は冷二も耐える気は起こらなかった。

芦川悠子、もう俺のものだ……。

悠子の恍惚と羞恥のないまざった美貌を覗きつつ、冷二はドッと精を放った。

4

冷二が悠子の腕をとって、ようやくトイレから出てきた時には、もう朝のラッシュも終わり、ホームに人影はまばらだった。

悠子は涙も涸れた目をうつろに、やつれた感じさえする美貌をうなだれている。手足の縄も解かれ、冷二に腕をとられているだけなのだが、他の者に救いを求める気力も逃げる気力もない。冷二に肉体を汚された哀しさと絶望感だけが、うつろな悠子の心をドス黒く覆った。

冷二は大きく息を吐いた。ついに芦川悠子を征服したという心地よさ、その妖しいまでの肉の味わいの満足感に、笑いがとまらない。

「訴えたっていいんだぜ、芦川悠子先生。そのかわり、俺にやられたってことが、婚約者にわかっちまうけどな」

冷二はニヤニヤと悠子に囁きかけた。

「裁判じゃ芦川悠子先生が俺にやられてよがったことを、くわしくしゃべってやる。二度も気をやったんだからな」

悠子はブルッと震えると、弱々しく頭を振った。今にも泣きださんばかりの唇が、ワナワナと震えている。

「それがいやなら、このことは誰にも言わねえんだな」

冷二は下着を着けないミニスカートの双臀をパシッとはたいた。

ホームの階段をあがり、改札口を通って駅前広場に出た。向こうに交番が見えた。

それでも悠子は冷二に腕をとられたまま、じっとうなだれているだけだ。

これだからお嬢様育ちは扱いやすいぜ。恥ずかしくって、犯されたなんて口が裂けても言えねえってわけか……。

冷二は腹のなかでニンマリと笑った。これほどうまくことが運ぶとは思ってもみなかった。あらかじめ、悠子がおりる駅の駐車場に車をとめておいて正解だった。

冷二は悠子を助手席に押しこむと、車を発進させた。

「もう、もう許してください。誰にも言いませんから」

悠子はどこへ連れていかれるのかという恐怖に身体を固くして、すすり泣きつつ小声で言った。

「もう少し付き合ってもらうぜ」

「いやっ、許して……」

「俺と芦川悠子先生とはもう他人じゃないんだぜ。肉の関係になったってのに、そう冷たくするなよ」

冷二は車を走らせ、横目で悠子を見ながらニヤニヤ笑った。

ミニスカートから剝きでた太腿は、まだじっとり汗ばんで、なんとも艶っぽい。パンティストッキングもパンティも着けていないので、悠子の手はミニスカートの裾をしっかり押さえている。その手が小さく震えた。

ひとつ先の駅まで行くと、駅前の路地に車をとめた。冷二は悠子の両手をつかんで後ろへまわすと、隠し持っていた縄で素早く縛った。

「ああ、いやっ……もう縛られるのは、いやです！　あ、ああ……」

「逃げられると困るんでな。オマ×コがいい味してた礼に、芦川悠子先生にプレゼントをやろうと思ってんだ。それを取ってくるまでおとなしくしてろよ」

車をおりた冷二は、路地のポルノショップへ入った。

悠子は縄を解こうともがいた。だが、きつく両手首にくいこんだ縄はビクともしない。

「ど、どうして……ああ、どうしてこんなことに……」

悠子は肩を震わせて泣きはじめた。こんなにひどいことをされ、これからどうすればいいのか。早くこの男から逃げなくては……。そう思っても、悠子の頭にはなにも考えが思い浮かばない。

冷二が大きなダンボール箱を持って戻ってきた。なかには注文しておいた責め具がつまっていた。

「芦川悠子先生へのプレゼントはこいつがいいかな」

ダンボール箱のなかをゴソゴソやっていた冷二は、なにやら取りだして悠子に見せた。

ひと目見て、それがなにかわかった悠子は、顔を凍りつかせた。

男の肉棒そっくりなグロテスクな張型が、不気味な光を放って冷二の手に握られていた。ジーと電動音をあげて、頭をうねらせる。長さは三十センチもあるだろうか、太さはコーラの瓶ほどあった。

「い、いやあ！……」

悠子は悲鳴をあげ、逃げようともがいた。そんなおぞましい道具で弄ぼうというのだろうか。

「おっとと、間違えたぜ。こいつは夏子という人妻に使う特注品だ。いくら芦川悠子先生がいいオマ×コしてても、こいつは無理だろうからな」

冷二はわざとらしく言って笑った。かわって別の張型を取りだした。

「これなら芦川悠子先生にはぴったりだろ」

「………」

悠子は唇をワナワナと震わせて、黒髪を振りたくった。はじめに見せられたのほど大きくはないが、それでも並みのものよりはずっと大きい。

「そ、そんなもの、いやっ……いりません！」

「せっかくのプレゼントを断るってのか。それとも人妻用の特注品のほうがよかったのかい。芦川悠子先生」

「ああ、許してください」

泣きながら哀願する悠子をあざ笑うように、冷二は手をのばしてミニスカートをまくりあげはじめた。

「いやっ、いやあ！」

「うるせえ！」

バシッ……バシッ……。

鋭い往復ビンタが悠子の頬を襲った。それで悠子の抵抗も終わりだった。身体から力が抜け、すすり泣くだけの悠子のミニスカートを大きくまくりあげた。

下着をはかない裸の下半身が剝きだしになった。白くムチムチとした太腿が必死に閉じ合わされ、その付け根に柔らかくもつれた茂みが揺れている。

「さっさと脚を開け」

両膝を割りにかかると、わずかに抗いを見せたが、すぐに力が抜けて大きく開いた。

「許して……そんなもの、使わないで……許して……」

「フフフ、こいつは見かけは悪いが疲れ知らずだからな。いくらでも楽しめるぜ」

冷二は張型のバイブレーターのスイッチを入れると、開ききった悠子の内腿へ這わせた。

「あ……あっ……」

悠子はおびえた声をあげ、後ろ手に縛られた身体をこわばらせた。悲鳴をあげて逃げようと暴れないのは、冷二の暴力が怖いからだろう。悠子のように育ちのいい女ほど、暴力には弱い。

「どうだ、こいつを咥えこみたくなってきただろ。こいつでオマ×コをこねくりまわされてみろ。たまらねえぜ」

そんなことをネチネチと言いつつ、冷二は張型の振動で悠子の茂みをかきまわした。

それから剝きだしの媚肉にそって、なぞるようにゆっくり這わせる。

悠子の花園は、まださっきの凌辱のあとも生々しく、ティッシュで汚れを拭ったにもかかわらず、じっとりと濡れた肉襞をのぞかせていた。匂うような肉の彩色がたまらない。

冷二はいったんバイブレーターのスイッチを切ると、

「入れるぜ、芦川悠子先生」

わざと悠子に教えた。張型の頭がジワジワと媚肉に分け入ると、悠子の顔がのけぞった。

「ゆ、許して……」

悠子は開いた膝をガクガク震わせた。異物を挿入され、おもちゃにされるという恐ろしさと屈辱。重くおぞましい感覚が粘膜をいっぱいに押しひろげ、柔らかくとろけた肉襞を巻きこむようにして入ってくる。

「あ……あ、むむ……」

悠子は満足に息もつけない。目の前が暗くなって、今にも意識が吸いこまれそうだ。

「まったくうまそうに咥えこんでいくじゃねえか。プレゼント、気に入ってくれたようだな」

覗きこんで舌なめずりをしつつ、冷二はさらに深く押し入れていく。

ズシッと張型の先端が悠子の子宮口に届いた。

「ひいっ！」

悠子はひときわ高い泣き声をあげて、白目を剝いた。

耐えきれず両膝を閉じた悠子だったが、かえって張型を深く咥えこむことになって、子宮口がグイと押しあげられる。そして咥えこまされたものの大きさを、かえって思い知らされる。

「い、いやっ……取ってェ……」

悠子の膝がおびえてゆるんだ。

「フフフ、じっくり味わうんだ」

張型をしっかりと咥えこんでいるさまを、冷二は目を細くして見つめるとまた車を走らせはじめた。

車が揺れるたびに張型の先端が子宮口にズンと響いて、悠子は泣き声をあげた。ミニスカートはまくれたままなので、もし外から覗かれたら裸の下半身が丸見えなのだが、今の悠子はそれを気にする余裕もない。

「あ、あ……取って……もう許してください」

「まだそんなことを言ってるのか。じっくり味わえないというなら、こうだぞ」

冷二は片手でハンドルを持ちながら、もう一方の手で張型のバイブレーターを作動させた。悠子のなかで張型がジーと振動し、クネクネとうねりはじめた。

「ああっ、いやあ!……とめて! ひっ、ひっ、とめてェ!」

ガクンとのけぞって、悠子は悲鳴をあげた。内臓がこねくりまわされるような感覚に、とてもじっとしてはいられない。腰が浮きあがって躍った。

隣りを走っていたタクシーの運転手が、びっくりしたように悠子を見ている。トラックの運転手なら悠子の裸の下半身まで丸見えというところだ。

「芦川悠子先生、タクシーの運ちゃんがびっくりして見てるぜ。そうオーバーに悦ぶなよ」

からかわれて悠子は一瞬ハッと身悶えをやめるのだが、それも長くはつづかない。ひとりでに腰が躍ってしまう。

「と、とめて……あああ、とめてください！」

悠子は身体の芯がひきつれるように収縮を繰りかえし、ジクジクと熱い蜜を湧きだすのを感じた。こんなひどい辱しめを受けているのに、悠子は自分の身体の成り行きが信じられなかった。

「あ、ああう……あああ……」

こらえきれずにあられもない声が出た。いくら歯を噛みしばってこらえようとしても駄目だ。なす術もなく淫らな振動とうねりに翻弄された。こんな状態をいつまでもつづけられたら、本当に気が狂うと思った。

不意に張型の振動とうねりがとまった。悠子はハアハアと肩で息をして、すぐには声も出ない。

「俺のプレゼントの効き目はどうだい。学校の先生にはちょいときつかったかな。だけどけっこう楽しんでたじゃねえか」

「もう……もう、許して……」

「まだこんなのは序の口だぜ。あとでのお楽しみのほんのウォーミングアップみてえなもんさ」

冷二はまた張型のバイブレーターのスイッチを入れた。
「芦川悠子先生は俺にとって記念すべき牝第一号だからな。特に念入りに調教してやるぜ。フフフ、俺の期待を裏切らねえようにせいぜいがんばってくれよ」
　冷二は勝ち誇ったようにゲラゲラと笑った。
　その声もひいひい泣き悶える悠子には、もう聞こえなかった。

第二章　制服と白い臀丘

1

芦川悠子は媚肉に張型を咥えこまされ、めくるめく官能に翻弄され、もう息も絶えだえだった。

「もう、許して……」

悠子は泣きながら哀願した。さっきから張型のバイブレーターを作動したり停止されたりを繰りかえされ、身体中の肉が狂おしくひきつって、うなりだしそうだった。

「ああ、やめて……もういやっ、いやよ！」

「ガタガタ言ってねえで、芦川悠子先生はよがり狂うことだけ考えてりゃいいんだよ。ほうれ、気持ちいいだろ」

冷二はまたもバイブレーターのスイッチを入れた。

おぞましいものが悠子のなかでジーッと振動しつつ、肉をこねるようにうねりだす。これまで悠子は張型など未体験なだけに、その淫らな動きがたまらず、耐えがたかった。

「あっ、ああ……いやあ……ひ、ひい！……やめて！」

「そんなに気持ちいいのか。いい声で泣くじゃねえかよ」

冷二はゲラゲラと笑った。ミニスカートをまくられて裸の下半身を剝きだしにされたまま、張型を咥えこまされた腰がうねり、冷二の目を楽しませる。白い肌が上気して汗をじっとりと光らせ、ブルブルと震えていた。

「もう、もう許して……ああ……」

耐えきれない悠子は頭を振りたくり、泣き声をあげた。車がどこを走っているのか、もうわからない。張型の淫らな振動に翻弄されるままに、悠子は泣き悶えるばかりだ。

「と、とめて……ああ、もうとめてェ」

悠子は今にも絶え入りそうなあえぎをもらしながら、剝きだしの下腹を波打たせた。淫らな振動がいやでも女の官能を揺さぶり、身体がその快感に順応していくのが恐ろしい。痙攣のさざ波が背筋を走り、いやおうなく恥ずかしい声が出た。

「お願い……もうとめて……もう許してください」

「遠慮せずに気をやったっていいんだぜ。芦川悠子先生」

冷二はせせら笑って、ようやく張型バイブレーターのスイッチを切った。車もとめた。いつの間にか車は郊外の林道に入っていて、あたりは雑木林に囲まれていた。

それもわからない悠子は顔をのけぞらせたまま、ハアハアとあえいでいる。半開きの唇がわななき、小鼻がピクピク蠢いている。

「ここらでお楽しみタイムといこうぜ、芦川悠子先生。思いっきり可愛がってやるからよ」

「いやっ……もういやです！」

冷二が手をのばすと、悠子はハッとして泣き声をあげた。それをかまわず、冷二は悠子のブラウスを脱がせ、ミニスカートを引きおろして裸に剝いていく。

「おとなしく素っ裸にならねえか。ムチムチしやがって縛りがいのあるいい身体じゃねえか」

「ああ、いやっ……縛られるのはいやです！……許してェ」

「俺は女を縛って責めるのが好きなんだよ。先生なんだからSMってなんだか知ってるだろうが」

「そんな……」

悠子は絶句した。冷二が恐ろしい変質者であるという恐怖がふくれあがった。逃げなくてはと思っても、恐怖に身体の力が入らない。なす術もなく全裸にされた。

「ああ……」

あらためて後ろ手に縛られ、剝きだしの乳房の上下に縄がくいこむ。悠子は絶望の声をあげた。

「ほれ、さっさとおりねえか」

「い、いやあっ」

人気のない林道とはいえ、ハイヒールをはいただけの全裸で外へ連れだされる恐ろしさ。まだ陽は高く、木漏れ日が悠子の白い肌を照らしだし、その明るさが恐ろしさを増幅する。

「許して……こんな格好で、ああ……誰か来たら……」

「そんな声を出したら、かえって人を呼んでるみたいなもんだぜ」

「いやっ……」

冷二の言葉に悠子の声が急速に小さくなって、おびえた目であたりを見る。

冷二はニヤニヤと笑いながら悠子を引きずるようにして、林のなかへ連れこんだ。大きな木の下まで来ると、悠子を後ろ手に縛った縄尻を太い枝にかけ、まっすぐ裸身がピンとのびるように吊った。

「こうやって素っ裸にすると、本当にいい身体してるのが、よくわかるぜ。たまらねえ身体しやがって」

冷二は悠子のまわりをゆっくりとまわりながら、あらためてその白い女体を眺めた。まばゆいばかりの肌に、思わず冷二の目が細くなり、舌なめずりが出た。悠子の乳房はまるで処女のそれみたいに形よく固く張って、乳首も小さかった。腹部はなめらかで腰は細くくびれている。そしてテニスできたえられた下半身は健康的な色気を漂わせ、見事な肉づきを見せている。

こりゃ、まだそんなに肉体経験はねえようだな……。

冷二はそんなことを思いながら、溢れる涎れをすすりあげた。

「もう許して……」

悠子は弱々しく顔を振りながらすすり泣いている。閉じ合わせようとする太腿が、ブルブルと震える。冷二の淫らな視線を感じて太腿を閉じ合わせようとすると、いやでも深く埋めこまれた張型を感じとってしまい、おびえたようにガクッと力を失う。

「ああ、もういやっ……取ってください」

「道具じゃなくて、生身が欲しいってことかい、芦川悠子先生」

「いやっ」

悠子はおびえて泣き声を高めた。

冷二はダンボールの箱を持ってくると、なかからカメラを取りだした。

「まずは写真撮影からだ」

「い、いやあ！」

悠子の美貌が血の気を失ってひきつり、悲鳴がほとばしった。

「そんな……写真なんていやっ、いやです……許して！」

「写真を撮っておけば、あとで誰かに訴えようなんて気も起こらなくなるからな。それに写真が俺の手にある限り、芦川悠子先生をいつでも呼びだしてお楽しみができるってもんだぜ」

冷二はカメラを手に悠子の前にかがみこみ、張型をしっかり咥えこんだ光景をニヤニヤと見つめた。

「いや、いやあ！……写真はやめて、お願い、撮らないで」

悠子は泣きながら必死にカメラから顔をそらし、腰をよじってあさましい姿を隠そうと身悶えた。ストロボの閃光が走り、シャッターが切られると、悠子は「ひいっ」と鋭い悲鳴をあげて顔をのけぞらせた。

そんな悠子を冷二は舌なめずりしつつ、次々と撮っていく。

「せっかくの綺麗な顔を隠すな。素っ裸でオマ×コに張型を咥えこんでいるのが、芦川悠子先生だとわかるように、はっきり顔をこっちへ向けな」

「ああっ……」

ひきつった悠子の美貌にストロボの閃光が飛んだ。はっきりと顔を撮られてしまっ

た絶望に、悠子は泣きじゃくるばかり。

こういう女は強姦して写真まで撮ってやりゃ、もうこっちのもんだぜ……。

そんなことを思いながら、冷二は三脚を取りだしてカメラを取りつけた。カメラの焦点を悠子の股間に合わせ、セルフタイマーをセットする。

「今度はオマ×コのなかまで撮ってやるぜ。せいぜいよがり狂ってくれよ、芦川悠子先生」

冷二はニンマリとして、悠子の身体に手をのばした。艶やかにもつれ合った茂みをかきあげ、張型を咥えた媚肉をはっきりとさらけだす。さらに指でつまんで左右へくつろげ、妖しく濡れた肉層までカメラのレンズにさらした。

「そんな……いや、いやあ！」

いくら泣き声を放って腰をよじろうとしても駄目だった。ストロボの閃光とともにシャッターが切れた。

「いやあ！」

「こりゃすげえ写真ができるぞ。ほれ、もっとうれしそうによがらねえか」

冷二は悠子の股間のクローズアップから全身像まで、何枚も撮っていく。そのうえ、また張型のバイブレーターのスイッチを入れた。ジーと不気味な電動音とともに、張型が悠子のなかで振動し、うねりはじめた。

「あっ、いや……ああっ……」

ビクンと悠子の腰が震え、泣き声がひきつった。内臓をこねまわされ、子宮を揺さぶられる感覚に、悠子は白目を剝き、縄に絞られた乳房を荒々しく弾ませ、総身を揉み絞った。

「ああっ……ああっ……」

どんなにおぞましいと思っても、さんざん焦らされて弄ばれた悠子の身体は、張型の動きが送りこんでくる感覚に耐えられなかった。子宮が熱く疼いて、秘肉がひとりでに蠢き、張型に絡みつき、締めつける。ストロボが光り、シャッターがたてつづけに切られるのも、気にする余裕はなかった。

た、たまんない……死んじゃう……。

めくるめく恍惚に翻弄されながら、悠子はあえいだ。満足に息もできず、必死に空気を吸いこむ。

「よっぽど気持ちいいと見えて、お汁がどんどん溢れてきたぜ。こりゃいい写真ができる」

セルフタイマーで次々と写真を撮りながら、冷二はゲラゲラと笑った。ここまできたら、張型で一度気をやらせてみたい。

冷二は張型をつかむと、子宮をえぐりあげるようにゆっくりあやつりはじめた。たちまち濃い女の色香とともに、秘めやかな音がしはじめる。

「あ、ああっ、許して……そんなにされたら……ああ……」

「気をやってしまうというのか。芦川悠子先生のイク瞬間をカメラにおさめられるってわけだな」

「いや、いやあ！」

悠子の声は泣き声にしかならなかった。もう抑えようもなく、身体は官能の絶頂へ向けて追いあげられた。

「ああっ……あ、ああっ……」

悠子の両脚がピンと突っぱり、上体がのけぞった。

「ほれ、イケ。イクんだ」

冷二はとどめを刺すように、ひときわ深く悠子をえぐった。

「ひいーっ！」

ガクンと悠子の顔がのけぞる。そして白い裸身が恐ろしいばかりに収縮し、突きあげるものをキリキリくい締め、絞りたてた。

「うむ、うむむ……」

白目を剝いたまま、悠子は汗まみれの裸身に何度も痙攣を走らせた。

その瞬間を狙ってストロボが光り、シャッターが切れる。だが、悠子はもう、それも気づかない。意識が恍惚のなかへ吸いこまれ、ガックリと力が抜けた。あとは汗の光る乳房から腹部にかけて、ハアハアと激しくあえがせているばかりだ。

「フフフ、気をやりやがって。色っぽい顔してるぜ」

冷二はカメラを手にさまざまな角度から悠子を撮りまくった。

張型はまだ深く咥えこませたままで、それに深い陶酔の余韻を生々しく伝える肉の蠢きが色っぽい。冷二は思わずゴクリと喉を鳴らした。

芦川悠子か……まったくこたえられねえ女だぜ。もう俺のものだ……。

冷二は腹のなかで何度も呟いた。

2

悠子の後ろへまわると、冷二はおもむろに臀丘を割り開いた。

可憐な蕾がひっそりとすぼまっていた。まだ張型を咥えこまされたままの媚肉の余韻が伝わってくるのか、妖しく息づくようだ。

「ほう、尻の穴もいいじゃねえか」

冷二はうれしそうに手をのばして、悠子の肛門をまさぐった。

悠子の目が開き、顔がのけぞった。余韻に沈んでいる余裕すらなく正気に引き戻された。

「い、いやっ……そんなところを……ああ、いやです！」

「俺の女にするためには、ここの調教も必要なんだよ。芦川悠子先生が俺から逃げようなんて気を起こさなくするためにも、肛門責めは必要なんだ」

「いやっ……ああ、そんなところは、やめて！……触らないで！」

悠子は泣きながら腰を振りたてた。

冷二はニヤニヤと笑い、指先で円を描くように揉みこんでいく。おびえきった悠子の肛門がヒクヒクと震え、肛門の粘膜が指先に吸いつく。

「そんなに尻の穴を触られるのはいやなのか、芦川悠子先生」

「いやっ……あ、ああ許して……」

頭を振りつつ悠子は泣き声をひきつらせた。排泄器官をまたしても嬲りの対象とされる異常さ。必死にすぼめるのを無理やり揉みほぐされていく感覚がたまらず、泣き声さえ力を失って、歯がカチカチ鳴った。次第にゆるんでフックリと盛りあがっていく肛門がむず痒く、今にも漏れそうな感覚が悠子をおびえさせる。

「ずいぶん尻の穴が柔らかくなってきたじゃねえか。ちょいと指を入れさせてもらうぜ」

冷二はわざと教えてやる。ジワジワと指先に力を入れた。

「ひいっ……い、いやあ！」

悲鳴をあげて、悠子の美貌がのけぞった。冷二の太い指が縫うように肛門を貫いてくる。そんなことをされるなど、信じられない悠子だ。

「や、やめて！……ああ、指を……指を取って！……そんなこと、いやあ！」

「悠子先生の尻の穴、いい感じだぜ。ほうれ、俺の指が根元まで入ったのがわかるだろう」

指をしっかりとくい締め、ヒクヒクとおののく妖しい感触を、冷二はじっくりと味わった。しっとりとしていて、熱くとろけるようだった。

「どうだ、尻の穴に指を入れられている気分は？　気持ちいいんじゃねえのか」

「い、いや……」

悠子はもう満足に口もきけない。激しく頭を振った。

それをあざ笑うように、冷二はゆっくりと指をまわした。

たちまち悠子は喉を鳴らし、苦悶の表情をさらして泣き声を途切らせ、うめきをあげる。さらに指先を曲げて腸襞をまさぐり、薄い粘膜をへだてて前方の張型とこすり合わせると、悠子は腰をガクガク揺すって、

「やめて！……ああ、いやっ……もう、もういやあ！」

「このくらいで音をあげてどうする。こんなのは、ほんの序の口だぜ。たまらなくな

るのはこれからだ」

そう言って冷二は指を抜いた。悠子は息絶えんばかりにのけぞり、双臀をブルルッと震わせた。

冷二はニヤニヤと笑いながら、ダンボール箱からなにやらゴソゴソと取りだした。

「浣腸してやるぜ、芦川悠子先生」

「………」

なにを言われたのか、悠子にはすぐにはわからなかった。

その悠子の目に、冷二は注射型のガラス製の浣腸器を見せつけた。わざとらしく薬用瓶のグリセリン液を吸いあげてみせる。ガラスがキーと軋んだ音をたてた。

「わかるだろ、こいつで尻の穴からグリセリンを呑ませるのさ。芦川悠子先生には二百CCだ」

言い終わらないうちに、悠子の美貌が凍りついた。

「芦川悠子先生みたいな美人を牝に飼育し、俺に服従させるには浣腸が一番効果があるんだ。ダメ押しってやつだよ」

そう言って、冷二はニンマリと舌なめずりした。

悠子は美貌をひきつらせたまま唇をワナワナと震わせ、かえす言葉もなかった。

二百CCたっぷりと薬液を吸った浣腸器を持ち、冷二は悠子の双臀に手をかけた。

「いやあ！」

弾かれるように、悠子は悲鳴をあげた。

「いやっ、いやあ！……ああ、狂ってるわ……そんなこと、絶対にいやあ！」

「そんなにいやがられると、ますますやりたくなるぜ」

冷二は悠子の双臀をピタピタとたたいた。

おびえた声をあげ、悠子は乳房を揺すり、腰をよじりたてて逃げようともがいた。

だが逃げられるはずはなく、悠子の裸身がむなしく揺れるばかりだ。冷二に犯され、張型でおもちゃにされて写真まで撮られ、もう身も心もズタズタの悠子だったが、さらに浣腸器で嬲られるのだ。

「いや、いやです！……ああ、そんなことだけは許して……どうして、そんなことまでされなきゃ、ならないの」

「芦川悠子先生を俺に完全服従させるためだと言っただろ」

冷二が悠子の臀丘の谷間を割り開いて、浣腸器をあてがおうとすると、悠子はいっそう狼狽を露わにして、泣き声を高めた。

「待って……あ、あなたの言うことに従います。ですから、それだけは……お願い、そんなことは、しないで」

「ほう、浣腸しなくても俺に服従するってのかい、芦川悠子先生」

冷二はニヤリとした。この際、悠子を精神的にも徹底して屈服させておこうと思った。

「俺のものになると誓うんだな。命令には絶対服従の牝になりきれるのか」

おぞましい浣腸から逃れたい一心で、悠子はうなずいた。

「はっきり言うんだ」

冷二はパシッと悠子の双臀をはたいた。悠子の唇がワナワナと震える。

「あ……あなたの、ものになります……」

「はっきり牝になると言え」

「ああ……悠子は……あなたの……牝になります」

悠子の頬に涙がポタポタとこぼれた。

「その言葉を忘れるなよ。もしさからったら恥ずかしい写真を街中にバラまくからな」

冷二は勝ち誇ったようにゲラゲラと笑った。

「尻の穴にいたずらされるのが好きだと言ってみろ」

「いやっ」

悠子は反射的に叫んで、頭を振った。

冷二は舌なめずりしつつ、嘴管の先を悠子の肛門に含ませた。

「ああっ……い、いやあ！」

「早く言えよ。ぐずぐずしてると浣腸するぜ、芦川悠子先生」

冷二は嘴管の先で悠子の肛門をこねるようにして、ゆっくり抽送した。

「ひっ……」

悠子は双臀を硬直させ、激しい狼狽を見せる。

「や、やめて！」

「じゃ、さっさと言いな」

「ああ、言えない……そんなこと、言えません……許してェ」

「どうやら浣腸するしかねえようだな」

冷二はそう言って、わざとらしく浣腸器のシリンダーを押す気配を見せた。

「駄目っ……ああ、悠子……悠子はお尻の……穴に、いたずらされるのが好きです」

泣き声を震わせながら言った悠子は、それが本心でないことを訴えるように、黒髪を振りたくった。

「そんなに尻の穴にいたずらされるのが好きなのか、芦川悠子先生。となりゃ、やっぱり浣腸してやるしかねえようだな」

「そ、そんな……」

恥ずかしくて血が逆流するかと思うような言葉まで言わせておいて、この男ははじめから浣腸する気だったのだと思うと、悠子は目の前が暗くなった。

「ああ、いやっ……浣腸なんていやっ。いやです！」

「諦めるんだな。浣腸するところも写真に撮ってやるぜ。ほれ、入れるぞ」

「いやっ、いやあっ！」

狂ったように悲鳴をあげた悠子だったが、冷二がゆっくりシリンダーを押しはじめ、薬液が流入すると、

「あっ……いやあっ……あああぁ……」

ビクッと裸身がこわばり、キリキリと唇を噛みしめる美貌をのけぞらせた。

チュルチュルと入ってくるおぞましい感覚が、悠子の肉を蝕む。汚辱感が頭のなかに渦巻き、こらえきれない震えがこみあがり、硬直した腰がよじれ、ブルブル震えた。

「あ……あむむ……許して……」

「暴れるな。写真のピントがずれるじゃねえか」

冷二がそう言う間にも、ストロボの閃光が悠子の裸身に走り、シャッターが切れた。

「どうだ、芦川悠子先生、腹のなかへ入っていくのがよくわかるだろ」

「許して……ううむ、いや……」

「浣腸は初めてのようだな。じっくりと味わうんだ」

シリンダーを押しつつ、冷二は嘴管を揺さぶって悠子の肛門を苛む。ゾクゾクする快感がこみあげ、冷二は思わず胴震いした。シリンダーを押す手も、じっとりと汗ばむ。悠子ほどの美女に浣腸までしてやっていると思うと、征服感に恍惚となる。まさかこれほど順調にことが運ぶとは、思ってもみなかった。

もう悠子は、次々と注入されるおぞましさに抗う気力も萎えて、すすり泣き、あえぐばかりだ。

「二百CC、すっかり呑みこんだじゃねえか。うまかっただろうが」

シリンダーを底まで押しきると、冷二は勝ち誇ったように言って、ゆっくりと嘴管を抜き取った。

悠子はもう汗の光る上気した顔をワナワナ震わせ、唇を噛みしめて嗚咽するばかり。

「気持ちよくて声も出ねえのか。それとも、たった二百CCじゃもの足りねえのかな」

　からかっても悠子はほとんど反応を見せない。

　冷二は浣腸したあとをゆっくり指先で揉みながら、もう一方の手を前へのばして媚肉に埋めこまれた張型をあやつりだした。

「ああ……」

　悠子はハッと正気づいたように顔をあげた。

「いや……ああ、もういやです……これ以上は許してェ」

「なにを言ってやがる。自分ばかり楽しんで、俺のほうはまだなんだぜ。俺を咥えこみたくなるまで、もっとオマ×コをとろけさせな」

「許して……」

　凌辱の限りをつくしながら、このうえ、さらにまた……。冷二は人間の皮をかぶった悪魔なのだ。

　だが、肛門と肉の花園とを同時にいたぶられる異常さに、悠子はたちまち妖しい官能に包まれ、ハアハアとあえぎはじめた。張型を動かされるたびに身体が反応し、またジクジクと蜜を溢れさせる。

「あ、あ……やめて……あむむ……」

　同時にジワジワと便意が悠子のなかでふくれあがった。悠子の美貌に便意の苦痛が交錯する。

「トイレに行きてえのか、芦川悠子先生。だったら早いとこ俺を楽しませることだ」

冷二は上眼使いに悠子の顔を覗きこんで、ニヤリと笑った。

3

冷二は悠子の左の膝に縄を巻きつけて縛ると、木の枝に引っかけて絞った。

「あ、ああっ……いやっ……」

片脚吊りにされて折れ曲がった左膝は、乳房に触れんばかりに引きあげられた。そのために悠子の股間は開ききって、しとどに濡れた花園が妖しく花開いていた。もう張型も引き抜かれ、熱くたぎった肉層が生々しい。

「浣腸で感じたのかい。すごい濡れようでいい色してるじゃねえか。ちょうど犯り頃だな」

「いや……ああ、その前に……お願い」

「俺を楽しませるのが先だぜ」

冷二は抜き取った張型を手にしたまま、悠子の前に立って、剝きだした肉棒を揺すってみせた。その間も三脚のカメラが一定の間隔で悠子を自動シャッターで撮っていく。すでにフィルムは五本目に入っていた。

「さあ、楽しもうじゃねえか。芦川悠子先生も今度は自分から腰を振るんだぜ」

冷二はそう言って、悠子の細い腰をグイと抱き寄せた。

「いやっ……やめて。許してください」

「早く俺を楽しませねえと、このまま漏らしちまうぞ。垂れ流しだぜ」

冷二の言葉に答える余裕すらなく、肉棒の先端で小突かれて悲鳴をあげ、悠子は腰をひねりたてた。

「まだ腰を振るのは早いぜ。俺がぶちこんでからだ」

冷二は悠子の双臀を両手に抱きあげるようにして、ゆっくりと貫いた。熱くとろけた肉が冷二を包みこみ、まとわりついてくる。

「いや……あ、う、うん……」

悠子はのけぞり、総身を揉み絞るようにして吊られた片脚をキリキリよじった。

「ううむ……う、ううっ……」

「つながったぜ、芦川悠子先生。何度ぶちこんでも、いい感じだ」

冷二は底まで押し入れて、ズシッと悠子の子宮をえぐりあげた。

悠子は白目を剝き、喉を絞った。たちまち白い裸身に玉の汗が噴きだす。

「今度は思いっきりよがり声をあげてもいいぜ。うんと気分出しなよ」

冷二は蠢き震える双臀を抱きこんだまま、ゆっくりと腰を揺すりはじめた。

「あ、あああっ……許してェ」

「どうだ、いい気持ちだろ。ヒクヒク絡みついてくるじゃねえか」

悠子は泣きながら頭を振りたてた。どこまで辱しめれば気がすむのか。冷二の飽くことを知らぬ性欲に、悠子は気死しそうになる。

「いや……ああ、もう、いやっ」

「オマ×コはそうは言ってねえぜ。うれしそうに絡みついてくるのが証拠だよ」

冷二は悠子の美貌を覗きこみつつ、余裕をもってえぐった。悠子の肉がたちまち冷二になじみ、反応を見せるのがわかった。妖しく収縮を繰りかえしながら、さざ波のように愉悦の痙攣が走る。

それにつれて悠子の泣き声も、愉悦を露わにしはじめた。すすり泣きに熱いあえぎがまじりはじめる。

「あああ……許して……あうう……」

汗まみれの裸身が木漏れ日のなかにキラキラと光り、妖しく匂うようなピンク色に染まって、くねりのたうつ。それを狙って何度も三脚のカメラのストロボが光り、自動シャッターが切られた。

「やっぱり身体は正直だな」

リズミカルに責めたてつつ、冷二は双臀を抱える指をすべらせる。悠子の肛門は前から溢れた蜜にまみれながらも、ふくれあがる便意を必死にこらえるようにしっかりすぼまっていた。冷二は指先で悠子の肛門をゆるゆると揉みこんだ。

「ああ……ああ……」

悠子は狼狽の声をあげた。指先をそらそうと腰をよじれば、前に押し入っている肉棒をいっそう感じさせられ、また、指が入ってくるのではないかというおびえに肛門をさらに引き締めれば、また前の肉棒をいっそう感じさせられた。それがこらえきれない快美を生むのが、悠子には恐ろしい。そのうえ、肛門を揉みこまれたことで、かえってかけくだろうとする便意を意識させられた。

「ああ、そんなにされたら……やめてェ」

「漏れちゃうというのか、芦川悠子先生。しっかり尻の穴を締めてろ」

冷二は悠子の肛門をいじりながら、いっそう荒々しく子宮を突きあげる。悠子が肛門を引き締めれば、それが肉棒をもキリキリ締めつけることになって、冷二にはたまらない快感だ。

「許して……お尻、いじらないで……」

脂汗を噴きだしつつ、悠子は哀願する。

ふくれあがる便意と肉の快美とが悠子のなかでせめぎ合い、交錯する。ググッと便意がかけくだったかと思うと、それを呑みこむように官能の波が打ち寄せ、また次には便意が押し戻す。

「ああ……もういやっ……やめてェ」

「こんなによく締まるオマ×コを、途中でやめられるかよ」

「許して……これ以上は……ああ……」

「もらしやがったら、もう一度浣腸するからな。今度は倍の量呑ませるぜ」

冷二は腰を揺するのも、悠子の肛門を揉みこむのも、やめようとしない。

悠子の肛門に指を押し入れようとした時、林道のほうで声がした。若い男女の声で四、五人いるようだ。さすがの冷二もハッとした。悠子も気がつくと、戦慄の声をあげ、狂ったように裸身を揺さぶった。

「ああっ、た、助けて！」

悲鳴をあげて助けを求めた。だがその声は、冷二が素早く口を覆ったので、くぐもったうめき声にしかならなかった。

「どういう気だ。こんな姿を見られてもいいのか。浣腸されてるんだから、恥をかくのは先生のほうだぜ。それとも見られたいのか」

冷二は耳もとで囁きつつ、器用に爪先で足もとのタオルをつまみあげると、悠子に猿轡を嚙ませた。

どうやら若い男女のグループはこっちへ向かってくるようだ。木々の間からハイキングスタイルの人影がチラチラ見えた。まだ若くて、高校生か大学生といったところだろう。

「う、うう……」

悠子はうめき、もがいた。さっきは我れを忘れて思わず救いを求めようとしたが、こんなあさましい姿を見られると思うと、生きた心地がなかった。

だが、冷二は悠子を深く貫いたまま離れようともせず、ニヤニヤと笑いさえ浮かべている。狂ったとしか思えない。

「さっきは見られたくて声を出そうとしたんだろ、芦川悠子先生。そんなに見られたいなら見せてやりゃいい」

そんなことさえ悠子の耳もとで言って、低く笑う。

しゃべりながら歩いてきた若い男女のグループは、悠子と冷二の姿に気づくと、ギョッと立ちどまった。楽しいハイキングの途中で、いきなり全裸で縛られた女性に出くわし、しかも下半身裸の男がぴったりとまとわりついているのだ。しばし声も出ず、棒立ちだった。

「驚かせちまったようだな。気にすることはねえよ。今はやりの野外プレイってやつだ」

冷二は若いグループに向かって平然と言ってのけた。

「SMプレイだってさ」

「鞭やロウソクを使う変態のこと?」

「サドマゾってのさ」

「でも、あの人、泣いてるわよ」

そんなヒソヒソ話が冷二と悠子にも聞こえてきた。

「なあに、うれし泣きってやつだぜ。この女はこうして縛られていじめられるのが、大好きなんだ。オマ×コはもうビチョビチョに悦んでるんだぜ」

そう言って笑うと、冷二はまたゆっくりと悠子を突きあげはじめた。

「見物していってもいいんだぜ。そのほうが女も悦ぶ」

冷二は平然とうそぶきつつ、次第に動きを激しくしていく。

「うむ、ううむ……うむ……」

悠子は猿轡の下でうめいた。こんな姿を他人に見られるのならいっそ死んでしまいたい。

若いグループはまた声を失って、圧倒されたようにその場に立ちつくしている。若さゆえというだけでなく、どんな男でも悠子のこんな姿を前に冷静ではいられないだろう。悠子が美しすぎるのだ。

「う、うっ……うむ……」

悠子は耐えきれないように頭を右に左にと振った。こんな辱しめを受けて感じてはいけない、と思えば思うほど、冷二がリズミカルに送りこんでくる官能に、身体が翻弄された。

「連中にも色っぽい声を聞かせてやれよ。気をやる時には、はっきりとイクと言うんだぜ」

悠子の耳もとで囁き、冷二はいきなり猿轡をはずした。

「あ、ああっ……いや、いやです……見ちゃいやっ！」

悠子はあえぐように言った。気が狂いだしそうなのに、悲鳴をあげる気力も萎えた。もう恐ろしさも恥ずかしさも、めくるめく官能に呑みこまれ、熱いあえぎがとまらない。どうしてこうなるのか、悠子は自分の身体の成り行きが恨めしい。

「許して……あ、あうう……」

深く押し入られた肉棒で子宮口をこすられ、えぐられると、こらえきれずにあさましい声が出た。頭のなかもうつろになるような愉悦が、身体の芯を走るのだ。

「あ、あうう……あうう……あああ……」

一度よがり声をあげてしまうと、もうとめられなかった。

「どうだ。たいした悦びようじゃねえか。これがこの女の本性だぜ。そうそう、この女、浣腸もされてるんだ」

冷二は若いグループに、足もとに転がっている浣腸器を指さして、ゲラゲラと笑った。

若いグループは浣腸器を見て、驚愕し、悠子を見た。美しい悠子がそんなことまでさせるなど、信じられないのだ。

「ああ……そんな……」

悠子は羞じらいすらも官能の渦に呑みこまれ、満足に口もきけない。

「ほれ、そろそろ気をやりてえんだろ。さっさとしねえと、ウンチを漏らしても知らねえぞ、芦川悠子先生」

冷二は双臀にまわした手で、また悠子の肛門をいじりはじめた。

「あ、ああっ……いやあ！」

再び肛門をいじられたことで、忘れかけた便意が甦った。だが、便意の苦痛が押し寄せる前に、官能の大波が押し寄せた。冷二の指がググッと肛門に沈むと同時に、

「ああっ……ああ！……」

まるで断末魔のように生々しい声とともに悠子の上体が大きくのけぞった。腰を二度三度と自ら激しく振り動かし、冷二の肉棒と指をキリキリくい締めて痙攣を走らせた。

「う、ううむっ……イク！」

うめきを絞りだしつつ、悠子は白目を剝いてもう一度、ガクンとのけぞった。

冷二はきつい収縮に耐えつつ、今にもほとばしりそうな精をじっとこらえた。悠子ほどの素晴らしい肉を前に、一度で果ててしまうのは惜しい気がした。

「気をやりやがった。見ろよ、この色っぽい顔を」

冷二はまだ悠子を貫いたまま、美しい顔を若いグループにさらしてみせた。

その顔は両眼を閉じて唇を半開きにし、ハアハアとあえいでいた。汗にほぐれた髪が額や頰にへばりついて、初産をすませた若妻みたいな悩ましさだった。

見ている者は皆、その妖艶な美しさに魂を奪われ、金縛りにあったように動かなか

った。

「しっかりしろ、俺はまだ満足してはいねえぞ。ほれ、もっと気分を出せ」

冷二はまた、ゆっくりと悠子を突きあげはじめる。

「ああ……」

狼狽の声をあげ、悠子はうつろな目をもたげた。

「も、もう許して……」

「まだだ。ウンチをするのは俺を楽しませてからだと言ったはずだぞ」

冷二はリズミカルに腰を揺すりつつ、栓みたいに肛門に埋めこんだ指で、グリグリと腸腔をこねくりまわした。

「やめて……出ちゃう……いや、いやあ!」

わずかに抗いの声をあげた悠子だったが、すぐにそれは、身も心もゆだねきったようなよがり声に変わった。

4

現像したばかりの写真を一枚一枚眺めながら、冷二はうれしくてならない。ニヤニヤと笑っている。

写真はどれも我れながら感心するほどよく撮れていた。悠子の顔や恥態をはっきりと写しだし、全部で三百枚近くあった。

「すげえな。こりゃ高く売れるぜ」

官能の絶頂へ昇りつめる悠子の苦悶にも似た恍惚の表情、そして冷二の肉棒が肉の花園を無残に貫いているのもはっきりわかる。張型でえぐられた写真も、さまざまな角度から撮れていた。そして、冷二に臀丘を割られて肛門を剝きだしにされ、ウネウネと排泄している生々しい写真の数々。

悠子の排泄にびっくりして、あわてて逃げだした若いグループを思いだし、冷二は一人ゲラゲラと笑った。

もう二日前のことだったが、今のことのように覚えている。悠子の白い裸身が頭に灼きつき、媚肉の妖美な構造や肛門の粘膜のとろけるような感触、そして悠子の悩ましいよがり声がはっきりとこびりついていた。そのひとつひとつが写真となって、冷二の手にある。

「この写真がある限り、芦川悠子は俺から逃げられねえ」

ひとまず悠子を解き放ってやったのも、その自信からだ。特に浣腸と排泄の写真は決定的だった。それだけでなく、悠子の排泄物が乾燥してコチコチに固まり、ガラス容器に保存された。ガラス容器には『牝一号、芦川悠子』とラベルがはってあった。

これが悠子の排泄したものなのだと思うと、冷二は心地よい征服感に酔った。世界中でたった一人しか持っていないものだ。それに写真がある限り、悠子は口が裂けても冷二とのことは他言しないだろう。

すっかり味をしめた冷二は、さっそく二人目のターゲットを絞った。

冷二が狙ったのは、藤邑由美子だった。冷二が高校の時の一年上の上級生で、美少女として有名な由美子だった。当時、冷二はほのかな恋心を抱いたものだったが、由美子は冷二の存在さえ知らず、実るはずもない片想いだった。

そのせいか、由美子のパンティはずいぶんと盗んだ。

「藤邑由美子か。どんな女に成熟しているか、楽しみだな」

由美子のことを思いだしつつ、冷二はニンマリとした。

由美子をさがしだすのに、さして苦労はなかった。高校の卒業生の名簿ですぐにわかった。航空会社のスチュワーデス寮が住所になっている。

「こいつはいいや。前から一度、制服のスチュワーデスをやってみてえと思ってたんだ」

考えるだけでも冷二はゾクゾクした。しかも由美子は国際線のスチュワーデスだ。制服もさぞ似合ってることだろう。

由美子をひと目見たい一心で、冷二は成田空港へ車を走らせていた。今日から由美子のフライトがあることは調べておいた。

空港に着くと十五分もしないうちに、由美子の姿を冷二は見つけた。出国ゲートへ向かうスチュワーデスの一群に、由美子の美しい姿があった。

濃紺の制服に身を包み、アップにセットした黒髪に帽子をのせ、知的な美しさにあふれている。それでいて濃紺のストッキングに包まれた脚線は官能的で、胸や双臀の張りも悩ましく、冷二はゾクゾクと嗜虐の血が騒いだ。

見事に成熟してやがる。いい女になりやがって、俺にやってくれと言ってるようなもんだぜ……。

出国ゲートに消えていく由美子の後ろ姿を見つつ、冷二は舌なめずりした。

これで牝二号は決まりだな……。


スチュワーデスの寮は郊外の丘の上にあった。六階建てのマンションで、玄関にはガードマンがいた。

ここで由美子を襲うことは不可能に近かった。だが幸いなことに、門から玄関まではゆるやかな坂道になっていて、玄関のガードマンからは門が見えない。

スチュワーデスともなれば、ほとんどタクシーを使う。となれば由美子を襲うのは、

だ。

　夜の九時半。あと三十分もすると、国際線の勤務を終えた由美子が戻ってくるはず
　そんなことを呟きつつ、冷二は車のなかでじっと由美子を待った。

「牝二号は藤邑由美子だ。どんなことをしても手に入れてやる」

この門の付近しかなかった。


　十時になると、何人かの同僚がタクシーで戻ってきたが、そのなかに由美子の姿はなかった。さすがに冷二は焦れて苛々した。

「遅いな。なにしてやがるんだ」

　冷二はさかんに煙草をふかした。そろそろ十一時になろうとしていた。

　諦めかけるとタクシーが一台近づいてきて、門の前でとまった。制服姿のスチュワーデスが一人、おりた。あたりは暗かったが、
　由美子。間違いねえ……。

　冷二は本能的に嗅ぎとった。

　素早く車をおりた冷二は、由美子の後ろへそっと忍び寄った。

「藤邑由美子」

　冷二は後ろから声をかけた。

「はい」

振りかえった由美子の口に、冷二はクロロフォルムをしみこませたタオルを当てて押さえつけた。

「ああ、なにを……」

由美子の声はくぐもったうめき声にしかならなかった。冷二の手を振りほどこうともがく由美子を抱き押さえる。

「うむ、ううむ……」

必死にもがく由美子だったが、すぐに抗いの力が抜け、グッタリと冷二の腕に崩れ落ちた。

冷二はもう正体をなくした由美子を抱きあげ、車に運んだ。後部座席に横たえる。それから門のあたりにちらばった由美子のバッグなどをかき集めて、トランクにしまった。あとは車を走らせるだけだ。

「これで今夜は楽しい夜になるぜ」

ハンドルを握りながら、冷二はうれしそうに顔を崩した。

五分ほど走らせたところにあるラブホテルへ車を入れた。由美子を抱きあげて部屋へ入り、ダブルベッドの上に横たえた。さらに責め具のつまったダンボール箱やカメラを運びこんだ。

由美子はまだ冷二の淫らな意図を知らずグッタリとしたままだ。

「フフフ……」

冷二の口から思わず笑いがこぼれた。早くも恍惚とした思いで由美子を眺めた。

アップにセットされた黒髪には帽子が、しなやかな肢体には濃紺の制服が、そして脚には濃紺のストッキングが……。空港で由美子を見かけた時と同じだった。その制服姿が美しい由美子をいっそう際立たせ、妖しい色気を感じさせた。脱がせてしまうのが惜しい。

「素っ裸もいいが、制服姿も捨てがたい」

冷二はそんなことを呟きながら、制服の上衣のボタンをはずし、ブラウスのボタンをはずして前をはだけた。ナイフを取りだしてスリップとブラジャーの肩紐を切り、さらに真ん中から切り裂いてむしり取った。

ブルンと由美子の乳房が露わになった。ハッとするほど白く、桃のように美しい乳房だった。乳首は小さく処女のそれみたいに初々しい。

目が吸いこまれる。冷二は胴震いをしつつ生唾を呑みこんだ。すぐにでもしゃぶりつきたい衝動を抑えて、冷二はさらに制服のタイトスカートをずりあげた。

濃紺のストッキングに包まれた官能的な太腿が露わになり、ストッキングの下に小さな白いパンティが見えた。

「なんていい身体してやがるんだ。こいつはたまらねえな」

冷二はうなるように言った。なんと官能的でムチムチと成熟した太腿か。それでいて両脚はスラリとのび、足首は細い。腰もまた細くくびれ、そこから太腿への悩ましい曲線と肉づき。どこを見ても思わず涎れの垂れてしまう美しさだった。

ゆっくりと濃紺のパンティストッキングをずりさげていく手が、小さく震えてとまらない。まるで皮を剝ぐように白く美しい肌を見せて太腿がさらけでた。

パンティをずりおろした。艶やかにもつれ合った繊毛が、妖しい女の色香を立ち昇らせて、フルフルと震えた。

すぐにでも由美子の太腿を押し開いて覗きこみたかったが、それはやはり由美子の意識が戻ってからのほうが面白い。

由美子をうつ伏せに引っくりかえした。由美子の双臀は形よく吊りあがってムチッとした肉づきが素晴らしい。臀丘の谷間は深く切れこんで、その奥にどんな蕾が隠されているのかと思うと、嗜虐の欲情がふくれあがった。

「責めがいのある尻をしやがって……」

冷二は何度も舌なめずりした。

自然と芦川悠子の双臀と較べていた。どちらも甲乙つけがたいが、形のよさでは悠子のほうが上かもしれない。だが、大きさといい肉づきの艶っぽさといい、肛虐の欲情に駆られるのは由美子のほうが上のようだ。それだけ由美子のほうが性体験も多いということか。

「う、う……」

由美子が小さくうめいた。もうすぐ意識の戻る兆候だ。

冷二は縄の束を取りだすと、由美子の両手を背中で重ねて縛り、さらに制服の上衣とブラウスから剝きでた乳房の上下にも縄をくいこませた。

再びあお向けに由美子の身体を引っくりかえした。煙草に火をつけながら、冷二はあらためて由美子を見つめた。

スチュワーデスの制服は着たままで胸もとをはだけられて剝きでている乳房。スカートをまくられ、白く悩ましい肉づきを見せる下半身。足首のあたりにはパンティストッキングとパンティが絡まったままだった。

「素っ裸より色っぽいくらいだぜ。これで今夜は思いっきり楽しめるってもんだ」

冷二はうれしそうに言って、煙を吐いた。もはや体中、嗜虐の血がざわめくのを抑えきれなかった。

「そうだ。せっかくの悩ましい姿を写真に撮っておかなくちゃな」

冷二は由美子めがけて右から左から、正面からとシャッターを切りまくった。

ストロボの閃光に、由美子は右に左にと顔を振るようにしてうめいた。目尻のあたりがピクピクとして、唇がゆるんだ。

「目がさめたら地獄のはじまりだぜ、由美子。いや、極楽かな」

冷二は由美子に向かって言うと、服を脱いで下着姿になった。もうさっきからパンツの前は痛いまでに硬くなっていた。

カメラを三脚にセットし、責め具のつまったダンボールをベッドの足もとへ引き寄せた。もう由美子の意識が戻るのを待つばかりだ。

5

待つまでもなく、由美子はあえぐように息をもらして、うつろに目を開いた。その目にニヤニヤと笑っている冷二の顔が映ると、意識が戻った。

「あ、あなたは誰なんです!?」

そう言った由美子は、寮の前で突然襲われたことを思いだした。

次の瞬間、由美子の美貌が凍りつき、悲鳴がほとばしった。いつの間にか縄で後ろ手に縛られ、ケバケバしい部屋のベッドに寝かされている。しかも乳房を剝きだされ、スカートをまくられて、パンティストッキングとパンティをずりさげられているという半裸の姿である。

「いやあ！」

あわてて両脚を縮こませて肌を隠そうとしたが、由美子の足首は冷二の手でがっしりつかまれていた。

「せっかくのムチムチした身体を隠すことはねえぜ。どうせ、オマ×コの奥まで見られることになるんだ」

冷二はせせら笑った。

「ああ……あ、あなたは誰なの!?」

「この身体を狙ってた男さ。思った以上のいい身体しやがって、やりがいがあるぜ」

「い、いやです！」

由美子は悲鳴をあげて、逃げようと狂ったようにベッドの上でもがいた。やるという言葉が、これからの自分の運命を物語った。激しい恐怖がふくれあがった。

「誰か……ああ、助けて！……誰か来て！」

「このラブホテルは完全防音になってるんだ。いくらわめいたって誰にも聞こえやしねえよ。美人のスチュワーデスさんよ」

冷二はせせら笑い、由美子の足首に縄を巻きつけて縛った。もう一方の足首にも別の縄が巻きつけられた。

「あ、ああ、なにをしようというの!?」

由美子がいくら足をバタつかせても、もう縄尻は冷二の手にしっかり握られていた。

「脚を開かせるのさ。美人スチュワーデスのオマ×コを、はっきり見るためにな」

「そ、そんな……そんなことをして、タダですむと思っているの！」

由美子は吐くように叫びながら、縛られた上半身をのたうたせ、両脚を縮めようと暴れた。悠子の時よりもずっと激しい抵抗だ。

「こりゃなかなかのジャジャ馬だな。そのくらいのほうがレイプしがいがあるってもんだ」

冷二は由美子の抵抗を楽しむように、しばらくじゃれ合った。由美子が抵抗すればするほど、かえって嗜虐の欲情がふくれあがる。やがて冷二は由美子の足首を縛った縄尻を、天井の柱に二メートル近い間隔で左右に打ちこまれている鉤に、それぞれ引っかけた。

「それじゃ脚を思いっきり開いてもらうぜ。なにもかも剝きだしになるようにな」

「ああ、な、なにをするの!?……いや、いやあ!」

縄が引かれると、由美子は戦慄の悲鳴をあげて、必死に両脚に力を入れた。だが、縄に引かれて由美子の足首はジワジワと開きつつ、上へ吊りあがっていく。

「ああっ、やめてェ……ああ」

官能美あふれる由美子の太腿がブルブルと震え、両脚が抗いに波打った。由美子の足首が、そして両膝がなす術もなく左右へ離れて、メリメリと音をたてて引き裂かれる。

由美子の悲鳴が泣き声に変わった。

「い、いやあ!……」

もう由美子の両脚は天井に向けて高々と吊りあげられ、ガクンと開ききった。内腿の筋が浮きあがり、股関節がはずれるかと思うまでの開脚だった。

「見事に開いた。制服姿で股をおっぴろげているのが、なんとも言えねえぜ」

冷二は縄尻を柱につなぐと、由美子を見て舌なめずりした。

由美子は真っ赤になった美貌を振りながら、唇を嚙みしめて泣いている。

こんなあられもない姿にされたショックに、すぐには言葉もない。

「さっきの元気はどうした。股をおっぴろげられたくらいで降参か。まだなにもしてねえのによ」

冷二はからかいつつ、由美子の開ききった脚に触れた。

ちょっと触れただけで、由美子はすくみあがり、泣き声をあげる。

「やめて！……そんなことをして、なにが面白いの」

「俺は女がいやがることをしていじめるのが好きでね」

「最低だわ……あ、ああ、いやっ！」

「そうやって泣かれるとたまらねえぜ」

冷二の手は由美子のパンティストッキングとパンティの絡まった足首からふくらはぎ、さらに膝から内腿へとすべりおりていく。

「どれ、美人スチュワーデスのオマ×コをおがませてもらうか」

フルフルと震える茂みを指でかきあげつつ、冷二はニヤニヤと覗きこんだ。

「いやっ……ああ、見ないで！……見てはいや、いやです！」

由美子は熱い視線を感じて、狂ったようにガクガクと腰を揺すりたてた。だがいくらもがいても、隠しようがなかった。

極限まで開いた由美子の股間に、女らしい秘肉が美しく割れ目を見せていた。それは内腿の筋に引っぱられて、わずかにほころんで奥の肉襞までのぞかせている。

「綺麗なオマ×コしてるじゃねえか。スチュワーデスはけっこう遊んでるというけど、こりゃバージンみてえな色だぜ」

冷二は指先で媚肉の合わせ目をつまんで、左右へ押し開いた。

「いや!……け、けだもの! やめて、やめて!」

吊りあげられた両脚が波打ち、泣き声が噴きこぼれた。

「やる前によく観察しとかなきゃよ。それにオマ×コをとろけさせてやらねえと、俺のデカいのをいきなりぶちこんじゃ、つらいだろうしな」

冷二は指でまさぐりつつ、鼻がくっつきそうに、くい入るように覗きこんだ。

肉襞が幾重にも折りこまれ、その初々しい肉の色が冷二の欲情をそそった。もう処女ではないが、色といい形といい、あまりにも初々しいのだ。その頂点の女芯も、包皮に覆われて肉芽を隠していた。

冷二はグイと剝きあげて、肉芽をさらけだした。

「ひいっ……」

由美子は悲鳴をあげてのけぞった。

いかにも敏感そうな肉芽が、ツンと小さく剝きでて、おびえるように震えた。ちょっと指先でこすっただけで、由美子はひいひい泣いた。そして、媚肉の下には由美子の肛門がひっそりとすぼまっていた。可憐な形を見せて、男に触らせたことなどないように見える。

いい尻の穴だ。こいつは調教しがいがあるな。浣腸してやるのが楽しみだ……。

思わず冷二の顔がほころんだ。すべてが冷二は気に入った。芦川悠子の時もそうだったが、由美子もまた冷二の想像以上の見事なまでの身体だった。

「いいオマ×コしてるじゃねえか。さすがに美人スチュワーデスだけのことはあるぜ」

「いや、いやっ……ああ、やめて、もう変な真似しないで！」

「冗談言うなよ。こんないいオマ×コを前にやめられるか。奥まで見なくちゃな」

「け、けだもの！」

由美子は泣きながら叫んだ。こんな狂った男に凌辱されるのかと思うと、生きた心地がなかった。だが、冷二がダンボール箱から取りだしたものを見せられるまでは、まだ冷二の本当の恐ろしさがよくわかっていなかったことに気づいた。

「これがなにかわかるか？」

いきなり見せつけられたものに、由美子は目が凍った。

金属が冷たい光を放っていた。ペリカンのくちばしのような部分が、冷二がハンドルを握るとパクパク動いた。産婦人科医が使うクスコと呼ばれる膣拡張器である。

「こいつでオマ×コの奥まで覗くんだ。子宮まで見れるぜ」

「そ、そんな……」

あまりのことに由美子はすぐには言葉がつづかない。美しい顔がひきつり、唇がワナワナと震えた。

この男はただの強姦魔ではない、恐ろしい変質者なのだという恐怖が、ジワジワと由美子を覆っていく。

「こいつでオマ×コをひろげてから、いろいろいいことしてやるからな」

「や、やめて……そんなバカな真似は、しないで……いや、いやよ！」

由美子は泣き声をひきつらせた。恐ろしさに今にも気が遠くなりそうだ。

「そ、そんなもの、使わないで……ああ、抱きたいのなら、早くして」

「それはこいつを使ったあとだ。そうそう、せっかくだから記念撮影もしておこう」

冷二は三脚のカメラのセルフタイマーをセットした。あとは一定間隔でフィルムがなくなるまで自動で撮ってくれるはずだ。

「い、いやあ！」

泣き叫ぶ由美子に向かって、カメラのストロボが光り、シャッターが切れた。

「写真はいやっ、いやあ！……撮ってはいやあ！」

「オマ×コを開かれるのもいや、写真もいやじゃ、しようがねえぞ。まあ、せいぜい泣きわめきな。そのほうがいい写真が撮れるってもんだ」

冷二は、膣拡張器の先端を由美子の内腿に這わせた。

由美子はけたたましい悲鳴をあげて悶え狂った。恐ろしさに脂汗がドッと噴きだした。

膣拡張器は由美子の内腿から下腹の茂みへと移って、繊毛をこねまわす。そして媚肉の割れ目にそってなぞり、由美子に悲鳴をあげさせて、冷二はゲラゲラ笑った。

「ほうれ、入れるぞ」

さんざんからかってから、冷二はジワジワと膣拡張器の埋めこみにかかった。

「あ、ひいっ……いや、いやあ！」

魂消らんばかりの悲鳴を噴きあげ、由美子はググッとのけぞった。金属の冷たさが異物の押し入ってくる感覚をいっそう強くする。

「やめて……う、ううむ……」

「産婦人科の医者になったみてえだぜ。こいつは面白え」

冷二はできるだけ深く沈めた。金属が由美子の肉の熱にボウとけぶりながら入っていく。先端が子宮口に達したのが、冷二にわかった。

「いやだなんだと言ってたくせに、ずいぶんうまそうに咥えこんだじゃねえか。この調子だとだいぶ開けそうだな」

「いや……ああ、もう許して……」

由美子は泣きながら哀願した。生まれて初めて異物を挿入されたおぞましさに、もう抗う気力も萎えて、ただ泣きうめくばかりだった。カメラのストロボの閃光とシャッターの切れる音を気にする余裕もなかった。

すぐに今度は、由美子のなかで金属のくちばしがジワジワと開きはじめる。

「そ、そんな……」

引き裂かれるような苦痛が走った。

「うむっ……ううむ……」

由美子はたちまち満足に息もつけなくなって、唇をあえがせるようにしてうめいた。

初々しい色彩の肉襞が押しひろげられ、次第に肉腔をあばいていく。妖しい女の匂いが濃くなって、底にピンクの肉環が見えはじめた。由美子の子宮口である。

「どうだ。オマ×コを開かれて子宮まで覗かれる気分は？」

冷二が聞いても由美子は返事もできず、ただうめくばかり。

「今夜は最初だからな。これだけ開けば充分だろう。見事に開いたぜ」

金属のくちばしをネジで固定して、冷二はくい入るように覗きこんだ。あれがスチュワーデスの由美子の子宮かと思うと、冷二はゾクゾクした。やはり女がいいと、その子宮まで美しく見える。

「子宮を覗きながら、少し可愛がってやるか」

冷二はニンマリと笑うと、一本の筆を取りあげた。そして筆の穂先を膣拡張器の間から差しこみ、由美子の肉襞をゆるゆるとまさぐりはじめた。

筆が動くたびに、由美子はとてもじっとしてはいられない。背筋に戦慄が走り、腰をガクガク揺さぶって由美子は泣いた。

「いやあ……駄目！　ああ、やめて！」

金切り声をあげたかと思うと、喉を絞る。おぞましい医療器具を使って肉を押し開かれるなど、由美子には信じられない。まして筆で奥までまさぐられる感覚は、この世のものとは思えぬ強烈さだった。

「もう、こんないたずらはやめて！……ああ、ひっ、ひっ……」

いくらこらえようとしても身体中の神経が筆にまさぐられる一点に集中し、いやでもその動きを感じとってしまう。身体の芯がしびれだし、さざ波立った。

「どうだ。気持ちいいんだろ」

冷二はニヤニヤと笑いながら、またスッスッと開ききった肉層に穂先を這わせる。

「あ、ひいっ……もう、いやあ！」

「スチュワーデスの制服でそんないい声で泣かれると、たまらねえぜ。そんなにこいつがいいのか」

「……ひっ、ああ、許して……」

狂ったように由美子は首を振りたてた。そのくせ、しびれが身体中にひろがって、疼きとなって熱を生み、肉をとろかしはじめた。穂先で子宮口の肉環を舐めるようにまさぐられると、カアッと身体の芯が灼けた。

「ああっ、やめて……ひっ、ひいっ、変になっちゃう！」

そう叫ぶうちにも熱いものがたぎり、ジワッとにじみだすのをどうしようもない。甘い匂いが色濃く立ち昇った。

「感じてきたな。美人スチュワーデスは敏感ときてら」

「やめて！……いや、いやっ！　ああ、本当に狂ってしまうわ」

「これだけいい身体をしてて、弱音を吐くなよ。オマ×コが濡れてきていい色になったぜ」

冷二はもう一方の手をのばして、芽を剥きあげた。

「ああっ……」

由美子の腰がピクピクおののいた。

「クリちゃんも敏感そうだな」

そう言うなり、冷二は筆の先を肉芽に這わせた。にじみでた蜜を吸って濡れた穂先で、スッ、スッと肉芽を舐めあげる。

「ひいーっ!」

すさまじい悲鳴とともに、由美子はのけぞった。吊りあげられた両脚を揺さぶり、腰をはねあげて肉が躍った。

充血した肉芽がツンと尖って、ヒクヒクとおののく。それは穂先が這うごとにいっそう尖って、今にも血を噴かんばかりだ。甘い女の匂いがさらに濃くなって、熱いたぎりがツーッと溢れでた。

「ああ……た、たまらない。許して……」

こんなふうに嬲られるくらいなら、いっそひと思いに犯されたほうがましだ。だが冷二は由美子の肉奥に、女芯の肉芽にと筆を執拗に這わせ、いっこうに犯してくる気配はなかった。

「いじりまわされるのはオマ×コだけじゃねえぜ。美人スチュワーデスさんよ。俺はここにだって興味あるんだ」

肉襞に這っていた穂先が、いきなり由美子の肛門にすべりおりた。

「そ、そんな……いやあ!」

由美子の口から戦慄の声があがる。そんなところまでいじられるなんて思ってもみなかった。

「ああ、いやっ……そんなところは、やめて！……ああ……」

もうじっとり濡れた穂先が、ゆっくりと由美子の肛門をなぞっていく。まるで獣の舌で舐められているようだ。由美子の肛門はキュッとすくみあがり、おぞましさにヒクヒク痙攣する。

「いい尻の穴してるじゃねえか。そそられるぜ」

「いやっ……ああ、いやっ……」

排泄器官まで嬲りの対象とされる恐ろしさ。そんな由美子の反応を見つつ、冷二は穂先で肛門の粘膜をなぞってはニヤニヤと笑った。

「尻の穴も敏感そうだな。どうだ、どんな気がする」

「いやです……ああ、そんなところはいやっ」

「オマ×コならいいってわけか」

冷二はまた、穂先を由美子の肉芽へ戻した。

「あ……ひいっ」

ガクンとのけぞって、また由美子の泣き声が露わになった。いやいやと泣きながらも、由美子の股間はもうしとどに濡れそぼっている。女の身体は実に不思議だ。肉襞は熱くとろけ、膣拡張器の金属のくちばしを押しひしがんばかりに、ヒクヒクと蠢いていた。

「ずいぶんとオマ×コがとろけたな。こりゃすげえ」

冷二はゲラゲラと笑った。

「子宮までヒクヒクさせやがって。この様子だとぶちこんだら、一発で孕むかもしれねえな」

「ひいっ……いやあ！」

こんなけだものみたいな男の子を妊娠してしまうほど恐ろしいことがあろうか。

「俺も美人のスチュワーデスを妊娠させる気でやってやるぜ」

「いやあ!……妊娠なんて、許して」

「諦めな。俺のは精子がとびきり濃いんだからよ」

由美子のおびえようが冷二は愉快でならなかった。本気で妊娠させるのも、面白いと思った。スチュワーデスの制服姿でしとどに濡れた股間も露わに泣いている由美子を見ていると、無性に嗜虐の衝動に駆られる。

筆を投げ捨てて立ちあがった冷二は、下着を脱いで裸になった。がっしりとたくましい体にふさわしく、人並み以上の肉棒が雄々しく屹立していた。

「フフフ……」

冷二は、たくましい肉棒をブルブル揺すった。

「いやあ！」

由美子の美しい目が恐怖に吊りあがり、歯がガチガチ鳴った。

「いやっ、いやあ！……ああ……」

いよいよこのけだものに犯されるのかと思うと、妊娠の恐怖も重なって由美子は悲鳴をあげてもがいた。

「ここまできて往生際が悪いぜ。俺のものになるんだ」

「許して……いや、いやです！」

「オマ×コは俺を咥えたがってるぞ。催促するみてえにヒクヒクしてるぜ」

冷二は膣拡張器を抜き取ると、開ききった両脚の間に身を割り入れるようにしてのしかかっていく。

「ゆ、許して」

由美子は恐怖に顔をひきつらせて腰をよじった。それをあざ笑うように灼熱の先端が触れてきた。

「い、いやあ！……けだもの！」

恐ろしいまでにたくましいものが、柔肉にゆっくり分け入ってくるのを感じて、由美子は目の前が暗くなった。

「う、うむ……うむ……」

張り裂けんばかりに呑みこまされる感覚に、由美子は絶息寸前の声をあげ、総身を揉み絞った。

「どうだ。入っていくのがわかるか」

「うむ……許して……」

「俺のチ×ポをオマ×コでよく覚えるんだぜ」

冷二は右に左にと美貌を打ち振って悩乱する由美子を見おろしながら、ゆっくりと底まで埋めた。熱くとろけた肉がざわめき、妖しく絡みついてくるのがたまらない。肉棒が溶けるかと思うほどの熱さが、きつく締めつけてくるのも抜群だ。

由美子は唇をキリキリ嚙みしめ、大きくのけぞった。その顔は真っ赤で、汗をヌラヌラと光らせている。

「フフフ……」

冷二は低く笑って舌なめずりした。すぐには腰を動かそうとはしない。じっくりと由美子の肉の構造を味わい、由美子に咥えこませたものを思い知らせている。

「締まりのいい極上のオマ×コしてやがる。気に入ったぜ」

冷二はまた舌なめずりした。まだ腰を動かそうとはしないが、両手で由美子の乳房をわしづかみにして、いじりまわす。タプタプと音がするほど揉みこみ、乳首をつまむ。

「ああ……」

嚙みしめた口がゆるみ、あえぎがこぼれる。由美子の乳房をいじると、その反応が媚肉にまで伝わって、ヒクヒクと絡みついて締めつける。

「ゆ、許して……もう……」

「フフフ、いい身体してガタガタ言うな。俺をしっかり覚えて、よがることだけ考えてりゃいいんだぜ」

そう言って冷二はゆっくり腰を揺すりはじめた。

「あ、ああっ……いや、動かないで」

由美子はのけぞらせた口をパクパクさせてあえいだ。

「じっくり味わえよ。今日からもう俺の女になったんだからよ。牝二号として生まれ変わらせてやるぜ」

冷二は勝ち誇ったように言って、グイグイと由美子の子宮口をえぐった。

「あ、ああ……あああ……」

こらえきれずに、由美子はあられもない声を放った。まるで身体がドロドロにとろけ灼きつくされるような肉の快美だ。それでなくても、さっきからさんざん官能をいたぶられ、燃えあがらされた身体だ。冷二のたくましいもので責められ、ひとたまりもなかった。

「ああ……あうう、あう！……」

由美子の表情がほとんど苦悶に近いのは、それだけ襲ってくる快感も大きいということだろう。

「ずいぶん気持ちよさそうだな。美人スチュワーデスにふさわしく、思いっきり色っぽく気をやるんだぜ」

「あうっ……許して！　いいっ……」

由美子はもう冷二に反発する気力もない。今にも息絶えんばかりによがり狂うばかりだ。

「いい顔だ。それでこそ俺の女だ」

冷二が覗きこんだ由美子の美貌は、淫らな悦びにどっぷりとつかっていた。突きあげる肉奥も驚くほどの反応を見せ、冷二の肉棒にむしゃぶりついてくる。さすがの冷二も、気を抜くとのめりこみそうになった。

「ああ、もう、もう……あああ……」

由美子の身悶えが一段と露わになった。吊りあげられた両脚にブルブルと痙攣が走りはじめる。「いいっ」と白い歯を剝いたかと思うと、口の端から唾液が溢れた。

「ああ……あうう……いいっ！」

もうなにもかも忘れて、身も心も官能の炎に灼かれ、由美子はめくるめく恍惚の絶頂へ向けて暴走していった。

第三章　恐怖の全裸散策

1

いつの間にか気を失っていたらしい。由美子は低くうめいて、うつろに目を開いた。

「フフフ、スチュワーデスってのはイク時も派手なんだな。ひいひいよがって、気が狂ったかと思ったぜ」

冷二の声に由美子はハッとした。変質者の冷二に襲われて、いかがわしいラブホテルに連れこまれ、犯された現実が、ドッと甦った。

悲鳴をあげて起きあがろうとしたが、由美子の両手は後ろ手に縛られている。ベッドの上にうつ伏せにされ、両脚をいっぱいにひろげられてベッドの脚に縛りつけられている。腹の下には枕が押しこまれていた。制服も脱がされ、全裸に剝かれていたのだ。

「ああ……い、いやあ！」

由美子は悲鳴をあげ、裸身をのたうたせた。だが足首の縄はビクともせず、むなしく両脚がうねるばかり。

「いや、いやっ……ああ、誰か……」

「気どるなよ。オマ×コの奥まで見せて、俺と深くつながったくせによ。この身体はもう俺のものなんだよ」

せせら笑って、冷二はネチネチと由美子の双臀を撫でまわした。

由美子の双臀はムチッと形よく張って、這わせる指が弾かれそうな見事な肉づきだった。臀丘の谷間も深く切れこんで、妖しい色香が立ちこめる。

「いい尻しやがって」

冷二は臀丘に指先をくいこませて、谷間を割った。肉が弾んで、秘められた底に可憐な蕾がひっそりと息づいていた。おびえるようにキュッと固くすぼまる。

「いやっ……そ、そこはいやです！」

「美人スチュワーデスさんはだいぶ強情のようだな。もう俺のものだってことを、身体で思い知らせてやるぜ」

冷二は指で由美子の肛門に触れた。

「い、いやあ！」

「いい尻の穴してるじゃねえか。気に入ったぜ」

「やめて！」

双臀を振りたてながら、由美子は泣いた。冷二の指はゆっくりと円を描くように肛門を揉みこんできた。由美子はそのおぞましさに総毛立ち、こらえきれずに喉を絞る。排泄器官としか考えたことのない箇所を嬲りの対象とされるなど、由美子には信じられない。

「いや、いやっ……ああ、そんなところに触らないで……ひぃ！」

「美人スチュワーデスは、尻の穴もなかなか敏感みたいだな。いい感触だぜ」

冷二は肛門の粘膜が指先に吸いつく感触をじっくりと味わいつつ、ゆるゆると揉みほぐした。固くすぼまっていた由美子の肛門が、揉みほぐされて次第に柔らかくなってきた。

「あ、ああ……もういやあ……」

由美子は狼狽した。肛門が揉みほぐされる感覚がたまらない。これまで一度も経験したことのない得体の知れない感覚だ。切ないような、むず痒くて漏らしてしまいそうな、そのおぞましさに由美子は泣き声も途切れて、歯をカチカチと鳴らした。

「どうした。尻の穴が気持ちよくなってきたのか」

「い、いやらしいだけです！　ああ……」

「こんなに尻の穴がフックラしてきたぜ。こうなったら指を入れなくちゃな」

冷二はニヤッと笑うと、肛門を揉みこんでいた指に力を加えた。ジワジワと指で縫うように沈めていく。

「そ、そんな……ああっ、いやあ！……ひっ、ひっ……」

由美子は顔をのけぞらせて悲鳴をあげ、双臀をガクガク揺さぶりたてた。それでも冷二の指はゆっくりと入ってくる。

「か、かんにんして……」

狂おしい汚辱感に由美子は泣いた。

「いやだと言いながら、尻の穴はずいぶんうれしそうに指を呑みこんでいくじゃねえか」

冷二は指をきつく締めつける肛門の感触に酔いしれた。しっかりとくい締め、ヒクヒクとおののいている。そして奥には禁断の腸腔が展けていた。

「ほうれ、指の付け根まで入ったぜ。俺の指がわかるだろう」

冷二は意地悪く教えた。

「どうだ。こうやって尻の穴に指を入れられてると、俺の女になった気分だろうが」

「…………」

「指だけでなくて、いろんなものを少しずつ入れてやるからな、いい尻した美人のスチュワーデスさんよ」

「いやっ……」

キリキリと唇を噛んで、由美子は激しく頭を振った。指を深く咥えこまされた双臀がブルブル震える。

「俺の女になれるんだ。牝二号として可愛がってやるぜ」

冷二は深く埋めこんだ指をゆっくりとまわした。まわしながら指先を曲げ、腸襞をまさぐる。

「どうだ、俺の女になりたくなってきただろうが」

「あっ、いやあ！　いやです！」

「これでもいやか」

冷二は指をクルクルまわしながら、抽送を加えた。

由美子はひいひい泣きだした。指がまわり、出入りを繰りかえすたびに異様な感覚に襲われ、いやでも泣き声が噴きあがった。

「俺の女になると言いな」

「いや、いやあ！」

「まったく強情なスチュワーデスだぜ。こうなりゃ、とっておきのをしてやるか。いやでも俺の女になりたくなるようなのをな」

指を抽送させつつ、冷二はベッドの下に隠した浣腸器をもう一方の手で取りあげた。注射型のガラス製浣腸器で、すでにグリセリン液が五百CC充満させてある。はじめから由美子に浣腸する気で、気を失っている間に準備しておいたのだ。

「それじゃ強情な美人スチュワーデスへの浣腸といくか」

冷二はわざと由美子に浣腸器を見せた。

「………」

「わかるだろ。この先を尻の穴に入れて薬を注入するんだぜ」

冷二が言い終わらないうちに、由美子の唇がワナワナと震えだし、美貌が凍りついた。

「い、いやあ！」

凍りついた唇に悲鳴がほとばしった。

「やめて！　そんなバカなことは、しないで……ああ、いやよ！」

「素直に俺の女になると言わねえからだ。罰として薬はグリセリンの原液を入れてやるからな」

「ああ、そんなこと、絶対にいやっ！……た、助けて」

由美子は泣きじゃくりながら、腰をよじりたててもがいた。

「いやっ、そんなこと、いやよ！……ああ、助けて」

「諦めな。さあ、浣腸してやるぜ」

冷二は由美子の肛門を縫っていた指を引き抜くや、かわって嘴管の先端を突き刺した。

鋭い悲鳴とともに、由美子の裸身がのけぞり、ブルルッと震えた。

「いい尻してるだけあって、浣腸器がよく似合うじゃねえか」

冷二はからかいつつ、ゆっくりとシリンダーを押しはじめた。

「あ……い、いや……あむ……」

ドクッ、ドクッと入ってくる薬液に、由美子はキリキリ唇を噛んでのけぞった。まるで軟体生物かなにか入ってくるようなおぞましさで、背筋に悪寒が走る。とてもじっとしていられず、腰がブルブル震えながらよじれ、右に左に顔を振る。それでもこらえきれず、由美子はカチカチ鳴る歯でシーツを嚙みしばり、うめきを噴きこぼした。

「う、う……入れないで……うむ……」

「これが俺の女になることだぜ。じっくり味わいながら、覚悟を決めるんだな」

冷二はゆっくりとシリンダーを押しつつ、勝ち誇ったように言った。浣腸してしまえば、もうこっちのものだ。どんな女でも、服従させるには浣腸するに限る。しかもそれを写真に撮っておけば完璧だ。それは冷二の確信だった。

「ああ……あむむ、いや……許して……」

シーツを嚙みしばっていた口をパクパクさせて、由美子はまた泣き声をあげた。

得体の知れないものに犯され嬲られている。なににもたとえようのないおぞましさ。シーツを嚙みしばってもかえって注入される感覚を感じとって、汚辱感が昂る。

「こ、こんなの……ああ、いやっ！　もういやあ……許して！」

「いい声で泣くじゃねえか。美人スチュワーデスは浣腸しがいがあるぜ。ほれ、ほれ、グリセリンはうまいだろうが」

「ああっ……ああ、こんな……こんなことって……ああむ……」

あとはもう言葉にならず、由美子は悩乱に泣き、うめき悶えた。身体中がけだるく犯されていく。肛門の粘膜を刺激して次第に腸内にひろがっていく重苦しさがたまらない。

「どうだ、俺の女にしてもらうのは。たまらなく気持ちいいもんだろうが」

「ああ、許して。もう……うむ、ううむ……」

「今日はたった五百ＣＣだが、そのうちにもっといっぱい吞ませてやるからな。この尻ならいくらでも入りそうだぜ」

冷二のそんな言葉も、もう由美子にはまともに聞こえない。由美子は百ＣＣを超したあたりからジワジワと便意に苛まれはじめた。

「う、うむ……これ以上、入れないで……ううむ……」

ドクッ、ドクッと流れこんでくるおぞましさに、ふくれあがる便意が入りまじって、由美子はますます悩乱へと追いこまれていく。

「あ……あむむ……もう、許して……」

「まだ半分だぜ。これからもっとたまらなくなってくるからな。ほれ、二百四十……二百五十……二百六十……」

冷二は意地悪くシリンダーを押していく。

嘴管をしっかりと咥えこんだ由美子の肛門が、おぞましさと苦しさとを訴えるようにおののきを見せた。そして、ムチッと張った双臀にも背中にも、脂汗がじっとりと光りはじめた。ブルッ、ブルルッと肉が痙攣するのが、シリンダーを押す冷二の手にもわかった。それが、いやでも嗜虐の欲情を昂らせた。

「三百七十……三百八十……三百九十……いい呑みっぷりだ。ほめてやるぜ。このムチムチの尻は、浣腸と相性がいいようだな」

冷二は四百CCまで入れると、残り百CCを一気にシリンダーを押しきって注入した。

「あ……ひいーっ！」

まるで絶頂へ昇りつめるように高く泣いて、由美子は双臀を激しく痙攣させた。

「五百CCすっかり入ったぜ、美人のスチュワーデスさんよ」

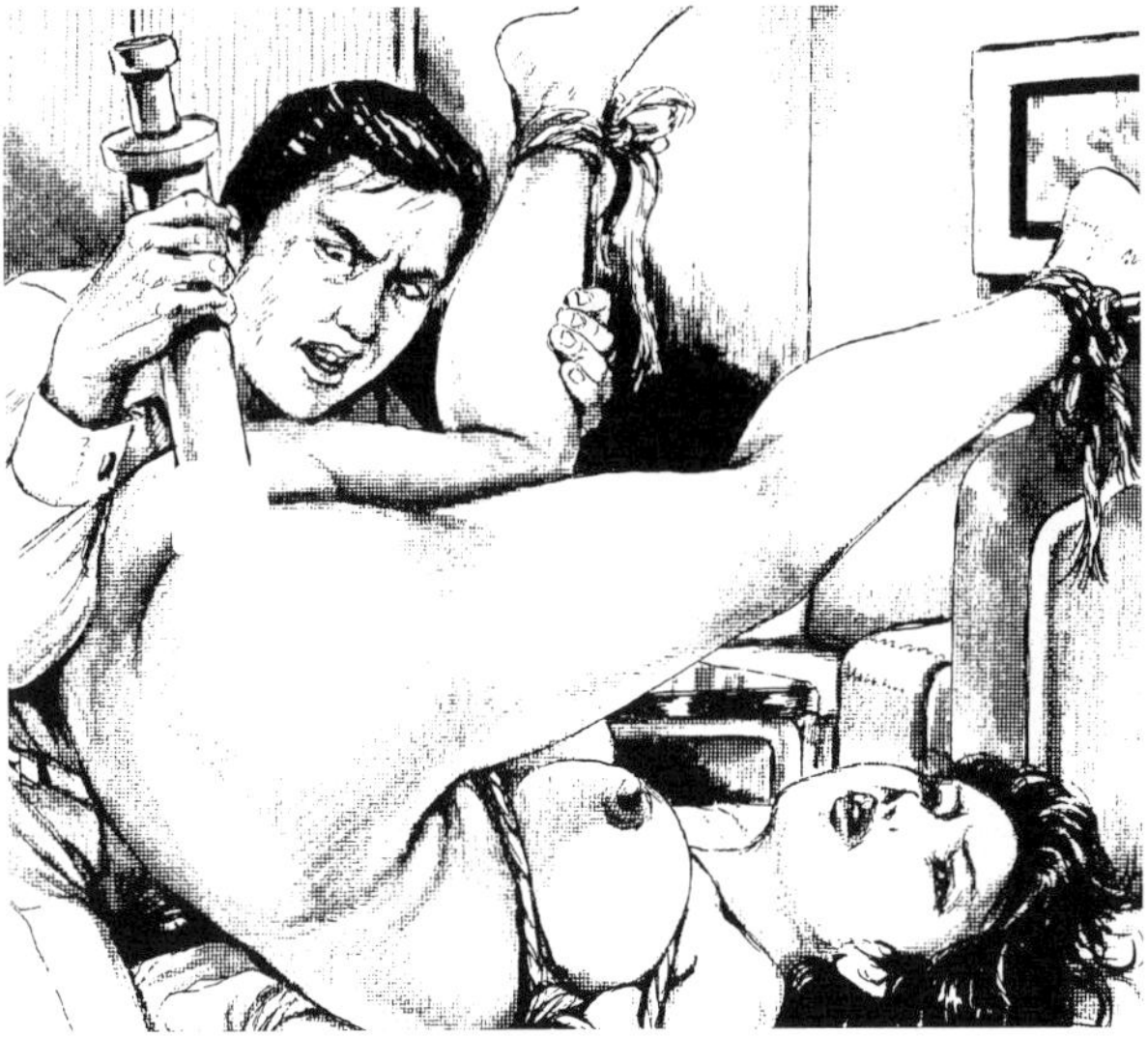

冷二は勝ち誇ったように言って、ゆっくりと嘴管を抜き取った。

由美子はもうかえす言葉もなく、脂汗にまみれて息も絶えだえにあえいでいた。グルル……と腹部が鳴り、猛烈な便意がかけくだった。

「う、ううっ……」

悪寒が由美子の総身をかけまわりだした。由美子はカチカチ鳴る唇を噛みしめて、苦しげにうめいた。

由美子の双臀がブルブルと震えるのを楽しみながら、冷二はゆっくりと撫でまわした。奥の肛門も必死にすぼまって、戦慄めいた震えを見せている。

「心から俺の女、つまり牝二号に

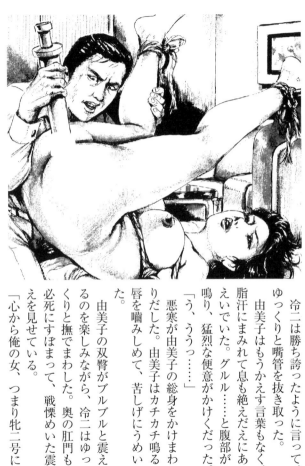

なる気になったら、トイレに行かせてやるぜ」

　由美子の双臀を撫でつつ、冷二は黒髪をつかんで美貌を覗きこんだ。

　蒼ざめた美貌は汗に光り、唇を噛みしめて必死に押し寄せる便意に耐えた。

「浣腸が気持ちよすぎて声も出せねえのか」

　由美子の双臀の震えが次第に大きくなり、じっとしていられないように腰がよじれ、蠢きだす。そのたびに脂汗が玉となって、ツーと柔肌をすべり落ちた。

「……ゆ、許して……」

　由美子は耐えきれず、泣き声をあげた。

「どうすりゃ許してやるか、さっき言っただろうが」

「そ、そんな……」

「おやおや、まだダダをこねる気か。ここで漏らしても知らねえぜ」

「ああ……」

　由美子は唇を噛みしめたまま、頭を振った。

　冷二はニヤニヤと笑って、由美子の双臀を撫でまわす手を股間へすべらせた。媚肉の合わせ目に指先を分け入らせ、肉層をまさぐる。

「これはこれは……さっき気を失ってる間に綺麗に拭いてやったのに、また濡らしてるじゃねえか」

「ああ、いやっ……」

「やっぱり浣腸されて感じたってわけだ。本当に敏感なんだな」

冷二はあざ笑って、指を二本そろえて由美子の膣へ差し入れた。熱くとろけて灼けるようだ。ねっとりと絡みついてくる感触からも、必死に肛門を引き締めているのが伝わってくる。

「ああ……許して……もう、かんにんして……」

由美子は唇をワナワナと震わせて、冷二を振りかえった。

「それしか言えねえのか。思ったよりがんばるじゃねえかよ。だが、それもいつまでつづくかな」

冷二が鞭を手にするのが由美子に見えた。なにをされるのかと思う間もなく、ピシッと双臀を打たれた。

「ああっ……」

由美子は悲鳴をあげてのけぞった。

ギリギリと唇を噛む美貌が、鞭と便意の苦痛にゆがんだ。

またピシッと打つ。手加減のない鞭だ。

「ひっ……許して！」

由美子の双臀に鞭がはじけ、肉がこわばりブルッと震えて、まるで水面を打ったように玉の汗が飛び散る。

「鞭でも打ちがいのある尻だな。こいつはたまらねえや」

冷二はまた鞭を振りあげた。

おびえおののく由美子の美貌、そして鞭が空を切りピシッと白い双臀に絡みつき、女体に走る鋭い痙攣と悲鳴、その悲鳴は屈辱のうめきに変わり、それらがこのうえなく冷二の目と耳を楽しませ、嗜虐の欲情をそそる。

「そうれ、もういっちょうだ」

「や、やめて！」

悲痛な叫びをあげるのもかまわず、冷二はまた由美子の双臀をピシッと打った。

「ひい！……」

由美子の双臀がまた激しく痙攣した。鞭に便意が刺激され、耐える限界に迫った。今にも爆ぜそうな肛門を必死に引き締めているのがやっとだ。

「ああ、もう駄目！……おトイレに行かせて！」

「フフフ……」

またピシッと鞭が由美子の双臀にはじけた。

「ひっ……で、出ちゃう！」

「出してもいいんだぜ。美人スチュワーデスがどんなふうにウンチをするか、見るのが楽しみだぜ」

からかっておいて、また鞭をふるった。

「ひいっ！」

由美子は必死に歯を噛みしばる。それは由美子にとって他のなによりも、耐えがたいことだった。だがこのままでは、破局は時間の問題なのだ。

「ああ……」

由美子は目の前が暗くなり、肛門が痙攣しだすのを感じた。もう迷っている余裕はない。

「あ、あなたの……女になります……」

由美子は泣きながら屈服の言葉を口にした。

冷二はニヤニヤと笑うと、赤い鞭痕を浮かびあがらせてボウと色づいた由美子の双臀を、ゆっくり撫でまわした。

「牝二号になるっていうんだな」

「なります……牝二号になりますから……ああ、早く、おトイレに……漏れてしまいます」

由美子はあえぎつつ、うわごとのように言った。その顔は汗のなかに眦をひきつらせ、唇を噛みしばって、今にも気死しそうだった。

「嘘じゃねえだろうな。それじゃ、あとで由美子にもう一度浣腸して、と言ってみな」

「そ、そんな……」

「俺の女になるってのは嘘か。じゃあトイレはおあずけだぜ」

「いやっ……ああ……あとで、由美子にもう一度……か、浣腸して」

由美子は我れを忘れて口にした。恥ずかしさも屈辱も、恐ろしさもなにもかも、耐える限界に達した便意に呑みこまれた。

「浣腸したら、尻の穴にいやらしいことをして、と言うんだ」

「……か、浣腸したら……お尻の穴に、いやらしいことをして……」

「よし、はじめからつづけて言え」

「……あとで由美子に、もう一度……か、浣腸して……浣腸したら、お尻の穴に……いやらしいことをして……」

由美子は身を揉んで苦悶のうめきをもらしながら言った。それがどんなに恥ずかしく屈辱的な言葉か、かえりみる余裕は由美子にはなかった。

「美人スチュワーデスは尻責めが好きときてら……あとで希望通りにしてやるからな。それじゃウンチをさせてやるか」

由美子はもう限界と見た冷二は、ベッドの下から便器を取りだした。

「そ、そんな……いっ、いやです！」

冷たい便器が双臀に触れると、由美子はハッと我れに返ったように悲鳴をあげた。

「約束が違います！……ここでなんていやっ……ここでは、いやよ！」

「約束は破っちゃいねえぜ。このオマルが美人スチュワーデス用のトイレってわけだ。さあどんなふうにひりだすか、見せてくれよ」

「ああ、ここではいやっ……そんなこと、死んだってできない……ここじゃいやあ！」

由美子は悲痛な声をあげた。だが、もう出口めがけてひしめき合う荒々しい便意を、押しとどめることは不可能だった。由美子の肛門が痙攣しつつ、内から盛りあがったと思うと、ショボショボと漏れはじめた。

「いや、いやあ！」

いったん堰を切ったものは押しとどめようがない。一気に勢いを増してほとばしった。あとからあとから絞りだしながら、号泣が由美子の喉をかきむしった。

「こりゃ派手だな。いいぞ、どんどん出すんだ」

由美子めがけてカメラのシャッターをバシバシ切りながら、冷二はうわずった声であおりたてた。

「ああ……見ないで……」

由美子は激しく頭を振って泣きじゃくった。もうこれでなにもかも終わりだ。二度と立ち直れないと思った。

「し、死にたい……」

「死にたいほど気持ちいいってことか。ウンチしながら、よがってもいいんだぜ」

「ああ、けだものだわ」

そう言って泣く間も、黄濁したグリセリン液がしぶき、ウネウネと粘っこいものがひりでる。

それを冷二はうれしそうに眺めた。嫌悪感はまったくない。むしろ、これでこの女が完全に自分のものになったという満足感が冷二を満たしていく。

排泄する間、由美子はずっと泣きつづけた。ようやく絞りきると、由美子はもう泣き声も途切れてグッタリと死んだようになった。固く目を閉じ、ハアハアとあえぐばかりだ。

「すっかり絞りだしたか」

「………」

由美子の返事はなかった。

ティッシュで汚れを拭うと、冷二は由美子の双臀をピタピタとたたいた。

「すっきりしたところで、もう一度浣腸して欲しいと言ってたな」

冷二はしらじらしく言って、再び浣腸の準備をはじめた。空になった浣腸器にグリセリン原液が吸いあげられていく。

由美子の裸身がビクッと震えたが、閉ざした目を開けようとはしない。

いや、いやっ……もう浣腸なんて、いや……二度といやよ……。

胸のうちで狂おしいまでに叫びながらも、由美子はただすすり泣くだけで、口をきく力もない。

「つづけて二度も浣腸してもらえるなんて、幸せ者じゃねえか。今度もじっくり味わうんだぜ」

冷二はゲラゲラと笑った。

再びおぞましい薬液がズーンと流入した。最初の浣腸でただれた腸壁にグリセリンの原液がしみて、キリキリと灼かれるような苦しさだった。

「うむ……ううむ……」

由美子は脂汗にまみれ、歯を噛みしばってうめきのたうった。

「く、苦しい、もう駄目……さ、させてください……」

「その前にやることがあるぜ。尻の穴にいやらしいことをして欲しいんだったよな」

五百CC注入すると、冷二は捻じり棒を取りあげてニヤニヤと笑った。捻じりの入ったパーティ用キャンドルに似た女の肛門を責める道具で、長さは三十センチほど、根元の太さは五センチもある。

「フフフ、こいつを尻の穴に入れてやるぜ。指よりずっといやらしいだろ」

「そ、そんな……そんなもの、使わないで。そんなひどいことだけは……」

由美子は激しく狼狽して、泣き声を震わせた。指だけでもたまらないのに、そんな異物を入れられると思うと、由美子はめまいさえした。

「ゆ、許して……いや、いやです」

「自分から尻の穴にいやらしいことをしてと言っておいて、いやはねえだろう」

「あ、ああっ、やめて！」

必死に便意を耐えている肛門に、捻じり棒の先端があてがわれ、ジワリと入ってきた。一気に便意がかけくだり、ショボショボと漏れはじめるのを押しとどめ、逆流させて捻じり棒が入ってくる。

「いやあっ……ひっ、ひっ……」

「おとなしくしろ。気持ちいいことをしてやってるんだからよ」

唇を噛みしばってずりあがろうとする由美子の双臀を押さえつけ、冷二はジワジワと捻じりこんだ。由美子の肛門の粘膜が押しひろげられつつ、捻じり巻きこまれていく。もう十センチも入っただろうか。由美子の肛門は三センチ近くも拡張されてぴっちりと捻じり棒を咥えこんだ。

「ああっ、さ、裂けちゃう……うむむ……」

由美子はのけぞらせた女体をピクピク震わせ、次にはひいっと喉を絞った。腰がよじれ、ガクガク揺れる。とてもじっとしていられない。

「どうだ、気持ちよくってたまらねえだろうが。もっとよくしてやるぜ、美人のスチュワーデスさんよ」

冷二は捻じり棒をゆっくりと抽送させはじめた。巻き戻して次には巻きこみ、また巻き戻すことを繰りかえす。そのたびに注入されたグリセリン液が、ショボショボと漏れて流れた。

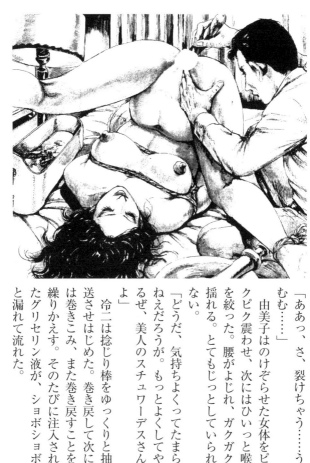

「ひっ、ひいっ……ひいーっ！」

由美子は灼けるような狂乱のなかに、何度も喉を絞った。

2

由美子が冷二の車に乗せられて、ラブホテルから連れだされたのは、まだ夜明け前だった。外はまだ真っ暗である。

下着をはくことも許されず、素肌にじかにスチュワーデスの制服を着けさせられ、ハイヒールをはかされた。後ろ手に縛られた縄はもう解かれていたが、由美子は助手席の背に頭をもたせかけてグッタリとしたままだ。冷二に犯され、二度にわたる浣腸と捻じり棒による肛虐、そのあと再び犯されて、あまりの衝撃に打ちひしがれ、口をきく気力もない。

「俺の女になったんだ。もっとうれしそうな顔をしねえか。今日からはいつでもいろんなふうに責められて、いい気持ちにしてもらえるってのによ」

冷二は車を走らせながら、ゲラゲラと笑って由美子を見た。

由美子の首には縄の輪がかけられ、その縄尻は冷二の手にあった。逃さないためもあったが、由美子をつないで冷二の飼育する牝になったことを思い知らせるためであ

る。

五分ほど車を走らせてから、冷二は国道の脇に停車させた。助手席の背を水平に倒す。由美子はあお向けになった。

「フフフ、おっぱいを出しな」

「………」

「どうした。俺の女になった以上、命令には絶対服従だぜ」

冷二は由美子の首の縄をクイクイと引いた。

「ヤキを入れられてえのか。仕置きとなりゃ、さっきまでみたいなことじゃすまねえぞ」

ニンマリと笑う。

その不気味な笑いに由美子はおびえ、弱々しく頭を振った。もう抗う気力はとっくにどこかへ消えていた。

震える手で制服の上衣の胸もとのボタンをはずし、由美子はブラジャーを着けない乳房をさらした。形のいい乳房がまるで油でも塗ったみたいに汗でヌラヌラと光り、乳首が震えた。

「やっぱり制服姿ってのはたまらねえぜ。いいな、じっとしてるんだぞ」

冷二は手をのばして由美子の乳房に触れた。汗がヌルヌルする感触を楽しみつつ、絞りこむように揉みこんだ。震える乳首も指でつまんで荒々しく嬲る。

「ううっ……」

由美子は唇を噛みしめてじっと耐え、まったく抵抗しない。

「よしよし、それでいいんだ。これからは俺にされるままでいりゃいいんだぜ。そうすりゃ、いろいろ気持ちいいことをしてやるからな」

あれほど激しい抗いを見せた由美子の屈服ぶりに、冷二は心地よい満足感と征服感を覚えた。

「やっぱり気の強い美人スチュワーデスを飼い馴らすには、尻の穴を責めるのが一番だったな。よし、今度は四つん這いになってスカートをまくりな」

「お、お尻は、もう許して」

なにも言わなかった由美子が唇を震わせ、すすり泣くように言った。

「さっさと尻を出せ」

「ああ……お尻はいやっ」

由美子はすすり泣きながらも、上体を起こしてシートの上に後ろ向きで四つん這いになっていく。そして必死に許しを乞う瞳で冷二を振りかえった。

「聞こえなかったのか。俺は尻を出せと言ったんだぜ」

「ああ……どうしても……どうしても、お尻を?」

「わかりきったことを聞くな!」

冷二は声を荒らげた。

由美子は哀しげに頭を垂れると、手を制服のスカートに持っていき、おずおずとまくりあげた。

ムチッと形のいい由美子の裸の双臀が、まぶしいばかりの白さで剝きでた。横を走り抜けていく車のライトが、由美子の双臀をほとんど幻想的ともいえる美しさで照らしだす。

「いい尻だ。浣腸してやったせいか、また一段と色っぽくなったみたいだぜ」

冷二はからかいつつ、ねっとりと撫でまわした。

「ああ……」

浣腸のことを言われるのが一番つらい。思いだすだけでも泣きたくなる。

「尻の穴にいやらしいことをするつづきをやってやる。捻じり棒だけじゃもの足りねえだろうからな」

「そ、そんな……お尻は許して……もういやです……狂ってるわ」

「いやがるから面白えんじゃねえか。尻の穴をもうひと責めすりゃ、そんな口も二度ときけなくなるぜ」

冷二は由美子に見えないように肛門拡張器を取りだした。そんなものを見せれば、由美子がいかに屈服したとはいえ、耐えられないだろう。

「おとなしくしてろよ。気持ちいいことをしてやるからな」

冷二はいきなり由美子の双臀をバシッと張って活を入れ、悲鳴をあげさせてから、ジワジワと肛門拡張器を沈めにかかった。

「ひいっ！……あ、ああ……」

由美子は双臀をブルブルと震わせ、黒髪を振りたくった。

凍るほど冷たい感覚が肛門を貫いてくる。そのくせカアッと灼けるようだ。由美子の肛門は二度にわたる浣腸と捻じり棒のいたぶりに、まだ腫れぼったく疼く。それを異物で深く貫かれるのはたまらない。

「か、かんにんして……」

「もうこんなに深く入っちまってるぜ。わかるだろう」

「あ、ああ……いやっ、いやあ……たまらない」

「たまらなくなるのはまだ早いぜ。これからだ」

冷二は肛門拡張器のハンドルを握りしめ、少しずつ力を加えた。ペリカンのくちばしみたいな部分がゆっくりと開きはじめ、由美子の肛門を内から押しひろげていく。

「ひっ、ひいっ……なにを、なにをしてるの！……ああ、いやあ！」

由美子はようやく、ただ肛門を貫かれるだけでないことを知った。

「ああっ、なにを……ひ、ひいっ……ひいっ……」

「美人スチュワーデスの尻の穴を開くのさ。ほれ、ほれ……開いていくのがわかるか」

「やめて！……ああ、痛い！」

由美子は泣きじゃくった。排泄器官を開かれるなど信じられない。

「裂けちゃう！」

「浣腸じゃ、これよりもっと尻の穴を開いてひりだしたくせに、オーバーに騒ぐんじゃねえよ」

「うむ……ううむ……」

さらに押し開かれて、由美子は満足に口もきけず、息すらできなくなった。

「初めてでここまで開けば上出来だぜ。どうだ、尻の穴を開かれている気分は？　いいもんだろうが」

「ううっ……」

由美子は返事をする余裕もなく、脂汗を絞りだしてうめいた。

小さくすぼまった由美子の肛門は、金属のくちばしに押しひろげられて口を開き、生々しい腸襞をのぞかせていた。冷二はペンシルライトで奥までくい入るように覗きこんだ。ヌラヌラと光る腸腔が妖しく襞を蠕動させるのが、はっきり見えた。

冷二は肛姦の衝動に襲われた。が、じっとこらえた。人並み以上の大きさの冷二の肉棒を入れるには、今はまだあまりに小さい。

これだけいい尻してるんだ。じっくり仕込めばいい……。

冷二は自分に言いきかせた。焦ってことを進め、裂いてしまうには、あまりにももったいない由美子の美肛だ。

「じっとしてろよ。尻の穴を開いたままドライブだ」

「ああ、いや……もう取って……」

「勝手に取ったら仕置きだからな。そのままじっくりと、尻の穴を開かれてる感じを味わうんだ」

由美子を四つん這いにしたまま、冷二は車を走らせた。対向車のライトが由美子の剝きだしの双臀をさまざまに照らして、埋めこまれている肛門拡張器の金属がライトを鈍く反射して光った。

「ああ……こんな、ひどい……」

由美子は弱々しく頭を振ってすすり泣くだけで、四つん這いの姿勢を崩そうとしなかった。

完全に堕ちたな。これでもう俺から離れられなくなった……。

美貌のスチュワーデスが自分のものになったと思うと、冷二は天にも昇る思いだった。

車が都心に入ると、冷二はオフィス街でとめた。

夜明け前のオフィス街は道行く人もなく、車が時折り通るだけ。

「どうだ、尻の穴はよくなってきたか」

「お願い、取って……もう、いやらしいものを、取ってください」

「せっかく気持ちよさそうに開かれてるのにか」

冷二はあざ笑ってまた覗きこんだ。由美子の肛門は、さっきよりずっと肛門拡張器になじんだ感じで、裂けんばかりだった肛門の粘膜も心なしか余裕を見せはじめたようだ。

「よし、車からおりな。尻の穴を開いたまま夜明け前の散歩としゃれこもうじゃねえか」

「そんな……ああ、いやです！」

「ぐずぐずするな」

冷二は由美子の首にかけた縄の縄尻を手にして引いた。

「あ、あああっ……」

由美子は狼狽して泣き声をあげた。

さっきまでは少しでも動くと肛門が裂けそうだったのに、今ではその苦痛はずいぶん薄らいだ。苦痛が走るものの、動けないというほどではない。

「自分から尻の穴を開くようにして力を抜かねえと、つらいだけだぞ。ほれ、さっさとおりねえか」

「ああ……こんな、こんなことって……」

縄に引かれて助手席からおろされた由美子は、ハイヒールがガクガクして思わず車にすがりついた。そして本能的にはだけた胸もとを合わせ、スカートの乱れを直した。

「誰がおっぱいを隠していいと言った。スカートもまくったままでいろ」

「ゆ、許して……人に、人に見られます」

「誰もいやしねえよ。さっさとおっぱいも尻も出しな」

冷二に怒鳴られて由美子はまた、震える手で胸もとを開いて、乳房をさらし、スカートをまくりあげた。

首の縄を引かれ、夜中のオフィス街を歩かされる。一歩また一歩と由美子はよろめくように足を進めた。そのたびに拡張された肛門に痛みが走り、由美子は泣き声をあげた。肛門で微妙に蠢く肛門拡張器の苦痛が、いやでも拡張されている我が身を感じさせる。

「あ……あ、ああ……歩けない……こんなの、いや、いやです」

「世話をかけやがると、もっと尻の穴を開くぞ。ほれ、歩け」

「あ、あむ……裂けちゃう……」

由美子はうめき泣きながらさらに足を進めた。犬のようにみじめだった。

「いいな。俺から逃げようなんて考えやがったら、真っ昼間にここを素っ裸で歩かせるぞ。それも浣腸器を咥えてだ」

脅しながら冷二はニヤニヤと由美子の双臀や乳房を見た。

それは街燈にヌラヌラと光って、妖しいばかりの美しさだった。

3

由美子の勤める航空会社の本社ビルの前へ出た。

「ああ……」

由美子は思わず立ちどまって、唇をキリキリと噛みしめた。

ここを訪れる時はいつも希望と夢を胸にふくらませ、晴ればれとした心地だった。入社式の時も、研修を終えてスチュワーデスとなった時もそうであった。そしてなによりも、ここは人事部に勤める由美子の恋人がいるところであった。

それが今は、その誇りに満ちた制服で乳房と双臀を剝きだしにして、肛門を押しひろげられたまま首の縄で引かれている。

本社ビルの敷地内には小さな公園があり、冷二はそこへ由美子を連れこんだ。

「ここでよく恋人とデートの待ち合わせをしてたみたいだな。この尻を恋人に見せてやりてえぜ」

由美子は身を震わせて泣き声をあげた。もう恋人に顔向けできない身体にされてしまったのだ。涙がとまらない。本当ならば昨夜、ここで恋人と待ち合わせることになっていたのに。

そんな由美子をニヤニヤと眺めつつ、冷二はベンチに腰をおろすと、煙草を取りだしてうまそうに吸いはじめた。

由美子はしばし泣いてから、泣き濡れた目で冷二を見た。

「もう、許して……ああ、お尻のものを、取って……」

「もう恋人のことを思って泣くのはやめか。俺の女になったんで、恋人を諦めたってことか」

「…………」

由美子はワナワナと震える唇を噛みしめて、目を伏せた。

「よしよし、肛門拡張器をはずしてやるから、自分からオマ×コでつながってきな。美人のスチュワーデスさんよ」

冷二はベンチに腰かけたまま、ズボンの前を開いて肉棒をつかみだした。人並み以上のものがグロテスクな形を見せて、天を突かんばかりにたくましく屹立していた。

冷二が手でしごいてみせると、さらにムクムクと大きく膨張した。

「あ、ああ……」

由美子は思わずあとずさったが、首の縄は冷二の手に握られている。

「肛門拡張器をはずして欲しいんじゃねえのか」

「は、はい……」

「だったら、こいつをオマ×コで咥えこむしかねえぜ」

「そ、そんなことできない……ああ、いやです！」

由美子は弱々しく黒髪を振りたくった。飽くことを知らぬ冷二のいたぶりである。

「いやならそのままだ。そのうちにみんな出社してくるぜ。お前さんの恋人もな」

冷二は余裕たっぷりに由美子の乳房や双臀を眺めつつ、自ら肉棒をゆっくりとしごきつづける。

次第に東の空が明るくなりはじめた。それが由美子を狼狽させた。今にも社員たちが出社してくるような錯覚に襲われたのである。

「ああっ、いやあっ！　早く取ってください。お願い」

「こいつにオマ×コで頼むんだな」

冷二は肉棒を揺すってみせた。

由美子の美貌に絶望と焦りの色がにじんだ。あたりはみるみる明るくなって、朝日が由美子の裸の双臀を彩りはじめた。肛門の金属がキラッと光る。

「そんな……そんなこと、自分からなんてできない……」

「できるはずだぜ。ラブホテルじゃ何度も咥えこんで、ひいひいよがったじゃねえか」

冷二は首輪の縄をゆっくりと引いた。

「ああ、かんにんして……そんなことさせないで」

縄に引かれるままに冷二の前へ寄らされる。そして見えない糸であやつられるかのように、由美子は冷二の両膝をまたいで、震える腰を肉棒に向けて落としていく。

できない……こんな恥ずかしいこと、できるわけないわ……。

由美子は胸のうちで叫びつづけた。だが、冷二の命令を拒む気力も、逃げる気力もとうに萎えていた。

火のような肉棒の先端が由美子の股間に触れ、由美子は思わず喉を鳴らした。歯がカチカチととめどもなく鳴り、膝も腰もわななないて今にも力が抜けそうだ。

「ああ……死にたい」

由美子は美貌をのけぞらせ、白い喉をピクピクさせながら泣き声で言った。ジワッと灼熱の先端が媚肉に分け入ってくる感覚に、由美子は白い歯を剝いてうめき声をあげた。

「ちゃんと底まで咥えこむんだぜ」

由美子の腰に軽く両手をそえて、冷二は意地悪く言った。

だが由美子は、自ら深く底まで入れるなどできない。どうしても腰が逃げるように浮きあがる動きを見せてしまう。

「許して……これ以上は……ああ、できないわ」

「しようがねえな。いつまでも気どりやがってよ」

冷二はそう言って笑うと、いきなり目の前で揺れている由美子の乳房に唇でしゃぶりつき、乳首をガキッと嚙んだ。

由美子はのけぞった。そのとたん、膝や腰の力が抜けて、由美子の身体は冷二の膝の上にストンと落ちた。

「ひっ、ひいーっ！」

わずかに受け入れた肉棒は、一気に子宮口まで沈んで、ズンと突きあげられた。

「うむ……ううむ……」

由美子は白目を剝いた。あわてて腰をあげようとしても、今度は冷二の手が許さない。冷二は由美子を向かい合わせにしっかり抱きこみ、いっそう深くつながった。

「ほれ、やりゃできるじゃねえかよ」

冷二は灼けるような肉を味わいつつ、ニヤニヤと笑った。

深く入れた肉棒をキリキリとくい締められた。肛門を拡張しているため、膣が狭く

なって肉の締まりが一段とよくなっている。ゆっくりと由美子の腰を揺すると、粘膜をへだてて金属のくちばしが感じとれ、いっそうきつく締まった。

「あ、ああっ……動かしちゃいやあ！……かんにんして」

由美子は冷二の上で白目を剝かんばかりにあごを突きあげた。

「気持ちいいのか。いい声出すじゃねえか、外だってのによ」

「や、やめて……ああ、取って……早く、お尻のものを取って」

「そうだったな」

冷二はわざとらしく言って、手を由美子の双臀へまわした。臀丘の谷間に肛門拡張器がくいこんで、肛門を押しひろげているのが、指先にもはっきりわかった。

「こんなに見事に開いているのに、取っちまうのはもったいねえな」

「いやっ……ああ、早く取って……」

「そのかわり、自分から腰を使って、気分出すんだぜ。いいな」

肛門拡張器をゆっくりと抜き取る。

その感覚に由美子は、「ああっ」と泣き声をうわずらせた。まるで内臓が一緒に引きずりだされるみたいだ。抜き取った肛門拡張器は、金属のくちばしが粘液にまみれてねっとりと光り、今にも湯気をあげんばかりだ。

「約束通り抜いてやったぜ。ほれ、自分から動いて俺を楽しませねえか」

「そんな……自分からなんてできない……ああ、許して……」

「もう一度尻の穴を開かれてえのか」

冷二は肛門拡張器のくちばしをパクパクと動かしてみせた。

「ああ……」

由美子はおびえ、そして自分から恐るおそる腰を動かしはじめた。両目を閉じ、唇を嚙みしばってうめきを絞りだす。

肛門拡張器を抜かれたことで、いやでも由美子の神経は媚肉に押し入った肉棒に集中した。腰を動かすたびに肉襞がこすれ、引きずりこまれ、めくりだされて、また引きずりこまれる。由美子はあらためて、自分を貫いているものの大きさを思い知らされ目がくらんだ。

「もっと気分を出せ。思いきって腰を使わねえか。こんなことじゃ、もう一度尻の穴を開くことになるぞ」

意地の悪い冷二の言葉が飛ぶ。

ああ、どうにでもなればいいわ……。

そう言わんばかりに由美子の腰の動きが大きくなった。由美子の美貌が汗を光らせて火照り、のけぞりっぱなしになった。それでも時折り、羞恥と屈辱がこみあげるのか、激しく黒髪を振りたくってうめきを噴きこぼした。

「うう……ああ、ああ……こんなことって……ああ……」

自ら深く浅く受け入れる媚肉は、もう熱くとろけて蜜を溢れさせ、とめどもない疼きを生んでいた。それが動きをいっそうなめらかにし、湧きあがる肉の快美を大きくしていく。

「あ、あああ……」

「その調子だ。クイクイ締めつけてきて、だんだん俺の女らしくなってきたぜ」

「ああ……あう……」

由美子は冷二の意地悪い言葉にも、羞じらいや屈辱は感じなくなった。かわって気も遠くなるほどの肉の快美がふくれあがり、すべてを呑みこんでいく。

冷二が由美子の双臀に手をまわし、再び肛門拡張器を埋めこみにかかっても、すぐには気づかない。冷二は金属のくちばしの先で由美子の肛門を嬲ってから、一気に押し入れた。

「ひいい……」

由美子は白目を剥いて、ガクガク腰をはねあげた。

「そ、それは……」

「こうするともっと気持ちよくなるだろ。尻の穴を開かれながら気をやるんだ」

冷二は肛門拡張器のくちばしをジワッ、ジワッと開きにかかった。

「ひいっ……狂ってしまう……」

由美子は唇を嚙みしばったと思うとすぐにゆるみ、うめき声を噴きこぼしてハアハアとあえいだ。

肛門が拡張されるにつれて、膣が締まってキリキリ絡みついてくるのが、冷二にはたまらなかった。指一本が入るほどに開いてから、冷二は指でゆるゆると肛門の粘膜や腸襞をまさぐった。さらに唇で由美子の乳房にしゃぶりつき、乳首をガキガキとたてつづけに嚙んだ。

「いや……ああ、いやあ！」

そう言って泣きながらも、いつしか由美子の両手はしっかりと冷二を抱いていた。

「ああ……ああ、あうう……」

由美子の顔が恍惚にのけぞり、腰がブルブルと痙攣しはじめる。

「いきたいんだろ。よし、思いっきりイクんだぜ、俺の女らしくな」

冷二は肛門をまさぐる手で、由美子を持ちあげるようにして激しく揺すった。

「ほれ、イケよ」

「う、ううむ……イクっ」

冷二の肉棒をくい千切らんばかりに締めつけつつ、由美子はひいひい喉を絞り、のけぞらせた総身をキリキリ収縮させて痙攣を走らせた。

それは肛門をまさぐる冷二の指にも、金属のくちばしを押しひしがんばかりの痙攣となって、生々しく感じとれた。そして由美子は気を失ったみたいに、冷二の上でガックリと沈んだ。冷二の背中に巻きついていた手がだらりと垂れ、両脚が力を失った。

「激しいな。そんなによかったのか、美人のスチュワーデスさんよ」

冷二が覗きこんだ由美子の美貌は、黒髪の乱れのなかにハアハアとあえぎ、初産を終えた若妻みたいに色っぽかった。その顔をニヤニヤと眺めながら、冷二は肛門をまさぐる手で再び由美子の腰を揺すりはじめた。

ビクッと腰を震わせた由美子は、たちまち悲鳴をあげてのけぞった。

「そ、そんな……ああ待って、いやっ、いやあ！」

「俺はまだ精を出しちゃいねえんだぞ。自分だけいっておいて、待ったもあるかよ」

「あ、あああ……」

由美子は狂乱し、黒髪を振りたくった。冷二を突き離そうと手を動かすが、それも力が入らず、やがてまた冷二の体に絡みつき、肩に噛みつく。

「激しいな、いい感じだぜ。今度は俺の精を絞るように努力してみな」

「あう、あうう……どうにかなっちゃう……たまんない」

由美子はひいひい喉を絞りたて、冷二が手であやつらなくても、自分から腰を揺すりだした。その狂乱ぶりは、とてもあのツンとすました美貌のスチュワーデスとは信じられない。

こいつはいい牝になるぜ……。

冷二はうなった。キリキリと吸いこむように絡みつく肉の感触は、さすがの冷二も舌を巻くほどだ。飽くなきいたぶりの連続にか、肛門を拡張されているせいか、明らかに由美子は積極的になりはじめた。

「ああ……ああ、いっ、いいっ……」

「自分ばかり楽しんでねえで、もっと腰を使って俺を楽しませろ」

冷二は意地悪く言って、さらに肛門拡張器のくちばしをジワッと開いた。

「いいっ……死んじゃう！」

由美子は我れを忘れて冷二の肩に噛みついた。もう由美子は羞恥も屈辱も、恐ろしさも忘れ、冷二に犯されていることすら忘れてよがり悶え、めくるめく恍惚の爆発点へ暴走していった。

第四章　白昼の兄嫁強奪

1

女教師の芦川悠子につづいて、スチュワーデスの藤邑由美子までレイプしたことで、冷二はすっかり自信をつけた。

こうもうまくいくとはな。とびきりの牝が二匹か。やっぱり女を服従させるには、とことん犯るに限る……。

悠子と由美子の妖しい肉の感触を思いだしながら、冷二は笑いがとまらない。

もの静かで知的な面持ちの悠子の白くしっとりとした肌。どちらかといえば派手な感じのする由美子のピチピチとした肌。それがもう冷二のものなのだ。甲乙つけがたい妖花二輪である。

「女教師にスチュワーデス。こいつはこたえられねえな」

アルバムにはられた悠子と由美子の写真を眺めながら、冷二はうれしそうに舌なめずりした。この写真がある限り、美貌の女教師もスチュワーデスも思いのままだ。現に悠子も由美子も冷二にレイプされたことを、誰かに訴えた気配はない。

それが冷二にいっそう自信をつけさせ、余裕すら出てきた。そして冷二の淫らな欲望はとどまるところを知らなかった。

冷二が三人目の獲物として狙ったのは、義姉の佐知子だった。五年前に一番上の兄の婚約者だった佐知子に、ひそかに恋心を抱いた。だが下着ドロでつかまり勘当も同然の冷二は、兄の結婚式にも呼ばれず、ずっと佐知子の顔は見ていない。

「さぞかし熟れた人妻になってることだろうぜ」

佐知子の美貌を思い浮かべて、冷二は低い声で笑った。

グロテスクな張型に浣腸器、ドス黒い縄に鞭などどちらばっている責め具を無造作にバッグにつめこむと、冷二は部屋を出た。

人妻を襲うとなれば、夫のいない日中を狙うしかない。冷二の運転する車が郊外の静かな住宅地に着いたのは、午前八時三十分だった。

久しぶりに見る実家だった。その広い敷地の一角に兄夫婦は住んでいる。広い庭を挟んで実家と向かい合うように二人の家が建っていた。

冷二は車のなかで煙草を吸いながら、兄夫婦の家をうかがった。もう実家にはなんの未練もなかった。冷二の頭にあるのは、美しい兄嫁の佐知子のことだけだった。その佐知子を襲ってやってしまえば、美しい人妻の肉を楽しめるだけでなく、自分を見捨てた両親や兄への復讐にもなる。

「フフフ……」

冷二は欲情が昂るのを抑えられないように笑いをこぼした。

悠子と由美子で成功しなければ、兄嫁の佐知子を襲うなど思いもしなかっただろう。

十五分もすると、兄が玄関から出てきた。相変わらず生まじめで、以前よりエリート商社マンらしさが身についている。

兄は妻の佐知子と軽く唇を重ねると、車に乗りこんだ。

だが冷二の目は兄をチラッと見ただけで、すぐに手を振って見送る佐知子に吸いついた。佐知子は黄色のワンピースに身を包み、まばゆいばかりの美しさだった。幸福いっぱいといった美貌は上品なまでにととのい、艶やかな黒髪は肩で綺麗にカールしている。そして服の上からもわかる見事なまでの胸のふくらみと双臀の張り。腰は細くくびれ、ストッキングを着けないふくらはぎから足首への肌の白さ。

冷二は思わず胴震いがきた。

なんて色気だ。前から色っぽかったが、あれほど熟しているとは……。

あのワンピースの下にどんな裸を隠しているのか、男に抱かれてどんなふうに反応して泣くのか、考えるだけでも涎れが垂れそうだ。

冷二は兄の車が見えなくなってから、ゆっくりと佐知子に近づいた。

「義姉さん」

後ろを振りかえった佐知子は、冷二に気づくと、びっくりした顔をした。

「冷二さん……」

「久しぶりだね、義姉さん。近くまで来たんであいさつでもしようと思ったんだけど、兄貴はひと足違いで出かけたらしいね」

冷二はわざとらしく兄の車の走り去ったほうを見て言った。

佐知子は突然現われた冷二にとまどっている。

「お茶もごちそうしてくれないのかい、義姉さん」

「ごめんなさい。どうぞあがって」

冷二の言葉に佐知子はあわてて玄関の戸を開けた。いくら冷二が勘当の身とはいえ夫の弟である。冷たく追いかえすことなど佐知子にはできなかった。

2

冷二を応接間へ通すと、佐知子は紅茶をいれた。

「結婚して、また一段と綺麗になったね、義姉さん」

「お世辞が上手ね、冷二さん」

「お世辞じゃないさ。本当に綺麗だ」

ティーカップをテーブルに置く佐知子の美貌を見つめ、手を見た。美しく上品な人妻にふさわしい白く細長い指だった。

「綺麗なだけじゃなく、身体だってすごくグラマーになったみたいだ」

ねっとりと舐めるような冷二の視線が、佐知子の身体を這った。

そばで見ると佐知子のしなやかで均整のとれた身体は、一段と胸のふくらみや双臀の張りの熟しようがわかった。

「まだ子供はいないみたいだけど、それだけいい身体して、なんでつくらないの？」

「…………」

佐知子はなにも言わない。冷二の舐めるような視線がおぞましい。服を着ていても裸を見られているような感覚を、佐知子の肌が感じとるのだ。

「義姉さん、兄貴とはちゃんとセックスしてるんだろ。バックから犯ると孕む率が大きいんだ」

「へ、変なことは言わないで、冷二さん。そんなお話したくないわ」

さすがに佐知子もムッとしたようだ。

「俺なら義姉さんを一発で孕ましてやれるぜ」

冷二は佐知子を見て舌なめずりした。

ハッとした佐知子がソファから立ちあがろうとした時には、冷二の手が手首をつかんでいた。

さっきから冷二のいやらしい視線には気づいていたが、夫の弟だと思って甘く見たのが間違いだった。すごい力で手を引かれ、たちまち冷二の腕のなかへ引き寄せられた。

「な、なにをするの、冷二さん……離してちょうだい！」

「どうして子供ができないのか、俺が義姉さんの身体を調べてやるよ」

「そんな……なにを言ってるかわかってるの。いくら冷二さんでも許さなくてよ」

冷二を睨みつけようとした佐知子だったが、ワンピースの上から胸のふくらみや双臀をまさぐられて、悲鳴をあげた。必死に冷二の手を振り払おうともがく。

「おとなしくしろよ、義姉さん」

「や、やめて！……やめないと、お義母様を呼ぶわよ、冷二さん」

「ここからじゃ母屋までは聞こえやしねえよ」

冷二は素早くバッグから縄を取りだすと、佐知子の両手首を前で重ねて縛った。その縄尻を鴨居にかけて引く。たちまち佐知子の身体は両手を高くあげた格好で、一直線にのびきった。

「ああ、ほどいて……こんなひどいいたずらは許さなくてよ。早くやめて！」

「義姉さんがおとなしくしていないからだぜ。これで義姉さんの身体をじっくり調べられるぜ」

冷二の手にナイフが不気味に光った。

冷二が本気だとわかり、佐知子の背筋を恐怖の戦慄が走った。

「ああ……」

佐知子は美貌をひきつらせて、身体をこわばらせた。

「正気なの、冷二さん。そ、そんなことをして、タダですむと思っているの」

声が震えた。

冷二はニヤニヤと笑って舌なめずりすると、ナイフの冷たい刃で佐知子の白い喉をゆっくりとなぞった。

「ひっ……」

佐知子は恐怖に総身を凍りつかせて、もう身動きすらできなくなった。

「やめて……そんなもの、しまって」

「裸になってもらうぜ、義姉さん。暴れたら綺麗な肌に傷がつくからな」

「ああ、バカなことはしないで……」

おののく佐知子のワンピースを胸もとからナイフが切り裂いていく。下は淡いブルーのスリップだ。ワンピースが切り取られると、スリップ一枚の肌に外気がうそ寒くしみ通ってきた。夫以外の男の手で、それも夫の弟に裸にされると思うと、悪寒が背筋を走ってガタガタ震えだした。

「こ、これ以上は、やめて……ああ……」

佐知子の哀願をあざ笑うように、スリップの肩紐がナイフで断ち切られた。女体の曲線をすべってスリップが足もとに落ち、あとはブラジャーとパンティだけだ。

「人妻ともなるとずいぶん高級な下着を着けてるんだな。いつも自分から脱ぐのかい？　それとも兄貴に脱がしてもらうのか？」

「いやっ……ああ、もうやめて！　これ以上は……私は冷二さんの兄嫁なのよ」

ねっとりと肌に絡みついてくる冷二の視線がたまらず、佐知子は悲鳴にも似た声で叫んでいた。

「いい身体してるじゃねえか、義姉さん。兄貴の独り占めにしとくにはもったいねえぜ」

冷二はニヤニヤと笑って何度も舌なめずりをした。

涎れの垂れそうな佐知子の身体だった。ブラジャーとパンティを着けていても、ムチムチと人妻らしい肉づきの成熟美は、若い女教師やスチュワーデスとはまたひと味

違った妖しい美しさがある。人妻の裸を見るのは初めてとあって、さすがの冷二も声がうわずった。

「ま、まず義姉さんのおっぱいから見せてもらうぜ」

「いやっ……ああ、助けて！」

「フフフ……」

冷二はナイフでブラジャーの肩紐を切り、後ろのホックをはずした。

「あ、ああっ、いやあ！」

悲鳴とともにブラジャーは胸をすべり落ち、ハッと息を呑むほど見事な乳房が、ブルンと露わになった。想像していたよりもはるかに豊かなふくらみを見せ、透けるような白い肌に羞恥の色を匂わせて重たげに揺れている。

冷二は目が吸いこまれるようだった。

「さすがに人妻のおっぱいは熟れてるな、義姉さん。すごく感度がよさそうだ」

「い、いやっ……」

「毎晩兄貴にモミモミさせてるのかい」

冷二はナイフの刃で佐知子の乳房のふくらみをなぞった。

「あ、あっ……やめて……」

ナイフの刃の冷たい感触が、おびえわななく佐知子の乳首にまとわりつく。今にも血が噴きだしそうで、佐知子は生きた心地がなかった。

「兄貴だけのものにしとくには、もったいねえおっぱいだぜ」

冷二はナイフの刃でゆっくりと嬲った。

熟れきっているのにまだ子供がいないせいだろう、佐知子の乳房は初々しいまでの肌の若さと張りをナイフに伝えてくる。乳首も生々しい色彩で、ポッチリと小さい。

「こりゃ妊娠すりゃ、たっぷりとお乳が出るぜ」

冷二はナイフの刃で佐知子の乳首を弾いた。

「ひっ……」

佐知子は小さく喉を鳴らした。今にも切られるのではないかという恐怖に、いやでも神経が乳首に集中した。

ナイフの刃は執拗に佐知子の乳房に這い、乳首を弾く。その氷のような冷たさが、いっそう乳首の感覚を鋭くした。

「あ……ああ、いやっ」

「感じるのかい、義姉さん」

「そ、そんな……誰がそんなこと……」

身体に火をつけられるのを恐れるように、佐知子は黒髪を振りたくった。

「やめて、ああ……こんなことをして、どうなるかわかっているの、冷二さん」

「兄貴にしゃべったってかまわねえぜ。もっとも言えるかな」

冷二はナイフを乳房から腹部へとすべらせ、パンティをなぞった。

「今度はパンティのなかを見せてもらおうかな、義姉さん」

「い、いやあ！」

佐知子の美貌が恐怖に凍りついた。唇をワナワナと震わせ、佐知子は片脚をくの字に折って太腿を必死に閉じ合わせた。

その太腿にナイフを這わされ、次にはまた乳房からなめらかな腹部へ、そしてパンティにわずかに覆われた下腹へとナイフでなぞられ、佐知子は喉を絞った。

「ああ、いやあ！……やめて、冷二さん、あああ……」

「パンティを脱がされるぐらいで、オーバーに騒ぐなよ」

「いやっ……そ、それだけは……」

腰を振りたてて抵抗したくても、ナイフが佐知子の動きを封じた。ナイフは今にも切り裂くぞとばかりにパンティのゴムの線をなぞっていた。そしてムッチリと張った双臀から、ゆっくりとずりさげはじめる。

「ああ……いやあ！」

佐知子は激しく頭を振りたてた。妖しいまでに白く豊かな肉づきを見せ、佐知子の双臀が次第に露わになっていく。

冷二はまだパンティを切り裂こうとはせず、ナイフで双臀の部分だけずりさげて楽しもうというのだ。

「こりゃすげえや。いい尻してるんだな、義姉さん。そそられるぜ」

「い、いやあ！」

佐知子の臀丘の谷間が固く閉じ合わされ、ムッと盛りあがった肉にえくぼが浮きあがって、ブルブル震えた。

冷二は佐知子の双臀をすっかり剝きだしにしてしまうと、その見事なまでの肉づきに思わず見とれた。佐知子の双臀は剝き卵みたいにシミひとつなく、真っ白で外人のみたいに形よく吊りあがって、臀丘の谷間も深く切れこんでいた。

「さすがに人妻の尻は色っぽいな。いい肉づきしてやがる」

剝きだしの臀丘をナイフでゆっくりとなぞりつつ、冷二は舌なめずりをした。まるで風船に剃刀を当てるように、臀丘の悩ましいカーブにそってナイフを這わせていく。

「ああ……」

ナイフの冷たい感触に、佐知子はビクッと腰をこわばらせて、おびえた声をあげた。

「今度は前だな、義姉さん」

「いやっ……もうやめて、冷二さん……これ以上は……」

「裸にすると言っただろう、義姉さん。こんな身体を見せつけられて、今さらやめられるかよ」

佐知子の前へまわると、冷二はかがみこんでナイフを下腹へ這わせた。後ろを剝きおろされたために、パンティの前はずりさがって今にも茂みがのぞきそうだった。かろうじて引っかかっている。

「ああ、お願い、それだけは……」

佐知子の美貌が今にもベソをかかんばかりになって、唇がわななく。

冷二は一度佐知子の顔を見あげてニヤリと笑うと、ナイフでゆっくりとパンティの前をずりさげていく。

「あ、いやっ、いやです!……ああっ」

佐知子は耐えきれずに泣き声をあげ、腰をこわばらせた。だがパンティがずりさがるにつれて、黒く艶やかな茂みが次第に露わになる。あとは一気にナイフで切り裂かれ、むしり取られた。

「ああっ」

佐知子は必死に太腿をよじり合わせて、上体をのけぞらせた。

「これが人妻のオケケか」

艶やかな繊毛がフルフルと震え、妖しい女の匂いを立ち昇らせて、冷二の目の前にあった。濃くも薄くもなく、上品で美貌の人妻にふさわしい生えぶりだ。

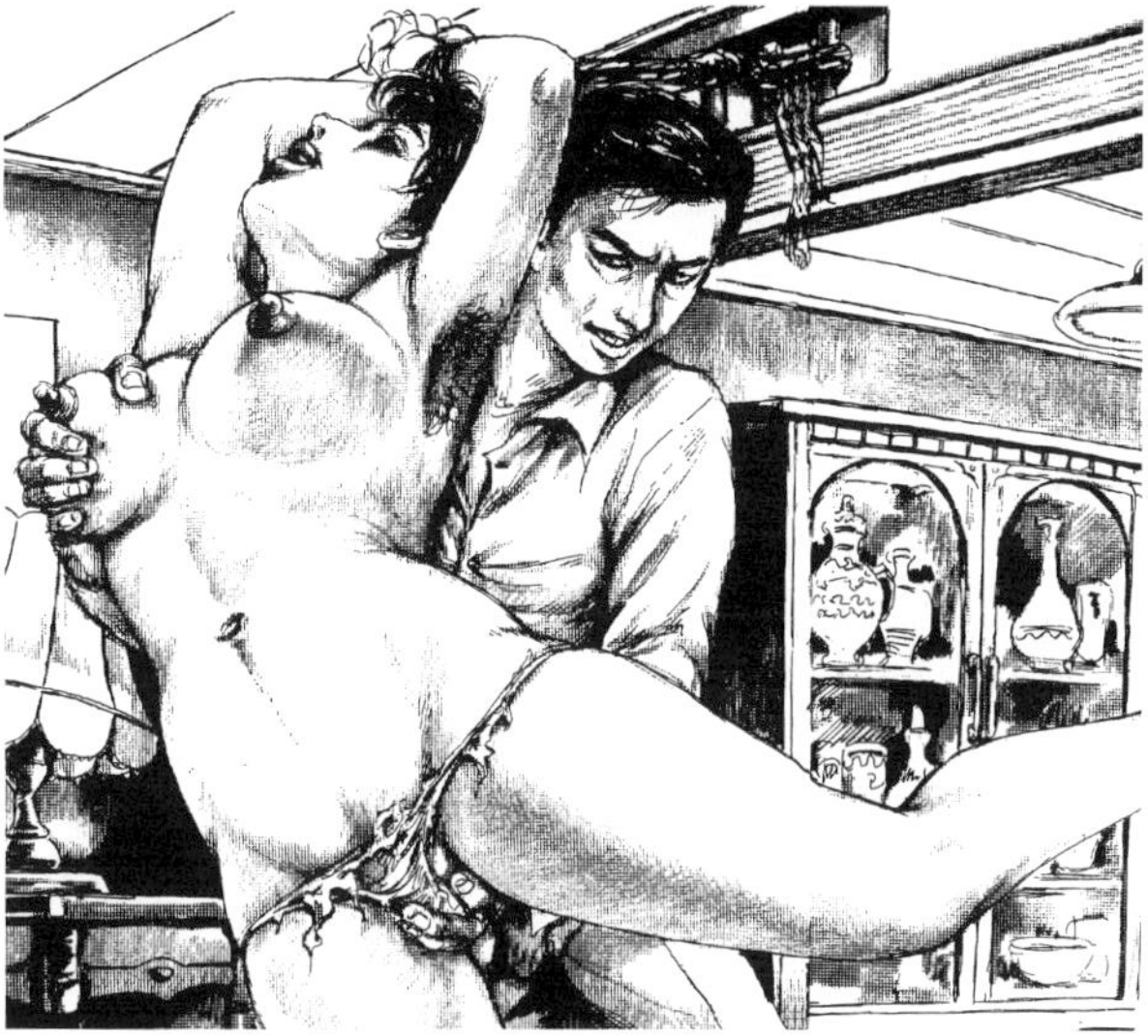

　ここでもまた、冷二はナイフを使って茂みをまさぐり、梳くようにいじった。恥丘は柔らかく、その小高い丘に妖しく肉の割れ目を切りこませていた。

「やめて！……あ、ああっ、いやっ！」

「おとなしくしてねえと、ここのオケケを剃っちゃうぜ、義姉さん」

「そ、そんな……」

　佐知子は泣き声をあげて、激しく黒髪を振りたくった。いくら太腿をしっかりと閉じ合わせても、茂みは隠しようもない。

「義姉さん、股をおっぴろげて奥まで見せてくれよ」

「い、いやっ……それだけは、かんにんして！　冷二さん」

冷二はニンマリと笑うと、茂みをまさぐっていたナイフを佐知子の太腿へすべりおろした。必死に閉じ合わせている太腿の間にナイフをもぐりこませようとする。

「いや、いやです！……ああっ」

いくら抗おうとしても、ナイフの恐怖には抗しえない。絶望の泣き声をあげて、佐知子は頭を振りたてた。

「ああっ……」

内腿にすべりこむナイフの冷たさに、必死に閉じ合わせていた力がゆるみ、太腿が左右へ開きはじめる。佐知子の腰が、太腿と膝がブルブルと震えた。

「もういやあ！……ああ、お願い。これでかんにんして」

「駄目だ。いつも兄貴を迎え入れる時みたいに思いっきり開いて、オマ×コをはっきり見せるんだ」

「いやあ……」

「ほれ、おっぴろげろよ、義姉さん。このナイフは脅しだけじゃねえぜ」

ナイフで佐知子の内腿をピタピタとたたくと、さらに開いていく。冷二は佐知子の太腿をいっぱいに開かせた。内腿の付け根が筋を浮き立てて、ヒクヒクとひきつるほどだ。

開きった内腿をナイフが撫であげ、女の茂みをかきあげるようにまさぐる。それと同時に冷二の視線が忍びこんでくるのを感じて、佐知子は泣き声をあげた。

「あ、ああっ……いやあ……」

頭のなかが灼け、生汗が絞りだされるような羞恥と屈辱だ。

「許して……見ないで！　ああ、そんなところ、見ちゃいやです！」

「おっぴろげたままでいろよ、義姉さん。勝手に股を閉じたら、ここのオケケを剃って俺のをオマ×コへぶちこむぜ」

冷二は脅しながら佐知子の股間をニヤニヤと覗きこんだ。

肉の花園が割れ目を見せて、はっきりと剝きでていた。内腿の透けるような白さに較べ、さすがに生々しさが際立った。それが成熟した人妻を感じさせた。

「これが人妻のオマ×コか」

欲情の笑いをこぼして、冷二はナイフの背で媚肉の割れ目をなぞった。

「ひっ……いやあ！　許して……」

もっとも秘められた箇所に這うナイフの冷たい感触と、そしてさらに指も加わって割れ目がくつろげられる感覚に、佐知子は泣き声をあげた。外気とともに熱い冷二の視線が、痛いまでに奥へ入ってくる。

佐知子の腰と膝がブルブルと震えてとまらなくなった。

「いや。いやあっ……」

「ほれ、股をもっとおっぴろげろ。やられてえのか、義姉さん」

「そ、それだけは……ああ……」

ブルブルと震えて閉じようとする佐知子の太腿が、またクッと開いた。

夫の弟に犯されるという最悪の事態だけは、なんとしても避けなければならない。

全裸にされて縛られている身では、もし冷二がいどみかかってきたら、ふせぐ術はないのだ。

「いい色してるじゃないか。形もすごく綺麗だぜ、義姉さん。これだけいいオマ×コして、今まで孕まねえってのが不思議なくらいだよ」

しっとりと吸いつくような肉襞をまさぐりつつ、冷二はさらに割れ目の頂点を剝きあげた。

女芯の肉芽が妖しく剝きだしになった。

「ああ……やめて!……」

「クリちゃんも敏感そうだ。いつも兄貴に触らせてるんだろ」

「いや、いやです!」

「俺にもうんと敏感なとこを見せてくれよ、義姉さん」

冷二はナイフの背で剝きあげた女芯をこすり、弾いて嬲りはじめた。

「そ、そんな……ひっ、ひっ、いやあ……やめて、冷二さん！」

佐知子は悲鳴をあげて、のけぞらせた顔を振りたてた。それでも大きく開いた両脚を閉じようとしない。夫の弟にナイフで繊細な女芯の肉芽をいたぶられるというあまりの異常さに次第に佐知子の悲鳴が力を失ってきた。

「いや……ああ、許して……いやあ！」

腰をブルブルと震わせて、みじめにうめき泣くばかりになった。

「感じるんだろ、義姉さん」

冷二はあざ笑った。ナイフの背で剝きあげた女芯の肉芽をゆっくりといびり、時折りスッと乳首や双臀、内腿にナイフを這わせては、また肉芽を嬲る。そのたびに佐知子の裸身がビクッとすくみあがるのが冷二にはたまらなかった。

「許して……」

執拗なナイフのいたぶりに、二十八歳という人妻の成熟した肉は、いくらつつしみ深くても耐えられるはずがない。

身体の芯がしびれだした。必死に払いのけようとしても、夫婦生活で培われた人妻の性が、ナイフの感覚を感じとってしまうのだ。乳首が尖りはじめ、女芯の肉芽も熱く充血していく。

「ああ……」

思わず声が出た。佐知子はあわてて唇を噛みしばり、声を殺した。

「本当に敏感なんだな、義姉さん。オマ×コが濡れてきたぜ」

「い、いやあ！」

「濡れていい色になってきたじゃねえか。ナイフもとろけるようだぜ」

「ああ……けだもの！」

佐知子はくやしさと恐ろしさに、激しく頭を振りたくった。

こんな辱しめを受けながらも、なす術もなく反応を見せる自分の身体が信じられない。感じてはいけない……と思うと、かえって身体の神経がナイフにいたぶられる肌に集中し、カアッと灼けた。

身体の芯が疼きつつ、ジクジクと溢れる感覚に、佐知子は生きた心地もない。自ら両脚をいっぱいに開いているだけに、よけい感覚も鋭くなった。

「ほれ、また股が閉じてきたぞ。思いっきりおっぴろげてねえと、やっちまうぜ、義姉さん」

ひとりでに両脚が閉じ気味になると、冷二の鋭い声が飛ぶ。

「ああ、許して、冷二さん……こ、これ以上、辱しめないで」

泣きながら佐知子の両脚がまたひろがっていく。ナイフが淫らに蠢き、ジクジクと溢れる蜜にまみれてねっとりと光った。

「気どるなよ、義姉さん。ますますお汁が出てくるぜ」

冷二はナイフでいびりつつ、もう一方の手でバッグを引き寄せてなかから張型を取りだした。スイッチを入れると、ジーという電動音がして張型の頭が振動し、クネクネとうねりはじめた。

「義姉さん、ここまできたらこいつを使うしかねえようだな」

不気味に蠢くグロテスクな張型を見せつけられて、佐知子の瞳が恐怖に凍りついた。冷二は恐ろしい変質者である。ドス黒い絶望とともに恐怖が佐知子を暗く覆った。

3

張型を手に佐知子の顔を見あげて、冷二はニタニタと嗜虐の笑いを浮かべた。

「どうだい、これなら人妻の義姉さんでも充分楽しめるだろ」

「い、いやっ……そんなもの、使わないで！　ああ……」

佐知子はわななく唇で泣き声を震わせた。

「オマ×コをこんなに濡らしといて、いやもねえもんだぜ。こいつは見かけは悪いが、一度味を知ると兄貴なんかよりずっとよくなるぜ」

冷二はからかうように、張型の先端を佐知子の乳首にこすりつけた。

ツンと尖った乳首に淫らな振動とうねりが襲い、佐知子は悲鳴をあげてのけぞった。

「かんにんして！……いやあ！」

「こいつがいやなら、俺の生身をオマ×コにぶちこんでもいいんだぜ。どっちにするんだい、義姉さん」

「どちらもいやっ……ああ、いやです！」

「甘ったれるなよ、義姉さん。どっちにするか決めねえなら、どっちもやっちまうぜ。こいつでとろけさせてから俺のでお楽しみってことになる」

「ああ、そんな……」

佐知子の美貌が恐怖と絶望とにひきつった。夫の弟と肉の関係を持つ。そんなことになったら身の破滅だ。

「もう一度だけ聞くぜ。どっちにするんだ、義姉さん。こいつか、それとも俺の生身か」

冷二は張型の先端で佐知子の乳首をこねまわし、さらになめらかな腹部をすべらせて茂みをかきまわした。

佐知子は悲鳴をあげ、泣き声をほとばしらせた。恐ろしさに汗がドッと噴きでた。

「そうか、両方とも欲しくてわざと答えねえってわけかい」

「違います……ああ、許して……」

「さすがに人妻ってのは欲張りだな」

「いやあっ……」

張型の淫らな振動とうねりが、ブルブル震える股間に這った。さっきからの指のいたぶりで、佐知子の肉の花園は妖しく濡れそぼっている。それをあざけるように振動とうねりとがなぞり、佐知子をおびえさせ泣きじゃくらせた。太腿を閉じ合わせて拒もうとしても、力が入らない。

「ほうれ、じっくり味わうんだ、義姉さん」

張型の先端がジワッと分け入った。

「あ、いやあ……ああ！……ああ！」

ビクンと佐知子の裸身がこわばり、泣き顔がのけぞった。

「うんと深く入れてやるからな。気持ちよくってたまらなくなるぜ、義姉さん」

「いやっ……た、助けて……ひっ、ひっ……やめて！」

「うまそうに呑みこんでいくじゃねえか。さすがに人妻だな」

「ああっ……ひいーっ！」

佐知子はまるで少女みたいに喉を絞った。

生まれて初めて異物を挿入される恐ろしさに、引き裂かれるような苦痛さえ感じた。

それが柔らかくとろけた肉を巻きこむようにして、ジワジワと深くへ入ってくる。

「う、うむ……」

佐知子は顔をのけぞりっぱなしにして、白目を剝いた。気も狂いそうにおぞましいのに、身体の芯がひきつるように疼くのが佐知子にもわかった。心とは裏腹に、肉がひとりでに押し入ってくるものを貪ろうと蠢いてしまう。

「ひいっ！」

張型の先端で子宮口を突きあげられて、佐知子は喉を絞った。

「見事に呑みこんだじゃねえか、義姉さん。兄貴と張型とどっちがいい」

冷二はひとまずバイブレーターのスイッチを切り、ニヤニヤと張型を咥えこんだ姿を眺めた。

佐知子はもう、まともに口もきけない。腰も太腿もブルブルと震え、閉じ合わせようとする力が途中で抜ける。必死に閉じ合わせようとするのだが、咥えこまされたものの大きさにおびえ、ガクッと力を失うのだ。

「気持ちよすぎて声も出ねえというのか。兄貴が見たらやきもちを焼くぜ」

冷二はバイブレーターのスイッチは入れずに、ゆっくりと手で張型を動かしはじめた。その動きにつれて、肉襞が張型とともにめくりだされ、また巻きこまれる。そのたびに妖しい女の匂いを立ち昇らせて、ジクジクと蜜がにじみでた。

「ああ、動かさないで！……いやっ！」

頭をグラグラと揺らして、佐知子はすすり泣く。

おぞましい道具で弄ばれているというのに、肉が溢れでる蜜にとろかされ、灼けるような快感を呼びはじめるのが、佐知子には恐ろしかった。特に子宮口をズンと突きあげられると、身体の芯がキュウと収縮して、身震いと声が出るのをこらえようがなかった。

「あ、ああ、いやです!……あああ……」

佐知子はなす術もなくめくるめく官能に翻弄された。成熟した人妻の性が、ひとりでに突きあげてくるものに順応し、貪る動きを見せた。

「好きだな、義姉さん。これだけ敏感なオマ×コしてて、これまで妊娠しなかったのが不思議なくらいだぜ。もっともあのクソまじめな兄貴が相手じゃ、もの足りなくて妊娠する気にもなれなかったってわけか」

冷二は佐知子をからかって笑った。

それに反発する余裕も、佐知子にはなかった。立っているのも切ないように、腰をうねらせて泣いた。

「もう、かんにんして……ああ、これ以上は……もう取ってェ」

「まだはじまったばかりだぜ、義姉さん。それとも、早く俺の生身をオマ×コにぶちこんで欲しいのか」

「いやっ！　それだけは……」

「だったら張型をしっかり咥えてな。そいつを咥えこんでるうちは、俺もぶちこめないからよ。貞操帯がわりだな」

冷二は張型をあやつる手をとめると、佐知子の悩乱の美貌を見あげてニヤニヤと笑った。立ちあがって佐知子の後ろへまわり、両手で乳房をわしづかみにしてタプタプと揉みはじめる。張型は埋めこんだままで手を触れようともせず、焦らすように乳房だけを嬲る。

「あ、ああ……」

佐知子は狼狽の声をあげた。官能に火をつけられた佐知子の身体は、ひとりでに張型の動きを求めて腰がうねりだした。いくら貪ろうとしても、相手が張型では反応がない。

「か、かんにんして……」

「どうだ、義姉さん。オマ×コで俺とつながりたくなったかい。俺はいつでもオーケイだぜ」

冷二は佐知子の乳首をつまんでいびりながら、ズボンのなかで硬くなった肉棒を教えるように双臀にこすりつけた。

「いやあ！……それだけはいや、かんにんして！」

佐知子は押しつけられるものから逃げようと、腰を前へせりだして振りたてる。

「オマ×コは兄貴だけのものってわけか。しようがねえか」

冷二は意味ありげに笑うと、乳房をいじる手の一方を佐知子の双臀へすべりおろした。見事なまでに張った臀丘をネチネチと撫でまわし、その谷間へ指をすべりこませる。

「ああっ……」

ハッとした佐知子があわてて臀丘の谷間を引き締めた時にはもう遅い。冷二の指先は佐知子の肛門をしっかりとさぐり当てていた。

「ひいっ……」

佐知子はのけぞった。そんなところまでいじられるとは、万が一にも思わなかったことだ。

「そ、そんなところを触らないで!……いや、いやあっ」

「可愛い尻の穴をしてるじゃねえか、義姉さん」

「い、いやあ!……手を、手を離して!」

佐知子の狼狽ぶりが、そこが夫にも触らせていない秘めやかな蕾であることを物語っている。冷二はしっとりと吸いつくような感触を楽しみつつ、ゆるゆると揉みこんでいく。

キュッとすくみあがった肛門は、冷二の指の動きにヒクヒクとあえいだ。

「どうだい、尻の穴をいじられる気分は」

「いやっ、そこはいやあ！……いやです！」

「そういやがられると、義姉さんの尻の穴を狙ったかいがあるってもんだ」

「あ、ああ！」

佐知子は歯を噛みしばって、黒髪を振りたくった。背筋に悪寒が走り、嫌悪感と汚辱感に総毛立った。

ああ、この人は変態なんだわ……。

佐知子は必死にすぼめた肛門がほころびを強いられる感覚に、おぞましい恐怖がふくれあがった。

「ずいぶんと尻の穴が柔らかくなってきたぜ、義姉さん。オマ×コだけじゃなくて、こっちも敏感なんだな」

佐知子の肛門はいつしか揉みほぐされて、フックラとふくらみはじめていた。さっきまで固くすぼまっていたのが嘘みたいな柔らかさを見せる。

「あ、あ……」

佐知子は双臀をクリクリッとよじった。排泄器官としか考えたことのないところを揉み嬲られるおぞましさ。だがそれと同時に得体の知れない感覚が妖しくふくれあがる。媚肉に張型を咥えこまされたままなのが、佐知子の感覚を狂わせるのだろうか。

「やめて、やめて！……」

「兄貴には尻の穴をいじらせなかったのかい」

「そんなこと、しません……ああ、変態だわ……許してェ」

「まだバージンってわけか。俺が尻の穴を責められるよさを教えてやるぜ」

「ああ、そんなこと、いりません！」

佐知子はおぞましさに歯をカチカチ鳴らして泣き声をあげた。

今にも漏れそうにゆるんだ肛門に這う指がたまらず、押し入ってくる指の気配に生きた心地がない。

「尻の穴に指を入れるぜ、義姉さん」

冷二はわざと教えた。

「いやあ！……いや、いやです！」

肛門の指を振り払おうと、佐知子は狂ったように腰をよじりたてた。

冷二はゲラゲラと笑うと、ひとまず指を引いて佐知子の左足首をつかんだ。素早く取りだした縄を巻きつけて縛り、その縄尻を鴨居にかけて引き、左脚を吊りあげる。

佐知子の張型を咥えこんだ股間が開ききった。

「ああっ、いやです！……やめて！」

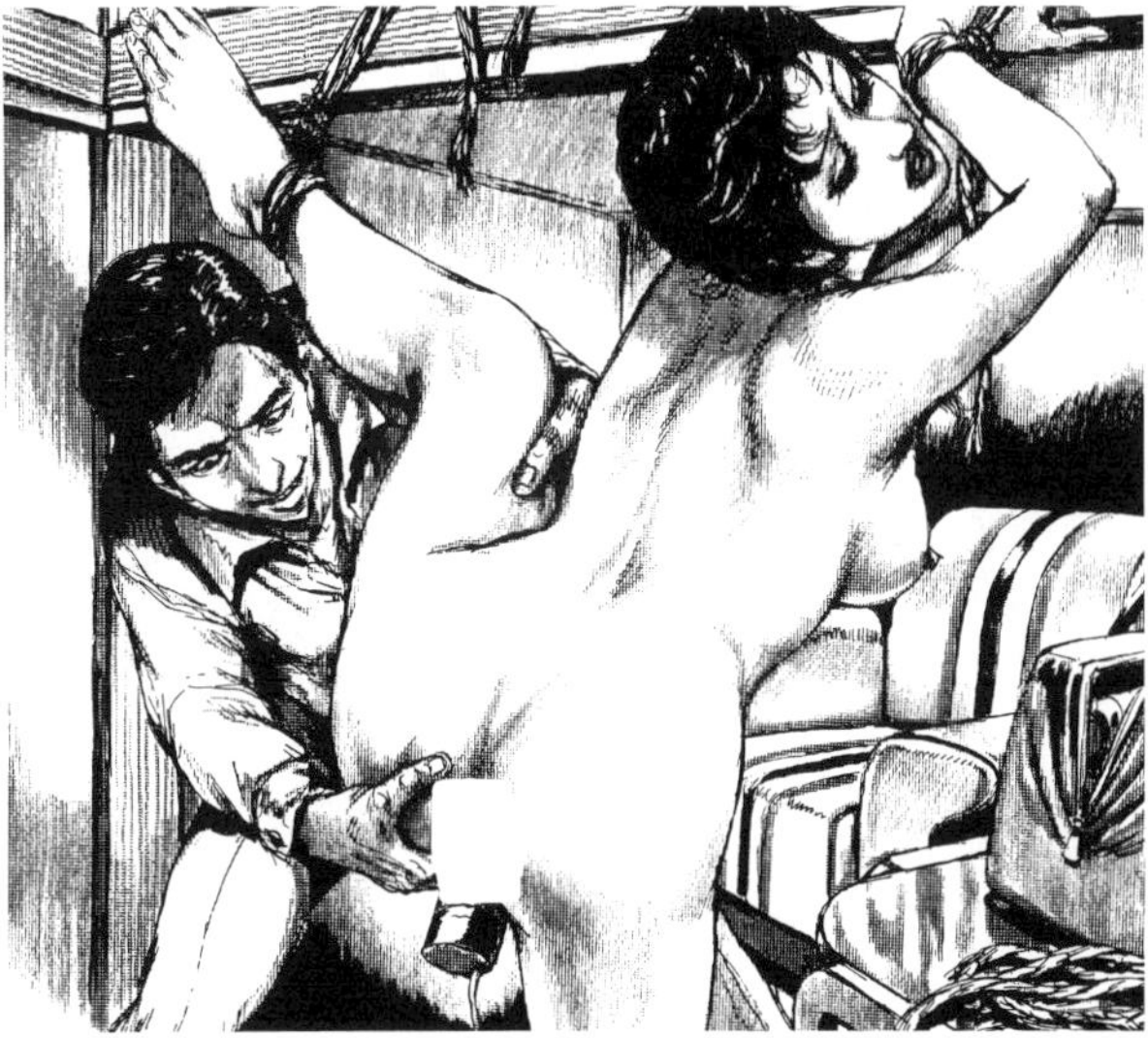

「おとなしく尻の穴に指を入れさせねえからだよ、義姉さん」

冷二はさらに佐知子の右足首にも別の縄を巻きつけて、鴨居から吊った。

佐知子の身体は、両手首を縛った縄と左右へいっぱいに開かれた足首の縄とで、鴨居からあお向けに吊られて宙に揺れた。股間はあられもなく開ききって、張型を咥えた媚肉もゆるんだ肛門も剝きだしだった。

「これで思いっきり尻責めができるってもんだぜ」

股間を覗きこみつつ、冷二は再び佐知子の肛門に指を這わせた。揉みこみながらゆっくりと指先を沈めにかかる。

「ひっ……」

佐知子の腰が宙でよじれ、泣き顔が悩乱し、のけぞった。

4

水分を含んだ真綿のような柔らかさを見せる佐知子の肛門を、冷二の指は深く縫った。

「指の付け根まで入っちまったぜ。わかるだろ、義姉さん」

冷二は意地悪く知らせる。

「………」

佐知子は唇を噛みしめてのけぞらせた顔を振った。乳房が荒々しく波打ち、腰がブルブルと震えた。

「義姉さんの尻の穴、いい感じだぜ。俺の期待を裏切らねえ手ざわりだ」

冷二はじっくりと佐知子の肛門の感触を味わった。冷二の指をしっかりとくい締めて、ヒクヒクおののいている。得もいえぬ妖しくしっとりとした緊縮感だ。そして奥には禁断の腸腔が熱く展けていた。薄い粘膜をへだてて前の張型が生々しく感じとれる。

「こうやって尻の穴に指を入れられてるのは、気持ちいいもんだろ」

「い、いやらしいだけです……ああ、取って、指を取って！」

「指だけでなくていろんなものを入れてやるからな」

冷二は埋めこんだ指をまわして腸壁をまさぐった。

「あ、ああっ……」

指が身体のなかで蠢く感覚に、佐知子は激しく頭を振った。正常な行為しか知らぬ佐知子には、排泄器官としか考えたことのないところを嬲りの対象とされるなど信じられない。

指だけでなく、いろんなものを入れてやる……。そう言った冷二の言葉の意味を考える余裕などない。あったとしても、わかるはずもない。

「気持ちいいと言ってみな、義姉さん」

「いやっ……も、もう指を取ってェ」

「こんないい尻してるんだ。気持ちいいはずだぜ」

冷二は指をまわして腸壁をまさぐりながら、もう一方の手で前の張型をあやつりはじめた。薄い粘膜をへだてて張型と指が、前と後ろとでこすれ合う。

「ああ、そんな……あ、あむ……」

佐知子は狼狽の声をあげた。肛門をいじりまわされるおぞましさに、張型が送りこんでくる快感が入りまじり、佐知子を悩乱へと追いこんでいく。

「かんにんして……や、やめて、冷二さん」

「ほれ、ほれ、尻の穴をいじられてるんで、さっきよりずっと気持ちいいだろ」

「ああ……」

排泄器官をいじられているという異常さが、佐知子の感覚をも異常にするのか、腰全体が火になった。それに追い討ちをかけるように、バイブレーターのスイッチが入れられ、佐知子のなかで張型が振動し、うねりだした。

「ひっ……あ、あむむ……そんな……気が変になっちゃう!」

佐知子は宙に吊られた裸身をのけぞらせ、よじりたてのたうった。内臓までがこねくりまわされ、女の官能が灼けただれる。とてもじっとしてはいられなかった。

「死んじゃう……」

「死ぬほど気持ちいいってことか」

冷二は淫らな振動とうねりを容赦なく佐知子の子宮口に打ちこんだ。それに合わせて肛門の指も抽送する。

「あ……あ、あむ……」

佐知子は美貌をのけぞらせたまま、満足に息もできないようにあえぎ悶えた。もうわけもわからなくなっていく。

「激しいな、義姉さん。こりゃ尻の穴を仕込みがいがあるぜ」

冷二はうれしそうに言った。初めての尻責めでこれだけ反応すれば、A感覚の素質は充分だ。

佐知子は総身に汗を光らせ、泣き悶える肌を匂うようなピンクに色づかせている。もうとめどもなく吐きだす蜜は妖しい人妻の匂いを立ち昇らせて、ムッとするほどの悩ましさだった。

「気をやりたいかい、義姉さん」

「いやっ……あうう……」

「それじゃおあずけだ」

さんざん佐知子を泣かせ、のたうたせ、汚辱感のないまじった暗い官能に翻弄してから、冷二はピタリと張型の動きをとめた。バイブレーターのスイッチを切り、肛門の指も引く。

あとは張型を深く咥えこんだ媚肉が、中断された動きを追い求めるようにヒクヒクと蠢き、絡みつき、肛門も腫れぼったくふくれあえぐばかりだ。前も後ろもしとどの蜜にまみれてベトベトだった。

「すごいな、さすがに人妻は」

冷二はニヤニヤと覗きこんだ。

「ああ……」

汗にぬめ光る乳房や腹部をあえがせつつ、佐知子はうつろに目を開いて冷二を見た。その目に冷二がなにやら取りだして、ゴソゴソやっているのが見えた。冷二の手にガラスが鈍く光っている。

「もう、許して……」

「まだこれからだぜ。いろいろ尻の穴に入れてやると言っただろう」

「ああ、なにをしようというの⁉」

「浣腸だよ、義姉さん」

冷二はガラス製の浣腸器にキュウーと薬液を吸いあげて、佐知子に見せた。

「………」

佐知子はすぐにはわからなかった。

「わからないのか。こいつでグリセリン液を義姉さんの尻の穴に入れるのさ」

「そ、そんな……」

「腹のなかまで綺麗にして、俺のものになるんだ」

冷二はグリセリン液を五百ＣＣたっぷりと充満させると、嘴管の先端からピュッと少しほとばしらせてみせた。

「ひいっ……」

佐知子の総身が驚愕と恐怖に凍った。

「いや、いやよ……そんなこと、絶対にいやっ！」

泣きながら叫んだ。だが両手首と両足首をそれぞれ鴨居から吊られている身では、逃れる術はない。浣腸で女を責めるなど、冷二は狂っているとしか思えなかった。

「どうして、そんなひどいことまで、しなければならないの！……ああ、いやっ！」

「浣腸して義姉さんの身体がどうなるか見たいのさ。どんなふうにウンチをするか、楽しみだぜ」

「…………」

冷二はおぞましい排泄行為まで見る気でいる。佐知子はあまりの恐ろしさに唇を震わせ、絶句した。

「ウンチをするところまで見せりゃ、俺に抱かれたくなるだろうぜ」

冷二はあざ笑って、ゆっくりと嘴管の先端を佐知子の肛門にあてがった。

「ああっ」

佐知子は息をつめた。指とは違う硬質な感触が、肛門の粘膜を縫って貫いてくる。

「いや、いやあ！……そんなこと」

佐知子は宙に吊られた裸身を激しくのけぞらせて悲鳴をあげた。

だが佐知子の抗いも、かえって冷二の嗜虐の欲情をあおりたて、喜ばせるばかりだった。

「これだから浣腸ってのはこたえられねえぜ。入れるぜ、義姉さん」

「いやあっ！　かんにんして！」

佐知子は泣き声を振り絞った。

「冷二さん、あなたに抱かれます。徹底的におもちゃにされる恐怖が佐知子を覆った。ですから、そんな恐ろしいことだけは……」

浣腸から逃れたい一心で、佐知子は叫んでいた。

「わかってねえんだな、義姉さん。俺に抱かれるためにも浣腸が必要なんだよ」

「………」

「俺が欲しいのは義姉さんのバージンさ。兄貴も触ったことのねえこの尻の穴に、ぶちこみてえんだ」

そう言うなり、冷二はゆっくりとシリンダーを押しはじめた。

「そ、そんな……いやあ！」

ドクドクッと入ってくるグリセリン液に、佐知子は泣き叫んだ。

冷二の本当の狙いがおぞましい排泄器官を犯すことにあるとわかっても、佐知子の意識は流れこんでくる薬液に押し流された。背筋に悪寒が走り、腰がよじれて震えがとまらない。必死に唇を嚙みしばって、流れこんでくるものを押しとどめようとするが、グリセリン液はまるで生き物みたいに奥へ奥へと入ってくる。

「あ、あむ……いやあ！　ひっ、ひっ……」

こらえきれずに佐知子はまた、泣き声を噴きこぼした。

「そうやっていい声で泣かれるとたまらねえぜ、義姉さん」

「ああっ……入れちゃいやっ！　いやあ！」

「いやったって、どんどん入っていくぜ。たっぷり呑みこんで太いのをひりだしてくれよ。そのほうが肛門セックスしやすくなるからな」

冷二はからかいながら、ジワジワとシリンダーを押しつづけた。

嘴管を咥えこんだ佐知子の肛門が、ヒクヒクとおののきながら薬液を呑んでいくのが、冷二にはゾクゾクとする眺めだった。

これだから女に浣腸するのはやめられねえや……。

冷二は何度も舌なめずりした。美しい人妻の佐知子に浣腸してやり排泄まで眺め、そのうえ、いよいよアナルセックスをいどむのかと思うと、冷二は激しく昂った。

「も、もう、しないで……」

百ＣＣも注入すると、佐知子は唇を噛みしめてすすり泣くだけになり、二百ＣＣを超したあたりからうめき声がまじった。

初めて浣腸を経験する佐知子にとって、わずか二百ＣＣでも恐ろしいほどの量だ。

グルル……と佐知子の腹部が鳴った。

「許して……う、うむ……」

三百CCを超すと、佐知子の真っ赤だった美貌は蒼ざめてきて、歯がカチカチ鳴りだした。もう便意がそこまでかけくだってきている。脂汗が噴きでて、じっとしていられないように腰が震えだした。

「く、苦しい……」

「あと百五十CCだ。全部呑みこむんだよ、義姉さん」

冷二はわざとゆっくり、断続的に区切ってシリンダーを押す。ピュッピュッと注入しながらあざ笑った。そうやって五十CCも注入すると、あとは百CCを一気にシリンダーを押しきって注入した。

「あ……ひっ、ひいっ！」

佐知子は気を失いそうに喉を絞り、キリキリとのけぞった。

「ほうれ、五百CCすっかり入ったぜ。どうだ、初めての浣腸の気分は」

空になったガラスの筒を手に、冷二はニヤニヤと佐知子の顔を覗きこんだ。

脂汗のなかに目を閉じてハアハアとあえいでいた佐知子だったが、すぐに苦しげなうめき声をもらし、黒髪を揺らしはじめた。玉の汗が震える柔肌を、ツーッとすべり落ちた。

「ああ苦しい……冷二さん、おトイレに行かせて」

佐知子の声がひきつり、切迫した目が冷二を見る。荒々しい便意が内臓をかきむしってかけくだってくる。もう一刻の猶予もなかった。

「縄をほどいて！……ああ、おトイレに……どんなことでもしますから、お願い」

「そんなにウンチがしたいのかい、義姉さん。上品な奥様があさましいな」

もう冷二のからかいに反発する余裕はなかった。

「フフフ、こいつにひりだしな」

冷二が洗面器を持ってきて、佐知子の双臀にあてがった。

「いやっ……こ、ここではいやっ！　お願い、助けて！」

「そうやって吊られたままでウンチをするんだ、義姉さん。俺がよく見れるからな」

「いや、ここではいやあ！」

泣き叫ぶ間にも、いよいよ耐える限界に迫った便意がかけくだってくる。今からではたとえ縄を解かれても、トイレまでは間に合わない。

「早くひりだせよ」

冷二は洗面器をあてがったまま、もう一方の手ではちきれんばかりの佐知子の下腹をグリグリ揉み揺すった。

「あ、ああっ」

佐知子は肛門の痙攣を自覚した。もう押しとどめることは不可能だった。

「いやあ!……見ないで!」

「じっくり見せてもらうぜ。どんなふうに尻の穴を開いてひりだすかをな」

「ひいーっ!」

号泣が佐知子の喉をかきむしった。そして抑えきれない便意がドッとほとばしった。

第五章　連続する肛肉姦

1

手足を鴨居から吊られた佐知子の裸身が、宙でブルブルと震えている。汗びっしょりでヌラヌラと光る肌が、うねるように痙攣する。

その白い肌を、悲痛な泣き声をあげる美貌を、そして開ききった股間とあてがわれる洗面器を、三脚にセットされたカメラのフラッシュが幾度も妖しく照らしだした。

「どうだい、義姉さん、浣腸されてウンチをするところまで見られた気分は。これで俺は兄貴でも見たことのない義姉さんの本当の姿を見たわけだ」

ようやく佐知子が絞りきると、冷二は勝ち誇ったように言った。そしてわざとらしく洗面器のなかを覗きこんで、

「ずいぶんと派手にひりだしたな。上品で美人の義姉さんが、こんなにたっぷり盛り

あげるとは、まったくあきれたぜ」

冷二はゲラゲラと笑った。

だが佐知子はもう意地悪なからかいに反発する気力もなく、血の気の失せた美貌を弱々しく揺らして、シクシクと小娘のように泣くばかりだ。冷二がティッシュで汚れを拭いはじめても、されるがままだった。佐知子の肛門は、まだおびえているかのように腫れぼったくふくれ、ヒクヒクと震えていた。

「これで尻の穴のなかも綺麗になったことだし、いよいよ肛門セックスだな、義姉さん」

冷二の言葉に、佐知子の裸身がビクッと震え、開いた目に恐怖の色が走った。

「か、かんにんして……」

佐知子はすすり泣く声をかすれさせた。

「なにを言ってる。これからじゃねえか、義姉さん。尻の穴もフックラとろけて、今が入れ頃ってところだぜ」

「そ、そんな……ああ、気が狂いそうなほどみじめな姿を見せたのよ。もう、許してください、冷二さん」

「義姉さんは浣腸でいい気持ちになったかもしれないけど、俺はまだ楽しんでないぜ」

「いい気持ちだなんて……ああ、死にたいほど、みじめなのよ」

「もっと気持ちよくしてやるって」

冷二は指先にクリームをたっぷりすくい取ると、佐知子の肛門に塗りつけはじめる。

「あ……いやっ、いやです！」

佐知子は激しく頭を振りたてた。

浣腸と排泄の直後とあって、佐知子の肛門は腫れぼったくふくれ、繊細な神経がヒリヒリと疼いている。それを指先でさらに揉みほぐされるおぞましさに、佐知子の背筋を悪寒が走った。そんなところを犯されると思うと、恐怖がふくれあがり、腰をよじらずにはいられない。

「いや、いやよ……ああ、やめて、触らないで！」

「充分に尻の穴をほぐしておかないと、苦しむのは義姉さんのほうだぜ。俺のはデカいからな」

「いや、いやです！　ああ……」

ジワジワと縫ってくる指が、いっそう佐知子の恐怖をふくらませた。

冷二は深々と指の根元まで入れた。指先を曲げるようにして腸襞をまさぐりつつ、ゆっくりとまわす。

「許して……ああ、いやです」

「浣腸してやったんで、尻の穴のなかは灼けるみたいじゃねえか」

冷二は佐知子の肛門をこねまわしながら、もう一方の手で前に埋めこまれたままになっている張型を、ゆっくり動かした。

「ああ……そんな、いやあ！」

佐知子は泣きながら黒髪を振りたくり、宙に吊られた腰をよじりたてた。

「こうすりゃ気持ちよくて、俺の生身で尻の穴を串刺しにしてもらいてえだろ、義姉さん。ほうれ、オマ×コがまたお汁を溢れさせてきたぜ」

「いやっ……ああ、やめて、冷二さん、もうやめて……」

「尻の穴を犯して、と言えよ、義姉さん」

冷二はせせら笑うと、佐知子の肛門を深く縫った人差し指に、さらに中指を加えていく。ジワジワと佐知子の肛門が押し開かれて、指が二本になろうとした。

「ひっ……やめて！　痛い！……痛いわ！」

戦慄の声をあげ、佐知子はみじめに泣き叫んだ。

「これぐらいで痛がってちゃ、俺のデカいのをぶちこんだらどうするんだ。もっと自分から尻の穴を開くようにしなきゃ」

「ああっ……う、ううむ……」

佐知子はもう息もつけない。汗まみれの美貌をのけぞらせ、ハアハアと乳房から腹部をあえがせて、苦しげに腰をよじりたてた。

もう佐知子の肛門は二本の指に深く縫われて、のびきった粘膜がヒクヒクと指の根元をくい締めている。

「ずいぶんうまそうに咥えこんだじゃねえか、義姉さん。これなら肛門セックスを楽しめるぜ」

冷二は二本の指を佐知子の直腸のなかで捻じり合わせながらまわした。それに合わせて前の張型もゆっくり抽送させる。

薄い粘膜をへだてて指と張型とがこすれ合う恐ろしさ。佐知子はとてもじっとしていられず、腰を振りたてて泣きじゃくった。

「ああっ、そんな……ひっ、ひいっ……」

「いい声で泣くじゃねえか、義姉さんよ。指でこの調子だと、肛門セックスが楽しみだぜ」

「やめて!……いや、いやあ!」

「クイクイ締めつけて、やめてもねえもんだ。そんなに気持ちいいのか」

「気持ちよくなんか……」

佐知子の声は途中から泣き声に変わり、激しく頭を振りたくった。もう腰全体が火だった。こんなあくどいいたぶりを加えられているというのに、張型でえぐられる媚肉がジクジクと蜜を溢れさせるのが、佐知子の屈辱をいっそう狂おしくする。子宮が疼いて灼けるようだ。

「もう素直に尻の穴をやってと言えるだろ、義姉さん」

冷二はニヤニヤと佐知子の懊悩する美貌を覗きこんだ。

「いやです！……ああ、そんなこと、いや、絶対にいやよ！」

「こんなに尻の穴をとろかしてるのにかい、義姉さん。入れて欲しいんだろ」

冷二は佐知子をからかい、張型をあやつっていた手で硬く屹立した肉棒をつかみだし、見せつけた。

「兄貴のよりずっとデカいだろうが。このデカいのを義姉さんの尻の穴に咥えこませてやるってんだよ」

「ひいーっ！」

佐知子の瞳が凍りついた。それは信じられないほどのたくましさで、醜悪なまでに屹立し、脈打っていた。それで小さな排泄器官を貫かれると思うと、佐知子は恐ろしさに気が遠くなった。

「そ、そんな……ひどいことはしないで……かんにんして、冷二さん」

「諦めな。吊ったままの格好なら、尻の穴を掘るのも簡単だぜ」

「いやあ……ああっ、いやっ、怖い！」

悲鳴をあげて逃げようと宙に吊られた裸身をもがかせる佐知子をあざ笑うように、冷二は肉棒でピタピタと双臀をたたいた。それからヒクヒクとあえぐ肛門を、灼熱の先端で二度三度となぞる。

「許して！……お尻はいやです！」

今にも押し入られそうな恐怖に、佐知子はおびえた声をひきつらせた。

「入れていいかな、義姉さん」

「いやあ！……怖い、怖い……ああ、お尻でなんてやめて！……前で、前でして、冷二さん！」

佐知子は我れを忘れて叫んだ。夫のことをかえりみる余裕もなく、おぞましい排泄器官を犯される恐怖から逃れたい一心だった。肛門に押し当てられた灼熱の巨大さが、佐知子の恐怖をいっそうふくれあがらせる。

「オマ×コでしてえのか、義姉さん。兄貴を裏切ることになるぜ」

「ああ……」

「だがよ、あいにくオマ×コのほうは張型でふさがってる。それに俺が入れてえのは、この尻の穴だ。なんたってバージンアヌスだからな」

冷二はあざ笑って舌なめずりをした。

佐知子は激しい恐怖と絶望とにドス黒く覆われた。

「た、助けて！　ああ、怖い！　助けて」

「そうやっておびえるところが、たまらねえぜ。バージンアヌスを犯るかいがあるってもんだ」

「いやあ！」

佐知子は激しく頭を振った。

どんなに恐ろしくても、手足を鴨居から吊られた身では、どうしようもない。腰を振りたてるのがせいいっぱいだ。

「あ、ああっ……」

たくましい肉棒の頭がジワジワと押しつけられ、佐知子は戦慄の声をあげた。

「いやっ……い、痛……あああ……」

佐知子はガクッと白い喉をさらしてのけぞった。反射的に固くすぼめようとする肛門が、ジワッと押しひろげられていく。

キリキリと噛みしばった口から、耐えきれない悲鳴が「ひいーっ」と絞りだされる。

「やめて！……痛、痛い、ひっひっ……う、うむ……」

「痛いのははじめだけだ。すぐにたまらなくよくなるぜ。ほれ、ほれ……」

「あ、ああっ……裂けちゃう……いや、いやあ！」

佐知子は黒髪を振りたくった。たちまち脂汗がドッと噴きだして、もう満足に口もきけず、息すらできない。

佐知子の肛門はさらにジワジワと押し開かれ、粘膜が軋むようだ。押し戻そうと絡みついてくるのもかまわず、冷二は佐知子の肛門を極限まで引きはだけて、毒々しい灼熱の頭をもぐりこませた。

「ひいーっ！」

佐知子は白目を剝いて、硬直させた双臀をブルブル震わせた。不気味に深く入ってくる感覚に目の前も暗くなって、バチバチと火花が散った。

「いい尻してるだけあって、思ったより楽に呑みこんだじゃねえか」

さすがの冷二も声がうわずった。くい千切らんばかりにきつく締めつけてくる肉の感触がたまらない。そして肉は灼けるように熱い。

「どうだ、義姉さん。とうとう俺と尻の穴でつながったんだぜ」

「う、うむ……助けて……」

「うれしそうにヒクヒク締めつけてくれるじゃねえかよ。そんなにいいのか」

冷二が覗きこんだ佐知子の美貌は、血の気を失ってキリキリと唇を嚙みしめ、恐ろしさと苦痛にひきつっていた。

はじけんばかりに拡張を強いられ、深く重く貫かれ、灼けただれるようだ。冷二のたくましい肉棒を排泄器官に埋めこまれているのを、恐ろしいまでに感じさせられた。

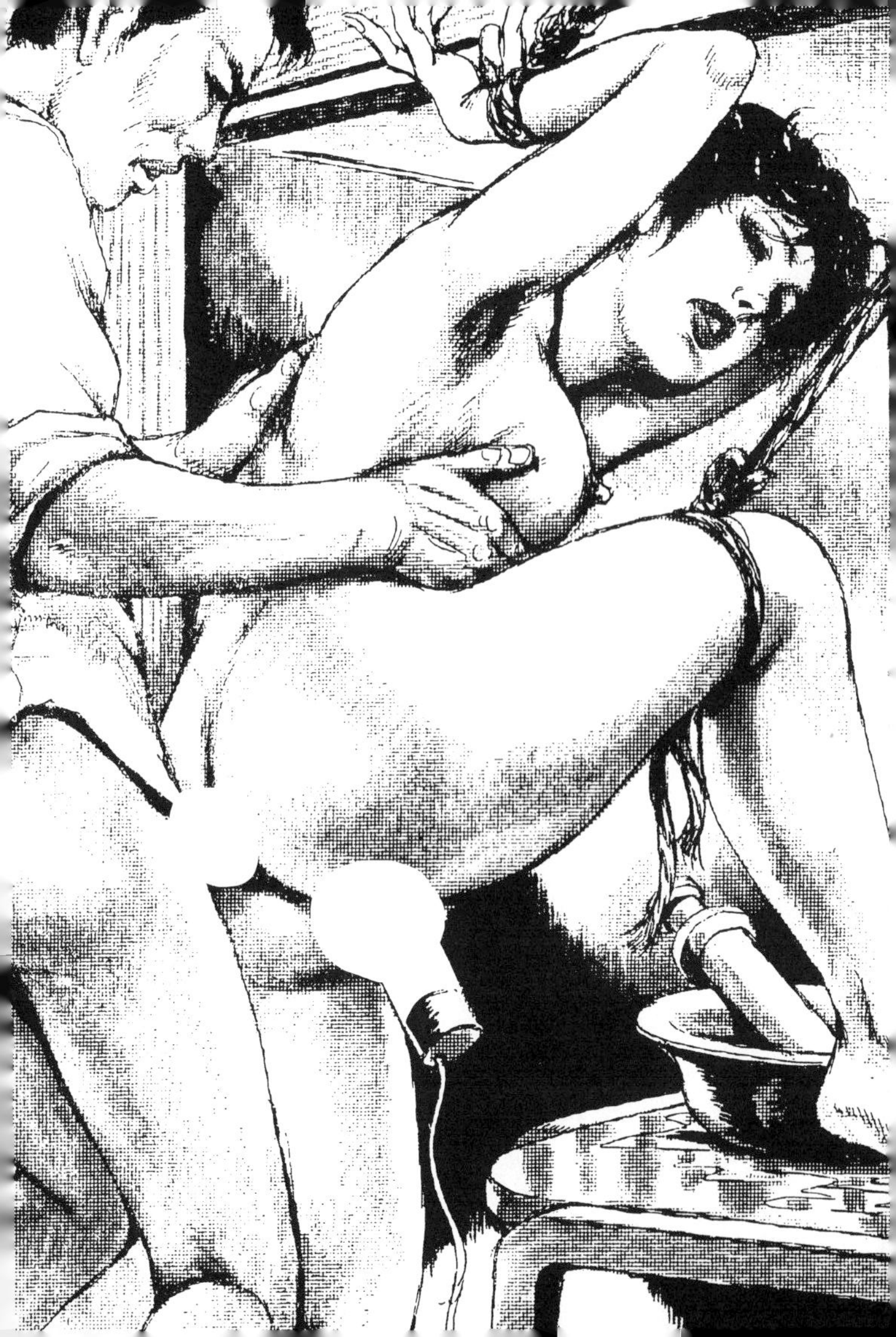

「う、うむ……苦しい……」

佐知子はキリキリと唇を噛みしめ、それでも癒えぬ苦しさに口をパクパクとあえがせてうめいた。脂汗が玉となって震える肌をツーッとすべり、床へポタポタと落ちた。

「俺をしっかり感じとりながら楽しみな、義姉さん。うんと気分出すんだぜ」

冷二はゆっくりと佐知子の腰を揺さぶりはじめた。

佐知子は悲鳴をあげ、泣き声を噴きこぼした。突きあげられるたびに、腸管がミシミシと軋む。そのうえ、薄い粘膜をへだてて前の張型とこすれ合う感覚に、佐知子は乳房から腹部をふいごのように波打たせて泣きわめいた。

「動かないで!……あ、ああ、助けて……お願い」

「気持ちいいんだろ、義姉さん。いい声で泣いてクイクイ締めつけてくるじゃねえか」

「ひっ、ひいっ……許して……ああ、死んじゃう」

突きあげられる肛門から背筋へと火が走り、灼けただれる。その苦痛と汚辱感の奥から、得体の知れない感覚がふくれあがるのを、佐知子は恐ろしいもののように感じた。

「尻の穴で気をやって、俺のものになるんだ」

「いや、いやです!」

「いやでも気をやらせてやるよ、義姉さん」

冷二は佐知子をリズミカルに揺さぶりつつ、前に埋めこんだままの張型のバイブレーターのスイッチを入れた。佐知子を肛姦でよがり狂わせる自信はあった。ミシミシと腸管が軋むまでに、冷二は容赦なく佐知子の肛門を責めたてた。そしてジイーッという電動音とともに、張型が不気味にうねり振動する。

「あ、ああっ、そんな……やめて！……気が変になってしまう！」

佐知子は泣きながら歯を噛みしばり、次にはハアハアとあえいだ。さっきまで蒼白だった美貌が、次第に汗に濡れてピンク色に上気していく。苦痛と狼狽と妖しい肉の疼きが交錯し、のけぞった佐知子の顔がグラグラと揺れだした。

「感じてきたな、義姉さん」

「嘘よ、そんなこと……ああ、けだものだわ」

「そのけだものに尻の穴を掘られて、義姉さんはオマ×コのお汁を尻まで溢れさせてるじゃねえか。牝の素質充分だぜ」

冷二は佐知子の美貌を覗きこんであざ笑った。

佐知子の身体から抗いの気配が消え、肉の反応が徐々に変化しだすのを、冷二は感じた。おびえてキリキリと締めつけるばかりだったのが、フッとゆるんではまた収縮することを繰りかえしだした。

「あ、あああ……いやっ……ああ……」

佐知子の泣き声までが、苦悶のなかに、どこか艶めいた響きを帯びはじめる。夫の弟におぞましい排泄器官を犯されている異常さが、佐知子の感覚をも異常にするのか。こんなことで快感が生じるはずもないと思っても、恐ろしさと苦悶の底で妖しい快感が蠢くのをどうしようもなかった。張型の淫らな振動とうねりとがそれに追い討ちをかける。

「ああ、ああ……もう許して……お願い、変になってしまいます」

「さすがに人妻だな。オマ×コに張型を咥えこませてるとはいえ、初めてのアナルセックスでここまで反応すりゃ、立派なもんだ。ほめてやるぜ、義姉さん」

冷二はまたあざ笑った。

佐知子はもう反発する余裕もなく泣き声をあげ、唇を噛みしばったかと思うとすぐにゆるんでうめき、さらにハアハアと火のようなあえぎを噴きこぼした。

「あ、あああ……いやっ……ああっ」

佐知子はもうなにがなんだかわからないままに、苦悶と快感とがもつれ合い、狂乱に追いこまれていく。

いけない……いや、いやよ!……

いくらこらえようとしても、なす術もなくふくれあがる肉の快美。そして、妖しく暗い官能の渦に意識さえ呑みこまれていく。

「あ、あああ……」

ひときわ大きくのけぞり、宙でうねる佐知子の腰がブルブル震えた。きつい肉の収縮が冷二を締めつける。

「ひっ、ひっ……う、ううむ……」

電気でも流されたように、佐知子の汗まみれの裸身がキリキリと収縮して、激しく痙攣した。

そのきつい収縮に耐えながら、冷二は責めつづけた。佐知子がグッタリとする余裕すら与えずに、深く腸管をえぐりこねまわす。張型のバイブレーターのスイッチを強にした。

「ああっ、そんな……ああっ！」

佐知子の腰がビクビクッと震え、悲鳴をあげた。

「やめて……お願い、もう許して！」

「これだけいい尻の穴をやめられるかよ。ほれ、もっと気分出して悦んでみせろ」

「いやっ、いやあ！……ひっ、ひいっ……」

佐知子の声は悲鳴にしかならない。暗く妖しい肉の快美が、また大きく押し寄せる。

悲鳴はすぐにまた、身も心も悩乱して官能の渦に巻きこまれていくような昂ったすすり泣きに変わった。

「ああ、狂ってしまう……あうう……」

佐知子は我れを忘れてよがり声をあげた。

「狂うほど気持ちいいってわけか。そんなに尻の穴がいいのか、義姉さん」

「あ、あああ……あうっ……」

佐知子は返事をする余裕すらなく、半狂乱になって泣き、うめき、よがり声を放った。

「ああっ……ああっ……」

また佐知子の裸身に痙攣が走りだし、キリキリと唇を嚙みしばった凄絶なまでの美貌がのけぞりかえった。

きつい収縮が冷二を襲い、さすがの冷二も二度目は耐えられない。思いっきり深く最後のひと突きを与えると、ドッと白濁の精を心ゆくまで放った。

「ひっ、ひいーっ!」

もう一度ガクンとのけぞり、佐知子は総身をキリキリと収縮させた。おびただしい白濁のほとばしりを腸管に感じつつ、そのまま気が遠くなった。

ようやく佐知子を吊りから解き放ち、畳の上に横たえても、佐知子はグッタリと死んだようだ。

「これでこの尻も、もう俺のものだな。締まりのいい極上の味だったぜ」

冷二は佐知子を後ろ手に縛り直しながら、勝ち誇ったように言った。汗にヌラヌラと光る豊満な乳房の上下にも、キリキリと縄をくいこませて縛った。

「どうだ、尻の穴で男を知った気分は」

ニヤニヤと覗きこんだ佐知子の美貌は、固く目を閉じたまま低くうめくようにすすり泣いていた。

「ひどい……ひどすぎます……」

「兄貴に言ってもいいぜ。尻の穴をやられましたってな」

「ああ、死にたい……」

佐知子は弱々しく頭を振った。

冷二はゲラゲラと笑った。佐知子がこんなことを夫に言えるわけがない。浣腸し、肛門まで犯したからには、もう屈服するしかない。冷二には自信があった。

これでついに牝三号の誕生だな。それにしても尻の穴はいい味してやがったぜ……。

2

冷二はうれしそうに舌なめずりして、ネチネチと佐知子の双臀を撫でまわした。

佐知子の肛門は肛姦のあとも生々しく、赤くひろがったままヒクヒクと蠢き、トロリと白濁をしたたらせている。そして媚肉もまた、すでに張型が抜かれて、しとどに濡れた肉層をのぞかせていた。

それを覗きこんでいるうちに、冷二はまた嗜虐の欲情が意地汚くふくれあがるのを感じて、胴震いした。

「フフフ……」

冷二はまた舌なめずりをした。若い冷二はまたもやたくましさを取り戻し、猛々しく屹立させた。

「ああ……」

佐知子はおびえて顔をそむけた。あんなにもたくましいもので肛門を貫かれていたのかと思うと、あらためて恐ろしさがこみあげた。

「もう、かんにんして……」

佐知子はすすり泣きながら、弱々しく頭を振った。おびえるように佐知子の肛門がキュウとすぼまり、トロトロと白濁を吐きだした。

そんな佐知子の姿が、いっそう冷二の嗜虐の欲望を昂らせる。徹底的に牝としていじめ抜きたくなる。

「尻の穴をこんなにベトベトにして、とても兄貴には見せられねえな、義姉さん」

冷二はからかってから、後ろ手に縛った佐知子を引き起こし、浴室へと連れこんだ。

バスマットの上にひざまずかせ、上体を前へ押し伏させて双臀を高くもたげさせる。

「一度綺麗にしてから、またお楽しみといくからな」

汚れた双臀にシャワーの湯を浴びせた。洗い清められる佐知子の肛門は、ヒクヒクとあえぐように震えた。腫れぼったくふくれて腸襞までのぞかせている。

「ああ……」

佐知子はむずかるように腰をうねらせただけで、シクシクと泣きだし、されるがままだった。

シャワーがとまると、かわって硬質な感触が不気味に肛門を貫いてきて、佐知子はビクッと双臀を震わせた。思わず避けようとよじる腰を、冷二にがっしり押さえつけられた。

「じっとしてろよ、義姉さん。尻の穴のなかを洗うんだからな」

なにをされようとしているのかわかって、佐知子は悲鳴をあげた。

「やめて!……そ、そんなこと、いやっ!……ああ、もういやです!」

「浣腸のよさはもう経験ずみじゃねえか。じっくり味わうんだ」

「いやっ、かんにんして……いやあ!」

シリンダーが押され、ドクッドクッと流れこんでくる薬液に、佐知子は喉を絞った。カチカチ鳴る歯を噛みしばり、高くもたげた双臀を震わせる。

「あ、ああっ、いやっ……入れないで……」

佐知子は泣き声をあげた。すでに一度浣腸し、肛門を犯しただけでは飽き足らず、また浣腸などという恐ろしいことをする冷二が信じられない。

浣腸と肛姦とでただれた肛門に薬液がしみる。二度目の浣腸はつらかった。そのくせ、妖しく疼く感覚が肛門から内臓を走る。まるで冷二に肛門を犯され、長々と射精されているようで、ジワジワと肛門から内臓へと、灼かれるようだった。

「ああ、許して……あ、あむ……」

佐知子はうめきを絞りだしながら、高くもたげさせられた腰を揉んで泣きじゃくる。腹部にひろがっていく重苦しい圧迫感とともに早くも便意がジワジワとふくれあがった。

「もう……もう許して……」

「フフフ、まったくたいした尻だぜ。また五百ＣＣすっかり呑んじまったじゃねえかよ、義姉さん」

冷二がシリンダーを底まで押しきった。

佐知子は脂汗にまみれて、今にも気を失いそうにうめき、あえいだ。もう声を出すのもつらい。便意が急激に押し寄せる。悪寒が佐知子の背筋を走り、双臀がブルブル震えて歯がカチカチ鳴りだした。

ああ、どうしよう……。

おぞましい排泄行為をさらしてみせるなど、二度といやだ。考えただけでも気が遠くなる。

「お願い……おトイレに……」

ひきつった美貌を冷二のほうへ向け、佐知子は泣き声をあげた。

「まだだ、少し我慢しろよ、義姉さん」

冷二はせせら笑うと、バスマットの上で佐知子の裸身をゴロリとあお向けに引っくりかえした。両膝を立たせて左右へ大きく開かせる。

「義姉さんが俺の牝になった記念に、ここの毛を剃ってやるぜ」

両膝の間に腰をおろした冷二は、佐知子の下腹の茂みをかきまぜるように指で触った。

「そ、そんな……」

あまりの言葉に佐知子は絶句した。荒れ狂う便意さえ、一瞬消し飛んでしまうほどの衝撃。

「そんなひどい……ひどいことだけは、かんにんして！」

「オマ×コ丸見えのほうが牝らしいだろう、義姉さん。パイパンになって、今度はオマ×コで俺を咥えこむんだ」

石鹸を茂みに塗りつつ、冷二は言った。

佐知子は腰をガクガク震わせながら、泣き声をあげた。腰を震わせたことで、また便意がいっそう荒々しく、押し寄せてきた。

「あ、あ……おトイレに……」

総身に脂汗を噴きつつワナワナと震え、佐知子は歯をキリキリと噛みしばった。少しでも力をゆるめると、ドッと漏れてしまいそうだ。

「おとなしくしてねえと、大事なところが切れて血まみれになるぜ、義姉さん」

冷二は佐知子の悲痛な訴えを無視して、ゆっくりと剃刀をすべらせはじめた。

小高い丘をすべって繊毛を剃り取っていく感覚に、佐知子は目の前が暗くなった。恐ろしさと屈辱にうめき声が噴きこぼれた。

「かんにんして！……こんな、こんなことをされて、ああ……」

夫になんと説明すればいいというのか。浣腸されて肛門を犯されたことは隠すこともできる。だが夫婦である以上、茂みを剃られた身体は隠しようもない。

「兄貴が義姉さんのここを見て、ツルツルなのを知ったら、なんて言うかな」

「そ、そんな……いやあ！……どうすればいいの！」

「自分で考えるんだな。俺に剃られたと言ったってかまわないけどよ」

冷二はゲラゲラと笑った。

ほんのりと色づいた小高い丘がすっかり剝きだしになった。そこから肉の裂け目が妖しく切れこんでいる。その合わせ目をつまむようにして、両側の繊細な肌に剃刀を這わせた。ゆっくりと繊毛を剃りながら、指先で媚肉をまさぐる。なかはしとどに濡れて、熱くたぎるようだ。

「浣腸されてオケケを剃られながら、気分出してるとはな」

「う、嘘です……ああ……」

佐知子は右に左に顔を振って泣

いた。浣腸されてトイレに行くことも許されず、剃毛されながら媚肉をいじりまわされるみじめさに、もう声をあげる気力もない。剃刀が繊毛を剃り取っていく感覚が、荒々しい便意にかきむしられる下腹に、ビンビンとこたえた。

「ああ、もういやっ……許して……ああ、もう我慢できない」

耐えきれずに佐知子は泣き声をひきつらせた。腰のあたりがブルブルと震えだしてとまらなくなった。

「あ、あ、おトイレに……」

「漏らしたらもう一度浣腸するぜ、義姉さん。今度は倍の量だからな」

「ああ……我慢が……」

佐知子は腰をよじって、ひいひい喉を絞った。

剃刀は必死に閉じ合わせる肛門の周辺にまで這い、佐知子は歯を噛みしばって耐えた。脂汗に、総身はもちろん、黒髪までも濡れ光る。恥ずかしくつらい責めだ。

「ああ……もう駄目……漏れちゃう」

「その苦しいのが、今にたまらねえ快感になってくるぜ」

冷二は剃り残しがないか確かめてから、ようやくシャワーを浴びせた。

綺麗に剃毛されたツルツルの肌が、テラテラと妖しい光を見せて剝きだしになった。

それは佐知子の成熟した人妻の裸身に、ひときわ生々しく、いやでも冷二の目を引いた。

「牝らしくなったぜ、義姉さん。こりゃちょいと兄貴に見せられねえよな」

からかわれても、佐知子は羞じらい屈辱に泣く余裕すらなかった。今にも猛烈な便意が爆ぜそうで、括約筋の力を振り絞っているのでせいいっぱいだ。

「途中で漏らさなかったのはほめてやるぜ、義姉さん。普通の女ならとっくにひりだしてるからな。さすがにいい尻しているぜ」

そう言って冷二が覗きこんだ佐知子の美貌は、冷二の言葉も聞こえないように眦をひきつらせ、唇を噛みしばってオコリにかかったように震えていた。

「で、出ちゃう……」

「今ほめてやったばかりだってのに、だらしねえことを言うなよ、義姉さん。それより、すっかり綺麗になったのが、わかるだろ」

茂みを刈り取られた剝きだしの肌を実感させるように、冷二は指先で恥丘を撫でまわし、媚肉の合わせ目をなぞった。

「ひいっ……」

佐知子は悲鳴をあげてのけぞった。

「いや、いやあ!……ああ、出ちゃう!」

「そんなに我慢できないなら、尻の穴に栓をしちまうぜ」

そう言うなり、冷二は佐知子の足首をつかんで左右の肩にかつぎあげた。

なにをされようとしているのかわかって、佐知子は絶叫をほとばしらせた。だが、今の佐知子は満足に動くこともできず、抗う力はなかった。

両脚を肩にのせたまま、膝を乳房に押しつけるようにして佐知子の裸身を二つ折りにし、冷二は上からのしかかった。

「尻の穴に栓をしなくちゃならねえからよ、オマ×コのほうはあとだぜ」

「いやあ！……お尻はいやっ！……ああっ、もういやです！」

よじりたてる双臀にたくましい灼熱が触れ、その中心の肛門に押し当てられて、佐知子は魂消えるばかりの悲鳴をあげた。

「ひっ、ひいーっ！……いやあ！　うむ、ううむ……助けて！」

グイグイと押しつけられて肛門が割りひろげられていく。必死に便意をこらえて引きすぼめていただけにその痛苦は倍加した。そして肛門を押し開かれることで、一気にかけくだろうとする便意と、それを押しとどめ、逆流させつつ入ってくる肉棒。佐知子は二つに折りこまれた裸身を揉み絞って、泣きわめいた。

「どうだい、義姉さん。浣腸されてるんでさっきより、ズンといいんじゃないのか」

冷二は苦悶にひきつり、泣きじゃくる佐知子の美貌を見おろしつつ、深く根元まで押し入れた。

もう肉棒は強烈な栓となって、奥で便意が灼けるように荒れ狂う。そしてキリキリときつく締めつけてくる肛門の肉環。最初の時よりも激しい。

「く、苦しい……お腹が裂けちゃう！……ああ、むむむ……ひっ、ひっ……」

たちまち佐知子は狂乱状態に追いこまれた。泣きながらうめき、次には喉を絞り、耐えきれないようにキリキリ唇を噛んで白目を剝く。

「うむ……ううむっ……」

「いい顔だぜ、義姉さん。尻の穴を掘られて気持ちよくてたまらないって顔だな。楽しませてやるぜ」

冷二は佐知子の両脚を左右の肩にのせあげたまま、真上からのしかかるように体重をかけ、グイグイと責めたてた。打ちこむたびに佐知子の腰の骨がギシギシ軋む。

「た、助けて……うむ、ううむ……」

「助けてとはオーバーだな。もっともそんなふうに泣いてくれると、責めがいがあってもんだ」

「ああ、もう、いやっ……ひっ、ひっ……死んじゃう！」

佐知子は激しく黒髪を振りたくり、白目を剝いてのけぞり、半狂乱で泣きわめいた。

「ひっ……ひっ、ひぃーっ！」

不意に腰をはねあげるようにして激しく痙攣したかと思うと、佐知子はひときわ高く悲鳴をあげた。くい千切らんばかりの収縮が冷二の肉棒にまとわりついた。

苦悶する佐知子の美貌を覗きながら責めていたせいか、そのきつい締めつけに耐えられず、獣のように吠え、ドッと精がほとばしった。

佐知子はすでに気死し、ヒクヒクと裸身を痙攣させるばかり。そしてようやく冷二が肉棒を引き抜くと、まるでそこだけが別の生き物みたいに、白濁した薬液を激しくほとばしらせた。

3

朝からたてつづけに何度も犯しつづけ、さすがの冷二も空腹に気づく。なにも食べていないのだ。

湯からあがったあとも寝室でさんざん義姉をいたぶった。そして太陽が傾きかけた頃、佐知子を台所へ連れていき、食事をつくるよう命じた。後ろ手に縛った縄は解いたものの、佐知子は一糸まとわぬ全裸のままだ。

「まったくいい尻してやがるぜ、義姉さん。そのムチムチの形のいい尻には、浣腸とアナルセックスがお似合いだ」

椅子に腰をおろしてビールを飲みながら、冷二はニヤニヤと佐知子の双臀を眺めた。調理台に向かう全裸の佐知子の首には縄の輪がかけられ、その縄尻は長くのびて冷二の手に握られている。

「義姉さんの身体は、もう俺のものだぜ。そのことを忘れるんじゃねえぞ」

そんなことを言っては縄を引き、佐知子をビクッとさせ、ゲラゲラと笑った。

佐知子はもうなにも言わなかった。哀しげな美貌は涙も涸れ、絶望のなかに打ちひしがれている。

「返事はどうした。はっきりと言わねえか」

冷二はドスの利いた声をあげて、また縄をクイクイと引いた。

「ああ……佐知子の身体は……も、もう、冷二さんのものです」

佐知子はすすり泣くような声で言った。肩が小さく震えている。唇を噛みしめて弱々しく頭を振ったが、逃げようとはしない。まだ肛門になにか入っているような拡張感があって、ズキズキ疼き、それが佐知子の気力を萎えさせ、絶望に追いたてる。

もう命じられるままに、佐知子は太いソーセージとスペアリブを焼き、シチューを煮こんだ。本当ならば、今夜の夫の食卓にのるはずの料理だった。

「こりゃ脂のよくのったいい肉だ。義姉さんのムチムチした尻の肉には負けるけどな」

そんなことを言って、冷二はガツガツ食べはじめた。

「どうした、義姉さんは食わねえのか。うんと精をつけとかねえと、身体がもたねえぞ。それに浣腸を面白くするためにも、うんと食って溜めてもらわねえとな」

「………」

佐知子は唇を噛みしめて、弱々しく頭を振った。とても食べる気になれない。

「欲しくねえってのか。まったく世話のやける義姉さんだぜ」

冷二は低い声で笑って立ちあがると、縄を引いて佐知子を引き寄せた。馴れた手つきで両手首をつかんで背中へ捻じあげ、縄で縛る。

「ああ、許して……もう、縛られるのはいやっ！」

佐知子はおびえた声をあげた。またなにかひどいことをされるのではないかという不安と恐怖が、ジワッとふくれあがった。

「やめて！　ほどいて！……冷二さん……ああ、なにをするの⁉」

「おとなしくしてろ。いいことをしてやるからよ」

冷二は佐知子の乳房の上下にも縄をくいこませて縛ると、テーブルの上にのせてあお向けに横たえた。

「ああっ……」

起きあがろうとする佐知子の足首をつかみ、あぐらの形に組ませると、素早く交差させた足首に縄を巻きつけた。

剃毛されて剝きだしの丘も、そこから切れこんだ肉の裂け目も、そして荒された肛門もさらけだされ、もう隠しようもなかった。

「いやです！　こんな格好は……ああ、かんにんして！」

「義姉さんのような牝にふさわしい格好だろ。オマ×コも尻の穴も丸見えだからな」

冷二はあぐら縛りにした縄尻を佐知子のうなじにまわして、縛りあげた。交差した両足首が縄に引かれてテーブルから浮きあがり、佐知子の裸身が二つ折りにされていく。そして佐知子の裸身の双臀が浮いて裸身があお向けに転がった。

「ああ……いや、いやっ……」

茂みを失って開ききった股間に冷二の視線を感じ、佐知子は泣き声をあげた。冷二はニヤニヤと覗きつつ、またスペアリブを貪り、シチューをすすりはじめた。

「こいつはうまいぜ。義姉さんも食えよ」

ソーセージを一本手にして佐知子に見せつけ、冷二は意地悪くニンマリとして舌なめずりした。

「ただし下の口でな、義姉さん」

「そ、そんなことしないで」

佐知子の美貌がひきつった。またあくどいことをされるのだ。生きた心地もない。

「やめて。ちゃんと食べますから、そんなことだけは……ああ、許して……」

「もう遅いぜ、義姉さん。それに下の口はパックリ開いて、食べたがってる」

「かんにんして……」

ソーセージの先端で開ききった媚肉をなぞられ、佐知子は悲鳴をあげて悶え狂った。

だが、あぐら縛りの縄はビクともせず、かえって身体を二つ折りにされている苦しさだけが身にこたえた。

「さあ、食わせてやるぜ」

冷二はソーセージの先端で媚肉の割れ目をなぞり、剃毛された恥丘を撫でまわす。

佐知子にさんざん悲鳴をあげさせてから、ゆっくりと花園に分け入らせはじめた。その間も、もう一方の手でスペアリブを貪っている。

「ああ、いやっ……ひっ、ひっ……」

佐知子はひときわ高い悲鳴をあげて、腰をこわばらせた。まるで焼け火箸みたいだ。ソーセージはまだ熱いのだ。

「どうだ、義姉さん。おいしいかい」

「いやっ……ああ、熱い……いやあ！　ひっ、ひいっ！」

「ほれ、しっかり食えよ。うんと深く入れてやるからな」

「ひ、ひいっ……」

熱くただれる感覚が、柔らかな肉襞を巻きこむようにして奥深く入ってくる。

佐知子は満足に息もつけない。喉を絞り、ガクガクと腰を震わせた。

先端がズンと子宮口を突きあげ、「ひいーっ」と佐知子は白目を剝いた。もうソーセージは三分の二も埋まって、ヒクヒクと蠢いていた。

「うまそうに咥えこんでやがる。よしよし、シチューも食わせてやらなきゃな」

冷二はシチューの鍋を持ってくると、グリセリン原液を混入して、火傷をしない程度にさました。

「いやっ、もういやあ！……ああ、なにをしようというの!?」

佐知子は恐怖に声をひきつらせた。あぐら縛りで転がされているため、冷二がなにをしているのか見えず、それがかえって不安と恐怖を大きくした。

「今度はシチューだ。尻の穴で食べさせてやるぜ、義姉さん」

「そんな……かんにんして……いや、いやです！」

「ほれ、尻の穴を開けよ」

冷二は指先にシチューをすくい取ると、佐知子の肛門に塗りつけた。それからジャガイモの小さな塊りをつまみ、ジワジワと佐知子の肛門へ押しこみはじめた。

「やめて。やめてください！……熱い！」

ヌルッとジャガイモがもぐりこみ、佐知子は喉を絞った。

「こんなにうまそうに呑みこんでおいて、やめてもねえもんだ」

冷二は指先で佐知子の肛門をズブズブと縫い、ジャガイモを腸管の奥へと送りこんだ。さらにニンジン、肉の塊りと次々と押しこんでいく。

「ああ、いや、いやよ。やめて！」

「いくら気持ちがいいからって、もう少し静かにメシが食えねえのか、義姉さん。まるで牝犬だぜ」

「許して……ああ、もうかんにんして……これ以上は……ああっ、熱い、熱いわ！」

いくら佐知子が哀願しても駄目だった。佐知子がいやがって泣けば、冷二はますます面白がって、さらにジャガイモや肉を押し入れた。

もう佐知子の腸管はびっしりつめこまれ、気が遠くなりそうだ。

「仕上げはこいつだぜ」

冷二は浣腸器を取りあげると、鍋からシチューのドロドロしたスープをガラス筒に吸いあげた。

「浣腸器でシチューを呑むなんぞ、牝の義姉さんにはぴったりじゃねえか」

「そ、そんな……」

佐知子の声は悲鳴にしかならなかった。灼けるような嘴管が佐知子の肛門を貫いて、ズーンとシチューが流入した。

「ああ……い、いやあ!……ひっ、ひっ、熱い!」

「あったまったシチューをじっくり味わうんだぜ、義姉さん」

「あ、あむむ……かんにんして……」

佐知子は唇を噛んで、汗に光る裸身をワナワナと震わせた。ドクッドクッと入ってくるシチューに、腸管が灼けただれる。その熱がひろがって内臓全体がすみずみまでズキズキと疼く。

「熱い、熱い……お尻が灼けちゃう!」

じっとしていられず、佐知子は我れを忘れて腰をよじり、二つ折りの裸身を揉み絞った。

「どんどん入っていくぜ、義姉さん。いい呑みっぷりだ」

冷二はせせら笑って、ジワジワとシリンダーを押した。

ようやくシリンダーを押しきった時には、佐知子はもう抗いの気力も萎え、すすり泣きながらあえぎ、低くうめくばかりだった。ブルブルと震える裸身は、しとどの汗に油でも塗ったようにヌラヌラと光った。

「あ、ああ……もう……」

早くも便意が猛烈にかけくだってきた。ジャガイモや肉などをつめこまれているせいか、腹部がかきむしられ、裂けるようなつらさ。

「も、もう駄目……ああ、我慢できないわ……ああっ……」

「なんだ、もう出すのか。だらしねえな」

「ああっ……ああ、出ちゃう！」

佐知子は肛門の痙攣を自覚した。溢れでようとする激流は、もう耐える限界に達していた。佐知子は悲痛な声をあげて、ショボショボと漏らしはじめた。

冷二があわてて底の深いシチュー皿をあてがった。ジャガイモやニンジンの塊りがひりでたと思うと、あとは抑えきれない便意がドッとほとばしった。

「こいつは兄貴の今夜の食事ってわけだからな。うんとひりだしな、義姉さん」

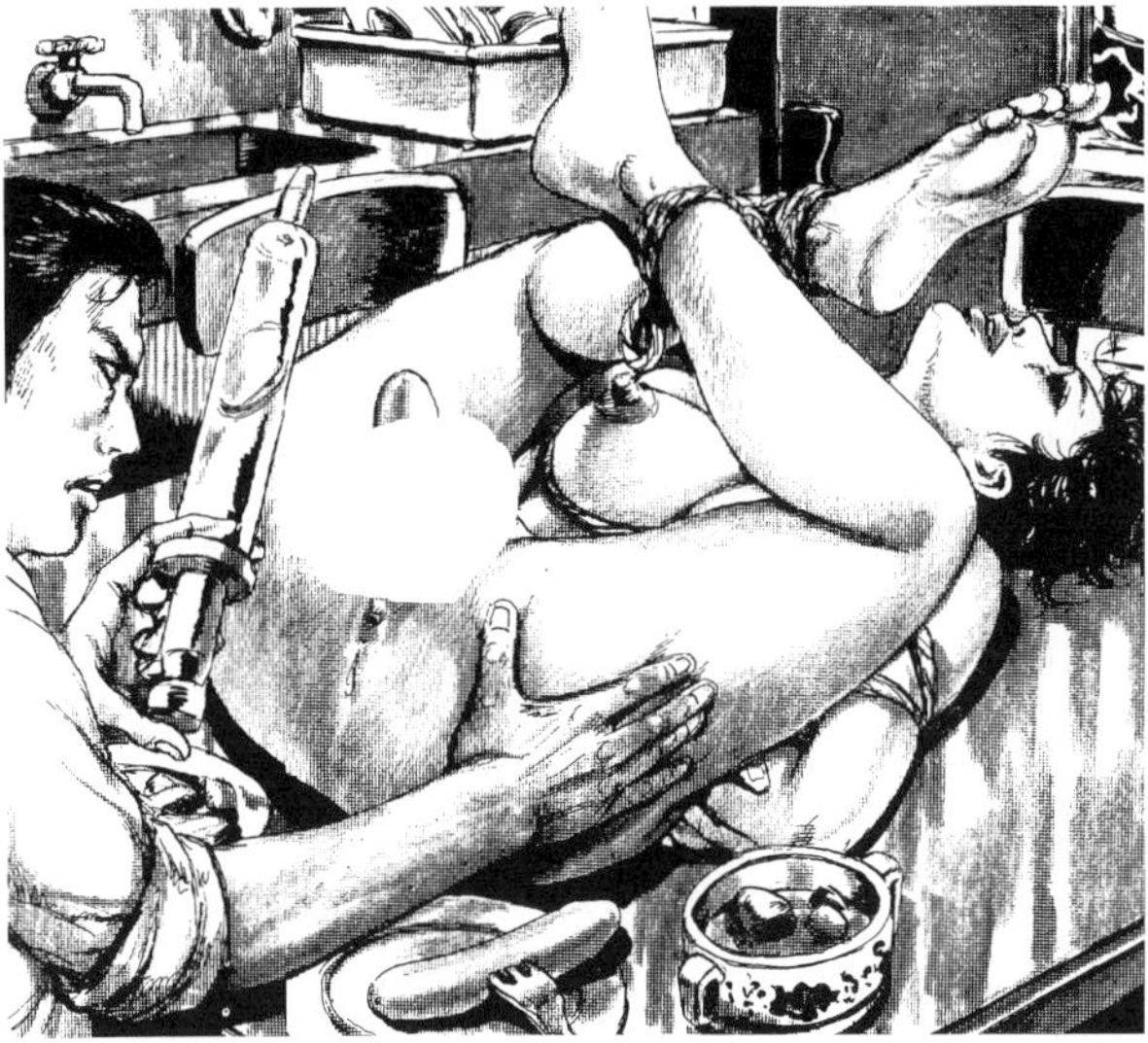

冷二はゲラゲラと笑った。しかしその声も、号泣する佐知子には聞こえなかった。

「このソーセージも兄貴の食事にそえてやるからよ。うんと義姉さんの匂いをしみこませな」

あとからあとからウネウネとひりだすのを眺めつつ、冷二は佐知子の媚肉に埋めこまれたソーセージをゆっくりと抽送しはじめた。

「もう、かんにんして……」

佐知子は排泄しながら、ソーセージが送りこんでくる官能に翻弄されていく。ソーセージで突きあげるたびに、肉襞が妖しく絡みつく粘度を増し、ジクジクと蜜を溢れさせはじめた。

ソーセージを引き抜く時、離すまいとするような蠢きさえ見せ、佐知子はうわずった声をあげた。

「もっと楽しみたいんだろうが、あとでたっぷりと俺の生身でオマ×コをえぐってやるから、それまで我慢しな。そろそろ兄貴が帰ってくるだろうからよ。途中で邪魔されたくはねえだろう、義姉さんも」

佐知子はハッと我れにかえった。

もう外は夕暮れになっていた。夫が戻ってきてこんなみじめな姿を見られたら……。

「いやあ！……ああ、かんにんして！　冷二さん、もうこれで許して……あ、あの人が帰ってきたら……」

泣き声が噴きあがって、言葉がつづかない。身体中がガタガタと震えだした。

「食事のことなら心配はいらねえぜ。ほれ、兄貴の食事はここにできてる」

冷二はテーブルの上に佐知子が排泄したシチューで溢れんばかりの皿と、それにそえられたソーセージを置いた。

「そんな……」

佐知子は絶句した。冷二は狂っているとしか思えない。

「だから安心して、義姉さんは俺にオマ×コしてもらうことだけ考えてくれりゃいいんだ」

「いやっ……」

佐知子の唇がワナワナと震えた。もうすぐ夫が戻ってくる。佐知子は生きた心地もなかった。夫に救いを求めるより、こんな身体にされたのを見られるほうが、恐ろしい。

「冷二さん、もう帰ってください。お願い」

「このムチムチした身体を手離せるものかよ。もう俺のものだからな」

「ああ、これ以上……ど、どうしようというのですか」

「フフフ……」

冷二は思わせぶりに笑った。

その時、表のほうで車がとまる音がした。どうやら夫が戻ってきたのだ。

「あ、あなた！……」

悲鳴をあげる佐知子の口に、冷二は素早く手拭で猿轡を噛ませた。

「う、ううむ……」

佐知子は猿轡の下で泣き声をあげ、もがいた。それにかまわず、あぐら縛りのまま佐知子を抱きあげて庭へ出ると、冷二は大きなツツジの植込みの蔭に隠れた。

「ここで星でも眺めながらお楽しみといこうじゃねえか」

冷二は佐知子の耳もとで囁いて、ニンマリと顔を崩した。

4

後ろから佐知子の乳房を両手でわしづかみにして、タプタプと揉みながら、冷二は首筋に唇を這わせた。しっとりと汗を含んで吸いつくような佐知子の乳房の感触だった。

「うんと気分出せよ、義姉さん」

佐知子の耳に熱い息をかけながら、冷二は囁いた。耳たぶを軽く噛み、さらに舌でチロチロと舐めながら首筋をなぞる。

「う、う……」

佐知子は猿轡を噛まされた美貌を振ってもがいた。

すでにソーセージによるいたぶりで官能に火をつけられた佐知子の身体は、そんな冷二の唇と指の動きに耐えられるはずもなかった。成熟した人妻の性がもろくも反応してしまう。揉みこまれる乳房が火照り、乳首が硬く尖りだした。そして冷二の唇が這う肌がカアッと灼けた。

そ、そんな……ああ、駄目、いけないっ……駄目よ……。

いくら必死にこらえようとしても身体の芯がジーンとしびれ、熱く疼きはじめた。開ききった股間に忍びこむ夜の外気までが、佐知子の官能を妖しく揺らし、あおりたてる。

「義姉さん、おっぱいの先がこんなに硬くなってるぜ。さぞかしオマ×コのほうもメロメロに……」

冷二は佐知子の反応をじっくりとうかがいつつ、乳首をつまんでグリグリしごいた。さらに一方の手を乳房から腹部へと這いおろし、腰を撫でまわして開ききった内腿をツーッと刺激する。

「う……ううっ……」

猿轡からもれる佐知子のうめき声が、どこかうわずった響きを含みはじめた。腰がブルブルと震えだし、よじれた。

「家のなかに兄貴がいると思うと、よけい燃えるんじゃないのか、義姉さん」

「う、ううっ」

佐知子は激しく顔を打ち振った。猿轡をされて声を出せないことで、官能までも内にくぐもる。

「剃ってやったんで、ずっと触りやすくなったぜ」

冷二は無毛の恥丘をスベスベと撫でまわした。ビクッと震えておびえる佐知子の反応を楽しみながら、さらに指先を媚肉の割れ目に分け入らせた。

「ベトベトじゃねえか、義姉さん。それに灼けるみてえに熱くて、指がとろけそうだぜ。やっぱり感じてたな」

「ううっ……うむ……」

耳もとで囁かれて佐知子は悲鳴をあげた。家のなかには夫がいるというのに、なす術もなく反応させられる自分の身体の成り行きが、佐知子には信じられない。

冷二の指先はゆっくりと肉襞をまさぐり、なぞり、さらには割れ目の頂点の女芯にまでいたぶりを加えてきた。女芯の包皮に指先を押し当て、グイと肉芽を剝きあげる。

「ううっ……」

佐知子の腰がビクビクッとおののいて硬直した。剝きだされた肉芽がヒクヒクと震え、充血して尖ってくる。

冷二はいきなり佐知子の股間に顔を埋めると、舌を尖らせて充血した肉芽を舐めあげ、きつく吸いこんだ。

「ううっ、うむ……」

佐知子は猿轡の下で悲鳴をあげて、ガクガクと腰をはねあげた。

「う、うぐ……ううっ」

狂ったように腰を揺すり、冷二の顔を弾き飛ばさんばかりだ。

だが冷二は蛭のように吸いついて離れなかった。チュウチュウと音をたてて吸い、次には舌で舐めまわし、また吸う。そして冷二の一方の手は佐知子の乳房を責めつづけ、もう一方の手は肛門をゆるゆると揉みこんだ。

ガクガクとはねあがるような佐知子の腰の動きが、次第に力を失っていくのがわかった。そして熱い蜜がジクジクと冷二の口のなかまで溢れた。

「う、うう……」

佐知子は泣きながらうめき声をあげた。こんないたぶりを受けながら、身体の芯が熱く燃えてあとからあとから蜜が溢れるのが、いっそう佐知子を悩乱へと追いこんでいく。

「たいした発情ぶりだぜ、義姉さん。そろそろ俺を咥えこみたいんじゃねえのか」

冷二は顔をあげて、ニヤニヤと舌なめずりをした。

もう佐知子の肉の花園は、月の光のなかにしとどに濡れそぼって妖しく光り、あえぐように肉層を蠢かせた。剝きだされた女芯の肉芽も、充血してヒクヒクと震えている。

「これなら一発で妊娠するかもな。俺のが濃くて量が多いのは、もう尻の穴でわかっているだろ」

「うむっ」

妊娠という言葉が佐知子に悲鳴をあげさせた。夫の弟に犯されて、その子を孕んでしまうなんて。

「兄貴のかわりに俺が妊娠させてやろうというんだ、義姉さん」

冷二は佐知子の顔を覗きこんで、ニタッと笑った。

いやあっ……そんな恐ろしいこと、いやです！　助けて……。

佐知子は泣き叫んだ。だがその声も、猿轡にふさがれて、くぐもったうめき声にしかならない。

佐知子の目が恐怖に吊りあがった。両脚をあぐら縛りにされ、股間は開ききっている。抗う術はまったくなかった。

冷二は佐知子を芝の上にうつ伏せに引っくりかえした。両膝とあごで身体を支え、双臀を高くもたげた。

「ドッグスタイルで後ろから犯るのが、一番孕みやすいんだぜ、義姉さん」

冷二はそう言ってあざ笑い、後ろから佐知子の腰をつかんだ。もう天を突かんばかりに硬く屹立した肉棒の先端で、佐知子の媚肉をなぞった。

「うむ、ううっ……」

佐知子は必死に腰をよじって避けようともがく。

「フフフ、義姉さん、せっかく兄貴が帰ってきてるんだ。兄貴の顔を見ながら俺とオマ×コでつながるんだよ」

冷二は佐知子の黒髪をつかんで、植込みの蔭から美貌を家のほうへ向けさせた。佐知子の泣き濡れた目に、応接間でオロオロしている夫の姿が見えた。佐知子の行方をさがしているのか、さかんにどこかへ電話をしている。

ひいっ……あ、あなた……。

その瞬間、佐知子はたくましい肉の凶器がジワジワと媚肉に分け入ってくるのを感じ、喉を絞った。

「どうだ、兄貴の姿を見ながら俺にぶちこまれて、いい気分だろう」

「うむっ、うぐぐ……」

佐知子は総身を揉み絞ってうめいた。それをかまわず、冷二はグッと重く貫いた。肉棒の先端で佐知子の子宮口を突きあげる。

まるで生娘みたいなきつさだった。そして肉層がザワザワと蠢きつつ、しっかりとくるみこんでくる。

「とうとうオマ×コでもつながったな、義姉さん。ヒクヒク絡みついてきて、いい感じだぜ」

「ううっ……ううう……」

「義姉さんのよがり声を聞けねえのは残念だが、その分オマ×コで楽しませてもらうぜ」

冷二は深く佐知子の双臀を抱きこんだまま、徐々に前に伏している上体を起こしにかかった。

「うむ、ううむ……」

佐知子は激しく黒髪を振りたくった。上体が起こされるにつれて、自分の身体の重みで結合がいっそう深くなっていく。子宮口がググッと押しあげられた。

いやあ!……怖い。怖い……うむ、うむむ……かんにんして……。

佐知子は総身をびっしょりにして、冷二の膝の上に前向きにのせあげられた。振りたてる黒髪をつかんで、冷二は佐知子の顔を家のほうへ向けた。

「しっかり兄貴を見るんだ、義姉さん」

冷二は佐知子の耳もとでドスの利いた声をあげた。

い、いやっ……。

こんな格好で夫を見られるわけがない。

「見ないとこのまま兄貴の前へ連れてくぜ、義姉さん。このオケケを剃ったから、つながっているところが兄貴にもよく見えることだろうぜ」

「う、うむっ……」

佐知子の目が恐怖にひきつった。

いやっ……見ますから……それだけはかんにんして……。

佐知子はブルブルと震えながら、そらしていた目を我が家の応接間へ戻した。

夫は立ったり座ったり、応接間のなかを行ったり来たりと落ち着きがない。思いついたようにどこかへ電話をかけては、溜め息をついている。

これまで黙って家をあけたことは一度もない佐知子だ。それが突然姿を消し、ちらかった台所はなにを物語っているのか。弟の冷二に襲われ、庭の植込みの蔭で犯されているなど思いもしない。

あなた、許して……あなた……。

腰を揺さぶりあやつられ、下からグイグイと突きあげられながら、佐知子は泣いた。

「うれし泣きかい」

冷二はうれしそうに笑った。夫

を見る佐知子の狼狽が、きつい収縮となって冷二にまで伝わってくるのがたまらなかった。

「う、ううっ……」

佐知子はいっそ死んでしまいたかった。

だが、恐ろしさと哀しさ、みじめさの底からしびれるような肉の快感がこみあげるのを、佐知子は感じて戦慄した。

ああ、駄目……あなた、助けて……。

夫の名を胸のうちで叫ぶことで、こみあげてくるものを振り払おうとするのだが、それすら肉の快感に呑みこまれそうだ。

「やっぱり人妻だな。兄貴を見ながらだと気分が出るようだな」

冷二は佐知子の反応が次第に露わになっていくのを見ながら、さらに責めつづけた。リズミカルに佐知子の子宮口を突きあげ、こねくりまわす。

佐知子の頭がグラグラと揺れだした。そしてジクジクととめどもなく蜜を溢れさせつつ、月の光のなかに佐知子の汗まみれの女体が妖しくけぶるように色づき、くねり悶えた。

「目をそらすな、義姉さん。しっかり兄貴を見てるんだよ」

冷二は片手を佐知子の前へまわし、無毛の恥丘を撫でさすり、ツンと剝きだしの女芯の肉芽をいじった。

「うむっ……う、うむっ……」

佐知子は白目を剝いて、ガクガクと腰をはねあげた。

たまらない……ああ、あなた……狂っちゃう……。

もうなにもかも官能に押し流され、めくるめく快美に翻弄されていく。佐知子は我を忘れて腰を振りたてた。

「う、うむっ……」

佐知子の汗まみれの裸身に、痙攣が走りはじめた。肉の最奥も冷二を締めつけつつ、ブルブルと震えた。

「なんだ、もうイクのか」

冷二がそういう間にも、佐知子の顔がのけぞり、総身がキリキリ収縮した。

「う、ううむっ」

生々しいうめき声を放って、佐知子はきつく冷二を締めつけた。二度三度と痙攣を走らせてから、ガックリと力が抜けた。それでも冷二は佐知子を突きあげるのをやめようとはしない。

「のびるのはまだ早いぜ。義姉さんを妊娠させるところまでいってねえからな」

「………」

「それにしても尻の穴といいオマ×コといいよく締まりやがる。たいしたもんだぜ」

「う……うむ、ううう っ……」

たてつづけに責められて、佐知子は狼狽のうめき声をあげた。

いやっ、もういやあ！……

いくらそう思っても、佐知子の身体はまためくるめく恍惚のなかに翻弄されていく。肉奥が深く突きあげてくるものに絡みつき、肉の快美を貪り取ろうと蠢くのを、佐知子はどうしようもなかった。

「義姉さんが気をやったのも知らねえで、兄貴の奴、まだあっちこっちへ電話して、義姉さんをさがしてるみたいだぜ」

冷二は佐知子の黒髪をつかんで、また家の応接間のほうを見せた。

あ、あなた……。

もう佐知子は夫を見せられても、恐怖し、狼狽する段階は通りすぎた。今の佐知子を覆っているのは、頭のなかも灼けただれるような肉の快美だった。もし猿轡をされていなかったら、噴きあがるよがり声をこらえきれなかっただろう。

「うむ、ううっ……うむ……」

佐知子は一度昇りつめた絶頂感が引く余裕すらなく、また追いあげられる。ひときわ身悶えが露わになったかと思うと、佐知子は冷二の膝の上で激しく腰を躍らせつつ、

白目を剝いて顔をのけぞらせた。

「う……う、うむっ、うむむ……」

膣の最奥がキリキリと収縮した。

佐知子が昇りつめたのを確かめてから、冷二もまたとどめを刺すように最後のひと突きを与えた。

「ほれ、くらえっ……孕むんだ、義姉さん」

灼けるような白濁のほとばしりをドッと射こんだ。

佐知子の身体にまた痙攣が走り、そのまま意識が深い闇のなかへ吸いこまれた。

「フフフ、オマ×コもいい味してやがる。兄貴にはもったいねえぜ」

冷二は余韻の痙攣を楽しみつつ、低く呟いた。

「兄貴、義姉さんはもらっていくぜ。なあに心配しなくても、俺が牝としてちゃんと飼ってやるさ」

呟いて冷二はニンマリと笑った。

そんなこととも知らずに、佐知子の夫はまだ応接間のなかを何度も行ったり来たりを繰りかえしていた。

5

佐知子が意識を取り戻したのは、冷二の車のなかだった。まだ全裸のままで後ろ手に縛られ、助手席に座らされていた。あぐら縛りは解かれ、猿轡もはずされている。

「気がついたか、義姉さん。失神するほどよかったとはな」

車を運転しながら横目で佐知子を見て、冷二はニヤニヤと笑った。

「ああ……」

恐ろしい現実がドッと甦って、佐知子はすすり泣きだした。

あ、あなた……。

佐知子は夫のことを思った。冷二にさんざん弄ばれた身体で、どんな顔で夫に会えばいいのだろう。強いられたとはいえ、背徳の後ろめたさに佐知子は打ちひしがれた。そして、冷二のいたぶりに反応してしまった自分の身体が恨めしい。

「ひどい……ああ……」

どこへ連れていかれるのか気にする余裕は、佐知子にはなかった。

車は夜の国道をまっすぐ走りつづけた。途中、道路ぞいの電話ボックスから冷二はどこかへ電話をかけたが、それを気にする余裕もなかった。

ああ、どうすればいいの。あなた……。

佐知子は夫のことを思い、ただ絶望と哀しみに涙するばかりだ。

「泣くなよ、義姉さん。泣くのは責められてからだ。今にいやでも本格的に泣かなきゃならなくなるからよ」

冷二は佐知子を見てせせら笑った。

その言葉に、佐知子はにわかに新たな恐怖がふくれあがった。

「ま、まだ、ひどいことをしようというのですか⁉」

「当たり前のこと聞くなよ。これだけいい身体を簡単に手放すとでも思ってたのか」

「なにを……なにをしようというの⁉」

佐知子はおびえに泣き声がつまった。もうさんざん弄んだくせに、まだなにか恐ろしいことをしようとしている冷二。

「まだ知らねえほうがいいぜ」

冷二は意味ありげな笑いをこぼして、舌なめずりをした。

冷二はこのまま佐知子を誘拐監禁して、牝として飼う気なのだ。はじめはそこまでは考えていなかった。悠子や由美子と同じようにハレンチな写真を撮って、脅迫の材料にするつもりだったが、責めているうちに気が変わった。佐知子が冷二の兄の妻であるということが、冷二の嗜虐の欲望をいっそう濃くしたようだ。

「逃げようなんて思うなよ。へたな真似しやがると、きつい仕置きにかけるぜ。この

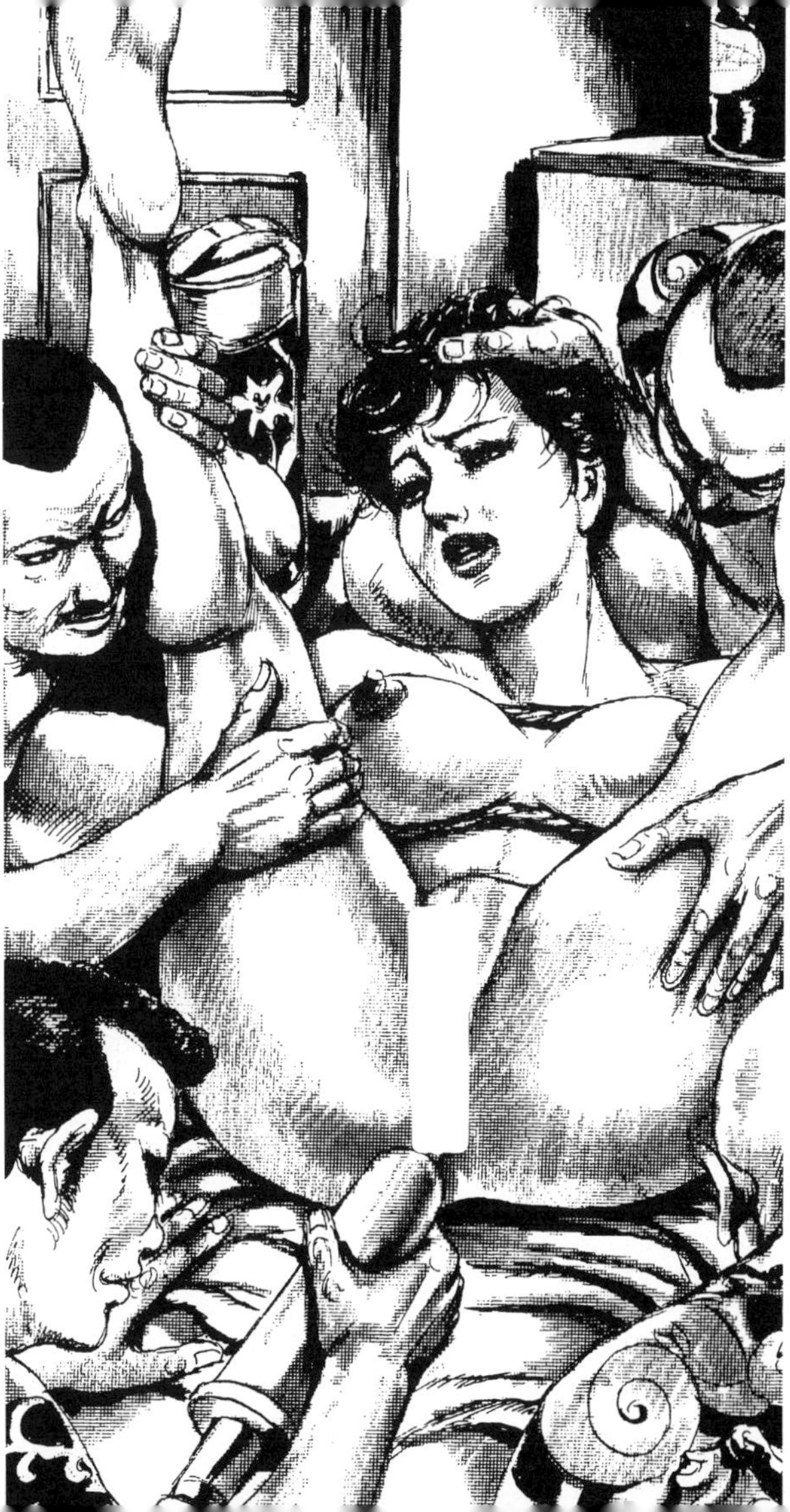

ムッチリの尻にな」

浣腸器を見せつけて、冷二は低い声できつく言った。

佐知子は、あわてて浣腸器から目をそむけた。後ろ手に縛られた裸身がブルブルと震えた。

「ああ、逃げたりしませんから……そ、そんないやらしいもの、早くしまって」

佐知子は声を震わせて言った。

やがて車は小さなビルの裏でとまった。もう夜も十時すぎて、あたりに人影はほとんどなかった。

「おりるんだ。義姉さん」

冷二は佐知子にハイヒールをはかせ、肩にコートをはおらせた。

「ああ、こんなところで……ど、どうしようというの!?」

佐知子はおびえて身体を固くした。

「さっさとしねえと、素っ裸で歩かせるぜ」

冷二はコートで佐知子の裸身をくるむようにして抱き、強引に歩かせてビルのなかへと連れこんだ。

エレベーターで三階へあがる。『興竜会事務所』と書かれたドアがあった。なかへ入れられたとたん、人相の悪い男たちがたむろしているのが目に入り、佐知子は身体をこわばらせた。花札をしている者やドスをみがいている者、そして競馬新聞に赤鉛筆で印をつけている者など、どこから見ても暴力団の事務所だ。

その男たちがいっせいに佐知子を見た。一瞬、佐知子の美しさに見とれ、奇妙な静寂が事務所内を覆った。だが冷二が一緒なのに気づくと、

「なんだ、冷二さんじゃねえですか。坊っちゃんが奥で待ってますぜ」

サングラスをかけた幹部風の男が、ニヤリと笑った。

冷二は黙ってうなずいた。何度かここへ来たことはあったが、いつ来てもその異様な雰囲気に緊張させられる。

「坊っちゃん、来ましたぜ」

男は奥のドアを開けて言い、冷二になかへ入るよう合図した。

奥の部屋には瀬島が待っていた。瀬島は冷二の大学の同期生で、二人は気が合った。冷二にイカサママージャンを教え、ＳＭを教えたのも瀬島だ。

女は甘やかすな。いい女ほど肉として扱うんだというのが瀬島の持論である。悠子と由美子、そして佐知子を襲う時も、その瀬島の教えが冷二にはずいぶんと参考になった。

そして瀬島は興竜会会長の一人息子だった。もっとも冷二がそのことを知ったのは、ほんの半年ほど前であったが。

「どうだ、冷二、組に入らねえか。幹部にしてやってもいい。金も女も好きなだけ手に入るんだ」

冷二は何度か誘われた。そして冷二が佐知子を監禁し、牝として飼育しようと考えた時、思いついたのは瀬島のことであった。

「電話で言ってたのは、この女か。こりゃたいした美人じゃねえか」

瀬島は近寄ってきて、佐知子の美貌をニヤニヤと見た。

「ああ、こんなところへ連れてきて……なにを、なにをしようというの、冷二さん」

佐知子は生きた心地もなく声を震わせ、思わずあとずさろうとした。だが冷二に腰を抱かれていては、どうにもならない。

「こ、こんなところいやっ、早く帰して……ああ……」

冷二は佐知子の哀願には耳を傾けようともせず、瀬島を見てニンマリと顔を崩した。

「身体はもっといいぜ。見て驚くなよ」

そう言うなり、冷二は一気に佐知子の身体からコートを剝ぎ取った。

あとはもう縄で後ろ手に縛られ、ハイヒールをはいただけの裸身が、まぶしいばかりだった。

「ひいっ！……いやあ！」

あわてて肌を隠そうとうずくまるのを、冷二は佐知子の腕をつかんで引き起こした。

瀬島の目がギラッと光った。佐知子の裸身を上から下へ、また上へと品定めするように視線を這わせる。さらにゆっくりと佐知子のまわりをまわった。女を肉としか見ない冷たいゾッとする目だった。

「いやっ……いやあ！」

佐知子は恐ろしさに総毛立って、泣き声をあげた。

「たいした上玉だぜ、冷二。これだけの人妻を手に入れるとは、おめえもなかなかやるじゃねえか」

瀬島はニヤニヤと笑った。手をのばして肉づきを確かめるように乳房をいじりまわす。

「兄貴に独り占めさせとくにはもったいねえからな。かといって俺のところで飼うのも、もしさがしにでもこられたらヤバいしな」

「それで俺のところへ持ってきたってわけか。これだけの上玉なら、大歓迎だぜ」

「瀬島にもうんと楽しませるからよ」

冷二と瀬島は顔を見合わせて、ゲラゲラと笑った。

「いやっ！……ああ、いやです！……冷二さん、どういうことなの⁉」

佐知子は瀬島の手を避けようと、悲鳴をあげて身悶えた。

だが冷二と瀬島の会話は、佐知子をまったく無視して、その頭越しにかわされた。

「いや、いやあ！」

いくら瀬島の手から逃れようとしても、佐知子の身体は後ろから冷二にがっちり押さえられている。瀬島の手は佐知子の乳房をいじり、細くくびれた腰を撫で、ムチッと張った双臀に這いまわった。

「いい身体をしてやがる。こいつはたまらねえぜ」

めったにほめない瀬島も、さすがに佐知子の妖しい女体に魅せられたようだ。

やがて瀬島の手は、あるべき茂みを失った佐知子の下腹でとまった。

「剃ったのか、冷二」

「ああ、そのほうが牝らしいだろ。丸坊主を責めるのも面白えぜ」

「ずいぶんと女の扱いがうまくなったじゃねえか。ヤクザも顔負けだぜ」

無毛の恥丘を撫でさすって、瀬島はゲラゲラと笑った。

悲鳴をあげて、佐知子は腰をよじりたてた。必死に閉じ合わせた太腿がブルブルと震えた。

「やめて！　いや、いやっ！……ああ、冷二さん、やめさせて！」

佐知子は泣きながら哀願した。とんでもないところへ連れこまれてしまったという恐怖が、ジワッとふくれあがる。

「それにしても、冷二もいっぱしになったな。これだけの人妻をいきなり輪姦しちまおうとは、おめえはもう立派なヤクザだぜ」

「ヤクザか……俺はただ、義姉さんをとことん堕としてみてえだけだ。輪姦なんて序の口だぜ。客をとらせてもみてえし、裏ビデオにも出してやりてえ」

「やっぱり立派なヤクザだぜ、冷二」

信じられない二人の会話だった。輪姦、客をとらせる、裏ビデオ……という言葉が、佐知子の頭のなかでグルグルまわった。今にいやでも泣かなきゃならなくなると冷二が車のなかで言ったのは、そういうことだったのか。

「………」

佐知子は下腹を這う瀬島の手も、一瞬忘れた。あまりの恐ろしさに、すぐには声も出ない。

「おい、おめえら、こっちへ来いよ。お楽しみの時間だぜ」

瀬島に呼ばれて、事務室にたむろしていた十人ほどの男たちがドッと入ってきた。たちまち佐知子を取り囲んで、ニヤニヤと笑った。舌なめずりをして佐知子の裸身を見つめる。

「ひっ、ひぃーっ！」

佐知子の総身が凍りついて、悲鳴がほとばしった。

「いやっ、いやあ！……助けて！　冷二さん、いやよ！」

「諦めな、義姉さん。せいぜい、いい声で泣いて、腰を振ってがんばるんだな。全員を満足させない限り、寝かせねえからよ」

冷二は冷たく言って、佐知子の双臀をパシッとはたいた。

「オマ×コだけでこなせねえと思ったら、尻の穴を使ってもいいんだぜ」

「もうアナルも仕込んであるのか。そいつは楽しみだな」

瀬島はうれしそうに言った。

「へへへ、いい身体をしやがって。これほどの上玉を楽しめるとは、ついてるぜ」

「まったくだぜ。美人で身体もこれだけいい女はめずらしい。たっぷり楽しまなくちゃよ」

「もうチ×ポがビンビンだぜ。早く入れてやりてえ」

ヤクザたちもまた、まぶしいものでも見るように目を細め、口々に騒いだ。服を脱ぐ男たちの背に、どれも見事な刺青があった。瀬島の背中には昇り竜がうねっていた。

「い、いやあ！」

佐知子は魂消えんばかりに絶叫した。こんな恐ろしい男たちによってたかって犯されるのかと思うと、恐怖に泣き叫ばずにはいられなかった。

「助けて！……誰か！　ああ、いやっ！　いやです！」

後ろ手に縛られた裸身を後ろから冷二に抱きすくめられ、まわりを男たちに取り囲まれて、逃げる術は佐知子にはない。ドス黒い絶望と恐怖とに、佐知子はおびえきった少女みたいに泣きじゃくる。

だがそれも、女を肉としか見ない男たちにとっては、淫らな欲情を昂らせる心地よい響きでしかなかった。

「どうだ、瀬島。前と後ろからサンドイッチで犯ろうじゃねえか」

もうさんざん楽しんだくせに、冷二もまた佐知子を犯す気なのだ。

「面白え。人妻ならそのくらいきついほうがいいだろう」

瀬島がニンマリとうなずいた。そしてヤクザの一人に目で合図すると、男は壁の棚からなにやらゴソゴソと取りだしてきた。サイコロが二つ、そして注射型の浣腸器にグリセリンの薬用瓶だ。洗面器も持ってこさせた。

「瀬島、浣腸ならもうすませてあるぜ。尻のなかは綺麗にしてある」

「ただ浣腸するんじゃねえよ、冷二。順番を決めるのさ。ヤクザらしくサイコロバクチでな」

冷二はすぐにピンときた。佐知子の肛門にサイコロを押し入れ、浣腸して排泄させてサイコロの目を賭けようというのだ。

「いや、いやあ！……やめて！　変なことをしないで！」

泣きじゃくる佐知子をテーブルの上にあお向けにすると、左右から男が足首をつかんで持ちあげ、大きく割り開いた。

「ひい！……やめて！　こんな格好、いやです！」

「いい尻をしてるくせに泣くな。こりゃ可愛い尻の穴じゃねえか」

瀬島がニヤニヤと覗きこみ、サイコロを持った指を佐知子の肛門に押しつけた。サイコロにはクリームがべったり塗られてあり、たちまちスルッと佐知子の肛門にもぐりこんでしまう。肛門を深く縫った指が、それをさらに奥へと押し入れた。

キュウと締めつけてくる感触が、瀬島に肛姦の快美を予感させた。

「いやっ……そんなこと、いやです！……触らないで。お尻はいやあ！」

佐知子は高く持ちあげられた両脚をうねらせ、双臀を振りたてて泣いた。

だが男たちはゲラゲラと笑うばかりだ。

グリセリン原液をたっぷりと吸った浣腸器が、瀬島に手渡された。瀬島は冷二と顔を見合わせてニヤリとすると、おもむろに佐知子の肛門に嘴管を突き刺す。

「ひい！……いやあ！　助けて！」

「こりゃ生きのいい肉壺じゃねえか。その調子で派手にサイコロを振ってくれよ、奥さん」

そう言ってから瀬島は取り囲んだ男たちを見まわし、

「さあ、はった、はった……フフフ」

ゆっくりとシリンダーを押しはじめた。キィーとガラスが鳴って、薬液が流入していく。

ビクッと佐知子の裸身がこわばったかと思うと、ワナワナと唇が震え、

「ああっ……い、いやあ！……ひっ、ひいっ……しないで！」

泣き叫ぶ声が白い喉をかきむしった。

男たちがゲラゲラ笑い、奇声をあげてサイの目をはっていくなかで、冷二はじっと佐知子に見とれた。

ゾクゾクとしびれるような嗜虐の興奮があった。ヤクザたちに取り囲まれて浣腸されている佐知子が、こんなにも美しいとは。

やっぱり義姉さんをここへ連れてきたのは正解だったな……。

冷二は胸のうちで呟いて、ニンマリと笑った。

「どうしたい、冷二も早く賭けろよ」

瀬島がうながした。

冷二はニヤニヤ笑って舌なめずりをすると、男たちのなかへ入っていった。一緒になってサイの目をはる。

「い、いやあ！……ああむっ……ああ、かんにんして！」

佐知子の泣き声が冷二には心地よかった。

第六章　夜の恥虐教室

1

夕日に空が赤く染まる頃、冷二は駅へ通じる静かな並木路に車をとめた。ポケットからラークを出して、うまそうに吸うとバックミラーに向かって煙を吐きだした。

義姉さん……。

冷二はずっと佐知子のことが脳裡から離れなかった。

ニヤニヤと笑うヤクザたち、次から次へと襲いかかっていく刺青肌、そして泣き叫びのたうっていた佐知子の白い女体……。それらの光景がまだはっきりと冷二の脳裡に灼きついている。

まるで女体によってたかってむしゃぶりつくハイエナの群だ。ヤクザに手加減はなく、内臓を食い荒して骨までしゃぶりつくす輪姦劇だった。だが、無数の刺青のなかでのたうつ白い女体は、無残ではあったがめくるめくような妖しい美しさがあった。よってたかって犯される女が、あんなにもいい眺めとはな。思いだすだけでもゾクゾクするぜ……。

冷二はそんなことを思いながら、また煙をフウッと吐いた。

佐知子をヤクザにあずけたのは、やはり正解だった。この際、佐知子をもう二度と陽の当たる場所に出れないまで、とことん堕としてやる。ヤクザに輪姦させるなど、まだ序の口だ。

性の奴隷へと馴致されていく佐知子の姿を裏ビデオに撮り、日本中にバラまいてやる。ＳＭ秘密ショウにも出し、変態の客もとらせてやるつもりだ。そう思うと冷二は嗜虐の欲情がふくれあがってきて、胴震いがした。

「義姉さんが美しすぎるからいけねえんだ」

冷二は低く呟いた。

今頃、佐知子は恐ろしいヤクザたちの手で、肉の調教を受けているはずである。ここへ来る前に、ヤクザたちが長大な張型やバナナ、生卵などを用意しているのを冷二は見た。どのように佐知子が調教されるのか、冷二は見たい気もしたが、佐知子ばかりかまってもいられない。せっかくものにした女教師の芦川悠子とスチュワーデスの藤邑由美子をいつまでも放っておくわけにはいかなかった。

並木路に車をとめてから、もう四十分になろうとしていた。車のバックミラーに、ベージュのワンピース姿の女性が歩いてくるのが見えた。

やっと来やがったな……。

冷二はニヤリと舌なめずりした。

芦川悠子だった。学校が終わって帰るところを、冷二は待ち伏せした。

「お楽しみの時間だぜ、芦川悠子先生」

冷二は車をおりて声をかけた。

気づいた悠子の美貌が、たちまち蒼ざめてこわばった。

あわてて逃げようとする悠子の手を、冷二は素早くつかんだ。

「牝の飼い主が来たってのに、どこへ行こうってんだよ」

「ああ、いやっ……離して。もう許してください」

悠子は蒼ざめた美貌をゆがめて、唇をワナワナと震わせた。

「泣きながら牝になると誓ったのを忘れたのか、芦川悠子先生」

冷二は悠子の細腰に手をまわして抱き寄せ、必死にそむけるうなじに唇を押しつけながら言った。

「いやっ……ああ、離してください」

悠子は身を揉んで逃げようとしたが、身体に力が入らなかった。冷二に何度も犯され、絶頂まできわめさせられた弱味が、悠子の気力を萎えさせる。

静かな並木路で人通りがほとんどないのをいいことに、冷二は悠子のうなじからおとがいへ、さらに頬へと唇を這わせた。一方の手で悠子の細腰を抱きつつ、もう一方の手でゆっくりとスカートをたくしあげ、手をもぐりこませようとする。

「やめて……ああ、いやです」

悠子は腰をよじりつつ、冷二の唇を避けようと上体をのけぞらせた。

それをあざ笑うように冷二は悠子の首筋に唇を這わせ、スカートのなかへ手をすべりこませた。ムチムチと官能的な太腿を撫でまわし、はちきれんばかりの双臀をつかんだ。

「なんだ、はいているのか。いつもノーパンでいろと言ったはずだぜ」

冷二はいきなり悠子の頬をはたいた。

悠子はのけぞり、よろめいた。打たれた頬を手で押さえ、おびえと絶望の目で冷二を見る。

「さっさと脱げ。芦川悠子先生にはノーパンがよく似合うんだよ」

「ゆ、許して……」

「ぐずぐずしやがると、ここで素っ裸に剝きあげるぞ！」

冷二は声を荒らげた。

悠子は声もなく、今にも泣きださんばかりの美貌を弱々しく振った。またこのけだものに気も狂うほど辱しめられるのかと思うと、目の前が暗くなった。

「聞こえなかったのか。ノーパンになれと言ったんだぜ、芦川悠子先生」

「ああ……」

泣きだしそうなのを必死にこらえて唇を噛みしめ、悠子は自らスカートのなかへ手を入れた。

スカートの裾がまくれないように押さえつつ、震える手でパンティストッキングとパンティを引きおろしていく。膝がガクガクと震え、パンティストッキングとパンティがよじれて太腿をすべる感覚に、頭のなかがカアッと灼けた。こんなところを誰かに見られでもしたらと思うと、悠子は生きた心地もない。

「どうだ、ノーパンになった気分は。もうオマ×コが疼きだしたんじゃねえのか」

悠子の手から剝ぎ取った二枚の下着を奪い取り、冷二はニヤニヤと笑った。

悠子は唇を噛みしめ、スカートを押さえて身体を固くするばかりだ。スカートの下に下着を着けない心細さに、口さえきけない。

冷二は再び悠子の腰を抱き寄せると、スカートをたくしあげて裾から手をすべりこませた。

「ああ、いやっ……やめてください。ああ、いやです」

裸の双臀を撫でまわされて、悠子は泣きそうな声をあげた。

「おとなしくしてろ」

「やめて……人に、人に見られます……いや、いやです！」

「暴れるとかえって人に気づかれるぜ。おとなしく尻を触らせてりゃいいんだ」

「ああ……いやっ……」

思いきって抵抗できない我が身が、悠子には恨めしい。

冷二はネチネチと悠子の裸の双臀を撫でまわした。はじけんばかりの肉づきに指先をくいこませ、ブルブルと揺さぶり、次には下から持ちあげるようにして肉を弾ます。

「いい尻だ。この前浣腸してやったんで、また一段とムチムチ肉づきがよくなったみたいだな」

「いやっ」

浣腸という言葉に、悠子はビクッと身体を震わせ、ひきつった声をあげた。

冷二は悠子の首筋に唇を這わせつつ、低い声で笑った。

「まずはこの色っぽい尻に仕置きをしてやるぜ、芦川悠子先生。ノーパンでなかった罰ってわけだ」

悠子の耳もとで囁いて、冷二はピタピタと双臀をたたいた。

その時、何人かの通行人がそばを通って悠子を見たが、好奇の目を向けるだけでな

にも言わずに行ってしまう。大胆なアベックがイチャついているとでも思っているようだ。

ああ、助けて……。

悠子は声も出せず、抗うこともできない。

「芦川悠子先生はもう俺の牝だぜ。俺に何度も犯られ、浣腸までされて牝になることを誓ったのを、忘れるんじゃねえぞ」

冷二は悠子の耳もとで囁きつつ、執拗にスカートのなかで裸の双臀を撫でまわした。そのまま駅に向かって悠子を歩かせた。

「ゆ、許して……触らないで。人に見られます」

悠子は消え入るような声で哀願し、すがるように冷二を見た。

だが、冷二の手はスカートのなかへもぐりこんだまま、悠子の双臀に吸いついたように離れなかった。

「それじゃ仕置きをはじめるか。声を出して暴れると、見物人がいっぱい集まってくることになるぜ、芦川悠子先生」

駅が近づいてあたりがにぎやかになってくると、冷二は双臀を撫でまわしていた手を臀丘の谷間にすべりこませた。その奥に秘められた悠子の肛門を指先でさぐり当てる。

「あ、いやっ……そこ、いやです！」

悲鳴をあげかけて、悠子はあわてて唇を噛みしばった。腰が硬直し、さぐり当てられた肛門がキュウとすぼまる。

「だから仕置きになるんじゃねえかよ。もっともこんなのは序の口だぜ」

「や、やめて……」

道行く人の視線を気にして、悠子は腰をよじり振ることもできなかった。それでなくても美しい悠子は人目を引き、スカートのなかへもぐりこんだ冷二の手に気がつきやしないかと、さっきから生きた心地もない。

「尻の穴をピクピクさせやがって。吸いつくようないい感じだぜ」

冷二はゆるゆると悠子の肛門を揉みこんだ。きつくすぼめているのをほぐすように、指先で円を描くように揉みこむ。

「あ……あ……」

悠子は声を噛み殺しつつ、嫌悪に胴震いがとまらなかった。

駅前通りをおぞましい排泄器官をいじられながら歩かされるなど、とても耐えられない。ハイヒールの足がもつれ、何度も立ちどまってしゃがみこみそうになった。そのたびに肛門を揉みこむ手で引き起こされ、強引に歩かされた。

「いくら尻の穴をいじられて気持ちいいからって、シャンとしねえか、芦川悠子先生」

冷二はわざとそんなことを言ってニヤニヤと笑った。

まわりに聞こえはしないかと、悠子は背筋に汗を噴いて目の前が暗くなる。

「も、もう許して……」

何度哀願しても、冷二はニヤニヤと笑うばかりだった。せめてもの救いはワンピースのスカートの部分がフワリとしたフレアーになっていて、冷二の手がもぐりこんでいるのがわかりにくいことだ。タイトスカートだったら、悠子の太腿は剝きだしになっていただろう。

「ああ、もういや……これ以上は……」

「これ以上いじられると、感じてしまうというのか、芦川悠子先生」

悠子の肛門はいくらすぼめようとしても、いつしか揉みほぐされてフックリとふくらみはじめていた。まさぐる肛門の粘膜が、とろけるような柔らかさを見せだし、まるで水分を含んだ真綿みたいだ。

「あ、あ……」

悠子はおぞましさに歯をカチカチと鳴らし、小さく声をもらした。揉みほぐされてゆるんでいく肛門の粘膜がむず痒く、今にも冷二の指が入ってくるのではないかというおびえが背筋を走る。

「尻の穴がとろけるようじゃねえか、先生。感じてるな」

「い、いやらしいだけです……ああ、もう許して」

「尻の穴は気持ちいいと言ってるぜ。俺の指を咥えたがってやがる」

交差点の信号でとまったところで、冷二はゆっくりと指先に力を入れた。ジワジワと指先を粘膜に沈めていく。

「ああっ……」

ブルッと腰が震え、悠子の口からこらえきれない声がこぼれた。

まわりの者がびっくりしたように、悠子を見た。そして悠子の美しさに気づき、さらに驚いたようだ。何人かは冷二の手が悠子のスカートのなかへもぐりこんでいるのにも気づいたらしい。

「どうした、変な声を出して」

冷二はわざとらしく言いながら、悠子の肛門を指で深く縫った。もう指の付け根までしっかりと咥えこんでくい締め、ヒクヒクとおののいている。

そんな……やめて！　ああ、いやです！……

悠子は胸のうちで狂おしいまでに叫びながらも、唇を噛みしばって声を出すのを耐えた。首筋まで真っ赤になって、顔もあげられずにブルブルと震えるばかりだった。

2

一刻も早く人目のないところへ逃げこみたい。そう思う悠子の心をあざ笑うように、冷二は駅前広場へ悠子を連れこんだ。

駅前広場は行きかう人々や待ち合わせの人で混み合っていた。ちょうど夕方のラッシュ時である。

そんななか、冷二は悠子を駅ビルの壁を背にして立たせた。冷二の手はスカートのなかにもぐりこんで、指で悠子の肛門を深く縫ったままである。

「ああ……もう指を取って……許してください」

悠子はすすり泣かんばかりに、冷二を見た。まわりの男たちが自分を見てあざ笑っているような気がして、膝がガクガクし、背筋も震えた。もう身体中が汗でじっとりだった。

「お願い。お尻はやめて」

「牝のくせして甘ったれるな。仕置きはこれからだぜ」

「ああ……なにをしようというのですか!?」

悠子はおびえに声を震わせた。

「おとなしくされるままになってりゃいいんだ、芦川悠子先生」

冷二はニタッと笑って、悠子の耳たぶを軽く噛んだ。

「俺に犯されてよがってるところや、浣腸されてるところ、ウンチをひりだしてるところまで写真に撮ってあるんだ。おとなしくしねえと、その写真をここでバラまくからな」

冷二は悠子の耳もとで、もう一度念を入れた。

悠子の美貌におびえと絶望の色が走り、唇がワナワナと震えた。

「…………」

もうなにも言えないことが、悠子の絶望的な屈服を物語っていた。

冷二は悠子のスカートを後ろの部分だけまくりあげた。裸の双臀を剝きだしにして、まくりあげたスカートの裾を腰のベルトに挟んだ。

「あ、そんな……」

悠子は狼狽の声をあげたが、あわてて唇を噛みしめて言葉にならない。思わず手でスカートを直そうとしたが、

「写真をバラまかれてえのか。じっとしてろと言ったばかりだろうが」

低くドスのきいた声とともに手首をつかまれてしまった。

「ひ、ひどい……」

悠子はもう生きた心地もない。壁を背にしてスカートの後ろだけをまくられている

ため、前の人波からは見えないとはいえ、あまりのことに気が動転した。

「こんな仕置きをされるのも、いつもノーパンでいねえからだ。じっくり反省しな」

悠子の手から抗いの力が抜けるのを感じた冷二は、せせら笑いながら肛門に埋めこんだままの指を、ゆっくりとまわした。それに抽送を加える。

「あ……うう……」

たちまち悠子の双臀がブルブルと震えだし、声を出す余裕すらないようにうめく。唇を噛みしめて泣き声を殺すだけで、せいいっぱいだった。

悠子の狼狽ぶりが、貫いた指の根元にピクッピクッと伝わってくる。

「うれしそうに締めつけてくるじゃねえか。これじゃ芦川悠子先生を悦ばすだけで、仕置きにはならねえかな」

冷二は悠子をからかって、また耳たぶを噛んだ。

悠子はそんなからかいに反発する余裕などもうなかった。指が肛門のなかで回転し、なめらかに出入りするたびに、いやでも泣き声が出てしまう。冷二に襲われて肛門にいたずらされた時のつらさ、恥ずかしさが、まざまざと甦った。思いだすのもおぞましい汚辱の記憶で、それをまた繰りかえされるのだ。

「かんにんして……ああ……」

「これくらいで音をあげててどうする。悦びすぎてまわりに気づかれないよう気をつけるんだな」

冷二は悠子に気づかれないように、ポケットからイチジク浣腸を取りだした。指を引き抜くと同時に差しこむ。

「あ……」

なにをされようとしているのかを知って、悠子の背筋に戦慄が走った。

「やめて……そ、そんなこと、やめて……」

身体中が硬直して総毛立った。浣腸の恐ろしさと恥ずかしさは、すでにいやというほど思い知らされている。それをまた、こんな駅前広場で繰りかえすのか。

「じっとしてるんだぜ、芦川悠子先生。騒いで恥をかくのは先生のほうだからな」

プラスチックの容器が押しつぶされ、チュルチュルと薬液が流入した。

「あああ……いやっ……」

悠子はキリキリと歯を噛みしばった。双臀をブルブルと震わせ、ハンドバッグを持った手で太腿の付け根を押さえた。こんなところで浣腸されて辱しめられるなど信じられない。だが薬液は容赦なく入ってきた。

助けて！……こんなことをされるくらいなら、いっそ死んでしまいたい……。

そう思っても悠子はなにもすることができなかった。助けを求めることも逃げることもできず、唇を噛みしばって必死に声を出すまいとする。

押しつぶされた容器が引き抜かれ、また冷二の指が深く貫いてきた。

「許して……」

「まだだ。じっくりと浣腸を味わわせてやるからな、芦川悠子先生」

冷二はゆっくりと指をまわし、抽送した。熱い粘膜が指をくい締め、奥にはとろけるような腸腔が展けている。

「こうやると薬がよく腸にしみこんで、ズンとよくなるだろうが」

「しないで……いやですっ！」

「いやか、そいつはいいや。まだまだはじまったばかりだぜ」

さんざん悠子の肛門を指でこねくりまわしてから、冷二は再びイチジク浣腸を差しこんで、ゆっくり押しつぶしはじめる。

「ほうれ、二個目だぜ」

「そんな……あ、あむ……」

悲鳴をあげかけて、悠子はあわてて歯を噛みしばった。その歯もガチガチ鳴り、目の前が暗くなる。

チュルチュルと入ってくる感覚に、悠子は総毛立った。腰も膝もハイヒールもガクガクとして、生汗が背筋を流れた。

恋人や友人と待ち合わせているのだろう、悠子のすぐ近くにも大勢の男たちがいて、あたりを見まわしている。悠子に気づくと、その美しさに驚いたように、たいていの男の目が吸い寄せられた。悠子のただならぬ気配に気づいても、まさかスカートの後ろをまくられ、浣腸されているとは夢にも思わない。

ああ、やめて……人に、人に気づかれてしまいます。かんにんして……。

悠子は必死に平静を装った。まわりから見られていると思うと、声も出せなくなる。

「みんなが先生を見てるぜ」

冷二は悠子の耳もとで意地悪く囁いて、せせら笑った。押しつぶしてすっかり薬液を注入してしまうと、冷二はまた指で悠子の肛門を深く縫った。肛門をこねくりまわすように弄ぶ。

「どうだ、気持ちいいだろう」

「許して……もうやめて」

悠子はすがるように冷二を見て哀願したが、言葉にならない。

「三個目だぜ、芦川悠子先生。どんどん呑ませてやるからな」

「あ……あむ……」

悠子はキリキリと唇を噛み、背筋をワナワナと震わせた。薬液が入ってくるおぞましさに、いくらこらえようとしてもひとりでに腰がよじれてしまう。

「そんなに腰を動かすと、浣腸されてるのがみんなにわかってしまうぜ」

「あ……」

悠子は必死に下半身をこわばらせた。男たちの何人かが悠子のただならぬ気配に気づき、好奇の目を向けてくる。いっそ死んでしまいたいほどだ。必死に太腿の付け根を押さえるハンドバッグを持つ手も、ブルブルと震えた。

「いい呑みっぷりだぜ、芦川悠子先生。こりゃどんどん入りそうだな」

冷二は悠子の耳もとで囁いて、また耳たぶを噛んだ。

イチジク浣腸が押しつぶされると、冷二の指で肛門をこねくりまわされ、また浣腸されることが繰りかえされた。

「フフフ、ほうれ、七個目だ」

「お願い。もう許して……入れないでェ」

悠子はあえぐように言った。あたりに聞こえはしないかと、消え入るような声だ。

薬液はジワジワと悠子の直腸を満たし、肛門の粘膜と腸襞を刺激して、重苦しい圧迫感を生みはじめた。背筋に悪寒が走り、生汗が噴きでる。それが次第に便意を呼びはじめるのが、いっそう恐ろしかった。

「こ、これで許して……」

「イチジク浣腸七個ぐらいじゃ仕置きにならねえだろうが。漏らさねえように、尻の穴をしっかり締めてろよ」

冷二は悠子の肛門に深く埋めこんだ指をゆっくり抽送させながら言った。きつく締めつけてくる括約筋に、指がくい千切られそうだ。そして腸腔は灼けるように熱い。妖しく蠢く腸襞に、悠子の便意が次第にふくれあがっていく。

冷二はさらにイチジク浣腸を八個目、九個目と使っていく。

グルル……と悠子の腹部が鳴った。同時に悠子の身体が小さく震えだし、歯がカチカチ鳴った。

「う、う……」

真っ赤だった悠子の美貌が次第に血の気を失って蒼ざめていく。

「も、もう駄目……許して……」

「なにが駄目なんだ。浣腸を一個

してはこうやって指で栓をしてやってんだから、大丈夫なはずだぜ」

「うう……」

肛門を貫いた指が蠢くたびに、かえって便意はふくれあがる。悠子はもう一人では立っていられない。冷二の胸に身体をあずけた。歯を噛みしばっては、唇を震わせてあえぎうめき、また噛みしばる。

「仕置きを許して欲しいなら、ちゃんと牝らしく詫びを入れな、芦川悠子先生」

冷二は悠子の耳もとでボソボソと囁いた。

「そ、そんな……」

「言えねえなら、浣腸をつづけるだけだぜ」

冷二が十個目の浣腸をしかけていくと、悠子はキリキリと唇を噛みしめ、冷二の腕のなかでワナワナと震えだした。たてつづけに十一個目を挿入しようとすると、

「待って……言いますから……」

「じゃあ、さっさと言えよ」

冷二はかまわずイチジク浣腸を差しこみ、薬液を注入していく。チュルチュルと薬液が流れこんで、すぐに次のイチジク浣腸がとってかわった。

「ああ……待って……」

もうためらっていることは、悠子には許されなかった。

「あ、芦川悠子は……牝です……もう、二度とパンティは、はきません……いつも、ノーパンでいます」

悠子はすすり泣き、消え入るように言った。

それが聞こえたのか、何人かの男が驚いたような目で悠子を見た。だが、それを気にする余裕は悠子にはなかった。

「あ……あむむ……」

イチジク浣腸が押しつぶされて流れこんでくる薬液に、唇を嚙みしばってうめきのけぞった。

3

肛門を指で縫われたまま並木路を歩かされ、ようやく冷二の車のところまで戻ってきた時には、悠子は息も絶えだえだった。

冷二にすがりついていないと、一人で立っていることもできない。それが道行く人には夕闇に寄りそうアベックに見え、あやしむ者などいなかった。

「どうだ、スリルがあって面白かっただろうが」

冷二は悠子の首筋に唇を這わせながらせせら笑った。

「ずいぶんと気持ちよさそうだったぜ、芦川悠子先生」

そんなからかいを気にするゆとりは悠子にはなかった。もう声を出すのもつらいほど便意が押し寄せ、じっとしていられない。

ああ、どうしよう……。

この前みたいにトイレに行くことも許されず、冷二の前で排泄させられるのだろうか。そう思っただけでも、気が遠くなる。

悠子は歯を噛み鳴らしつつ、身体の震えをとめようと必死になった。だがいくらこらえようとしても、悪寒が総身をかけまわりだした。

「許して……ああ、おトイレに……」

あえぐように言って、悠子は冷二に哀願の目を向けた。

「まだだ。イチジク浣腸十二本ぐらいで音をあげるな」

肛門を深く貫いている指でさらにえぐられて、悠子は目がくらんだ。

冷二は車に乗ろうとはせず、さらに並木路を歩いて悠子の小学校の前まで行った。

校庭へ入ると、学校は人影がなく不気味なまでに静まりかえっていた。

「ああ……こ、こんなところで、なにをしようというの!?」

新たなおびえが悠子を襲った。

「前から一度、美人教師を学校で嬲ってみてえと思ってたんだ」

「そんな、いやっ！　ここではいやです！　かんにんして……」

悠子は泣きださんばかりに頭を振った。こんなところで嬲られているのを、当直の教師にでも見られたら……。

「お願い、学校ではいやっ……当直の先生がいるんです」

「それじゃなおさら、スリルがあって面白いじゃねえかよ、芦川悠子先生」

冷二は強引に悠子を歩かせ、校庭を横切って朝礼を行なう大きな台の前へ進んだ。

そして台にあがると、悠子の肛門を縫った指で身体をいっそう抱き寄せ、首筋に唇を這わせた。そうやってもう一方の手で悠子のワンピースの背中のファスナーを引きさげ、脱がしにかかる。

「朝礼台の上で裸に剝かれていく気分はどうだい。これで生徒たちが整列してりゃ、最高なんだがな」

「やめて！……ああ、こんなところで裸になるなんて、いやっ……いやです！」

「おとなしく脱がねえと、引き裂くぞ。そうなりゃ、帰りは裸で帰るしかねえぜ」

「そ、そんな……」

悠子の身体から力が抜けたのをいいことに、冷二は素早くワンピースを脱がせ、スリップを剝ぎ、ブラジャーをむしり取った。あとはハイヒールをはいただけの悠子の全裸が、月明かりのなかにボウーと白く妖しく浮かびあがる。

「ああ……」

あわてて裸身を隠そうとうずくまろうとするのを引き起こし、冷二は悠子の両手を背中へ捻じあげた。素早く縄を取りだして縛り、縄尻を乳房の上下にも巻きつけて絞りあげた。

「いやっ……縛られるのはいやっ……許して……ああ、やめてください」

身を揉んで抗おうとしても、荒々しい便意に苛まれている悠子は、思うように動くことができなかった。後ろ手に縛られて朝礼台の上にひざまずかされ、上体を前に倒される。いやでも双臀を高くもたげさせられた。

「いい格好だぜ、芦川悠子先生。美人教師が牝の本性を現わしたってところだ。みんなに見せてやりてえよ」

冷二は悠子をからかいながら双臀をつかんで押さえつけ、また指で肛門をいびりはじめた。深く埋めこんだ指で腸襞をまさぐり、こねるようにゆっくり抽送する。奥に荒々しい便意がひしめき合っているようだ。

「あ、あ……やめて！　ああ……」

悠子は泣き声をあげた。必死に引き締める肛門をいじられることで、便意はいっそう荒れ狂い、脂汗がドッと噴きでた。

「や、やめて！……ああ、もう我慢できない……お、おトイレに！……」

「甘ったれたこと言ってんじゃねえよ。まだ出すなよ、芦川悠子先生」

「ああ……で、出ちゃう」

悠子は泣きながら腰をよじった。

「牝らしいぜ。出ちゃうと泣く先生の姿はよ」

冷二が後ろから覗きこんだ悠子の美貌は、月明かりのなかに汗を光らせて眦をひきつらせ、唇を噛みしばって、襲いかかる便意に鳥肌立っていた。

「色っぽい顔しやがって。漏らしたら、うんときつい仕置きにかけるからな」

冷二は悠子の肛門を指でえぐりつつ、もう一方の手を下腹のほうからもぐりこませ、媚肉の合わせ目に這わせた。肉層に指先を分け入らせ、ゆっくりとまさぐる。じっとりと柔肉が灼けるようだったが、濡れているというほどではなかった。

「いやっ……ああ、やめて！」

「ほれ、気分を出してオマ×コをとろけさせろよ」

「ゆ、許して……」

便意に苛まれる身体に、さらにあくどいいたぶりを受けるみじめさに、悠子はこらえきれず泣きだした。

「だ、駄目……漏れちゃう……おトイレに行かせて」

「出すのはオマ×コで気分出してからだ」

冷二は媚肉をまさぐる指で、その頂点の女芯の肉芽をいじった。包皮をグイと剝きあげて、肉芽をこすりあげるようにしてしごき、つまみあげる。

「あ、あ、そんな……いやあ！」

ビクッと悠子の腰が震え、こわばったかと思うと、泣き声が噴きこぼれた。

「そんな声を出すと、当直室まで聞こえちまうぜ、芦川悠子先生」

「いやっ……」

悠子はあわてて唇を嚙みしばった。

冷二はゲラゲラと笑いながら、執拗に悠子の肛門を指でこねくりまわし、女芯の肉芽をいびりつづけた。肉芽は赤く充血して次第にヒクヒクと屹立していくのが、冷二の指先にわかった。そして便意はいよいよ耐える限界に迫ってきた。

悠子は歯を嚙みしばったまま、高くもたげさせられた双臀をうねらせて泣いた。

「お、おトイレに……」

ワナワナと震え、声を出せば漏れてしまいそうだった。もう極限まで迫った便意に、今にも気を失いそうで目の前が暗くなる。

「ああ、出ちゃう……出るう……」

悠子の声がひきつった。そして肛門が痙攣するのが、冷二の指にもはっきりとわかった。

「ここらが限界か。朝礼台の上から校庭にひりだそうってんだから、たいした先生だぜ」

「ああ……ああっ……」

悠子はもう冷二のからかいも聞こえなかった。肛門の指を引き抜かれると同時に、抑えきれない便意が出口を求めてドッとかけくだった。悠子の肛門が内から盛りあがるようにして、激しくほとばしる。

「激しいな、芦川悠子先生。こりゃ明日の朝、朝礼台を見た先公や生徒たちはびっくりするだろうぜ」

冷二はからかいながら、さらに媚肉をまさぐる手で女芯の肉芽をいびりつづける。排泄の痙攣が肉芽をいじる冷二の指にまで、生々しく伝わった。

「どんどん出てくるじゃねえか。気持ちよさそうにしやがって、牝丸出しってところだな、芦川悠子先生」

冷二がからかっても、悠子には聞こえないようだ。バッグのなかからグロテスクな張型を取りだしたのも、気づいていない。

張型のスイッチを入れると、ジーッという不気味な電動音とともに、張型の頭がくねって振動をはじめた。それを悠子の媚肉のひろがりにそって這わせると、ゆっくりと分け入らせていく。

「あ、あ……そんな……」

なにをされるのか知って、悠子は悲鳴をあげた。排泄している途中に、張型で肉の最奥をいたぶられるなど、信じられない。

「やめて！　ああ、こんな時に……いやっ、いやです！」

「もっと牝らしくして、気持ちよくしてやろうというんじゃねえか」

冷二は張型をジワジワと埋めこんだ。そのたびに悠子の腰がこわばり、排泄が途切れてはまたドッと噴きこぼれた。

「い、いやあ……う、うむ……」

不気味に入ってくる異物に、悠子は引き裂かれるような痛みを感じた。それが肉襞を巻きこみ、淫らな振動でこねくりまわす。

冷二は張型をできるだけ深く埋めた。ズシッという感じで、先端が子宮口に達した。

「あ、あ……ああ、いやっ」

悠子は思わず白目を剝いて、顔をのけぞらせた。淫らな振動に子宮まで揺さぶられるようで、身体の芯がひきつるように収縮した。

「ああ……あああ、こんなことって……」

悠子の排泄が途切れてはドッと噴きこぼし、また途切れた。身体の芯が収縮を繰りかえすごとに肛門も引き締まり、フッと弛緩する。その繰りかえしのなかで、悠子は

ただ泣くしか術はなかった。

ああ、ひどすぎる。こんなことをされるくらいなら、いっそ死んでしまいたい……。

そう思う心さえうつろになっていく。子宮口を揺さぶる振動と排泄の解放感に呑みこまれていくのだ。それはいつしか妖しい肉の疼きとなって、いっそう悠子を悩乱させた。

「どうだ、芦川悠子先生。ウンチをひりだすのが、また一段と楽しくなっただろ。うんと楽しみな」

冷二は悠子が張型をしっかりと咥えこんで、あさましく排泄していくさまを見ながら、ゲラゲラと笑った。

「かんにんして……ああ、許してェ」

悠子は顔をのけぞらせたまま、喉を絞った。

「いい声で泣くじゃねえか。いくら気持ちいいからって、本当に当直室まで聞こえちまうぜ。少しはこらえねえか」

「ああ……やめて、ああ……」

「こらえ性のねえ牝だぜ」

冷二は悠子の双臀をバシッ、バシッとてのひらではたいた。当直の教師に気づかれてもかまわない。見つかったら見つかったで、悠子を佐知子のように興竜会の瀬島にあずければいいだけのことだ。今はただ思いっきり悠子を責め嬲りたかった。

「出せ、もっと出すんだ。ほれ、気分を出さねえかよ」

冷二はまたゲラゲラと笑った。

その顔は嗜虐の欲情の昂りに鬼のようになって、月明かりのなかに不気味に浮かびあがっていた。

4

悠子がすっかり絞りきって肛門をヒクヒク蠢かすだけになっても、冷二は張型のバイブレーターをとめようとはしなかった。

「ああ、もうとめて……」

グッタリとする余裕すらなく、悠子はすすり泣いて哀願した。

「牝は気分を出してよがることだけ考えてりゃいいんだよ」

冷二は悠子を抱き起こすと、張型をそのままに歩かせて朝礼台からおろした。

「張型を落とさねえように、しっかりと咥えてろよ、芦川悠子先生」

「あ、いやっ……ああ、取ってェ……もう、取ってください」

「落としたらもっときついお仕置きだぜ」

冷二は悠子の腰に手をまわして抱き、双臀をバシバシはたいて追いたて、強引に歩かせた。校舎へ向かう。

「ああ、かんにんして……」

悠子は何度もフラついて、足がガクガクと崩れそうになった。そのたびに引き起こされ、双臀を鋭く打たれた。バイブの振動とうねりに子宮口が揺さぶられ、そして足を進ませるたびに張型が悠子のなかで微妙に位置を変え、腰から下の力が抜けそうになる。

「もう、とめて……お願い。はずしてください」

「ガタガタ言わねえで歩け。先生の教室はどこなんだ。案内しねえか」

「許して……」

悠子は今にも絶え入るような息づかいになりながら、一歩また一歩とハイヒールの足を進まされた。

気が遠くなるほどおぞましいはずなのに、次第にとろけるような肉の快美がふくれあがってくるのを、悠子は恐ろしいもののように感じた。

こんな……ああ、駄目……こんなことって、いけない……。

こみあげてくるものを振り払うように、悠子は黒髪を振りたくった。だが、いけないと思えば思うほど、身体中の神経が淫らな振動に集中した。身体の奥底が熱く疼き、ドロドロととろけていく。

「ああ……」

痙攣のさざ波が背筋を走り、立っているのが切なくなるほどだ。

ようやく悠子が担任している三年二組の教室へ入った時は、悠子は汗がヌラヌラと光る裸身を冷二にあずけ、ハアハアと息も絶えだえにあえいでいた。

「いつもはここで教えてるってわけか、芦川悠子先生」

教室のなかは月明かりが射しこむだけで薄暗く静まりかえっていた。人影がまったくないだけに、夜の学校というのは不気味なものだ。それでも教室の壁には生徒たちの絵やかざりつけがされて、いかにも小学校らしかった。

「今夜は女の身体についてのお勉強だぜ、芦川悠子先生」

冷二は悠子を教壇の上へあがらせると、教師用の机の上にのせた。あお向けに横たえ、両脚を大きく開かせて膝を立たせる。正面から見ると、悠子の両脚がM字型に開ききる格好である。

「ああ、こんな格好、いやっ……かんにんして」

悠子は机からはみでてのけぞった頭を振って泣き声をあげた。

「そのままでいろよ。きついお仕置きをされたくなかったらな」

冷二は悠子の黒髪をつかんでしごき、ドスの利いた声で脅してから、太いロウソクを一本取りだして火をつけた。そのロウソクの明かりで開ききった悠子の股間を照らしだして覗きこむ。

長大な張型が悠子の媚肉に深々と埋めこまれ、ジーッと淫らに振動している。ぴっちりと咥えこまされたあわいからジクジクと蜜をにじませている。剝きだしの肉芽も充血して尖り、今にも血を噴きださんばかりだ。そしてそのわずか下、悠子の肛門は、浣腸と排泄のあとも生々しく腫れぼったくふくれ、まだおびえているかのように腸襞をのぞかせてヒクヒク震えていた。

「オマ×コの熟れ具合はどんなものかな」

冷二はバイブのスイッチを切り、ゆっくりと張型を引き抜いた。張型はべっとりとしとどの蜜にまみれて濡れ光り、今にも湯気が立ちそうだ。

「こりゃすげえや。さぞかしオマ×コは……」

「ああ、いやあ！」

くい入るように覗きこまれて、悠子は悲鳴をあげた。

「オマ×コもびっしょりじゃねえか。ちょうど食べ頃ってところだな」

冷二は媚肉をまさぐりつつせせら笑った。まさぐる間にも蜜がジクジクと溢れて灼けるようだ。妖しい女の匂いに酔いしれるほどだった。

「気どりやがって。いやいやと口で言いながら、オマ×コはこんなにとろけさせてたわけかい、芦川悠子先生」

「言わないで……ああ！」

恥ずかしい反応を知られてしまい、悠子はみじめに泣いた。もう灼けるように熱を孕んだ媚肉に、冷たい夜の外気と冷二の視線が突き刺さる。

「さて、お勉強といくか。先生、これはなんと言うんだい」

冷二はうれしそうに笑うと、媚肉をなぞる指で女芯の肉芽をピンと弾いた。

悠子はのけぞった。

「聞こえなかったのか。これはなにかと聞いたんだぞ」

「………」

悠子は唇を噛んで、声もなく頭を振った。縄に絞りこまれた乳房が、激しく波打った。

「ほれ、クリトリスと言ってみろ」

「い、いやっ……」

「こんなことも教えられねえで、よく先生がつとまるな。言わなきゃ、ロウソクを使うことになるぜ」

冷二は悠子の下腹の上でロウソクをかざしてみせた。赤い炎がゆらゆらと揺れて、いっぱいに溜まった熱ロウが今にも垂れそうだ。

「そ、そんな……いやっ……いやです」

悠子はおびえた。もし熱ロウが垂れたら……。悠子の股間は開ききっている。

「ああ、やめて!……こ、怖い……」

「早いとこ言わねえと、ポタポタ垂れちまうぞ」

「ああ……ク、クリトリス……」

悠子は唇を震わせて言った。言ってから首筋まで真っ赤にする。

「ちゃんと言えよ。先生らしく誰々のなにと、はっきりな」

「悠子の……悠子のク……クリトリスです……ああ……」

そう言って悠子は泣き声をあげた。

一度口にしてしまうと、悠子のなかでなにかが崩れ落ちた。あとは冷二に命じられるがままだ。

「これはなんと言うんだ?」

冷二はゆっくりと指をすべらせた。

「悠子の……お、おしっこの出る穴です……ああ、そんなに触らないで……」

「なるほど、こいつが女の小便の出る穴ってわけか。それじゃここはなんだ」

冷二はわざとネチネチと聞いた。悠子の口からはっきり言わせて楽しんでいる。

悠子は弱々しく頭を振った。唇がワナワナと震える。

「……悠子の……膣……です」

泣きながら震える声で言った。

「こんなに濡れてヒクヒクしてるじゃねえか。太いのを入れて欲しそうだぜ」

「嘘です！……ああ、そんなこと、して欲しくありません！」

「でも、膣ってのは、男を咥えこむ穴だろ、芦川悠子先生。こんなに濡れてるのは、入れて欲しい証拠だぜ」

冷二はわざとらしく言って、悠子に見せつけるようにズボンの前から肉棒をつかみだし、揺すってみせた。冷二の肉棒はもう、天を突かんばかりのたくましさで、反りかえって脈打っていた。

「いやあ！　それは……かんにんして！」

「俺の生身じゃいやだってのか。となりゃ、なにを入れて欲しい。はっきりと先生の口からおねだりしねえと、わからねえぜ」

冷二は意地悪く言った。悠子を犯すとはじめから決めているくせに、すんなり犯っては面白くないと遊んでいる。悠子はいやいやと黒髪を振りたくって泣いている。それをニヤニヤと眺めながら、冷二はわざとらしく考えるふりをした。

「そうか、気がつかなかったぜ。先生のリクエストはこのロウソクってわけか」

冷二は意地悪く言ってニタッと笑うと、火のついた太いロウソクを根元のほうから悠子の媚肉に埋めこみにかかった。

「ああっ、いや！　いやっ！……そんなこといやです！」

悠子は戦慄の悲鳴をあげた。

「おとなしくしろ。暴れるとオマ×コが火傷するぜ」

「あ、あ……怖い……許して……」

悠子は恐怖に動くこともできなくなった。それでなくても後ろ手に縛られ、狭い机の上にあお向けで身体をのせられているのだ。頭は机からはみでてのけぞり、M字の両脚も机にのせているのがやっとだ。

「こ、怖い……やめて……」

「怖がってるわりには、しっかり咥えこんだじゃねえか。いい眺めだぜ」

冷二はニヤニヤと笑い、まぶしいものでも見るように目を細めて悠子を見た。

悠子の媚肉にしっかりとロウソクが突き立てられ、妖しく炎を揺らした。その炎が悠子の股間から内腿、そして腹部から乳房へと照らしだして、悩ましい曲線の明暗をさまざまにつくりあげる。それが幻想的なまでの光景を浮かびあがらせて、冷二をゾクゾクさせた。

「ロウソクをオマ×コに咥えこんで、よく似合うじゃねえかよ、芦川悠子先生」

「許して……ああ、怖いっ、怖い……お願い、取ってェ」

「そうはいかねえよ。取って欲しいなら、かわりにこいつをおねだりするしかねえようだぜ」

　冷二はまた肉棒を振って、ゲラゲラ笑った。あとは悠子が音をあげるのを待っていればよかった。それは時間の問題だ。

「もう、許して……」

　悠子は泣きながら、机からのけぞらせた顔をグラグラと揺らしている。あえぎ波打つ裸身は、油でも塗ったように汗でヌラヌラと光って、今にもロウソクの炎に燃えあがりそうだ。悠子があえぐたびに、玉の汗がツーッと白い肌をすべり落ちて机の上を濡らした。

「あと十分もすりゃ、面白いこと

になるぜ。オマ×コがそろそろ熱くなりだすだろうからな」

「いやっ……取ってください！」

「どうすりゃ取ってもらえるか、わかってるはずだぜ。芦川悠子先生」

「ああ……」

悠子は頭を振った。どのみち犯されるとわかっていても、こんなけだものに凌辱されることを自ら求めるなどできない。だがそれも、ロウソクの炎の恐怖には勝てなかった。

「お願い、取ってェ……言われた通りにしますから……」

悠子は泣きながら口走った。

「言われた通りにするんじゃねえよ。先生が自分からされたいと思ってることを、おねだりするんだ」

「ああ……し、してください……」

「なにをだ。悠子のオマ×コを俺の太いので串刺しにされたいと、はっきり言え」

冷二は悠子の内腿から下腹、そしてロウソクを埋めこまれた媚肉の周辺に指を這わせつつ、意地悪く囁いた。

「そんな……そんなこと、言えない……ああ、恥ずかしい……」

「言えなきゃこのままだ。ロウソクで楽しむんだな。オマ×コのバーベキューをな」

屈服した。

「ああ……」

悠子の唇がワナワナと震えた。そして悠子は屈服した。

「……悠子の……悠子の……」

悠子はもう固く目をつぶり、汗まみれの裸身をブルブル震わせ、屈服の言葉を口にしたのである。

「……オ、オマ×コを……冷二さんの太いので……串刺しにして……」

言い終わると、あとは泣きじゃくるばかりだった。

ついに屈服の言葉を悠子に言わせ、冷二は愉快でならない。

「それじゃ先生の希望をかなえて、オマ×コを串刺しにしてやるか」

冷二は舌なめずりをすると、ロウソクをようやく引き抜いた。

恐怖におびえていたにもかかわらず、悠子はしとどに濡れたぎっていた。媚肉はロウソクを引き抜いても生々しく花開いたままで、女芯の肉芽もヒクヒクと脈打っている。

「生徒にセックスを教えるつもりで、思いっきり燃えろよ、芦川悠子先生」

「…………」

悠子は固く両目を閉じて唇を噛みしめ、もう観念したようになにも言わない。

冷二はM字に開いた悠子の両脚の前に立つと、足首をつかんで左右の肩へのせあげた。上から覆いかぶさるようにして、悠子の両膝を乳房のほうへ折り曲げ、腰を寄せた。

　肉襞も露わにくっきりひろがった肉の花園に、たくましい肉棒の先端をこすりつけた。

「あ……ああ……」

　観念していても、思わず悠子の口から泣き声がこぼれた。

「できるだけ深く入れてやるからな。いい声で泣くんだぜ。なあに当直が来たってかまやしねえよ」

「あ……あむっ……」

　ジワジワと入ってくる灼熱に、悠子は苦悶の表情をさらして、逃れようとずりあがった。それを引き戻されて、悠子は喉を絞った。熱くたぎっているのに引き裂かれるようだ。

「裂けちゃう……ひっ、ひっ、許して！」

「この前さんざん咥えこんだくせに、裂けるとはオーバーだぜ」

　冷二は泣き顔をのけぞらせて悩乱する悠子を見おろしながら、さらにジワジワと腰を沈めていった。

　悲鳴をあげながらも、悠子の媚肉は冷二の肉棒を待ちかねていたように絡みつき、熱く包みこんでくる。とろけるようできつい肉の収縮が冷二をくるみ、肉襞が妖しくざわめいた。

先端が悠子の子宮口に達すると、冷二はその肉環をなぞるようにして、子宮を押しあげてやった。

「ひいっ！……」

悠子はひときわ生々しい声をあげ、激しくのけぞった。

「どうだ、深くつながっただろうが」

冷二が覗きこんだ悠子の美貌は、火のように火照っている。必死に唇を噛みしばり、だがそれもすぐにゆるんでハアハアとあえぎ、また唇を噛みしめる。

「なんとか言ったらどうだ。先生の望み通りに串刺しにしてやったんだぜ」

「許して……」

悠子はそう言うのがやっとだった。冷二が突きあげてくるたびに肉が軋み、子宮が押しあげられる。

「ほれ、芦川悠子先生、自分からリードしねえか。これじゃセックスのお勉強にならねえぜ」

冷二はリズミカルに腰を揺すりながらせせら笑った。

悠子の返事はなく、泣きながら頭を振りたてるばかりだ。ふくれあがる肉の快美に必死に耐えているようであり、また恥ずかしさとつらさ、快美がないまじって、わけがわからない状態に追いこまれているようでもあった。

「気持ちいいとか、もっととか、先生のほうからリードして尻を振ってみせなよ」

「ああ、いやっ……」

「そうかい。先生がその気なら、この前とはちょいと違う方法で犯ってやるからな。せいぜい、いい声で泣いてくれよ」

冷二は悠子の両脚を左右の肩にかついで責めたてながら、またロウソクを手に取った。炎が揺らめき、その根元に熱ロウがたっぷりと溢れる。それを悠子の上でそっと傾ける。

ポタポタと熱ロウが悠子の乳房に垂れた。

「ひっ、ひいっ！」

まったく予期しなかった熱ロウに、悠子の身体がビクンとはねて、悲鳴が噴きあがる。

その瞬間、深く突きあげた肉棒がキリキリくい締められて、冷二もまたうなり声をあげた。ちょっとでも油断すると、ドッと精を放ってしまいそうだ。

「こりゃたまらねえや。くい千切られそうだぜ。一段と味がよくなりやがる」

冷二はうなるように言って、またロウソクを傾けた。

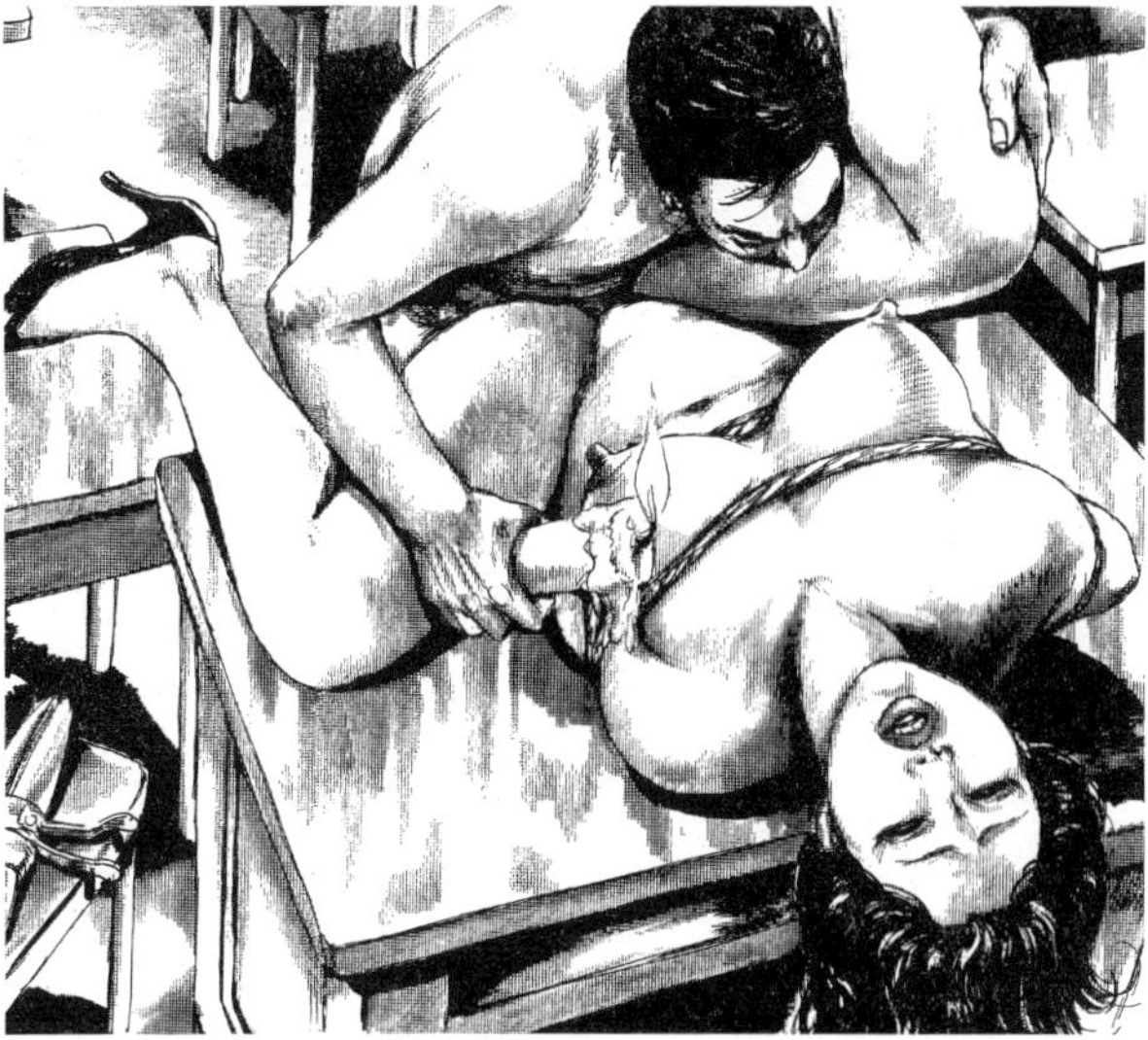

「ひ、ひぃーっ！……熱いっ……ひっ！……」

「ほうれ、もっと泣け。もっと悶えろ。たっぷりのロウソクで可愛がってやるからな、芦川悠子先生」

「ひいっ！……ひっ、いやあ！」

　左の乳房に、次には右の乳房、そしてまた左と熱ロウはポタポタと垂れつづける。その熱さにとてもじっとしていられず、悠子は乳房を打ち振り、のたうたせて悶えた。

　熱ロウが垂れるたびに悲鳴をあげ、はじけるようにのけぞって喉を絞る。同時に冷二はきつい収縮を味わって、悠子を犯している妖しい肉の感触に酔いしれる。

冷二を酔わせるのは、それだけではなかった。薄暗い教室のなかでロウソクの炎に照らしだされる女体の身悶えが、異様なまでの幻想的な地獄図を浮かびあがらせ、冷二の嗜虐の欲情をメラメラと燃えあがらせた。

「おっぱいばかり責められると思ったら甘いぜ、芦川悠子先生」

冷二はロウソクをずらし、また熱ロウを垂らした。悠子の腹部から下腹にかけ、ロウの白いシミをつくっていく。

「ひっ！……あああっ、許して……」

「まだまだ、こうやってロウソクで責められながら、気をやるんだよ、先生」

ポタポタと熱ロウが悠子の下腹を襲う。

「あ、あっ……ひいっ！」

「そうだ、泣け、わめけ。のたうつんだ！」

冷二もまたうめきつつ叫んだ。

悠子の白い肌がロウで白く覆われていくと、冷二はそれを一度払い落として肌を剥きだしてから、また熱ロウを垂らすという執拗さだ。しかもその間、冷二は休まず悠子の肉奥を突きあげつづけた。

「ああ……ああっ……」

悠子はもう半狂乱で泣き、わめき、悲鳴をあげた。

「あ、あああ！」

ひときわ悠子がのけぞった。腰が浮きあがるような動きを見せ、突きあげてくるものをキリキリ締めつけつつ、ブルブルと震えた。

「なんだ、もうイクのか。よしよし、何度でも気をやらせてやるぜ」

「か、かんにんして……」

泣き叫ぶのもかまわず、悠子にとどめを刺すように深くえぐり、乳房に熱ロウを垂らしてやった。

「ひいーっ！」

ガクガクと腰をはねあげ、肩にかつがれた両脚を激しく突っぱらせて、悠子は総身を痙攣させた。

きつい収縮が冷二を襲い、さすがの冷二も必死にこらえた。

「すげえ。こりゃきついぜ」

ガクッと悠子の身体から力が抜け、余韻の痙攣のなかに沈んだ。あとは乳房から腹部にかけて、ハアハアと波打たせるばかり。

「イク時はちゃんと口で言って教えなきゃ駄目じゃねえか。自分ばかり楽しんでると、先生失格だぜ」

そんなことを言いながら、冷二は悠子を休ませようとしない。肉の最奥を深々と貫いたまま、肩にかついでいた両脚をひとまとめにして左へ倒していく。結合部を軸に悠子の身体をあお向けからうつ伏せへと回転させていくのだ。

悠子の身体は机の前に立って上体を伏せ、後ろから冷二に双臀を抱きこまれている姿勢へと変わった。

「あ、あ……い、いやあ……」

グッタリしている余裕もなく、悠子は自分のなかで肉棒が回転する感覚に泣き声をあげてずりあがった。

「も、もういや……かんにんして！」

「やめて！」

「何度でも気をやらせてやると言っただろ、芦川悠子先生」

狼狽してもがく間もなく、冷二が後ろからグイグイと突きあげてきた。

「今度は尻だぜ」

そう言うなり、熱ロウがポタポタと悠子の双臀に落ちた。

「ひいい！」

悠子はビクンと上体をのけぞらせ、汗まみれの美貌をひきつらせて喉を絞った。

「やめて、それはいやっ！……熱いからいやです！……ひいっ！」

「色っぽいぜ、先生。それにクイクイ締めつけてきやがる」

冷二はさらに悠子の双臀に熱ロウを垂らした。そのたびに臀丘がビクンと震え、キュッと肉が引き締まるのが悩ましい。後ろ手に縛られた手が、ロウソクをふせごうとするかのように開いて蠢いた。

「ほれ、ほれ、尻にロウを垂らされるのは、また格別だろうが」

「ひっ、ひっ……熱いからやめて！」

「もっと素直に悦んでみろよ。気持ちよくってたまらねえはずだぜ」

「ひっ、ひいっ！」

冷二が突きあげなくても、熱ロウにあやつられるように悠子の双臀がはね、躍り、うねった。そして臀丘が引き締まるのに連動して、肉奥がキリキリと冷二をくい締めて、さらに吸いこまれる。

「すげえぜ。これじゃ並みの野郎ならひとたまりもなくダウンだな」

冷二はそう言いながら、次第にこらえきれなくなった。

だがその前に、悠子のほうが先に官能の渦に呑みこまれた。ブルブルと裸身に痙攣を走らせて、ガクガクのけぞったかと思うと、

「あぁっ……ま、また……う、うむ！」

声にならない声を絞りだして、悠子はキリキリと総身を揉み絞った。また絶頂へ昇

りつめたというよりも、一度昇りつめた絶頂感が持続するようだ。

そのきつい収縮に、今度こそ冷二は耐えられなかった。獣のように吠えて最後のひと突きを与えると、抑えに抑えた精を一気に放った。

「ひっ、ひぃーっ！」

灼けるような白濁の精を感じとって、悠子はもう一度ガクンガクンとのけぞり、喉を絞った。そしてそのまま意識がスーと吸いこまれるように、目の前が白くなった。

「なんて味してやがるんだ」

冷二はフウーッと大きく息を吐いた。思わず溜め息が出るほどの快美な肉の感触だった。女を犯しながらのロウソク責めが、こんなにもいい味を出すとは思ってもみなかった。

くい千切らんばかりに締めつけてきてはフッとゆるみ、またキリキリと収縮する肉の感触。悲鳴をまじえたあられもない泣き声と、おびえおののきのたうつ女体。白い肌に咲く熱ロウの花。すべてが冷二の嗜虐の欲情をかきたてるのに充分だった。

「フフフ、こりゃクセになりそうだな」

冷二は呟いてニヤニヤと笑った。

悠子は机の上に上体をのせたまま、グッタリと気を失っていた。それでも汗まみれの裸身はあえぎも露わに、まだ余韻の痙攣を走らせている。

さてと、これからどうするか……。

悠子を見つめながら冷二は考えた。

佐知子と同じように興竜会の瀬島のところへ連れていき、牝として監禁してしまうのもいいし、今までみたいに放し飼いにして楽しむのもいい。

5

その頃佐知子は、興竜会の倉庫の地下室で、瀬島たちによって肉の調教にかけられていた。

佐知子は一糸まとわぬ全裸で、両手をひとまとめにして頭上に引きのばされて縄で天井から吊られていた。両脚は大きく開かれて足首を左右から縄で縛られている。そして佐知子は手拭で目隠しをされていた。そのほうが身体中の神経が、いじられる肌に集中するというのだ。

「冷二の奴、まったく上玉を連れてきてくれたもんだ」

「まったくで。へへへ、俺もいろんな女を扱ってきましたが、これほどの上玉はいませんぜ」

佐知子の後ろには瀬島が、そして前には興竜会幹部の渡辺がしゃがみこんでいた。

瀬島の手は佐知子の双臀にのびて肛門を指でまさぐり、渡辺は媚肉の合わせ目をくつろげて肉層をいじる。

「いやっ……ああ、かんにんして……」

佐知子は泣きながら腰をよじりたてた。

「おとなしくしろい！　奥さん」

後ろからもう一人が佐知子の乳房をわしづかみにして、タプタプと揉みこむ。

「ああ……」

佐知子は弱々しく頭を振った。冷二によって幸福の絶頂から性の地獄へと堕とされ、ヤクザに売られたのだという恐怖を、佐知子は思い知らされた。

この地下室へ連れこまれてから、全裸をくまなく写真に撮られ、身体のサイズを測定された。それは佐知子の肉の花園や肛門にまで及んだ。いくら泣き叫んで哀願しても駄目だった。もう号泣も途切れ、今では佐知子もすすり泣くばかりになって、抗いの力は弱々しい。

「ずいぶんと尻の穴がとろけてきたじゃねえか」

瀬島は媚薬クリームを指先にすくい取り、佐知子の肛門に塗りこみながら言った。指がなめらかに出入りを繰りかえす。

「ああ、もういやっ……」

「気持ちよさそうにクイクイ締めつけてきて、もういやもねえもんだぜ」

「かんにんして……ああ……」

佐知子は双臀を震わせて、泣き声をあげた。

「オマ×コのほうもだいぶとろけてきましたぜ、坊っちゃん。お汁がジクジクと溢れて、いい色になってきやがった」

渡辺もまた媚薬クリームを花唇に塗りこみながら言った。

「いやっ、いやです……ああ……」

恐ろしさと嫌悪感とは裏腹に、佐知子は身体中が熱く疼きだすのを感じた。その疼きが肉をとろけさせるのをどうしようもない。目隠しされていることが、意識を股間に集中させて、かえって鋭く感じてしまう。

「オマ×コも尻の穴も敏感な奥さんだぜ。こりゃ調教しがいがあるってもんだ」

瀬島がニヤニヤと笑った。

佐知子の乳房をいじっていた男が、足もとの篭のなかからバナナを取りあげた。

「そろそろ使ってみますか。へへへ」

瀬島と渡辺がニンマリとうなずいた。途中まで皮を剝いたバナナを受け取る。

それを前と後ろからゆっくりと佐知子の膣と肛門とに同時に押し入れはじめた。

「ああ、いやっ!……変なことはやめてください!……い、いやです!」

目隠しをされた佐知子にはバナナは見えない。だがジワジワと不気味に入ってくる異物感に、佐知子は泣き声をあげて頭を振りたてた。

なにを、なにを入れているの!?……

恐怖がふくれあがった。

「い、いやあ!……ひっ、ひいっ!」

のめりこんでくる感覚が、いやおうなく佐知子から悲鳴を絞り取った。しかも押し入ってくるものは薄い粘膜をへだてて、前と後ろとでこすれ合う。

「ほれ、しっかり咥えこまねえかよ」

「オマ×コと尻の穴とで、自分から吸いこむようにして咥えるんだ、奥さん」

瀬島と渡辺はバナナが折れないように少しずつ押し入れていった。

「あ、う、うむ……やめて!……」

深く咥えこまされて、佐知子はもう満足に息もつけない。ハアハアと苦しげに腰を震わせ、黒髪を振りたくる。

男たちはニヤニヤと佐知子を見つめた。美貌の人妻が全裸で前と後ろとにバナナを差しこんだ姿は、それだけでゾクゾクさせられる妖しい眺めだ。佐知子の艶めきがひときわ際立つ。

「よし、オマ×コと尻の穴を思いっきり締めてみな、奥さん」

瀬島がピシッと佐知子の双臀をはたいた。

「ああ、なにをしようというのですか⁉」

「ガタガタ言ってねえで、奥さんはこっちの言う通りにしてりゃいいんだ」

「か、かんにんして……」

佐知子はおびえて唇をワナワナ震わせ、腰をよじった。

「聞こえなかったのか。締めろって言ったんだぜ。世話かけやがると、ヤキを入れるぞ」

乳房をいじっていた男がドスの利いた声を張りあげ、佐知子の黒髪をつかんで乱暴にしごいた。

「ああ……」

強要されるままに佐知子は下半身をこわばらせて、前と後ろとに埋めこまれたバナナをくい締めはじめる。バナナが震えるように蠢いたかと思うと、グチュグチュと押しつぶされていく。

「ひっ……いやあっ！……」

その不気味な感触に、佐知子はあわてて力を抜いた。

瀬島や渡辺がゲラゲラと笑った。

「誰がやめろと言った。つづけろ、奥さん」

「もっと思いっきり力を入れて、スパッといけよな。手抜きすると承知しねえぞ」

またピシッと双臀をはたかれた。

「なにをさせようというの!?……ああ、こんな……こんな……」

埋めこまれているのがバナナとわからない。押しつぶされる不気味な感触が佐知子の不安をふくれあがらせた。

佐知子は唇をキリキリと噛みしめ、再び下半身に力を加えた。だが、おびえと不安とがその力をためらわせる。それでもバナナはさらに押しつぶされるようにして、二つに千切れていく。

「あ、ああ……いやあ……」

最初に千切れて床に落ちたのは、佐知子の肛門のバナナだった。千切れた残りは、ヌルッと腸腔のなかへもぐりこんでしまった。

「ひいっ……」

悲鳴をあげて思わず腰を硬直させた。とたんに、前のバナナも二つに千切れて落ちた。

「ああ、こんな……こんなことって……」

あまりのみじめさに、佐知子は裸身を震わせて泣いた。

瀬島と渡辺は床に落ちたバナナをひろいあげて、その切り口を見ながら、

「これじゃしようがねえな、奥さん」

「手抜きしやがって。思いっきり締めてスパッと切れと言ったはずだぜ」

ピシッ、ピシッと佐知子の双臀をはたいて、ゲラゲラと笑った。

篭からバナナを二本取りだして皮を剝いたのが、また瀬島と渡辺に渡された。

「もう一度だ、奥さん。今度は手抜きするんじゃねえぞ」

「これだけいい身体してるんだ。ちゃんとやりゃできるはずだ」

再び前と後ろからバナナを押し入れはじめた。

「あ、ああ、もういやっ！……あ、あむ……」

また薄い粘膜をへだてて前と後ろとでこすれ合いつつ入ってくる異物に、佐知子は目隠しの美貌をのけぞらせて、ブルブルと震えた。次第に媚薬クリームがその効力を発揮しはじめたのか、佐知子の身体は沈んでくるものにカアッと灼けた。股間が火のようになってむず痒く疼き、バナナに絡みつきつつジクジクと蜜が溢れた。

こ、こんなことって……。

媚薬を使われているとは知らぬ佐知子は、なす術もなく反応してしまう自分の身体の成り行きが信じられない。

「だいぶ気分が出てきたようだな、奥さん。よし、もう一度締めろ」

瀬島はまたピシッと佐知子の双臀をはたいて笑った。

「う、ううっ……」

佐知子は泣きながら下半身をいき張らせた。ジワジワとバナナが押しつぶされる。

「駄目だ。つぶすんでなくて、くい切るんだよ、奥さん」

渡辺が声を荒らげる。どうしても佐知子にためらいがあり、思いっきりくい締められない。

「娘じゃあるまいし、人妻がこれくらいできなくてどうする。気をやる時しか締まらねえようじゃ、どうしようもねえぞ」

「ああ、もういやっ……そんなこと、できない……」

佐知子はキリキリと唇を噛みしめた。ひと思いに張型で責められたほうがまだましだ。

「甘ったれるな。できねえってなら、明日から浣腸ショウに出すぜ」

「浣腸なら別に調教しなくても、奥さんもできるからな」

瀬島と渡辺は佐知子を脅してニタニタと笑った。

「ひいっ……」

佐知子は悲鳴をあげた。大勢の男たちの前で浣腸され、排泄させられるところを見世物にされる。そう思っただけでも気が遠くなりそうだった。

「い、いやっ……そんなことは、かんにんして……ああ、いやです！」

「いやならしっかり締めて、スパッと切ってみせろよ、奥さん」

渡辺はそう言うと、赤く充血して尖っている女芯の肉芽をピンと指で弾いた。佐知子が悲鳴をあげ、ビクビクッと腰をおののかすのもかまわず、肉芽を弾き、こすりあげていびる。

瀬島も佐知子の双臀を撫でまわし、バナナを突き立てた肛門の周辺をまさぐり、時折り活を入れるようにバシッとはたいた。乳房も揉みこみ、乳首をつまんでいじりまわす。

「や、やめて!……ああ、ああ!」

手足の縄をギシギシと軋ませて、佐知子は泣き悶えた。

腰がガクガクと躍り、ひとりでに肉が締まりはじめた。そして、「ひいっ」と声をあげるのと同時に佐知子の腰が硬直し、バナナは二つにくい切られた。

まず肛門から半分になったバナナが落ち、つづいて前からも落ちた。

「だいぶよくなってきたじゃねえか。その調子で今度はくい切ってみろよ、奥さん」

「ああ、いや……もういやです」

「ちゃんとくい切れるようになるまで、今夜は寝させねえぞ」

瀬島と渡辺はゲラゲラと笑った。またバナナを取りあげて、佐知子の前と後ろから押し入れていく。

「あ、ああ、許して……」

「フフフ、こいつを客だと思って締めつけてみろ。ほれ、ほれ」

「ああ……あうう……」

佐知子の腰がひとりでに押し入ってくるものを受け入れ、絡みつこうとうねった。キリキリと唇を噛みしめ、狂おしく黒髪を振りたてる。

しとどの蜜がバナナをくるみ、柔肉がわなないて、さらに吸いこもうと蠢いた。快美の疼きが背筋を走り、腰の震えがとまらない。

「し、して……ああ、ひと思いにして！……お願い！」

佐知子は我れを忘れて叫んだ。押し入れられるだけで、加えられぬ抽送が焦れったく、いっそう佐知子を狂わせた。

「し、して……もっと……」

佐知子は自分から腰を揺すりつつ、バナナをきつくくい締めた。

次の瞬間、バナナは見事にくい切られていた。それだけで佐知子は気がいかんばかりに総身を震わせ、カチカチ歯を鳴らした。

「その調子だぜ、奥さん。この分じゃ、じきにいい娼婦になるな」

「もとがいいんで覚えも早いぜ。ほれ、もっとどんどん切ってみせろ」

瀬島と渡辺は笑いながら、さらに新しいバナナを使っていく。佐知子の身体のなかに残ったバナナを奥へと押しこみ、妖しく絡みついてくる肉を引きずりこむようにして深く入れた。

「ひ、ひいい！」

佐知子の腰が悦びに震えてよじれ、美貌がのけぞった。

「悦んでばかりいねえで、しっかりくい切れよ、奥さん」

「へへへ、いよいよオマ×コも尻の穴も、エンジン全開ってところだな」

瀬島と渡辺がそう言ってせせら笑う間にも、佐知子の身体に痙攣が走りはじめた。

汗まみれの顔をのけぞりっぱなしにして、乳房をブルンブルンと揺すり、腰を揉み絞
ったかと思うと、

「う、うむ……イクっ！」

総身をキリキリと収縮させて、生々しい声を張りあげたのである。

「こいつは激しいな」

見事に切り落とされたバナナをひろいあげて、瀬島は満足げに言った。

「この分ならすぐにも客をとらせても大丈夫だな。さすがに上玉の人妻だぜ」

「へへへ、すごい評判になりますぜ。これだけのべっぴんで、こんだけいい身体して
るんですからね」

「そういうことだな。よし、次は卵を使ってみるか」

瀬島と渡辺はそう言って、ゲラゲラと笑った。

その声ももう佐知子には聞こえなかった。余韻の痙攣のなかにグッタリとして、ハアハアとあえぐばかり。

第七章　兄嫁交尾特訓

1

佐知子は死んだようにグッタリとなって、ハアハアとあえいでいた。しとどの汗に身体中が油を塗ったようにヌラヌラと光っていた。

「さすが人妻だな。オマ×コも尻の穴も覚えが早いぜ」

足もとにちらばった無数のバナナの破片やつぶれたゆで卵を見て、瀬島はニヤニヤと顔を崩した。

「とびきりの売れっ子に仕込んでやるからな。この調子だと二、三日内には客をとらせられそうだな」

瀬島が顔を覗きこんでも、佐知子は固く両目を閉じて唇を半開きにしてあえぎ、返事はなかった。汗に洗われた美貌は、凄艶な美しさだ。

「どうした、奥さん。バナナや卵がよすぎて返事もできねえのか」

「………」

「なんとか言いなよ。娼婦らしく色っぽい声を出して、甘えてみせろ」

幹部の渡辺や川津らが佐知子をからかってゲラゲラと笑う。

佐知子はテーブルの上に四つん這いにされ、手足を革ベルトでテーブルの脚に固定されても、もう抗う気力もなく、されるがままだった。

「もう、許して……これ以上はかんにんして」

佐知子はうつろな目を開き、あえぐように言った。

「ガタガタ言うんじゃねえ。今度は尻の穴の調教だぜ」

瀬島の手には佐知子がもう何度となく泣かされた長大なガラス製浣腸器があった。すでにグリセリンの原液が充満して、不気味な光を放っている。

「ああ、もういや……それだけは……」

「これだけいい尻をして、いやもねえもんだぜ、奥さん」

「いや、いやっ……かんにんしてェ」

「これからは客をとるたびに浣腸されることになるんだ。アナル娼婦が浣腸をいやがってどうするんだ」

瀬島は佐知子の双臀をバシッとはたいてせせら笑った。

渡辺と川津が左右から佐知子の腰を押さえつけて、臀丘を割り開いて肛門を剝きだしにする。さっきまでのバナナによるいたぶりで、腫れぼったくふくれてヒクヒクとあえいでいた。

「尻の穴は浣腸されたがってるぜ」

「へへへ、浣腸だけではなくて、尻の穴にいろいろいいことをしてやるからな」

渡辺と川津もニヤニヤと笑って舌なめずりをした。

「ああ、許してください。お尻だけは……」

真っ白な双臀をブルブルと震わせて、佐知子は泣き声をあげた。

それをあざ笑うように、瀬島は浣腸器のノズルを佐知子の肛門に荒々しく突き刺した。

「あ……い、いやあ！」

「いやじゃねえよ。客に浣腸されていると思って、甘えてみせねえか」

「あ、ああ……」

佐知子は汗にまみれた美貌をのけぞらせ、キリキリと唇を嚙みしばった。こらえきれない震えがこみあがってきた。

瀬島は嘴管で佐知子の肛門をこねまわすように嬲りつつ、ゆっくりと長大なシリンダーを押しはじめた。

「ひいっ！」

佐知子は喉を絞った。ドクッドクッと薬液が重く入ってくる感覚が、媚肉を蝕んでいく。

「かんにんして……あ、あむ……」

「じっくり味わうんだ、奥さん」

瀬島はわざと区切って、断続的に薬液を注入した。

「あ……あ……い、いやっ……」

「まだまだ、これからだぜ。オマ×コより尻の穴で感じる身体にしてやるからな」

「や、やめて……あ、ああ……」

汗に光る柔肌にさらに汗がドッと噴いて、佐知子は震えがとまらない。いくらおぞましくても、男の精のほとばしりみたいに断続的に注入される感覚が、成熟した佐知子の人妻の性を狂わせはじめる。それでなくても、すでに何度も気をやらされてまだ官能の残り火がくすぶっている佐知子の身体だ。

「感じるんだろうが、奥さん」

「どれ、オマ×コはどんな具合か、調べてやる」

佐知子の臀丘を割りひろげている渡辺と川津が、左右から手をのばして媚肉に触った。割れ目のひろがりにそって指を這わせ、肉襞をまさぐる。

「ああっ、やめて！」

黒髪を振りたてて、佐知子はうわずった泣き声を放った。

「どうだ」

長大なシリンダーを押しながら瀬島が聞くと、渡辺と川津はニンマリとうなずいた。

川津がかざしてみせた指は、佐知子の蜜にまみれてねっとりと光っていた。

「こりゃ浣腸好きの客が喜びますぜ。さすがに人妻は敏感だ」

川津が指先の蜜をペロリと舐めてみせれば、渡辺のほうは佐知子の女芯の肉芽をいじりまわしながら、

「やっぱりクリちゃんも大きくしてますぜ。ツンと尖って可愛いもんだ」

「いや……いやっ！　ああっ……」

佐知子は激しく頭を振りながら泣いた。浣腸されながら媚肉をいじりまわされるあくどさに、死にたいほどの屈辱を味わわされる。

しかし、こんなあくどいいたぶりを受けているというのに、佐知子は身体の芯から熱いものがこみあげてならない。おぞましい便意も次第にふくれあがった。

「もう、いやっ……ああ、これ以上は、かんにんして……」

「娼婦がこれくらいで音をあげてどうする。これからじゃねえかよ」

長大なガラス筒の薬液を三分の二ほどまで注入したところで、瀬島は一気にシリン

ダーを底まで押しきった。薬液がドッと激流となって佐知子に流入した。

「あ、ひいっ！」

佐知子は絶頂に昇りつめたみたいに喉を絞り、双臀をブルブルと痙攣させた。

「いい声で泣きやがる。まだ漏らすんじゃねえぞ」

空になった長大なガラス筒を引き抜いた瀬島は、ニヤリと笑って佐知子の双臀をはたいた。

「川津、ソーセージを出せ」

「へい、坊っちゃん」

川津が取りだしたのは、ミニソーセージがいくつもつながったものだ。すでに媚薬クリームがたっぷり塗られている。

「ああ、なにをするの⁉」

佐知子がおびえた声をあげる間も、ソーセージの先端が肛門に押しつけられた。

「いやっ……そんなこと、かんにんして！」

悲鳴をあげてのけぞり、佐知子は双臀を振りたてた。

「浣腸だけでなくてソーセージまで食おうってんだから、好きな尻だぜ」

「漏らすんじゃねえぞ、奥さん。漏らしたら、きつい仕置きだぜ」

川津と渡辺は佐知子の臀丘を割り開いたまま、ニヤニヤと笑いながら瀬島がソーセージを埋めこんでいくのを眺めた。必死に引きすぼめている佐知子の肛門に、ソーセージの先端がジワジワと入っていく妖しい光景に、いやでも男たちの目が細くなった。

「フフフ、うまそうに呑みこんでいくじゃねえか」

「いやっ！……ああ、やめて！」

気も狂いそうな汚辱感に佐知子は泣いた。ふくれあがる便意も忘れてしまうほどのおぞましさ。

ヌルッとソーセージがもぐりこんでしまうと、佐知子は「ひっ」と喉を鳴らした。ちょうどソーセージと次のソーセージのつなぎ目をくい締める形になって、肛門がヒクヒクと痙攣した。つながったソーセージがまるで尻尾のように垂れさがって、妖しく揺れ、うねった。

「いい呑みっぷりだ。ほれ、二本目だぜ」

「もうかんにんして……あ、ああっ」

「この尻は何本呑みこめるかな。フフフ」

「いやっ……ああ、いやあ！……やめて、もうしないで！」

いくら佐知子が泣いて双臀をよじりたてても、ソーセージは一本また一本ともぐりこんできた。肛門がジワジワと押しひろげられては、ヌルッと呑みこまされることを繰りかえされる。その感覚はおぞましく、また、妖しい感覚を生むのが恐ろしかった。

「気持ちいいんだろ、奥さん」

「ほれ、気をやってみせろよ」

渡辺と川津がさらに佐知子の身体に火をつけようと、乳房をいじり、媚肉をまさぐる。

「四本目だぜ、奥さん。尻の穴をクイクイ締めて、もっと食いたそうじゃねえか」

「かんにんして……ああ……」

「遠慮するなよ。何本でも食わせてやるからな」

「い、いやあ……」

佐知子は泣きじゃくった。ソーセージが入ってくる感覚が、再び荒々しい便意を呼ぶ。

「う、うむ……許して……」

佐知子は黒髪を振りたててうめき、苦しげに双臀をよじりたてた。真っ赤だった美貌は蒼ざめ、もうまともに息もつけない。

「も、もう、駄目ェ……」

「へへへ、まだまだ入るぜ」

川津が媚肉に埋めこんだ指で、薄い粘膜をへだてて腸管のソーセージをさぐりつつ、せせら笑った。

「ああっ……やめて！　い、いやあ！」

さらにソーセージがジワジワと入ってくる。それが媚肉に埋めこまれた川津の指と、粘膜をへだてて触れ合う恐ろしさに、佐知子は脂汗を絞りだして泣き叫んだ。

「気持ちいいと言えよ、奥さん」

「いや、いやよ！……し、しないで！」

「こんなに尻を振って、気持ちよくてたまらねえんだろ」

「そんな、気持ちよくなんか……」

ソーセージがまたヌルッともぐりこんでしまい、佐知子は「ひいっ」と絶句した。

「お汁がどんどん溢れてきやがる。身体は正直だぜ」

「どれ、俺にも触らせろや。なるほど、こりゃすげえ、洪水じゃねえか」

川津と渡辺がゲラゲラと笑った。瀬島もニンマリと舌なめずりをすると、さらにソーセージを押し入れていく。

「今にもっとたまらなくしてやるぜ。それ、六本目だ。いやがってるわりには、どんどん呑みこむじゃねえか」

「ああ……もう、もうやめて！」

佐知子は息も絶えだえだ。脂汗にまみれた総身がワナワナ震え、ひとりでに腰がよじれた。

荒々しい便意はソーセージを押し入れられることで逆流し、腸壁をキリキリとかきむしった。声を出せば今にも漏れそうで、歯を噛みしめて必死に肛門を引きすぼめる。

「う、うむ……」

佐知子は目の前が暗くなった。その闇のなかで便意の苦悶とソーセージを押し入れられるおぞましさとが、佐知子の意識をジリジリと灼いた。もう何本のソーセージを入れられたのか。腹の底までびっしりつめこまれたようで、グルル……と腸が鳴った。

「フフフ、まったくたいした尻だぜ。さすがに人妻だな」

瀬島がバシッと佐知子の双臀を張った。長くつながっていたソーセージは、最後の一本を残すだけで、すべて佐知子の肛門に呑みこまされたのだ。

「いいな、奥さん。漏らすんじゃねえぞ」

瀬島はもう一度佐知子の双臀をはたくと、今度は埋めこんだソーセージをゆっくりと引きだしにかかった。

佐知子の肛門が内から盛りあがるようにして、ソーセージがのぞきはじめた。

「ああ、やめて！……そ、そんなふうにされたら……」

「漏らすなよ。出すのはソーセージだけだぞ、奥さん。漏らしたらまた浣腸するぜ」

「駄目ェ……で、出ちゃう……ああっ……」

佐知子はキリキリと唇を噛みしばって、喉を絞った。いくらこらえようとしても、ソーセージとともに薬液が噴きこぼれてしまう。

「漏らすなってのがわからねえのか！」

渡辺が声を荒らげて、佐知子の双臀をバシッと鋭く張った。

「ひっ……」

佐知子は括約筋の力を振り絞った。だがソーセージのつなぎ目では引き締められても、すぐまた引きだされるソーセージに肛門が押し開かれ、薬液が漏れてしまう。

「か、かんにんして！」

佐知子は身を揉んで泣きじゃくるばかりだった。

2

ソーセージがゆっくりと引きだされて肛門が内から押しひろげられ、ソーセージのつなぎ目でキュウとすぼまる。その繰りかえしに佐知子は泣きじゃくった。とてもじっとしていられない。そのうえ、ソーセージを引きだされるたびに耐える限界を超えた便意が噴きこぼれる。

「こんな……こんなことって……」

佐知子は満足に声も出せず、息すらできない。

「しようがねえ尻だぜ。いくら気持ちいいからって、だらしなく漏らしやがって」

「こりゃもう一度浣腸だな」

「浣腸して欲しくて、わざと漏らしているのかもな。渡辺、浣腸の仕度をしろ」

男たちはそんなことを言ってゲラゲラ笑った。

ソーセージの最後の一本を引き抜いたとたん、限界を超えた便意は一気にドッとほとばしった。すでに何度も浣腸されているので、出てくるのは薬液ばかりだ。

「いつまで漏らしてやがるんだ」

瀬島がバシッ、バシッと佐知子の双臀をたてつづけにはたいた。

「あ、ああ……」

佐知子は泣くばかり。たっぷりとグリセリンの原液が充満した長大な浣腸器を瀬島が渡辺から受け取るのも気づかない。必死に引きすぼめようとする佐知子の肛門に、瀬島は荒々しく嘴管を突き立てた。

「今度は漏らすなよ、奥さん。ほれ、しっかり尻の穴を締めてろ」

「そんな……やめて……もう、もう、いやです！」

まだ出しきらないうちに再び浣腸されると知って、佐知子は悲鳴をあげた。一瞬のうちに身体がこわばり、肛門が引きすぼまってキリキリと嘴管を締めつけた。

「あ、あ……ああっ、いやあ！」

シリンダーが押されてドクドクと入ってくる。佐知子は唇を嚙みしばってのけぞった。

断続的に入ってきた一度目の浣腸と違って、今度はドッと入ってくる。肛門から脳天までジリジリと灼かれる。佐知子は腰を揉んで泣きうめいた。

「う、うむむ……かんにんして!」

「いい吞みっぷりだぜ、奥さん。本当に浣腸が好きなんだな」

「たまらない!……で、出ちゃう!」

佐知子は脂汗にまみれて泣き、うめき、そして息も絶えだえにあえいだ。すでに浣腸とソーセージのいたぶりでただれた肛門の粘膜と腸襞にグリセリンがしみ、荒々しい便意にかきむしられる。

そして薬液がすっかり注入されてしまうと、またソーセージが佐知子の肛門を襲う。

「やめて……で、出てしまいますっ」

「漏らしゃもう一度浣腸だぜ、奥さん。うまく尻の穴を締めたりゆるめたりして、ソーセージを吞みこみな」

瀬島は長くつながったソーセージを、一本また一本と佐知子の肛門に埋めこんでいった。

「あ……あむ、うむむ……」

佐知子は美貌をのけぞらせ、白い喉をピクピク震わせては「ひいっ」と絶息せんばかりに絞った。

ソーセージを入れられてしまうと、今度は再びゆっくりと引きだされる。

「ああっ……あ、駄目ェ」

ソーセージを引きだされる感覚に、荒々しい便意がかけくだった。薬液がソーセージとともに噴きこぼれた。

「漏らすなってのがわからねえのか」

「ああ……だって、だって……あ、あ、出ちゃう……」

佐知子は泣きながら黒髪を振りたくった。いくらこらえようとしても、ソーセージを引きだされると便意もなす術もなく噴きこぼれてしまう。

「あ、ああっ」

佐知子のひときわ高い泣き声とともに、荒れ狂う便意は一気にドッとかけくだった。次々とソーセージがひりだされ、薬液が激しくほとばしった。いったん堰を切った流れは押しとどめようもなかった。

「そんなに派手にひりだしちゃ、調教にならねえだろうが、奥さん」

「こりゃ尻の穴はまだまだ調教の必要がありますぜ」

瀬島と渡辺がゲラゲラと笑った。

川津はもう長大なガラス筒に薬液を吸いあげて、次の浣腸の準備をしていた。それに気づく余裕もなく、佐知子は右に左にと顔を振りたてて泣きじゃくるばかりだ。

「もう一度浣腸だぜ、奥さん」

嘴管が荒々しく突き刺さってくる感覚に、佐知子はまた浣腸されることに気づいた。

「あ、あ、いや……もう、かんにんして。どんなことでもしますから、お尻だけは、もう……」

「どんなことでもするってなら、今度こそは漏らさねえようにしな、奥さん」

瀬島はせせら笑って、グイグイと長大なシリンダーを押した。

「ひいーっ」

佐知子は喉を絞った。浣腸は回を重ねるごとにつらくなった。グリセリンとソーセージでただれた腸襞に薬液がキリキリとしみて、内臓のすみずみまで剝きかえされる。

「く、苦しい……う、うむむ……」

脂汗に乱れ髪をへばりつかせた美貌がひきつり、背中が鳥肌にさざ波立った。

「ああ……もう、駄目ェ……漏れちゃう」

「まだソーセージも入れねえうちから、漏れちゃうもねえもんだ。しっかりしろ」

一滴残さず注入しきって、瀬島はバシッバシッと佐知子の双臀を張った。だが平手打ちの活を入れても、もう佐知子は耐えられない。荒れ狂う便意に一時もじっとしていられず、佐知子の双臀がブルブルと震え、歯もカチカチ鳴ってとまらない。

「駄目、駄目ェ……で、出ちゃう！」

「我慢しろ。今度はさっきのように漏らさせはしねえぜ、奥さん」

「へへへ、漏れねえように、もっと太いので栓をしてやるよ」

渡辺と川津がせせら笑って佐知子の腰を左右から押さえつけ、さらに臀丘を引きはだけた。

「あ、あ……」

さらに太いソーセージを使われるのかと、佐知子はおびえた。しかし、襲ってきたのはソーセージではなかった。瀬島が後ろから双臀を抱えこむようにして、灼熱を肛門に押しつけてきたのだ。

「ああっ……い、いやあ！」

栓をすると言った意味をはっきりと知って、佐知子は魂消えんばかりの悲鳴をほとばしらせた。必死に引きすぼめているのを強引に押し開きながら、ジワジワと入ってくる。肛門の粘膜が裂けそうだ。

激痛が身体の芯を走り、佐知子は白い喉を見せてのけぞり、噛みしばった口から悲鳴を絞りだす。

「やめて！　いや……ひっ、ひぃーっ……」

「何度も漏らすからだぜ。これならひりだしたくても出せねえだろうが」

「ひい！……裂けちゃう！」

たちまち佐知子は口さえきけなくなって、口をパクパクさせながら悲鳴を放った。

「ひっ、ひいっ！」

肛門が引き裂かれるような苦痛と、荒々しい便意が押しとどめられて逆流させられる感覚とに、佐知子の目の前でバチバチと火花が散った。

「や、やめて！……」

佐知子は舌をもつれさせながら泣き叫んだ。

浣腸されて肛門を犯されるのは、これが初めてではない。夫の弟の冷二に一度ならず犯されている。あの時は苦痛と恐ろしさにわけもわからなかったのだが、今ははじけんばかりに拡張を強いられ、深く咥えこまされているものの、大きさに目がくらみ、気絶しそうだ。

「どうだ、奥さん」

「く、苦しい……かんにんして……」

「うんと気分出せよ。浣腸されてるんで、ズンといいはずだぞ」

瀬島は深く根元まで埋めこむと、ゆっくりと腰を動かしはじめた。

「あ、うむ……許して！　ひっ、ひっ……」

たちまち佐知子は身を襲う苦痛と汚辱感とに揉みくちゃにされた。悲鳴をあげ、泣き声を噴きこぼす。

「いい締まりをしてやがる」

瀬島はうれしそうに笑った。熱くとろけた肉がヒクヒク締めつけてくる感覚は抜群だ。

渡辺と川津もモゾモゾと手をのばして、佐知子の乳房や媚肉をいじりはじめる。もう佐知子はされるがままで、肉の人形だった。頭のなかはしびれ、背筋が灼けただれ、突きあげられるがままに泣き、うめき、あえいだ。

「どうだ、たまらねえだろうが。ほれ、奥さんも腰を使わねえか」

ビシッ、ビシッと佐知子の双臀を打ちながら、瀬島は動きをリズミカルにした。

「ひっ、ひいっ！……死んじゃう……か、かんにんして……」

佐知子は泣き声に悲鳴を入りまじらせた。それでも、苦痛と汚辱感の奥から得体の知れない妖しい感覚が、ジワジワとふくれあがってくる。まるで麻薬にでも侵されていくようだ。

それは瀬島にもわかった。深く突きあげるたびに、佐知子の肛門が時折り痙攣するように引きすぼまってはフッとゆるみ、また痙攣することを繰りかえしはじめたのだ。それにつれて汗に濡れた美貌に、苦悶と妖しい快美が交錯する。

「もう締めたりゆるめたりするのを覚えやがって、肛門娼婦の素質があるぜ」

「ビチョビチョのオマ×コもヒクヒクさせてるぜ」

手をもぐりこませて媚肉をまさぐりながら、渡辺がニヤニヤと笑う。

「もっと気分出さねえかよ。自分から腰を使えってんだ、奥さん」

川津も乳房をつかんでタプタプと揉みこみつつ、佐知子をあおった。

「尻の穴を犯されるのが好き、と言え」

「いやっ……そんなこと、いやです！」

「言わねえか、奥さん」

瀬島は容赦なく佐知子を責めたてた。一度肛門で気をやらせてみたい。

「か、かんにんして！……お腹が……」

佐知子の哀願は途中で切羽つまったうめき声に変わった。

引き裂かれるような疼痛と便意の苦痛、そして妖しい快感とが入りまじって、佐知子を悩乱へと追いこんでいく。

「尻の穴を犯されるのが好きと言わねえと、いつまでも終わらねえぞ」

瀬島の言葉に抗う気力は、もう佐知子にはなかった。頭のなかまでドロドロにただれた。強要される言葉の恥ずかしさをかえりみる余裕もない。

「あ、ああ……佐知子、お、お尻の穴を犯されるの、好き……」

我れを忘れて口走っていた。

「それじゃ気持ちいいんだな、奥さん」

「いい……気持ちいい……ああ……」

ついに屈服の言葉を口にしてしまったことで、佐知子はいっそう昂る。

佐知子の肛門がキリキリと絡みつつ蠢く感触は、さすがの瀬島も胴震いがくるほどの快感だった。

「そんなに気持ちいいなら、一度気をやってみせな、奥さん。それ、それ、尻の穴でイクんだよ」

瀬島が一段と深く佐知子の腸管をえぐりはじめた。川津と渡辺も佐知子の乳首をつまんでしごき、女芯の肉芽をいびって追いあげにかかる。

「あ、ああっ……許して！」

あられもない声を放つ間にも、佐知子の身体に痙攣が走りだした。そしてその瞬間、ブルルッと双臀が激しく痙攣したかと思うと、

「あ……うむ、うむむっ……」

佐知子はキリキリと歯を噛みしばって、総身を恐ろしいまでにひきつらせた。まるで電気でも流されたみたいに、ガクガクと腰がはねあがった。

くい千切らんばかりの収縮が瀬島を襲い、さすがの瀬島もうめき声をあげて耐えた。少しでも気を抜くと、肉の収縮に吸いこまれて果てそうだ。

ガクッと佐知子の身体から力が抜けても、渡辺と川津は四つん這いの姿勢を崩させなかった。瀬島もまだ深く佐知子の肛門を貫いたままだ。

「気をやりやがった。これだけの尻をしてりゃ、並みの客じゃひとたまりもねえだろうぜ」

「さすがの坊っちゃんも余裕がなかったでやすからね」

「なあに、まだこれからだぜ」

瀬島はニガ笑いした。

佐知子はグッタリと汗まみれの裸身を男たちの手にあずけ、おどろに髪を乱した頭を垂れてハアハアと肩をあえがせている。時折り、余韻の痙攣を双臀に走らせる。そ

んな佐知子の姿は、ムッとするほどの女の匂いを漂わせ、怖いほどの艶っぽさだった。

川津も渡辺も、焦れたように目の色が変わっている。

「尻の穴だけじゃ、オマ×コと口のほうが淋しいんじゃねえか、奥さん」

そう言いながら、瀬島は渡辺と川津を見て片目をつぶってみせた。それがなにを意味するのかわかる渡辺と川津は、うれしそうに顔を崩した。

「オマ×コは俺だぜ、へへへ」

「それじゃ俺は口にするか。どうせ輪姦すんだからな」

渡辺と川津はそんなことを言ってニヤニヤと舌なめずりした。

それが聞こえているのかいないのか、佐知子は頭を垂れたまままあえいでいる。まだ瀬島に肛門を貫かれたまま、おびただしく注入されたグリセリン原液を排泄することも許されず、息も絶えだえだ。

「も、もう、許して……」

「冗談言うなよ。オマ×コは入れて欲しくて、ヒクヒクしてるくせによ」

渡辺は四つん這いの佐知子の下に、あお向けにもぐりこんでせせら笑った。

「あ、あ、そんな……いやっ！」

戦慄の目を見開いて、佐知子は悲鳴をあげた。渡辺の灼熱が佐知子の内腿に触れ、開ききった股間に迫ってくる。

「や、やめて！……いや、いやです！」

「なにあわててやがる。これからは尻の穴とオマ×コに同時に二人の客をとることだって、しょっちゅうなんだぜ」

「ああ、二人なんて……いやあ！」

　腰をよじって逃げようとしても、上からは瀬島にのしかかられ、肛門を貫かれたもので杭のようにつなぎとめられている。腰をよじるといっそう便意が荒れ狂い、肛門に引き裂かれるような苦痛が走った。それでも佐知子はもがかずにはいられない。二人の男に前と後ろから同時に犯されるなど、信じられないことだ。

「尻の穴でもオマ×コでも、同時に男を咥えこめるなんて、奥さんも幸福者だぜ」

「い、いやあ！……ひっ！　ひいい！」

　下から灼熱が媚肉に分け入ってくる感覚に、佐知子は悲鳴を噴きあげておびえた顔をのけぞらせた。薄い粘膜一枚へだてて直腸に押し入っている瀬島とこすれ合いながら、ジワジワと膣を貫く。火のようになった身体の奥に、さらに火がバチバチと走った。

「た、助けて……」

　肉棒の先端がズシッと子宮口を突きあげ、佐知子は白目を剝いた。あとは激しく頭を振り、乳房から腹部を荒々しく波打たせつつ、半狂乱に泣きわめく。

「こりゃすげえぜ。尻の穴がまた一段と締まってきやがる」

「オマ×コもクイクイ締めつけてきますぜ。へへへ、すげえ味しやがって」

　佐知子を挟んで瀬島と渡辺は上と下でゲラゲラと笑い合った。

　川津がニヤニヤと笑いながら、佐知子の股間を覗きこむ。前も後ろもドス黒い肉棒が柔肉を張り裂かんばかりにくいこみ、思わず生唾を呑む生々しさだった。まだ瀬島も渡辺も動きださないのに、ジクジクと蜜をとめどもなく吐きだしていた。

「オマ×コも尻の穴も見事に咥えこんでいるじゃねえか、奥さん。

よしよし、その色っぽい口にも咥えこませてやるからよ」

川津は佐知子の頭のほうへまわると、黒髪をつかんで顔をあげさせた。

佐知子は汗に洗われた美貌をひきつらせ、苦悶と快美とを交錯させた表情を見せて泣きじゃくっている。

「ああ……もう、許して……死んでしまいます！」

「へへへ、しっかりしゃぶりな」

「いや、いやあ！」

佐知子は泣き声をあげて、突きつけられた肉棒から顔をそむけようとした。が、瀬島と渡辺に後ろと前から犯されていると思うと、もう拒む気力も萎えた。ガボッと口のなかへ押しこまれて、佐知子は白目を剝いてむせかえった。

もう、駄目……いっそ、殺して……。

最後の気力を振り絞るように胸のうちで叫んだが、それもすぐにうつろになった。

「どうだ、三本もいっぺんに咥えこんだ気分は？」

「普通の人妻じゃ、こんなことは一生味わえねえぜ。俺たちに感謝するんだな」

「返事はどうした、奥さん。返事もできねえくらい気持ちいいのか」

瀬島と渡辺、そして川津はリズムを合わせて佐知子を突きあげはじめた。

「うむ、うぐ……うむっ……」

佐知子はくぐもったうめき声をあげ、たちまち狂乱に駆りたてられた。三本の凶器が佐知子の身体中の肉をドロドロにただれさせ、灼きつくしていく苦痛と快美とが絡まり合って、それがいっそう佐知子を狂わせた。

肉棒をいっぱいに含まされた口から涎れが垂れて糸を引く。しとどに濡れた股間からは蜜が下の渡辺をしたたり流れ、テーブルの上にまで溢れた。

死ぬ……うむ、たまんない……。

もう佐知子は、一匹の白蛇のごとくのたうち狂った。佐知子の身体は瀬島と渡辺の間で、揉みつぶされるようにギシギシ鳴った。

「まったく感度のいい奥さんだぜ。たいした悦びようじゃねえか」

「これで客をとらせりゃ、すげえ評判になりますぜ」

「それも変態相手の三人ずつとなりゃ、たっぷり稼いでくれますぜ」

男たちはそんなことを言いながら、佐知子を責めつづけた。

それにしても冷二は上玉を連れてきたものだ、と瀬島は笑いがとまらない。責めれば責めるほど佐知子の身体の素晴らしさに、目を見張らされる。

「最高の娼婦に仕込んでやるぜ、奥さん。それも一度に何人もの変態客の相手のできるマゾのアナル娼婦にな」

瀬島は欲情の昂りを抑えきれないように、意地悪く佐知子に向かって言った。

だがその声も佐知子には聞こえない。薄い粘膜をへだてて前と後ろとで肉棒がこすれ合う感覚に、愉悦の炎に翻弄される。そして口にも肉棒を含まされ、満足に息すらできないことが、肉の快美を内にこもらせていっそう佐知子を狂わせる。

「うむっ……ううむっ……」

刹那、佐知子は声にならない声を絞りだして、総身をキリキリと収縮させた。ブルブルと双臀が痙攣した。

佐知子が絶頂に昇りつめたのは、前も後ろもくい千切らんばかりに収縮させ、ヒクヒクと痙攣を伝えてくることから、男たちにもはっきりとわかった。

「また気をやりやがったのか、奥さん。好きだな」

「自分ばかり楽しんでると、娼婦になってから身がもたねえぞ。客に合わせることを考えろ」

「ほれ、まだのびるのは早いぜ」

男たちは佐知子が昇りつめても、責めることをやめようとしなかった。一時たりとも佐知子を休ませず、三人がかりで容赦なく責めたてる。

「う、うむ……」

グッタリと余韻に沈む間もなく、佐知子はたてつづけに責められて、ひいひい泣いた。また官能の絶頂へと昇りつめる。というより、一度昇りつめた絶頂感がそのまま

持続するのだ。

「うむ、ううむっ」

佐知子の双臀に痙攣が走り、キリキリと収縮した。

「三人がかりで犯られるよさが、ついにわかったようだな。いくらでも気をやりな」

「奥さんの身体は男を悦ばす道具でしかないことを、思い知るんだな。これが娼婦になるってことだ」

瀬島や渡辺、川津はなおも佐知子を責めつづけた。二度と立ち直れないまでに徹底して責めたて、官能の炎に身も心も灼きつくさせる。それが瀬島らヤクザのやり方なのだ。

佐知子はもう気も狂わんばかりで、声も出せず息すらできずに、「ひいーっ、ひいーっ」と喉を絞るばかりだ。恐ろしさも汚辱感もなくなって、なにもかも忘れて官能の渦に身をゆだねて、のたうつ。張り裂かれるような苦痛と便意の苦しみさえ、耐えられない肉の快美につながった。もし口に川津の肉棒を含まされていなかったら、我れを忘れてあられもないよがり声を放っていただろう。

そのようにして、どのくらいの時間責めつづけられたことか。佐知子は今にも気が遠くなりそうだった。

「ここらで一度すっきりさせてやるか。そろそろ限界だからな」

瀬島が渡辺と川津の顔を見て言った。

「のびちまっちゃ人形を犯ってるようで、面白くねえですからね」

「尻の穴とオマ×コ、口に同時にドバッといきましょうや、坊っちゃん」

渡辺と川津はニヤニヤと笑って応じた。佐知子への調教はこれで終わりでなく、まだしなければならないことはたくさんある。そういつまでも楽しんでばかりはいられなかった。男たちは佐知子にとどめを刺すべく、一段と責めを激しくした。

「ほれ、しっかり尻を振らねえか」

「たっぷり精を注いでやるから、思いっきり気をやれよ」

三人がかりの激しい責めに、佐知子はひとたまりもなかった。白目を剝きっぱなしにして、腹の底からこみあげる快美にのたうちまわった。一瞬、気が狂ったのではと思うほどの激しさだった。

「う、ううむっ」

ふさがれている喉の奥から生々しいうめき声をあげて、佐知子は上の瀬島にぶつかるようにのけぞった。身体の芯が恐ろしいばかりにひきつる。

そのきつい収縮に、今度は瀬島も渡辺も耐えようとはしなかった。まず渡辺が、つづいて瀬島と川津とがほとんど同時に獣のように吠え、それまで抑えつづけた精を、心ゆくまで解き放っていた。

「うむっ、うぐぐ……」

灼けるような白濁の精を子宮口と腸腔にはっきりと感じとって、佐知子はガクンガクンともう一度生々しくのけぞった。また、喉の奥に浴びせられてむせかえった。

灼けつきた脳裡が墨でも流したように暗くなって、そのまま意識が深い闇のなかへスーッと吸いこまれていった。

そしてようやく瀬島が満足げに佐知子から離れたとたん、佐知子の肛門は白濁したグリセリン原液を、まるで尿のようにほとばしらせた。

おびただしいそのしぶきがかかるのもかまわずに覗きこんで、

「フフフ、まったくたまらねえ奥さんだぜ。派手に尻の穴を開きやがって」

瀬島はゲラゲラと笑った。

3

佐知子はしとどの汗にまみれ、今度こそ本当にグッタリと死んだようだ。

「思いっきり気をやって満足したところで、今度は特別の調教といくぜ、奥さん」

そう言う瀬島の手に卵型のバイブレーターがあった。うずらの卵より少し大きなものので、コードレスのリモコン形式になっている。

「へへへ、そいつを……こりゃ面白えや」

「それでなくても敏感な奥さんがどうなるか、楽しみですぜ」

川津と渡辺がうれしそうにニヤニヤと笑った。嗜虐の欲情が色濃く漂った。

いったいどのように卵型バイブレーターを使おうというのか、グッタリと気を失っている佐知子にはわかるはずもない。

瀬島は渡辺と川津に命じて、佐知子の手足の革ベルトをはずすと、産婦人科の内診台のようなものの上に運ばせた。あお向けにのせて両手を頭上でひとつにして鎖につなぎ、両脚は左右の足台にのせて革ベルトで固定した。内診台の足もとのハンドルをまわすと、足台がジワジワと開いて、佐知子の両脚を無残に押し開きはじめた。

「いい開きっぷりじゃねえか。どんなことをされるとも知らねえでよ」

そんなことを言いながら、佐知子の内腿の筋が浮きあがるまで両脚を開いた。さらに足台を高くあげる。ちょうど赤ん坊がオシメを替えられる格好だ。

その足台の間に椅子を置いて、瀬島は腰をおろした。そのために、目の前に佐知子の股間がいっぱいに開ききった。さんざんいたぶられて崩壊しきった肉の花園と肛門は、まだヒクヒクと蠢いてむせるような女の匂いを立ち昇らせている。

左右から渡辺と川津も覗きこんだ。

「へへへ、生々しいじゃねえですか」

「なんたって数えきれねえほど気をやったんだ」

渡辺と川津がニヤニヤと笑って舌なめずりをした。

「だからこの卵型バイブを使うのに、ちょうどいいんだ。ここの肉がゆるみきってるからな」

瀬島が小さなワゴンを引き寄せた。上にはガーゼが敷かれ、産婦人科医の使う医療器具が並んでいた。

嗜虐性のひときわ濃い瀬島は、女を責めるのにしばしば医療器具を用いた。そのために女を駄目にしてしまう苦い経験もあったが、お蔭で今では産婦人科医のもの真似ぐらいはできるようになった。

「それにしてもこうビチョビチョじゃしようがねえな」

瀬島は洗浄器を使って、佐知子の媚肉の汚れを洗い清めだした。

さんざん荒らされた媚肉に水流がかかる感覚に、佐知子はうつつのなかにうめき声をもらした。腰が弱々しく蠢く。

「ああ……」

佐知子は美貌を右に左と振るようにして、うつろな目を開いた。すぐにはなにをされているのかわからない。

洗浄が終わって瀬島が媚肉をつまむようにくつろげるのを感じて、佐知子はハッと

我れにかえった。恐ろしい現実がドッと甦って、喉を絞った。

「かんにんして……ああ、もう、いやっ……」

「おとなしくしてろ。いいことをしてやろうというんだからよ」

瀬島は佐知子の媚肉を押し開きながら、もう一方の手でスペキュラムといわれる産婦人科の内視鏡をワゴンの上から取りあげた。膣を開くための拡張器である。それを見せつけられて、佐知子の美貌が恐怖に凍りついた。

「い、いやっ……そんなもの、使わないで！」

「フフフ、人妻のくせしてこれくらいでおびえるなよ。じっとしてねえとつらいだけだぜ、奥さん」

　スペキュラムをゆっくりと入れながら、瀬島はせせら笑った。

　まだ熱く疼く肉襞に鳥のくちばしのような金属が、妖しくくもった。

「ひいっ……いやっ……」

　金属の冷たい感覚に、佐知子の腰がビクッと震えて悲鳴があがった。

　瀬島はできるだけ深く押し入れると、次にはジワジワと押し開きにかかった。

「いやっ……う、うむ……いやっ……」

　膣が内から開かれていくおぞましさに、佐知子は悲鳴をあげ、うめき声をこぼした。

　引き裂かれんばかりの苦痛もあるが、そんな器具を使って押し開かれるおぞましさのほうが大きかった。

「子宮が見えてきたぜ、奥さん」

　瀬島がネジを固定し、覗きこんで言った。開いたスペキュラムの奥に、妖しい肉の色を見せてドーナツ状の肉環がさらけだされていた。子宮口がヌラヌラと濡れてヒクヒク蠢いているのが生々しかった。

　渡辺と川津もかわるがわる覗きこむ。

「へへへ、子宮口も膣も綺麗な色をしてやがる。それに襞も多いしな」

「道理でオマ×コがいい味してるわけだぜ。そそられるぜ、奥さん」

佐知子は泣きながら黒髪を振りたくった。固く目を閉ざしても、スペキュラムで押し開かれた身体の奥へ忍びこんでくる外気とともに、男たちの視線が入ってくるのがわかる。

「ああ、こんなことをして……なにを、なにをしようというの⁉」

「奥さんはなにをされると思ってるんだ」

瀬島はニヤニヤと笑いながら、綿棒の先になにやら妖しげなクリームをたっぷりとすくい取り、子宮口に塗りつけていく。子宮口を弛緩させるためのクリームだった。

「あ、あ……やめて……」

佐知子の唇がワナワナと震えて言葉がつづかない。

「まるで解剖されるようなおびえようじゃねえか、奥さん」

「解剖には違いねえぜ。亭主にさえ見せたことのねえ奥まで覗かせるんだからよ」

川津と渡辺がそんなことを言って佐知子をからかう。

その間にも瀬島はスペキュラムの間から単鈎鉗子を挿入し、子宮頸管の上部を挟んで固定させた。

「奥さん、子宮口を開いてやるぜ」

瀬島は意地悪くわざと教えた。そしてヘーガルという子宮頸管を少しずつひろげるための金属棒を取りあげた。

「そ、そんな……かんにんして！」

佐知子の美貌がひきつり、歯がカチカチ鳴ってとまらない。恐ろしさに腰をよじることもできなくなった。

「た、助けて……怖い……」

「これも特上の娼婦になるためだ。暴れるんじゃねえぞ」

ヘーガルをゆっくりと慎重に佐知子の子宮頸管に挿入していく。

「あ、あ……」

佐知子はキリキリと唇を噛みしばった。こんなに恐ろしいことをされるなんて信じられない。

ヘーガルの金属棒は、先端がわずかにくの字に曲がっていて、その部分を子宮口に挿入する。それは次々と少しずつ太いのにとってかえられた。

渡辺と川津は佐知子が動かないように押さえつけ、ニヤニヤと覗いている。渡辺と川津でさえこういう光景はそう見られるものではない。まして女が佐知子ほどの美貌の人妻となればなおさらだ。

時間にして七、八分もたっただろうか。ヘーガルはもう十数本も取りかえられ、今、佐知子に挿入されているのは太さが瀬島の親指よりも大きかった。

「これくらい開けば、もういいだろう」

ようやく瀬島はニンマリとした。

「もう、許して……これ以上、ひどいことをしないで」

佐知子はもう息も絶えだえだ。恐ろしさに生きた心地もなくすすり泣いた。

瀬島は佐知子の哀願を無視して、鉗子で卵型バイブレーターを取りあげた。それをヘーガルを抜くのと引きかえに、佐知子の子宮口にあてがう。もう佐知子の子宮頸管は柔らかくゆるみ、その口を妖しくひろげていた。

そこに卵型バイブレーターをジワジワ押し入れられる感覚に、佐知子は総毛立った。これまで経験したことのない不気味な感覚が、身体の奥へ侵入してくる。

「う、うむ……」

佐知子は唇を噛みしばってうめいた。それでもこらえきれない。噛みしばった口をパクパクさせてあえぎ、泣いた。

「やめて……」

「どうだ、子宮のなかまで入れられる気分は」

柔らかくとろけた肉環が徐々に卵型バイブレーターを呑みこんでいくのが、瀬島をゾクゾクさせた。一気に押し入れたい衝動をこらえて、瀬島はゆっくりと進めた。そしてようやく卵型バイブレーターが子宮のなかへ沈むと、瀬島はフウーと大きく息を吐いた。

「なんとか入ったぜ。卵を子宮が呑みこんで牝が孕んだというところだな」

瀬島はヒクヒクと蠢く子宮口を覗きながらせせら笑った。

「奥さん、子宮に卵が入っているのがわかるだろ。牝らしくなったぜ」

「ああ……こんな……こんなことって……」

佐知子は生きた心地もなく顔を右に左にと伏せながらすすり泣いている。

「せっかく孕んだ卵だ。大事にあたためるんだぜ」

「なんたって奥さんを極楽へ連れていってくれる卵だ。いや、地獄かな」

「そいつが奥さんをどんなにするか、まあ楽しみにしてるんだな」

男たちは佐知子をからかってゲラゲラ笑った。そんなからかいに反発する気力さえ佐知子にはない。

瀬島が単鈎鉗子をはずし、スペキュラムをはずすと、

「いいことをしてもらったってのに、少しはうれしそうにしねえか」

「いつまでおびえてやがる。じっくりと卵を味わうんだよ」

渡辺と川津がせせら笑い、左右から佐知子の乳房に手をのばしていじりはじめた。乳房の付け根から絞りこむようにタプタプと揉みこみ、乳首をつまんでいびる。さらに絞りあげた乳首に吸いつき、舌で転がすように舐めまわしてはガキガキと噛んだ。

「あ、あ……やめて……いやっ」

「なにがいやだ。子宮に卵を孕んでいるんで、いつもよりずっと感じるんじゃねえのか、奥さん」

瀬島はゆるゆると佐知子の下腹を撫でまわした。

「ああ、かんにんして……」

恐ろしいことをされたあとだというのに、乳首が疼きつつ、次第に硬く尖っていくのに、佐知子は狼狽した。さんざんいじりまわされた媚肉も熱くなって、ヒクヒクと疼く。

「あ、ああ……」

ふくれあがる感覚を振り払うように、佐知子は黒髪を振りたくった。

だが、男たちの手は乳房をいじり、下腹や内腿を撫でまわしても、開ききっている股間にのびてこなかった。卵型バイブレーターが佐知子の子宮になじむのを、じっと待っている。

「いや……ああ、やめて！」

肝心なところをいじってこないことが、かえって佐知子の肉を切なく疼かせる。いじりまわされる乳房や下腹、内腿からしびれが身体の中心に向かって走り、背筋の震えがとまらなくなる。唇を噛みしめていないと、思わず恥ずかしい声が出そうだ。

こんな……ああ、こんなことって……。

佐知子は自分の身体の成り行きが信じられない。子宮に卵型バイブレーターを入れられたことで、身体の感覚さえ狂ってしまったのか。

「ああ……」

佐知子は身体の芯がとろけだし、熱いたぎりが溢れはじめるのをどうしようもなかった。

「やっぱり感じてきたな。オマ×コがもう洪水だぜ、奥さん」

瀬島はからかいながら溢れでる蜜を指先にすくい取ると、佐知子の肛門に触れた。

「あ、いやあ!」

佐知子は泣き声をあげて内診台の上でのけぞった。だがその声は、抗うといった響きではない。ひとりでに背筋が快美におののいた。

一瞬キュウと引きすぼまった佐知子の肛門は、すぐにヒクヒクとあえいで楽々と瀬島の指を呑みこんだ。

「ああっ……ああ……」

佐知子の口からこらえきれない声があがる。今にも燃えつきそうな感覚に襲われるのか、瀬島の指をキリキリと締めつけてきた。

「これだけとろけりゃ充分だろう。どれ、ここらで一度試してみるか」

瀬島は渡辺や川津と顔を見合わせて、ニヤリと笑った。

佐知子の肛門に指を付け根まで押し入れたまま、もう一方の手でワゴンの上のリモコンスイッチを取りあげた。スイッチを弱に入れる。

「ああっ……ひっ、ひっ……」

不意に子宮のなかで卵型バイブレーターが振動をはじめ、ビクンと佐知子の腰がはねあがった。

「いや、いやあ！……と、とめて！」

「どうだ。ズンといいか、奥さん」

「ああ、た、たまんない！」

腰を振りたてながら、佐知子はあられもなく泣き叫んだ。下腹が火となり、淫らな振動にこねくりまわされて、とてもじっとしていられない。その振動は肛門を深く縫った瀬島の指にまで伝わった。

「とめて、とめて……ああっ……」

佐知子は我れを忘れて泣き悶え、必死におぞましい振動から逃れようと腰をよじり、振りたてた。

だがそんな佐知子の狂乱ぶりは、男たちの嗜虐の欲情を昂らせるばかりだ。

渡辺と川津はいっそう荒々しく佐知子の乳房を揉みこみ、乳首に吸いついてガキガキと嚙みつづける。瀬島も佐知子の肛門を縫った指を動かし、回転させて腸襞をまさぐった。

「ああっ……ああ、かんにんして！……気が変になっちゃう」

佐知子がひいひいと喉を絞り、妖しい感覚に苛まれる。子宮のなかで卵型バイブレーターが振動する感覚は、女の官能がじかに火にあぶられ、こねくりまわされて弄ばれるようだった。

「さすがに激しいな。たいした効き目だぜ」

瀬島は満足げに言いながら、佐知子の肛門を指でえぐりつづけた。

女の官能が一気に炎をメラメラと燃えあがらせる。佐知子はもう半狂乱になって、今にも昇りつめんばかりにひいひいと喉を絞っている。ジクジクと溢れる蜜が肛門を貫いている瀬島の指にまでしたたたって、もうそこらじゅうベトベトだった。

「そんなに腰を振ってよ。気持ちよくってたまらねえのか」

「ああ、もう許して……た、たまらない……どうにかして……」

佐知子はもう耐えきれず、我れを忘れて叫んでいた。

「どうして欲しいんだ、奥さん」

「はっきりおねだりしねえかよ」

川津と渡辺が佐知子の乳房から顔をあげ、ベトベトの口で言った。

「ああっ……ああ……」

「泣いてるだけじゃ、なにもしてやらねえぞ」

瀬島は佐知子の肛門をいじりつつ、もう一方の手で長大な張型を取りあげて、わざとらしく見せつけた。コーラの瓶ほどもある張型は、グロテスクな頭を不気味にうねらせている。

「ああっ……」

佐知子は泣き声を高め、淫らがましいまでに腰を振りたてた。さっきからまったく触れられていないにもかかわらず、佐知子の肉の花園は妖しく咲き開き、しとどに濡れた肉層をヒクヒクと蠢かせ、蜜をあとからあとから溢れさせた。女芯の肉芽も充血してツンと尖り、生々しく脈打っていた。

そしてわずかに残った自意識さえ、狂おしい官能の渦に呑みこまれた。

「し、して……」

佐知子は長大な張型に絡みつくような視線を向けて、あえぎつつ言った。

「なにをして欲しいのかわからねえぜ、奥さん。はっきり言わねえか」

「ああ……それを……入れて……」

「太い張型を佐知子のオマ×コに入れてと言わねえかよ」

もう佐知子は抑えることができなかった。それがどんなに恥ずかしく屈辱的な言葉か、かえりみる余裕もなく、唇をワナワナと震わせて、

「太い張型を……佐知子の……佐知子の……オ、オマ×コに入れて……」

あえぎ泣きながら口にすると、佐知子はこらえきれないように腰をせりあげて張型を求めた。

「だいぶ娼婦らしくなってきたじゃねえか。その調子でうんとよがってみせるんだぜ」

渡辺がゲラゲラと笑って、また佐知子の乳房にしゃぶりついていく。

「ああ……入れて、早く……」

佐知子は狂おしく求めた。張型を求めて腰をせりあげる佐知子の姿は、先ほどとは別人だ。一度堰を切ると、とめどがなくなった。

「は、早く……お願い」

「よしよし、子宮の卵がそんなにいいってわけか」

瀬島は長大な張型の頭をゆっくりと佐知子の柔肉に含ませた。

「ああっ」

うわずった泣き声があがり、佐知子の腰が揺れた。

しとどに濡れた肉襞が待ちかねたように張型に絡みつき、ざわめく。張型を自ら深く吸いこもうとするように。

それは張型を伝わって瀬島の手にもわかった。さすがの瀬島も舌を巻くほどの反応

だ。もっとよく確かめようと、張型をわざと浅くしか与えないと、

「ああっ、もっと……もっとっ……」

泣き声をひきつらせ、肉襞を張型にキリキリとまつわりつかせる。

「して！……ああ、もっと……気が変になってしまいます！」

「こりゃ客が大喜び間違いねえな。たまらねえオマ×コしやがって」

もうさんざん佐知子の身体を楽しんだくせに、瀬島はまた淫らな衝動に駆られた。それは渡辺と川津も同じだった。

「坊っちゃん……」

欲情を抑えきれないように川津が瀬島を見た。もう目の色が変わっている。

「焦るな。あとでたっぷりと味見させてやるからよ」

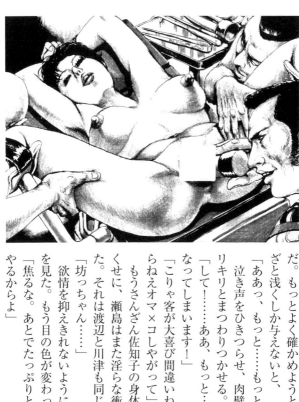

瀬島は自分に言いきかせるように言った。

佐知子はそんな声も聞こえず、子供みたいに泣き声をあげ、汗まみれの裸身をあえがせ、乳房を揺すって腰を振りたてた。

「お願い、もっと入れて……」

「奥さん、こうか?」

瀬島はそう言うなり、一気に底まで埋めこんでいた。

張型の頭が佐知子の子宮口を突きあげ、淫らな振動が舐めまわす。

愉悦に佐知子の腰がブルブルと震え、大きくせりあがった。足台の両脚もブルブルと痙攣した。

「ひいい……」

生々しい叫びをあげて、佐知子はガクガクとのけぞった。

「あ、あうう……イクっ」

「おおっ、こりゃすげえ」

瀬島はグイグイと突きあげた。

佐知子はさらに総身を揉み絞るように痙攣させて、「ひいっ、ひいっ」と喉を絞った。

「張型を入れただけでいっちまうとはな。かなりの激しさだぜ」

瀬島は笑いながら子宮に埋めこんである卵型バイブレーターのリモコンスイッチを、ひとまず切った。長大な張型を深々と咥えこませたまま、バイブレーターのスイッチだけを切った。

とたんに佐知子の身体から力が抜け、内診台の上にグッタリと沈んだ。

渡辺と川津が覗きこんだ佐知子の美貌は、汗にびっしょりで固く両目を閉じ、唇を半開きにしてハアハアとあえいでいた。まるで初産を終えた若妻みたいで、思わずゾクッとする美しさだった。

瀬島はニヤニヤと佐知子の股間を覗きこんでいた。

卵型バイブレーターの効き目は、弱でこのすごさだ。もしスイッチを強にしたらと思うと、恐ろしい気さえした。佐知子は本当に狂ってしまうかもしれない。だがそう思うと、瀬島はかえって卵型バイブレーターのフルパワーを試してみたくなった。まず埋めこんだままの張型を、ゆっくりと抽送しはじめた。

「あ、あ、いやっ……」

たちまち佐知子はあえぎを泣き声に変えた。

「や、休ませて……ああ、佐知子、こわれちゃう」

「奥さんはよがることだけ考えてりゃいいんだ」

瀬島はゆっくりと張型をあやつった。次第にリズミカルに動きを大きくして、張型のバイブレーターのスイッチを入れる。ジーと音がして、佐知子のなかで張型の頭が振動し、うねりはじめた。

　渡辺と川津もまた、佐知子の乳房をいじりだした。

「休ませて……もう、いやっ……いやあっ」

　佐知子は泣きながら黒髪を振りたくった。

　だがその泣き声もリズミカルに突きあげてくる張型に呑みこまれ、次第にまた身も心もゆだねきったようなすすり泣きに変わっていった。

「ああ、死んじゃう……あうう……」

「今度はその死ぬような思いを、ちょいと味わわせてやるぜ、奥さん」

　そう言うなり瀬島は、卵型バイブレーターのリモコンスイッチを入れた。まずは弱のスイッチだ。

「あ、ああっ！……それはいやっ！　いやあ！……あああ！」

　またビクンと佐知子の腰がはねたかと思うと、にわかに泣き声も身悶えも露わになった。すぐにでも気がいかんばかりに総身を震わせ、泣き叫んだ。

「激しいな、奥さん。だが、こいつはどうかな」

　瀬島は卵型バイブレーターのリモコンスイッチを強に切りかえた。すさまじい振動が子宮を揺さぶり、こねくりまわした。

「あっ……ひいいっ、ひいっ……」

恐ろしいまでに佐知子の裸身がのけぞったかと思うと、ガクンガクンとはねあがった。

「ひいっ……ひぃーっ！」

電気ショックを受けたように、佐知子は一気に絶頂をきわめた。あまりに急激だったので、佐知子は自分の身体がどうなったのかすらわからない。

「こりゃあすげえ」

瀬島は夢中になって張型で佐知子を責めたてた。目の色が正気を失っている。

「イケ！　どんどんイクんだ！」

「ひぃーっ！」

絶息するような悲鳴をあげ、佐知子は白目を剝いた美貌をのけぞりっぱなしにし、ブルッと双臀を痙攣させせながら、たてつづけに昇りつめる。

「坊っちゃん、それ以上は」

「客をとらせる前にガタガタにしちまう気ですか、坊っちゃん」

川津と渡辺にとめられて、瀬島はようやく正気に戻った。あわててリモコンスイッチを切ったが、もう佐知子は口から泡さえ噴いて完全に気を失っていた。

4

冷二が戻ってきたという知らせを聞いて、瀬島は調教室をあとにした。

「どれ、冷二が連れてきた新しい女でも見てみるか。どうせ、奥さんの調教はひと休みだからな」

そんなことを言って、瀬島はニヤリとした。冷二が戻ってきたことで、新しい女を連れてくるという冷二の話を思いだしたのだ。

部屋へ入ると、ちょうど冷二が芦川悠子を天井の鎖から爪先立ちに吊っているところだった。悠子はすでに全裸に剝かれて後ろ手に縛られていた。乳房の上下にも縄がきつくくいこんでいる。

「ほう、この女か、冷二」

瀬島はニヤニヤと悠子に近づいた。

「今度は女教師だぜ。どうだ、先生にしとくにはもったいねえ身体してるだろうが」

冷二は悠子の身体を瀬島の目にさらし、黒髪をつかんでうなだれている顔をあげた。

「い、いやあ！」

悠子は悲鳴をあげて、逃げようともがいた。まさか他人のいる部屋へ連れこまれて、裸をさらされるなど、思ってもいなかったのだ。

「こんな……こんなところへ連れてきて、どうしようというの⁉」

おびえに悠子の声が震えた。

「ああ、いやっ！……この人は誰なの⁉」

悠子の泣き声を無視して、冷二はニヤニヤと笑った。自慢げに悠子を瀬島に見せつけるふうだ。

瀬島は悠子を見て、目の色をギラッと光らせた。

綺麗なウエーブのかかった肩まである黒髪。鼻筋の通った知的な美貌。瀬島は思わず目を吸い寄せられた。瀬島は悠子の美貌からゆっくりと視線を裸身に這いおろしていく。

白く透き通るような肌。形よくピチピチとはじけんばかりの乳房。腹部はなめらかで腰は細くくびれている。そしてムッチリと官能美あふれる双臀から太腿にかけての肉づき。まるで女子大生みたいなみずみずしさだ。

瀬島の喉がゴクリと鳴った。

「たいした上玉じゃねえか。驚いたぜ」

「これだけの美人でこの身体だ。たっぷり稼いでくれると思うぜ、瀬島」

「おめえって奴は……」

瀬島はあきれたように笑った。

人妻の佐知子といい、この美貌の女教師といい、こうも上玉をつづけて連れてくる冷二が瀬島には信じられない。冷二にしてみれば、かつて自分を無視したり、下着ドロをなじった女たちへの復讐なのだが。

「客をとらせるなり、裏ビデオに使うなり、好きにしてくれ。とにかくとことん責め抜いてくれや」

「こういう上玉なら大歓迎だぜ」

冷二と瀬島は顔を見合わせてニヤニヤと笑った。妙に気の合う二人なのだ。

悠子にしてみれば、信じられない男たちの言葉だった。

「ど、どういうことなの⁉　言って！」

「わかってるくせにとぼけやがって。芦川悠子先生は牝として興竜会に売られたのさ」

「…………」

悠子はすぐには言葉が出なかった。ヤクザに売られた。そう思うと膝がガクガクして、歯がカチカチ鳴りだした。ヤクザに売られるということがどういうことか、悠子にだってわかる。

客をとらせる……裏ビデオ……。冷二の恐ろしい言葉が、悠子の頭のなかで渦巻いた。

「い、いやあ!……そんなこと、いやっ! 助けて!」

弾かれたように悠子は泣き叫んだ。

「いい声で泣くじゃねえか。こりゃ調教しがいがありそうだ」

瀬島がゆっくりと悠子のまわりをまわった。まわりながら悠子の乳房をいじり、双臀を撫で、その見事な肉づきを確かめていく。

「いやっ、いやあ!」

悠子は手が触れるたびにビクッと震え、泣き声をあげた。

「いい身体してやがる。こりゃじっくり品定めといくか」

「手伝うぜ、瀬島」

「それじゃまず、股をおっぴろげようぜ」

瀬島が縄を手にしてうれしそうに笑った。

二人がかりで悠子の足を押さえつけ、右膝のところへ縄を巻きつけて縛った。その縄尻を天井の鉤に引っかけて引く。

「やめて!……ああ、かんにんして!」

悠子は絶叫した。いくら必死に両脚を閉じ合わせても、右膝の縄はすぐにピンと張り、ジワジワと悠子の右膝を横へ開くように吊りあげはじめた。

「いやあ!」

悠子の右脚が抗いに波打った。

「なに気どってやがる。思いきっておっぴろげねえかよ、芦川悠子先生」

冷二が悠子の右脚をつかんで強引に上へ持ちあげた。たちまち悠子の右脚は膝を高々と持ちあげる形に吊りあげられてしまい、股間が開ききった。

「ああっ……いや、ああ……」

さらけだされた股間を隠す術もなく、悠子は艶やかな黒髪を振りたくって泣きじゃくった。

「どれ、どんなオマ×コをしているか、じっくり見せてもらうぜ」

瀬島は悠子の前にしゃがみこむと、茂みを指でかきあげるようにして媚肉の合わせ目を剝きだした。

「やめて……見ないで！　ああ……」

悠子は泣きながら腰をよじった。

それを無視して、瀬島は媚肉の合わせ目を左右からつまんでくつろげる。

「俺がだいぶ楽しんだけどよ。まだ綺麗なもんだろうが」

一緒になって覗きながら、冷二が言った。

「色といい形といい、生娘みてえじゃねえか。綺麗なオマ×コしてやがる」

くい入るように覗きつつ、瀬島は舌なめずりをした。初々しい肉の色がまぶしいほどだ。ついさっきまで人妻の成熟した肉を責めていただけに、その初々しさが目立った。本当にバージンではないかと思える。

「こりゃ客をとらせるより、ショウ向きかもしれねえな。このオマ×コを見せりゃ、客は大喜びだぜ」

指先で丹念に肉の構造を確かめながら、瀬島は言った。この初々しい媚肉を仕込んだら、どう変化していくか、また瀬島の楽しみが増えた。

「尻の穴もいいぜ。何度か浣腸はしてるが、まだバージンアヌスだ」

冷二が自慢げに言う。

「どれ、尻の穴を見せろ」

瀬島が悠子の後ろへまわった。

ムチッと形よく張った臀丘の谷間に、悠子の肛門がひっそりと息づいていた。可憐にすぼまっているのが、瀬島の視線を感じておびえたようにさらにキュウとすぼまる。

「見ないで……ああ、そんなところ、いや、いやです」

悠子はもう生きた心地もなく、すすり泣くばかり。おぞましい品定めをされながら、悠子は自分の身体が売られたことを思い知らされた。

「なるほど、可愛い尻の穴をしてやがる。そそられるぜ」

瀬島は欲望のおもむくままに手をのばして、悠子の肛門に触れた。

「いやっ……ああ！」

また悠子の泣き声が大きくなる。瀬島の指は異様に熱く、それがなにかただならぬ気配を感じさせ、悠子はおびえた。

「ゆ、許して……」

「この尻の穴は仕込みがいがありそうだ。いい感じだぜ」

ゆるゆると揉みこむ。肛門の粘膜が指先に吸いついてくる。

「このあとショウがあるんだが、さっそくこのべっぴんの先生を出してみるか」

「そいつはいいや。浣腸ショウならいきなりでもいけるぜ」

「そういうことだ」

瀬島と冷二は顔を見合わせて笑った。

だが悠子はおぞましい恐怖に、声も失ってブルブルと震えた。

「許して……そんな、そんなひどいこと、しないで……」

「ガタガタ言うな。秘密ショウのスターとしてデビューさせてやろうというんじゃねえか」

瀬島はバシッと悠子の双臀をはたいた。

悠子は頭を振り、泣きながら冷二に向かって哀願した。

「助けて！　お願い……いや、ショウなんていやです！」

「ショウよりも毎日、何人もの客をとったほうがいいってのか、芦川先生」

「そ、それは……」

「だったらショウに出るんだ。なあに、浣腸されてウンチをひりだすところを見せりゃいいんだから、芦川悠子先生の得意技じゃねえかよ」

冷二は悠子の顔を覗きこんでせせら笑った。

ひきつっていた悠子の美貌が、ワナワナと唇を震わせたかと思うと、「わあっ」と泣き崩れた。

「いや、いや！……ひどすぎるわ……」

悠子は瀬島の指が肛門に這うおぞましさも忘れ、裸身を揉んで泣いた。

瀬島と冷二は互いに顔を見合わせて、ニヤリと笑った。気が合うだけに互いになにを考えているのかよくわかる。

「そんなにショウに出るのがいやなら、先生にチャンスをやってもいいぜ」

冷二は悠子の泣き顔を覗きこんだ。

悠子はハッとして、すがるように冷二を見つめた。

冷二は瀬島から捻じり棒を受け取ると、それを悠子の鼻先に突きつけた。

「これがなにか知ってるな。先生の尻の穴を掘る道具だ」

冷二は思わせぶりにクルクルまわしてみせ、ニタッとした。

「こいつを自分で使って肛門オナニーをするんだ。十五分以内に気をやったら、ショウに出すのは許してやるぜ」

「そ、そんな……」

悠子は絶句した。冷二と瀬島の見ている前でおぞましい排泄器官を自ら弄ぶなど、できるわけがない。そのうえ、肛門で気をやるなど。

「いやならショウに出るんだな」

「そいつを使う気なら、俺が尻の穴をほぐしてやるぜ。入りやすいようにな」

冷二と瀬島は意地悪く言った。

「いやっ……ああ、どっちもいや！」

悠子はブルブルと震えながら、泣き声をかすれさせた。

「せっかくやったチャンスをつぶすのか、先生。どっちか選ばしてやろうってのによ」

「ああ、かんにんして……そんな、そんなこと、できない」

「それじゃショウに決まりだな。さっそく浣腸ショウの準備といこうじゃねえか」

冷二と瀬島はわざとらしく言って棚に並んだ浣腸器を取りあげたり、便器を引きだしたりして、悠子に見せつけた。

「い、いやっ……それだけは……」

悠子は泣きながら浣腸ショウだけは許して欲しいと哀願した。浣腸の恐ろしさ、恥ずかしさがドッと甦ってきた。それを大勢の見物人の前でされるなど、考えるだけでも気が遠くなる。

「それじゃ肛門オナニーをしてみせるというのか、先生」

悠子は泣きながらうなずいた。それがどんなにおぞましくても、それ以外に恐ろしい浣腸ショウから逃れる術はないとわかった時、悠子の答えは決まったのだ。

「い、言われた通りにしますから、ショウだけは……そんなひどいことだけは……」

悠子は何度も言った。

冷二と瀬島はニンマリと顔を崩した。面白いミニショウが見られそうだ。悠子が自ら捻じり棒を使って肛門オナニーをする姿を想像すると、ゾクゾクとした。

「それじゃ、捻じり棒が入りやすくするために、尻の穴を揉みほぐして欲しいとおねだりしな、先生」

冷二は悠子の耳もとで囁いた。

「ああ……」

一度哀しげに顔をのけぞらせた悠子だったが、もう観念したように、

「お、お願い……悠子の……悠子のお尻の穴を……揉みほぐして……」

そう言って悠子は泣きじゃくった。

第八章　菊門の嬲辱鬼達

1

後ろ手に縛られた悠子の裸身が天井の鎖から爪先立ちに吊られ、ゆらゆらと揺れていた。右膝もまた縛られて、悠子の股間は高々と開ききっていた。

その後ろに瀬島はニヤニヤと笑ってかがみこんだ。

「フフフ、いい尻しやがって」

瀬島はパシッと悠子の双臀をはたいた。

ピチピチと肉の弾む白い双臀は、形よく張ってまぶしいほどだ。人妻の佐知子のたっぷりと脂肪をのせた双臀ほどではないが、みずみずしい若さにはちきれんばかりだ。

「どれ、尻の穴を見せてみろ、べっぴんの先生のアヌスを。俺がじっくりと揉みほぐしてやるぜ」

瀬島は冷二に手伝わせて悠子の臀丘を割り開き、その奥に秘められた肛門を剝きだす。可憐な蕾がおびえて、必死にすぼまっていた。そこが冷二の言う通り、まだ男に使われていないことは、ひと目でわかった。

「べっぴんの先生の尻の穴は、色も形も綺麗なもんじゃねえか」

「だから正真正銘のバージンアヌスと言っただろうが」

「掘るのが楽しみだな。犯る時はいろいろと趣向をこらさなくちゃな」

瀬島は冷二と顔を見合わせてニヤニヤと笑うと、手をのばして悠子の肛門に触れた。ビクッと悠子の身体が震え、肛門の粘膜の吸いつくような感触を楽しみつつ、瀬島はゆるゆると揉みこんだ。

「あ、いやあ……かんにんして……ああ……」

悠子は泣き声をあげて腰を振りたてた。吊りあげられた右脚を揺すり、縄がギシギシと軋む。

「いや……ああ、いやです！」

「尻の穴を揉みほぐして欲しいと言ったのは、芦川先生じゃねえか。望み通りにしてやってんだから、自分から尻の穴を開くようにしねえかよ」

覗きこみながら冷二はせせら笑った。冷二が差しだした薬用瓶から瀬島は肛門の括約筋弛緩クリームを指先にすくい取り、悠子の肛門に塗りこんでいく。

「これでいやでも尻の穴がゆるむぜ」

「奥まで塗ってやれよ。よく開くようにな」

「指の付け根まで入れてやるぜ」

瀬島はニンマリとすると、必死にすぼめている悠子の肛門を、強引に指で貫きはじめた。

「ひいっ……」

悠子はキリキリ歯を噛みしばり、黒髪を振りたくる。

「いやっ……やめて！　痛い！」

「これくらいで痛がってちゃ、肛門オナニーなんかできねえぞ。もっと自分から尻の穴をゆるめろ」

きつい締めつけが瀬島の指に絡みついてくる。侵入を拒み、押し戻そうとする。

それを強引に揉みほぐしつつ、瀬島の指が深く縫っていく。

悠子は喉を絞り、のけぞったまま腰を揉む。吊りあげられた右足の爪先が、キリキリと内側へかがまった。

「いい締まりだ。さすがにバージンアヌスだな。どうだ、俺の指が付け根まで入ったのがわかるか」

「ああ、いや、いやっ……かんにんして……」

悠子は汚辱感に気が遠くなる。おぞましさに肛門を引き締めると、いやでも瀬島の指を感じる感覚が強くなる。かといって、ゆるめることなどできない。

瀬島の指は悠子の肛門を深々と貫いてゆっくりとまわされ、抽送されてさらに揉みほぐしはじめた。それにおびえるように、クイクイとくい千切らんばかりに締めつけてくる感触が心地よい。だが同時に、悠子の肛門は揉みほぐされてとろけるような柔らかさを見せはじめた。キリキリくい締めてはフッとゆるみ、またきつく締めつけてくる。

「尻の穴がとろけてきたぜ。べっぴんの先生よ」

「嘘……ああ、そんなこと……」

「嘘なもんか。こんなに指の動きがスムーズになってきたじゃねえか」

瀬島は思い知らせるように、指を大きく抽送した。

「あ、ああ……やめて……あむむ……」

指が出入りする異常な感覚に、悠子は泣き声をひきつらせた。肛門の粘膜がただれたようにズキズキと疼きだした。とてもじっとしていられず、悠子は腰を振りたて、黒髪を振り乱してひいひい泣いた。

「いい声で泣くじゃねえか、芦川悠子先生。そろそろ肛門オナニーをしたくなってきたんだろう」

捻じり棒を取りあげ、悠子の鼻先にかざして冷二はせせら笑った。

「い、いやっ」

悠子はおびえて目をそらした。

「いやじゃねえよ。捻じり棒を使えば、指よりズンも気持ちよくなるぜ」

瀬島も悠子の顔を見あげてせせら笑う。そしてゆっくりと指を引き抜いた。

「つづきは自分でやりな。その捻じり棒を使ってな」

「浣腸ショウに出されるのがいやなら、せいぜい捻じり棒をうまく使って、気をやることだ。芦川悠子先生」

瀬島と冷二はそう言って笑うと、悠子を後ろ手に縛った縄だけをいったん解いて、左手首をまっすぐ天井に向けて吊った。

自由な右手が思わず開ききった股間を隠そうとするのをつかまえ、捻じり棒を握らせる。悠子が狼狽の声をあげ、思わず捻じり棒を手放そうとすると、冷二がバシッと双臀をはたいた。

「落としたり、ぐずぐずしてやがると、浣腸ショウに出ることになるぜ。先生」

「時間は十五分しかねえ。さっさと肛門オナニーをしな」

冷二と瀬島はニヤニヤと悠子を眺めながらビールを飲みはじめた。あとはゆっくり悠子の肛門オナニーの見物というわけだ。

悠子は捻じり棒を持ったまま、ブルブルと震えだした。歯もカチカチ鳴り、膝もガクガクして、恐怖と絶望とに目の前が暗くなる。

「どうした、浣腸ショウのほうがいいのか」

「い、いや……」

悠子はカチカチ鳴る歯を噛みしめ、乳房から腹部を波打たせながら、右手に持った捻じり棒をおずおずと双臀に近づけていく。

できない……ああ、こんなこと……で、できるわけないわ……。

何度も胸のうちで悠子は叫んだ。捻じり棒を投げだして、「わあっ」と泣き叫びたくなる。おぞましい道具を自ら排泄器官に挿入し、自ら責め苛むのだ。

ああ、こんな……こんなおぞましいこと……。

しかし、悠子にはやるしかなかった。ためらう自分の手を必死に叱りつけ、気力を振り絞る。

悠子は男たちのくい入るような視線を痛いまでに感じた。背筋に悪寒が走り、震えがとまらなくなった。そして捻じり棒の先端が悠子の肛門に触れるのがわかった。

「あ、ああっ……」

悠子は思わず声をあげて、腰をこわばらせてしまう。それと反対に捻じり棒を持った手からは力が抜け、今にも落としてしまいそうになった。

「で、できないわ……ああ……」

「それなら浣腸ショウに決まりだな。ＳＭ秘密ショウのスターとして、生きていくしかなくなったわけだ、芦川悠子先生」

「ああ、それだけは……」

気力を振り絞った。捻じり棒を持った手をブルブル震わせて、自らおぞましい排泄器官に押し入れようとする。捻じり棒の先端がジワリと沈んだ。

「あ、あ……いや、ああ……」

悠子の裸身に脂汗がドッと噴きだした。

「自分で入れながらいやもねえもんだぜ。ほれ、どんどん入れろ」

「まっすぐ入れるんじゃねえ、捻じりこむようにまわして入れるんだよ。それが深く入れるコツだぜ、先生」

瀬島と冷二はビールを飲みながら、ゲラゲラと笑った。悠子ほどの教師が自ら肛門に捻じり棒を入れていく光景はたまらない。悠子はもう男たちのからかいも聞こえず、固く目を閉ざしてキリキリと唇を噛みしばるばかりだった。

「い、いや……ああ、いやっ……」

いくら必死に気力を振り絞っても、自分の手で深く捻じりこむことなどできない。わずかに先端を入れただけで汚辱感に総毛立って、ひとりでに力が抜けてしまう。

「あ、ああ……かんにんして……」

冷二に肛門を責められた時のおぞましさが、ドッと甦った。

だが、自ら肛門を苛む恐ろしさと屈辱は、冷二の時の比ではない。こんなことなら男たちにひと思いに責められたほうがましだ。

「どうした、先生。十センチは入れねえと肛門オナニーはできねえぞ」

「もっと入れろってんだ。さもねえと浣腸ショウだ」

冷二と瀬島に怒鳴られ、あおりたてられて、悠子は歯を噛みしばってさらに捻じり棒を押し入れていく。捻じりに肛門の粘膜がこすれ、巻きこまれていく。

「ああ……あむむ……」

「気持ちいいのか、芦川悠子先生。どんな気持ちか言ってみな」

「ああ……あ、あ……」

返事をする余裕もなく、悠子は顔をのけぞらせて黒髪を振りたてる。

死ぬ思いでどうにか五センチほどまで入れた。それでも肛門の粘膜はむごく拡張されて、裂けるようだ。

「ああ……こ、これで許して……」

「もっと入れろ」

「か、かんにんして……これ以上なんて、できない」

「しようがねえな。それじゃ捻じり棒を動かしてオナニーしてみろ」

瀬島がそう言えば冷二も、

「あと十分しかねえぞ。その間に気をやるんだ、芦川先生。浣腸ショウに出されたくなければな」

「そんな……ああ、できないわ……そんな恥ずかしいこと、させないで」

「ガタガタ言ってる暇があるなら、さっさと動かせよ」

悠子は泣きながら、自らゆっくりと捻じり棒を抽送しはじめた。

肛門の粘膜が捻じり棒の動きにつれてめくりだされ、引きずりこまれる。その異常な感覚に灼きつくされそうだ。しかもそれが悠子自ら捻じり棒を動かして生じる感覚であるということが、悠子をいっそう悩乱させた。

「あ、ああ……こんな、こんなことって、ああ」

悠子は狼狽の泣き声をあげて顔を振りたて、次には唇を噛みしばって屈辱のうめき声をもらした。吊りあげられた右脚が揺れ、左脚は膝がガクガクと崩れそうになって、そのたびに悠子は吊られた左手で身体を支えた。

「あと七分だぜ、べっぴんの先生よう。そんな中途半端じゃ、とても気をやれねえぞ」

「もっと尻の穴をこねくりまわすようにしてみろ。ほれ、もっと深くえぐらねえか」

瀬島と冷二は悠子をからかい、はやしたててゲラゲラと笑った。男心をそそることない見世物に、欲情の炎が燃えあがる。そんな悠子の姿を前に飲むビールの味は格別だった。

「あ、あ……ああ……」

悠子は死にたいとすら思った。いくら必死に捻じり棒をあやつっても、男たちの言うように深くこねくりまわすことなどできるはずもない。また、おぞましいばかりで快感が生じるわけもなく、気をやるなどほど遠いことだ。

「ああ……どうすればいいの」

「フフフ、あと四分で浣腸ショウに決まるぜ、先生」

「あ、あ……あむむ……」

悠子が自らあやつる捻じり棒の動きが、今までより大きくなった。肛門が生むおぞましい感覚に、自らのめりこもうと懸命になっている。それでも女の官能はくすぶりこそすれ、昂らない。

「だ、駄目……ああ、駄目だわ」

悲鳴とともに悠子は自ら腰を揺すりはじめた。だが、むなしく時間ばかりがすぎていく。

「時間切れだぜ。フフフ」

瀬島の非情な声に、悠子は「わあっ」と号泣した。

瀬島と冷二は泣きじゃくる悠子の両手を再び背中へ捻じりあげて縛ると、天井の鎖から吊った。

「これだけいい尻をしてて、尻の穴で気をやれなくてどうする」

「どうやって尻の穴で気をやるのか、今から教えてやるぜ。べっぴんの先生よ」

冷二と瀬島はあざ笑って、悠子の双臀をバシッバシッとはたいた。

悠子の後ろに瀬島が、前に冷二がかがみこんだ。瀬島が捻じり棒をつかんで、悠子の肛門を嬲りはじめる。

「あ、あ、いや……いやあ！」

たちまち悠子は悲鳴をあげてのけぞった。

捻じり棒はグイグイと巻きこまれ、悠子の肛門を拡張しながら深く入ってくる。十センチも入っただろうか、悠子の肛門は二センチ近くも拡張されて、ぴっちりと捻じり棒を咥え、ヒクヒクとひきつった。

「ああ、あむ……」

悠子は顔をのけぞらせ、汗の光る喉をピクピクと震わせた。そして瀬島が巻き戻しては巻きこむというように抽送をはじめると、絶息するように喉を絞る。

「や、やめて！……そんなにされたら……ああ、あむ……」

「もっと気持ちよくしてやるよ」

冷二が悠子の内腿を撫でまわしていた手をすべりあがらせ、媚肉の割れ目をなぞった。左右からつまむようにしてくつろげ、秘めやかな肉襞をまさぐる。

「か、かんにんして……」

悠子は泣きながら哀願した。前と後ろと二人の男にいたずらされるなど、信じられない。

「尻の穴とオマ×コと同時にいじってもらえるなんて、先生も幸福者だぜ」

「今度こそ、思いっきり気をやってみせるんだぞ。べっぴん先生よ」

冷二と瀬島は悠子をからかいながら、さらに責めたてた。

瀬島は捻じり棒を深く浅く、強く弱く、自在にあやつり、悠子の肛門をこねくりまわした。冷二のほうは肉襞を丹念にまさぐりつつ、もう一方の手で女芯の肉芽を剝きあげて指先でいびる。

「ああっ……いやっ！　もうやめて！……あ、ああ、かんにんして！」

悠子は腰をよじりたて、膝をガクガクさせて泣き声を噴きあげた。

それでも悠子の媚肉は次第に蜜をジクジクとにじませ、熱くとろけはじめる。剝きあげられた肉芽も充血してツンと尖りだし、ピクピクとおののき、蠢いた。そして、溢れでた蜜が捻じり棒の蠢く肛門にまでしたたった。

「感じてやがる。ベチョベチョになったのがわかるか、先生」

「いやあ……あ、ああ……」

「ほれ、もっと気分出すんだ。気持ちよくってたまらねえと言ってみろ」

「ああ、いや、いや……」

そう言って頭を振りながらも、悠子はさらに昂るようだ。身体の芯が前から後ろから熱くたぎってドロドロにとろけ、その熱が身体中にひろがっていく。片時もじっとしていられない。ひとりでに腰が蠢き、ブルブルと震えた。

「こんな……ああ、こんなことって……」

悠子は灼けただれるような感覚が、めくるめく肉の快美に変わっていくのを恐ろしいもののように感じた。肛門で蠢く捻じり棒のおぞましささえ、快美に巻きこまれていく。悠子の股間はそこらじゅうが火となってヒクヒクとわななき、熱い蜜にまみれてキリキリと収縮した。

「あ、ああ……あああ……」

悠子は堰を切ったように声を張りあげて、双臀をあられもなく揺さぶりたてた。

「フフフ、尻の穴で気をやるんだ」

冷二は媚肉をいたぶる手をとめた。瀬島の捻じり棒だけが、悠子の肛門を苛む。

悠子は喉を絞り、冷二の指を求めるように媚肉を妖しく蠢かせた。

「ああ……ま、前も……」

「尻の穴だけでイクんだよ、先生」

「か、かんにんして……」

悠子の哀願は切羽つまったうめき声に呑みこまれた。

「イクのか、べっぴん先生よ」

「いや、いやっ……ひいっ！」

「それ、気をやるんだ、ほれ。尻の穴でイッてみせろ」

瀬島は捻じり棒を大きく抽送した。

「あ、あうう！……ひっ、ひいーっ！」

その瞬間、悠子はまるで電気でも流されたみたいに、ガクンガクンとのけぞってキリキリ歯を噛みしばり、二度三度と激しく双臀を痙攣させた。

「う、うむ……イク！」

総身が恐ろしいまでにひきつれ、捻じり棒がくい千切られんばかりにギリギリとくい締められた。

苦悶に近い恍惚のうちにのけぞっていた悠子の美貌が、前にグッタリと垂れた。汗まみれの裸身も余震のように小さく痙攣しつつ、力が抜けて縄目に身をあずけた。

「見事に尻の穴で気をやりやがったじゃねえか。たいしたイキっぷりだったぜ」

「これで先生も一人前だな。女は尻の穴でイッてこそ、本当の女になれるってわけだからな」

瀬島と冷二は顔を見合わせてゲラゲラと笑った。

捻じり棒を深く咥えこませたまま、悠子の股間を覗きこんで、またビールを飲んだ。悠子をついに肛門で気をやる女にしたあとで飲むビールの味は格別だった。

「瀬島、どうだ。さっそく先生の尻の穴を味わってみるか」

冷二がニヤニヤ笑いながら言った。

「そうしてえところだがよ、バージンアヌスは高い値がつくんだ」

「客をとらせて、アナルを犯らせようってわけか」

「客に競らせてみな。これだけの女のバージンアヌスだ。いくらでも高値がつくってもんだぜ」

瀬島がピタピタと悠子の双臀をたたいて言った。冷二がニンマリとうなずく。

そんな恐ろしいことが話されているのも聞こえず、悠子はグッタリとしたまま、固く目を閉ざしてあえいでいる。汗に濡れた悠子の裸身は、まるで油でも塗ったようにヌラヌラと光った。そのあえぐさまが、男たちの欲情をそそる。

「ここんとこは、オマ×コと口とで我慢するか」

「ぜいたく言うな、冷二。これだけのべっぴん先生のオマ×コと口で楽しめるのに文句をつけちゃ、バチが当たるってもんだ」

冷二と瀬島は服を脱いで裸になると、悠子を吊った縄を解いて、後ろ手縛りのまま、奥の座敷へ運びこんだ。座敷にはすでに布団が敷かれ、いつでも悠子を楽しめる準備がととのっている。その上に悠子をあお向けに横たえる。

「お楽しみの時間だぜ、先生」

冷二が悠子の乳房に手をのばして揉みつつ、乳首にしゃぶりつけば、瀬島は悠子の股間に顔を埋めて、しとどに濡れそぼった媚肉をペロペロと舐めはじめた。

「ああ……」

右に左にと顔を振るようにして、悠子はおぼろげな目を開いた。そして自分の乳房や股間にしゃぶりついている男たちに気づいたとたんに、

「ああっ、い、いやあ！」

グッタリと死んだようだった悠子の身体が、戦慄にのけぞった。ガクガクと身体を揺すって、男たちの口を振り払おうとする。

「やめて！……もういやっ、ああっ……いやです！」

「一度気をやったくらいじゃ、もの足りねえだろ、先生。浣腸ショウの前にたっぷりと楽しませてやるぜ」

冷二が顔をあげてニタッと笑い、またいっそう荒々しく悠子の乳首にしゃぶりつい

ていく。乳房を根元から絞りこむようにタプタプと揉みこみ、乳首を舌で舐めまわして吸っては、ガキガキと噛んだ。

「ひっ、ひっ……許して！」

「肛門オナニーで満足に気もやれなかったくせに、ガタガタ言うんじゃねえよ。これからは先生だからって甘やかさねえぜ」

瀬島も一度顔をあげて言うと、舌の先を尖らせて女芯の肉芽を舐めあげた。

「ひっ、ひいっ！」

悠子の腰がピクンとこわばり、悲鳴が噴きあがった。

それをあざ笑うように、瀬島は肉芽を吸いあげてしゃぶった。冷二もまた乳首をしゃぶり、ガキガキと噛む。

「やめて……ひっ、ひいっ、いやあ！」

いくら泣き叫んでも、男たちの口は吸いついたまま離れない。

そしてその唇と舌に、まだ完全におさまっていない官能の残り火が、悠子の意志に関係なく、ジリジリとひろがりはじめた。悠子の身体がブルブルと震えだし、また汗が粘っこくにじみでる。

「いや、ああ、いやっ……」

悠子は泣くしか術がない。さらに悪いことには、肛門には捻じり棒を咥えこまされたまま、その周辺にまで瀬島の舌が及んだ。

「ああ……あ、ああ……」

悠子の身体は瀬島と冷二の唇と舌とにあやつられ、踊らされるかのように乳首をツンと尖らせ、媚肉をヒクヒクわななかせながら、熱い蜜をしたたらせた。泣き声もどこか艶っぽい響きを感じさせ、振りたてる腰も嫌悪からどこか応えるようなうねりへと変わっていく。そして悠子は肉の愉悦に巻きこまれた。

「あ、あうう……あうっ……」

はっきりとよがり声とわかる声をあげて、汗まみれの裸身をくねらせはじめた。一度声をあげてしまうと、堰を切ったようにとめどがなくなる。

「上の口と下の口に太いのを咥えこませてやるから、おねだりしてみろ」

ニヤニヤと顔をあげ、冷二がベトベトの口で言った。

「い、いや……」

悠子は弱々しく頭を振ったが、それはもう抗いの響きではなかった。

「上から下から太いのを入れて、とおねだりしねえか」

瀬島が悠子の肉芽をしゃぶりながら、肛門の捻じり棒を動かした。

「ああっ……それはいやっ、しないで！」

「じゃあ、おねだりしな」

「…………」

悠子は唇を噛みしめたが、めくるめく官能の炎にくるまれた身体は、それ以上拒むことはできない。

「し、して……ああ、上から下から……太いのを入れて……」

悠子はもう自分でなにを言っているのか、わからない。

「うんと深く入れて欲しいんだろ、べっぴんの先生よ」

「う、うんと深く入れて……」

悠子があえぐように言うと、瀬島と冷二は顔を見合わせてニンマリとした。

「それじゃ先生の希望通りに上から下からといくか」

「できるだけ深く入れてな」

瀬島が悠子の太腿の間に腰を割り入れて、両脚を左右の肩にかつぎあげれば、冷二は悠子の上へまわって黒髪をつかんだ。そしてほとんど同時に、ゆっくりと悠子に押し入っていく。

「あ、ああっ……あ、うぐ……」

上から下からジワジワ貫いてくる二本の灼熱に、悠子は白目を剝いてのけぞった。

2

翌日、冷二は成田空港へ向かって車を走らせた。

昨夜のことを思いだしてニガ笑いをする。悠子を浣腸ショウに出すのだからほどほどにしなくてはと思っていても、冷二も瀬島も夢中になって悠子の身体を何度もいためつけた。

気がついた時には、悠子は足腰が抜けたようになって口からは泡さえ噴き、とてもショウで使える状態ではなかった。結局、悠子をショウに出すのは延期された。

「やりすぎたな。瀬島の奴は手加減ということを知らねえからな」

冷二は呟いてニヤニヤと一人笑った。

もっとも瀬島の嗜虐性の濃さを知っているからこそ、悠子を瀬島のところへ連れていったのだ。これで悠子も地獄に堕ち、立派な牝になることだろう。となると、次はスチュワーデスの藤邑由美子をどうするかである。

「藤邑由美子か……」

あれやこれやと淫らな構想が、冷二の頭のなかをかけめぐった。人妻の佐知子は客をとらせ、女教師の悠子は秘密ショウのスターに仕込む。スチュワーデスの由美子に佐知子や悠子と同じことをさせても面白くない。スチュワーデスとしてのプライドを打ち砕くような面白い方法はないものか。そんなことを考えているうちに、車は空港に着いた。

ちょうど由美子のフライトのロンドン発北極まわりのジャンボ機が到着したばかりで、グッドタイミングだ。

三十分もしないうちに、パイロットやスチュワーデスが税関口から出てきた。そのなかに由美子もいた。

一週間ほど前、冷二にさんざん弄ばれたことなど嘘みたいに、由美子は制服に身を包み、さっそうと歩いてくる。由美子の美しさと知的な華麗さは、スチュワーデスのなかでも際立っていた。

冷二はわざと由美子から姿が見える位置に立って、ニヤニヤと笑った。

由美子は冷二に気づき、一瞬、美貌が凍りついた。

ちょっとこっちへ来な……。

冷二は目で言った。ポケットから由美子が浣腸されている写真を取りだして、わざとらしくチラチラさせる。

由美子はたちまちひきつらせた美貌をベソをかかんばかりにして、思わずバッグを落としそうになった。それでも必死に平静さを装い、売店でなにか買うふりをして冷二のそばへ来る。

「そ、そんな写真、早くしまって……どういう気なの？」

「泣きながら俺の牝になると誓ったくせに、えらそうな口きくな。用があるから呼んだんじゃねえか」

「な、なんの用なの。早く言って」

「お高くとまるな」

いきなり張りとばして素っ裸に剥きあげたい衝動に駆られたが、こうロビーに人が多くては、さすがの冷二も手が出ない。

「駐車場で待ってるぜ。スチュワーデスの制服のまま来るんだ。ただし、ノーパンでな」

「そ、そんな……」

なにか言おうとする由美子を無視して、冷二は出口へ向かって歩きはじめた。駐車場の車のなかで、一升瓶ほどもある長大なガラスの筒に、グリセリン原液を千五百CCたっぷりと吸いあげる。

ガラス筒に薬液がドロドロと不気味に渦巻いて、鈍く光を放った。

まずはこいつを呑ませて、ひいひい泣かせてやるぜ、藤邑由美子……。

冷二はニンマリと舌なめずりをした。

スチュワーデスの制服姿のままの由美子が駐車場へ入ってくるのを見ると、冷二は車からおりて長大な浣腸器をボンネットの上に置いた。由美子は全身から緊張と警戒、そしておびえの色をにじませて、まっすぐ冷二に向かって歩いてきた。

「ノーパンで来ただろうな、美人のスチュワーデスさんよ」

冷二はわざと大きな声で言った。

「………」

ワナワナと唇を震わせてなにか言おうとした由美子は、車のボンネットの上の長大な浣腸器に気づいて、美貌をひきつらせた。

一歩二歩と思わずあとずさると逃げようとした。だが、由美子の手はもう冷二に素早くつかまれていた。

「おっと、どこへ行こうってんだ。これからお楽しみだってのによ」

「い、いや……そんないやらしいこと、二度といやです……は、離して！」

「しばらく放っておいたんで、すねてるのか。いいことをしてやろうというのによ、美人のスチュワーデスさん」

冷二は由美子の腕を引くと、細腰にまわして抱き寄せた。そして必死にそむけようとする由美子のうなじに唇を押しつける。

「いやです……は、離して」

「あんまり騒ぐと人が集まってくるぜ。さらしものにされてえのか」

「ああ……いやっ」

両手を背中に捻じりあげられ、由美子は冷二の腕のなかで身を揉んでのけぞった。

だが、そんな身悶えをあざ笑うように捻じりあげられた両手首に、冷たい手錠がくいこんできた。また身の自由を奪われて、気も遠くなるほどの辱しめを加えられるのだろうか。

「ゆ、許して……」

「甘えるな。この身体はもう俺のものなんだぜ」

冷二は由美子の耳に口を寄せて、せせら笑った。

駐車した車の蔭になって、まわりからは由美子の下半身が見えないのをいいことに、冷二は由美子の制服のスカートをまくりあげはじめた。

「やめて……ああ、いやです……」

人目を恐れてか、由美子の抗いは弱々しい。声もどこか抑えた響きがあった。

「やめてください」

「この前に俺に責められた時を思いだして、もう身体が燃えだしてくるんじゃねえのか」

「そ、そんな……誰がそんなこと……」

「牝のくせしやがって」

冷二は由美子の腰や太腿がよじりたてられる動きを楽しみつつ、スカートのなかへ手をすべりこませた。

冷二の手にパンティストッキングとパンティの感触があった。

「なんだ、これは。ノーパンで来いと言ったはずだぜ」

ムッとした声で言うなり、冷二の手が鋭く由美子の頬を張っていた。

「ああっ」

のけぞりグラつく由美子を、冷二は素早く車へ押しつけた。由美子の上半身を車のボンネットの上にうつ伏せに押しつけ、双臀を突きださせる。

「それ、もっと尻をおっ立てろ。足も開くんだ。美人のスチュワーデスさんよ」

「許して、こんなところで……ああ、人に見られます」

「ノーパンで来ねえからだ。ガタガタ言ってやがると、ここで素っ裸に剝くぜ」

冷二は後ろから由美子のスカートに手をもぐりこませ、パンティストッキングとパンティとを一気に剝きおろした。足首から抜き取り、ズタズタに引き裂く。

「こんなものは二度とはくんじゃねえぞ。いいな。いつでも俺がすぐにいたずらできるようにノーパンでいるんだ」

冷二はゆっくりとスカートを後ろからまくりあげ、もう下着を着けていない裸の双臀を剝きだしにした。

「ああ、いや……ここでは、いやです……かんにんして」

「おとなしくしてろ。ノーパンで来なかったこの尻に、たっぷり仕置きしてやるからよ」

由美子の後ろへしゃがみこむと、冷二はニヤニヤと裸の双臀を撫でまわした。ただでさえムチッと形のいい由美子の双臀が、ハイヒールをはいているため、さらに形よく吊りあがってピチッと引き締まっている。撫でまわす手が肉に弾かれそうで、白く剝き卵みたいな肌はシミひとつない。今にもしゃぶりつきたくなるほどの見事な肉づきに、さすがの冷二も顔がだらしなく崩れた。

「いい尻しやがって。そそられるぜ、美人のスチュワーデスさんよ」

「ああ、許して……こんなところで……」

由美子は弱々しく双臀を振った。スチュワーデスの制服のまま空港の駐車場で白昼裸の双臀を剝きだしにされ、そんな姿を誰かに見られたらと思うと、由美子は生きた心地もしない。それでなくても、向こうに人が行き来するのが由美子に見えるのだ。こっちへ来ないことを必死に願うしかなかった。

「やめて、気づかれます。こ、こんなところではいやっ」

「ノーパン命令にさからった罰だ」

あざ笑うように言うと、冷二は指先をグイと肉にくいこませて、由美子の臀丘の谷間を割り開いた。

「あっ、いやっ……」

由美子が声をあげ、あわてて腰をよじりたてようとした時には、もう冷二の指先は肛門をとらえていた。

「い、いやっ……そこは、そこだけは、許して……いやですっ」

双臀を振りたてて、由美子は泣きださんばかりに哀願した。

「いやだからこそ仕置きになるんじゃねえかよ」

冷二はニヤニヤと笑いながら、指先でゆるゆると揉みこんだ。

肛門の粘膜が指先に吸いつくようだ。おびえるようにキュウッとすぼまる感触が心地よく、嗜虐の欲情をそそった。

「いい感じだぜ、美人スチュワーデスの尻の穴はよ。必死にすぼめやがって」

「いや……ああ、そんなところに触らないで……や、やめて……」

由美子はキリキリと唇を嚙みしめたまま、双臀を右と左にとよじりたてた。だが、冷二の指先は蛭のように吸いついたまま離れない。きつくすぼめているのをゆるゆると揉みほぐされていく感覚が、由美子にはたまらなかった。

「あ、ああ……いや、ああ……」

いくらすぼめようとしても、由美子の肛門は次第にほぐれ、ゆるめられて、いつしかフックリと柔らかくなっていく。それが冷二に襲われ、肛門を責められた時のおぞましさ恥ずかしさを、まざまざと甦らせた。

「あ、あ……」

由美子が双臀をブルブル震わせ、歯を嚙み鳴らした。

「いやがってるくせに、ずいぶんと尻の穴を柔らかくしてるじゃねえかよ」

「もうやめて……ああ、許して！」

「指を咥えたがってるみたいだぜ。どれ、ちょいと入れてやるか」

「いやっ……し、しないで！」

由美子が戦慄の声をあげるのもかまわず、冷二はゆっくりと指先に力を加えた。もうフックリとゆるんだ由美子の肛門は、妖しいまでの柔らかさを見せて、冷二の指先を呑みこんでいく。

「あ、あああっ……やめて……」

後ろ手錠をガチャつかせて、由美子はずりあがろうとするかのように腰を震わせ、惑乱の美貌をのけぞらせた。

「い、いやあ……」

「うまそうに咥えこんでいくじゃねえか。気持ちいいのか」

指を第一関節まで入れると、生ゴムのような感触がきつく指を締めつけてきた。それでいてとろけるような熱さだ。冷二はゆっくりと楽しみつつ、指の付け根まで入れた。そして指先で腸襞をまさぐるようにしてまわすと、由美子は腰をガクガクと揺すって泣き声をあげた。

「あんまり大きい声で泣くと、人が集まってくるぜ」

指をまわして由美子の肛門をこねまわしつつ、冷二はゲラゲラと笑った。

3

指がまわされるたびに思わず泣き声がこぼれ、由美子は唇を噛みしばって必死にこらえた。おぞましさに身体の震えがとまらない。

「あ、ああ……」

由美子は耐えきれずにボンネットに押し伏せられた顔をあげ、後ろの冷二を振りかえって唇をわななかせた。

「やめて……もう、許して……もういやです」

「指じゃもの足りねえってことか。やっぱり指よりも、そっちのほうがいいってのか」

冷二は深く埋めこんだ指で由美子の肛門を嬲りつつ、もう一方の手で由美子の黒髪をつかんで車のボンネットの上の長大な浣腸器を見せた。

「ひいっ……」

と由美子は美貌をこわばらせた。

「い、いやっ……そんなこと、いやです」

「浣腸はいやだってのか」

「いやです……ああっ、いやあ！　二度といや！」

「そんなにいやなら、仕置きにはぴったりってわけだ。さっそく浣腸してやるぜ」

冷二は手をのばして、ボンネットの上の長大な浣腸器を取りあげた。

「い、いやあ！」

美貌を凍りつかせた由美子は、反射的に逃げようとした。だが由美子の身体は冷二の手でがっしりとボンネットに押しつけられ、腰をよじりたてるのがせいいっぱいだ。

指にかわって硬質なガラスの感触が、由美子の肛門を貫いてきた。

「ああっ……い、いやあ！」

由美子は総毛立ち、拒もうと双臀がブルブルと震え、こわばった。

「いや、いやです！……許して……」

「千五百ＣＣたっぷり呑ませてやるぜ、美人スチュワーデスの尻の穴によ。ほうれ」

「やめて！　お願い！」

由美子はボンネットの上の頭を振りたてて、泣き声をあげた。

それをあざ笑うように長大なシリンダーが押され、グリセリン原液がドクッドクッと由美子を蝕みはじめる。

「あ……あむ……いや、いやあ……」

キリキリと唇を噛んでのけぞり、由美子は剝きだしの双臀をワナワナと震わせた。

ドクドクと流れこんでくる薬液のおぞましさに、抗いの気力も萎えた。まるで麻薬にでも侵されていくようだ。

ブルブルと双臀の震えがとまらなくなって、ひとりでに腰がよじれた。

「ゆ、許して……」

「ノーパンで来なかったことを、じっくりと反省するんだな。ほれ、ほれ……」

冷二はゆっくりとシリンダーを押しつつ、断続的に区切って少量ずつ注入した。そのうえ、嘴管の先端で肛門をこねくりまわす。

「あ、あむむ……入れないで……」

由美子の双臀がブルブル震えつつ、流れこんでくるものを押しとどめようとするように、嘴管のノズルがきつく締めあげられた。ヒクヒクとおののく。

「許して……ああ、もう、やめて！」

「こうやって浣腸されていると、俺の牝だってことを思いだすだろうが。うまそうに呑みやがって」

「いや……あ、ああ……あむ……」

ボンネットの上で右に左にと顔を振りながら、由美子はハアッハアッとあえいだ。脂汗が噴きでて、背筋を流れた。

「もう、許して。お願い、これ以上は……」

「なにを言ってやがる。まだ三百ＣＣも入ってねえんだぞ。これからじゃねえか」

冷二はパシッと由美子の双臀をはたくと、またジワジワとシリンダーを押していく。ノズルをしっかりと咥えた由美子の肛門がヒクヒクとおののき、薬液を呑みこんでいくさまが妖しい眺めだった。自然とシリンダーを押す冷二の手にも力が入った。

「ああっ、いやです……あ、あむ……許して……」

由美子は少しでもおぞましい感覚から逃れようと、ボンネットの上の頭を振りたてた。だがドクドクと入ってくる薬液のおぞましい感覚からは逃れようもない。薬液は肛門の粘膜と腸襞をジリジリと灼き、次第に不気味な膨張感を生みはじめた。

「あ、ああ……もう、許して……」

由美子の泣き声とともに、腹部が熱っぽくグルグルと鳴った。頭のなかがうつろになって、身体のすみずみまで汚辱感に侵され、もうあたりを気にする余裕もない。

六百CCも入っただろうか。その時、ツアーの団体が由美子のほうへゾロゾロと歩いてきたが、悩乱の由美子はすぐに気がつかなかった。

「誰かこっちへ来るぜ。フフフ、美人のスチュワーデスが浣腸されているところを見にきたのかもしれねえぜ」

冷二はわざとらしく言って、由美子の黒髪をつかんで団体のほうへ顔を向けた。

由美子はピクッと硬直し、悲鳴をあげそうになって、あわてて唇を噛んで声を噛み殺した。

やめて……見られてしまうわ……。

由美子の言葉は声にはならなかった。

スチュワーデスの制服のまま白昼の駐車場でこんなあさましい責めを受けているのを大勢に見られたらと思うと、由美子は生きた心地もない。

だが、冷二はそんな由美子の狼狽をあざ笑うように、ジワジワと長大なシリンダーを押して薬液を注入しつづける。

「こんな……こんな姿を見られたら……ああ、お願い、やめて……もうやめて」

「そうはいかねえ。まだ浣腸は終わってねえんだぜ」

「そんな……」

由美子は言葉がつづかなかった。唇を嚙みしめても歯がカチカチ鳴ってとまらない。

「ああ、早く……早くすませて……ひと思いに……」

生きた心地もなく、由美子は泣き声をあげて双臀を振りたてた。

「ひ、ひと思いに入れて……」

「少しずつじゃもの足りねえってわけか。欲張りな尻しやがって」

「ああ、早く……」

あさましい姿を見られたくない一心で、由美子は叫んでいた。長大なガラス筒には、まだ半分近く薬液が残っている。それを一気にドッと注入されるつらさを考える余裕すらない。

冷二はシリンダーを押す手をいったんとめて、パシッと由美子の双臀をはたいた。それから由美子の顔を覗きこんでニヤリと笑うと、

「望み通りに一気に入れてやるぜ。残り七百ＣＣ一滴残さずな」

そう言うなり、冷二は荒々しくシリンダーを押して、注入しはじめた。キーとガラ

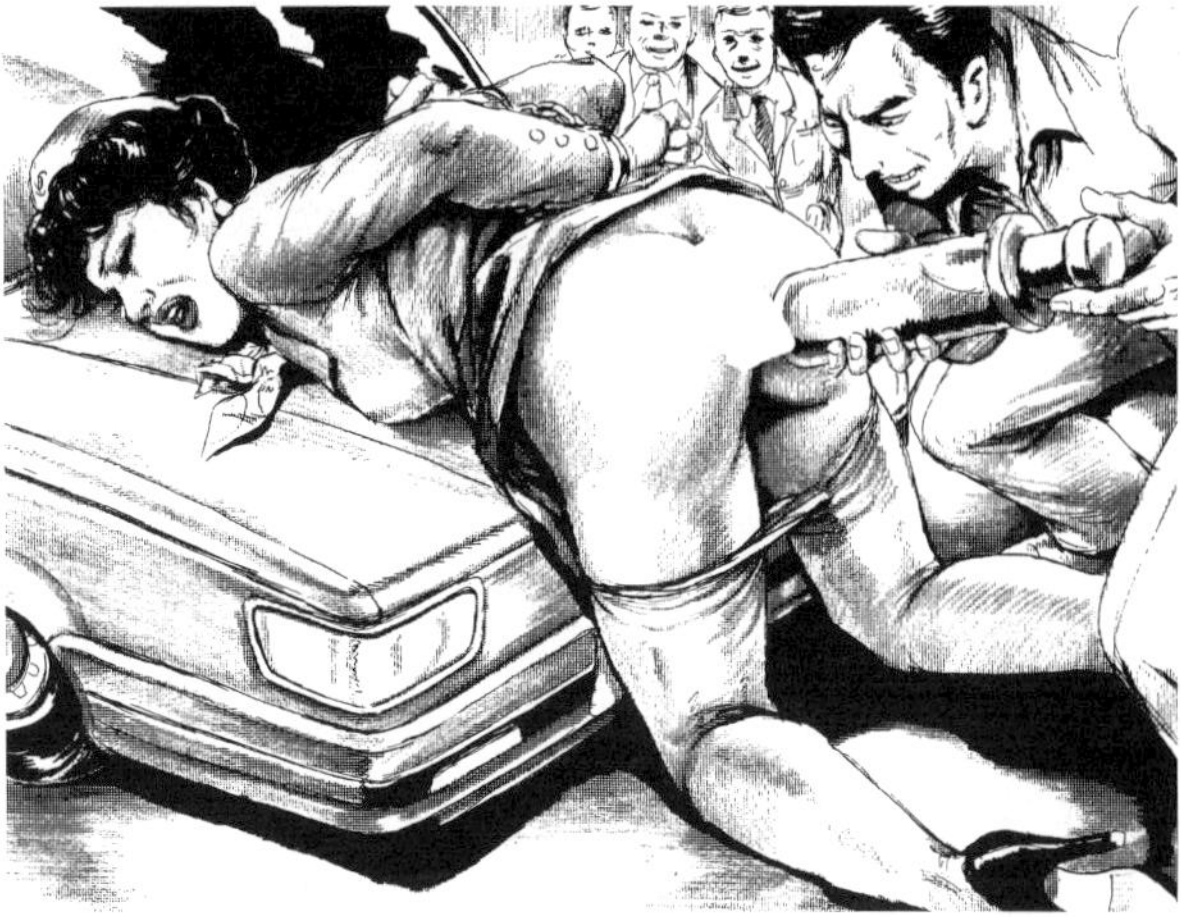

スが不気味に鳴って、激流が由美子の腸管に渦巻いた。

「あ……あむ……」

ドッと流れこんでくる激流に「ひいっ」と悲鳴をあげかけて、由美子はギリギリと歯を噛みしばった。

「そ、そんな……あ、ああ、ひっ、ひいっ……」

いくら歯を噛みしばっても、こらえきれず、泣き声が出てしまう。

「そんな声を出すと、ますます気づかれちまうぜ」

冷二はゲラゲラと笑った。

だが由美子はそれを気にする余裕もなく、喉を絞る。荒々しく入ってくるおぞましさと、急激にふくれあがる便意とに、脂汗が噴きこぼれてガクガクと腰が震えた。

「そうれ、九百……千……千百……フフフ、どんどん入っていくのがわかるだろ」

「あむむ……ひっ、ひっ……」

「いい声で泣きやがって、ほれ、くらえ！」

冷二はゲラゲラと笑いながら、長大なシリンダーを一気に底まで押しきった。

「ひぃーっ！」

由美子はひときわ高く泣き声をあげると、グッタリと死んだようになって、あとはハアハアッとあえぐばかりだ。

ようやく嘴管が引き抜かれるのと、団体が由美子のすぐ近くまでやってくるのと、ほとんど同時だった。冷二は素早くまくりあげたスカートを直したが、何人かが由美子の裸の双臀に気づいた。驚きと好奇の目を向けてくる。

「見たか。スカートの下はなにもはいてなかったぜ、お楽しみ中ってわけか」

「ありゃ俺たちの乗ったジャンボ機のスチュワーデスじゃねえか。一番綺麗な女だぞ」

「たまげたねえ。綺麗な顔して昼間から大胆なもんだ」

そんな好奇の囁きが冷二の耳にまで届いた。

だが由美子はそんな囁きも聞こえないように、グッタリと身体を冷二の腕にあずけ、息も絶えだえにあえいでいる。

恥ずかしい……こ、こんなひどいことをされるくらいなら、いっそ死んでしまいたいわ……ああ。

由美子は両目を閉じたまま、顔をあげることもできなかった。後ろ手錠をされていては、顔を隠すこともできない。

「せっかくのお楽しみも、こう人が集まってきちゃ他でやるしかねえな。少し我慢しな。美人スチュワーデスの藤邑由美子さんよ」

冷二はわざとらしく大きな声で言った。

男たちの見ている前で由美子に排泄させてみたい衝動をこらえて、冷二は由美子を車の助手席に乗せた。そして男たちの好奇の目を後ろに、車を発進させた。

「どうした、すっかり黙りこくってよ。奴らの前で責められたかったのか」

ハンドルを握って横目で由美子を見つつ、冷二はゲラゲラと笑った。

由美子はシートの背に頭をもたせかけて、両眼を閉じたままハアハアとあえいでいる。その美貌は汗と涙とにまみれて、妖しく光り上気していた。

ひとまず人目のない車内へ連れこまれたことで、由美子は救われる思いだった。だが、ホッとしている余裕はない。千五百ＣＣものグリセリン原液を注入された由美子の身体は、猛烈に便意が暴れはじめる。

「う、うう……」

由美子は低くうめいて歯を嚙み鳴らし、身震いを抑えようと必死だ。

「許して……」

脂汗を噴きだしつつ、じっとしていられないように腰を蠢かせた。必死にすがるように冷二を見る。由美子の唇がワナワナと震えた。

「お、願い……おトイレに、行かせてください……」

「なんだ、もうウンチか。美人スチュワーデスさんは、まったくこらえ性がねえときてやがる」

「だ、だって……ああ、たまらない」

由美子はみじめに泣き声を噴きこぼし、弱々しく黒髪を振りたくった。

もう今にもかけくだりそうな便意を必死に押しとどめているのがやっとで、息さえまともにつけない。歯がガチガチと鳴って、身体がブルブル震えてとまらなくなった。

「お願い……」

「自分でスカートをまくって、尻を剝きだすんだ」

「ああ……」

由美子は恨めしげに冷二を見て唇をわななかせたが、ためらっている余裕はもうない。ぐずぐずしていると、今にも爆ぜそうだ。

「は、早く、おトイレに……」

由美子はシートから腰を浮かすと、後ろ手錠の不自由な手でスカートをたくしあげた。汗にヌラヌラと光る白い双臀が、ブルブルと震えながら剝きだしになった。

「尻をこっちへ向けな」

「………」

由美子はもう声を出すのも苦しいように、ワナワナと震える唇を噛みしめた。命じられるままにシートの上に両膝をつき、上体を伏せて双臀を冷二のほうへ高くもたげる。

「いい尻してやがる。何度見てもたまらねえぜ」

冷二は片手ハンドルでネチネチと由美子の裸の双臀を撫でまわした。

由美子は剝きだしの双臀をくねらせて泣いた。襲いかかる便意に頭のなかもうつろになって、目の前も暗くなる。

「お、おトイレに……もう、もう我慢が……う、うむむ……」

「そんなにこらえ性がねえなら、栓をしてやるぜ」

「いや……」

もう由美子には抗う気力はない。

冷二はニヤニヤと笑って、片手ハンドルで運転しながら、バッグからあやしげな瓶を取りだした。なかのクリームを指先にすくい取って、由美子の肛門に塗りこんでいく。

「ああ、やめて……漏れちゃう……」

「尻を振って漏れちゃうとは、美人スチュワーデスも形なしだな」

由美子の肛門が痙攣しつつキュウとすぼまる感触を楽しみつつ、冷二はクリームをたっぷりと塗りこんだ。さらに、ひょうたん型のアヌス栓を取りだし、それにもたっぷり塗りつける。

「許して……もう、変なことはしないで……ああ、おトイレに行かせて」

「栓をすりゃ、漏らす心配もねえ」

「栓なんて、いやっ……かんにんして、お願い」

由美子の哀願を無視して、冷二はアヌス栓を押しつけた。ゆっくりと捻じりこむようにジワジワと押し割っていく。

「ひいっ……う、うむ！」

必死にすぼめる肛門が押しひろげられていく苦痛と、かけくだろうとする便意が押しとどめられ、逆流させられる苦痛とに、由美子は目の前が暗くなった。

「た、助けて……」

「これくらいでオーバーに騒ぐな。こんなのはまだ序の口だぜ」

アヌス栓の頭がゆっくりともぐりこむと、由美子の肛門はキュウとすぼまって、アヌス栓の細くくびれた部分を締めつけた。

「ひいっ……」

由美子は唇を噛みしばってのけぞった。アヌス栓はもう由美子の肛門にぴっちりとくいこんで強力な栓となり、荒々しい便意を封じこめた。

「これでもうトイレ、トイレと騒ぐ必要もねえぜ」

冷二は由美子の双臀を撫でまわして、意地悪く笑った。

「う、うむ……苦しい……許して……」

由美子は血の気を失った美貌を、脂汗にゆがめてうめき、苦しげに腰を揺する。玉の汗が臀丘をツーッと流れ落ちた。

「ううっ……うむ……」

歯を噛みしばっているのがやっとで、まともに口をきくこともできない。車がどこを走っているのかも、まったくわからなかった。

「どうだ、美人のスチュワーデスさんよ」

冷二が覗きこんだ由美子の美貌は、脂汗に乱れ髪をへばりつかせ、眦をひきつらせて唇を噛みしばり、荒れ狂う便意に総毛立っていた。

「……さ、させて……お願い……」

うめくように言って、由美子はブルブルと震えた。

「苦しい……もう、もうさせて……」

「トイレはまだ三十分かかるぜ。それとも、ここでひりだすってのか」

「ああ……」

絶望が由美子を覆った。三十分も便意の苦悶に耐える自信はない。

「どっちにするんだ。三十分我慢してトイレへ行くか、それとも今すぐここでひりだしてみせるか」

「いやっ……どっちも、いやです！」

「いやは聞き飽きたぜ。気どりやがって。オマ×コもいじってやらねえんで、すねてるってわけか」

冷二はわざとらしく言って舌なめずりした。車を道の脇にとめて、ズボンのチャックをおろし、たくましいのをつかみだす。すでに恐ろしいまでに屹立し、天を突かんばかりだった。

「こいつをオマ×コにぶちこんでやりゃ、少しは素直になるだろうぜ」

「い、いやっ……許して、そんなこと……」

「うれしいくせして、気どるなってんだ」

冷二は由美子の腰をつかまえると、素早く手を股間へのばした。指先で茂みをかきまわすようにいじり、媚肉の合わせ目にそって指をなぞらせる。

「あっ、いやっ、いやあ……」

由美子は弱々しく腰を振るだけで、便意の苦悶で抗うこともできないようだ。

「い、いやあ……」

「もっと牝らしい口がきけねえのか。やっぱりオマ×コにぶちこんでやるしかねえようだな」

冷二は媚肉の割れ目に指先を分け入らせ、ゆるゆると肉襞をまさぐった。まさぐりつつ親指で女芯の包皮を剝くようにして、肉芽を刺激する。

「あ……あ、あ……」

由美子は狼狽の声をあげて黒髪を振りたくった。恐ろしい変質者にいたずらされているというのに、そして荒れ狂う便意に苛まれているというのに、由美子の身体は冷二の指に反応させられていく。

そんな……そんなことって……。

いくら払いのけようとしても、妖しい感覚に柔肉が熱を帯び、とろけだした。冷二の指には催淫媚薬クリームが塗られ、それがたちまち効き目を表わしたのだが、由美子は知るはずもない。

「ああ……そんな……いや、いやあ！」

「感じてきたんだろ。美人のスチュワーデスのオマ×コは敏感だぜ」

冷二は媚肉が灼けるような熱を孕み、妖しく濡れてくるのを、はっきりと感じた。ジクジクと蜜が湧きでてくる。あとはとめどがなかった。女芯の肉芽もヒクヒクと尖って、赤く充血しはじめた。

「濡れきっていい色になったぜ。手ざわりもずっとよくなった」

「いやあ……」

なす術もなく反応させられていく恐ろしさ、恥ずかしさに、由美子は泣き声をあげた。

「もう入れてもいいか。美人のスチュワーデスさんよ」

冷二は意地悪く聞いてから、由美子の腰を両手でつかんで、運転席の自分の膝の上へのせあげようとした。

「いや……ああ、いやあ！」

いくら逃げようとしても、荒々しい便意に苛まれている由美子の身体は抗う気力もなく、ただ泣き声をあげるばかりであった。

由美子は冷二の両膝をまたぐようにして、その上で向かい合う格好で抱きあげられた。たくましい灼熱の先端が内腿をすべり、媚肉のひろがりにそって二度三度こすりつけられた。

「ああ……許して!」

ググッと押しつけられ、入ってくる肉棒に由美子は顔をのけぞらせて喉を絞った。

「あ、ああ……ああむ……」

自分の身体の重みでさらに結合が深くなっていく。

肛門にアヌス栓をされているせいか、引き裂かれるような苦痛にみまわれ、由美子は腰をよじりたて、総身を揉み絞った。

そして肉棒の先端が底まで達し、子宮口を突きあげると、「ひいっ」と喉を鳴らして白目を剝いた。

「つながったぜ。これで少しは素直になれるだろうが」

冷二はゲラゲラと笑った。

だが由美子は反発する気力もなく、意識さえもうろうとして、頭をグラグラと揺らした。

冷二が車を発進させると、車の震動が深く貫かれている柔肉にも伝わって、しびれるような快感を生みはじめた。便意の苦悶と入りまじった妖しく暗い快感だった。それがトロトロと由美子の蜜を絞りだした。特に冷二の肉棒が薄い粘膜をへだてて肛門のアヌス栓とこすれ合うと、由美子は身震いし、声が出るのをこらえられない。

「いやっ……あ、あああ、やめて……」

「気持ちいいんだろ。遠慮なくよがれよ」

「ああ……いや、いやっ……あうう……」

次第に由美子の泣き声が、ふいごにあおられる火のように熱くなった。肉の快美と便意の苦悶とが交錯して、由美子のなかでせめぎ合った。それが由美子をいっそう悩乱させる。

すれ違う車や信号待ちの時に隣りの車の運転手が、冷二の上の由美子に気づいて好奇の視線を向けてくる。

冷二は自慢げに見せつけるように、いっそう由美子を深く突きあげて泣き声をあげさせた。さらに制服のブラウスの前をはだけて、ブラジャーをはずし、乳房をさらしてみせた。

だが、それを気にする余裕すら由美子にはない。

「あ、あうう!……許して……」

あられもない声をあげて、官能の愉悦と便意の苦悶のなかに翻弄されている。

冷二は由美子の上体を後ろへ倒してハンドルにもたれさせると、形のいい乳房をわしづかみにして、タプタプと揉みこんだ。乳房を付け根から絞りこむようにして、乳首をつまんで嬲る。

「ああ……あうう……」

「ほれ、もっと気分を出さねえか」

冷二は乳房をいじる一方の手を由美子の双臀へまわして、肛門のアヌス栓を捻じるように回転させた。

「そんな……ひいい！」

由美子は白目を剝いて腰をガクガクとせりあげた。猛烈な便意が荒れ狂い、出口を求めてひしめき合う。

「許して……出ちゃう！」

「栓をしてある。心配ねえよ。それよりよがることだけ考えてりゃいいんだ」

「ああ……ひっ、ひっ……」

由美子はキリキリと唇を嚙みしばったと思うとすぐにほどいて喉を絞り、次にはうめき声をこぼした。

その声に引き寄せられるように、隣りの車の運転手が身をのりだして覗きこんでくる。その目はもう血走っていた。トラックの運転手は口笛を鳴らして、奇声をあげた。

信号が青に変わり、冷二が車を出さなければ、今にもまわりから群がってきそうだった。二十分近くも走っただろうか。ようやく冷二が郊外の空地に車をとめた時には、由美子はびっしょりの汗にまみれ、息も絶えだえだった。

「……もう、もう許して……」

「気もやらねえで、許してもねえもんだぜ」

冷二はリズミカルに由美子の腰をあやつって突きあげつつ、せせら笑った。運転席のドアを開け、体を横向きにして膝の上の由美子を外のほうへ向けた。

「ほれ、気をやるんだ」

「ああっ……ああっ……」

荒々しく責めたてられて、由美子はひときわ大きくのけぞった。腰がブルブルと震えつつ、キリキリと冷二を締めつける。もう由美子はなす術もなく官能の絶頂へ向けて暴走していく。

「あ、も、もう!……ああぁ……」

「イクんだ!」

冷二はとどめを刺すように由美子を深くえぐった。

「ひいっ……う、ううむ!……」

ガクンとのけぞり、由美子の腰が激しく痙攣し、はねあがった。

きつい収縮に耐えながら、冷二は由美子の双臀へまわした手で、肛門のアヌス栓を抜き取った。

ピューと薬液が宙に舞った。

4

冷二は車をラブホテルへ入れた、一週間ほど前に由美子を連れこんで犯したラブホテルである。

「しっかりしろ。まだこれからだぜ」

グッタリとして絶頂をきわめた余韻と排泄の衝撃に打ちひしがれる由美子を抱き支えて、冷二は前と同じ部屋へ連れこんだ。

ベッドの上にうつ伏せに横たえ、両脚を思いっきり開かせて縄で足首を左右のベッドの脚へ縛りつけた。後ろ手錠もはずし、両手も頭上で左右に開いて縛る。

由美子の身体は、ベッドの上にX字型に固定された。

「ああ……もう、許して……」

由美子は後ろの冷二を振りかえって、すすり泣く声で言った。

「これ以上は、いやっ……死ぬほど恥ずかしい姿まで見せたのよ」

「甘ったれるな。まだまだ用があるんだよ、この尻にはな」

冷二はピシッと由美子の双臀をはたくと、スカートを腰までまくりあげて、裸の双臀をすっかり剝きだしにした。

由美子の双臀はムチッと形よく張って、汗が油でも塗ったようにヌラヌラと光っていた。それをゆるゆると撫でまわしてから、冷二はおもむろに臀丘の谷間を割り開いた。

「あ、あ……そこはもう……」

由美子の双臀が硬直してブルブル震えた。

剝きだされた由美子の肛門は、排泄のあとも生々しく腫れぼったくふくれ、まだおびえているのかヒクヒクと震えていた。

「よしよし、浣腸してやったんで、尻の穴は柔らかくとろけてやがる」

冷二は潤滑剤と肛門弛緩剤のまじったクリームを指先にすくい取って、由美子の肛門に塗りこみはじめた。

「あ、あ……やめて……お尻はいやっ、もういやです」

「なに言ってやがる。この尻にはいろんなものが入るように仕込まなきゃ、ならねえんだよ」

「そ、そんな……」

ゆるゆると揉みこまれるようにクリームを塗られ、さらに指で深く縫われて直腸までクリームを塗りこまれ、由美子は泣いた。

「まずはこいつから入れてやるぜ」

冷二の手にウィンナーソーセージが三本つながったのがあった。すでにソーセージにもクリームが塗られていた。由美子は唇をワナワナと震わせて美貌をひきつらせた。

「そ、そんなひどいこと……しないで」

「ひどいことなんかしねえよ。なにしろ、この尻の穴でいろいろ運んでもらわなきゃならねえんだ。大事な尻だからな」

そう言って冷二はゲラゲラと笑った。

どうやら冷二は由美子がスチュワーデスであることに目をつけ、運び屋の仕事をさせる気らしい。女の直腸に宝石、麻薬などつめこんで密輸させるそれである。だが、由美子には運び屋の意味などわかるはずもなかった。

「入れるぜ。自分から尻の穴を開いて受け入れるんだ」

「いやっ……そんなこと、やめて……ああ、いやです！」

「入れなきゃ、もう一度浣腸して尻の穴をひろげるだけだ」

笑いながら冷二はソーセージの先端を由美子の肛門にあてがった。ゆっくりと一寸刻みに押し入れていく。

「ああ……そんなこと、いやっ、いやあ！」

由美子は悲鳴をあげて、双臀を振りたてた。おぞましい排泄器官に異物が入ってくる感覚。由美子は総毛立った。肛門が灼きつくされそうだ。

「あっ……い、いやあ！」

一本目のソーセージがスルッともぐりこんでしまうと、由美子はブルルッと双臀を震わせた。その感覚のおぞましさをなににたとえればいいのか。つながったソーセージが二本、由美子の肛門から垂れさがって、身悶えにつれて揺れた。

「いい呑みっぷりだ。ほれ、二本目もいくぜ」

「許して……あ、あああっ……」

「気持ちいいはずだぜ。うまそうに呑みこんでいくからな」

かえす言葉もなく、由美子は泣き声をあげた。

二本目のソーセージがジワジワと押し入れられ、さらに三本目と

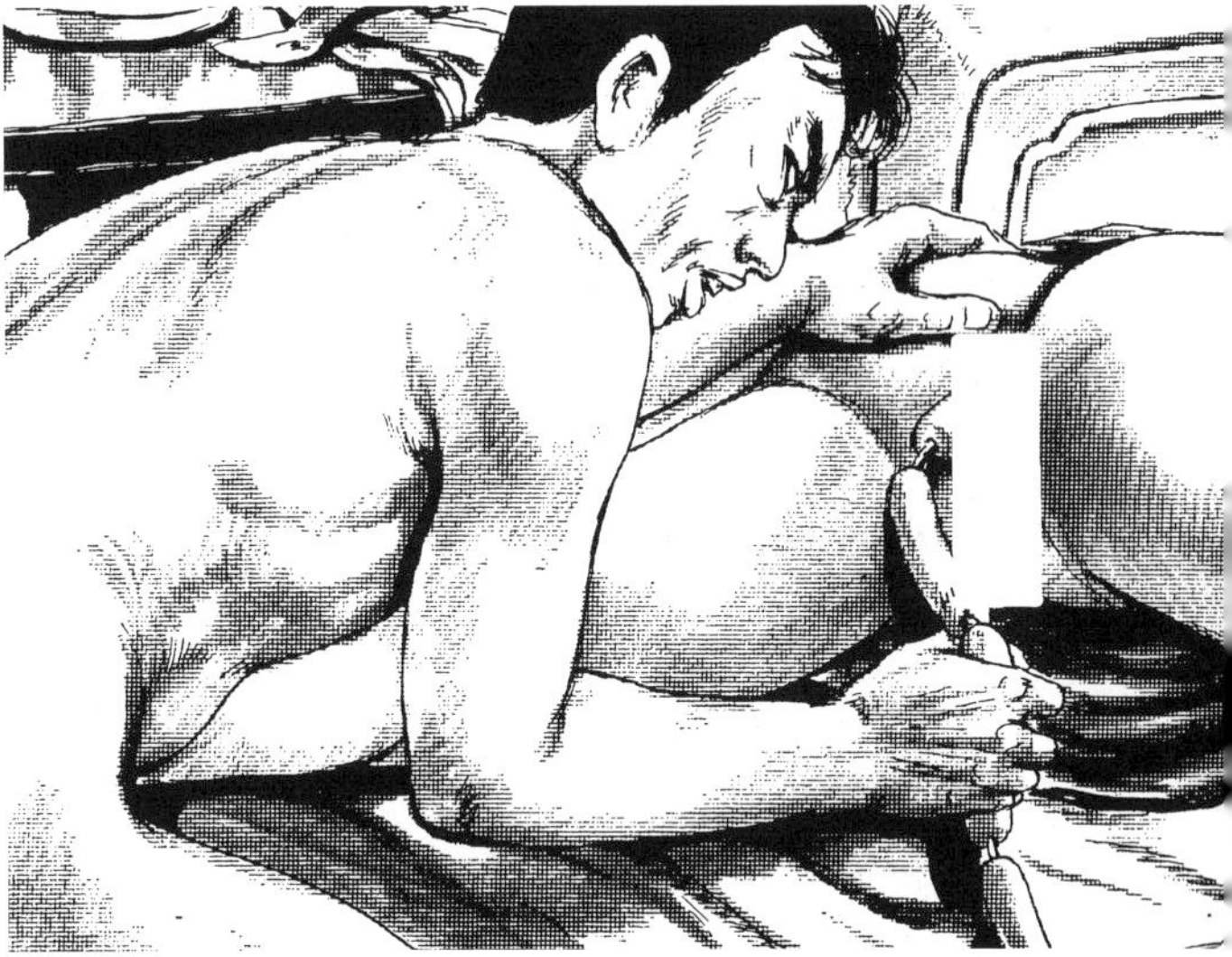

つづいた。

　蛇が入ってくるようで、おびえて引き締めるとその感覚がいっそう強まる。ゆるめれば、どこまでも深く入ってきそうな恐怖に襲われる。

「ああっ……あ、あっ……」

　もう由美子は双臀をブルブル震わせてうめき、泣き声をあげるばかりだ。

　ヌルッと三本目のソーセージも由美子のなかへもぐりこんでしまった。

「こりゃ運び屋の素質充分だぜ。さすがにいい尻しているだけのことはある」

　冷二は指を由美子の肛門に埋め

こんで、ソーセージをさらに奥まで押し入れながら言った。

おびえるように由美子の肛門が締まって、冷二の指をきつくくい締めてヒクヒクと震えた。

「しっかり呑みこんでろよ」

冷二はゲラゲラと笑って、由美子の肛門を覗きながら執拗に指でいじりまわした。それからてのひらで双臀をバシバシとはたいた。由美子の双臀から汗が飛び散った。

「ああ……」

由美子は泣きながら右に左にと顔を振りたて、耐えきれないように、シーツをギリギリと噛みしばった。

「よし、今度は呑みこんだソーセージをゆっくりとひりだしてみろ」

冷二は再び由美子の臀丘の谷間を割り開いて、肛門を剝きだして覗きこんだ。

「い、いやっ……」

「ひりだせってんだよ。聞こえなかったのか」

「そんな……そんなこと、できないわ……かんにんして」

「できなきゃ、こういうものを使って出すしかねえぜ。美人のスチュワーデスさん」

冷二は長大な浣腸器を取りだした。さらに不気味に光る金属の器具を取りだしてみせる。

「ひいっ……」

「こいつが尻の穴を開く道具だってことは、もう知ってるよな」

冷二は肛門拡張器のくちばしの部分をパクパク動かしてみせた。

由美子の目が凍りついて、悲鳴がほとばしりでた。剝きだされた肛門までが、おびえにキュウッとすぼまる。

「や、やめて、そんなもの……そんなこと、しないで」

泣き声がひきつり、途切れてかすれた。必死の表情で冷二を見る。

「お願い……ゆ、許して……そんなもの、使わないで」

「使われたくなかったら、ソーセージを自分でひりだすんだな」

「ああ……」

由美子はキリキリと唇を嚙んだ。だが、由美子には迷っている余裕はなかった。

冷二はわざとらしく肛門拡張器のくちばしの部分にあやしげなクリームを塗りつけている。さらに長大な浣腸器に、キィーとガラスが軋んでグリセリン原液がおびただしく吸いあげられた。

「い、いやっ……出します。自分で出しますから、それだけは……」

由美子は我れを忘れて叫んでいた。

冷二がニヤニヤと笑って、由美子の肛門を覗きこんだ。

「ひりだしな」

「ああ……」

由美子は唇を噛みしめて、シーツに顔を埋めた。おぞましい道具を使われたくない一心で、ためらう自分を鞭打って、下半身に力を入れていく。

必死にすぼめた肛門が、震えながらゆるみはじめた。

「ああ、みじめだわ……こんなことって……」

「ウンチを出すところまで見せたくせに、思いっきり尻の穴を開かねえと、出てこねえぞ」

「ああ、恥ずかしい……」

由美子はシーツを噛みしばって、さらに力を入れていきんだ。ヒクヒクとゆるんだ由美子の肛門が、内から盛りあがるようにして妖しく腸襞をのぞかせはじめた。まるで蕾がゆるんで花開くようだ。

「あ、あ……そんなに見ないで……」

おびえるようにキュッとすぼまっては、またヒクヒクと開いていく。それを繰りかえしながら、由美子の肛門はさらに口を開いてソーセージをのぞかせた。

「あ……ああ……」

あまりのあさましさに、由美子の口から泣き声がこぼれた。

「しっかり出さねえと、浣腸して尻の穴をおっぴろげることになるぜ」

冷二がニヤニヤして、意地悪く言う。

「ああ……」

ヌルッと一本目のソーセージが抜けでて、由美子は喉を絞って顔をのけぞらせた。キュウと肛門が引きすぼまった。ソーセージのつなぎ目をくい締め、ヌラヌラと光るソーセージが垂れさがった。由美子はもう汗びっしょりでハアハアとあえぎ、今にも気を失いそうだ。

「どうした、まだ一本しかひりでてねえぞ。あとは浣腸器と肛門拡張器を使うか」

冷二はまた意地悪く言った。

由美子が頭を振ると、気力を絞るようにして、また肛門をゆるめはじめた。

「あ……ああ……」

うわずった泣き声とともに、二本目のソーセージがのぞき、生々しく排泄されていく。つづいて三本目もヌルッと抜けでて、シーツの上へ落ちた。

あまりのみじめさに、排泄が終わるや由美子は泣き崩れた。総身を揉み絞るようにして泣く。だが、おぞましい責めがそれで終わったわけではなかった。

「よしよし、出だしは好調だぜ。今度はこいつを呑みこむんだ」

冷二は新たなソーセージを取りだしてきた。最初のウィンナーよりもひとまわり大きく、しかも四本つながっていた。

「い、いやあ!……」

由美子は悲鳴をあげて、黒髪を振りたくった。

「いや、いやっ……ひどすぎます」

「ガタガタ言ってねえで、尻の穴を開くんだ」

「か、かんにんして……もう、いやっ! いやです!」

「まだまだ。少しずつ太くしていって、卵ぐらい呑みこめるようにしなくちゃ、運び屋の資格はねえぜ」

冷二はせせら笑って、ソーセージの先端を由美子の肛門に押し当てた。ジワジワと沈めていく。さすがに最初の時よりも、ずっと抵抗があった。

由美子の肛門はむごく押し開かれて、肛門の粘膜が軋むばかりにのびきった。

「ああ、やめて!……痛い……ひっ、ひっ」

由美子はみじめに泣きわめいた。

「痛けりゃ自分からもっと尻の穴を開くようにするんだな」

「う、ううむ……」

ジワジワと入ってくるソーセージに、由美子はもう息もつけない。

汗まみれの美貌でシーツを噛みしばり、ブルブルと双臀を震わせて苦しげによじりたてた。

　由美子の肛門はソーセージを咥えこまされて痛々しく開き、のびきった粘膜がソーセージに巻きこまれて内へめくりこまれる。そして一本目のソーセージがヒクヒクと呑みこまれた。

「ひっ、ひいっ……」

　由美子は白目を剝いてのけぞり、喉を絞った。

　その顔は汚辱感と戦慄とにまみれ、凄絶な美しさだった。そして、ソーセージのつなぎ目をヒクヒクとくい締め、そこから二本のソーセージを垂らしている双臀は、妖しいまでの生々しさだった。

「いい眺めだ。そそられるぜ」

　冷二はまぶしいものでも見るように目を細めて舌なめずりをすると、二本目のソーセージをつかんでジワジワと押し入れはじめた。

「あ……ひっ、ひいっ！」

　由美子の口に、また悲鳴が噴きあがった。

　それを楽しみつつ、冷二はゆっくりとソーセージを入れていく。由美子の肛門を調教する自信に満ちみちていた。

第九章　悪夢の裏孔拷問

1

障子の隙間から射しこむ陽光で由美子は目をさました。全身びっしょりの汗。朝陽がまぶしく、しばし由美子の目にはなにも見えなかった。

「目がさめたのか、美人のスチュワーデスさんよ」

恐ろしい冷二の声だ。昨日からの現実が甦って、由美子は悲鳴をあげて身体を起こそうとした。

だが由美子の身体は、まだ一糸まとわぬ全裸を後ろ手に縛られ、ベッドの上にうつ伏せにされたままだった。両脚も大きく割り開かれて、ベッドの脚に縛りつけられている。そして冷二の手が、由美子の双臀にのびておぞましく肛門をいじりまわしていた。

「ずいぶん尻の穴が開くようになったじゃねえか。さすがにいい尻しているだけのことはあるぜ」

冷二は由美子の肛門に捻じりこんだ指二本で、押しひろげながらせせら笑った。

「あ、ああ……やめて……」

由美子は弱々しく頭を振ってすすり泣きだした。

昨日からずっと何本ものソーセージを使って、排泄器官ばかり責め嬲られた。ソーセージが出入りするたびに何度泣き叫び、うめき、のたうち、そして気を失ったことだろう。なのになおも肛門を責めてくる冷二。

「許して……」

「気持ちよさそうにいじらせてたくせして、気どるなよ」

「う、嘘です……気持ちよくなんか……」

由美子はギリギリとシーツを噛みしばった。

冷二の指が肛門を押しひろげ、捻じり合わされて出し入れされるたびに声が出て、

「わあっ」と泣きそうになる。

「も、もう、やめて……これ以上は、かんにんしてェ」

「まだまだ、これくらいで音をあげるなよ。これからは運び屋として、この色っぽい尻にいろいろ呑みこまなくちゃならねえんだからな」

そう言って指を引き抜くと、冷二は指先に薬用瓶のクリームをすくい取った。肛門の弛緩剤の入った潤滑クリームだ。それを赤くひろがった腸襞まで見せる由美子の肛門に、たっぷりと塗りこんでいく。

「あ、ああ……いやっ……」

ただおぞましいばかりだった昨夜と違って、冷二の指の動きとクリームの刺激がむず痒い快感を生んだ。

そ、そんな……ああ、そんなことって……。

そんなところで快感を得るはずがないと思っても、由美子の腰がひとりでに震え、よじれ、うわずった声がもれた。

「尻の穴がヒクヒクして、指なんかよりずっと太いのを呑みたがってるみたいだぜ、美人のスチュワーデスさんよ」

「い、いやっ……これ以上は……お尻、こわれてしまいます」

「心配しなくてもとびきりのを咥えさせてやるよ」

たっぷりとクリームを塗りこんで、冷二はパシッと由美子の双臀をはたいた。

喉を鳴らして、由美子はワナワナと唇を震わせた。

冷二はまたさらに太いソーセージを使ってくるに違いない。そう思うと由美子は胴震いがきた。

「か、かんにんして……」

　哀願の声をあげて後ろを振りかえろうとした由美子の腰を、冷二の両手がつかんだ。背中にのしかかるようにして、冷二が由美子の顔を覗きこんできた。

「ほれ、思いっきり咥えこみな」

　太くおぞましいものが由美子の臀丘に触れ、谷間にすべりこんできた。

　由美子が双臀をよじりたてるのをあざ笑うように、まだゆるんだままの肛門に押し当てて沈む気配を見せた。

「や、やめて……いやあ！」

　由美子は黒髪を振りたくり、上体をのけぞらせた。

　ジワジワと押し入ってくるのは冷たいソーセージではない。明らかに男の生身の肉の弾力であった。

「そんな……そんなこといやっ、いやあ！……絶対にいやあ！」

「ガタガタ言ってねえで、しっかり尻の穴をおっぴろげて咥えこめ」

「い、いやあ！……ひっ、ひいっ！」

　排泄器官としか考えたことのない箇所を犯される驚愕と恐怖。冷二の生身の長大さは、すでに媚肉を犯された時に思い知らされている。恐ろしさに由美子の肛門は収縮し、それが引き裂かれる苦痛を増大させた。しびれた肛門の粘膜が軋んで裂けるようだ。

「痛、痛い……ううむ……ひいっ！」

「痛けりゃ尻の穴をもっとゆるめるんだな。それ……それ」

「いやっ……いやあ！……やめて！」

白い喉を見せて由美子はのけぞった。噛みしばった口から悲鳴を絞りだして、たちまち脂汗にまみれた。

「ひっ、ひっ……裂けちゃう！」

由美子は狂ったように頭を振りたてて泣きわめく。もう由美子の肛門は極限まで引きはだけられ、灼熱の頭を呑もうとしている。それでも長大な冷二の肉棒は、とても一度では入っていかない。

「た、助けて！……ひっ、ひっ、裂けちゃう……無理です！」

「もうひと息だ。自分から呑みこむようにしねえか」

「いや……ううむ、許して……」

由美子の双臀が硬直してブルブルと震え、押しかえそうとするが、冷二に絡みついてくるのがわかった。

「うむ……うむ……」

由美子は目の前が暗くなった。メリメリと引き裂かんばかりに入ってくる。恐ろし

さに、魂も消し飛ぶようだ。

　ようやく肉棒の頭がもぐりこむと、あとは根元までズブズブと沈めた。

「なんとか入ったか。どうだ、尻の穴でつながった気分は」

「う、うむ……苦しい……」

　由美子は蒼白な美貌をひきつらせ、キリキリと唇を噛みしばって満足に口もきけない。排泄器官をセックスの対象にされるなど、由美子には信じられない。そしてはじけんばかりに拡張を強いられ、押し入っているものをキリキリくい締めているのが、とても自分の身体とは思えなかった。

　こ、こんな……。

　自分を深く貫いているものの長大さに、由美子はあらためて圧倒され、目がくらんだ。

「さすがに美人スチュワーデスの尻の穴はいいぜ。灼けるようでヒクヒク締めつけてくるのが、たまらねえ」

冷二は後ろから由美子の苦悶の美貌を覗きながら、耳もとでせせら笑った。

そんなからかいに反発する気力もなく、由美子は突きあげられて悲鳴をあげ、泣き声を噴きこぼした。

「ひ、ひっ……痛い、ううむ……」

「すぐによくなるぜ。さんざんソーセージを使って尻の穴をひろげてきたんだからな」

深く浅く、強く弱くと双臀から揺さぶられながら、由美子はもうされるがままだ。身体中がしびれて背筋が灼けただれ、息がつまりそうだ。

「ゆ、許して……ううっ、こんなこと、助けて」

由美子はギリギリと歯を噛みしばって、今にも死にそうな声をあげた。それでも弱まらない苦痛と汚辱感に、息もつまるほどのあえぎをせぐりあげ、黒髪を振りたくった。

冷二が後ろから覗きこんだ由美子の美貌は、血の気を失って眦を吊りあげ、汗のなかにひきつっていた。

「いい顔してるぜ。尻の穴を掘られて気持ちよくてしようがねえといった顔だぜ」

「気持ちよくなんか……ああ、死んじゃう。かんにんして」

「死ぬほど気持ちいいってわけかよ。それでこんなにヒクヒク締めつけてくるんだな」

「そ、そんな……」

ひときわ深く突きあげられて、由美子は絶句して白目を剝いた。

「もっと気分を出しな。肛門セックスが好きになりゃ、運び屋も楽しいもんだぜ」

からかわれても由美子は喉を絞って泣くばかりだ。肛門だけでなく腹のなかまで火になって、身も心も灼けつくされる。

冷二は由美子の美貌を覗きこみつつ、腰の動きを次第に激しくした。泣き、うめき、悲鳴をあげる由美子の美貌が、冷二を楽しませる。

キリキリとくい締めてはフッとゆるみ、また痙攣するように引きすぼまる感触も最高だった。さすがの冷二も思わず胴震いがきて、うなり声をあげた。

「さすがだな。もう締めたりゆるめたりしてやがる。敏感な尻しやがって」

「いやっ……」

由美子はキリキリと唇を嚙んだ。

いっぱいに拡張された肛門と直腸が、ただれるようにズキズキと疼いて、生きた心地もない。そしてその奥から得体の知れない快感が湧きあがってくるのが、由美子を悩乱させた。

「も、もう、お尻は、許して……ああ、どんなことでもしますから、もうお尻だけはいやっ」

ふくれあがる妖しい感覚を振り払うように、由美子は泣き叫んだ。こんな恐ろしいことで快感が生じるはずがないと必死に思っても、妖しい感覚はふくれあがるばかりだ。

「ああ、お尻はいやっ……もう、もういやよ……かんにんしてェ」

「運び屋になろうってのに、肛門セックスをいやがってどうする。尻の穴は感じてるくせに」

冷二は由美子の肛門が痙攣するように収縮を繰りかえすのを、はっきりと感じた。それと同時に、蒼白だった由美子の美貌が、次第に汗のなかに上気して、苦悶と快美とを入りまじらせるのを見逃さなかった。

「気持ちよくてたまらねえと、正直に言えよ、美人のスチュワーデスさん」

「いやっ……ああっ……あ、ああ……」

返事をする余裕もなく、由美子は苦悶と愉悦の渦のなかに巻きこまれ、なす術もなく狂乱に駆りたてられる。

冷二はさらに動きを激しくして、由美子の肛門をこねくりまわした。

「ひっ、ひいっ……う、うむっ」

由美子はシーツをギリギリと噛んで白目を剝き、双臀を激しく痙攣させた。まるで肛門から背筋へと電気でも流されたみたいにのけぞり、総身を恐ろしいまでにひきつらせて、肛門をキリキリ収縮させた。

「いやだと言いながら、尻の穴で気をやったじゃねえか。美人のスチュワーデスさん」

冷二がそう言う間にも、由美子はうめき声を絞りだしながら、何度も激しく痙攣して汗まみれの裸身をのたうたせた。身体中が灼きつくされる。頭のなかが火のように熱い。

そんな由美子のあられもない狂態が、冷二を一気に昂らせた。くい千切られんばかりのきつい収縮にみまわれていただけに、さすがの冷二もこらえられない。

「そ、それっ……それっ……」

由美子にとどめを刺すようにひときわ大きく腰を打ちこんだかと思うと、冷二はドッと精を放った。

「う、うむ……ひいーっ！……」

身体を引き裂かんばかりにググッと膨張する肉棒のすごさに、由美子は喉を絞った。

白目を剝き、その目の前にバチバチと火花が散った。

「ひっ、ひぃーっ！」

もう一度ガクンとのけぞる。激しい白濁のほとばしりを腸管深く感じながら、由美子はキリキリとくい締めた。

2

ほどほどにしなくては、と思いながらも、冷二はやめられなかった。

由美子の肛門の妖美な感触に酔いしれ、二度三度と肛門セックスをいどんだ。さすがの冷二も汗びっしょりになって、とりつかれたようにのめりこんだ。

なんて尻してやがるんだ……。

冷二は何度も腹のなかでうなった。

由美子はA感覚がひときわ敏感で、まだ若いくせにそれだけ反応するというのは、冷二にとっても予想以上だ。

「こりゃいい運び屋になるだろうぜ」

ようやく由美子から離れた冷二は、ムチッと張った双臀を見おろして、うれしそうに笑った。

由美子はしとどの汗のなかにグッタリとして、息も絶えだえにあえいでいる。そんな由美子の姿は、冷二を心地よい征服感にどっぷりとひたらせた。

「しっかりしねえか。いい尻して、だらしねえぞ、美人のスチュワーデスさんよ」

バシッと双臀をはたかれて、由美子は混濁のなかからうつろに目を開いた。だがグッタリとしたまま、顔をあげる気力もない。おぞましい排泄器官を犯された恐ろしさ、ショックに、打ちのめされているようだ。

それは打ちひしがれているようでもあり、まだ激しかった肛姦の陶酔の余韻のなかに漂っているようにも見えた。

「そんなによかったのか。腰が抜けるほどによ。なんたってクイクイ締めつけて何度もイッたんだからな」

冷二はからかいながら由美子の双臀をピタピタとたたいた。

由美子は弱々しく頭を振ると、シーツに顔を埋め、シクシクとすすり泣きだした。もう二度とこの汚辱の世界から抜けだせない。征服された女の哀しみを全身にたたえている。

「もう尻の穴はいやとは言わせねえぜ」

そう言って冷二が肛門拡張器を手にしたのも、由美子は気づかなかった。

冷二も舌なめずりしながら、肛門拡張器の金属のくちばしにたっぷりとクリームを塗りつけていく。

そんなものを使われるとも知らずに、由美子の肛門はまだ腫れぼったくふくれ、赤く腸襞までのぞかせていた。時折りヒクヒクと蠢いて、おびただしく注ぎこまれた白濁をトロリと吐きだす。

「生々しい眺めだぜ。尻の穴を犯された美人スチュワーデスか。フフフ、こんなに尻の穴を開いちゃってよ」

冷二はおもむろに冷たい金属のくちばしの先端を、由美子の肛門にあてがった。

その不気味な感覚に、由美子はハッとして泣き顔をあげた。思わず避けようとよじった腰は、冷二の手でがっしりと押さえつけられた。

「な、なにを!?……」

「仕上げは美人スチュワーデスの尻の穴を開いて、奥まで覗いてやる」

由美子は悲鳴をあげた。不気味に光る金属のくちばしに、後ろを振りかえった由美子の目が凍りついた。

「い、いやあ!……そんなこと、やめて!」

グッタリと弛緩していた由美子の裸身が、一瞬にして硬直し、総毛立った。肛門拡張器の恐ろしさ、恥ずかしさは、すでに思い知らされている。たった一度だけだが、発狂しそうだった。

「やめて！」

「美人スチュワーデスの尻の穴がどこまで開くようになったか、楽しみってもんだ」

「か、かんにんして！」

由美子の哀願をあざ笑うように、肛門拡張器の先端がゆっくりと入ってくる。

「ああっ……ひっ……いやっ！」

黒髪を振りたくり、唇を嚙みしばって由美子はのけぞった。冷たい金属のくちばしが、必死にすぼめようとする肛門をジワジワと割り開き、粘膜を巻きこむようにして入ってくる。

「ひっ、ひいっ！」

まだ熱く火照っている肛門に、金属の冷たさがたまらず、由美子は喉を絞って腰をガクガク揺さぶりたてた。

「やめて！……もういやっ、いやです！」

「気どるなよ。尻の穴を掘られて何度もイッたくせしやがって」

冷二はせせら笑って、金属のくちばしをその根元まで埋めた。とろけるような柔肉がヒクヒクと震えて絡みつき、押し戻そうと締めつけてくる。

「ほれ、尻の穴をゆるめねえか」

「いや、いやっ……もう、許して！」

「甘ったれるなよ。もう尻はいやとは言わさねえぜ」

冷二は深く埋めこんだ金属のくちばしで、ゆるゆると由美子の肛門をこねくりまわした。

のけぞって、肛門が収縮してキリキリと締めつけてくる。

「締めるんじゃねえ、ゆるめるんだ」

わざと金属のくちばしを揺さぶりつつ、冷二はゆっくりと拡張にかかった。由美子のなかで金属のくちばしが開いて、繊細な粘膜の環を押し開いていく。

「やめて！……ああ、裂けちゃう！」

由美子は口をパクパクさせて、双臀をブルブルと震わせた。汗に光る肌に、また脂汗がドッと噴きでた。

「俺の太いのを咥えこんでおいて、これくらいで裂けちゃうもねえもんだ。どんどん開いてやる」

冷二は由美子に屈辱感をたっぷりと味わわせるために、わざとゆっくりと押し開いた。肛門の粘膜が内から押しひろげられ、赤くただれた腸襞がのぞいて、白濁がトロリと流れでた。

「かんにんして……う、うむ……」

たちまち由美子は声も出せず、満足に息もつけなくなった。シーツを噛みしばってうめき、ブルブルと震える双臀を苦しげによじりたてる。

もう由美子の肛門は金属のくちばしで生々しく開かれ、腸腔まではっきりとのぞかせた。のびきった肛門の粘膜が、ヒクヒクとひきつるように蠢き、奥の腸襞も蠕動を露わに見せた。しかもしとどに濡れて、熱いたぎりに金属のくちばしがボウとけぶるようだ。

「こんなに開くようになったぜ。開いているのがわかるだろうが」

冷二はニヤニヤと覗きこんだ。まぶしいものでも見るように目が細くなり、思わず舌なめずりが出た。この禁断の体腔に覚醒剤や麻薬のつまった袋を呑みこませ、国際線スチュワーデスとして乗務させて密輸をする。考えただけでもゾクゾクした。

この調子だと、次のフライトには、間違いなく運び屋として使える……。

そんなことを思いながら、冷二はなにやらゴソゴソと取りだした。

ソーセージのような形をしたゴムの袋で、なかには小麦粉がびっしりつまっている。長さは二十センチあまりで、太さは五センチ近くもあった。すでにべっとりとクリームが塗られて、ヌラヌラと不気味に光っていた。

生々しく開いた金属のくちばしの間から、ジワジワと腸管に押し入れていく。絡みつくように蠢く腸襞を押し分けて、捻じりこみ、沈めていく。

「い、いや……あ、あむ……」

由美子は汗の光る喉をピクピク震わせて、絶息しそうに絞った。

「やめて！……ああ、怖い……」

「拡張器で尻の穴を開いてあるんだ。これくらい平気なはずだぞ」

「そんな……あ、う、うむ……」

さらに捻じりこまれて、由美子はもう息もつけない。「ひっ、ひっ」と喉を絞り、苦しげに双臀をよじりたてた。まるで蛇かなにかが内臓のなかまでもぐりこんでくるようだ。由美子は総毛立った。肛門がジリジリと灼かれる。

「どうだ。尻の穴を開かれてると、たいしたことねえだろうが」

冷二はさらに押し入れていく。もう十センチもおさまって、なおももぐりこんでくる恐ろしさに、由美子は脂汗を絞りだし、みじめに泣いた。今にも胃を押しあげて口から飛びでてきそうな錯覚に陥り、それが由美子をいっそう悩乱させた。

「こ、怖い……う、うむ……もう、もう入れないでェ」

「すっかり呑みこむんだよ。自分から吸いこむようにしねえか」

声を荒らげながらも、冷二は腸襞を傷つけないようにと慎重だ。押し入れるにつれて由美子の直腸にびっしりつめこんだ感じになった。

「う、うむ……」

由美子はシーツを噛みしばり、次には息もできないようにパクパクと口をあえがせ、また嚙みしばってうめいた。もう哀願の言葉も失って、ただれるかと思うばかりの感覚にうめき、腰を痙攣させるばかりだ。

「どうだ、美人のスチュワーデスさんよ。これだけ入れりゃ、あとは自分で呑みこめるだろうが」

冷二がそう言っても、由美子には聞こえていない。

金属のくちばしがゆっくりと引き抜かれた。べっとりと濡れ光って、今にも湯気でも立ち昇らせるようだ。開ききった肛門がヒクヒクとゴムを咥えこんだ。そしてすぼまろうとする力が、ゴムをさらに呑みこんでいく。

まるで蛇が卵を呑みこむように、ゴムは由美子の肛門に呑みこまれて見えなくなった。肛門が収縮して、拡張されてゴムを突き刺されていたなど嘘みたいなおちょぼ口を見せた。

「見事に呑みこみやがった。これで一人前の運び屋だぜ」

冷二はゲラゲラと笑って、由美子の双臀をてのひらでバシバシとたたいた。

由美子はしとどの汗のなかに、口を半開きにして両目を閉じ、息も絶えだえといったようにあえいでいる。ようやく手足の縄をほどいても、由美子はタガがはずれてしまったように、しばし両脚を開いたまま動こうとしなかった。

「しっかりしろ」

冷二にパシッと双臀をはたかれ、やっと生気を吹きこまれたみたいに、おずおずと両脚を閉じ合わせた。両手で乳房を隠して裸身を縮こませる。

「誰が身体を隠せと言った。四つん這いになれよ」

また双臀を鋭く張られて、由美子は一瞬、哀願の目で冷二を見た。だが唇をわななかせるだけでなにも言わず、由美子はノロノロと双臀を立て、両手をついて四つん這いになった。

いっそ、死んでしまいたい……。

哀しみと絶望とが由美子をドス黒く覆う。もう抗う気力も哀願する気力も萎えはてた。あろうことか排泄器官を犯され、押し開かれて、なかまで覗かれ、異物まで深く入れられている。そんな双臀を四つん這いになって自ら差しだしている自分が、由美子にはとても信じられない思いだった。冷二が後ろから覗きこんでくるのがわかっても、どうすることもできなかった。

「よしよし、しっかり呑みこんでやがる。勝手にひりだすんじゃねえぞ」

由美子の肛門がしっかりすぼまっているのを確かめて、冷二はまたゲラゲラと笑った。

人差し指で由美子の肛門を縫うように貫くと、奥にゴムが呑みこまれているのが指先にはっきりと感じとれた。

「う、うう……」

由美子は低くうめいた。あとはかぼそくすすり泣くだけだ。

それはもう身も心も二度と立ち直れないまでに屈服した牝の姿だった。その証しでもあるかのように、剝きだされた肉の花園は赤く充血してしとどに蜜をしたたらせていた。

3

冷二は由美子を風呂に入れて身体の汚れをすっかり洗い流すと、綺麗に洗い髪をセットさせ、化粧させた。そして全裸の上にじかにスチュワーデスの制服を着けさせ、ハイヒールをはかせた。

「まぶしいぜ。こりゃどんな男でもイチコロだな」

冷二は由美子のまわりをゆっくりとまわった。それでなくても美しい由美子がスチュワーデスの制服を着けると、一段と色気が増した。そして肛門にゴム一本呑みこませているだけで、由美子のムチッと張った双臀のあたりがスカートの上からも、ひときわ艶めかしさが際立つ。

それまでされるがままだった由美子が、すがるように冷二を見た。

「お願い……取ってください……もう、お尻の……」

ワナワナと唇を震わせて、由美子は消え入るような声で言った。ずっと意識が肛門に押し入れられている異物感から離れない。

「そのまま呑みこんでろと言ったろうが。俺がひりだせと言うまで、二日でも三日でも入れてるんだ」

「ひどい……」

「本当にひどいのは、これからだぜ」

冷二はスカートの上から由美子の双臀を撫でまわしてゲラゲラと笑った。

部屋から由美子を連れだして車に乗せると発車させた。

「あ……」

なにか言いたそうに、由美子の唇がわなないた。どこへ連れていかれるのかという不安の目で冷二を見る。ひどいのはこれからだ、と言った冷二の言葉が、いっそう由美子の不安とおびえをふくれあがらせた。

冷二はハンドルを握りながら、ニヤニヤと笑って由美子を見た。

「フフフ、怖いのか？」

由美子は小さくうなずいた。もう凌辱の限りをつくされた由美子だが、冷二の飽くことを知らぬ嗜虐性に怯えつづける。

「尻責めはそんなに怖いか。美人のスチュワーデスさんよ」

「し、死にたくなります」

「そいつはいいや。お高くとまっていたスチュワーデスが」

冷二は嗜虐の色を顔に漂わせて舌なめずりをした。

どのくらい車で走ったのか。やがて車は港のはずれにある古い倉庫街へ入った。取りこわし予定地で今は使われておらず、人の姿はまったくない。その一番奥の倉庫の前で車はとまった。

「ここならいくら泣き叫んでも大丈夫だ。美人スチュワーデスを思いっきり責めるには、うってつけの場所だろうが」

「ああ、そんな……」

由美子は美貌をこわばらせて、膝をガクガク震わせた。逃げたくとも、その気力はとっくになくなっている。

冷二に腕をとられるままに車からおろされ、ハイヒールをガクガクとさせて倉庫のなかへ連れこまれた。

倉庫の事務所には瀬島が興竜会幹部の渡辺と川津と一緒に待っていた。由美子に気づくと、たちまち寄ってきて取り囲む。女を物か商品としか見ない冷たい目が由美子に這う。

「こいつは驚いたぜ。今度はスチュワーデスじゃねえか」

「それもたいしたべっぴんですぜ。こりゃすげえ上玉だ」

「へへへ、スチュワーデスってのは初めてだ。こういい身体されてちゃ、そそられるねえ」

三人は感嘆の声をあげて、ニヤニヤと舌なめずりした。

「ああ……」

由美子は美貌を恐怖にひきつらせて、冷二の背中に隠れた。まさか冷二以外に三人もの男がいようとは。しかも三人の男は派手なスーツを着けて、頭はパンチパーマ、目つきは鋭くて、どう見てもヤクザだ。

「ど、どういうことなの⁉」

由美子は唇をワナワナと震わせ、やっとの思いで言った。

「男と女がやることっていえば決まってるだろうが。生娘じゃあるまいし、気どるなよ」

「スチュワーデスを犯れるとは思ってもみなかったぜ。たっぷりと味わわせてもらうぜ」

渡辺と川津は早くも縄の束を取りだしてしごき、天井の鎖をジャラジャラと引きおろした。

「ひっ……」

と思わず由美子はあとずさった。このヤクザたちも自分の身体を狙っているのか。しかも冷二と同じ嗜虐性を持っていると思うと、由美子はいい知れぬ恐怖にブルブル震えた。

救いを求めるように、冷二を見た。

だが冷二もニヤニヤと笑っている。

「そろそろ俺一人じゃもの足りなくなるんじゃねえかと思ってよ」

「そんな……ど、どうして……」

「ガタガタ言うんじゃねえ。たっぷりと可愛がってもらいな」

冷二は由美子を瀬島のほうへ突き飛ばした。悲鳴をあげて逃げようとしたが、由美子の腰は瀬島の手にがっしりつかまえられていた。

「いやあ！……は、離して！」

由美子は必死に瀬島の手を振りほどこうともがいた。

だが瀬島はニヤニヤと余裕の笑いさえ浮かべて、手はビクともしなかった。

「このスチュワーデスは、なかなかイキがいいじゃねえか、冷二」

「それでもずっとおとなしくなったんだぜ。だいぶ調教したからよ」

「そいつは楽しみなことだったろうぜ。調教の成果をじっくり見てやるとするか」

瀬島と冷二は顔を見合わせて、ゲラゲラと笑った。

その間にも渡辺と川津が由美子の両手をひとまとめにして縄で縛り、その縄尻を天井の鎖に引っかけて引く。

「あ、いやっ……あぁっ……」

たちまち由美子の身体は、両手を頭上高くあげた一直線にのびきり、天井から爪先立ちに吊られた。

さっそく川津が後ろから由美子の首筋に唇を這わせ、服の上から胸のふくらみをつかんで揉みはじめる。渡辺も由美子の細腰からスカートをはちきらんばかりの双臀へと手を這わせる。

「いやっ……さ、触らないで！　ああ、やめてください！」

由美子は悲鳴をあげて、黒髪を振りたくった。だが、悲鳴も身悶えも、ヤクザたちを喜ばせるだけだ。

「へへへ、素っ裸に剝きますか？」

渡辺が瀬島に聞いた。

「せっかくのスチュワーデスの制服姿だ。そのままで責めたほうが面白えってもんだ」

「その通りだぜ。ノーパン、ノーブラだから、肝心なところを剝きだすのは簡単だし

な」

瀬島と冷二はニヤニヤと笑って言った。

渡辺と川津はペコリとうなずくと、由美子の制服の上衣のボタンをはずし、左右へ大きくはだけた。ブルンと形のいい乳房が揺れて、男たちの眼前に剝きだされた。

「いやあ！」

由美子は悲鳴をあげてのけぞった。

冷二に嬲られてキスマークや歯型のあとも生々しい乳房をさらされる屈辱と羞恥に身悶える余裕もなく、渡辺の手が由美子の右足首にのびてきた。足首に縄が巻きつけられ、その縄尻は川津によって天井の鉤に引っかけられる。ズルズルと縄が引かれた。

「かんにんして！……い、いやあ！」

男たちの意図を知って、由美子は美貌をひきつらせて絶叫した。必死に両脚に力を入れたが、爪先立ちに吊られた身ではどうにもならない。閉じ合わせた両脚が抗いに波打つ。

だが由美子の右足首は縄に引かれて徐々に左足首から離れ、宙に吊りあげられていく。さらに両膝が離れて、太腿が音をたてんばかりに割り裂けた。

「いや、いやあ！」

由美子は片脚で身体のバランスをとりながら悲鳴をあげた。右脚が吊りあげられるにつれて、制服のタイトスカートがずりあがって、由美子の太腿がほとんど露わになった。そして由美子の内腿はガクンと開ききった。右足首はほとんど肩の高さにまで吊りあげられて、横に開ききった。

「やめて！……こんな格好、いやです！」

「諦めてしっかり見てもらうんだ。オマ×コも尻の穴もな」

冷二が由美子の黒髪をつかんでしごき、せせら笑った。瀬島を中心に渡辺と川津の三人は、由美子の前にかがみこんでニヤニヤと覗いた。

「やめて！……見ないで！」

男たちの視線を痛いまでに感じて、由美子は我れを忘れて叫んだ。狂ったように腰を揺さぶりたてた。だが、由美子の股間はあられもなく開ききって、パックリと肉の割れ目を見せている。

直腸にゴムを呑みこまされているせいか、剝きだしの秘肉は赤く充血して濡れそぼち、肉襞までのぞかせていた。その頂点の女芯の肉芽もツンと尖って震えていた。

「こりゃいいオマ×コしてるじゃねえか。色も形も極上だぜ」

「もうとろけさせてやがる。いい味してるようだな」

「尻の穴だってフックラさせてヒクヒクさせてやがる」

くい入るように覗きこんで、ヤクザたちは舌なめずりした。

瀬島が手をのばして、媚肉の合わせ目を左右からつまむようにして割り開いた。ムッとするような女の匂いを立ち昇らせ、妖しく肉襞がヒクヒクと蠢き、秘毛がフルフルと震える。

「やめて！……いやっ、いやです！」

激しく黒髪を振りたてながら、由美子は泣きだした。冷二だけでなく、見知らぬ恐ろしいヤクザたちに弄ばれていると思うと、気が遠くなりそうだ。

「ゆ、許して……」

「フフフ、ずいぶん敏感なんだな。冷二によほど調教されたたな」

ジクジクと蜜が溢れるのを眺めつつ、瀬島は女芯の肉芽に指先をやった。グイと包皮を剝いて、さらに肉芽を根元まで剝きだしにしてやる。

「あ、ああ……いやっ……」

由美子の腰がビクビクッとおののいて、泣き声が噴きあがった。

「いい声で泣くじゃねえかよ。そそられるぜ」

瀬島に剝きだされた肉芽を指先で弾かれて、由美子は喉を絞った。

「へへへ、ますますお汁が出てきやがる。早く俺たちの太いのをぶちこんで欲しいってわけか」

「スチュワーデスの制服姿でオマ×コ剝きだしってのは、色っぽいもんだな。ゾクゾ

クしやがる」

渡辺と川津も、吊りあげられた由美子の右太腿から双臀へと撫でまわし、左右から乳房をいじる。

「いや……ああ、いやっ……」

由美子は顔をのけぞらせ、唇を嚙みしばって泣きながらも、身体が火をつけられて燃えあがる。

乳首も女芯の肉芽もさらにツンと尖って、肉襞もいっそう充血してヒクヒクと蠢き、蜜を溢れさせた。由美子がいくらおびえおののいて嫌悪しても、女に関してはプロのヤクザたちの手にかかってはひとたまりもない。

「い、いやっ……ああ……ああああっ……」

由美子の泣き声にあえぎが入りまじりはじめ、剝きだしの肌がうっすらと汗を浮かべて、匂うようなピンクに色づいた。

「もういいようだな。それじゃ輪姦の味をたっぷりと教えてやってくれ、美人スチュワーデスの身体によ」

冷二は瀬島たちに向かって言うと、ゲラゲラと笑った。

さっそくヤクザたちは立ちあがって、服を脱ぎはじめた。がっしりとした精悍な体は、どれも背中に見事な刺青が入っていた。それだけでも由美子を震えあがらせるのに充分だった。

そして天を突かんばかりに屹立し、脈打っている三本の肉棒は、どれもグロテスクで長大だった。

「い、いやあ！」

由美子は美しい目を凍りつかせて悲鳴をあげた。

ヤクザたちはゲラゲラ笑い、わざと由美子に見せつけて揺すった。

「フフフ、冷二のと較べてどうだ」

瀬島が意地悪く聞いても、由美子は悲鳴をあげて頭を振るばかりだ。

「一本一本咥えこんでみねえとわからねえってよ」

冷二がそう言うと、瀬島たちはまたゲラゲラと笑った。

「なるほど、冷二の言う通りだ。まずは咥えこませてやらねえとな」

「そのあとで一本一本感想を言わせりゃいいってわけだ」

「それじゃさっそくはじめますか」

まずは瀬島からということで、瀬島が由美子の身体に手をのばした。正面から片脚吊りにされた由美子の腰に手をまわして抱き寄せる。

「いやっ……やめて！　いやです」

由美子は悲鳴をあげてのけぞり、腰をよじりたてた。それをあざ笑うように瀬島の灼熱が、開ききった秘肉をなぞってきた。

「ああっ、い、いや！……た、助けてェ！」

「気どるなよ。冷二にさんざん犯られたくせしやがって」

瀬島は由美子の双臀に手をまわして、抱きあげるように腰を入れた。

「あ、ああっ……いやあ！」

灼熱の肉棒がジワジワと媚肉を裂いて分け入ってくる。

「ひっ、ひいっ……許して！……ひいっ」

「どうだ、入っていくのがわかるな。できるだけ深くぶちこんでやるからな」

「いや、いやっ……痛い……うむ、ううむ……」

由美子はのけぞらせた美貌をひきつらせて総身を揉み絞った。片脚吊りの不自然な姿勢が、そして直腸にゴムをぎっしりつめられているということが、由美子に苦痛を錯覚させる。灼熱は柔らかくとろけた肉を巻きこむようにして、ジワジワと入ってくる。

由美子はたちまちまともに息もできなくなって、キリキリ唇を噛みしめて乳房から腹部をひいひいあえがせた。汗がドッと噴きだして、耐えきれずに喉を絞った。

「いい声で泣きやがる。ほれ、ほれ」

瀬島はできるだけ深く貫いた。

ズンという感じで先端が子宮を突きあげた。由美子は白目を剝いてのけぞり、媚肉がひきつるように収縮を見せる。

「フフフ、どうだ、美人スチュワーデスのオマ×コの具合は」

かがみこんで結合部を覗きながら、冷二が聞いた。

「冷二に犯りまくられたにしては、よく締まりやがる。ヒクヒク絡みついて、なかなかの味だぜ」

瀬島はすぐに動きだそうとはせず、じっくりと味わった。瀬島の肉棒が由美子の媚肉を引き裂かんばかりに深く貫いていた。肉襞はのびきって赤くただれたように粘液にまみれ、軋む。

「うれしそうに咥えこんでやがる」

「もっと気持ちよくしてやるからな」

渡辺と川津はただ覗きこむだけでなく、由美子の身体に手をのばして、乳房や内腿に触りはじめた。乳房が付け根から絞りこまれるようにタプタプと揉みこまれ、乳首を吸われてガキガキと噛まれる。吊りあげられた右脚にも川津の唇がなめくじのように這った。

瀬島はニヤニヤと笑い、よじろうと蠢く由美子の双臀をしっかりと両手に抱きこんで、ゆっくりと腰を動かして突きあげはじめた。

「あ、あああっ……やめて、いやあ！」

由美子はのけぞりっぱなしで泣き、腰を揉み絞った。

灼熱が由美子の子宮口をこねまわして、リズミカルに突きあげる。身体の芯がしびれ、疼きが背筋へと走り抜けた。そして乳房をいじり、しゃぶり、吊りあげられた右脚を撫でまわしてくる渡辺と川津の手と唇。

「女にかけてはプロの三人に可愛がってもらう気分はどうだ」

冷二が意地悪く由美子の美貌を覗きこんで聞いた。

「ああっ……ああ、許して……」

「いくら気持ちいいからって、あんまり悦びすぎると身がもたねえぜ。なんたってプロが三人だからよ」

　冷二がせせら笑っても、返事をする余裕もなく、由美子はめくるめく官能に翻弄されていく。いくらこらえようとしても駄目だ。悦びの痙攣がさざ波のように走り、どうにか支えている片脚もガクガクと崩れそうになった。

「あ、あ、もう……あああ……」

　あられもない声とともに、肉がひとりでに快感を貪る動きを見せはじめた。

「いい味してやがる。さすがに冷二が狙った女だけのことはあるな」

　突きあげつつ瀬島は舌なめずりをした。悠子や佐知子の時と違って由美子がスチュワーデスの制服姿であるということが、瀬島に新鮮な刺激を与えて欲情を昂らせる。

「尻の穴もいじってやりゃ、もっと味がよくなるぜ」

　冷二はヤクザたちをあおった。

「ひっ……」

　由美子はおびえ狼狽した目で、冷二を見た。肛門のなかには小麦粉のつまったソーセージのゴムをびっしり呑みこまされている。そこをさらに責められたら。それでなくても、さっきから瀬島に突きあげられるたびに薄い粘膜をへだててゴムと肉棒がこすれ合い、それが由美子を悩乱させている。

「いや……そこは、かんにんして！」

「へへへ、甘いな」

由美子が声をあげた時には、後ろへまわった川津の指先が臀丘の谷間にすべり、肛門をとらえていた。

「もう尻の穴をこんなに柔らかくしてやがるぜ」

「いや、いやです！……ああっ……さ、触らないで！」

由美子の泣き声がひきつり、腰をブルブル震わせてよじり、身悶えが露わになる。

腰をよじればいっそう突きあげてくる肉棒を感じ、肉の愉悦がふくれあがった。じっとしていることなど、とてもできない。

「尻の穴も敏感なんだな。こりゃ味もよさそうだ」

川津は指先でゆるゆると揉みこんだ。ニヤニヤと冷二のほうを見ると、

「まだあまり使いこんでねえようですね」

「だが、ぶちこんでやりゃ、ひいひい泣き叫んでオマ×コより反応するぜ」

冷二はニンマリと笑った。川津はすぐにでも由美子の肛門を犯したいようだったが、瀬島の許しが出なければ勝手なことをするわけにもいかない。

「焦るな、川津。サンドイッチはオマ×コを味わってからだ」

「いきなりサンドイッチでのびちゃ、あとが面白くねえ」

瀬島と冷二はそう言ってゲラゲラ笑った。

そんな男たちの話も、もう由美子には聞こえない。グイグイと女の官能を突きあげ

る瀬島の肉棒。肛門を揉みこんでくる川津の指。乳房を揉み、首筋に吸いついてくる渡辺の唇。由美子は我れを忘れて泣きじゃくり、官能の渦に巻きこまれ、押し流されていく。

「あうう……許して……」

由美子はもうのけぞりっぱなしで、腰をブルブルと震わせ、吊りあげられた右脚をうねらせて、喉を絞った。

その口も渡辺の口でふさがれてしまう。ハッとして振りほどこうとしたが、もう力は入らずになす術もなく舌を絡め取られ、吸われ、唾液を流しこまれた。さらに瀬島が川津が、そして冷二が、次々と唇を重ねてきた。

「う、うむ……」

舌を吸われた由美子は総身を震わせた。小さく痙攣が走りはじめる。吊りあげられた右脚の爪先が、内側へかがまった。

「フフフ、イクのか」

冷二がニヤニヤして聞いても、由美子は喉を絞るばかりで、白目を剝いて総身を痙攣させた。

「う、うむ……イク！」

由美子の膣が恐ろしいばかりに収縮し、突きあげてくる肉棒をキリキリくい締め、絞りたてた。

そののけぞった由美子の口に、瀬島はまた激しく吸いついた。その間も腰を動かして、由美子を突きあげるのをやめようとはしない。グッタリと余韻の痙攣に沈む余裕も与えられず、由美子は白目を剝いたままガクガクと腰を振りたてた。

渡辺も由美子の乳房をいじりまわすのをやめず、川津もまだ肛門を指先でゆるゆると揉みこんでいる。

「尻の穴までヒクヒクさせやがって。早くぶちこんでやりてえぜ」

川津は指先でジワジワと由美子の肛門を貫きはじめた。

「うむ、うむむ……」

瀬島に口を吸われたまま、一度昇りつめた絶頂感が引かないままに、たてつづけに責められ、さらに肛門を指で縫われて由美子は気死しそうになった。

埋めこんだ指で由美子の腸管をまさぐっていた川津が、突然ゲラゲラと笑いだした。

「なるほど、尻の穴のなかにずっとなにか入れられてたってわけか」

川津の指先にびっしりつめこまれたゴムが感じとれたのだ。それがなにか確かめようと引きだそうとしても、ゴムは指先でかえって深く入ってしまう。

「フフフ、なにを呑みこんでるか、あとのお楽しみってわけだ」

冷二はニヤニヤと顔を崩した。

由美子は冷二や川津の声も聞こえぬらしく、ふさがれた口の下で泣き、うめき、総身をしとどの汗にして揉み絞り、今にも悶絶せんばかりだ。

「うむ、うぐぐ……」

断末魔を思わせるうめき声を絞りだして、由美子は吊りあげられた右脚を突っぱらせ、上体をググッとのけぞらせた。一度昇りつめた絶頂感が引く間もなく、また昇りつめる。

「い、イクっ……」

だがそれはくぐもったうめき声にしかならず、前も後ろもキリキリと収縮して、瀬島の肉棒と川津の指をくい締め、生々しい痙攣を走らせた。

それを確かめてから、瀬島はドッと精を放った。

「ひいっ！……」

もう一度ガクンとのけぞって、由美子は灼けるような白濁の精子を子宮口に生々しく感じとった。

「まだのびるのは早いぜ。お楽しみははじまったばかりじゃねえか」

冷二は由美子の黒髪をしごいた。

4

瀬島が離れると、かわって川津が由美子にまとわりついた。

「へへへ、今度は俺が可愛がってやるぜ。ほれ、シャンとしねえか」

川津は絶頂をきわめてグッタリと縄目に裸身をあずけている由美子の双臀を、しっかりと両手に抱えこんだ。赤く口を開いて白濁をしたたらせているのもかまわず、一気に貫いた。

「あ、うう、うむ……」

吊りあげられた片脚をブルブル震わせて、由美子はのけぞった。

「ああ、もう許して……いや、これ以上はかんにんして……」

「輪姦されてる奴が、許してもねえもんだ」

ようやく由美子を犯せる喜びにだらしなく顔を崩して、川津は抱えこんだ腰を突きあげはじめた。

「やめて！……もういや！……もう、もう、いやあ！」

由美子は悲鳴をあげて、グラグラと頭を揺すった。だが悲鳴は力を失い、すぐに身も心もゆだねきったような昂ったすすり泣きに変わっていく。

「あ、あああ……」

「へへへ、その調子でもっとどんどん気分出せよ。こりゃいい締まりしてやがる」

川津は深く浅く、強く弱くと自在に由美子をあやつった。渡辺は由美子の後ろにかがみこんで、指で肛門を深く縫う。

「なるほど、尻のなかになにか入れてやがる。へへへ、好きなんだな」

指でまさぐりつつ、渡辺はせせら笑った。

「も、もう……ああ……あうう……」

由美子はめくるめく恍惚に再び翻弄され、もうわけがわからなくなった。

それからどのくらいの時間がたったのか、自分の身体が今どうなっているのか、判断できなくなった。

川津にグイグイと突きあげられ、渡辺に肛門をいじられていたかと思うと、いつの間にか渡辺の肉棒で子宮口をこねくりまわされ、瀬島に肛門をいじられていた。

「ああ……も、もう……」

かんにんして……という言葉はあられもない泣き声とあえぎに呑みこまれ、由美子は頭のなかもうつろになった。

「これだけいいオマ×コしてりゃ、客をとらせてもショウに出しても、なんでも使えますぜ」

由美子を責めたてながら渡辺が言った。瀬島も川津もニンマリとうなずいた。女教

師の悠子に人妻の佐知子、そして今、スチュワーデスの由美子まで手に入って瀬島たちは上機嫌だ。

「さて、どう使うかな」

「まずは裏ビデオあたりからはじめちゃどうです。本物のスチュワーデスとなりゃ、すごい評判になりますぜ」

「冷二、おめえはどう考えてるんだ」

瀬島は冷二に言った。

「俺に考えがある。スチュワーデスならではのな。お楽しみが終わったら披露するぜ」

冷二は思わせぶりに言ってニヤリとした。

「それじゃ早いとこすませますか」

渡辺はゆっくりと余裕をもって責めていたが、一段とピッチをあげてグイグイと荒々しく突きあげはじめた。

「あむむっ……死ぬう……」

たちまち由美子は声も出せず、まともに息すらできなくなって、ひいひい喉を絞った。ズンズンと子宮口を突きあげられて、貫かれた柔肉が痙攣と収縮を繰りかえしはじめた。

「イク！……ひいっ……イク！」

由美子の背筋がピンと反り、双臀がブルルッと恐ろしいまでに痙攣した。そして渡辺の灼熱の精が激しくほとばしるのをはっきりと感じ、絶息せんばかりのうめき声をあげた。あとは身体をヒクヒクと波打たせるばかりだ。

「満足したか。ずいぶん気をやらせてもらったじゃねえか」

冷二は由美子の顔を覗きこんでせせら笑った。

「返事もできねえほどよかったってわけか」

そう言っても由美子は半ば目を閉ざしたまま、半開きの唇でハアハアとあえいでいる。剝きだしの肌が油でも塗ったようにヌラヌラ光っていた。

冷二は由美子の片脚立ちの足首をつかむと、渡辺と川津に手伝わせて縄で縛り、吊りあげた。宙で両脚をいっぱいに開かせて天井から吊る。

「ああ……」

由美子はうつろに目を開いて、弱々しく頭を振った。由美子の身体は両手首と左右に大きく割り開かれた足首とで宙にあお向けに吊られ、縄をギシギシ鳴らして揺れた。

「ほれ、尻の穴をしっかり見せろ」

冷二は由美子の双臀をバシッとはたいた。

「許して……お尻はいやっ……」

「いやじゃねえ。思いっきり尻の穴を開いて、呑みこんでいるものをひりだしてみせるんだよ」

「そ、そんな……」

由美子はワナワナと唇を震わせた。もうさんざん犯されて精を絞られた身体を、さらにおぞましい尻責めで嬲られる。身も心もどうかなってしまうのではないか。

「早くひりだせと言っているのがわからねえのか」

冷二は手をのばして由美子の肛門に触れ、ゆるゆると揉みこみながら指で縫った。

「いやっ……ああ、やめて……」

頭を振りたてながら、由美子はまた泣き声をあげた。

瀬島と渡辺、川津の三人がニヤニヤと覗きこんでいる。凌辱のあとも生々しく赤くただれた肉襞までのぞかせ、白濁をトロリと吐きだしている媚肉のわずか下方に、由美子の肛門がヒクヒクと冷二の指をくい締めた。これから冷二がなにを見せてくれるか、じっくりと見物を決めこんでいる瀬島たちだ。

「ぐずぐずしてやがると、浣腸してひりださせるぞ」

由美子は息を呑んだ。

「いやっ……そ、それだけは、かんにんして！」

「じゃあ、さっさとひりだせ。だいぶ奥まで入ってるから、思いっきり開かねえと出てこねえぜ」

そう言いながら、冷二は長大なガラス製の注射型浣腸器と肛門拡張器を取りだした。キィーとガラスが鳴って、グリセリン原液を吸いあげていく。

「ああっ、待って……出しますから、それはいやっ、いやです！」

由美子はブルブルと震えながら、すすり泣く声で言った。ドス黒く絶望が由美子を覆った。

「出しますから、おろして……こんな格好じゃ、いやっ」

「そのまま出すんだ。吊られたまま尻の穴を開いてひりだすんだよ」

たっぷりと薬液を吸った長大な浣腸器を手に、冷二は嘴管の先端で由美子の肛門を突ついた。

「ひいっ……いやあ!……ま、待って……出しますから！」

由美子は泣きながら叫んだ。そしてキリキリと唇を噛み、下半身をいきませはじめた。ヒクヒクとおののく肛門が内からふくらむようにゆるむ。だが、あまりのあさましさに力が抜けてしまった。

できない。こんな恥ずかしいこと、できるわけないわ……。

それでなくてもヤクザたちの指でさんざんいじりまわされ、さらに奥へと呑みこまされたゴムは、ひりでてくる気配はなかった。

「やっぱり浣腸するしかねえようだな。世話をやかせやがって」

そう言うなり、冷二は長大な浣腸器の先端を由美子の肛門に捻じりこむように深く突き刺した。

「あ、ああっ……いやあ……」

由美子は宙で腰をはねあげ、悲鳴をあげてのけぞった。

「たっぷり入れてやるからな。漏らさねえようにしっかり呑みこめよ」

長大なシリンダーが押され、ドクッドクッと入ってくる感覚に、由美子は喉を絞りたてた。汚辱感に身体の震えがとまらなくなり、歯がガチガチと鳴る。

「あ……あむ……入れないで……ううむ……」

「どんどん入っていくぜ。好きな尻してやがる」

冷二はグイグイとシリンダーを押していく。

「いい呑みっぷりだ」

「浣腸されてる時の顔がいいぜ。色っぽい顔しやがって」

「感じてるみたいだな。またオマ×コがヒクヒクしてきたぜ」

瀬島や川津、渡辺がニヤニヤと覗きこんで言った。

そんな声も聞こえず、由美子は宙に浮いた腰を揉んで泣きじゃくった。さっきまで真っ赤だった美貌は蒼ざめ、剝きだしの肌が脂汗を噴いてブルブルと震えだした。

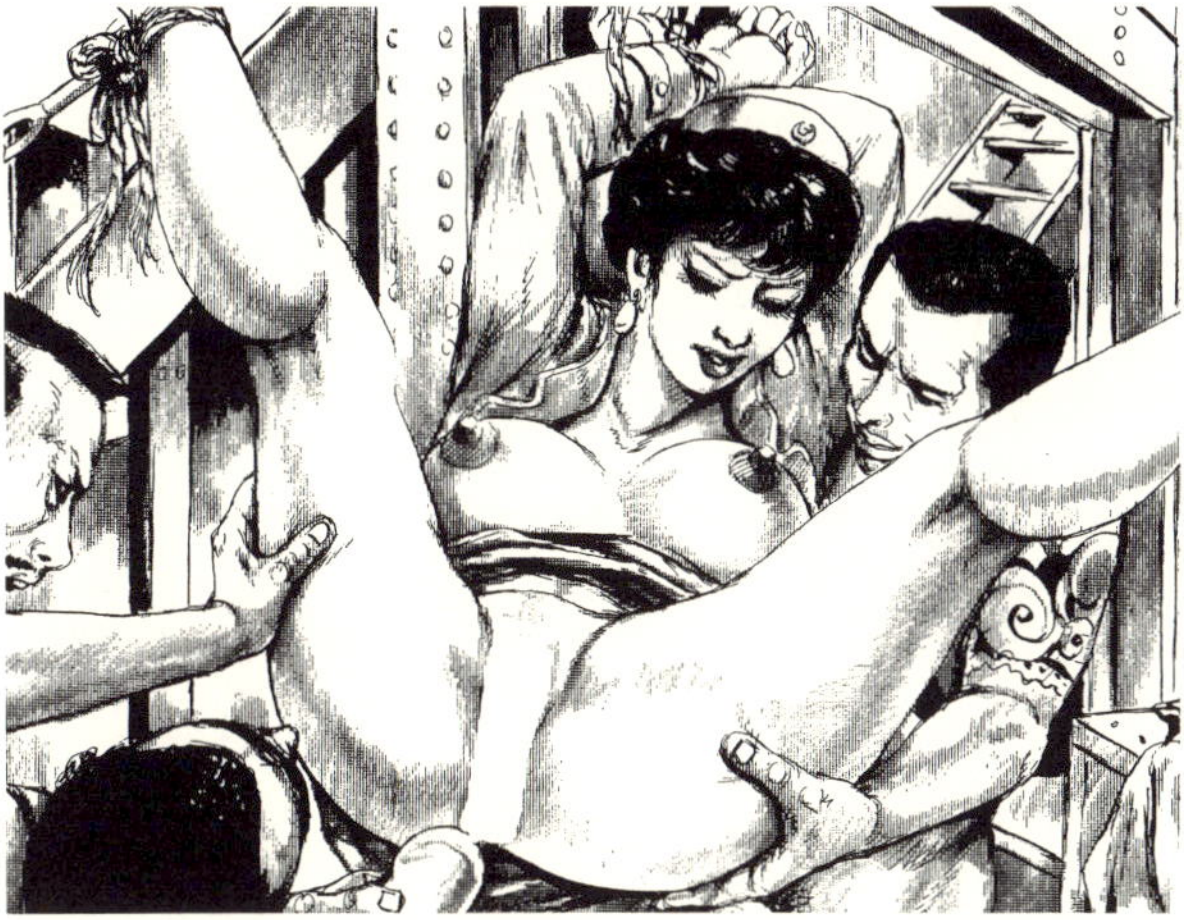

「もうやめて……う、うむ……く、苦しい……」

直腸にゴムをつめこまれているせいか、早くも荒々しい便意がふくれあがった。

「う、うむ……もう駄目……これ以上は……ああ……」

「まだ半分しか入ってねえぜ。全部呑みこむんだ。よくひりでるようにな」

「そんな……ああ、もう我慢が……ああ、苦しい……で、出ちゃう」

宙に吊られたまま由美子は泣き、うめき、そして腰を躍らせて手足をうねらせた。のけぞった美貌は眦をひきつらせ、唇を噛みしばって襲いかかる便意に総毛立っている。冷二やヤクザたちはゲラゲラと笑った。

さらにシリンダーが押され、一気にお

びただしくドッと注入される。

「ほうれ、一滴残らず入ったぜ」

「う、うむ……出る、出ちゃう！」

「腹のなかのものをすっかりひりだすんだ。さもねえと肛門拡張器を使うことになるからな」

冷二が嘴管を引き抜くと同時に、ショボショボと漏れはじめた。

「あ、ああ……出るう……」

もう自分の意志では押しとどめることはできない。男たちがくい入るように覗きこんでいるのも忘れ、由美子は激しく宙にほとばしらせた。

ヤクザたちはまたゲラゲラと笑った。だが、由美子の肛門がひときわ内から盛りあがるようにして開き、太いゴムをのぞかせると、笑うのをやめてくい入るように覗きこむ。

「ああ……あむむ……いやあ……」

ブルブルと双臀を震わせて、由美子はソーセージ状のゴムをウネウネとひりだした。それをひろいあげて、冷二は瀬島たちに見せた。ナイフで切り開くと、なかの小麦粉が白煙をあげてこぼれ落ちた。

「これのかわりにヘロインやシャブをつめこめばいいんだ」

冷二はニヤリと笑った。

「そいつは面白え。スチュワーデスが運び屋とは考えたな」

瀬島が悪知恵の働く冷二にあきれている。

「しかも尻の穴に入れて運ばせるとは、こりゃ使えますぜ」

「こいつは面白いことになってきやがったぜ」

渡辺と川津もニンマリとした。

ようやく絞りきった由美子は、もうグッタリと縄目に身体をあずけ、シクシクとすすり泣くばかり。

「どれ、これから組のためにたんまり稼いでくれるこの尻の穴を味見といくか」

「サンドイッチの輪姦といこうじゃねえか。今度は俺も加わるぜ」

瀬島と冷二はゲラゲラと笑った。

「聞こえたろ、美人のスチュワーデスさんよ。すっかりひりだしたところで、今度はオマ×コだけでなくて、尻の穴にぶちこんでやるぜ。うれしいだろ」

冷二は由美子の顔を覗きこんで、つかんだ黒髪をしごいた。

5

五日後、冷二と瀬島はバンコクへ向かうジャンボ機のなかにいた。いよいよ由美子に運び屋の仕事をさせるのだ。

冷二と瀬島は一番後ろの座席を選んだ。

「ここなら人目につかなくて、道中楽しめそうだな」

「それにしても、見ろよ。気どってやがるぜ。俺たちのことなど知らねえって顔しやがって」

「だが、そのほうがお楽しみも大きくなるってもんだぜ」

そんなことを言いながら、冷二と瀬島は一人のスチュワーデスを見た。

もちろん由美子だ。まるで何事もなかったかのように、由美子はワゴンを押して前の座席からドリンクサービスをしてくる。スチュワーデスの制服姿にエプロンがよく似合った。

実際、由美子はいつもと変わらぬ様子だった。冷二や瀬島らに前と後ろとから貫かれて声も出せず息さえできず、涎れを垂らしっぱなしにしていた時のことが嘘みたいだ。由美子の身体は二人の男の間で揉みつぶされるようにギシギシ鳴り、数えきれないほどの絶頂を迎えて何度も失神したのだ。その時の余韻がまだ身体に残っていて、由美子を苛んでいるはずなのだが。

　由美子の押すワゴンが、冷二と瀬島のすぐ前まできた。

「お、お飲みものは、なににいたしましょうか」

　冷二と瀬島の目を見ずに由美子は言った。必死に平静を装っているが、頬がピクピクとひきつっている。

「これにするかな」

　冷二はバッグのなかからグリセリン原液とエネマシリンジのゴム管を見せて言った。

　由美子は「ひいっ」と声をあげそうになって、あわてて唇を噛みしばった。

　いや、そんなこと……こんなところで、それだけは……。

　目で必死に哀願し、由美子は弱々しく頭を振った。

「どうしたんだ。俺のリクエストはこいつだぜ」

「かんにんして……それだけは……」

　他の人に聞かれないように、由美子は消え入るような声で言った。フライト中の機内で浣腸されるなど、考えるのも恐ろしい。

「それじゃ、これならいいのかい」

　瀬島はわざとらしく言って、スカートのなかへ手をすべりこませた。

　由美子は必死に悲鳴を噛み殺した。

「いやなら浣腸だぜ」

冷二の囁きが由美子の抗いを封じた。瀬島の手を振り払うことも、逃げることもできない。

機内で冷二や瀬島にいたずらされるのは、はじめからわかっていた。もう覚悟を決めたつもりだったが、同僚のスチュワーデスや大勢の乗客を前にすると、生きた心地もなくなった。

由美子はスカートの下に下着を着けることを許されていない。瀬島の手がスカートのなかで素肌の太腿を撫で、その付け根にのびてきた。陰毛を指でかきまわすようにいじる。

由美子は思わずスカートの上から、瀬島の手を押さえた。

「じっとしてろ。他の奴らに気づかれてもいいのか」

「言うことをきかねえと、本当に浣腸するぜ。それを他のことで許してやろうってんだから、おとなしくしてな」

冷二もまたスカートのなかへ手をすべりこませて、裸の双臀を撫でまわす。

瀬島と冷二は通路を挟んで隣り同士に座っているために、由美子は左右より挟み討ちにされた格好だ。

「脚を開くんだ。オマ×コと尻の穴に触れるようにな」

「いやっ……ここでは許して……」

「どうしても浣腸されてえようだな」

「それは……ああ……」

キリキリと唇を噛みしめて、由美子は両脚の力を抜いた。そしておずおずと左右へ開きはじめた。すぐに前からは瀬島の指先が股間へもぐりこんできて、媚肉をなぞった。後ろから冷二の指が肛門をまさぐり当て、ゆるゆると揉みこんでくる。

ビクッと由美子の身体が震え、反射的に太腿が閉じ合わされたが、それは前と後ろからもぐりこんでいる手を締めただけだった。

こんな……こんなことって……ああ、やめて、いやっ、いやよ……。

今にも泣きだしそうになるのを、由美子は必死にこらえた。

それをあざ笑うように瀬島の指先は媚肉の合わせ目に分け入り、肉襞をまさぐってくる。冷二の指もジワジワと由美子の肛門に埋めこまれ、指先で腸襞をかく。

「う、う……」

由美子は今にも噴きあがりそうな声を抑えるのがやっとだ。薄い粘膜をへだてて前と後ろで瀬島と冷二の指がこすれ合い、それがサンドイッチにされた生々しい記憶を甦らせて、声をあげて泣きたくなった。身体の芯がしびれだし、熱く疼きはじめるのを、由美子は恐ろしいもののように感じた。

いけない……ああ、駄目よ……。

いくらこらえようとしても、肉がとろけていく。機内で弄ばれ、いつ乗客や同僚に気づかれるかもわからないというのに、由美子は自分の身体の成り行きが信じられなかった。

ああ、こんな……。

ジクジクと蜜が溢れはじめた。

「ますます敏感になるようだな。もうオマ×コはびっしょりだぜ」

「尻の穴もこんなに柔らかくして……フフフ、好きになったな」

瀬島と冷二は低い声でせせら笑った。二人の指には媚肉クリームがたっぷり塗られていたのだが、由美子の反応はその効果だけではないようだ。

「も、もうかんにんして……気づかれてしまいます」

「指だけじゃもの足りなくて、太いのを咥えこみたがってるぜ。こんなにオマ×コをヒクヒクさせやがって」

「こっちもだ。バンコクに着いたら、いいものを尻の穴につめこんでやるから、楽しみにしてな」

冷二は、由美子に気づかれないように、そっと、エネマシリンジを手にすると、スカートのなかへ入れた。

「今はこいつで我慢しな」

エネマシリンジのノズルを指にかわって由美子の肛門に深く挿入する。

「ああ、そんな……」

由美子があわてて後ろを振りかえった時はもう遅かった。スカートのなかで真ん中にゴム球をつけたゴム管が、由美子の肛門から尻尾のように垂れていた。

「しっかり尻の穴を締めて、落とすんじゃねえぞ。落としたら今度こそ浣腸するぜ」

「ああ……」

由美子はワナワナと震える唇を嚙みしめ、かえす言葉もない。

「フフフ、オマ×コのほうには太いのを入れてやるぜ」

瀬島がグロテスクな張型を取りだした。由美子の美貌がひきつった。

「そ、そんなもの、いやっ……使わないで」

「オマ×コをとろけさせて、なにがいやだ。太いのが好きなんだろ」

「いやっ……かんにんして……」

「生身のほうがいいってのか」

せせら笑って瀬島はグロテスクな張型を由美子のスカートのなかへ入れた。内腿を這いあがらせ、茂みをかきまわすようにしてから、ゆっくりと柔肉のなかへ沈めにかかった。

「あ……」

由美子はギリギリと唇を噛んで声を噛み殺す。

すでに濡れそぼった柔肉を引き裂かんばかりにして、張型の頭がもぐりこんでくる感覚に、由美子は膝をガクガクさせて、今にも息がつまりそうだ。

「う……うむ……」

由美子の口からこらえきれずに、小さなうめき声が出た。

だがジャンボ機のジェットエンジン音が、うめき声を隠してくれる。乗客は由美子の異常にはまだ気づいていない。それがせめてもの救いだった。

ドッと汗が出て、由美子は生きた心地がなかった。そのくせ、しとどに濡れた柔肉は、由美子の意志と関係なく、待ちかねたように張型を包みこみ、絡みついていく。

瀬島がズンと底まで埋めた。

「ひいっ……」

由美子は悲鳴をあげて白目を剝いた。あわてて唇を噛みしばっても遅い。だが、同時にわざと大きな咳をして、由美子の悲鳴をかき消すことを、瀬島は忘れなかった。

「できるだけ深く入れてやったからよ。しっかり咥えて落とすんじゃねえぞ」

瀬島は張型から手を離した。

由美子はビクンと腰をこわばらせて張型をヒクヒクとくい締めた。

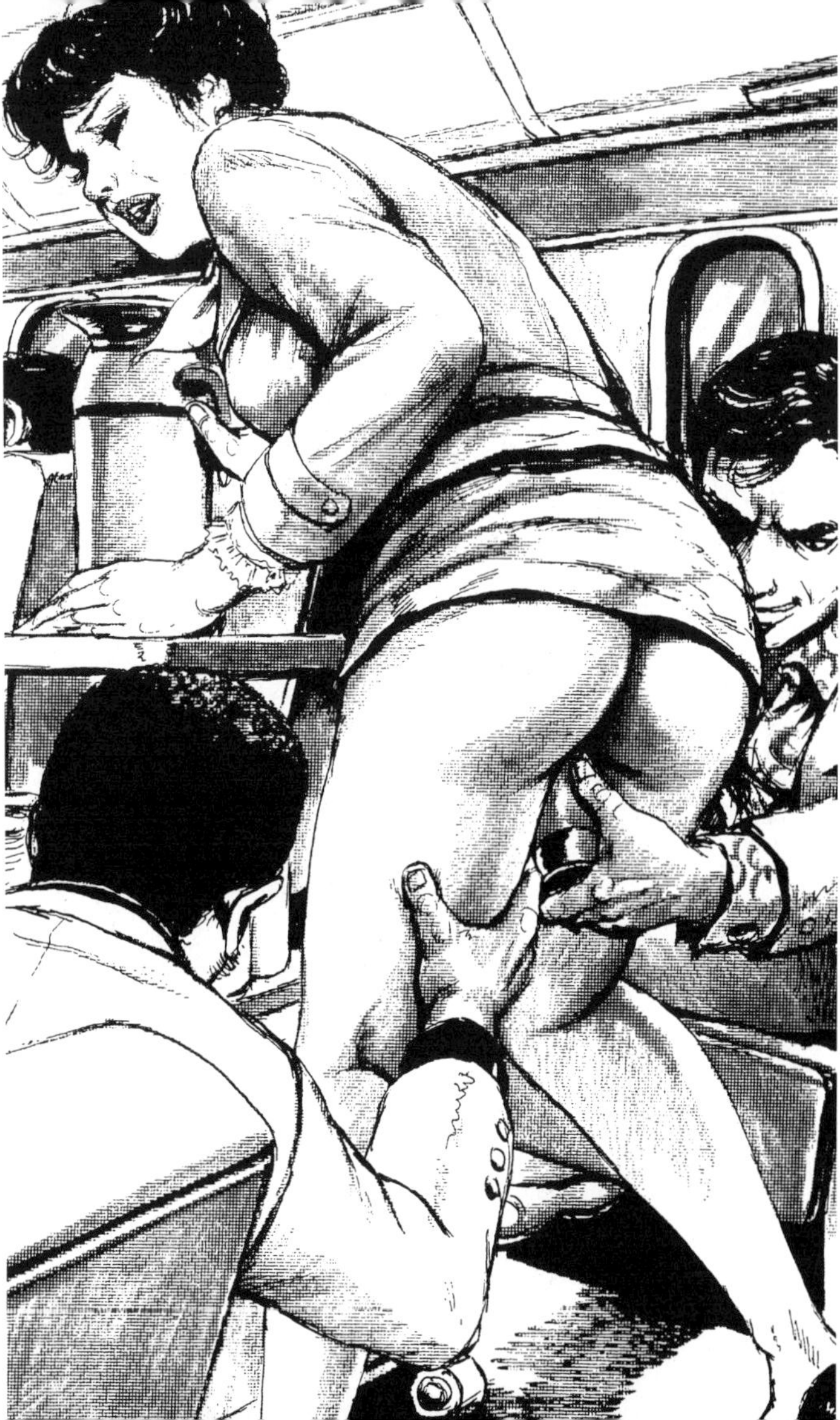

ようやく由美子のスカートから手を引いた瀬島と冷二は、

「いくら気持ちがいいからって、よがって他の奴に気づかれねえよう、注意するんだな」

「運び屋の予行演習だと思って、落とさねえようせいぜいがんばりな」

あざ笑うように言った。

こんな……こんなことをされるなら、いっそ死んでしまいたい……。

これから先、前には太い張型を咥えこまされ、肛門からゴム管の尻尾を生やしたまま放置される。張型とゴム管はスカートのなかに隠れているとはいえ、由美子はあまりのあくどさに泣きだしそうだった。

「すみません、ジュースください」

前のほうで乗客が由美子を呼び、由美子はワゴンを押して歩きはじめた。必死に平静を装い、無理に笑顔をつくろうとするのだが、意識は前と後ろに埋めこまれているものから離れない。足を進ませるたびに、張型とゴム管とが粘膜にこすれ、妖しい疼きがふくれあがった。たちまち股間は溢れた蜜でヌルヌルになった。

「ああ……」

思わずしゃがみこみたくなって、由美子はあわててワゴンで身体を支えた。背筋が震え、身体の芯のたぎりが声にまで表われそうになる。

ジュースをグラスにつぐ手もブルブルと震えて、こぼしそうになった。

時間がたてばたつほど身体の芯は熱くなって、溢れでた蜜がツーッと由美子の内腿をしたたり流れた。

こんなことなら、いっそひと思いに責められたほうがましよ……。

そんなことすら由美子の脳裡をよぎった。

このままではいつか誰かに気づかれてしまうだろう。いつしか由美子は冷二と瀬島の前に立っていた。

「もう、許して。お願い……このままでは……」

由美子は震える声で小さく言った。冷二と瀬島は顔を見合わせてニヤニヤと笑った。

由美子が耐えきれなくなって、そろそろ来る頃だと思っていたのだ。

「どうした、まだもの足りねえのか。こいつを使われてえのか」

冷二はわざとらしく言って、グリセリン原液の瓶を見せた。

「違います……ああ、もう……」

「それじゃ、こっちか?」

瀬島が見せつけたのは、由美子の媚肉に埋めこまれた張型に内蔵されたバイブレーターのリモコンだった。そのスイッチを入れると、由美子のなかでいきなり張型の頭がジィーと振動し、胴がうねりはじめた。

「あ……う、う……」

ピクンと腰が震え、由美子はキリキリと唇を噛みしばって声が噴きあがるのを必死に抑えた。淫らな振動が由美子の官能をこねくりまわす。由美子の身体の芯がカアッと灼けた。

もう、駄目ェ……あ、ああ、声が出ちゃう……。

耐えきれずに泣き声をあげかかった時、バイブレーターがとまった。

「か、かんにんして……」

「そのまましっかり咥えてろと言っただろうが」

「そのくらいで耐えられねえようじゃ、尻の穴にびっしりつめこまれての運び屋はつとまらねえぞ」

冷二と瀬島があざ笑った。

スチュワーデスの由美子にとって、本当の恥辱はこれからはじまるのだった。

第十章　屈辱の客室乗務

1

フライト中に機内で淫らな責めを受け、藤邑由美子は生きた心地がなかった。スチュワーデスの制服のスカートの下はパンティもパンティストッキングも着けることを許されず、それどころか膣には長大な張型を、肛門にはエネマシリンジのゴム管を、深々と咥えこまされている。

長大な張型にはバイブレーターが内蔵され、そのリモコンスイッチが入れられるたびに、由美子は声をあげそうになった。淫らな振動とうねりとが由美子の柔肉をこねまわし、身体の芯に快美の疼きが走って、我れを忘れそうになる。

ああ、こんな……た、たまらない……いや、いやっ……。

スカートの上から股間を押さえて必死に耐えようとするが、膝とハイヒールがガクガクしてしゃがみこみそうになった。そのたびに由美子は唇を嚙みしばり、シートの背に手をついて、どうにか身体を支えた。

「そんなに気持ちいいのか」

「いくら気持ちいいからって、あんまり色っぽい顔してると、他の奴に気づかれるぜ」

そんな意地の悪い瀬島と冷二の囁きが、由美子をいっそう惑乱させる。

「あ、あ……」

由美子が耐えきれなくなって思わず声が出そうになると、張型の淫らな振動とうねりはフッととまった。そして由美子にひと息つかせてから、またスイッチが入れられることが繰りかえされる。

こ、こんな……ああ、こんなことって……。

由美子は懸命に平静を装うのだが、今にも意識がふくれあがる官能に呑みこまれそうだった。身体の奥が熱くとろけてドロドロと溢れ、それが張型の振動とうねりをますますなめらかにする。くい締めていないと今にもズルズルと抜け落ちそうで、それがいっそうたまらなかった。

ひ、ひどい。こんな恥ずかしいことをされるくらいなら、いっそ死んでしまいたい。ああ、もういやっ……。

そう思いながらも、由美子は逃げることも耐えることも許されない。スチュワーデスとしての仕事があり、同僚や他の乗客たちの目もある。いつ襲ってくるかもわからない張型の淫らな振動とうねりとにおびえながら、由美子は必死に平静を装って足を進ませ、機内サービスをしていく。

「色っぽい顔しやがって。発情した牝の顔ってやつだな」

「あれじゃ男を挑発してるようなもんだ。みんな見とれてやがる」

瀬島と冷二はウイスキーの水割りをチビチビやりながら、由美子を見てニヤニヤと舌なめずりした。スチュワーデスの制服姿の由美子が股間に張型とエネマシリンジのゴム管を咥えてしとどに濡れ、今にも腰を振りたてんばかりなのに、必死に笑顔さえつくって乗客に機内サービスをしているのが、瀬島と冷二は愉快でならない。

そんな由美子を見ていると、もっといじめてみたくなる。みんなが見とれている美貌のスチュワーデスは、もうオマ×コだけでなく、尻の穴まで俺のものだ。そう叫んで由美子のスカートをまくりあげ、裸の下半身をさらして、見せつけたい衝動に駆られる。

「どれ、もっとたまらなくしてやるとするか」

瀬島は面白がって張型のバイブレーターのリモコンスイッチを、またオンにした。

ジジ……。

由美子のなかで張型が淫らに振動し、うねりはじめる。

ビクッと由美子の腰のあたりが震えるのがはっきりわかった。

「あ……」

由美子はキリキリと唇を噛みしめて、噴きあがろうとする声を押し殺した。必死に平静を装おうとしても、身体中に生汗が噴きでて美貌が首筋まで真っ赤になる。

と、とめて！　気づかれてしまいます……。

まわりの乗客に気づかれはしないかと、由美子は生きた心地がない。

「どうしたんですか？」

由美子の異常に気づいた乗客の一人が不審そうに言った。

「な、なんでもありませんわ」

必死に平静を装っても由美子の声が細かく震えた。熱くたぎった柔肉が淫らな振動にこねまわされ、快美の電流が身体の芯を走って、今にも膝が崩れそうだ。

抜け落ちないように張型をしっかりと締めつけていなければならないため、その感覚もいっそう鋭かった。

ああ、もう駄目……。

一番後ろの座席の瀬島と冷二のところまで来た由美子は、耐えきれなくなったように唇をワナワナと震わせた。

「も、もう、かんにんして……」

由美子は他の乗客に聞こえないように、消え入るような声で言った。哀願の目が今にも泣きだしそうだ。

「お、おかしくなってしまいます。もうこれ以上は、やめて……お願い」

「おかしくなるほど気持ちよくってたまらねえってわけか。本当にそうなのか、オマ×コをいじらせてみな」

瀬島はせせら笑うように言うと、手をのばして由美子の制服のスカートのなかへもぐりこませようとした。

「あ、ああ……」

由美子はキリキリと唇を嚙みしばって、腰を硬直させた。

異様に熱い瀬島の手がブルブルと震える太腿を撫でまわし、スカートのなかを這いあがってくる。由美子は狼狽して思わずスカートの上から瀬島の手を押さえつけ、逃れようと腰をよじった。だが、その動きも他の乗客や同僚たちに気づかれまいと弱々しい。

「い、いやです……許して……」

「おとなしくオマ×コをいじらせねえかよ。早いとこバイブのスイッチを切って欲しけりゃな」

瀬島はせせら笑うように言うと、さらに手を這いあがらせて太腿の付け根の張型をまさぐった。しとどに濡れた媚肉の合わせ目に、長大な張型が分け入り、深々と埋めこまれたまま、淫らに振動していた。

「よしよし、しっかり咥えこんでるな。たいしたとろけようじゃねえか」

「ああ……もう、やめて……これ以上は、かんにんしてください」

由美子が瀬島の手に気を取られている間に、後ろから冷二の手がスカートのなかにすべりこんだ。一度ねっちりと由美子の裸の双臀を撫でまわすと、エネマシリンジのゴム管を咥えこんだ肛門をまさぐる。

「こっちもしっかりと咥えこんでやがるぜ。尻の穴をヒクヒクさせてな」

冷二は低い声でせせら笑った。

「そ、そんな……」

前から後ろから、媚肉と肛門をまさぐってくる瀬島と冷二のおぞましい手。冷二がグリセリン原液の薬用瓶を取りあげ、肛門から垂れさがったエネマシリンジのゴム管の端を瓶の口に差しこんだのも、由美子は気がつかない。

瀬島と冷二は顔を見合わせて、ニヤリと笑った。

「たいした感じようだぜ。こうなったら、やっぱりそいつをやるしかねえようだな」

「今度は尻責めってわけだ。オマ×コだけじゃ不満だろうからな」

瀬島がバイブレーターのリモコンスイッチを切るのと同時に、冷二がエネマシリンジのゴム球をゆっくりと握りつぶした。ズズッと薬用瓶のグリセリン原液が渦巻いて、ゴム球に吸いあげられる。張型の淫らな振動とうねりがガクッととまって、由美子がホッと緊張をゆるめる余裕すらなく、グリセリン原液がドクッドクッと腸管に流れこんだ。

「ひっ……」

由美子は息を呑んだ。ドクッドクッと入ってくる感覚。なにをされているのか知って、由美子は目の前が暗くなった。

やめて……そんなこと、やめて！……ああ、こんなところで……。

由美子は叫びかけてキリキリと唇を噛みしめて声を殺した。

フライト中の機内で浣腸までされる。由美子には信じられない。エネマシリンジのゴム管を肛門に咥えこまされた時から恐ろしい予感はあったが、まさか本当に浣腸されるとは。

今ここでおぞましい責めを受けているのを、他の乗客や同僚に気づかれたら、と思うと由美子は生きた心地もない。冷二の手を振り払って逃げたいのに、由美子はもう声を出すことも抗うこともできなくなった。

それをあざ笑うようにゴム球が握りつぶされ、グリセリン原液は脈打つように入ってくる。

由美子の腰がブルブルと震えだし、膝とハイヒールもガクガク震えている。

入れないで。ああ、やめて……ひどい、ひどすぎるわ……。

由美子は噛みしめた歯がカチカチと鳴りだしてとまらなくなり、身体中に脂汗が噴きだした。

「どうだ、こういうところで浣腸されるのもスリルがあっていいだろうが。じっくり味わいな」

冷二は由美子の狼狽ぶりを見やりながら、ゆっくりとゴム球を握りつぶしてグリセリン原液を注入していく。薬液の流れがゴム球にビンビン響いて、入っていくさまが冷二の指先に感じとれた。

「あ、あ……たまんない……許して……」

由美子は唇を噛みしめ、今にも「わあっ」と泣きださんばかりの顔で、すがるように冷二を見た。

張型で熱くたぎった身体にゆっくりと入ってくる冷たい薬液。それが身体の芯をけだるくしびれさせて、さらに官能の炎をあおりたてる。唇を噛みしめていないと泣き叫びそうになる。

「や、やめて、お願い……人に気づかれてしまう」

「じっとおとなしくしてることだ」

冷二はわざとゆっくりと注入した。

だがそれは由美子にはかえってたまらなかった。断続的にしかも長々と精を注がれているようで、肉が狂いだしてくる。

由美子の腹部が熱っぽくグルグルと鳴った。ゴム管を咥えた肛門がヒクヒクとあえぎ、張型を深く埋めこまれている媚肉から蜜がジクジクと溢れでた。

「浣腸で感じてやがる。どんどんお汁を溢れさせてよ。好きなんだな」

媚肉をまさぐる瀬島がニヤニヤとせせら笑った。

からかわれても由美子には反発する気力もない。他の乗客や同僚に気づかれないかと生きた心地もなく、一刻も早くこの責めが終わってくれることを祈るばかりだ。

「お願い……ああ、もう……は、早くすませて……」

由美子は今にも泣きださんばかりだった。瀬島と冷二の座席が一番後ろで、しかも近くが空席なのが由美子にはせめてもの救いだった。それでなければ、とっくに他の乗客に気づかれている。

「焦ることはねえぜ。先は長いんだ。じっくり楽しもうじゃねえか」

「それとももっとたっぷり浣腸して欲しいという催促かい」

瀬島と冷二は由美子の顔を意地悪く見あげてからかった。その間も瀬島は由美子の媚肉をいじり、冷二はゆっくりとゴム球を握りつぶして注入をつづける。

もうやめて……ああ、声が出ちゃうっ……い、いや……。

由美子はギリギリと唇を噛んで声を噛み殺すのだが、唇がワナワナと震えだしてとまらなくなった。いつまで耐えられるのか。絶望が由美子をドス黒く覆う。

「あ、ああ……もう……」

耐えきれずに由美子が声をあげかけると、冷二はいったん注入する手をとめ、

「浣腸がいくら気持ちいいからって、これくらいでだらしねえぞ」

からかってまた、ゆっくりとゴム球を握りつぶした。

薬用瓶のちょうど半分あたりまで注入したところで、冷二はまたゴム球を握りつぶす手をとめた。

「ここでひと休みといこうじゃねえか。あんまり長居するとあやしまれるからな。ほれ、スチュワーデスの仕事をしてきな」

「浣腸のつづきはまたあとでじっくりとしてやるからよ」

瀬島と冷二はあざ笑って由美子のスカートのなかから手を引いた。

2

グルル……。

由美子の腹部が鳴った。注入されたグリセリン原液が由美子の肛門と直腸の粘膜を灼き、重苦しい圧迫感を生んでいる。ジワジワと便意がふくれあがった。それに追い討ちをかけるように、膣腔の張型がまた淫らに振動し、うねりはじめた。

「あ……う、う……」

由美子の美貌が血の気を失って、唇がワナワナと震えた。もう立っているのがやっとだ。

「どうしたの、藤邑さん。顔色が悪いわよ」

同僚に聞かれても、すぐには返事もできない。

「少し風邪気味なんですけど……だ、大丈夫です」

まさか由美子が媚肉に張型を埋めこまれ、浣腸までされていようとは、同僚は夢にも思わないようだ。

由美子は気力を振り絞り、乗客たちの様子を見まわるふりをして瀬島と冷二のところへ向かう。膝がガクガクして何度も立ちどまった。

「ゆ、許して……もう、もう……」

由美子は瀬島と冷二を見て、息も絶えだえにあえぎつつ言った。

「甘ったれるな。それくらいでオーバーにするんじゃねえよ」

「まだまだこれからだぜ」

瀬島と冷二はまた由美子のスカートのなかへ素早く手をもぐりこませた。再び張型にこねまわされる媚肉がいじられ、エネマシリンジのゴム管の端が薬用瓶の口に差しこまれて、ゴム球が握りつぶされる。

ドクッ、ドクッとグリセリン原液が由美子に流入した。

「あ、いや……うむ……」

由美子はさらに脂汗を絞って声を殺した。

どこまで弄べば気がすむのか。瀬島と冷二のあくどさに由美子はあらためて戦慄する。すでに便意に苛まれている腸管にまたもやグリセリン原液が注ぎこまれて、キリキリと灼かれる。荒々しくふくれあがる便意にグルルと腹部が鳴り、背筋が震えだし、歯がカチカチ鳴る。

「う、うむ……」

便意の苦痛と同時に、張型の淫らな振動が送りこんでくる肉の快感を増幅させた。そして便意の苦痛と肉の快美とがせめぎ合い、絡まりもつれ合って、由美子をいっそう悩乱させた。

「も、もう駄目……早くすませて」

由美子の哀願も言葉にはならず、低いうめき声とあえぎにしか聞こえなかった。

ようやく冷二が最後のひと握りをゴム球に加え、薬用瓶のグリセリン原液をすっかり注入しきった時には、由美子は脂汗にまみれて息も絶えだえだった。

「なんだかんだと言っても、すっかり呑みこんだじゃねえかよ」

冷二はせせら笑って、エネマシリンジのゴム管を引き抜いた。

上眼使いに覗きこんだ由美子の美貌は、脂汗にまみれて血の気を失い、キリキリと唇を嚙みしばって、襲いかかる便意にひきつっていた。もう満足に口さえきけない。

「こりゃ一度気をやらせてやらねえと、オマ×コがただれちまいそうだぜ」

瀬島のほうはバイブレーターのスイッチこそ切ったものの、張型は深く咥えこませたままで、柔肉をまだゆるゆるとまさぐっている。

もういや……ああ、おトイレに……。

由美子の目がすがるように冷二を見た。

「お、お願い……」

「たっぷりグリセリンを呑んだところで、またスチュワーデスの仕事に戻りな。まだトイレには行くんじゃねえぞ」

冷二は由美子の哀願には耳を傾けようともせずに言った。

「そ、そんな……」

由美子は嚙みしめていた唇をワナワナと震わせた。

「バンコクに着くまで我慢できるだろ。トイレはそれからだ」

「そんな……そんな、許して……」

「気がまぎれるように、オマ×コには張型を咥えたままにしといてやるぜ」

瀬島もせせら笑って、ようやく由美子のスカートから手を引いた。

由美子は恨めしげに冷二と瀬島を見て、唇をわななかせたが、もうなにも言わなかった。声を出すと今にも漏れてしまいそうなのだ。

ああ、ど、どうすればいいの。早くしなくては……。

このままでは耐える限界を超えた便意が、機内の通路でドッとほとばしりそうなのだ。

は、早く……おトイレに行かなくては……ああ、苦しい……。

いつしか由美子は我れを忘れてトイレに向かった。

膝がガクガクとして、トイレのドアを開ける手も震えた。今にも漏れそうな肛門を必死に引きすぼめているのがやっとで、席を立った冷二がすぐ後ろに迫っているのに気づく余裕もなかった。

「誰がトイレに行っていいと言った」

冷二は素早く由美子を狭いトイレのなかに押しこめて、ドアを背で閉めた。

「ああ、許して……もう、我慢が……」

「勝手な真似しやがって。ひりだしたいからといって出してちゃ、運び屋がつとまるか」

冷二は由美子の黒髪をつかんでしごいた。

「だって、だって……ああ、もう駄目……も、漏れちゃう！」

由美子は唇をワナワナと震わせて泣きだした。双臀を苦しげによじる。

「まったくこらえ性のない尻だぜ。どれ、見せてみろ」

冷二は由美子の上体を便座の上に伏せるようにして、双臀を高くもたげさせた。後ろからスカートをまくりあげて、裸の双臀を剝きだしにした。まるで剝き卵のような白い双臀がムチッと見事な肉づきを見せ、脂汗にまみれてヌラヌラと光り、妖しく震えている。

「お、お願い。させて。もう、もう……」

「騒ぐんじゃねえよ。ほれ、もっと足を開いて尻を高くしねえか」

冷二はさらに高くもたげられた由美子の双臀の前にかがみこむと、うれしそうに臀丘を割りひろげた。

「あ、あ、いや……」

由美子の臀丘が思わずこわばるのもかまわず、冷二は指先をくいこませて開き、底までさらした。

秘められた谷間の奥に、由美子の肛門が必死にすぼまっていた。浣腸のあとも生々しくしとどに濡れ、ヒクヒクと震えて今にも内からふくらみそうだ。そして、その少し前の媚肉にはおびただしい蜜のなかに張型が深々と埋めこまれていた。妖しい女の匂いがムッと鼻をつく。

限界に迫った便意の苦痛にもかかわらず、張型を咥えこまされた柔肉はヒクヒクと絡みつくような蠢きを見せ、熱い蜜をたぎらせている。

だが由美子はそんなところを覗かれているのを恥じる余裕もない。

「は、早く……う、うむ……させて……もう我慢できない」

泣きながら腰をくねらせる。

「あわてるな。漏らしたらもう一度浣腸するぜ」

冷二はせせら笑いながら、ゆっくりと媚肉から張型を引き抜いていく。

「あ、ああ……」

由美子は泣き声をあげ、まるで離すまいとするかのように柔肉をヒクヒクと絡みつかせた。

抜き取られた張型はしとどの蜜にまみれて糸さえ引き、妖しい女の匂いとともに今すでに萎えきっている。それでなくても狭いトイレのなかでは、抗いもたかが知れている。

なにをされるか知った由美子は悲鳴をあげた。だが、抗い逃げようとする気力は、

「ああっ、いやっ！」

そう言うなり冷二は、抜き取ったばかりの長大な張型を由美子の肛門に押しつけた。

「こらえ性のない尻には、栓をしてやるしかねえな」

にも湯気を立ち昇らさんばかりだ。

「か、かんにんして……そんなこと……」

「尻の穴がヒクヒクして、咥えこみたがってるぜ」

冷二は張型の先端で由美子の肛門を揉みこむようにしてから、ジワジワと埋めこみにかかった。

「やめて！……許して！　いやっ、いやあ！」

由美子の哀願がギクッと中断して、剝きだしの双臀が硬直した。

「いやあ！……い、痛……うむむ……」

引き裂くような疼痛が由美子の肛門を襲ってくる。だが苦痛よりも、浣腸されている身体に張型で栓をされることのほうが、もっと恐ろしい。

「た、助けて……う、うむ……」

「俺のデカいのを尻の穴に何度も咥えこんで、ひいひいよがったくせして、これくらいの太さでオーバーに騒ぐなよ」

「ううむ、死んじゃう……許して……い、いやっ……」

さらに脂汗が噴きでて、ムチッと張った白い臀丘をツーッと流れ落ちる。引き裂くような疼痛と、かけくだろうとする便意を押しとどめ逆流させる感覚。ジワジワと入ってくる張型に、由美子は目の前が暗くなった。

「う……うむ……」

捻じりこまれた張型は強力な栓と化し、由美子はもう息もつけない。ハアハアッと腹部をあえがせ、波打たせ、苦しげに双臀をよじりたてた。

「どうだ、これでもう漏らす心配はねえだろう、美人のスチュワーデスさんよ」

冷二はしっかりと張型を咥えこんでいる由美子の肛門を覗きつつ、汗まみれの双臀をヌルヌルと撫でまわした。

「ひどい。あんまりです」

由美子は唇をキリキリと噛みしめてうめき、泣きながら言った。

突然、トイレのドアがノックされた。

「ひっ……」

由美子の美貌が一瞬にして凍りつき、身体が硬直した。もしドアを開けられてこんなあさましい姿を見られたらと思うと、荒れ狂う便意も消し飛び、心臓が破裂しそうだ。

ああ、どうしよう……。

硬直した身体がブルブルと震えだした。もう駄目だという絶望感がふくれあがった。

ガチャガチャとノブがまわされ、ドアが開いた。

「いやっ……」

由美子はそっちを見る勇気はなく、泣き声をあげて両目を閉じた。

だが顔をのぞかせたのは、同僚のスチュワーデスや他の乗客ではなかった。

「どうだ、もう栓をしてやったのか」

瀬島がニヤニヤと笑っていた。

「この通りだぜ。これでもうバンコクに着くまで漏らす心配はねえというもんだ」

「なるほど、見事に尻の穴に咥えこんでやがる」

冷二と瀬島は顔を寄せ合うようにして、由美子の剝きだしの裸の双臀を覗きこんだ。

顔を見せたのが瀬島だったからといって、由美子はホッとすることなどできない。瀬島までトイレに来たからには、なにかまたひどいことをされるに違いないのだ。

「今度は尻の穴でじっくり楽しむんだな」

瀬島はそう言うなり、トイレのドアを閉めようともせず、バイブレーターのリモコンスイッチをオンにした。淫らな振動とうねりが由美子の肛門をこねくりまわし、押しとどめられた便意を荒れ狂わせる。

「そ、そんな……あ、うむ……」

泣き声をあげた由美子は、不意にブルブルッと激しい痙攣を、裸の双臀に走らせた。まるで肛門から身体の芯を脳まで、電気を流されたように、灼きつくされるような感覚。

「う、うむ、イクッ……」

由美子はうめき、泣き声を絞りだしながら何度も激しく痙攣し、汗まみれの双臀をうねらせ、のたうたせた。

由美子はグッタリとして、ハアハアと肩をあえがせた。まだ陶酔の余韻が尾を引くように、固く両目を閉じて唇を半開きにして、半ば気を失った様子だ。冷二に抱きあげられてトイレから連れだされたのも、由美子は気づかないほどだった。

まくりあげられたスカートは元に戻されていたが、肛門に埋めこまれた張型の栓はそのままだ。

冷二は由美子を自分の座席にシートの背を倒して横たえた。

「ああ、なにを……」

フッと気づいた由美子は、あわてて起きあがろうとした。

「じっとしてろ。俺の言う通りにしてりゃいいんだ。さからうとここで素っ裸に剝きあげてもうひと責めするぜ」

冷二は由美子の耳もとで囁いてニヤリと笑った。近くの乗客たちも気づいて、好奇の目を由美子に向けてくる。それでなくても美しい由美子はなにかと人の目を引くのだ。

同僚のスチュワーデスとチーフパーサーも何事かとやってきた。

「どうしたんですか？　藤邑さん」

シートに横たわり脂汗にまみれて震えている由美子に気づいて、びっくりしたようにチーフパーサーが尋ねた。

「は、はい……」

戦慄が背筋を走り、唇がワナワナと震えて、由美子は言葉がつづかない。浣腸されて張型で肛門に栓をされ、気をやらされたなどとは、死んでも言えない。そしてそれだけはなんとしても知られてはならないのだ。

「そこでフラッとして倒れたんで、びっくりしてここに運んだんですがね」

由美子にかわって冷二が言った。

「まかせてください。私は医者です」

冷二は平然とうそぶき、由美子の手をつかんで脈をとるふりをした。それから由美子を診察するふりをして、制服のブラウスのボタンをはずし、前をはだける。

あ、ああ、いやあ！……やめて！……

由美子は胸のうちで狂おしいまでに叫びながらも、声を出すことも抗うこともできない。チーフパーサーや同僚のスチュワーデス、そして乗客たちの目が、自分に集中していると思うと、由美子はどうにもならない。

冷二のあまりに堂々と冷静な態度に、誰もが冷二が医者だと言うのを疑う者はいないのだ。いや、それよりも由美子の妖しい美しさと汗に光る肌の白さに見とれているのか。

「じっとして。診察しますからね」

冷二はわざと大きな声で言って、由美子のブラジャーのフロントホックをはずした。形のいい乳房が剝きでて、ブルンと揺れた。じっとりと汗に濡れて、乳首をツンと尖らせている。

「あ……」

声をあげかけて、由美子はあわてて唇を嚙みしめた。

乗客たちの好奇の視線が集中してくるのが、乳首に痛いまでに感じとれる。由美子は今にも泣きだしそうになるのを必死にこらえた。

じっとしてろよ。尻の穴に張型を咥えこんでいるのをバラされたくなきゃよ！……

冷二がそう言っている気がして、由美子は動くこともできなかった。

冷二の手が診察するふりをして、由美子の首筋や乳房、腹部をいじってくる。あお向けになっても型崩れしない乳房を付け根から絞りこむように揉みこんだり、乳首をつまんでしごく。さりげなく乗客たちに由美子の乳房の形のよさや肌の白さ、肉づきの艶やかさを見せつける。

ああ、かんにんして……。

由美子は生きた心地もなく、乗客や同僚のスチュワーデスをまともに見られず、固く両目を閉ざすばかりだ。

チーフパーサーや同僚のスチュワーデスは、由美子の乳房を目にすると、あわてて、

「お客様はご自分の席にお戻りください」

「ここは先生におまかせし、ご自分の席へお戻りください」

なんとか人目にさらさないようにしようとするのだが、由美子の美しさに見とれている乗客たちは、まるで言うことをきかない。そんな乗客たちへの対応に追われ、冷二の診察を疑うどころではなかった。

それをいいことに、冷二は由美子の肌をまさぐって乗客たちに見せつけた。もう由美子はスカートも太腿までまくれあがり、腰の部分を隠すだけの半裸同然だった。

冷二は由美子の肌をまさぐっては、もっともらしくうなずき、下腹部のあたりを押しては、

「具合はどうですか?」

しらじらしく聞く。

それに合わせて、瀬島は由美子の肛門に埋めこまれた張型のバイブレーターのリモコンスイッチを入れる。

「あ、ああっ」

不意に肛門を襲う淫らな振動とうねりに、由美子は思わず声をあげて上体をのけぞらせた。腰がブルブルと震えだした。そしてその振動とうねりとがまた、押しとどめられている便意を荒れ狂わせ、苦痛をふくれあがらせた。

や、やめて! 苦しい……うむ、ううむ、たまらない……。

今にも噴きあがりそうな悲鳴を、由美子はキリキリと唇を噛みしばってこらえる。

便意の苦痛と妖しい肉の感覚とが交錯し、由美子を再び懊悩させる。

すぐにバイブレーターのリモコンスイッチは切られた。

「ああ……」

由美子の身体からガクッと力が抜け落ち、あとはハアハアとあえぐ。まるで官能の

絶頂へ昇りつめたかのようだ。

そんな由美子の妖しさが、いっそう乗客たちを魅了する。まさか美貌のスチュワーデスが、スカートの下はノーパンで、肛門に張型を埋めこまれて責められているとは思わないものの、ただならぬ妖美な色香にどの目もギラギラと血走っていた。

「ど、どんな具合なんでしょうか」

さすがのチーフパーサーも由美子のただならぬ様子に驚いて、冷二に聞いた。

「そう心配することはないと思いますよ。貧血でしょう」

冷二は平然とうそぶいて、ようやく由美子の身体から手を離した。

同僚のスチュワーデスが毛布で素早く由美子の肌を覆った。

「私がついてますから、心配なく」

冷二はスチュワーデスに向かって言うと、腹のなかでペロリと舌を出した。

やっと乗客たちがスチュワーデスにうながされて自分の席に戻ると、冷二はまた毛布の下に手をもぐりこませ、由美子のスカートのなかにすべらせる。

「みんなに見られながら張型を尻の穴でクイクイ締めつけてたわけか。あきれたもんだぜ」

冷二は張型が由美子の肛門にしっかりと埋めこまれているのを指先で確かめ、ニヤニヤと笑った。それから指先を媚肉へとまわし、柔肉をまさぐった。

「こりゃたいしたとろけようじゃねえか。洪水だ。うれしそうにヒクヒク指に絡みついてきやがる」

「どれ、俺にもいじらせろ。なるほど、病気は病気でも貧血じゃなくて、色情狂ってやつだぜ」

「そうか、やっぱり。貧血とはとんだ誤診だったな」

冷二と瀬島は顔を見合わせて、ニンマリと顔を崩した。

からかわれても由美子はもうなにも言わなかった。身も心も打ちひしがれて、固く両目を閉じたまま、されるがままだ。

「う、うう……」

時折り由美子は低いうめき声を出して、ブルルッと腰のあたりを震わせた。便意が荒れ狂って腸襞をかきむしるのか、妖しい感覚が肉をとろかし疼かせるのだろうか。

「どうする。もう一度尻の穴で気をやりてえのか、すっきりするぜ」

瀬島がリモコンスイッチを見せつけて、意地悪く聞いた。

由美子は声もなく、弱々しく頭を振った。

それをあざ笑うように、瀬島がリモコンスイッチを入れた。ジジィ……。不気味な電動音をくぐもらせて、肛門の張型が振動しうねりはじめる。

「あ、いや……」

由美子は顔をのけぞらせて泣き声をあげた。だがその声は唇に吸いついてきた瀬島の口でふさがれ、低いうめき声にしかならない。

瀬島の舌が由美子の口を割ってもぐりこんできて、由美子の舌を絡め取った。

「う、うむ……」

由美子は白目を剝いて、ガクガクと腰を振りたてた。

張型の淫らな振動とうねりに、また身体の芯が熱く疼きだした。肛門から背筋へと絶えず電流が走る。肉が灼けただれていく。それは便意の苦痛とないまじった妖しく暗い肉の快美だ。張型で苛まれる肛門も媚肉も、ヒクヒクと痙攣を見せて、収縮を繰りかえしはじめた。

かんにんして……死んじゃう……。

毛布の下で冷二の手が由美子の媚肉をまさぐり、肉芽をいじってくる。瀬島も由美子の口を吸いつつ、毛布の下で乳房をタプタプと揉みこみ、乳首をつまんでいびった。

「早く気をやらねえと、またチーフパーサーが様子を見にくるぜ」

冷二がからかう間にも、由美子の痙攣がさらに生々しさを増した。もう便意の苦痛さえ肉の快美に巻きこまれていく。頭のなかまで灼けただれた。

ああ、あうっ……イク……イク！……

ふさがれた口の奥で悲鳴に近い叫びを絞りだして、由美子はキリキリとのけぞった。

背筋が反り、腰が浮きあがって腹部を激しく痙攣させ、前も後ろも冷二の指と張型とをくい千切らんばかりに収縮させた。

「いいイキっぷりだ。他の奴らに見せてやれねえのが残念なくらいだぜ」

冷二は指に媚肉の妖しい収縮を楽しみつつあざ笑った。

瀬島のほうはリモコンスイッチを切ったものの、まだ由美子の口に吸いついたまま、舌を絡め取って唾液をドロドロと流しこんでいる。グッタリと由美子の身体から力が抜け、痙攣が弛緩するのを待って、ようやく口を離した。

「どうだ、満足したか」

瀬島がニヤニヤと由美子の顔を覗きこんでも、由美子はしとどの汗に乱れ髪を額や頬にへばりつかせて固く両目を閉じ、ハアハアとあえぐばかり。そのまま恍惚の余韻とともに意識が闇のなかへ吸いこまれて、由美子は気が遠くなった。

「のびちまいやがったぜ。若いくせに一度や二度、気をやったくらいでのびるなんて、だらしねえぜ」

「のびてるどころじゃねえだろうが。トイレに行きたかったんじゃないのか」

瀬島と冷二がからかって由美子の頬を軽くたたいても、もう反応はなかった。

チーフパーサーがまた、由美子の様子を見にきたのに気づいて、冷二の顔からニヤニヤ笑いが消えた。まじめな表情をして由美子を見守る素振りを見せる。

「どうでしょうか」

チーフパーサーが心配そうに言った。

「注射を打ったので、今は眠ってますよ。もう大丈夫でしょう」

冷二はもっともらしく言ってうなずいた。

「念のためにバンコクに着いたら病院で検査してあげましょう」

「はい。それでは明日のフライトはお休みさせたほうが」

「それは大丈夫でしょう」

冷二は腹のなかでニヤリと笑った。面白半分に医者になりすました冷二だったが、こうもうまくいくとは思わなかった。

3

由美子が目をさましたのは、救急車のなかだった。

うつろな目で車の天井を見ていたが、ニヤニヤと笑っている冷二と瀬島に気づくと、ハッと正気に戻った。

「こ、ここは?」

あわててまわりを見まわす。

「もうバンコクだぜ、思いっきり気をやって、のびちまうほどよかったのか」

「そ、そんな……ああ……」

機内での恐ろしい現実がドッと甦ってきて、由美子の美貌がひきつり、唇がワナワナと震えた。

「心配すんなよ。バレちゃいねえからよ。貧血で倒れたことになってんだ」

「明日の朝までは、この冷二名医にあずけられたってわけだ。こってりと治療してもらえるぜ」

冷二と瀬島はゲラゲラと笑った。

もうチーフパーサーも同僚のスチュワーデスの姿もない。そのかわりに助手席には先にバンコクに来ていた渡辺の顔があった。

「飛行機のなかじゃ、だいぶ可愛がってもらったようだな。ここでもお楽しみの準備はできあがってるぜ」

渡辺が由美子を振りかえってニヤリと笑った。

「今までのはほんの序の口。本番はこれからだぜ」

冷二は由美子のスカートをまくって裸の下半身を剝きだすと、グリグリと下腹を揉みこみ、肛門の張型を揺さぶった。

「あ、うむ……」

たちまち便意の苦痛が甦ってグッとふくれあがった。

「や、やめて……苦しい」

「もういくらでも泣き叫んでいいんだぜ。ほれ、もっと泣け」

「ああっ、う、うむ……かんにんして！」

由美子は苦悶に美貌をひきつらせて泣き声をあげた。脂汗を噴きだして、ワナワナと震えだした。

「いい声で泣きやがる」

「やっぱり女を責める時は、こうでなくちゃよ」

瀬島と冷二はうれしそうに笑って舌なめずりをした。そして馴れた手つきで由美子の身体からスチュワーデスの制服を脱がしにかかる。

「ああ、いやっ……やめて！　裸になるのはいやです！」

由美子は泣きながら抗おうとするのだが、身体に力が入らない。

「素っ裸になるんだ。渡辺が今夜のお楽しみの準備をしてあると言っただろうが。こっちも準備しなくちゃよ」

瀬島が由美子の制服の上衣を剝ぎ、ブラウスを脱がしてブラジャーをむしり取れば、

「どうせ朝まで素っ裸でいなきゃならねえんだ。今夜はこの身体にいろいろしなきゃならねえからよ」

冷二が由美子のスカートのホックをはずし、ファスナーを引きさげる。

「あ、あ……いやあ……」

よじりたてる由美子の腰からスカートが剝ぎ取られた。

あとはもうハイヒールをはいただけの、文字通りの一糸まとわぬ全裸だった。

「やっぱり素っ裸が一番だぜ」

瀬島が馴れた手つきで由美子の両手を背中へ捻じあげて交差させる。その手首に素早く縄を巻きつけた。さらに縄は由美子の乳房の上下にもまわされて、ギリギリとくいこまされた。

「かんにんして!……これ以上はいやっ!……もう、ひどいことしないで」

由美子は腰をよじりたて、泣きながら黒髪を振りたくった。

だが、いくら哀願しても、瀬島や冷二はあざ笑うばかりだ。

「尻の穴に張型を咥えこんで気どっても、サマにならないぜ」

冷二は由美子の双臀をバシッとはたいた。

やがて車はバンコクの歓楽街に入った。通りはまだ暗くならないというのに、客を待つ夜の女たちがあちこちにたむろしている。そして女を物色する観光客や、女を管理するヒモらしい人相の悪い男たちと、異様な空気が漂っていた。日本人の観光客らしい団体も見えた。そしてズラリと並んだナイトクラブやバー、そのなかのひとつの

ナイトクラブの前で車はとまった。

「着きましたぜ」

渡辺が瀬島と冷二を助手席から振りかえった。

瀬島と冷二はニンマリとうなずくと、後ろ手に縛った由美子の裸身を毛布で覆って車から引きおろそうとした。

「ああっ、いや！……こんな格好で、許して！」

由美子はおびえて身体をこわばらせ、両脚を突っぱらせた。だが、肛門に張型を埋めこまれ、荒々しい便意に苛まれている身体は力が入らない。左右から腕をとられて強引に車から連れだされた。

「あ、ああっ、いやっ……」

由美子は狼狽の泣き声をあげた。

いくら毛布で裸身を覆われているとはいえ、まだ夕陽の沈みきらない歓楽街のなかに引きだされるなど信じられない。

「ああっ、こんな……」

膝とハイヒールがガクガクとして、思わずその場にしゃがみこみそうになるのを、強引に引き起こされた。

「シャンとしねえかよ。世話をやかすな」

「ああ、かんにんして……いやっ、ああ、いやです！」

歓楽街のにぎわいが由美子をいっそうおびえさせ、生きた心地もない。

人ごみのなかを由美子は、瀬島と冷二に左右から挟まれ、引きずられるように引きたてられた。

「ゆ、許して……ああ……」

由美子は黒髪を振って泣きだした。

だが、そんな由美子を見てニヤニヤと笑ったり口笛を吹く者はいても、変に思う者はいない。女の売買が公然と行なわれているこの街では、見馴れた光景なのだろう。

それはナイトクラブのなかへ連れこまれても同じだった。それどころか、ナイトクラブのステージでは一人の女を二人の男が犯すセックスショウが演じられ、客たちが目を血走らせている。

「ああ……」

その異様な光景と熱気に、由美子は思わず身震いしてステージから目をそらした。とんでもないところへ連れこまれてしまった。由美子はブルブルと震えがとまらなくなった。

「ああ、こんなところで……なにを、なにをしようというの⁉」

由美子はおびえて声を震わせた。もしかすると、ここでおぞましいショウに出されるのではないか。恐ろしい予感に由美子はおののいた。

「おとなしくしてろ！」

「まだ出番はこねえからよ。ガタガタ言うんじゃねえ！」

瀬島と冷二が低くドスのきいた声で言った。

ステージの脇のボックス席が予約されてあった。テーブルを挟んでこっちに席が四つ、向こうに三つ用意されている。誰か来るらしい。

席につくと数分もしないうちに、サングラスをかけた人相の悪い男が三人、現われた。テーブルを挟んで瀬島の正面に座る。

男の一人が黒いバッグをテーブルの上に置くと、渡辺がやはり黒いバッグを取りだした。同時にテーブルの上でバッグが差しだされて交換された。

差しだしたバッグのなかには札束が、そして受け取ったバッグにはビニールの袋があった。男が札束を数え、渡辺はビニールの袋のなかの白い粉を小指につけて舐める。

「坊っちゃん、こりゃ上ものですぜ」

渡辺が言うと、瀬島はニンマリとうなずいて、正面の男を見た。

サングラスの男も札束を数えていた男になにか言われて、ニンマリとうなずいた。

ああ……。

由美子は恐ろしい取引きが行なわれるのを、声もなく見ていた。渡辺が受け取ったバッグのビニール袋の白い粉が麻薬であることは、聞かなくてもわかる。

「これで無事に取引き成立ってわけだ。それじゃ成立を祝ってお楽しみといこうじゃねえか」

冷二がそう言い、瀬島が卑猥に笑った。

「店のほうにはもう話はつけてありますぜ、冷二さん。いつでもオーケイです。へへへ」

渡辺もだらしなく顔を崩した。

由美子はブルブルと震えがとまらない。荒れ狂う便意のせいだけではない。由美子の身体が、これからなにをされるのかを本能的に感じとったのだ。

ステージでの女一人男二人のショウが終わるや、冷二は由美子の顔を覗きこんでニタッと笑った。

「いよいよ出番だぜ、美人のスチュワーデスのショウタイムだ」

「ああ、なにを……」

由美子がそう言いかけた時には、もう冷二の手でボックス席からステージへと引きだされていた。

「ああっ、いやっ！」

あわてて逃げようとする由美子の身体から、毛布が一気に剝ぎ取られた。ハイヒールをはいただけで縄で後ろ手に縛られた由美子の白い裸身が、ステージのライトのなかにはっきりと浮かびあがった。

「い、いやあ！」

由美子は悲鳴をあげて、必死に肌を隠すために、その場にうずくまろうとした。

だが冷二の手がそれを許さず、抱きあげてまっすぐ立たせ、由美子の裸身をさらす。

客たちは歓声をあげた。それも由美子の美しさに気づくと、その美貌と官能美あふれる女体に圧倒されたように、急速に静まりかえった。

「いやっ、いやです！……かんにんして！」

由美子だけが悲鳴をあげ、泣きだしながら逃げようと身をもがかせる。三、四十人はいると思われる男たちの前で、全裸にされたのだ。男たちが静まりかえっていることが、かえってギラギラと光る無数の淫らな目を意識させられ、不気味さをふくれあがらせた。

「ああ、いやあ！」

「いやじゃねえよ。しっかりと身体を見てもらうんだ」

冷二は由美子をステージの中央へ連れていくと、天井から垂れさがった鎖に後ろ手縛りの縄を引っかけ、爪先立ちのハイヒールをガクガクさせるばかりだ。

「ああ……」

由美子は唇を嚙みしめて黒髪を振りたくった。正面を見ても、右と左を見ても無数の欲情を剝きだしにした目が由美子を舐めまわしてくる。

「みんな見とれてるぜ。少しは色っぽく身体をうねらせてみせねえか」

冷二は由美子の黒髪をつかんで美貌を客たちにじっくりとさらし、さらに乳房を両手で下からすくいあげて揺さぶり、腰や下腹を撫でまわしてその見事なまでの肉づきを見せつけていく。

「やめて……ああ、許して！」

「後ろを向いてムッチリとした尻も見せるんだよ」

「いやっ！」

悲鳴をあげて裸身をこわばらせても、由美子の身体はたちまちクルリと回転させられてしまった。

客たちのなかからどよめきが起こった。

ムチッと盛りあがった形のいい双臀は、まぶしいばかりの白さを見せてムチムチと官能美にあふれ、見る者を魅了せずにはおかなかった。そして、その臀丘の谷間に、肛門に埋めこまれた張型が突き立てられていることが、さらに客たちをどよめかせた。

どうです、いい尻してるでしょうと言わんばかりに、冷二は由美子の双臀を撫でまわし、つかんで揺さぶり、客に見せつける。

「いやっ……見ないで！」

あさましい姿をさらしものにされる恐ろしさと屈辱に、由美子は唇を嚙みしめた。

「泣いてねえで尻を振ってみせろ」

「…………」

「いやでも振らせてやるぜ。まったく世話をかけやがる」

冷二はニヤリと笑ってボックス席の瀬島を見た。

瀬島はニンマリとうなずいた。冷二がなにを考えているのか、聞かなくてもわかる。

すぐに張型のバイブレーターのリモコンスイッチを取りだすと、スイッチを入れた。

ビクンと由美子の腰が震えた。

「あ、あっ……いやあ……ああ！」

悲鳴とともに由美子の双臀がブルブルと震えながら躍りはじめた。

瀬島は何度もスイッチを切ったり入れたりして、由美子を泣き悶えさせた。

淫らな振動で肛門をこねまわされるおぞましさとふくれあがる便意の苦痛、そして
そんな姿を無数の男たちに見られている無念さ。由美子は気が狂いそうだ。死んでしまいたい。

「あ、ああっ……もういや！……許して。いやあ！」

双臀をうねらせ、振りたてて泣き叫んだ。

それが客たちを喜ばせ、歓声や淫らな笑い声があがって、異様な熱気とただれた空気に包まれていく。

「そんなに尻を振って、気持ちよくってしようがねえようだな」

冷二は由美子の双臀をピタピタとたたいてせせら笑った。

「今度は股をおっぴろげるんだ。どのくらい気持ちいいのか、オマ×コをしっかり見てもらうんだよ」

「そ、そんな……いやっ」

「やっぱりこいつを使っておっぴろげるしかねえようだな。思いっきりひろげてやるぜ」

冷二は縄を取りだすと、しゃがみこんで由美子の足首に巻きつけて縛った。その縄尻を天井の鉤に引っかけてズルズルと引く。

すぐに縄はピンと張った。そして由美子の左足首が吊られはじめた。

「かんにんして！……あ、ああっ、やめて！　いやあ！」

由美子は絶叫した。必死に両脚に力を入れても、左足首はジワジワと吊りあがっていく。両膝が開きはじめ、太腿がメリメリと音をたてんばかりに裂けて、由美子は狂ったように身体を振りたてて泣き叫んだ。

「いやあっ！」

ひときわ高い悲鳴とともに、由美子の内腿がガクンと開いた。あとは割り裂かれんばかりに高く吊りあげられた左脚が、抗いにむなしく波打つばかりだった。

「これでパックリだ。ほう、こりゃたいした感じようじゃねえか。こんなにとろけさせて、みんなもあきれてるぜ」

冷二はからかいながら、開ききった由美子の股間を客たちの目にさらしていく。吊りあげた左脚の膝にも縄を巻きつけて吊り、さらに由美子の股間を開ききった。極限にまで開かれた由美子の内腿は、筋が浮きあがってヒクヒクと震えた。その筋に引っぱられるように、媚肉の合わせ目までがほぐれて、しとどに濡れて充血した肉襞をのぞかせている。ツーッと溢れ出た蜜が、由美子の右の太腿をしたたった。

「いやあ!……ああ、見ないで!……見てはいやっ!」

由美子は我れを忘れて泣き叫び、ガクガクと腰を揺すりたてた。

血走った無数の目が、今どこを見ているのか痛いまでにわかった。外気にさらされている肉襞が視線を感じて灼けるようだ。

それだけではない。股間を開ききられたことで、張型を埋めこまれている肛門までがはっきりと客たちの目にさらされた。

「どれ、オマ×コパックリってところで、もう一度尻振りダンスをしてもらうか」

冷二はニヤリと笑った。瀬島がまたリモコンスイッチを入れたり切ったりを繰りか

えした。

「あ、ああっ……やめて！　あああ……」

由美子の腰がビクンと震え、ガクガクとうねる。

今度は肛門の張型が振動し、クネクネうねって粘膜を苛むさまが、客たちの目にもはっきりと見えた。

そして、開ききった媚肉の合わせ目はなにかを咥えこみたがっているようにヒクヒクと肉襞を蠢かせ、ジクジクと蜜を溢れさせる。妖しい女の匂いが色濃く立ち昇る。

それが男たちの目を奪い、淫らな欲情を昂らせる。客たちはギラギラと血走った目で、息を呑んで、くい入るように凝視した。

「い、いや、いやっ……ああ！」

由美子は顔をのけぞらせ、吊りあげられた左脚をうねらせ、腰を振りたてて泣いた。

冷二が足もとに便器を置き、洗面器にグリセリン原液を流しこんで長大な注射型のガラス製浣腸器に吸いあげるのも気づかなかった。

「そんなにいやなら張型を抜いてやるぜ。漏らさねえよう、しっかり尻の穴を締めてな」

そう言うなり、冷二は張型を巻き戻すようにゆっくりと引きだしにかかった。

「ひっ……あ、あ、駄目……」

由美子は泣き声をひきつらせた。

張型をジワジワと引きだされる感覚が、便意をいっそう荒れ狂わせる。こんな大勢の男が見ている前でおぞましい排泄をさらすなど、考えるだけでも恐ろしかった。

「取らないで……うむ……漏れちゃう」

「どうした。あれだけトイレに行きたがってたじゃねえか。漏れたほうが客が喜ぶかもしれねえぜ」

「いやあ!……それだけは……ああ、助けて!」

由美子は悲鳴をあげ、ギリギリと歯を嚙みしばって頭を振りたくった。

だが張型がズルズルと引きだされるにつれて、荒々しい便意が出口めがけてひしめき合い、ショボショボと漏れはじめた。

「あ、ああっ……いやあ!」

由美子は押しとどめようと括約筋の力を振り絞った。

「ああっ、駄目っ……で、出ちゃう!」

「しっかりしろ」

冷二は萎えようとする由美子の気力に活を入れるように、バシッ、バシッと双臀をはたいた。

ヌルッと張型が抜け落ち、同時に薬液がこぼれでた。

「あ、あああっ」

悲痛な声をあげて裸身をブルッと震わせたかと思うと、押しとどめられた猛烈な便意がドッとしぶきでた。

一度堰を切ったものはもうとめようがない。あとからあとから便器に絞りだしながら、由美子は総身を揉み絞った。

客たちが驚きの声をあげ、次にはゲラゲラと下品な笑い声や奇声が由美子を包みこむ。

「し、死にたい……ああ、いやあ……」

便意の苦痛が急激に引くにつれて、羞恥と屈辱がふくれあがった。

「あきれたぜ。こんな大勢の前で堂々とひりだすとはな」

冷二は由美子の顔を見あげてあざ笑った。

由美子は頭を振って泣くばかりだ。それがかえって男たちを喜ばせるとわかっても、泣かずにはいられない。

だが冷二はただ由美子をあざ笑うだけではなかった。由美子がまだ絞りきらないうちに、長大な浣腸器を取りあげると、嘴管の先を肛門に突き立てた。

「ああっ、なにを!?」

「お客は浣腸するところから見たがってるぜ」

「やめて……そんなこと、もうやめて！」

弛緩した身体が、また一瞬に硬直してブルッと震えた。さらに浣腸され、それを見世物にされるのだ。

「今度はたっぷり千五百CC入れてやるぜ。せいぜい、いい声で泣いて、客を喜ばせろよ」

「いや、いやっ！……許して！」

「きついからな。途中で漏らすんじゃねえぞ」

冷二は長大なシリンダーをジワッと押しはじめた。ドクドクッと薬液が流入して、由美子は喉を絞った。

「あ……ああっ……いやっ」

由美子は唇を噛みしばってのけぞり、ブルブルと双臀を震わせた。

冷二の注入は荒々しい。グイグイとシリンダーを押して、ドッと注入していく。腸管にグリセリン原液が激しく渦巻き、腸襞をかきむしった。まるで今にも胃を貫いて口から飛びだしてきそうだ。

「ああ、きつい……そんなに一度に入れないで……ひっ、ひっ……」

「だから、きついと言っただろうが。どんどん入っていきやがる」

「あ、あむ……もう、かんにんして！」

「まだまだ、ほれ、六百……七百……八百……一滴残さず呑むんだ」

「う……うむ、ううむ……きつい……」

由美子は総身に脂汗を噴いて、うめき、のたうった。由美子の後ろ手と左脚を吊った縄が、ギシギシと軋んで鳴った。

さっきまでざわめいていた客席は静まりかえり、声を出す者もなく息を呑んで由美子を見つめた。由美子の妖しい美しさと、嗜虐の欲情をそそる身悶えとに、とりつかれたようだ。

冷二はそんな男たちに見せつけながら、グイグイと荒っぽくシリンダーを押していく。

「千三百……千四百……ほうれ、千五百、すっかり入ったぜ」

ズズッと音をたてんばかりにシリンダーが底まで押しきられた。

「う、うむっ……」

ガックリと由美子の頭が垂れた。

だがそれで終わったわけではない。すぐに猛烈な便意がかけくだってきた。

「あ、ううう……もう駄目!……で、出ちゃう!」

汗まみれの美貌をみじめにゆがめ、歯をガチガチ鳴らして由美子は腰を揺すりたてはじめた。

「お、お願い……早く……」

「まったくこらえ性のない美人ちゃんだ。それともまたひりだすところを、早くお客に見てもらいたいのか」

からかわれても声をかえす余裕もなく、蒼白な美貌を振りたてブルブルと震える。冷二があざ笑いながら便器をあてがった。

「ああ……う、うむ……いやっ……」

くい入るように見つめてくる無数の目に気づいて、由美子は最後の気力をふるいたたせようとしたが、それも一瞬だった。

「で、出ちゃう！……見ないで！」

絶望の悲鳴と同時に、由美子の肛門が内から盛りあがるようにゆるんだかと思うと、黄濁した薬液がほとばしりでた。

号泣が由美子の喉をかきむしった。黒髪を振りたくりながら、身を揉んで死にそうに号泣する。

「派手にひりだしやがる。だが、ただひりだすだけですむと思ったら甘いぜ」

冷二は片手で便器をあてがいながら、もう一方の手で張型を取りあげた。さっきまで由美子の肛門に埋めこまれていたものより、ひとまわり大きい。それを由美子の媚肉の合わせ目のひろがりにそって、二度三度と這わせる。

「ああっ、いやっ……や、やめて！」

なにをされるのか知って、由美子は悲鳴をあげた。あろうことか排泄している最中に、張型で媚肉をいたぶられるのだ。だが、由美子の媚肉は飽くなきいたぶりの連続に、しとどに濡れ、ただれんばかりにとろけている。

「オマ×コも可愛がってやらねえと不公平だからな。この太いのをできるだけ深く入れてやるぜ」

「いや！……ああ、こんな時に……いや、今はいやあ！」

「ひりだしながらオマ×コを責められるのも、いいもんだと思うぜ。ほれ……フフフ、ほれ……」

冷二はゆっくりと張型の頭を由美子の媚肉に分け入らせていく。

「ああっ……あむむ……」

由美子は泣き顔をのけぞらせて白目を剝き、吊りあげられた左脚を突っぱらせるようにして総身を揉み絞った。

4

おびただしく排泄しているというのに、由美子の媚肉は張型を離すまいと絡みつき、さらに深く咥えこもうとさえした。

由美子の意志と関係なく、肉がひとりでに快美を貪る動きを見せ、身体の芯がひきつるように収縮を繰りかえす。

こんな……こんなことって……。

自分の身体の成り行きが、由美子には信じられなかった。

「よほど気持ちいいようだな。すげえ感じようだぜ。ひりだしながらオマ×コをとろけさせて、本当に好きな女だぜ」

冷二は張型をゆっくりとあやつりつつ、ニヤニヤとせせら笑った。

そんなからかいも、もう由美子には聞こえない。息さえつけずに泣きじゃくり、うめき、あえいだ。そして肛門をヒクヒクさせて絞りきった時には、由美子は頭のなかもうつろになって、息も絶えだえだった。

「もういいのか。すっかり絞りだしたようじゃねえか」

冷二は便器をチャプチャプさせて床に置いても、張型をゆっくりあやつることはやめようとしない。

「ああ……」

浣腸でおぞましい排泄を男たちに見られた衝撃に打ちのめされる姿を隠すことさえ許されず、由美子はグラグラと頭を揺らして唇をわななかせた。

「もう許して……取って……ああ、これ以上は……」

「これからじゃねえか。なんのために浣腸したと思ってるんだ」

冷二は床に転がった張型をひろいあげた。さっきまで由美子の肛門に埋めこまれて栓の役目をしていたものだ。それを由美子の肛門に押しつけ、再びジワジワと埋めこみにかかる。

「ああ、そんなもの、もう使わないで……お、お尻はいやっ」

「尻の穴は咥えこみたがって、ヒクヒク催促してるぜ」

「いや、いやあ……ひいい！」

のめりこんでくる感覚が、由美子に悲鳴を噴きあげさせた。

浣腸と排泄とでただれた肛門の粘膜が、張型に巻きこまれるようにして貫かれるのがたまらない。そしてそれが薄い粘膜をへだてて媚肉に埋めこまれている張型とこすれ合う感覚が、いっそうたまらなかった。

「ああっ……た、助けて！……もう、やめて！」

上下を絞りあげられた乳房を揺すり、双臀を振りたて、由美子はひいひい喉を絞った。

客席の男たちはさっきから息をつく暇もなく、我れを忘れて由美子に見とれている。そんな男たちにわざと聞かせるように、冷二はネチネチと由美子に語りかけた。

「グイグイ締めつけやがって。オマ×コも尻の穴もよく締まるじゃねえか」

「かんにんして！　気が変になるう……ああ、あああ、やめて！」

「そんなにいいのか。それでそんなに尻を振ってるんだな」

　冷二は二本の張型をリズミカルにあやつり、薄い粘膜をへだてて前と後ろでこすり合わせ、客たちにじっくりと見せつけた。

「し、死んじゃう」

　由美子はもう声も出ず、息すら満足にできない。身体中が火となって、ドロドロとただれるようだ。

　だが冷二はここでも残酷だった。由美子を二本の張型で責めたて、

官能の渦に翻弄させておいて、今にも由美子が絶頂に向けて昇りつめそうになると、

「どうした。気をやるのか」

「あ、ああっ……もう、もう……」

「まだだ。そう簡単に気をやらせちゃ面白くねえからな。もっと肉をとろけさせろ、特に尻の穴をな」

「そ、そんな……」

張型をあやつる手をとめてしまい、由美子を現実へと引き戻す。

あとは由美子が一人、むなしく腰を振りたてるばかりだ。これほど自分の身体がおもちゃにされていることを思い知らされることはない。由美子は屈辱の涙を流した。

そして冷二は由美子を絶頂近くから引きずりおろしては、またゆっくりと張型をあやつりはじめた。

「ああ……あ、あ……」

恥も外聞もなく嬌声をあげ、由美子は再び動きだしたものを貪ろうとするかのように、腰を振りたてた。前も後ろもキリキリと張型に絡みついて、くい締める。

「激しいな。だがよ、そう甘くねえと言っただろうが」

由美子がまた我れを忘れそうになると、フッと張型をあやつるのをとめてしまう。それを何度も繰りかえした。由美子にとっては全身の血が毛穴から噴きださんばかり

の苦しみだ。

「じ、焦らさないで……ああ、お願い。もう、ひと思いに……」

最後まで与えられないものを求めて、由美子は腰をうねらせながら泣き声をあげた。

「ひと思いに、なんだ?」

冷二は意地悪く聞いた。もう由美子には抗う気力も羞恥と屈辱を感じる余裕すらなかった。

「ひ、ひと思いに、イカせて……ああ、焦らされるのはいやっ」

ハアハアと乳房をあえがせつつ、由美子は乱れ髪をへばりつかせた汗まみれの美貌を冷二に向けた。そして、ねっとりと絡みつくような目で冷二を見た。

「そんなに気をやりてえとは、欲張りなオマ×コと尻の穴だぜ」

冷二はゲラゲラと笑った。

「気をやったら、次は本格的な尻責めだ、いいな」

本格的な尻責め。それがなにを意味するのか考える余裕もなく、由美子はガクガクとうなずいた。

冷二はボックス席の瀬島と顔を見合わせてニヤリと笑った。

瀬島の手にソーセージの形をしたビニール袋が三つあった。何重にもビニール袋で包まれて、ソーセージをつくる時みたいに紐が巻きつけられ、ワセリンがべったりと塗りつけられていた。言うまでもなくビニール袋の中味は、悪魔の白い粉だ。

「どうやら尻責めで尻の穴につめこむものの準備もできたようだし、一度気をやらせてやるか」

冷二の言葉が聞こえているのかいないのか、由美子はうわごとのように口を動かす。

「お願い……イカせて……」

「よしよし、思いっきり気をやりな」

冷二は二本の張型をあやつる手の動きを、にわかに激しくした。深くグイグイとえぐり、粘膜をへだててこすり合わせ、前も後ろもこねくりまわす。

「あ、あああ……ひいい……」

ひときわ由美子の身悶えが露わになって、腰がガクガクと躍る。由美子の口から愉悦の声が噴きあがった。

「どうだ、うれしいか」

「ああ……ああっ、いい……」

吊りあげられた左脚の爪先を反りかえらせ、由美子はのけぞった。息をつく間もなく昇りつめるようで、総身が恐ろしいまでに収縮し、前も後ろもキリキリくい締め、絞りたてた。

「う、うむっ……イクっ！」

腹の底を絞るように叫んで、由美子は何度も総身に痙攣を走らせ、白目を剝いた。そして、汗まみれの裸身からガクッと力が抜け、縄に身をあずけたままハアハアとあえぐだけになった。

「激しいな。そんなによかったのか」

冷二はゲラゲラと笑った。

息を呑んで見つめていた客たちも、ようやく緊張がゆるんだようにフウーと息を吐き、ざわめきだした。それでも興奮さめやらないふうで、席を立つ者も目を離す者もいない。それどころか客席のまわりにまで見物人がひしめき、その数は百人近くにふくれあがった。そんな男たちの目に、冷二は由美子の裸身をじっくりとさらして自慢げだった。

「思いっきり気をやったところで、今度は本格的な尻責めだぜ」

冷二は由美子の肛門から、まだ余韻の痙攣に震える張型をゆっくりと抜き取った。前の媚肉に深く埋めこまれている張型がそのままだ。

「こりゃすげえや」

冷二はオーバーな素振りを見せた。

浣腸に張型とさんざん責め苛まれた由美子の肛門は、腫れぼったくふくれて口をひろげたまま、ヌラヌラと光る腸襞までのぞかせていた。

まだヒクヒクと余韻の痙攣を見せて生々しい。それが見る者の欲情をそそらずにはおかず、さすがの冷二もブルッと胴震いがきた。

冷二はニヤニヤと笑って舌なめずりをすると、薬用瓶から肛門弛緩剤の入った潤滑クリームを指先にすくい取った。それをゆるゆると由美子の肛門に塗りこんでいく。

「う、う……」

由美子は低いうめき声をあげ、グッタリと垂れた頭を揺らした。

「ああ……な、なにを!?」

「次は本格的な尻責めと言っただろうが」

冷二は指先で由美子の肛門を深く縫うようにして、腸襞にまでクリームを塗りこんだ。由美子の肛門は、まだ絶頂に昇りつめた余韻に熱く、指がとろけるようだ。

「自分からもっと尻の穴を開くようにしてみろよ」

「か、かんにん……お尻はいやっ！」

乱れ髪のなかに泣き濡れた目をもたげ、由美子は弱々しく言った。

冷二の手に太いソーセージが三本、不気味に光っている。だが、それはソーセージではなかった。ソーセージの形をしたビニール袋だった。そして中味は悪魔の白い粉だ。

「こいつを尻の穴のなかにつめこんでやるぜ」

由美子は声もなく頭を右に左にと振った。

運び屋にしてやる、と言った冷二の言葉が、由美子の脳裡に甦る。悪魔の白い粉をつめたビニール袋を肛門から入れられ、日本まで運ばされるのだ。恐ろしさに由美子の裸身がブルブルと震えだした。

「許して……」

「うれしいか。尻の穴は早くつめこまれたくて、ヒクヒクしてるぜ」

「いやっ……そんな恐ろしいこと……ああ、いやです」

「今はいやでもつめこまれりゃ、ズンとよくなるぜ」

冷二はピタピタと由美子の双臀をたたいた。そしてまず一本目のビニール袋を由美子の肛門にあてがい、ジワジワと埋めこみにかかった。

「あ、ああっ……いやあ……」

由美子は黒髪を振りたくり、乳房を揺さぶりたてながら、泣き声に喉を絞った。

まだ腫れぼったくゆるんでいる肛門がさらにジワジワと押しひろげられて、ソーセージ型のビニール袋を呑みこまされていく。

「やめてっ……かんにんして！」

「ほれ、もっと尻の穴を開け」

「ああっ……あむ……」

のけぞらせた口をパクパクさせ、次にはキリキリと噛みしばり、由美子は狂おしく双臀を揺さぶりたてた。

灼けただれた肛門の粘膜が押し入ってくるものにこすれ、巻きこまれ、そしてまだ媚肉に埋めこまれたままの張型とこすれ合う感覚が、由美子を狂乱させた。

「ああ、たまんない……あ、うう！　死んじゃう」

「思ったより楽に入っていくじゃねえか。いい尻してるだけあって、さすがにいい呑みっぷりだ」

「入れないで……ひ、ひいっ……」

ヌルッというように呑みこまされて、由美子は喉を絞った。腹の底までびっしりつめこまれたような感じで、由美子はブルブルと双臀の震えがとまらなくなった。

「その調子だぜ。ほれ、二本目だ」

「そんな……こ、これ以上は無理です。かんにんして……」

「なに言ってやがる。三本全部呑みこんで、日本まで運んでもらうぜ。しっかり尻の穴をおっぴろげろ」

冷二はピシッと由美子の双臀をはたいてから、二本目のビニール袋を押し当てていく。

「あ、ああ……あああ、いやあ……」

由美子はひいひい喉を絞りたて、汗を飛び散らせてブルブル震えた。二本目を押し入れていくにつれ、その震えが一段と露わになったかと思うと、

「ああっ……イッちゃう！」

ガクガクと腰を揺すりあげて、由美子はキリキリと総身を収縮させた。

「なんだ、またイキやがった」

冷二はゲラゲラと笑った。

第十一章　アヌスの運搬人

1

　バンコクから成田への飛行は、きわめて順調だった。スチュワーデスの藤邑由美子は何事もなかったように平静を装って、機内サービスをしている。昨夜のナイトクラブでのおぞましいショウなど現実とは思えない。

　昨夜はあんなにひいひいよがり狂ったくせして、どうだ、あのすました顔は……。

　それでもさすがに冷二のそばへ来ると、一瞬おびえと狼狽の色を露わにして、由美子は目をそらしてしまう。

「どうだ。尻の穴にびっしりつめこまれて感じるんじゃねえのか」

「しっかり尻の穴を締めて、出すんじゃねえぞ。なんたって末端価格で三億はくだらねえ代物だからな」

冷二と瀬島は由美子をからかって、ニヤニヤと笑った。そっと手をのばして由美子のスカートのなかへすべりこませ、下着を着けない裸の双臀をゆるゆると撫でまわす。

ああ……。

由美子は唇を噛みしめ、じっと耐えた。裸の双臀がブルブルと小さく震え、熱く火照っているのが冷二と瀬島の手に伝わった。

いや、いやよ……ああ、こんな恐ろしいこと……。

由美子は生きた心地もない。

他のスチュワーデスや乗客たちは、由美子が肛門のなかに悪魔の白い粉をつめこまれているなんて、夢にも思わない。それでも悪魔の白い粉を肛門で運び屋をやらされているという恐ろしさと、肛門にびっしりつめこまれているおぞましい感覚が、由美子の気力を萎えさせる。逃げることも抗うこともできず、もう冷二と瀬島の言いなりになるしかない。絶望がドス黒く由美子を覆った。

「成田に着いたら駐車場で待っているからな。おとなしく尻のなかの物を運んでくるんだぜ」

「へたな真似しやがったら、どうなるかわかってるな。昨夜のバンコクのナイトクラブに売り飛ばすぜ」

瀬島と冷二はもう一度念を押して、ゆるゆると由美子の双臀を撫でまわした。

成田ではスチュワーデスの由美子に乗客である冷二と瀬島がずっとつきまとうことはできなくなり、少しの間監視がままならない。その間にもし由美子が逃げたらという、一抹の不安がないわけではなかった。万が一のために空港の要所には、川津らが目を光らせているはずだ。

「この尻はもう俺から逃げられやしねえんだ。尻の穴を犯られて何度もよがり狂ったことを忘れるんじゃねえぞ」

冷二は意地悪く念を押して、由美子の顔を覗きこんだ。

由美子は唇を嚙みしめて声もなく、小さくうなずいた。

成田まであと三十分ほどのところまで来ただろうか。冷二は由美子が一番後部のトイレに入ろうとしているのに気づいて、素早く席を立った。

「なにをしようってんだ、美人のスチュワーデスさんよ」

冷二はトイレのドアの前に立ちはだかった。

由美子は唇をワナワナと震わせて、おびえた目で冷二を見た。

「お願い……どいて……」

「ウンチでもしようってのか」

「…………」

由美子はわななく唇を嚙みしめた。尿意をもよおしていることを知られ、またいやらしいことをされるのではないかというおびえに、由美子の膝がガクガクと震えた。

冷二は意地悪く由美子の顔をニヤニヤと覗きこんだ。

「どっちなんだ」

「お、おしっこです……」

由美子は消え入るような声で言って、すがるように冷二を見た。今朝からトイレに行くことを許されていない。もう尿意が鈍痛となって重苦しく下腹部を覆っていた。

「お願い。おトイレに……」

「甘ったれるな。まだ我慢できるだろ。フフフ、へたにおしっこをして尻の穴の物までひりでちゃヤバいからな」

「そ、そんな……」

由美子はキリキリと唇を噛みしめた。もうなにも言わなかった。いくら哀願しても聞いてくれる男ではないし、これ以上哀願すればまたなにかいやらしいことをしてこないとも限らない。

「いいな。尻の穴の物をひりだす時がくるまで、トイレに行くんじゃねえぞ」

冷二は低くドスの利いた声で言った。

2

飛行機は定刻通りに到着した。冷二と瀬島は由美子と少しの間別々になることを気にしながら、入国手続をすませて税関へ向かった。

税関の係官がパスポートを見て瀬島の顔をジロッと見た。

「興竜会の瀬島だな」

「だったらどうだってんだ」

瀬島は平然と言った。

興竜会は麻薬やシャブを取り扱う暴力団として、警察や税関にマークされていた。

「バンコクになんの用で行った？」

「そんなことはおめえに関係ねえだろ。観光だよ」

「変なものを仕入れにいったんじゃないのか。隠しても駄目だぞ」

係官はトランクを開けるように瀬島に命じた。

「好きなだけ調べるんだな。なにも出てきやしねえからよ」

瀬島は馴れたものだ。トランクを開け、スーツのポケットの中味も出してみせる。

瀬島の目にスチュワーデスやパイロットたちが、専用の通路から出ていくのが見えた。そのなかにひときわ美しい由美子の姿もあった。

ざまあみろ。肝心の物はあっちのムチムチの尻のなかだぜ……。

瀬島は冷二と顔を見合わせて、ニヤッと笑った。

しつこく調べられて、税関ですっかり時間をくった。

「だからなにもねえと言っただろうが」

瀬島が苛立ったように言った。由美子のことが気になる。

ようやく税関を出ると、川津らが瀬島と冷二を出迎えた。

「女はどうした」

冷二が聞くと、川津はニンマリとうなずいた。

駐車場の車のなかには、すでに由美子が乗せられていた。スチュワーデスの制服姿のままで、今にも泣きださんばかりにうなだれて、ブルブルと震えていた。

「よしよし、ここで逃げられちゃ元も子もねえからな」

「それにしてもうまくいきやがったぜ。こうも簡単に持ちこめるとはな」

冷二と瀬島は由美子をなかに挟むようにして、後部座席に乗りこんだ。

「ああ……」

由美子は身体を固くした。すでに川津によって、由美子は後ろ手錠をかけられて自由を奪われていた。

「どうだった、今度のフライトは？　気持ちよくてたまらなかったか？」

「クセになるんじゃねえのか。なんたって三億もの物を、ずっと尻のなかに入れてたんだからな」

車が走りだし、冷二と瀬島は左右から由美子をあざ笑った。

由美子は震える唇を噛みしめて、弱々しく頭を振った。これからまたどんなことをされるのかという恐怖に、身体の震えがとまらない。それでなくても、もう尿意は限界に近づきつつあり、キリキリと由美子の下腹部を苛んでいる。

「許して。もう……」

無駄とはわかっても、由美子の口から哀願の言葉が出た。

「なにを言ってやがる。これからじゃねえか」

「ほれ、尻を見せてみろ。ちゃんと物を入れてるか点検するからよ」

瀬島と冷二は由美子の腰をつかむとシートから浮きあがらせ、上体を助手席のほうへのりだすようにして双臀を高くもたげさせた。

「ああ、いやです！　ゆ、許して」

「ガタガタ言うんじゃねえよ」

助手席の川津がドスのきいた声をあげて、由美子の黒髪をつかんだ。

冷二と瀬島は左右から由美子の両脚を割り開くと、スカートをまくりあげて裸の双臀を剥きだしにした。

ムチッと形よく張った由美子の双臀は、汗にヌラヌラと光ってボウとピンクに色づいていた。ムンムンと女の色香が匂う。そして由美子のおびえを物語るように臀丘の谷間をぴっちりと締め、ブルブルと震えていた。

「何度見てもしゃぶりつきたくなるようないい尻してやがる」

「尻の穴に物をつめこんでると、また一段とムチムチしてきたようだぜ」

冷二と瀬島は涎れを垂らさんばかりに舌なめずりして、ゆるゆると由美子の双臀を撫でまわす。

「や、やめて……ああ……人に、見られちゃう」

由美子は今にも泣きださんばかり。それだけ言うのがやっとだった。まだ外は明るく、窓の外に流れる車や街並みが、由美子に昨夜のおぞましいショウの客たちを連想させる。

「力を抜けよ。尻の穴を見せねえか」

冷二が由美子の双臀をピタピタとたたいて言った。

「い、いやっ……ああ……」

由美子は涙声になって、白く剝き卵のような双臀をくなくなと揺さぶった。

「許してください。お願い、お、お尻だけは……」

冷二と瀬島はあざ笑って、左右から由美子の臀丘を割り開きにかかった。ブルブルと震える肉の感触を楽しみつつ、わざとゆっくりとくつろげて、奥に秘められた由美子の美肛を剝きだす。

「あ、ああ……」

由美子はうめくようにすすり泣きはじめた。どこを見られているのか、痛いまでわかった。これまでと違って、異物をびっしりつめこまれているということが、由美子の羞恥と屈辱を狂おしいまでに高めた。

冷二と瀬島はすぐには触れようとはせず、しばしニヤニヤと由美子の肛門を眺めた。悪魔の白い粉をびっしりつめこまれているせいか、由美子の肛門は赤く充血してトロトロに濡れ、ヒクヒク蠢いていた。そしてわずか下方、肉の花園もまた熱くたぎっていた。

「感じてやがる。尻の穴に物をつめこまれているのが、よほどいいらしいな」

「可愛い尻の穴しやがって。このなかに物が入ってるなんて嘘みてえだぜ」

「感じてるのがちゃんと入ってる証拠だぜ。確かめるまでもねえが、念のために調べようじゃねえか」

「どれ、なかはどんな具合かな？　尻の穴をゆるめな、美人のスチュワーデスさんよ」

そんなことを言いながら、まず冷二が指先を媚肉の蜜で濡らして、由美子の肛門に突き立てた。

「あ、いやっ……やめて!」

「こんなに尻の穴を柔らかくして、やめてもねえもんだ」

「ああ……お尻は許して……」

双臀を振りたてながら、由美子は泣いた。冷二の太い指が肛門を揉み、こねまわすようにしてジワジワと入ってくる汚辱感に、由美子はいやでも声が出た。

「やめて……あ、あ……」

「やっぱり気持ちいいんだな。指をクイクイ締めつけてくるじゃねえか」

「かんにんして……ああ……」

いくら拒もうとしても、冷二の指はゆっくりと由美子の肛門を縫って、指の付け根まで沈んでいた。熱く締めつけてくる秘肉の奥に、悪魔の白い粉をつめたビニール袋が感じとれた。

「どうだ?」

ニヤニヤと覗きこんでいる瀬島が冷二に聞いた。

「はっきりわからねえな」

指先にビニール袋を感じているくせに、冷二は平然とうそぶいた。わざと指をまわし、指先でビニール袋をまさぐり、腸襞をかくようにしてさがすふりをする。

「どれ、俺にさがさせてみろ」

冷二にかわって瀬島の指が由美子の肛門を深く縫った。グリグリとえぐりこねまわし、弄ぶ。

「許して……お尻はいやっ……ああ……」

由美子は双臀をよじりたてながら、キリキリと唇を噛みしばったままうめき、みじめに泣き声をあげた。

「なるほど、これじゃわからねえな」

瀬島もまたうそぶいて、冷二と顔を見合わせてニヤニヤと笑った。

「三億もの大切な物をどこへやったんだ、美人のスチュワーデスさんよ」

「まさか勝手にトイレで、ひりだしたんじゃねえだろうな」

冷二と瀬島はわざとらしくすごんでみせ、由美子の双臀をバシッ、バシッとはたいた。

「そ、そんな……」

由美子はワナワナと唇を震わせた。途中でトイレには行ってないし、下腹部には肛門からびっしりつめこまれた重苦しさが、ずっとつきまとっている。

「な、ないはず、ないわ……ああ……」

「ちゃんと尻の穴のなかにあるってんだな」

冷二のドスの利いた声におびえ、由美子は小さくうなずいた。

「ちゃんと言わねえと、どこにあるかわからねえだろうが」

また由美子の双臀は鋭く張られた。

「……ああ……由美子の、お尻の……穴のなかにあります」

由美子は泣きながら言った。

冷二と瀬島はゲラゲラと笑った。

「さすがに運び屋らしくなってきたじゃねえか、それじゃ確かめるとするか」

「こいつでな、美人のスチュワーデスさんよ」

冷二が不気味な金属の器具を手にして、その鳥のくちばしのような部分を、由美子の目の前でパクパクさせてみせた。

由美子は息を呑んだ。

「い、いやっ……それだけは、かんにんして……いやです！」

由美子は美貌をひきつらせて悲鳴をあげ、双臀を振りたてた。

「そ、そんなもの、使わないで……」

「こいつで尻の穴を開かなきゃ、なかに物が入っているかどうか、確かめようがねえだろうが」

「いや、いやです！」

肛門拡張器を使われた時のおぞましさ、恐ろしさは、忘れられるものではない。思いだすだけで、背筋に悪寒が走って、身体中がブルブルと震えた。

「諦めるんだな。三億もの物がかかってるんだ」

冷二は一度由美子の双臀をバシッとはたくと、おもむろに肛門拡張器の金属のくちばしを由美子の肛門にあてがった。

「ああっ、い、いやあ！」

由美子は悲鳴をあげて、助手席のほうへずりあがろうとした。だが、瀬島と川津とが前と後ろから由美子をがっしり押さえつける。

「ほれ、おとなしく尻の穴を開かねえか」

「いや、いやです！……許して」

由美子の肛門がおびえにキュウと縮まっておののいた。それを揉みほぐすように、冷二は金属のくちばしの先端でゆるゆると嬲りまわした。そしてジワジワと沈めにかかると、由美子の肛門は必死にすぼめようとしているにもかかわらず、妖しいまでの柔らかさと粘っこさをもって金属のくちばしを受け入れていく。

「いや……あ、あ、いやっ……」

由美子の泣き声がうわずった。どんなにおぞましいと思っても、肛姦に狂わされた記憶が由美子の肉を疼かせる。

冷二は金属のくちばしを根元まで入れた。

「それじゃ尻の穴を開くぜ」

「やめて!……ああ……ひっ……」

金属のくちばしが内から肛門を押し開いていく感覚に、由美子は白目を剝いて喉を絞った。まるで肛門から引き裂かれていくようだ。ミシミシと肛門の粘膜が軋んだ。

「か、かんにんして……裂けちゃう」

「美人スチュワーデスの尻の穴はよく開くじゃねえか」

「あ……う、うむ」

由美子は歯をキリキリ嚙みしばってうめいた。ドッと生汗がにじみでた。

肛門の粘膜がジワジワと引きのばされて拡張されていく感覚、そして秘められた腸腔に外気が忍びこんでくる感覚。もう由美子の肛門は三センチも押し開かれただろうか、生々しく腸襞までのぞかせてヒクリヒクリと蠕動を見せる。

「どんな具合だ」

瀬島は冷二と頭を寄せ合うようにして、由美子の肛門を覗きこんだ。

金属のくちばしが由美子の肛門をはじけんばかりに拡張して、生々しく口を開いていた。ヌラヌラと光る腸襞、そしてその奥にビニール袋につめこまれた悪魔の白い粉が腸腔いっぱいといった感じである。瀬島と冷二は互いに顔を見合わせて、ニンマリ

とした。

「まだ見えねえぞ」

「もっと開かなくちゃ駄目みたいだな」

ビニール袋が見えているくせに、そんなことを言って、さらに金属のくちばしをジワジワと押し開く。

「いやっ……あ……あむ……」

由美子はのけぞり、汗の光る喉をピクピク震わせて絞った。

冷二はさんざん由美子を泣かせ、身悶えさせてから、

「あったぜ。確かに物は尻の穴のなかだったな」

「こりゃずいぶん奥にしまいこんでやがる。すぐにはわからねえわけだ」

瀬島も覗きこんでわざとらしく言って、また二人でゲラゲラと笑った。

「う、うむ……」

からかいに反発する気力も余裕もなく、由美子はうめき、泣くばかりだ。

「も、もう、取ってェ……」

「もうしばらく尻のなかにしまいこんでいるんだ」

瀬島と冷二はしばし覗きこんで、いやらしく批評し合った。

生々しく口を開いて腸襞を蠢かせるのが妖美だ。肛門だけでなく肉の花園もまた、ヒクヒクと蠢きつつねっとりと蜜を溢れさせている。そして、剝きだしの白い双臀や太腿は、まるで油でも塗ったように汗でヌラヌラと光り、震えていた。膝とハイヒールがガクガクと崩れそうだ。

「どうした、そんなに震えやがって。尻の穴を開かれているのがいいのか」

瀬島が金属のくちばしで押しひろげられた肛門の粘膜を指でなぞりつつ言った。

「そうだ。たしか美人のスチュワーデスさんは、おしっこがしたかったんだよな」

さも思いだしたように冷二が言った。

「本当におしっこがしてえのか。それでこんなに震えてるのか」

「そっちのほうも調べてみるか」

瀬島と冷二はニヤニヤと笑うと、肛門拡張器を取りはずそうともせずに、由美子を後部座席に浅く座らせた。左右から由美子の脚をつかんで開き、それぞれ自分の膝の上にのせる。

「ああ、いやっ……やめて！」

由美子はとらされた格好の恥ずかしさに泣き声をあげた。

スカートは腰までまくりあげられ、白い下腹に黒い茂みがフルフルと震えていた。股間は上を向いて開ききり、媚肉の合わせ目も拡張された肛門もなにもかもがパックリと剝きだした。

「ああ、かんにんして……」

由美子の媚肉は熱くたぎった肉襞まで見せて、ヒクヒクと弛緩と収縮とを繰りかえしていた。それはおびえているようでもあり、これから加えられるいたぶりへの期待にあえいでいるようにも見えた。

「まったく敏感な美人スチュワーデスだぜ。もうオマ×コはビチョビチョじゃねえか」

「まるで小便を漏らしたみてえだぜ。こりゃすげえや」

瀬島と冷二は左右から手をのばして、媚肉の合わせ目をつまんでくつろげた。

ムッとするような女の匂いが色濃く立ちこめ、充血した肉襞がしとどの蜜のなかにとろけんばかり。ジクジクと溢れる蜜は、金属のくちばしで押しひろげられたままの肛門にまで、したたり流れる。

「いやっ……ああ、いやっ！」

由美子は泣きながら右に左にと顔を振り、後ろ手錠をガチャガチャ鳴らした。

肛門に悪魔の白い粉をつめこまれ、おぞましい器具で押し開かれているというのに、恥ずかしい反応を見せている身体を覗かれているのだ。それに追い討ちをかけるように、もう限界に迫った尿意がふくれあがり、由美子を責めたててくる。そして瀬島と冷二の指先が、媚肉に分け入ってまさぐった。女芯の肉芽がつまみあげられてしごかれ、柔肉のひろがりにそって指が這う。

「いやっ……ああ、やめて！」

「小便してえんだろ、美人のスチュワーデスさんよ。小便の出る穴はここか？」

瀬島に尿道口を指で揉みこまれ、由美子は泣き声を高くしてガクガクとうなずいた。

「い、いやっ……触らないで……ああ、おトイレに……」

まさぐられることで、いっそう尿意がふくれあがる。噛みしめた歯がガチガチと鳴り、さっきまで上気していた美貌は蒼白になってひきつる。

「や、やめて！……出ちゃう」

「出るのはお汁ばかりじゃねえか」

冷二はからかいながら、由美子の女芯の包皮を剝いて肉芽を根元までさらけだした。

「あ……い、いやあ！」

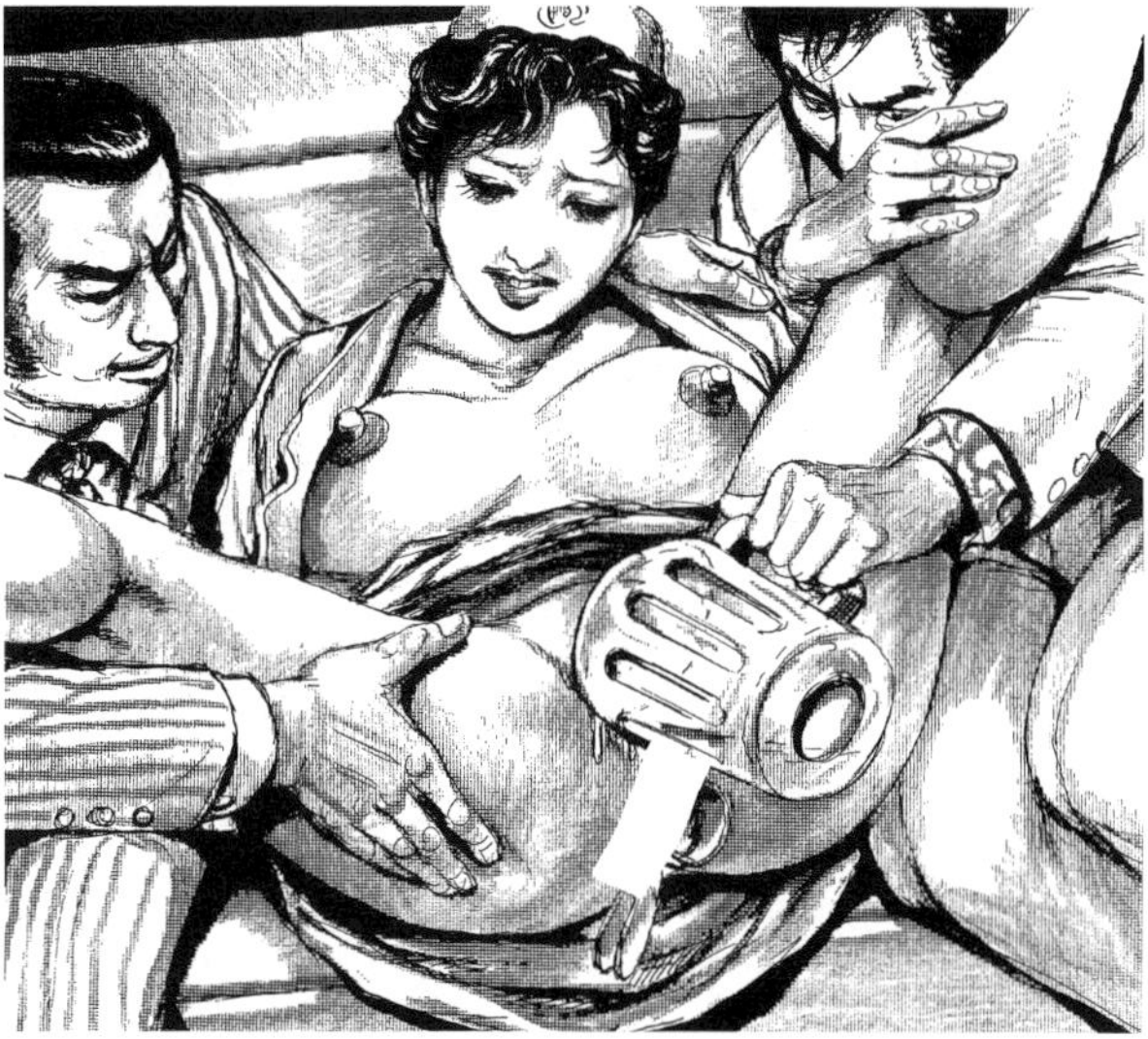

ピクッピクッと由美子の腰がおののく。剝きあげられた肉芽は、赤く充血してツンと尖り、ヒクヒクと震えている。それを指先でつまんでこすってやると、由美子は悲鳴をあげて腰をはねあげた。

「やめて……いや、いやあ……」

「いい声で泣くじゃねえか」

瀬島も面白がって由美子の尿道口をまさぐりつづける。指先を捻じこまんばかりに、ゆるゆると揉みこむ。

「どうだ、小便する気になったか」

「ああ……もう触らないで」

由美子は泣きながらガクガクとうなずいて言った。こんなふうにいたぶられつづければ、限界に達した尿意を漏らしてしまうのは、もう時間の問題だ。

「それじゃ、小便させて欲しいとはっきりおねだりしな」

「そ、そんな……」

由美子はワナワナと唇を震わせた。だが、抗う気力はもう由美子にはない。今にもほとばしりそうな尿意を必死にこらえているのがやっとで、まともに息をする余裕すらない。頭のなかもうつろになるようだ。

「お願い……ゆ、由美子に……お、おしっこさせてください」

震えながら由美子は息も絶えだえに言った。

瀬島と冷二がゲラゲラと笑った。

「よしよし、そんなに小便してえとはな、美人のスチュワーデスさん」

瀬島が助手席の川津からジョッキグラスを受け取って、由美子の股間にあてがった。

「さあ、やりな」

「ああ……」

しかし由美子はもう反発し抗う余裕はない。

「ああ……し、しても……しても、いいのね……ああ……」

「さっさとしろ。ただし小便だけだぜ。尻のなかの物はまだだ」

「し、してもいいのね」

由美子は自分自身に言いきかせるように言った。

媚肉の合わせ目は左右からつままれてくつろげられてジョッキをあてがわれ、瀬島と冷二と川津とがニヤニヤと覗きこんでくる。由美子はキリキリと唇を噛みしめ、両目を閉じた。

「あ……あ、ああっ……」

由美子の身体がブルルッと大きく震え、ショボショボと漏れはじめた。一度堰を切ったものは次第に勢いを増し、清流となってジョッキのなかに渦巻いた。

3

ジョッキになみなみと注がれたものを覗きこんで、瀬島と冷二はゲラゲラと笑った。

「ずいぶん溜まってたじゃねえか。こんなにいっぱいになったぜ」

「美人スチュワーデスがこんなに派手に小便するとはな。あきれるぜ」

からかいながら、意地悪くジョッキを由美子に見せつけて、またゲラゲラと笑った。

由美子は右に左に顔を伏せてジョッキから目をそらし、シクシクとすすり泣くばかり。このまま死んでしまいたかった。排尿行為まで見られ、だがそれで終わったわけではない。肛門はおぞましい器具でまだ押しひろげられたまま。肛門のなかには恐ろしい悪魔の白い粉をつめられている。

ああ、もう駄目……もう、どうなってもいいわ……。

由美子は気力も萎えきって、ドス黒い絶望の底に沈んだ。これから先どうされるのか、それを考える気力もない。

どのくらい車に乗せられていただろうか。やがて車は高速道路をおり、静かな住宅街のなかの古い屋敷の門の前でとまった。

なかから人相の悪い男たちが顔をのぞかせ、車に乗っているのが瀬島や川津とわかると、すぐに門の電動扉が開いた。車が門をくぐると、またすぐに扉は閉まった。

「おりるんだ」

「シャンとしねえか。肝心なのはこれからじゃねえかよ」

瀬島と冷二は左右から由美子の腕をとって、ほとんど引きずるように屋敷のなかへ連れこむ。

「ああ……」

由美子はおびえてブルブルと震え、生きた心地もない。もう肛門拡張器も取りはずされているのに、膝とハイヒールがガクガクして、まともに歩けない。

屋敷は地下室があり、そのなかのひとつの、床も壁もタイル張りの部屋へ由美子は連れこまれた。

「制服を脱いで素っ裸になれ」

「素っ裸でその台に四つん這いだ」

由美子の後ろ手錠をはずして、瀬島と冷二は命じた。

「さっさとしろ！」

いきなり瀬島の平手が由美子の頬に飛んだ。

由美子はのけぞった。打たれた頬を押さえて、おびえた目で瀬島と冷二を見る。そして震える手で制服の上衣のボタンをはずしはじめた。スカートのホックをはずし、ファスナーを引きさげる。

下着を着けることを許されていない由美子は、ブラウスを脱いでスカートをすべらせると、あとはもうハイヒールをはいただけの全裸だ。

由美子の前には高さ一メートルほどの台があった。四つん這いになるといっぱいになるほどの広さで、四隅に手足を拘束するための革ベルトが取りつけてある。それだけでなく、天井からは鎖や縄が垂れさがり、壁にも鎖の環や革ベルトが取りつけられ、そこが女を責めるための部屋であることがわかった。

「ああ、許して……」

由美子は両手で乳房や股間を隠してブルブルと震え、その場にうずくまりそうになった。その手を左右から瀬島と冷二にとられ、グイと引き起こされる。

「この台の上に四つん這いだと言ったはずだぜ、美人のスチュワーデスさんよ」

「ぐずぐずするんじゃねえ。これから面白くなってくるのによ」

瀬島と冷二はニヤニヤと笑って、由美子の双臀をピタピタとたたいた。

「ゆ、許して……」

由美子はまた泣きだした。

強引に台の上にあげられて四つん這いにされた。手首と足首が四隅の革ベルトに固定される。

「ああ……」

由美子は弱々しく頭を振って泣くばかり。もうほとんど抵抗も見せずにされるがままだった。

瀬島と冷二は由美子の後ろへまわると、ニヤニヤと舌なめずりをして覗きこんだ。

ムチッと官能的に盛りあがった白い双臀を割って、由美子の肛門を剝きだす。もう肛門拡張器もはずされているのに、肛門は腫れぼったくふくれ、おびえるようにヒクヒクと震えた。

「フフフ、いよいよ尻のなかの物をひりだしてもらうぜ」

「ここまで無事運ぶとは、さすがにいい尻をしてるだけのことはあるぜ。あとでたっぷりとこの尻にほうびをやらなくちゃな」

瀬島と冷二がそんなことを言って覗きこんでいると、川津が入ってきた。川津は手に長大なガラス製の浣腸器を持っていた。一升瓶の二倍近くはあるそれは、すでに薬液が充満して、不気味に光っている。

「あ……」

由美子はワナワナと震える唇を嚙みしめ、美貌をひきつらせた。

やはり次は浣腸……。

由美子は気が遠くなりそうだ。そして浣腸器の巨大さが恐ろしい。

冷二はうれしそうに笑って、長大な浣腸器を川津から受け取った。

「だいぶ深く入ってるから浣腸しねえとひりでねえだろうからな」

「自分からも思いっきり尻の穴を開いてきばらねえと出ねえぞ」

由美子は言葉を失って、黒髪を振りたくった。

いやっ……浣腸なんていやあ！……どこまで辱しめれば……。

胸のうちで狂おしいまでに叫びながら、由美子は抗いの気力もなく、唇を嚙みしめたまま泣くばかりだ。

「我慢しなくていいんだぜ。出したくなったらいつでも思いっきりひりだしな」

冷二は太い嘴管の先で由美子の肛門をズブリと突き刺した。

「ああ……い、いやっ……」

泣き声をあげて由美子の双臀が蠢いた。おびえるように肛門が嘴管をキュウと締めつける。グイグイと長大なシリンダーが押されはじめた。

「あ、そんな……あ、あむ……」

ドクドクと流れこんでくる薬液に、由美子はキリキリと歯を嚙みしばって顔をのけぞらせ、汗にヌラヌラと光る背中を震わせた。

「あ、あ……あむむ……」

由美子はたちまち脂汗にまみれた。悪魔の白い粉をびっしりつめこまれ、さんざん肛門拡張器で弄ばれた由美子の肛門は、強烈な薬液がしみて灼けただれるようだ。腸襞がキリキリとかきむしられ、百CCも注入されないうちに猛烈な便意がふくれあがった。

「あ、ああ、きつい……かんにんして……」

「きつけりゃ、ひりだしゃいいんだよ、奥の物をな」

「あむ……う、うむ……」

由美子は脂汗にまみれてのたうった。いくらきついと思っても、強烈な薬液は容赦なくドクドクと入ってくる。いつしか由美子の美貌は脂汗にまみれて蒼ざめ、ひきつって、ワナワナと震えてとまらなくなった。

「た、たまらない……許して……で、出ちゃう」

「遠慮せずに思いっきり尻の穴を開いて、物をひりだしていいと言ってるだろうが」

「う、うむ……出ちゃう……もう、もう入れないで！」

双臀を震わせ、由美子は泣いた。猛烈な便意に目の前も暗くなって、苦悶の火花が散る。

「ああ、出る……出る……」

由美子の肛門が痙攣を見せたかと思うと、内から盛りあがるようにふくらんで、嘴管を押しださんばかりに、薬液を噴きこぼしはじめた。

「ほれ、思いっきり出さねえか」

いったんシリンダーを押す手をとめて、嘴管を引き抜き、冷二は言った。

「あ、ああっ……」

一度堰を切ったものは押しとどめようもなく、次第に勢いを増していく。タイル張りの床にしぶきをあげてはじけた。由美子は黒髪を振りたくって泣き声を高くした。

「ああ……死にたい……」

「何度も見せてるくせに気どるなよ。それよりさっさと物をひりださねえと、本当に死にたくなるようなことをするぜ」

「あ、ああ……」

あとからあとからほとばしりでたものが一度途切れたかと思うと、由美子の肛門が花開くようにさらに内から開いた。そして薬液とともに悪魔の白い粉をつめたソーセージ状の太いビニールが、ヌラヌラと顔をのぞかせはじめた。

「あ、あ……あむ……」

由美子は顔をのけぞらせたままキリキリと歯を噛みしばり、次には満足に息もできないようにパクパクとあえがせた。うめき声に悲鳴をまじえる。

「た、たまんない！……ああ、あむ！」

「物が出てきたぜ。もっと尻の穴を開いてひりださねえか」

「うむ……う、ううむ……」

由美子はうめき、ソーセージ状のビニール袋がジワジワと押しだされた。肛門の粘膜は内から押しひろげられてのびきり、ビニール袋にめくりだされる。よくもこんな太いものが入っていたものだと、さすがの冷二も瀬島もあらためて驚かされた。

「うう……も、もう取って……」

由美子は汗びっしょりになってハアハアとあえぎ、耐えられないように言った。

「全部自分でひりだすんだ。フフフ、こりゃまるで出産だな」

「どうしても出ねえってなら、もう一度入れて浣腸してやるぜ」

瀬島と冷二はくい入るように覗きながら言った。

由美子は歯を噛みしばったまま頭を振った。まるで卵を生み落とすように、ジワジ

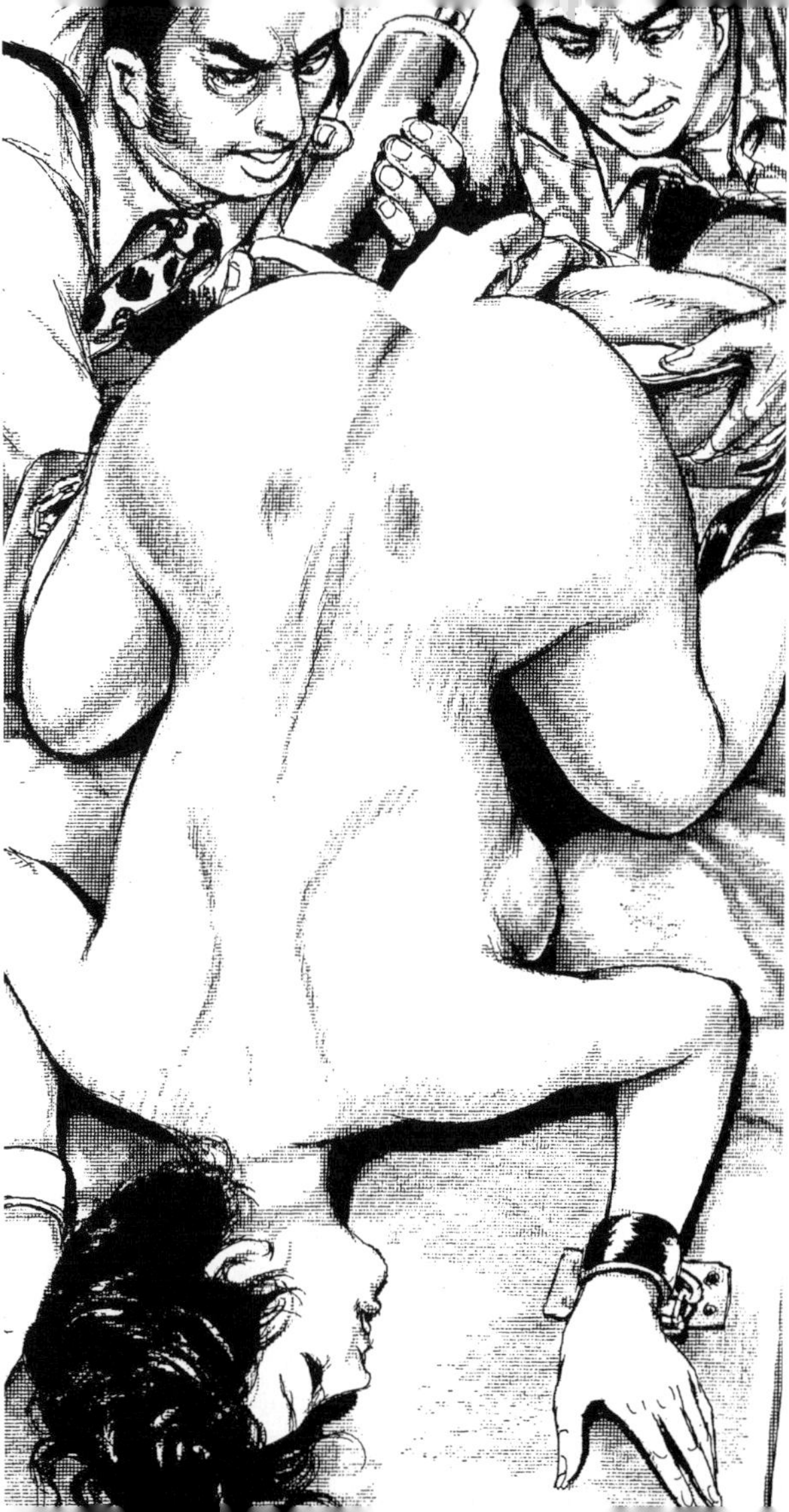

ワとビニール袋を出していくのが生々しい。そして薬液とともにヌルリと抜け落ちた。

「あ……ひい！……」

まるで昇りつめたかのように由美子は悲鳴をあげ、ブルルッと双臀を震わせた。いっぱいに口を開いてのびきった由美子の肛門が、キュウとすぼまってヒクヒクと震えた。

「こいつは見事に生み落としやがったな。生みたてのホカホカだ」

瀬島がヌラヌラと濡れて湯気を立てんばかりのビニール袋をひろいあげて、ゲラゲラと笑った。

「まだ出産は終わりじゃねえぞ。あと二つ、つづけて生まねえかよ」

冷二があざ笑って由美子の双臀をピタピタとたたいた。

「ああ……」

由美子は脂汗のなかに、ハアハアとあえいで、双臀をブルブルと震わせている。

太いビニール袋をひとつひりだすだけでも、クタクタになる。身体中の水分と力とを絞りだしたようで、肛門もヒクヒクとおののいてしびれたように疼いた。

「どうした、さっさとひり出さねえか」

冷二はパシッと由美子の双臀をはたいた。

「尻の穴が開いてねえぞ」

「そ、そんな……ああ……」

「出ねえのか。また浣腸するしかねえらしいな。世話かけやがって」

「いやっ……ま、待って……ああ、出しますから、もう……」

あざ笑うように太い嘴管が肛門を貫いて、由美子の言葉は狼狽の泣き声に呑みこまれた。長大なシリンダーが押され、再び強烈な薬液がドクドクと流れこんでくる。

「許して……あ、あむ……」

「フフフ、ひりだしやすいように、たっぷりと奥まで入れてやるぜ」

長大なガラスの筒が不気味に薬液を渦巻かせて、キィーッと鳴った。

4

ヌラヌラと光るソーセージ状のビニール袋が三つ、瀬島の手にあった。ねっとりと糸を引いて、由美子の匂いがムンムンと匂う。

「フフフ、三億円、見事に生みやがった」

「さすがにいい尻してるだけあるな。ほめてやるぜ、美人のスチュワーデスさんよ」

瀬島と冷二は上機嫌で笑いがとまらなかった。スチュワーデスの由美子を運び屋にすることは大成功だ。

「ここはほうびをやらなくちゃな。尻の穴も淋しくなっただろうしよ」

「ほうびにこってりと可愛がってやるから楽しみにしてな」

ピタピタと由美子の双臀をたたいた。そんな声も聞こえない由美子は固く両目を閉じて、しとどの汗にハアハアとあえいでいる。

瀬島と冷二の手で身体の汚れを洗い流された由美子は、縄で後ろ手に縛られてほとんどかつがれるようにして、地下室から座敷へと運ばれた。座敷には寝具が敷かれてあり、その上に転がされても、由美子は縄で上下を縛られた乳房をハアハアとあえがせるばかりだ。

「大仕事を終えたあとだ。今夜は犯って犯りまくるぜ」

「何回イカせられるか、記録づくりといこうじゃねえか」

そんなことを言いながら、瀬島と冷二はうれしそうに服を脱いでいく。

「ああ……」

乱れ髪のなかにうつろに目を開いた由美子は、布団の上に枕が三つ並んでいるのに気づいた。女物の枕を挟んで男物が二つ。それがこれからの由美子の運命を物語っていた。そしてニヤニヤと欲情を剝きだしにして笑う冷二と瀬島。その股間に天を突かんばかりに屹立しているたくましい肉棒に気づくと、由美子は狼狽して目をそらした。

「許して……も、もう、かんにんしてください」

「なに言ってやがる。無事に物を運んだほうびをやろうというんじゃねえかよ」

瀬島はそう言って、冷二とたくましい肉棒を揺すってみせ、ゲラゲラと笑った。

「ああ、これ以上は、いじめないで」

由美子は弱々しく頭を振り、少女のようにすすり泣きだした。

「ひ、ひどい……ああ、ひどすぎるわ。死んでしまいたい」

「これくらいじゃひどいうちには入らねえぜ。スチュワーデスでいられるだけでも、幸福ってもんだぜ」

「せっかくほうびをやろうってのに、泣くのは愛嬌がないな」

瀬島が壁にかかった大きなカーテンを開くと、冷二が由美子の黒髪をつかんで顔をそっちへ向けた。

カーテンの下はマジックミラーになっていて、隣りの部屋が覗けるようになっていた。

「あ……」

マジックミラーの向こうに展開される光景に、由美子は思わず絶句した。

全裸の女性が後ろ手に縛られたまま、天井から逆さに吊られていた。両脚をYの字に開かれ、その股間に二人の男が前と後ろとからしゃぶりついていた。さらにもう二人がしゃがみこんで左右から女の乳房にしゃぶりついているばかりか、もう一人が逆さ吊りの女の顔の下に腰を入れ、黒髪をつかんで肉棒を口に押しこんでいた。一人の女に五人の男がまとわりついている。男たちの淫らな笑い声と息づかい、そして低く流れる女のうめき声……。

由美子は声もなく息を呑んだ。その恐ろしい光景から目をそらそうとしても、黒髪をつかんだ冷二の手がそれを許さない。

「どうだ、あの人妻はここに閉じこめられっぱなしで、毎日客をとらされてるんだぜ」

「それに較べりゃ、運び屋をやってりゃすむんだから、おめえは幸福者じゃねえか。こうやってほうびまでもらえるんだ」

瀬島と冷二は左右から由美子の耳もとで囁いてせせら笑った。

逆さ吊りの女は、冷二の兄嫁の佐知子だった。複数の客を同時にさばく人妻娼婦として、もう働かされている。

美貌の人妻の佐知子に、客たちは夢中になって淫らな欲情をぶつけた。肛門や肉の花園がグチュグチュと音をたてて吸われて舐めまわされ、乳首がきつく吸われてガチガチと噛まれる。そしてたくましい肉棒が佐知子の喉を突きあげ、息すら満足にできない。

「川津の奴、変態の客を集めたようだな」

瀬島がニヤニヤと笑って言った。

冷二がうなずく。佐知子の白い双臀を無数に交錯した鞭痕、そして白いロウのあとと床にちらばった短いロウソクなどを見ればわかった。

「いい眺めだぜ。眺めながらこっちもお楽しみといこうじゃねえか」

冷二は由美子の乳房をいじりつつ、もう一方の手で肛門をまさぐりはじめた。瀬島も由美子のもう一方の乳房をタプタプと揉み、下腹を撫でまわして媚肉の合わせ目をなぞる。

「い、いや……ああ、やめて……」

由美子は瀬島と冷二との間で、生きた心地もなく泣き悶えた。

「かんにんして！」

「あの人妻に較べりゃ、二人を相手にするくらい楽なもんだろうが」

「あ、ああ……いやっ……」

「あの人妻が男五人を相手にしてどんなによがり狂うか見ながら、おめえも楽しむんだ。そうすりゃ刺激があってズンと気持ちよくなるはずだぜ」

瀬島の指先が由美子の媚肉に分け入って肉襞をまさぐり、女芯をいじってきた。冷二の指はまだ腫れぼったくふくれてヒクヒクと疼く由美子の肛門を、ゆっくりと縫って貫いた。

「あ、あ……」

由美子はたちまち息をするのも苦しいほどに昂った。

恐ろしくて気も遠くなりそうなのに、とろけるほどの快感があふれだす。由美子は自分の身体の成り行きが信じられなかった。

マジックミラーの向こうでは、逆さ吊りの佐知子の裸身がうめきのたうっている。大きく開かれて吊られた両脚がうねり、腰がブルブルと震えていた。そして男に舐めまわされる媚肉はおびただしく蜜を溢れさせ、男の唾液やら汗までまじえて、逆さに開ききった股間から前後に溢れていた。今にも気がいかんばかりだ。

だが男たちは、佐知子が今にも昇りつめそうになると、スッと口を離して責めを中断してしまう。佐知子が一人、腰をうねらせて追い求めるようで、みじめにくやし泣きを噴きあげた。

男たちが口を離したあとは、媚肉は恐ろしいまでに濡れて充血し、肉芽を血も噴かんばかりに尖らせ、肛門は妖しくとろけてゆるみきり、乳首もベトベトに濡れてツンと硬くしこらせた。

「高い金を払ってるんだ。そう簡単にいかせてはやらないよ」

「いじめればいじめるほど味がよくなるってヤクザが言ってたからね。もっと焦らして、たっぷりいじめてあげるよ、奥さん」

「それにしても、オマ×コも尻の穴も敏感な奥さんだ」

男たちの声がスピーカーを通して由美子にまで聞こえる。

「ああ……」

まるで自分が逆さ吊りにされ、五人の男たちに嬲られている錯覚に陥り、由美子は黒髪を振りたくった。

だが由美子の身体もまた、瀬島と冷二のいたぶりに媚肉を熱くとろけさせ、ジクジクと蜜を肛門にまで溢れさせた。乳首も充血して硬く尖っている。

「もうオマ×コがこんなにとろけてるじゃねえか。太いのを早く咥えこみてえんだろ」

「尻の穴もヒクヒクさせて早く入れて欲しいと催促してやがる」

そんなからかいに反発する気力もなく、由美子は弱々しく頭を揺らしてうわずった泣き声をあげた。

「ああ、かんにんして、ああ……」

瀬島と冷二との指にあやつられ、由美子の腰が蠢き、子宮が熱くしびれた。

「どっちが先にほうびを欲しいんだ。オマ×コか尻の穴か」

冷二が意地悪く聞いた。

「い、いやっ……二人一緒なんて、かんにんして」

由美子は泣きながら哀願した。

「かんにんして……お願い……す、するなら一人ずつで……」

「だからどっちの穴からぶちこまれてえかと聞いているんだ」

「前に……前に、して……」

「オマ×コにされてえってわけかい、美人のスチュワーデスさんよ」

瀬島と冷二は由美子をなかに前と後ろとで顔を見合わせて、ニヤリと笑った。肛門をまさぐっていた冷二の指が引いたかと思うと、熱くたくましいものがググッと押し当てられた。

「ああっ……そ、そこはいやあ！」

背筋に戦慄を走らせて、由美子は悲鳴をあげた。矛先をそらそうとよじりたてる腰が、ギクッと硬直した。つづけて引き裂かれるような苦痛が肛門を襲った。

由美子の肛門はジワジワと押しひろげられて、灼熱の肉棒に貫かれはじめた。由美子はひいひい喉を絞って裸身を揉み絞りたてた。

「ゆ、許して……う、うむ……」

「ほうびをやってるんだ。もっとうれしそうな顔をしろ」

同時に前から瀬島が灼熱を由美子の媚肉を埋めにかかった。

「そ、そんな……いやっ……」

「甘ったれるな。向こうの人妻なんか五人も相手にしてるんだぜ。二人ぐらいでオーバーに騒ぐなよ」

「あ、ああ……ああむ……」

薄い粘膜をへだてて二本の肉棒が前と後ろとでこすれ合った。こすれながらジワジワと深く入っていく。

由美子は歯を噛みしばって白目を剝き「ひぃーっ、ひいっ」と喉を絞った。二本の肉棒がこすれ合うたびに、暗くなった目の前で火花が散った。

ちょうどマジックミラーの向こうでも、男たちが佐知子を逆さ吊りのまま、前と後ろとから同時に犯そうとしていた。佐知子の口には男の肉棒を含まされたままで、しゃがみこんだ男二人も左右から乳房をいたぶりつづける。

「ほれ、人妻のほうをしっかり見ねえか。よく見て負けねえようにがんばるんだよ」

瀬島が由美子の黒髪をつかんでしごいた。もう瀬島も冷二も、由美子を前と後ろから深々と貫いてつながっていた。

「ゆ、許して……」

噛みしばった口をパクパクさせて、由美子は半狂乱に泣きじゃくる。

「オマ×コはうれしそうにクイクイ締めつけてくるじゃねえか」

「こっちもだ。さっきはあんなに尻の穴を開いて物をひりだしたってのに、よく締まる尻だぜ」

瀬島と冷二はリズムを合わせて、前と後ろから由美子を突きあげはじめた。

「あ、ああ……かんにんして……し、死んじゃう」

由美子は前後から揺さぶられつつ、喉を絞りたてた。

息もつまって背筋が灼けただれ、苦悶と快美とが妖しく交錯して由美子を悩乱させる。特に薄い粘膜をへだてて肉棒が前と後ろとでこすれ合うと、それだけで由美子は今にも昇りつめそうになった。

「あ、あうう……あああ、死ぬ……」

のけぞらせた由美子の美貌が火になって、口の端から涎れが溢れた。

そんな由美子の姿を映しだすかのように、マジックミラーの向こうでも佐知子が男たちにあやつられるままに泣き、あえぎ、よがり狂っていた。

前と後ろとから男たちに挟まれて、その間で由美子の身体も佐知子の身体も、揉みつぶされるようだ。もう由美子も佐知子も、粘膜をへだててこすれ合う二本の肉棒にあやつられる肉の人形だった。

特に佐知子の反応は激しかった。五人がかりで責めたてられて、もう半狂乱。逆さ吊りの腰を自分から揺さぶりだした。

肉棒を口に含まされた美貌は淫らな愉悦にどっぷりとつかって、ついこの前まではあれほどの端正さを誇った人妻とは思えない変わりようだ。

「さすがに人妻は激しいな。男五人を相手に堂々とわたり合ってやがる」

「ほれ、こっちも人妻に負けねえように、もっと気分を出さねえかよ」

冷二と瀬島はさらに由美子を激しく責めたてていく。

「ああ……許して、ああ……」

由美子は前も後ろもキリキリくい締めながら、舌をもつらせて泣き叫んだ。もう苦悶はふくれあがる肉の快美に呑みこまれ、頭のなかまで灼きつくされそうだ。

「い、いいっ……」

由美子は自分がなにをされているのかもわからなくなって、我れを忘れて自分から腰を揺すりはじめた。まるで二つの肉棒を貪るようだ。

灼きつくされ、うつろになる頭のなかに較べて、媚肉と肛門はいっそう感覚が鋭くなっていく。キリキリと締めつけてきてはフッとゆるみ、収縮と弛緩とを妖しく繰りかえす。

「ああ……あうう……たまらない、あうっ」

「その調子だぜ。やっと気分が出てきたな。いい声で泣きやがる」

「あ、あああ……死ぬ……」

「死ねよ。人妻とどっちが先に死ぬか、人妻とスチュワーデスとの無制限勝負といこうじゃねえか」

冷二と瀬島は由美子を責めたてながら、ゲラゲラと笑った。

それに答える余裕もなく、由美子は気も狂うような愉悦のなかに翻弄される。もう声も出せず息もできずに、時折り耐えきれないように「ひいーっ、ひいーっ」と喉を絞って白目を剝いた。

先に昇りつめたのは、やはり五人がかりで責めたてられている佐知子のほうだった。大きく開かれて天井から吊られている佐知子の両脚がピンと張りつめてうねり、内腿がヒクヒク痙攣しはじめた。

「おお、イクのか、奥さん」

「思いきってイクんだ。何度でも気をやらせてやるからね」

男たちの動きが一段と激しさを増し、前から後ろから腰を打ちこむ。下では左右から佐知子の乳房に吸いつく男たちがガキガキと乳首を噛み、肉棒が佐知子の喉まで突きあげる。

「うぐ……うむ、ううむ……」

耐えきれぬうめき声に悲鳴をまじえて、佐知子はガクガクと腰をはねあげた。そして汗まみれの裸身を揉み絞るようにして生々しく痙攣を走らせた。吊りあげられた両足の爪先が恐ろしいまでに反りかえった。

「気をやったようだな」

「人妻に負けてるじゃねえか。スチュワーデスもがんばらねえかよ」

冷二と瀬島は声もなく牝の肉となってのたうつ佐知子を見ながら、由美子への責めのピッチをあげた。

「ああっ……いい……ああぁ……」

佐知子が昇りつめたことも知らずに、由美子はしとどの汗に身悶え、よがり声をあげている。

「ああ、もう……ああっ……」

由美子は愉悦を貪るように、狂おしく腰を揺すりたて、よがり声を昂らせた。

前も後ろも収縮と弛緩の間隔をせばめ、裸身に細かい痙攣が走りはじめるのが、瀬島と冷二にわかった。

「も、もう……ひっ、ひっ……ああうっ！」

ひときわ高い泣き声をあげて、ガクガクと腰が揺すられたかと思うと、

「い、イッちゃう！……あ、ああ……イク、イク！」

白目を剝いて歯をキリキリと嚙みしばり、壮絶なまでの表情をのけぞらせて、由美子は総身を収縮させた。火のような愉悦に、身体中の肉という肉が痙攣した。そして由美子の汗まみれの身体から、ガクッと力が抜けた。あとは余韻の痙攣にハアハアとあえぐばかり。

だが瀬島と冷二は由美子を責めるのをやめようとはしなかった。余韻の痙攣を楽しみながら、前と後ろからリズミカルに突きあげつづける。

「ああ……もうやめて……少しでいいの、休ませて……」

由美子はグッタリと余韻に沈むことも許されずに、悲鳴をあげて頭を振った。

「気をやってよかったんだろ。ほうびなんだから、何度でもイカせてやるよ」

「これだけいい身体したスチュワーデスが、一度イッたくらいで音をあげるなよ」

瀬島と冷二はゲラゲラと笑った。そして面白がっていっそう深く由美子をえぐり、

粘膜をへだてて、前と後ろでこすり合わせてこねまわす。

「あ、あ……いやっ……由美子、こわれちゃうわ……許して」

「あっちの人妻だって五人を相手にして、あんなに楽しんでるじゃねえか。負けるんじゃねえよ」

「そ、そんな……ああ、いや、いやです！」

瀬島の手で黒髪をつかまれてマジックミラーの向こうを見せられ、由美子は泣き声をあげた。

佐知子もまた逆さ吊りのまま、五人の男たちにまとわりつかれて責められつづけた。ヌラヌラと光る肌から玉の汗を飛び散らせてうねり、白い牝と化してのたうっている。由美子が見せられる間にも、佐知子はたてつづけに昇りつめさせられる。一度昇りつめた絶頂感が継続しているようだ。

「あ、ああ……いや……いやあ！」

見せられる由美子までおかしくなり、巻きこまれるような気のする佐知子の狂いようだった。

由美子の泣き声も次第に力を失って、やがて瀬島と冷二のいたぶりに身も心もゆだねきったようなすすり泣きをもらしはじめた。

「あ、あ……た、たまんない……ああ、許して」

由美子は瀬島と冷二の間でのけぞり、くるめく美貌をさらして狂おしい身悶えを見せた。二本の肉棒にあやつられて腰を揺さぶり、あえぐ口の端から涎れを垂らしっぱなしにして、あらぬことを口走る。

「ああ……また、ああ、イク！」

ブルルッと腰を震わせて激しく痙攣を走らせ、由美子は狂おしく瀬島の肩に絡みついた。

「こりゃ激しいな。どんどん調子が出てくるようじゃねえか」

「フフフ、こんなに悦ばれちゃ俺たちもほうびをやりがいがあるってもんだ」

瀬島と冷二はまだ由美子を許そうとはせず、さらに責めつづけた。

「あ、あ、狂っちゃう。いやあ、由美子、死んじゃうわ！」

泣きながら由美子はつづけざまに気をやるようだ。灼きつくされた肉がさらに炎に灼かれ、由美子はもうわけもわからなくなって半狂乱に陥っていく。

マジックミラーの向こうでは、逆さ吊りの佐知子に前後から押し入った男たちが、次から次へと入れかわった。

佐知子の媚肉も肛門もしとどの蜜にまみれ、注ぎこまれた白濁の精を溢れさせ、背中や下腹にまでしたたらせている。肉棒を含まされた口も端から唾液や白濁やらを、糸を引いて溢れさせていた。

「人妻を妊娠させてもいいというんだからたまらんねえ。ましてこれだけの美人だ」

「この綺麗な身体を孕み腹にするのは、この私だよ」

「なんの、私の強い精子をたっぷり注いでやったからねえ。もう妊娠したようなものだよ」

「私はそれよりもこっちの尻の穴のほうが、たまらんねえ、この締まり方」

男たちは口々に騒いで、佐知子の身体にとりつかれているようだ。

五人の男たちが次々といどみかかるのだから、佐知子にはまったく休む余裕などない。絶頂に昇りつめたまま、前も後ろもおびただしく白濁の精を注がれ、もう声も出せず息もできずに、グッタリと死んだようだった。それでも佐知子の身体はビクンビクンとはね、艶やかな女の反応を見せた。

これほどの状態になっても、なおも応えようとする佐知子の性の貪欲さに、見ている冷二もあきれるほどだ。それはもうさっきかイキっぱなしになって「ひいっ、ひいーっ」と喉を絞るばかりの由美子も同じだった。

「フフフ、ここらで一度精を注いでやるか」

瀬島がニヤニヤと笑って言った。

「同時に前と後ろとでいこうじゃねえか」

「いいだろう。こっちも孕ませる気で思いっきりいこうぜ」

瀬島と冷二は顔を見合わせてニンマリとすると、一段と責めを強めた。由美子の腰が軋みそうに荒々しく突きあげ、深くこねくりまわす。

「ひっ、ひいっ……いぃ！」

ガクガクと腰をはねあげて、由美子はキリキリとのけぞった。身体の芯が恐ろしいばかりにひきつって、ひっきりなしに喉を絞った。内臓を絞るような声をあげ、由美子は総身を激しく痙攣させた。前も後ろもキリキリと収縮して、きつく締めつけて絞りたてる。

それを感じてから瀬島と冷二は最後のひと突きをできるだけ深く与え、ドッと精を心ゆくまで噴きあげた。

「ひっ、ひぃーっ！」

灼けるような白濁のほとばしりを感じとって、由美子はもう一度ガクンとのけぞり、さらに痙攣を激しくした。灼けんばかりの肉の愉悦に白目を剝いたままであった。

「たいしたイキっぷりだぜ。そんなによかったのか」

「いくら気持ちよかったからって、これくらいでまいっちゃ困るぜ。こっちはまだ一発出しただけだからな」

ようやく動きをとめて、瀬島と冷二が由美子の顔を覗きこんでも、反応はなかった。グッタリと死んだようだ。瀬島と冷二が離れても腰のタガがはずれたように両脚を開いたままだ。媚肉の合わせ目の肛門も生々しく開いたままで、しとどの蜜のなかに注ぎこまれた白濁をゆっくりと漏らしている。

それを拭い取ろうともせずに、瀬島と冷二は位置をかわった。

「俺は今度はオマ×コだ。瀬島はどうするんだ。尻か、口か」

「やっぱり尻の穴だぜ」

「それじゃ第二ラウンド開始といくか」

冷二と瀬島は再び前と後ろとから由美子の裸身にまとわりついていく。

「う、うむ……」

由美子はうつつのなかにうめいた。腰がむずかるように蠢いた。右に左にと汗を光らせた美貌をグラグラと揺らし、かすんだ目を開いた。

「……ああ……な、なにを……」

前と後ろとからたくましい肉棒がほとんど同時に貫いてくる感覚に、由美子はハッと我れにかえった。

「いやっ……もういやあ！　これ以上は……」

そう叫んだ時には、由美子の身体はもう深々と貫かれていた。

5

どのくらいの時間がたったのか。

数えきれないほど気をやって、もう死んだようにグッタリとして身動きひとつしない由美子に、瀬島がまだしつこくまとわりついていた。

「大事な運び屋だ。こわしちまうなよ、瀬島」

そう言っても瀬島の返事はなかった。冷二は座敷から廊下へ出た。そのまま隣りの部屋へ向かった。

由美子の身体を存分に楽しんだら、今度は佐知子のことが気になってきた。五人の客が精を絞りつくしてたっぷりと満足して帰っていったのは、マジックミラーで確認している。

床の上に佐知子の裸身が死んだように転がっていた。縄で後ろ手に縛られたままの裸身は、身体中にキスマークやロウソク責めのあとを残し、双臀には無数の鞭痕が走っていた。太腿は大きく開いたままで、剝きだしの媚肉や肛門も赤くひろがって、しとどの白濁にまみれ、無残な姿をさらしている。覗きこんだ佐知子の顔は、乱れ髪を汗で額や頰にへばりつかせ、口の端からは泡さえ噴いて、完全に気を失っていた。

「こりゃ派手に犯られたものだな」

冷二は思わずニガ笑いをした。佐知子に複数の客をとらせ、しかも嗜虐性の濃い客を選ぶようにしたのは冷二なのに。

「本当に牝らしくなりやがった。いい姿じゃねえか。兄貴に見せてやりてえくらいだ」

そんなことを呟きながら、冷二は佐知子を抱きあげ、肩にかついで浴室へと向かった。

佐知子を膝の上に抱いて冷二は湯に肩までつかった。ザーッと湯が溢れ、心地よい温かさが体にしみわたった。もう外は夜が明けて、射しこむ朝陽が湯に揺れてまぶしい。

「う、う……」

佐知子は低くうめいたが、意識が戻る様子はない。官能美あふれる肉感的な身体をグッタリと冷二にあずけたままだ。

「やっぱり義姉さんには娼婦がぴったりだったようだな」

冷二は呟いて低く笑った。

毎晩複数の客をとらされて、佐知子は少しやつれたようだ。だがそれがかえって妖しい色気となっている。やつれた感じとはいえ、乳房や双臀はきつい色責めにかえって肉づきがよくなり、ポテポテと人妻らしさを感じさせた。いろんな男の精を注がれて、色っぽさにみがきがかかったようだ。

湯から出ると冷二は佐知子の裸身をバスマットの上にあお向けに横たえた。天井の鎖を左右から引きおろし、佐知子の足首にそれぞれつないで両脚をVの字に吊る。

佐知子の裸身に朝陽が当たり、湯に濡れた肌がヌラヌラと光った。その肌に石鹸を塗って、冷二は佐知子の汚れを洗い落としながら、久しぶりにその肉の感触を味わった。その指の動きに淫らなものを感じるのか、湯につけられて身体の感覚が戻ってくるのか、佐知子がまたうめいて右に左にと頭を揺らしはじめた。

「う、うう……」

佐知子は今にも意識が戻る気配だ。

「おっ、まだ目をさますのは早いぜ。簡単にさまされちゃ面白くねえ」

冷二はあわててなにやら器具を引き寄せた。鉄道模型のミニチュアを動かす時に使う電流変圧器だ。コードが二本のびていて、その先端に人差し指ほどの太さの鉄棒が取りつけられている。

そのうちの一本を佐知子の肛門に押し入れる。もう一本を手にして、電圧器のスイッチを五ボルトまで入れた。手にした鉄棒の先端を赤く充血した女芯の肉芽にスッと触れさせた。

「うう……」

うめき声をあげて佐知子は腰をブルルッと震わせた。

「フフフ……」

冷二はうれしそうに笑って舌なめずりをした。肉芽から膣や肛門へ電流を流す。前から一度やってみたかった責めだ。

さらに電圧をあげて、鉄棒の先端をスッスッと佐知子の女芯に触れさせた。

「うむ……ううむ……」

ガクガクと佐知子の腰がはねあがった。そして「ひぃーっ」という悲鳴とともに、佐知子は目を開いた。すぐには自分の身体になにをされているのかわからない。まだ完全に正気に戻らないのか、佐知子の目はうつろだった。

「気がついたか。しっかりしろよ、義姉さん」

冷二は佐知子の顔を覗きこんで、ニヤニヤと笑った。

電圧がさらにあげられた。鉄棒の先端がまた佐知子の肉芽をスッと襲った。

「あっ……ひっ、ひぃーっ！」

ギクンと腰をはねあげて、佐知子は激しくのけぞった。電流の強烈なショックが、死んだようだった佐知子に正気を甦らせた。

「ああ……れ、冷二さん……」

ニヤニヤと笑っている冷二に気づいて唇を震わせると、佐知子は泣きだした。恐ろしい変態の客を五人もとらされた現実が、ドッと甦ってきたのだ。

「すっかり見せてもらったぜ。客を五人もとって逆さ吊りでずいぶんと可愛がってもらってたじゃねえか」

冷二はからかって笑った。

「見事に娼婦らしくなったじゃねえか。義姉さんの上達ぶりには感心させられるぜ」

「いやっ……ああ、地獄だわ。冷二さん、助けて」

「甘ったれるな。まだまだもっと地獄を見せてやるぜ」

冷二はまた鉄棒をスッと佐知子の肉芽になぞらせた。

電流が火のように佐知子の女芯から肛門へと走り抜けた。一瞬だったが、その強烈さに灼きつくされるようだ。ガクンと佐知子はのけぞり、吊りあげられた両脚を突っぱらせた。

「ああ……なにを、なにをしたの⁉」

「電気を流したのさ。娼婦が客を相手に気を失ってちゃ話にならねえからな。こいつを使えば、いやでも目をさまさせられるぜ、義姉さん」

ガクガク腰をはねあげて、佐知子は死にそうに喉を絞った。

「やめて！……ひっ、ひい！……」

「どうだ、よく効くだろうが。もっと電圧をあげることだってできるんだぜ」

冷二はゲラゲラと笑った。笑いながら今度は鉄棒の先端をスッスッと佐知子の膣に突き入れる。

「あ……ひいっ！……やめて、ひっ！」

佐知子は腰を揺すり、吊りあげられた両脚をうねらせ、キリキリとのけぞった。たちまち身体中から脂汗にまみれ、玉の汗がブルブル震える肌をすべり落ちる。

「か、かんにんして！……そんなこと、やめて、ああ、ひいーっ！」

「ほうれ、義姉さんがひいひい泣きだした。これならいくらでも客の相手ができるってもんだ」

「ひっ、ひいっ……いやあ！」

冷二は面白がって、何度も鉄棒

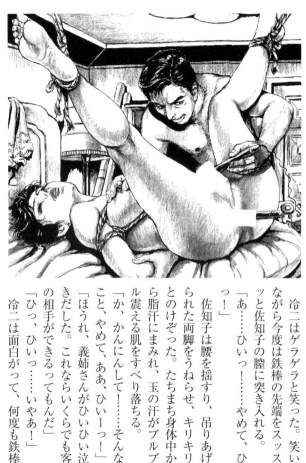

の先端を佐知子の膣へ押し入れた。

執拗な電気責めに、いつしか佐知子の身体は膣と肛門の筋肉が麻痺しきり、生々しく口を開ききって奥の肉襞までのぞかせた。

「こんなふうにいくらでも客を受け入れられるように開ききらせることもできるんだぜ。それにしてもたっぷり注がれたものじゃねえか」

開ききった膣と肛門からトロトロと白濁の精がしたたるのに気づいて、冷二はまたゲラゲラと笑った。

ようやく電極の鉄棒を抜き取ると、冷二はシャワーを浴びせて丹念に洗い清めた。

「ああ……死にたい」

佐知子はされるがままにシクシクとすすり泣いている。

「明日から客の相手をして気を失ったら、すぐにこの電気を使うからな、義姉さん」

「ひどい……かんにんして……」

「使われたくなけりゃ、せいぜいがんばって客の相手をして、気を失わねえことだ」

生々しく開ききった佐知子の肛門を洗っているうちに、冷二はメラメラと嗜虐の欲情が燃えあがるのをどうしようもなかった。

「こんなに尻の穴を開いているのを見せつけられちゃ、ぶちこんでやらねえわけにはいかねえな」

「いや、かんにんして……も、もう、クタクタなんです。これ以上されたら、死んでしまいます」

「俺の相手ができねえってなら、さっそく電気を使うぜ、義姉さん」

「それだけは……」

恐怖に美貌をひきつらせて、佐知子はワナワナと唇を震わせた。

五人がかりでさんざん弄ばれ、クタクタになった身体をさらに冷二に責められて、自分の身体はどうかなってしまうのではないか。

「おねだりはどうした、義姉さん」

冷二の非情な声が飛ぶ。

「ああ、お願い。入れてください、冷二さんのたくましいのを……」

「どこにだ？」

「佐知子の、お尻の穴に……冷二さんのたくましいのを、入れて……」

佐知子は泣きながら、途切れとぎれに口にして黒髪を振りたくった。

「よしよし、うんと気分出すんだぜ、義姉さん。少しでも手抜きしやがると、すぐに電気だからな」

冷二は意地悪く言って、佐知子の肛門に催淫媚薬クリームをたっぷりと塗りこんでいく。

佐知子は双臀をブルブルと震わせて、泣き声をあげた。歯もカチカチと鳴りだしてとまらない。

「思いっきり俺を楽しませねえと、いつまでたっても終わらねえぜ。こっちはスチュワーデス相手に精を出しきってるからな」

冷二は吊りあげられた佐知子の両脚の間に腰を割り入れるようにして、上へのしかかった。ちょうど佐知子の両脚を肩にかつぐ格好だ。

「入れるぜ、義姉さん」

「ああ……あ、ああ……」

開ききった肛門を熱くたくましいものが、さらに押しひろげてくる。その妖しい感覚に、佐知子は目がくらんだ。

「ああ、もっと入れて……佐知子、もう、どうなってもいい……お尻、メチャクチャにして……あああ……」

佐知子は我れを忘れて叫んだ。

「言われなくてもメチャクチャにしてやるよ、義姉さん」

冷二はできるだけ深く入れると、グイグイと突きあげはじめた。

「あ、あああ……いいっ……」

佐知子はのけぞって白い歯を剝き、あられもなく愉悦の声を張りあげた。その肉の

愉悦にどっぷりとつかった佐知子の表情に、さすがの冷二も思わず引きこまれそうになった。

「義姉さん、とことん堕としてやるからな。男を楽しませるためだけの肉になりきるんだぜ」

うなるように言いながら、冷二は兄嫁である佐知子をここまで堕としたことに、恍惚となった。

そんな冷二の声も聞こえないように、佐知子は一匹の白い牝と化してのたうちまわっている。吊りあげられた両脚をうねらせ、冷二の動きに合わせるかのように腰を振り、口から涎れさえ垂らしてよがり泣いた。

「義姉さん……」

五人の客によってたかって嬲りつくされ、さっきまで気を失っていたのに、信じられないほどの反応だ。冷二の肉棒をキリキリとくい締め、さらに深く吸いこもうとする粘膜の蠢き。その妖しい収縮力と粘着力に、冷二は舌を巻く。その妖美な感触はさすがに人妻だけあって、スチュワーデスの由美子よりも上だ。そんなことを考えながら、冷二は次第に我れを忘れていった。

「義姉さんは俺のものだ！」

「ああ……冷二さん……いいっ！」

冷二が吠え、佐知子がよがり声を張りあげる。

もう二人の身体はしとどの汗のなかにドロドロに溶けてひとつになり、身も心も灼きつくす瞬間に向けて暴走していった。

第十二章　女教師哀艶ビデオ

1

佐知子の身体をたっぷりと楽しんだ冷二は、今度こそ死んだようになった佐知子を残して地下室へ向かった。地下室では女教師の芦川悠子の裏ビデオの撮影が行なわれているはずで、冷二はそのことが気になっていた。

「冷二じゃねえか」

地下室の階段で声をかけられ、振りかえると瀬島だった。

「今度は女教師を楽しもうってのか。まったく好きだな」

「そういうおめえも同じじゃねえか。スチュワーデスはのびちまったらしいな」

瀬島と冷二は顔を見合わせて、ニンマリと笑った。

瀬島もまたさっきまで、スチュワーデスの由美子の身体を思う存分に責め嬲り、楽しんでいた。もう充分に楽しんで満足しているはずなのに、飽くことを知らぬ冷二と瀬島の欲望であり、疲れ知らずの精力だった。

地下室の奥のスタジオへ冷二と瀬島が入ると、ちょうど撮影の真っ最中だった。ムンムンとただれるような熱気が立ちこめている。

「フフフ、やってやがる」

「こりゃちょうどいい時に来たようだな」

冷二と瀬島はビールを飲みながら、ニヤニヤと眺めた。

スタジオは学校の教室のセットになっていて、学生服のチンピラ三人が女教師の芦川悠子を襲っているところだ。悠子はもうハイヒールをはいただけの全裸に剝かれ、後ろ手に縄で縛られた裸身を教壇の上にあお向けにのせられていた。

「いや、やめて!……ああ、助けて!」

冷二と瀬島が入ってきたことに気づく余裕もなく、悠子は学生服姿のチンピラ三人のなかで悲鳴をあげ、逃げようともがいていた。二人が左右から悠子の乳房をわしづかみにしてタプタプと揉みこめば、もう一人は悠子の下腹から茂み、太腿へと手を這わせていく。

「へへへ、芦川先生、いい加減に諦めておとなしくしなよ。性教育の授業をはじめようじゃないですか」

「女の身体がどういうものか、先生の身体を使った実習で教えてくださいよ」

「ほうれ、俺たちのチ×ポ、こんなにビンビンですよ。早く先生のなかに入りたいってね」

三人のチンピラはズボンの前から、たくましく屹立した肉棒をつかみだし、いやらしく揺すってゲラゲラと笑った。

「い、いやあ！」

悠子は泣き声を高め、あわてて恐ろしい肉の凶器から目をそらした。悠子の裸身は汗でじっとりと光り、その肌がチンピラたちの手で撫でられ、つまみあげられ、揉みこまれる。

「ああ、やめて！……いやです！……ああ、許してェ」

身体に火をつけられるのを恐れるように、悠子は右へ左へ美貌を振って泣いた。

三人がかりで身体をいじりまわされ、いやでも悠子の裸身は匂うようなピンクに色づいて、ヌラヌラと光った。身体の芯がしびれだして熱を孕み、その熱が肉を上気させる。

「おっぱいの先が尖ってきたぜ、芦川先生。気持ちよくなってきたんだろ」

「い、いやっ！」

「オマ×コを見せてくれよ。どうなってるか調べてやるからさ」

「いやあ！……ゆ、許して！」

いくら泣き声をあげても駄目だ。悠子の足首は左右からつかまれて、ジワジワと割り開かれはじめた。

「いやあ！」

悠子は悲鳴をあげてのけぞった。必死に両脚に力をこめても、たちまち膝が割れていく。内腿の筋が浮きあがってピクピクとひきつれた。

「思いっきり開くんだよ、芦川先生。オマ×コの奥までよく見えるようにね」

「さあ、開いた開いた。へへへ、先生のオマ×コが見えてきたぜ」

チンピラたちは限界まで開いて、ニヤニヤと悠子の股間を覗きこんだ。ビデオカメラのレンズが接近し、チンピラたちは悠子の茂みをかきあげるようにして、さらに股間の花園を剝きだした。

「やっぱり濡らしてるぜ。もう溢れそうじゃないか」

「濡れきってすごくいい色になりやがって。灼けるみたいだぜ、先生」

「敏感だな、へへへ」

そんなことをわざとらしく言いながら、じっくりと覗き、ビデオカメラに撮らせていくのだ。

「ああ……いやっ……いやあ」

恥ずかしい反応を見られ、悠子の抗いの力が抜けて泣き声も弱くなった。そして痛いまでに突き刺さってくる男たちの視線とビデオカメラのレンズ。こんなあさましい姿をビデオに撮られるのだ。もう生きた心地がなかった。

ビデオカメラの横では、冷二と瀬島もニヤニヤと覗きこんでいる。

「やっぱり教師だけあって、学生服にああやって嬲られているのがよく似合うじゃねえか」

「白には黒がよく似合うってことだぜ。この分なら黒人と絡ませるのもいいかもしれねえな」

瀬島の言葉に冷二は思わず瀬島を見た。

「興竜会には黒人もいるのか？」

「アメリカにも仲間はいるからな。来週ここへ来ることになってるぜ」

「こいつは面白くなってきやがったぜ。フフフ」

冷二はうれしそうに笑って舌なめずりした。黒人に女を責めさせる。一度やってみたかった。黒人に犯されると知って佐知子や由美子、そして悠子がどんな反応を見せるか、考えるだけでも冷二はゾクゾクとした。

冷二がそんな恐ろしいことを考えているとも知らず、悠子はもう頭をグラグラさせてすすり泣き、三人のチンピラにされるがままだった。

「許して……ああ……」

左右から乳房を握りしめて揉みこんでくる手が乳首をいびり、また別の手が開ききった媚肉をまさぐってくる。

「あ、ああ……やめてェ」

肉襞がゆるゆるとまさぐられてしとどに濡れた蜜が指先でこねまわされ、指が二本そろえられて濡れ光る膣へ深々と埋めこまれたかと思うと、別の指が女芯の包皮を剝いて肉芽をいじってきた。

悠子は泣きながら、身体の芯が熱くドロドロとろけだし、とめどもなく蜜を溢れさせられるのをどうしようもなかった。それでなくても撮影前に媚薬クリームを股間に塗りこまれている悠子だ。

「ああ、こんな……もう許して……」

「へへへ、どんどんお汁が溢れてくるぜ、先生。洪水だ。こりゃすげえや」

「いやっ……ああ……」

「オマ×コがヒクヒクして指に絡みついてくるじゃねえか。いいのかい、先生」

「あ、ああ……」

もうチンピラたちのからかいに反発する気力も、悠子にはなかった。身体は火と化して、チンピラたちの指の動きにピクン、ピクンと反応し、悶えた。

「いくら気持ちいいからって、泣いてばかりいないで、どこがどう感じるのかちゃんと性教育してくれよ」

「どうにかして欲しいんだろ、芦川先生。ちゃんと言いな」

「これ以上はどうしていいか、俺たち、わからねえんだよ」

チンピラたちは悠子をからかいながら、いたぶりつづける。

もう悠子はチンピラたちの指にあやつられる肉の人形だった。何本もの指が這いまわる乳房や腹部、脇腹、腰、太腿とどこも油でも塗ったようにヌラヌラと光り、熱く火照ってムンムンと女の色香が匂う。開ききった股間もどこもベトベトに濡れそぼって、薄赤くいたぶりのあとを浮きあがらせている。

「ああ、いやっ……許して……いやっ！」

すすり泣きをもらしつつ、悠子は時折りこらえきれなくなったように腰をくなくなと揺り動かした。

「先生、早くどうして欲しいか言わねえと、オマ×コがただれちゃうぜ」

「指だけじゃ気をやれねえんだろ。ちゃんとおねだりしなよ」

意地悪くからかって覗きこんだ悠子の美貌は、焦点を失って血走り、乱れ髪を汗で額や頬にへばりつかせている。ワナワナと悠子の唇が震えた。

「も、もう許して……ああ、どうにかして……」

「だから、どうして欲しいんだい、先生。ちゃんと言わねえと、わからねえと言ってるだろうが」

「ああ……」

悠子は弱々しく頭を振った。

そんな悠子に追い討ちをかけるように、チンピラたちはズボンの前からつかみだしたたくましい肉棒を揺すって見せつけた。そして悠子の内腿や下腹などにこすりつける。

「あ、あっ……ああ……」

悠子はキリキリと唇を噛みしばって顔を振りたてた。それでも見せつけられるものに、ひとりでに悠子の腰が揺れて蠢いてしまう。玉の汗が蠢くピンクの肌をツーッと流れ落ちた。

「こいつで思いっきりこねくりまわされたいんだろ、芦川先生」

そう言う男の声が、悠子には悪魔の囁きに思えた。歯を噛みしばって頭を振りたて、その囁きを払いのけようとしても、チンピラたちの杭に躍らされる悠子の身体は、応じようとするかのようにひとりでにうねった。

「お、お願い……」

もう悠子の意志に関係なく、勝手に口が開いた。

「し、して……」

「なにをして欲しいんだ、先生。そんな教え方じゃ生徒にはわからねえよ」

「ああ……」

悠子は一度、見せつけられるたくましい肉棒に妖しい視線を絡みつかせて、唇をわななかせたかと思うと、

「ああ……それを……い、入れて……」

我れを忘れて口走った。だが裏ビデオを撮影しているせいで、チンピラたちはまだ悠子を許そうとはしない。

「それじゃどこに入れて欲しいかわからねえだろ、先生」

「しようがねえな。そんなことじゃ教師失格だぜ。言えるように少し手伝ってやるか」

ニヤニヤとせせら笑ってから、一人が悠子の肉芽をつまみあげ、グイとひねった。

「ひっ……」

と悠子はのけぞった。

「俺が今いじっているのはなんて言うんだい、先生」

「そ、そんな……ああ……」

「いつまで気どってんだ。言わなきゃ、こうだぜ」

つまみあげた肉芽をグリグリときつくいびる。

「ああ、やめて！……ひっ、ひいっ……」

悠子は顔を反りかえらせて喉を絞り、ガクガクと腰をはねあげた。乳首もつまんでひねられ、ガキガキと嚙まれた。そしてもう一人が、悠子がどう言えばいいかを耳もとで囁く。

「ああ、言いますから……ひっ、ひっ……」

「早く言えよ、先生」

ビデオカメラが正面から開ききった股間をとらえ、いびられる肉芽を撮っていく。そのカメラに向け、悠子は黒髪をつかまれて顔をあげさせられた。

だが悠子はビデオカメラを気にする余裕は、もうなかった。

「……悠子の……悠子のク、クリトリス……」

悠子は泣きながら口にした。

チンピラたちはゲラゲラと笑った。

「次はここだぜ、先生」

女芯をいびっていた指を、媚肉のひろがりにそってすべらせる。

「ああ……悠子の……おしっこの出る穴……」

もう悠子は強要されるままに恥ずかしい言葉を口にしていく。それが自分の意志でないことを示すように、弱々しく頭を振るだけだ。

男の指がゆるゆると悠子の膣に押し入れられた。

「うれしそうに指を咥えこんでるこの穴は、なんと言うんだい、先生」

「あ、ああ……」

深くまさぐられて、悠子はブルブルと腰を震わせながら泣き声をうわずらせた。

「……悠子の……オマ×コ……」

悠子はあえぎながら小さく口にした。口にすることで悠子は首筋まで火にして、いっそう昂る。男の指をクイクイくい締めつつ、さらにジクジクと蜜を溢れさせた。

「先生、もっと大きな声で言うんだ」

「ああ……悠子の……」

悠子は何度も言わされた。

チンピラたちはまた、ゲラゲラと笑った。

「これでどこに入れて欲しいか、はっきり言えるな、先生」

「ああ、お願い……悠子のオマ×コに、入れて……」

そう言ってあえぐ悠子の顔は、もう女の性の欲望に呑みこまれた牝そのものだった。

強要されたとはいえ、恥ずかしい言葉を口にしてしまったことで、悠子は堰を切ったように悶えだした。

「ああ、早く……」

悠子はあえぎ、うわずった泣き声をあげて、催促せんばかりに腰を震わせ、せりあげた。

「い、入れて……ああ、たまらないの……」

もう身体中の肉が燃えて、塗りこまれた媚薬が本格的にその効き目を表わしはじめた。悠子にしてみれば、さっきから焦らされているのも同じだ。

「へへへ、ようやく性教育らしくなってきたじゃねえか、芦川先生」

チンピラの一人が悠子の太腿の間に腰を割り入れて、灼熱の先端で媚肉のひろがりをなぞった。

「あ、ああっ……ああ……」

それだけで悠子は今にも気がいかんばかりにのけぞり、キリキリと唇を噛んで狂おしく黒髪を振りたてた。悠子の腰がわななくように見え、こすりつけられるものをもどかしげに咥えこもうとする。

「お願い、早く……ああ、入れて」

「よしよし、できるだけ深く入れてやるぜ、芦川先生」

うれしそうに舌なめずりして、ゆっくりと灼熱の先端を柔肉に分け入らせようとすると、もう一人がわざとらしくとめた。

「待てよ。こっちのほうはどうしてくれるんだい、先生」

たくましい屹立した肉棒で、それまでいじっていた悠子の乳房を突ついた。

「そ、そんな……」

悠子は狼狽してワナワナと唇を震わせた。チンピラたちがなにを求めているのか、聞かなくてもわかった。

「女には男を受け入れられる穴が三つもあるっていうじゃないか、先生」

「俺たちは三人だし、こいつはちょうどいいじゃねえか。アブレはなしってわけだ」

「ひとつはオマ×コとして、あと二つの穴ってのはどことどこだ」

チンピラたちはわざとらしく言って、ニヤニヤと悠子の顔を覗きこんだ。

「…………」

悠子は震える唇を噛みしめて、すぐには声も出なかった。その間も灼熱の肉棒が媚肉のひろがりにそって這い、さらに左右から悠子の乳房や腰、腹部などに押しつけられてきた。

「ほれ、俺のはどこの穴で咥えてくれるんだい、芦川先生」

「ああ、いや……そんなこと、できない」

「できないわけないぜ。さっさとおねだりしろよ」

一人が思わせぶりに悠子の首筋から頬のあたりへと屹立した肉棒を這わせれば、さらにもう一人は悠子の腰から双臀を狙う素振りを見せた。

「俺たち三人一緒でなくちゃ、いつまでも気をやらせてやらねえぜ、先生」

「そ、そんなことって。お願い、一人ずつにして」

「甘ったれるなよ。いつまで強情を張る気だい、先生。オマ×コをこんなにとろけさせてるくせに」

「許して……ああ……」

悠子は泣きながら哀願した。さっきから媚肉をなぞって這う灼熱に、いっそう身体が燃えだした。まるでトロ火にかけられ、生煮えのまま焦らされているのと同じだ。

して。お願い、一度イカせて……。

そんな叫びが悠子の喉まで出かかった。ひとりでに腰が震えてせりあがり、灼熱を咥えこもうとする動きを見せてしまう。

「身体に正直になれよ、先生。身体は三つの穴ともふさがれたがってるぜ」

「ゆ、許して。三人一緒なんて、できないわ」

「できなきゃおあずけだ」

媚肉を這っていた肉棒を一度少しだけ押し入れて、悠子に狂おしい声をあげさせておいてから、わざとスッと引きあげる気配を見せた。

「あ、ああ、いやっ！……やめちゃいやあ！」

悠子は我れを忘れて腰をもたげ、肉棒を追いながら泣き声をひきつらせた。わずかに残った理性も、肉の欲望に呑みこまれた。

「い、言われた通りにしますから……」

「それじゃ、さっさとおねだりしな」

「悠子の口で……おしゃぶりさせて……ああ、おしゃぶりを……」

「へへへ、最初からそう素直に言えばいいものをよ」

男の一人がうれしそうに笑って、肉棒の先で悠子の頰をピタピタとたたいた。もう一人が悠子の顔を覗きこんで、

「俺のほうはどうするんだ、先生」

「お、お尻に……ああ、悠子のお尻の穴に入れて……」

「尻の穴か。先生も好きもんだな」

チンピラたちは顔を見合わせてゲラゲラと笑った。

だが悠子はそんな笑い声も聞こえず、じっくりと撮っていくビデオカメラも目に入らない。まだ与えられないものを求めて狂おしく腰をうねらせた。しとどの蜜にたぎる媚肉がわななき、ざわめく。

「も、もうしてェ……ああ、変になってしまいます……ひと思いに……」

「催促かい。それでこそ性教育してくれる先生らしいぜ」

　そう言ってあざ笑うと、悠子の太腿の間に腰を割り入れて肉棒を媚肉に這わせていたチンピラは、一気に奥まで突きあげた。まつわりつき絡みつく肉襞を引きずりこむように、子宮口まで貫いた。

「あ、ひいい！」

　のけぞった悠子の喉に悲鳴が噴きあがり、腰がようやく与えられる悦びに震えてよじれた。

「催促するだけあって、うれしそうにグイグイ締めつけてきやがる。そんなにいいのかい、先生」

「あ、あ……あああ……もう、もう……」

「尻の穴と口に入れるまで、まだイクんじゃねえぞ、先生。いい声で泣くじゃねえかよ」

何度かゆっくりと出入りを繰りかえして、ビデオカメラにじっくりと撮らせる。

串刺しというのがぴったりだ。ドス黒い肉棒が杭のように悠子の柔肉にくいこんで出入りするたびに肉襞がめくりだされ、めくりこまれた。そしてびっしりと今にも張り裂けんばかりの柔肉が、さらにジクジクと蜜を吐きだし、ただれそうになった。

そんなさまをビデオカメラは画面いっぱいにアップで撮り、次には愉悦にのけぞった悠子の美貌、汗にヌラヌラと光って震えあえぐ肉づきを撮っていく。

「へへへ、それじゃ尻の穴にも入れてやるからな」

充分にビデオカメラに撮らせてから、男は悠子の双臀に両手をまわし、さらに深く抱きこんでできるだけ結合を深くして、悠子の身体を抱きあげにかかった。

「あ、あぁっ……」

悠子は顔をのけぞらせ、グラグラと頭を揺すった。

悠子の身体は立ちあがった男に抱かれ、双臀にまわされた両手と媚肉を下から垂直に貫いた肉棒だけで宙に浮いた。自分の身体の重みでさらに結合が深くなり、子宮が押しあげられて、悠子は喉を絞った。

「ああ……かんにんして……たまんない！」

ひとりでに悠子の両脚は男の腰に絡みついた。もう一人の男が机の上にあお向けになって、たくましく屹立した肉棒をつかんで悠子を待ち受ける。

「先生、もう一度おねだりしな」

「ああ、そんな……」

おぞましい排泄器官にも肉の凶器を受け入れさせられる。そう思うと弱々しく頭を振った悠子だったが、もう抗う気力はなかった。

「入れて……ああ、悠子のお尻の穴にも、入れてください」

強要されるままに悠子は口にした。口にすることでいっそう昂るのか、媚肉がキリキリと肉棒をくい締める。

「先生も幸福者だぜ。俺たちみたいに若くてたくましいのを、オマ×コにも尻の穴にも咥えこめるんだからよ」

「自分からもしっかり尻の穴を開いて、うんと深く咥えこむんだぜ」

悠子の双臀にまわされた両手が臀丘の谷間を割り開いて、肛門を剝きだした。

悠子の肛門は前から溢れた蜜にまみれ、ヌラヌラと妖しく光った。手を触れられていないにもかかわらず、フックリとふくれて、まるでなにか咥えこみたがっているように、ヒクヒクしている。

「そうれ、しっかり狙いを定めなくちゃな」

立ったまま悠子を抱いてつながっている男は、机の上で待ちかまえる肉棒に向けてゆっくりと割り開いた悠子の双臀を落としていった。

ようにする。


「あ、ああ……」

灼熱が肛門に押し当てられて、悠子は背筋にとろけるような戦慄を走らせた。ジワジワと肛門の粘膜を押しひろげて、その頭をもぐりこませようとする。引き裂かれるような感覚。

「い、痛い……う、うむ……ひいっ！」

「もっと尻の穴をゆるめるんだ、先生。自分から咥えこむようにしな」

「う、うむむ……裂けちゃう」

悠子はたちまち脂汗にまみれて、ギリギリと唇を嚙みしばった。

媚肉をすでに肉棒で貫かれているせいで、悠子の肛門はひときわ狭くなっている。そこを太い肉棒で貫かれる感覚に、悠子の肛門が音をたてて軋むようであった。

「もう少しだぜ、先生。もっと尻の穴を開かねえかよ」

「か、かんにんして……う、ううむ……」

悠子の肛門はもうのびきったゴムのように、限界までひろげられて、たくましい凶器を呑みこもうとしていた。

「ああっ……ああっ、ひいっ……ひいっ！」

悠子は目の前に火花が散るのを見た。灼熱が不気味に入ってくる感覚に、目がくらんだ。しかも肉棒は薄い粘膜をへだてて前の肉棒とこすれ合いながら入ってくる。

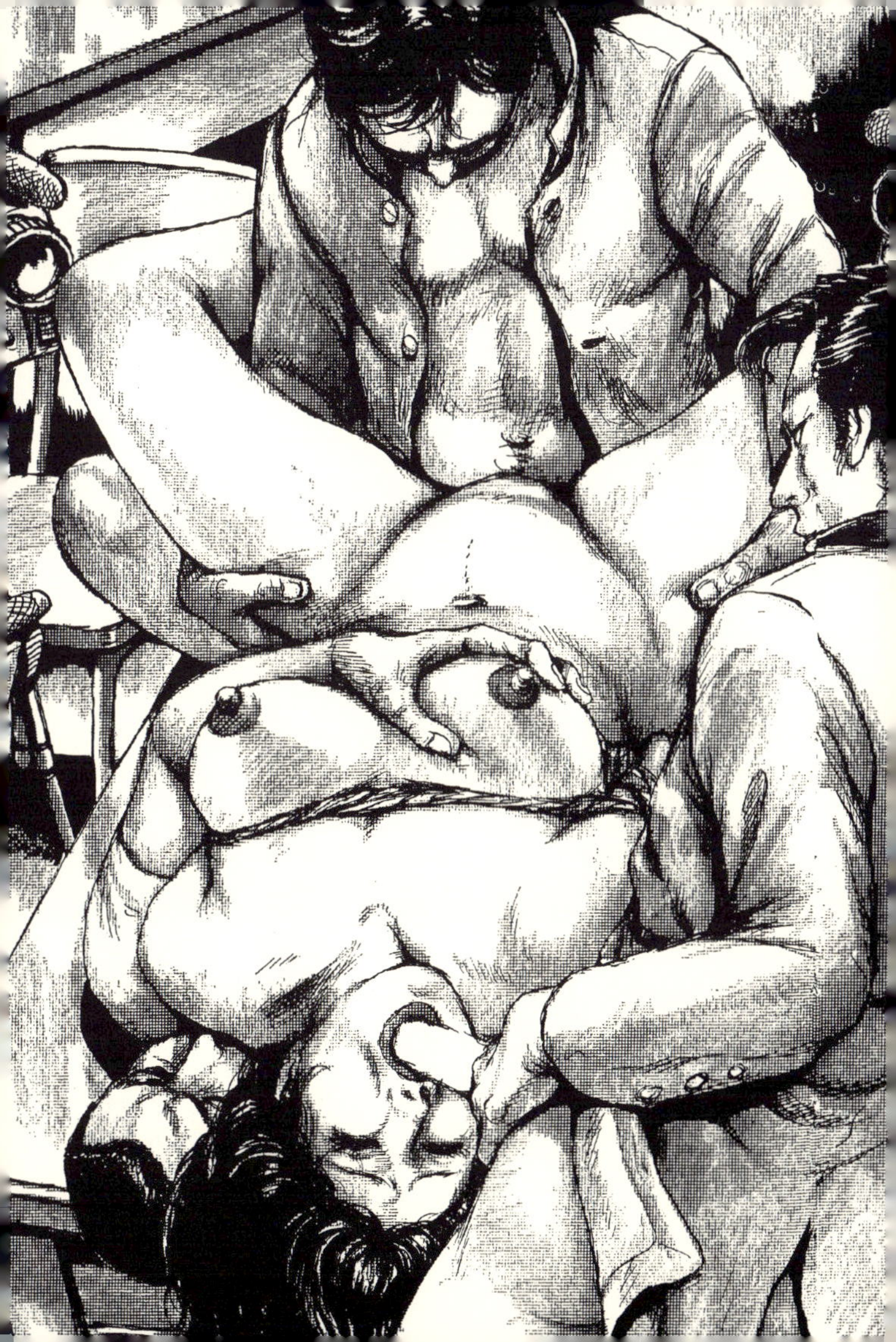

ドッと脂汗が噴きこぼれ、満足に声も出せず、息すらもできなくなった。悠子は目の前が暗くなった。その闇に火花が散るのを見ながら、悠子はジワジワと深く入ってくる肉棒をしっかりとくい締めて、喉を絞りたてた。

「先生の希望通りに尻の穴にも入れてやったぜ」

「オマ×コも尻の穴も入れられた気分はどうだい、先生。ヒクヒク締めつけてくるじゃないか」

チンピラたちはせせら笑った。

悠子は返事をする余裕もなく、息も絶えだえにあえいでいる。覗きこんだ悠子の顔はしとどの汗に濡れ光って、苦痛と愉悦をもつれ合わせていた。

「先生、次はおしゃぶりだぜ」

立ったまま悠子の媚肉を貫いている男が、悠子の肛門を貫いている男の上に悠子をあお向けに横たえた。悠子の頭の上にはもう一人がニヤニヤと肉棒をつかんで待ちかまえていた。

「しっかり頼んだぜ、先生」

そう言うなり悠子の黒髪をつかんで、屹立した肉棒をガボッと口腔へ押しこんだ。

「あ……うむ、うぐぐ……」

喉までふさがれて悠子は白目を剝き、ブルブルと身体を震わせた。泣き声がくぐもったうめき声となってこぼれた。

喉まで押し入った肉棒、そして薄い粘膜をへだてて前と肛門を深々と貫いている肉棒。三本の凶器に身体を占領されて、悠子はたちまち半狂乱に追いたてられた。

死んじゃう！……あああ、死ぬ……。

悠子の身体のなかを火柱が走り抜けた。苦痛と愉悦とが交錯してドロドロに溶け合い、引き裂かれるような苦痛さえ耐えられぬ快感につながり、悠子はのたうちまわった。

イク！……イク！……

悠子の叫びはうめき声となって、総身がのけぞりキリキリと収縮した。

2

冷二と瀬島はビールを飲みながら、三人のチンピラのなかで泣き叫び、のたうつ悠子をニヤニヤと眺めた。

「こりゃ女教師もののいい裏ビデオができそうだな」

「なんたって、女があれだけの上玉ときてりゃ、たいした評判になるぜ」

冷二も瀬島も悠子から目を離せない。

悠子の身体はチンピラたちの間でギシギシと軋むようだ。まるで揉みつぶされるようにして、何度となく昇りつめさせられるのが冷二と瀬島の目を楽しませる。

「う、うぐ……」

うつろななかにもがきまわりながら、悠子は声も出せず息もできずに、ふさがれた喉の奥を絞るばかりだ。

前も後ろも、深く突きあげられる柔肉が、痙攣と収縮を露わに繰りかえす。そしてまたひときわ生々しい痙攣が悠子を襲った。

「また気をやりやがったぜ。どうやら底なしになったようだな」

「イキっぷりも派手になってスターらしくなってきたじゃねえか」

瀬島と冷二はまたニヤニヤと笑った。

そんなことを言っている間にも、悠子は揺り起こされてたてつづけに責められ、再び追いあげられていく。

許して……ああ、休ませて……身体がこわれちゃう……。

何度そう叫んだことだろう。だが太い肉棒で喉までふさがれていては、うめき声しかもれない。いくらこらえようとしても、悠子の身体はなす術もなく官能の渦に巻きこまれ、追いあげられた。

ああ、また……またイッちゃう……イク!……

身体に痙攣が走り、腰がガクガクとはねあがった。悠子の口も膣も肛門も、キリキリとくい千切らんばかりに収縮した。

そのきつい収縮に、いっせいに肉棒を引き抜いた。次の瞬間、おびただしい白濁の精が悠子の身体に向かってほとばしった。悠子の口が、媚肉と肛門が、白濁にまみれてヒクヒクと痙攣した。

それをビデオカメラがあますところなく撮っていく。充分に撮らせてからチンピラたちは、またいっせいに肉棒を悠子のなかへ押し入れた。

「あぁっ……う、ううむ……」

悠子はグッタリと余韻に沈む余裕もなく、白目を剝いてのけぞった。そのまま意識が闇のなかに吸いこまれ、気が遠くなった。

「おいおい、しっかりしろよ、先生。まだ終わりじゃねえぜ」

「のびちまった先生を抱いても、性教育にはならねえからな。目をさますんだ」

「五回や六回気をやったくらいで、だらしねえぞ。せっかく三本も咥えこませてやってるのによ」

チンピラたちは悠子をグイグイと突きあげながら声を荒らげた。

だがその声も、もう悠子には聞こえない。

悠子が完全に気を失ってしまったので、撮影は三十分ほど休憩することになった。

ひとまず悠子から離れたチンピラたちは、ニヤニヤとそれぞれ自分が押し入っていたところを確かめるように悠子の身体を覗きこみ、指でまさぐりだした。よほど悠子が気に入ったのだろう、休憩の間も悠子にしつこくつきまとっている。

「俺の出番のようだな」

冷二もニヤニヤと笑って悠子に歩み寄った。

「いつまでのびてるんだよ。シャンとしねえか、芦川先生」

冷二は悠子の黒髪をつかんでしごき、ピシッと双臀を張った。

汗にヌラヌラと光る悠子の身体から妖しい女の匂いが立ち昇り、冷二の欲情をそそった。剝きだされたままの肉の花園や肛門は赤くひろがったままで、しとどの蜜や白濁のなかにまだ余韻の痙攣を残していた。

「これだけいい身体をしてるんだ。休ませて甘やかす必要はねえぜ」

冷二はピシッ、ピシッと悠子の双臀をはたきながら、三人のチンピラたちに向かって言った。そしてポケットから長さ一メートルほどのテグスを三本取りだした。テグスの先端にはそれぞれ小さな輪がつくられていた。

そのひとつを悠子の右の乳首にはめこむと、キュウと締めあげた。左の乳首にももう一本の輪が同じようにはめられ、テグスの端が左右にいるチンピラにそれぞれ手渡された。さらにもう一本の輪は、悠子の股間に生々しく開花する媚肉の肉芽にはめこまれて、根元から絞りあげられた。

「いやでも目をさまさせてやろうじゃねえか」

冷二が言うと、チンピラたちはニンマリとうなずいた。

同時に三本のテグスがクイクイと引っぱられた。左右の乳首と女芯がむごく引きのばされる。

「うむ……う、うむ……」

うつつのなかにうめいて腰を震わせ、悠子は右に左にと頭を揺らした。

今にも意識が戻りそうだが、まだ気づいていない。身体だけがテグスに反応する。

「なにをボケッとしてやがる。さっさとビデオに撮らねえか」

瀬島に言われてカメラマンがあわててビデオカメラをかまえた。

冷二とチンピラたちはまたグイとテグスを引いた。さっきよりも荒っぽい。

「う、ううっ……あぁっ……」

腰をよじりながら、悠子は乱れ髪のなかにうつろに目を開いた。すぐにはなにをされているのかわからない。

「ああ……な、なにを!?」

「これのことか、芦川先生」

冷二とチンピラたちはクイクイとテグスを荒々しく引いた。

ビクンと悠子の腰が震え、こわばったかと思うと、

「あっ……ひいい！」

悲鳴をあげて悠子はのけぞった。

「いやあ！　そんなこと……や、やめて！」

「先生がいつまでものびてるからだぜ。せっかく三人がはりきって性教育の実習中だってのによ」

「そ、そんな……ああっ、ひいっ！」

テグスが引かれて、女芯にズキンと突きあげるような衝撃がきた。カアッと灼けて下腹全体が火になった。

チンピラたちも面白がってテグスを引っぱり、悠子の乳首を責め苛む。

「ひっ、ひいっ……た、たまんない！」

腰を振りたてながら、悠子は我れを忘れて泣き叫んだ。

乳首が硬くしこってツンと尖り、肉芽も血を噴かんばかりに脈打っている。悠子は三本のテグスにあやつられる肉の人形と化して、腰をガクガク振りたてて悶え、狂いたった。

フッとテグスがゆるんでいたぶりがとまり、悠子の身体から力が抜けた。

「ああ……」

　すぐには口もきけないように、悠子はしとどの汗のなかにあえいだ。

「すっかり目がさめたようだな」

「れ、冷二さん……」

　ようやく悠子は冷二がいるのに気づいたようだ。シクシクと泣きだして、すがるように冷二を見る。

「た、助けて、冷二さん」

「甘ったれるな。裏ビデオを撮ってるのに、助けてもあるかよ。撮影中に人の名を呼びやがって」

　冷二の名前を口にした部分は、あとでビデオテープの編集でカットすることになるだろう。見ていた瀬島もニガ笑いした。

「目もさめたところで、性教育の

つづきといくか。先生」

「いやっ……ああ、もう許して！……これ以上は……」

「いやだっていうのか」

冷二はまたテグスをグイと引いた。

「ひいっ……」

悠子の口に悲鳴がほとばしった。みじめさも忘れて腰を振りたてた。わずかに残った抗いの気力も消し飛んだ。

「やめて！……ど、どんなことでも、しますから……」

「それじゃ実習再開の前に性教育の講義でもやってもらうか」

冷二が取りだしたのは白いチョークだった。そのチョークの端を捻じり棒のゴムの根元につなぐ。

冷二がなにをするつもりなのかわかって、チンピラたちはニヤニヤと笑いながら机の上に悠子をひざまずかせ、後ろ手に縛った上体を前へ倒して双臀を高くもたげさせた。

「ああ……なにを、なにをするの!?　変なことはしないで！」

悠子はおびえて泣き声を震わせた。

「どんなことでもするって言ったばかりじゃねえか、先生」

「性教育の講義となりゃ、チョークが必要だろ。それとも実習のほうがいいっていうのかい」

「先生がどんなふうにチョークを使うか、見ものだな」

チンピラたちは口々に悠子をからかって、ゲラゲラと笑った。

冷二はビデオカメラが接近するのを待ってから、ゆっくりと捻じり棒の細い先端を悠子の肛門にあてがった。

「あ、あ……そこは……」

悠子は狼狽の声をあげた。肛姦の直後とあって悠子の肛門は腫れぼったくふくれ、生々しく口さえ開いていた。そこを捻じり棒がジワジワと貫き、ただれんばかりの粘膜を捻じりに巻きこまれていく感覚はたまらない。

「ああ、許して……変になっちゃう……」

悠子はキリキリと唇を嚙みしばり、双臀をよじりたてて泣き声を絞りだした。

「ずいぶん楽に入っていくじゃねえかよ、先生」

「いや……ああっ……あむむ……」

「できるだけ深く入れてやるから、落とさねえようにしっかり咥えこむんだぜ」

「許して……あむ……」

もうまともに声も出せない。悠子はあえぎ、うめいた。

捻じり棒は五センチ近くも入っただろうか。悠子の肛門は四センチあまりも拡張されてぴっちりと捻じり棒の根元を咥えこんでいた。ヒクヒクと蠢く蠕動に、突き立ったチョークが揺れた。そうしておいて冷二はチンピラたちに手伝わせて、悠子を机ごと黒板の前へ運んだ。

「それじゃ性教育の講義をはじめるか、先生」

冷二とチンピラたちはまた、それぞれテグスの端を取った。これで悠子は机の上から逃げることはできない。

「黒板に尻のチョークでオマ×コと書いてみろよ、芦川先生」

「……そ、そんな……そんなこと、できないわ」

悠子はあまりの言葉にワナワナと唇が震え、すぐには声も出なかった。

「どんなことでもするって言ったのは、嘘だったのか」

いきなり冷二がテグスを荒々しく引いた。敏感な女芯の肉芽が引き千切られんばかりになって、ヒクヒクと痙攣した。

「ひっ、ひいっ!……引っぱらないで！　かんにんして……ひいっ！」

「言うことをきかねえからだ、先生」

「ひっ、ひいーっ！」

悠子はテグスにあやつられるままに、我れを忘れて黒板に向けて双臀を高くもたげていた。

「オマ×コと書きな」

冷二はもう一度冷たく言った。

3

悠子は泣きながら黒板に向けて双臀をうねらせていた。何度も泣き崩れそうになってはテグスを引かれて、そのたびに悲鳴をあげて必死に身体を支えた。

「ほれ、もっと尻をうねらせて色っぽく書かねえか」

「なんだ、その字は。ちゃんと書けよ。それでも教師か」

「大きく尻を振って書けよ」

チンピラたちは野次を飛ばしては、ゲラゲラと笑った。

そんなからかいに反発する気力もなく、悠子は必死に双臀をうねらせた。

「許してェ……」

チョークで黒板に字を書こうとすれば、捻じり棒がさらに深く肛門に入ってきそうだ。かといって力を抜けば書けない。悠子はキリキリと唇を噛みしばり、脂汗を噴いて必死に肛門のチョークで黒板に字を書いた。

いっそ死んでしまいたい……。

何度そう思ったことだろう。だが悠子にはもう、自ら命を絶つ気力もなかった。

悠子の胸のうちを示すように、悠子の肛門のチョークが黒板にカタカタと鳴った。

さっきから身体の震えがとまらないのだ。

「初めてにしちゃ上出来だぜ、先生。まあまあ読めるぜ」

なんとか悠子が書くと、冷二は悠子の黒髪をつかんで黒板の字を見せた。

「自分で書いた字を読んでみろ」

「…………」

悠子の唇がわななないた。

「オ、オマ×コ……」

悠子は震える唇で消え入るように言った。それが自分の肛門で書いた字だというのが信じられなかった。

「もっと大きな声で言え」

「オ、オマ×コです……」

悠子は何度も言わされた。男たちはまたゲラゲラと笑った。

「次はちょいとむずかしいぜ、先生。尻の穴と書いてみろ」

「ああ、もうかんにんして……これで許してください」

まだこんなおぞましいことをつづけさせられる。

「早くしろよ、先生」

「ああ……」

　悠子はまたおずおずと黒板に向けて双臀を突きだした。抗えば容赦なくテグスが敏感な女芯や乳首を襲ってくるだろう。

「ああ……こんな……こんなことって……」

　みじめな胸のうちが思わず言葉となって悠子の口からこぼれた。それでも悠子は今にも泣き崩れてしまいそうな気力を振り絞り、黒板に向かって双臀をうねらせていく。

「ああ……書けない……」

「これくらいの字が書けなくてどうする。しっかり尻を動かしな」

「あ、ああ……」

悠子は何度も失敗しては書き直させられた。

ようやく『尻』と書いて、悠子はハアッとあえいだ。身体中が汗でびっしょりで、あえぐ肌を汗がツーッと流れた。

さらに『の穴』と書いていく。

「やればできるじゃねえか。声を出して読んでみろ」

「し、尻の穴……」

「もう一度だ」

「し、尻の穴……尻の穴です」

これを悠子は何度も言わされた。

こんなひどいことをさせられているというのに悠子は身体の芯が疼き、ジクジクと蜜を溢れさせている自分の身体の成り行きが、信じられない。テグスに絞られた女芯の肉芽や乳首が、悠子の官能をとろけさせるのか。

「ああ……も、もう許して……」

「まだまだ、これからじゃねえかよ。さっさと書くんだ」

「ああ……」

悠子はさらに『犯して』と書かされた。『いじめて』とつづき、『マゾ』と書く。そして書かされては、それを口にさせられた。

ああ……悠子、もう駄目……ど、どうなってもいいわ……。

悠子はもう冷二にあやつられる人形。命じられるままだった。

「ずいぶんうまくなったじゃねえか。とても尻の穴で書いたとは思えねえぜ」

それまでニヤニヤと眺めていた瀬島がせせら笑った。立ちあがってゆっくりと悠子に近づくと、黒髪をつかんで黒板を見させた。

「書いたのを全部もう一度読んでみろ」

「オ、オマ×コ……尻の穴……ああ、犯して……い、いじめて、マゾ……」

悠子はあえぎながら、途切れとぎれに口にした。

男たちはそれを聞いて、わざとらしくゲラゲラと笑った。

「なるほど、先生はオマ×コと尻の穴を犯されてえってわけか」

「そのようだな。やっぱり性教育の講義よりも実習のほうがいいってことか」

「芦川先生はいじめられるのが好きなマゾなんだよ。輪姦されたがってるんだからな」

「それじゃさっそく芦川先生の望みをかなえてやろうじゃねえか」

男たちはたくましい灼熱の肉棒をいっせいに揺すってみせた。今度は冷二と瀬島も加わって、五人がかりで悠子を輪姦する気なのだ。

い、いやっ……違います……。

悠子は弱々しく頭を振ったが、もうなにも言わなかった。肩を震わせて小さくすすり泣くばかりだ。

「うれし泣きか、先生」

「これから五人がかりで、もっと泣かせてやるぜ」

瀬島と冷二は意地悪く囁きながら、悠子を机の上からおろした。肛門の捻じり棒は引き抜かれたが、後ろ手縛りの縄はそのままで、悠子はハイヒールをはいただけの全裸だった。

悠子を取り囲んで男たちは椅子に座った。そして悠子の乳首と女芯を絞ったテグスは三方にのびて、その端は男たちの手中にあった。

「あ、ああ……」

その場にうずくまって身を縮めることもできず、悠子はブルブルと震えるばかりだ。どっちを見てもグロテスクな肉棒が不気味に屹立して、今にも悠子に襲いかかろうと蛇のように鎌首を揺らしていた。いくら観念したつもりでも、灼熱の凶器を五本も見せつけられては、悠子も平静でいられない。

「許して……こ、怖い……」

悠子は歯をカチカチ鳴らして、すすり泣く。膝もブルブルと震え、ハイヒールがガクガクした。

「フフフ、まずは先生を楽しませてくれるものに、一本ずつあいさつしな」

冷二はピシッと悠子の双臀をはたいた。

「ああ……」

泣き声をあげながら、テグスに引かれて悠子は瀬島の前へ進まされた。

「ほれ、あいさつしねえかよ、先生」

「………」

「おねだりするんだ。牝らしくな」

冷二がグイとテグスを引っぱった。

ズキンと肉芽に衝撃が走り、悠子はのけぞった。黙っていることは許されない。ここでどんなに泣いて哀願しても、かえって男たちを喜ばせるだけで、結局は思い通りにされてしまうのだ。

「ゆ、悠子を……悠子を犯してください……そのたくましいので串刺しにして」

悠子はすすり泣く声で強要された言葉を口にした。

「なにを気どってやがる。自分からつながってきてあいさつしねえか」

瀬島がたくましい肉棒を揺すってみせた。

「そ、そんな……」

弱々しく頭を振った悠子だったが、

「さっさとしねえか、牝のくせしやがってよ」

瀬島に声を荒らげられて、ビクッと身体を震わせた。

わななく唇を噛みしめ、もう観念したかのようにおずおずと瀬島の膝をまたいだ。

そして待ちかまえる肉の凶器に向けて、自ら腰を落としはじめた。

「こんな……ああ、こんなことって……」

噛みしめた口から泣き声をあげて、悠子は両目を閉じた。灼熱が悠子の内腿に触れ、そして媚肉のひろがりに触れた。

「あ、あ……いやっ！　ああ……」

のけぞらせた白い喉をヒクヒクさせて、悠子はさらに腰を落とした。歯をキリキリと噛みしばり、乳房から腹部を波打たせ、膝をガクガクさせながら、悠子は今にも萎えそうな力を振り絞って、自分から串刺しにされていく。

「ああ……ああ……」

身体中に脂汗がドッと噴きでて、震え波打つ肌を流れた。不気味に押し入ってくる肉棒に、悠子は気も遠くなりそうだ。

「もっと深く入れろ。底まで埋めてからあいさつだぜ、先生」

瀬島があざ笑う。

「どうした、深く入れろと言ったはずだぞ」

「ああ……」

悠子は弱々しく頭を振った。こんなことなら、瀬島にひと思いにされたほうがましだった。

ガクガクと悠子の膝が震えたかと思うと、ガクッと力が抜けた。あわてて踏んばろうとしても遅かった。悠子の身体は瀬島の膝をまたいでのっかり、自分の体重で一気に底まで貫かれていた。

「ひいっ……」

悠子は後ろへのけぞり、瀬島の手で上体を支えられた。

「しっかり底までつながったな、先生。これであいさつを聞く気になるってもんだぜ」

「ああ、悠子を犯して……たくましいので悠子のオマ×コを串刺しにして」

悠子は頭をグラグラと揺らし、息も絶えだえに言った。

もうなにもわからなくなるまでメチャクチャにして。なにもかも忘れさせて……。

そう言わんばかりに悠子は、媚肉をヒクヒクと瀬島に絡みつかせ、腰をうねらせる素振りさえ見せた。

だが瀬島は突きあげてくるどころか、悠子の腰に手をやって持ちあげ、スッと引き抜いてしまったのである。

「ああ、そんな……ど、どうして……」

このまま瀬島に責められると思っていただけに、悠子は狼狽した。

「今はあいさつだけだ。あとで腰が抜けるまで可愛がってやるからな」

瀬島はニヤニヤとせせら笑って、悠子の双臀をピシッとたたいた。

「次はこっちだぜ、先生」

冷二がまたテグスを引いて、悠子をチンピラの一人の前に立たせた。

「先生、俺は尻の穴であいさつしてもらいてえな」

チンピラはうれしそうに言って舌なめずりをした。

悠子はもうなにも言わずに後ろを向くと、男の膝をまたいで、双臀をおずおずとおろしはじめた。

「あ、あ……みじめだわ。死にたい」

「へへへ、五人がかりで死ぬほど楽しませてやるぜ、先生。そのためにも早いところ尻の穴に咥えこんであいさつしな」

「あ……ああ、あむ……」

肉棒の先端が悠子の肛門にあてがわれた。

さっきまで捻じり棒を咥えこまされていた肛門は、思ったよりも楽に肉棒を受け入れていく。苦痛はずっと弱くなっていた。だがそれよりも、自ら肉の凶器を肛門に受け入れていくおぞましさに、悠子は声をあげて泣きだした。

「ああ、悠子の尻の穴も犯して、メチャクチャにして……ああ、もっといじめて……うんと恥ずかしいことをして」

悠子はもう我れを忘れて口走り、ひいひい喉を絞った。

瀬島を一度媚肉に受け入れたことで、官能の炎がついたのか、肛門を貫かれただけで悠子は頭のなかがうつろになった。

「こ、このまま、してっ」

悠子は我れを忘れて自ら双臀を振りたて、貫いているものを貪ろうとした。だが、またもやスッと抜かれてしまう。

「い、いやあ！」

悠子は双臀をうねらせて追いすがった。

「さあ、次にあいさつだ。お楽しみは五人全員あいさつが終わってからだと言ったろうが」

冷二はあざ笑ってテグスをグイッと引いた。

4

心地よい満足感と征服感が冷二を覆っていた。

思う存分に悠子の身体を楽しんだ冷二である。悠子の前も後ろも、そして口もたっぷりと犯してやった。

女教師、芦川悠子のすごい裏ビデオができあがるはずだ。これで悠子もＳＭスターとしての道を歩みはじめた。

そして運び屋として悪魔の白い粉を肛門につめこまれて密輸させられるスチュワーデスの藤邑由美子、人妻娼婦として変態の客をとらされる義姉の佐知子、すべてが順調に進んでいた。

冷二が淫らな思いを寄せた美女たちが今、冷二の思いのままに性の地獄で泣き叫び、のたうちまわっていると思うと、冷二は笑いがとまらなかった。

だがそんななかでも、冷二は一度も佐藤夏子のことは忘れたことがなかった。

次はいよいよ佐藤夏子だな……。

胸のうちで呟いてニンマリと笑い、冷二は舌なめずりをした。

佐藤夏子。その美貌の人妻のムチムチとした肉感的な身体つきが、冷二の脳裡に浮かんだ。思い浮かべるだけでも冷二はゾクゾクと胴震いがきて、嗜虐の欲情がふくれあがった。

同時に苦々しい思い出も甦ってくる。かつて夏子の下着を盗んだところを見つかって警察に突きだされた屈辱が、夏子への復讐の気持ちをふくれあがらせた。

それが淫らな欲望と入りまじって、嗜虐の欲情の炎をいっそうメラメラと燃えあがらせる。

この俺に恥をかかせた礼を、あのムチムチの身体にたっぷりとしてやらなくちゃな。楽しみだぜ……。

できるだけ変態的な方法で、女であることを後悔するまで責め嬲って、ひいひい泣きわめかせてやるのだ。

最初から尻責めといくかな、フフフ……。

あの気の強い人妻の夏子が、肛門を嬲りの対象にされてどんな声をあげて泣くのだろう。夏子はどんな肛門をしているのか。そう思っただけで、冷二は胴震いがとまらなくなって、涎れが垂れそうになり、てのひらがじっとりと汗ばんだ。

夏子こそ冷二が長年狙いつづけた最大のターゲットなのだ。

だが冷二は夏子に顔を知られているだけでなく、一度襲おうとして公園のトイレで騒がれ、失敗している。それに夏子には幼稚園に行く子供がいる。これまで悠子や由美子を襲ったみたいにはいかないだろう。

ここはやはり瀬島の力を借りるか……。

冷二は瀬島が言う黒人のことが気になっていた。

その男に夏子を犯させてみたい。気を失うまで犯され、その男の子を孕むことにでもなれば……。どうせ夏子も興竜会のヤクザたちに身も心もしゃぶりつくされることになるのだ。

そんなことを考えながら、冷二はバッグのなかにドス黒い縄の束や鞭、一升瓶ほどもある長大なガラス製浣腸器、グリセリン原液の薬用瓶などをつめこんだ。


瀬島はすぐに冷二の話にのってきた。

「こりゃたいした上玉じゃねえか。おめえがずっと狙ってたのもわかるってもんだ」

冷二が差しだした夏子の写真をニヤニヤと眺めて、瀬島は舌なめずりをした。

「次は子連れの人妻ってわけか」

「子連れを責めるのも面白えぜ。子供を守るためになんでもするだろうからな」

「まったくおいしそうな人妻じゃねえかよ。そそられる」

瀬島と冷二は顔を見合わせて、ニンマリと顔を崩した。

さっそく冷二と瀬島は夏子の家へ向けて車を走らせた。興竜会の川津と屈強な若い衆を一人、同行させる。

夏子の家の近くに車をとめたのは、昼少しすぎだった。

「おめえらはここで見張ってろ。よけいな邪魔者が入らねえようにな」

瀬島は川津と若い者に言いつけると、冷二とともに車をおりた。

風は強いがいい天気だ。夏子の家は二階のベランダに洗濯物が揺れ、窓にはレースのカーテンが見える。

冷二と瀬島はあたりに人の姿がないのを確かめてから、素早く門を開けて入った。台所のほうへまわり、家のなかの様子をうかがう。

昼食の片づけだろうか、夏子は洗いものをしている気配だった。小さく鼻歌が聞こえてくる。

庭のほうへまわると、居間で四歳くらいの女の子が人形相手に、一人でままごとをしているのが見えた。どうやら家のなかには夏子と子供の二人だけのようだ。

「瀬島、打ち合わせ通りにうまくやってくれよ。それじゃ狩りをはじめるとするか」

「おめえのほうも女を逃さねえようにしろよ」

「まかせとけって」

そう言いながらも、冷二はいよいよ夏子を襲う興奮に胸が躍った。

冷二は玄関のほうへまわり、瀬島は庭のほうからそっと家のなかへあがりこんだ。ナイフがあれば、窓のロックをはずすなど、瀬島にとっては簡単なことだ。

「誰かしら？　お客様かな」

瀬島に気づいても子供の直美は人形に向かってそんなことを言いながら、ままごとをつづけている。まだ幼い直美に瀬島の正体などわかるはずもなかった。

「おとなしくしてろよ」

瀬島は子供に近づくと、素早くクロロフォルムをしみこませたハンカチを、子供の口に押し当てた。

玄関へまわった冷二は、インターホンのスイッチを押して、宅配便を装った。

「宅配便です」

「はい、すぐ行きます」

明るくさわやかな夏子の声がかえってきた。

やがてドアのロックがはずされる音がして、夏子がまばゆいばかりの美貌をのぞかせた。宅配便の制服を着ていない冷二に、夏子は不審そうな表情をした。

「あなたは？……」

「届けものはこれですよ、奥さん」

冷二は手のなかのものをひろげてみせた。それはかつて冷二が下着ドロの趣味があった時に盗んだ夏子のパンティだった。

「このパンティ、奥さんのだぜ」

言い終わらないうちに、夏子は反射的に玄関のドアを閉めようとした。

だがそれよりも早く、冷二は足をドアの間に入れて挟み、強引に押し入った。

「なんの用なんですか!?　帰って、帰ってください！」

そう言いながら、夏子は思わず二歩三歩とあとずさった。

冷二はドアを背で閉めながら、ニヤニヤと夏子を見た。

長く綺麗にカールした艶やかな黒髪と、知的で気の強そうな美貌、水玉のプリントのブラウスに濃紺のタイトスカート。腰には黄色のエプロン。そばで見ると思わず圧倒されるような夏子の美しさだった。ブラウスやスカートの上からも、見事な肉づきが見てとれた。ブラウスの胸はツンと高く張って、双臀のあたりはスカートからはちきれんばかりの盛りあがりを見せている。

すぐにでも飛びかかって素っ裸に剝きあげたい衝動を、冷二はグッとこらえた。

「今はどんなパンティはいてるんだい、奥さん。こいつをはいてた頃よりまた一段と色っぽくなったことだし、さぞかし色っぽいのをはいてるんだろうな」

冷二はニヤニヤとパンティをひろげてみせながら言った。

「もっとも俺の興味はパンティより、その中味にあるんだけどよ」

「バ、バカなことは言わないで！　帰ってください。帰らないと人を呼びますわよ」

夏子はキッと冷二を睨んだ。

そんな気の強さが冷二には、またたまらない。気が強ければ、それだけ肛門責めで屈服させる楽しみも大きくなるというものだ。

「今日は奥さんのパンティのなかをじっくり見せてもらうぜ。見るだけじゃねえ、いろいろと楽しいことをしてやるからな」

「誰がそんなこと……あなた、頭がおかしいんじゃなくて」

「そうさ、奥さんの身体に狂ったってところかな」

冷二は背中のドアをロックした。

夏子の顔色が変わった。単なる脅しではなく、この男は本気なのだという恐怖がふくれあがった。

「まだ俺が誰かわかってねえようだな。このパンティを見ても思いだせねえのか。公園のトイレでもあいさつしてやったじゃねえか」

「あなたは……」

夏子はハッとした。すっかりヤクザらしくすごみまで感じさせる冷二の変わりように、すぐにはわからなかったのだ。たちまち夏子の美貌が凍りついて、ワナワナと唇が震えた。

「思いだしたようだな、奥さん」

「……………」

夏子はすぐには声も出ない。それでも気力を絞るようにして、夏子は冷二を睨む。ここで弱気になれば、男をつけあがらせるだけだ。

冷二はニンマリと笑って舌なめずりをした。

「裸になれよ、奥さん」

「そ、そんなこと、できるわけがないでしょ……もう帰って！」

「いやでも奥さんは自分から素っ裸になって、股をおっぴろげることになるぜ」

「そんなこと、誰が……これ以上、変なことを言うと、声を出すわよ」

いくら夏子が気が強くても玄関のドアがロックされた家のなかに男と二人……平静でいられるわけがなかった。

ジワジワとあとずさったと思うと、夏子は弾かれるように奥へと逃げようとした。だがいつの間にか、瀬島が廊下に立ちふさがっていた。しかも瀬島の腕には直美がグッタリとしたまま抱かれていた。

「ああっ、直美ちゃん！」

夏子は悲鳴に近い声をあげた。あわてて我が子のところへかけ寄ろうとするのを、冷二に腕をつかまれた。

「離して！……子供に、直美になにをしたの!?……ああ、直美ちゃん！」

夏子は自分の置かれている立場も忘れて、我が子の身を案じてかけ寄ろうともがいた。

「心配しなくても、子供は薬でちょいと眠らせてあるだけだ。もっともこれから先、子供がどうなるかは、奥さんの態度次第ってことだがな」

冷二がそう言うと、瀬島はニヤニヤと笑ってナイフをかざしてみせ、刃で子供の頬をそっとなぞった。

「やめて！……直美にはなにもしないで！」

夏子は泣きださんばかりに叫んだ。

「子供になにもされたくなきゃ、おとなしくして言うことをきくことだ」

冷二の言葉に、夏子は身体中の力が抜けていくのを感じた。

「なるほど、こりゃいい女だ。写真よりずっと実物のほうがいいぜ」

瀬島がニヤニヤと舌なめずりして、舐めるような視線を夏子に這わせていく。

「裸にするのが楽しみだな。もうゾクゾクしてきやがった」

「可愛い子供を守るためだ。奥さんもきっと素直になってくれると思うぜ」

瀬島と冷二は顔を見合わせて、勝ち誇ったようにニンマリとした。

夏子はキリキリと唇を噛みしめた。我が子が瀬島の手にある限りは逃げることもできずに、夏子はただ冷二と瀬島を睨むばかりだ。

5

冷二は夏子を奥の和室へ連れこむと、和式のテーブルの上に立たせた。瀬島は子供を抱いたまま、手に持ったナイフをわざとらしく夏子に見せつけている。それが見えない糸となって、夏子をつないでいるのだ。

「……こ、こんな……こんなことをして、タダですむと思っているのですか」

夏子は気力を絞るようにして言った。せいいっぱい強がってみせても、夏子は我が子のことが気になって気もそぞろだ。

「それじゃさっそく裸になってもらおうか、奥さん」

さすがの冷二も声がうわずった。

「いやです！……そんなこと、できません！」

「ぐずぐずしていると、子供が泣きを見るぜ、奥さん」

瀬島が低くドスのきいた声をあげて、ナイフで子供の首筋や頬をなぞった。今にも血がにじみだしそうで、夏子は声をひきつらせた。

「やめて！　子供からナイフをどけて！……ああっ、やめてください！」

「奥さんが素直に服を脱いで裸にならねえからだよ」

「ああ、脱ぎます。ですからナイフをどけて。子供に手を出さないで」

今の夏子に我が身をかえりみる余裕はなかった。夏子は震える手でブラウスのボタンをはずしはじめた。

一瞬、くやしげに冷二を睨んだ夏子だったが、あとは瀬島の腕のなかの我が子を見つめたままだ。羞恥を忘れたようにブラウスを脱ぐと、夏子はさらにエプロンを取って、スカートのホックをはずしファスナーを引きさげた。

スカートから両脚を抜き、夏子は黒いスリップ一枚の姿を冷二と瀬島の目にさらした。薄いスリップの下に黒いブラジャーとパンティの形がはっきりと透けて見えた。

「下着は黒か。色っぽいな」

「いい身体してるな。こりゃ想像以上のようだぜ」

冷二と瀬島はスリップ姿の夏子を見て、うなるように言った。

豊満な乳房のふくらみと腰から太腿にかけての人妻らしい肉づきと曲線。形よくのびた悩ましい両脚。人妻の官能味がムンムンと匂う。

冷二と瀬島は思わず生唾を呑みこんだ。圧倒されんばかりの色気だ。

「スリップも脱ぎな、奥さん」

冷二は抑えた声で言った。

夏子はなにも言わずに唇を嚙みしめ、スリップの肩紐をはずし、身体をすべらせて足もとから抜き取った。夏子の身体に残っているのは黒いブラジャーとパンティだけだ。

まぶしいばかりの夏子の肌の白さ。それが黒い下着にひときわ映えて、妖美なまでの色気をかもしだし、冷二と瀬島はまたゴクリと喉を鳴らした。

「ブラジャーをはずして、パンティを脱げ」

冷二の声がうわずった。

夏子はブラジャーの肩紐をひとつひとつはずしはじめたが、急に耐えられなくなったように両手で胸と下腹を隠して、前かがみになった。

「いやです！　もういやっ！」

夏子は黒髪を振りたくった。

「また子供にナイフを使われたいのか、奥さん。今度はさっきより少しきつく押しつけるぜ」

「そんな……卑劣だわ。子供にはなにもしないで！」

「早くブラジャーをはずすことだ。もちろんパンティも。素っ裸になるんだよ、奥さん」

冷二と瀬島の目が血走って不気味に光った。

夏子は唇を噛みしめて、ブラジャーをはずした。子供の直美を人質にとられてナイフで脅されている限り、どんなに屈辱的ではあっても男の命令に従うしかなかった。

はちきれんばかりに白く豊かな夏子の乳房だ。ブルンと揺れた。夏子はあわてて腕で乳房を抱いて隠したが、その白さと豊かさは冷二と瀬島の目にはっきりと焼きついた。

「パンティはどうした」

夏子は羞恥の色を美貌ににじませ、それをこらえて片腕で乳房を隠したまま、もう一方の手をパンティにかけた。震える手で双臀のほうからパンティをずりさげる。

「あ、あ……」

パンティを太腿にすべりおろしながら、夏子は思わず声をもらした。くい入るように見てくる冷二と瀬島の目がたまらず、夏子はカアッと灼けた。パンティを爪先から脱ぎ取ると、身体を隠すようにテーブルの上にしゃがみこんでしまう。

「は、裸になったわ……子供を……」

「ガタガタ言わねえで、まっすぐ立って身体を見せるんだ」

「い、いやっ！」

「しようがねえな。やっぱり子供に痛いめをみせるしかねえのかな」

瀬島はナイフの先で子供を突つく真似をして言った。

「こ、子供にはなにもしないで！」

「奥さんが言うことをきかねえからじゃねえか。立って裸を見せろよ」

「卑劣だわ……く、くやしい……」

くやしさと恥ずかしさに黒髪を振りたてながら、夏子はテーブルの上に立ちあがってテーブルの上に立ちあがって裸身をさらした。

激しい羞恥に首筋まで火になっている。夫にさえ、白昼こんなに堂々と裸身を見せたことはない夏子だった。夏子はわななく唇を噛みしめ、乳房を腕で隠して、もう一方の手で下腹を覆い、片脚をくの字に折って少しでも肌を隠そうとした。

冷二と瀬島はしばし声を失って夏子に見とれた。まぶしいものでも見るように目が細くなった。

身体中の肉がムチムチと妖しい肉づきを見せ、その輪郭がボウッとけぶるような身体だ。

「いい身体してやがる。なんて色気だ。これが佐藤夏子、三十歳の人妻の裸か」

「たまらねえ。これほどいい身体してるとはな」

冷二も瀬島も今にも涎れを垂らさんばかりだ。

後ろへまわって、夏子の双臀も見た。特に冷二にとっては、もっとも見たいところだ。

夏子の双臀はムチッと盛りあがって高く吊りあがり、見事なまでの形のよさだ。臀丘の谷間は深く切れこんで、艶やかな女の色香が立ち昇る。白くシミひとつなく、剝

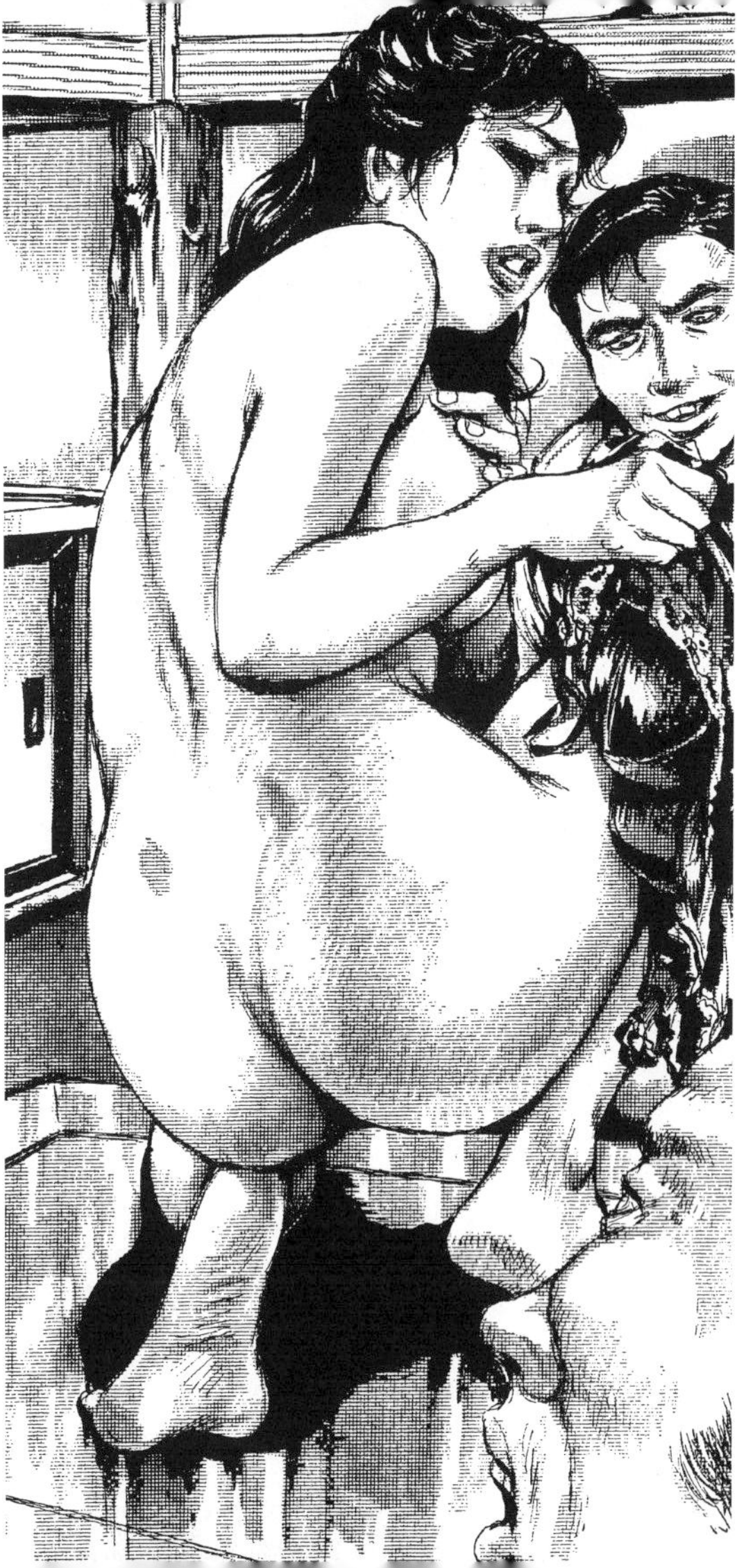

き卵のような夏子の双臀に、冷二は何度も舌なめずりをした。

「いやっ、見ないで！」

冷二がどこを見ているのか気づいて、夏子はピチッと双臀を引き締め、冷二の視線から逃げるように左右に振った。それがいっそう冷二の欲情をそそり、しゃぶりつきたくなるほどだった。

「いい尻してるじゃねえか。こいつは責めがいがありそうだ」

「いやっ」

「なにがいやだ。この尻をずっと狙ってきたんだぜ」

冷二はもうこらえきれずに手をのばして、夏子の双臀を撫でた。

「ああっ、なにをするんですか!?　いやっ、いやです！」

そう叫んで夏子は腰をよじりたてた。そして後ろを振りかえるなり、いきなりてのひらで冷二の頰を打った。

「ジャジャ馬だな、素っ裸になってもそんな気力があるとはな」

瀬島があきれたように笑った。

「やっぱり縛らなきゃ駄目なようだな。このくらい気の強いほうが調教しがいがあるってもんだぜ」

冷二はニガ笑いをもらした。そして持ってきたバッグからドス黒い縄の束を取りだして、ビシビシとしごいた。

「なにを、なにをしようというの!?」

「縛ってやるぜ。なにをされてもどうしようもないようにな」

「いやっ……いやです！」

逃げようとしたが、それよりも早く冷二の手が夏子をつかまえた。

ひとまず子供を畳の上に置いた瀬島も手伝って、夏子の裸をテーブルの上へひざまずかせると、上体を前へ倒して左右の手足をそれぞれひとまとめにして縄で縛っていく。

「離して！……いや、いやです！……ああ、助けて！」

夏子がいくら気が強いといっても、女を縛ることに馴れている男二人にかなうわけはなかった。たちまち夏子の身体はテーブルの上にひざまずいたまま、右手首と右足首、左手首と左足首というように縛られた。さらに両膝を左右へ大きく開かされ、テーブルの脚につながれた。

上体を前へ倒しているために、夏子の身体はいやでも双臀を高くもたげる格好になった。

「こんな……こんなことをして、どうするつもりなの!?」

「どうされると思ってるんだ。奥さんは」

思わせぶりに言って、冷二はバッグから責め具を取りだしはじめた。

まずグリセリン原液の薬用瓶が出され、つづいて一升瓶ほどもある長大なガラス製浣腸器が不気味に光った。薬用瓶のグリセリン原液が、そのまま長大なガラス筒のなかへ吸いあげられていく。キィ、キーッとガラスが鳴って、薬液がドロリと重く渦巻いてガラス筒に充満していくのが見えた。

「そ、そんなもので……なにをしようというの。変なことはやめて!」

夏子はガラス筒のあまりの大きさに、それが浣腸器だとはまだ気づいていない。それでもなにか恐ろしいことをされると、女の本能が感じとった。

「フフフ、千八百CC満タンだ」

冷二は夏子を見て、うれしそうに言った。ズッシリと重い浣腸器を持つ手が汗ばみ、冷二は二度三度と手の汗を拭った。

「まず浣腸してやるぜ、奥さん」

夏子の顔を覗きこんで言い、長大なシリンダーを少しだけ押して薬液をピュッと宙に噴きだしてみせた。

信じられない冷二の言葉に、夏子の唇がワナワナと震え、長大な浣腸器を見る目が凍りついた。

「聞こえただろ。最初に浣腸だ」

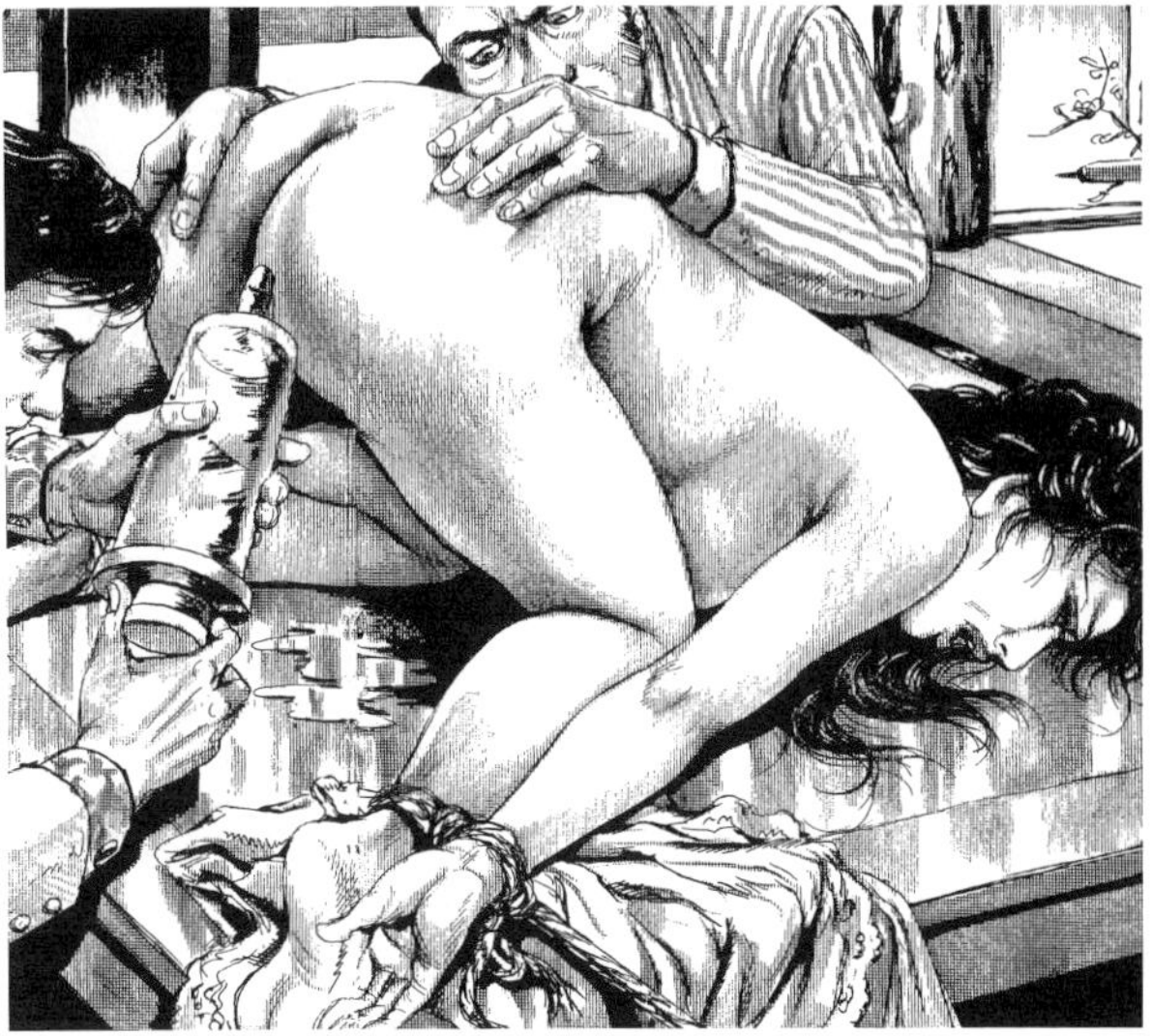

「いやっ……ああ、絶対にいや！」

夏子は美貌をひきつらせ、悲鳴をあげた。ガクガクと双臀を振りたてて、夏子は逃げようともがいた。

「そ、そんなバカな真似はやめて。狂ってるわ。ああ、許さない！」

「たっぷりとしてやるからな、奥さん。せいぜい、いい声で泣いてくれよ」

浣腸されて夏子はどんな声で泣くのか、どんな反応を見せるのか。冷二と瀬島の楽しみがふくれあがる。

「浣腸してやるから、尻を開きな」

瀬島が舌なめずりをして、夏子の双臀に手をのばした。ムチッと

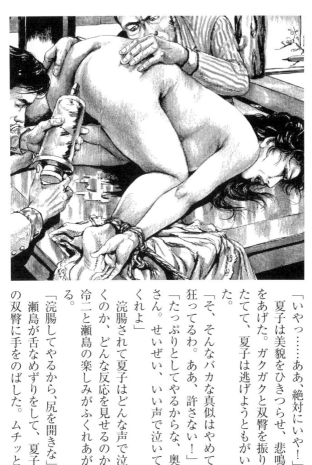

張った臀丘に指先をくいこませるようにして左右へ割り開いていく。

「ああっ、いやっ！……ひいっ！」

悲鳴をあげて、夏子はのけぞった。秘められた臀丘の谷間が割り開かれ、外気とともに男たちのくい入るような視線が忍びこんでくる。

「尻の穴が見えてきたぜ、奥さん。フフフ、浣腸しがいがありそうだ」

冷二はそう言って、思わず胴震いした。

第十三章　羞恥の御礼浣腸

1

冷二と瀬島は、しばし息を呑んで夏子の双臀を見つめた。双丘は白くまぶしいほどで、見事な肉づきと形のよさが、子供を生んだことのある人妻の成熟した官能美をムンムンと匂わせている。

双丘が高くもたげられて、臀肉の深い谷間の底に秘められた肛門が、ひっそりと可憐にのぞいていた。そこが男に触れさせたことのない処女地であることは、ひと目でわかった。

「可愛い尻の穴をしてるじゃねえかよ、奥さん」

「想像してたより、ずっといい尻の穴をしてやがる。浣腸のしがいがあるってもんだぜ」

瀬島と冷二は夏子の臀丘の谷間を押しひろげて、くい入るように覗きつつ、ニヤニヤと舌なめずりした。

悲鳴をあげて、夏子は双臀を振りたててもがいた。

「いや、いやあ!……そ、そんなところを、見ないで!」

排泄器官を覗かれ、嬲りの対象にされるなど、まして浣腸をされようとしているなど、信じられない。

「いや、いやです!……いい加減にして!」

「こんなに尻の穴を見せて気どるなよ。いやでも奥さんはこの尻の穴にたっぷりと浣腸されるんだよ」

「そ、そんなことして、なにが面白いの! 狂ってるわ」

この男たちはいやらしい変質者なのだ、という恐怖が夏子のなかでふくれあがった。

いくら逃げようとしても、夏子の身体はテーブルの上にひざまずかされ、開かされた足首にそれぞれ手首を縛られ、双臀を高くもたげさせられて、瀬島に押さえつけられている。双臀を振りたて、よじることしかできなかった。

「それじゃ、浣腸といくか」

「そ、そんなこと、許さないわ! やめて! バカなことはやめて!」

「やめられるかよ。奥さんに浣腸するために、五年間も待ったんだぜ」

さすがの冷二も声がうわずった。長大な浣腸器を持つ手もじっとりと汗ばんだ。

「いやっ、それだけはいやっ！　助けて！」

腰を振りたてて悲鳴をあげる夏子が、いっそう男たちの嗜虐の欲情をそそった。剝きだしの夏子の肛門が、さらにキュッ、キュウとすぼまるのがわかった。それをあざ笑うように、冷二は嘴管の先端でいじりはじめた。夏子の肛門をなぞり、ゆるゆるとこねまわすように嬲る。

「諦めて尻の穴をゆるめねえかよ。しっかりと浣腸器を咥えこむんだ、奥さん」

「やめて！……け、けだもの！」

「そういやがられると、ますます浣腸しがいがあるってもんだ」

冷二はゆっくりと嘴管で夏子の肛門を縫うように貫いた。

「ひいっ……」

夏子の口に悲鳴がほとばしり、ビクッと裸身が硬直した。

「い、いやあ！」

「尻の穴はうれしそうにしっかり咥えこんでるぜ」

夏子にいっそう屈辱を味わわせるために、冷二はわざと嘴管を何度も抜き差しした。そのたびに夏子は悲鳴をあげ、双臀をビクッビクッとすくませ、それが男たちをさらに楽しませる。

「あ……ああっ……いやあ！」

冷たい嘴管が抜き差しされるたびに、異常な感覚に襲われて、夏子はいやでも声が出た。背筋に悪寒が走り、身体中がブルブルと震えだした。

「け、けだもの！」

耐えきれないように叫ぶと、夏子はキリキリと唇を噛んで泣きだした。

「うれし泣きか、奥さん」

「それとも、早くグリセリン原液を入れて欲しくて、催促泣きか」

冷二と瀬島はゲラゲラと笑った。

そんなからかいが夏子にさらなる屈辱を呼ぶのか、必死に引きすぼめた夏子の肛門がクイクイと嘴管を締めつけてくる。それは必死に嘴管を拒もうとしているようでもあり、また、いつまでも注入されない薬液を求めてあえいでいるようでもあった。

「いやっ、もういや！……ああ、やめて……」

「尻の穴をヒクヒクさせて、いやもねえもんだぜ」

臀丘を両手で割り開いている瀬島が、一方の手を前へまわして、夏子の女の花園をいじりはじめた。媚肉の裂け目にそって指先を這わせ、押しひろげて肉襞をまさぐる。

「そんな……いやっ、触らないで！」

媚肉にまで触られて、夏子は戦慄し、泣き声を高くした。

「こうするともっと気持ちいいだろうが。早く浣腸されたくて、たまらなくなってきたんじゃねえのか」

瀬島は夏子の媚肉に分け入らせた指で、敏感な女芯を弄びはじめた。女芯の包皮を剝いて肉芽をさらけだしては、指先でスッスッとこすり、つまみあげて、揉みこむようにいびる。

「い、いやあ！」

女芯をいじってくる指先に、夏子は我れを忘れて泣き声を放った。肉芽をいじられる感覚と肛門を弄んでくる嘴管のおぞましさとが入りまじって、身体の芯がジリジリと灼かれる。

「正直に浣腸して欲しいと言ってみろよ、奥さん」

「いや、いやです！　誰がそんなこと……」

「そのうちに自分から浣腸をねだる身体にしてやるよ。こいつはその手はじめだぜ」

冷二はできるだけ深く嘴管を沈めると、ゆっくりと長大なシリンダーを押しはじめた。ガラス筒の薬液が不気味に渦巻いて、チュルチュルと夏子の体内に流れこむ。

「ああ……い、いやあ！　あむ……」

喉を絞り、次にはキリキリと唇を嚙みしめて、夏子は背筋をワナワナと震わせた。

不気味に入ってくる冷たい薬液の刺激をどう言えばいいのか。まるで肛門から男に射精されているようであり、なにか得体の知れない軟体生物が入りこんでいるようでもあった。そのおぞましさに夏子の嚙みしめた歯が、カチカチと鳴ってとまらない。

「やめてェ……いや、いやっ……ああむ……」

「どうだ、こうやって浣腸されてる気分は？　じっくり味わうんだぜ、奥さん」

「ううむ……けだもの……」

夏子はもう息もつけない。ハアハアと息も絶えだえにあえぎ、ブルブルと震える双臀をよじりたてた。たちまち夏子の裸体に脂汗がドッと噴きだして、ヌラヌラと光った。

「こんな……こんなことって……」

夏子は耐えきれずに声をあげて泣きだした。

薬液が少しずつ身体の奥へ入ってくるのがわかる。まるで内臓のすみずみまで剝きかえされて灼かれ、弄ばれているようなみじめさ。

「いやっ、もういやあ！……ああ、こんなの、いやです！」

「いやだからこっちには面白えんだぜ。まだまだこれから本番だ」

「け、けだものだわ！……狂ってるわ」

「そうとも、そのけだものに奥さんは骨までしゃぶられるってわけだ」

瀬島の媚肉をいじる指が、さらに夏子に追い討ちをかける。剝きあげた女芯の肉芽

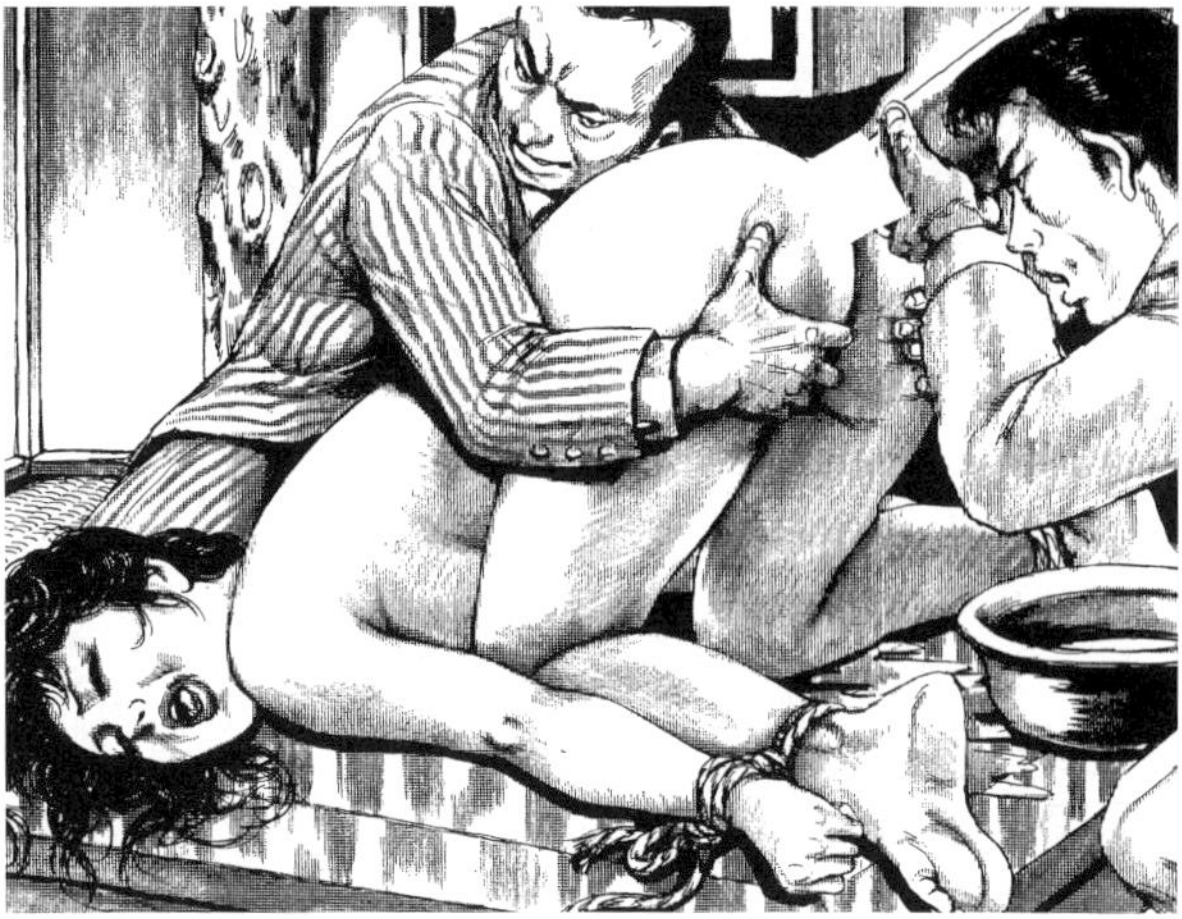

を親指でいびりつつ、人差し指と中指を二本そろえて埋めこみ、ゆるゆると肉襞をまさぐった。そして、薄い粘膜をへだてて肛門の嘴管をまさぐり、注入されていく薬液の流れを感じとろうと蠢いた。

「ああっ、やめてェ……ああっ」

夏子は脂汗を絞りだしつつ泣きじゃくった。

「気持ちいいんだろ、奥さん。オマ×コが指をキリキリ締めつけてくるじゃねえか」

「き、気持ちよくなんか……ああ、いやらしい！……死にたいくらいだわ」

「死にたいくらい気持ちいいってことかい、奥さん。それで尻の穴がこんなにきつく浣腸器をくい締めてるんだな」

瀬島と冷二はゲラゲラと笑った。

冷二は長大なシリンダーを楽しそうに押しつつ、少量ずつ区切って断続的に注入しはじめた。射精のようにピュッ、ピュッと入れることで、夏子により屈辱を味わわせようとする。

「あ……あむ……あああっ……」

夏子の美貌がひきつって、噛みしめた口があえぐように開いて声が出た。その表情の悩ましさが、冷二と瀬島をいっそうゾクゾクさせる。

「どうだい、浣腸されてる時の奥さんのこの色っぽい顔。たまらねえな」

「よがってるみたいだぜ、奥さん。そんなにいいのか」

冷二と瀬島がからかっても、もう夏子は反発する余裕もない。

「もう、やめてェ……ああ、もう、入れないでェ」

息も絶えだえにあえぎながら、夏子は汗にまみれてヌラヌラと光る裸身を震わせた。

「まだ三百CCしか入ってねえぜ。まだまだ序の口だよ。尻の穴だってどんどん呑みこんでいくじゃねえか」

「そ、そんな……かんにんして……」

「かんにんしてか。弱音を吐くなんて奥さんらしくねえぜ。千八百CC一滴残さず入れてやるからよ」

「ああ……あ、あむ……」

夏子はあえいでいた口をキリキリと噛みしめた。次第に腹部を覆いはじめた重苦しい膨張感が、便意となってふくれあがりだした。

「あ、あ……」

それが夏子に新たなおびえを呼んだ。いくら肛門を引き締めて薬液を押しとどめようとしても、容赦なく流れこんでくる。そして媚肉で蠢く指が、薄い粘膜をへだてて嘴管とこすれ合う感覚が、夏子の気力を萎えさせた。

「五百CC入ったぜ、奥さん。ほうれ、五百五十……六百……六百五十……」

冷二は長大なシリンダーを押しながら、わざとガラス筒の目盛りを大声で読んでいく。

「八百CCだ。面白えように入っていくじゃねえか。好きなんだな、奥さん」

「いや、いや……あ、あむむ……も、もう、いやです」

「九百……九百五十……千CCの大台にのったぜ。初めての浣腸でたいしたもんじゃねえか」

冷二はシリンダーを押す手をとめなかった。

千CCを超すと、夏子はブルブルと震える肌に脂汗を流して、低くうめくばかりになった。

「ううっ……も、もう……」

唇を噛みしめて耐えようとするのだが、ドクドクと流れこんでくる薬液とふくれあがる便意とに、夏子の歯はガチガチと鳴った。

ああ、どうすればいいの。こ、このままでは……。

荒々しく押し寄せる便意に、夏子は悪寒が総身をかけまわりだし、カチカチ鳴る歯を噛みしめて、胴震いした。

「どうした。さっきまでいやがってたのに、奥さん、うっとりしてるのか」

「気持ちよくって声も出ねえってところか」

冷二と瀬島がからかっても、夏子の返事はなかった。

「千三百五十……千四百……千四百五十……どんどん入っていきやがる」

「この分だと三千でも四千でも呑ませられそうだな。さすがにいい尻してるだけあるぜ」

しつこく夏子をからかってゲラゲラと笑った。気の強い夏子が浣腸されて、もう口もきけないように息も絶えだえにあえぎ、苦悶しているのが愉快でならない。

だが、こんなのはまだほんの序の口だ。夏子が二度と立ち直れないまでにとことん責め嬲り、一匹の牝に堕としてやるのだ。いや、牝なんかでは生ぬるい。男を悦ばせる肉にしてやる。腹のなかでそんなことを考えながら、冷二はさらに長大なシリンダーをジワジワと押した。

千六百ＣＣの目盛りまで注入すると、冷二はいったんシリンダーを押す手をとめて、

「最後の一滴まで呑ませてやるからな、奥さん」

そう言うなり、一気に長大なシリンダーを底まで押しきった。

「あ……ひっ、ひいーっ！」

まるで昇りつめたかのように、夏子は白目を剝いて高く泣き声を放った。

2

ついに夏子に浣腸をしてやったという征服感に、冷二は酔いしれた。

「ざまあみろ。五年前に俺に恥をかかせてくれた礼だぜ。どうだ、気分は」

冷二は夏子の顔を覗きこみ、勝ち誇ったように笑った。

夏子の顔はしとどの汗に黒髪を額や頰にへばりつかせ、キリキリと唇を嚙みしばってひきつっていた。

「う、ううっ」

夏子は低くうめいた。グルルと腹部が鳴り、もう荒々しい便意が声を出すのもつらいほど押し寄せてきている。汗にまみれた裸身が息も絶えだえにあえぎ、ワナワナと震えだした。

「どうした、やけに震えてるじゃねえかよ、奥さん。さっきまでの強気はどうした」

「浣腸の悦びを噛みしめて、口をきくどころじゃねえのか」

冷二と瀬島はからかってニヤニヤと笑った。その間も瀬島の手は、夏子の媚肉にのびて、しつこくいじりまわしていた。肉襞をまさぐり、肉芽をいじり、膣に埋めこんで薄い粘膜をへだてて肛門の便意の昂りを確かめるようにまさぐる。

「う、う……やめて……」

うめき声をあげて、夏子は腰をよじった。おぞましい薬液をすっかり注入されて嘴管を抜かれたことで、にわかに媚肉に蠢く瀬島の指が意識された。

「いやっ……」

「今さらなんだ。オマ×コがとろけはじめてるぜ。浣腸に感じたみてえだな」

「嘘！　そんなこと、嘘です……ううっ、誰が……」

膣を指でこねまわされ、夏子の言葉は途中でうめきに呑みこまれた。

「どうせすぐにオマ×コをビチョビチョにして、男を咥えこみたくてしようがなくなるくせによ」

瀬島はからかいながら、夏子の膣奥をさらに深く指でえぐった。ねっとりと肉襞が絡みついてくる。荒々しい便意に肛門を必死に引き締めているそのいき張りが、媚肉にも伝わってくる。

「お、お願い……」

夏子が苦しげに腰をよじった。苦悶の脂汗にびっしょりの美貌が、ワナワナと唇を震わせた。

「お願い。ほどいてェ……縄をほどいてください」

荒れ狂う便意に耐えきれなくなって、夏子は泣き声をひきつらせた。

だが冷二と瀬島は意地悪くとぼけて、ニヤニヤと笑った。

「どうして縄をほどいて欲しいんだ、奥さん。せっかく縄が似合っているのによ」

「そんな弱気の声を出して、気の強い奥さんらしくねえぜ」

瀬島の指が夏子の媚肉をまさぐり、冷二の手がブルブルと震える夏子の双臀を撫でまわす。

「ああ……」

夏子はキリキリと唇を噛みしめ、右に左にと顔を伏せた。こんなにいやらしく、恐ろしい男たちに、トイレに行かせてと哀願をしなければならないのだ。便意は出口を求めてひしめき合い、耐える限界に迫っている。このままでは、とんでもない破局をさらすことになる。

「お願い……お、おトイレに、行かせてェ」

夏子はすすり泣く声を震わせ、あえぐように言った。

冷二と瀬島は顔を見合わせて、ニヤリと笑った。夏子にさらに屈辱を味わわせてやろうという嗜虐の欲望が、メラメラと燃えあがる。

「トイレに行ってなにをしようというんだ、奥さん」

「そ、そんな……」

「はっきり言えよ。なにがしたいか」

「いやっ」

「なら、このままでいるんだな、奥さん」

冷二はわざとらしく便器を取りだして、夏子に見せつけて、思わせぶりに笑った。戦慄が走った。この男たちは秘められた排泄行為を見る気でいるのでは。いやっ！　そんなこと、死んでもいやよ……。

考えるだけでも恐ろしい。だが、出口を求めてひしめき合う便意は、確実に限界に迫りつつあった。

「ほ、ほどいてェ。お願い……ああ、おトイレに……」

「だからなにをしてえのか聞いてるんじゃねえかよ」

夏子の双臀を撫でまわしながら、冷二は意地悪く言った。

瀬島がなにやら夏子の耳もとで囁くと、悲鳴をあげて夏子は黒髪を振りたくった。

「いやっ！　そんなこと、言えるわけないでしょう。狂ってるわ」

「いつまで強情張ってられるかな」

瀬島は夏子の媚肉をまさぐり指で肉芽をつまんでいびった。グリグリと揉みこんでは指先で弾く。

夏子は悲鳴をあげて、ガクガクと双臀を振りたてた。

「まったくイキのいい奥さんだぜ。たいていの女は浣腸すると死んだようになって、こっちの言いなりだってのによ」

冷二も双臀を撫でまわしていた手を、臀丘の谷間へすべらせて必死に引きすぼめている夏子の肛門に触れた。

「ひいっ！　いやあ！……そ、そんなところを、いやです！」

不意に肛門に触れられて、夏子は戦慄の悲鳴をあげてのけぞった。そんなところまでいじられるとは思ってもみなかった。

「なるほど、こいつは締まりのよさそうな尻の穴をしてやがる」

冷二はゆるゆると揉みこんだ。必死にすぼめる肛門の粘膜が、妖しく指先に吸いつく。

「やめてェ！　そこはいやっ……けだもの！」

「そういやがられると、ますますたまらねえや。尻の穴のなかまで指を入れてやるからな」

「そんな……いや、いやです！　ひっ、ひぃーっ！」

夏子の喉に悲鳴が噴きあがった。

冷二の指が夏子の肛門を揉みこみつつ、ジワジワと沈んでくる。必死に引き締めているのを押しひろげて、指が粘膜を縫うように入ってくる。夏子がこれまで経験したことのない異常な感覚。そんなところに指を入れられるなど、考えたことすらない。

「いや、いやっ……痛い……」

指で貫かれる苦痛、そして荒れ狂う便意がいっそう夏子を悩乱させた。

「痛いわけねえぜ。いつもこれより太いのを出してるはずだからな。ほうれ、指の付け根まで入っていくじゃねえか」

「いやっ……やめて！……ああ、我慢が……」

「暴れるとよけいに我慢できなくなるぜ、奥さん。しっかり指をくい締めて、じっくりと味わうんだ」

冷二はせせら笑いながら指の根元まで押し入れた。くい千切らんばかりに締めつけて、ヒクヒクとおののく夏子の肛門の感触が妖美だった。そして、なかは灼けるような熱さだった。

「たまらねえ尻をしやがって」

冷二はゆっくりと味わうように指をまわして、奥をまさぐった。媚肉に蠢く瀬島の指の動きとリズムを合わせ、夏子を責めたてていく。

「いやっ……ひっ、ひっ、いやあ！」

キュッ、キュウと冷二の指を締めつけながら、夏子は喉を絞った。指を動かされることで便意がいっそう荒れ狂って、今にも爆ぜそうだ。身体中に脂汗を流してブルブルと震え、夏子は頭のなかまで灼きつくされる。

「がんばるじゃねえか、奥さん。尻の穴をきつく締めてよ」

「オマ×コのほうもよく締まるぜ。この分じゃ、さぞかし味のほうもいいことだろうぜ」

冷二と瀬島は粘膜をへだてて肛門と膣とで指をこすり合わせた。リズムを合わせて指をまわし、抽送する。

「ああっ、やめて！　ひっ、ひっ……」

夏子は双臀を激しく痙攣させて、狂いそうに泣きわめいた。

「う、うむっ、我慢が……ああっ、かんにんして！」

今にもほとばしりでそうな便意が夏子をおびえさせ、ひきつった美貌に絶望の色がにじみでた。

「なにをしたいか、言う気になってきたか、奥さん」

「それとも、こうやっていじられながらひりだすかい。ここでな……垂れ流すのもオツなもんかもしれねえぜ」

からかわれても答える余裕もなく、苦しげに双臀を震わせて、夏子はうめきあえぐばかり。その間も冷二と瀬島の指は夏子の肛門と媚肉を弄んでいる。薄い粘膜をへだてて前と後ろを指でまわし、えぐり、こねくりまわし、抽送して、こすり合わせる。それがたちまち便意を限界へと、引きこんだ。

「うむ、うむむっ……ああ、もう……」

夏子の身体の震えが一段と大きくなって、肛門が痙攣しだした。

「も、もう駄目ェ……我慢できない……ううむ、助けて！」

恐ろしい男たちに見られながら最高の屈辱をさらさねばならない。

「なにをしたいのか言えよ、奥さん」

男の囁きに、夏子はもう抗しきれなかった。しとどの脂汗にまみれて眦をひきつらせ、襲いかかる便意に鳥肌立って唇を噛みしめた夏子の美貌が、ワナワナと唇を震わせた。

「お願い……夏子、ウ、ウンチがしたいの……ああ、出ちゃう……」

我れを忘れて強要された言葉を口にした。もう夏子は極限に達した便意だけに、失神寸前の意識をジリジリと灼かれた。強要されたとはいえ、口にする言葉のあさましさをかえりみる余裕はない。

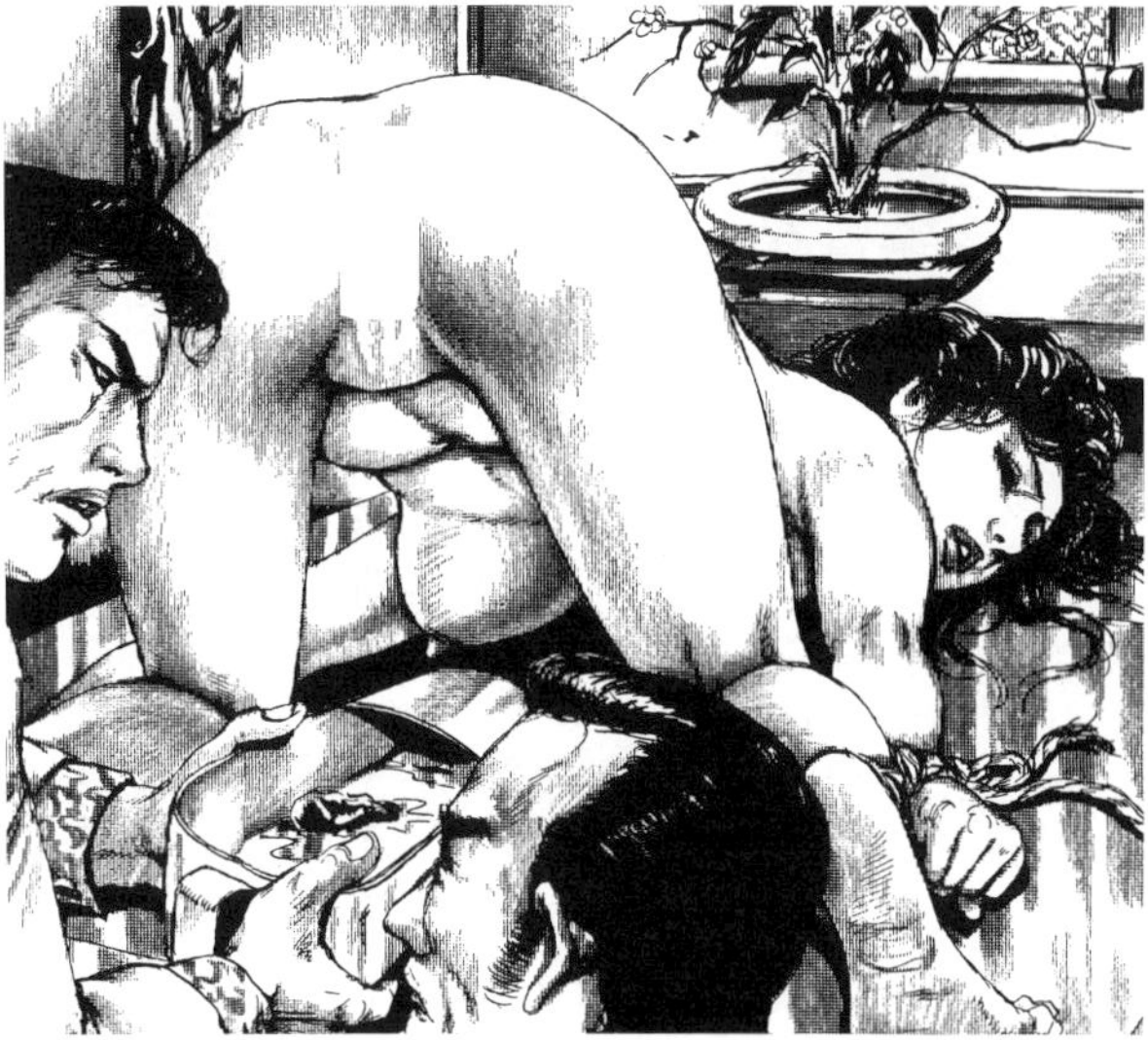

「ああっ、出ちゃうわ……おトイレに、早く……ウ、ウンチをさせて……」

「美人で上品で気の強い人妻が、ウンチをしたいとは、なんて言葉だ」

そう仕向けておいて、冷二と瀬島はゲラゲラと笑った。

「よしよし、すぐにひりださせてやるぜ。奥さんのトイレはこいつだ」

冷二が便器を取りあげて、あざ笑うように言った。

「そ、そんな……いやっ……」

夏子は声がかすれて出ない。噛みしめた唇がワナワナと震えた。

「奥さんがどんなふうにウンチを

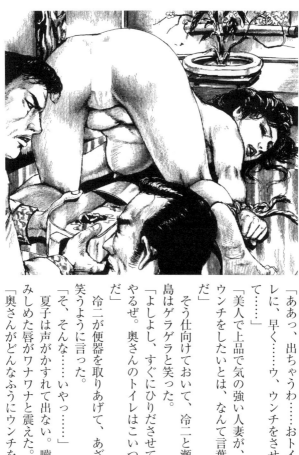

するか、じっくり見せてもらうぜ」

「ウンチをするところまで見せて、俺たちのものになるんだ。腹のなかまで綺麗にしてな」

冷二と瀬島が言い終わらないうちに、号泣が夏子の喉をかきむしった。

便器があてがわれ、冷二の指が引き抜かれると同時に、ショボショボと漏れはじめた。一度堰を切ったものは押しとどめようもなく、たちまち激しくほとばしる。

「いや、いやあ!……見ないで!……あ、ああ、死にたい!」

「気持ちよく出せるように手伝ってやるぜ、奥さん」

「い、いやあ!」

冷二の指が生々しく口を開いて排泄していく夏子の肛門の周辺をまさぐれば、瀬島の指は女芯をいじりまわす。

「いやと言うわりには、派手にひりだすじゃねえかよ、奥さん」

「こんなに尻の穴を開いて、たまらねえ眺めだぜ。綺麗な顔して大胆な奥さんだ」

冷二と瀬島は覗きこみつつ、ゲラゲラと笑った。

3

もう号泣も途切れて、夏子の口からもれるのは打ちひしがれたすすり泣きだけ。夏子にとっては永遠とも思える屈辱の時間だった。

人間としてもっとも隠すべき行為を、この男たちにあますことなくさらけだしてしまった。そのショックに夏子は打ちひしがれていた。

「ずいぶんとひりだしたじゃねえか、奥さん。貞淑な人妻があきれるぜ」

「奥さんは娼婦以下の牝なんだよ」

便器のなかを覗きこんで、冷二と瀬島がせせら笑っても、夏子はすすり泣くばかりだ。ティッシュで汚れを拭き取られ、手足の縄を解かれて後ろ手に縛り直されても、夏子はされるままだった。豊満な乳房の上下にも縄はギリギリとくいこんだ。

鴨居の下へ連れていかれ、後ろ手縛りの縄尻を鴨居にかけられて、夏子は爪先立ちに吊られた。そして膝の上のところを縄で縛られ、片脚を横へ開かされ膝を高く持ちあげる格好に鴨居から吊られる。

「腹のなかまで綺麗になったことだし、いよいよお楽しみだぜ」

「浣腸で身体もほぐれて、オマ×コもとろけていることだしな」

冷二が夏子の後ろに、瀬島が前にかがみこんで、ニヤニヤと開ききった股間を覗きこんだ。

夏子の肛門は腫れぼったくふくれ、腸襞まで見せてまだおびえているかのようにヒクヒクと震えていた。そして夏子の媚肉は、さっきからの指のいたぶりに充血した肉の色をさせ、蜜をたぎらせていた。夏子の意志に関係なく、身体が勝手に反応していた。

「どれ、もう少しオマ×コを可愛がってやるか。うんと味がよくなるようにな、奥さん」

「よがらせてから犯ったほうが面白えってわけか。それじゃ尻の穴のほうも」

瀬島と冷二は手をのばして、また夏子の媚肉と肛門をいじりはじめた。夏子の女芯がつまみあげられてこすられ、肛門が指で貫かれていく。

「あ、ああっ……」

ビクッと夏子の腰が震えた。

「やめて！」

夏子は泣き声をあげた。浣腸されて排泄まで見られたというのに肉芽をいじってくる指に身体の芯が疼きだした。そして浣腸と排泄の直後とあって、肛門は信じられないくらい敏感になっていた。

「い、いやっ……もう、いやです」

「なにがいやだ。お楽しみはこれからじゃねえかよ、奥さん」

「ああ、これ以上は……どこまで苦しめれば気がすむの」

「気どるなよ。たっぷりウンチをするところまで見せたくせしやがって」

冷二はせせら笑うように言って、夏子の肛門を深く縫った指を一本から二本にしようとした。夏子の肛門がさらにジワジワと押し開かれていく。

「ああ、いやっ……やめて、痛い」

「さっきはこれくらいの太さのを、堂々と出したじゃねえかよ」

「あ、あっ……う、うむ……」

指が二本になって、夏子は満足に息もつけなくなった。キリキリと唇を噛みしめて、ブルブルと震える双臀をよじった。

「ほれ、もっと尻の穴をゆるめて開かねえかよ、奥さん」

冷二は二本の指で夏子の肛門を内から押しひろげるようにして責めたてる。

夏子の肛門はいびつに開いて、ヒクヒクひきつった。その恐ろしさと苦痛とに、夏子はひいひいと泣きだした。

「裂けちゃう！……や、やめて！　い、痛い……ああ、いやあ！」

「できるだけ尻の穴をひろげとかねえと、あとでもっとつらいぜ」

冷二は意味ありげに笑ったが、それがなにを意味するのか、夏子にはわかるはずもない。

冷二の二本の指は、さらに捻じり合わされてまわされ、抽送された。それに合わせて媚肉をいじっている瀬島の指も二本、夏子の膣に埋めこまれて薄い粘膜をへだてて冷二の指とこすり合わされた。

「ああっ……あむ、やめて！……ひっ、ひいっ！」

夏子は白目を剝いてのけぞり、腰を振りたてて吊りあげられた片脚をうねらせた。

「いい声で泣くじゃねえか。こうされるのがいいらしいな、奥さん」

「いや、いやです！……もうやめて！」

「オマ×コも尻の穴も指を締めつけてきて、もっとって催促してるぜ。よくなってきたんだろ」

「誰がそんな……ああっ」

夏子は泣きながら黒髪を振りたくり、歯を嚙みしばった。

こんなことで感じるわけがない。いくら必死に思っても、夏子は身体の芯が疼いて熱くとろけだすのを、どうしようもなかった。人妻としての夏子の肉は、いくら男たちを嫌悪しても、さっきからの執拗ないたぶりに耐えられるはずがなかった。

「ああっ、駄目ェ……ああ……」

こらえようとしても、夏子の腰がブルブルと震えてひとりでに蠢きだし、肉の最奥に熱いものがたぎりだしていた。

「お汁が溢れてきて、いい色になってきたぜ。もうベトベトじゃねえか」

「尻の穴もずいぶんと柔らかくなってきたぜ、奥さん。とろけるようだ」

なおも責めたてつつ瀬島と冷二はせせら笑った。そして夏子を犯す準備の仕上げは、催淫媚薬クリームだった。それを指先にたっぷりとすくい取ると、冷二と瀬島は夏子の肛門と媚肉に深く塗りこんでいく。

「あ、あ……ああっ……」

夏子は顔をのけぞらせて、ブルッ、ブルルッと双臀を震わせた。まさか催淫媚薬クリームを塗られたなどと知らずに、ただふくれあがる官能の波に泣き声をうわずらせるばかりだ。

冷二と瀬島は顔を見合わせてニヤリとすると、立ちあがって服を脱ぎはじめた。

「亭主のに較べてどうだ、奥さん。こいつが奥さんのなかに入っていくんだ」

「こいつから離れられねえ身体にしてやるからな、奥さん」

冷二と瀬島はたくましく屹立したグロテスクな肉棒を夏子に見せつけ、誇らしげに揺すった。

「い、いやあ！」

夏子は美しい目をひきつらせて悲鳴をあげ、逃げようともがいた。いよいよこのけ

だものたちに犯される、と思うと、夏子は生きた心地もない。

「やめて！……それだけは、いやあ！」

男たちの肉棒の信じられないほどの長大さに、夏子の身体を恐怖が覆い、悲鳴がほとばしる。

「亭主とはいつもどんな格好でやるんだ？　奥さん。俺はこのまま立った格好で犯ってやるよ」

瀬島が正面から夏子の身体に手をのばして、細腰を抱き寄せた。

「いやっ……ああ、いやです！」

「そうやっていやがるところが、たまらねえぜ。やっぱり犯る時は、そうこなくちゃよ」

「やめて！……いやあ！」

夏子が泣き叫ぶのを楽しみながら、瀬島は内腿から媚肉のひろがりにそって灼熱を這わせていく。

「ひっ……あなた、助けて！」

「そうやって亭主に救いを求めるところなんぞ、やっぱり人妻だな。ますますゾクゾクしてきやがった」

瀬島は夏子の双臀を両手に抱きあげるようにして腰を入れた。真っ赤な顔を振りたてて悩乱する夏子を見つめながら、灼熱の先端を柔肉に分け入らせ、ジワジワと貫いていく。

「い、いやっ……あ、ああ、う、うむ……」

夏子は唇を噛みしばり、吊られた片脚をキリキリよじってのけぞった。

「あなた……ひっ、ひいっ！」

「そうれ、もっと亭主を呼んで泣きわめけ。そりゃ、そりゃ！」

「ああっ、許して、あなた……う、うむむ……」

深々と貫かれて、夏子は内臓を絞るような泣き声をあげ、たちまち生汗をドッと噴いてひいひい喉を絞った。

「どうだ、奥さん。俺にぶちこまれているのがわかるだろう」

瀬島は底まで埋めこんだ肉棒の先端で、夏子の子宮口をなぞり、グイグイ押しあげてみせた。

「ひいっ……」

夏子はのけぞった。

「どんな感じだ、瀬島」

ニヤニヤと結合部分を覗きながら、冷二が言った。

「いいオマ×コしてやがる。子供を生んだってのに、よく締まりやがるぜ」

瀬島はニヤニヤと笑って言った。すぐには動きだそうとはせず、じっくりと妖美な肉の感触を味わう。

冷二の目の前に、ドス黒い肉棒が杭のように夏子の媚肉に打ちこまれていた。蜜にまみれた肉棒をせいいっぱいという感じで咥えこみ、苦しげに軋むようだ。そして後ろの肛門までがヒクヒクとあえいでは、時折り耐えきれないようにキュウとすぼまる動きを見せた。それが冷二の欲情をかきたてる。

「あ、ああ、いや……いやっ」

そんなところを冷二が覗きこんでいるのもわからず、夏子はうわごとのようにいやいやを繰りかえし、頭をグラグラと揺らした。どんなにおぞましいと思っても、瀬島に貫かれた身体は麻薬に侵されたようにしびれ、背筋が灼けただれていく。そして、次第に肉が貫いているものになじんでいく。

「ゆ、許して……」

「亭主よりずっとデカいのを咥えこんで、うれしいだろ、奥さん」

「そ、そんな……ああ、けだもの……」

もう夏子の声は弱々しく、抗いの響きはどこかへ消えていた。ただ、ハアハアッと息も絶えだえにあえいでいる。

「まったくいいオマ×コしてやがるぜ。これほどの上玉とはな」

また瀬島がうわずった声で言った。

まだ動きだしていないのに、夏子の柔肉はますます蜜にまみれてとろけ、瀬島の肉棒になじんでくる。妖しく絡みついてきて、痙攣のさざ波を立てた。

「冷二、焦らさねえで早くしろや」

「それじゃ俺もお楽しみといくとするか」

冷二が立ちあがると、瀬島が夏子の双臀を抱きこんだ手で、臀丘を割り開いた。

「ああ、なにを⁉」

夏子は後ろからまとわりついてくる冷二を、おびえた目で振りかえった。なにをされるのか、夏子にはまだわからない。正常な性行為しか知らぬ夏子には、わかるはずもなかった。

「サンドイッチといくぜ、奥さん」

「…………」

「わからねえのか。オマ×コの他に、尻の穴にも俺のをぶちこんでやろうというんじゃねえか」

信じられない冷二の言葉だった。みるみる夏子の美貌が蒼白になって凍りついた。二人の男を同時に、しかも一人は排泄器官を……。あまりのことに、夏子はすぐには声も出ない。

者じゃねえか」

「奥さんを犯る時は尻の穴と、ずっと前から決めてたんだぜ」

「亭主よりずっとデカいのを前にも後ろにも二本も咥えこめるなんて、奥さんは幸福者じゃねえか」

冷二と瀬島はゲラゲラと笑った。

「……い、いやあ!」

絶叫が夏子の喉に噴きあがった。

いきなり二人がかりでサンドイッチにするなど、さすがの冷二と瀬島も初めてだ。考えついたのは冷二だ。

これまで襲った女たちみたいに、ジワジワと責めをエスカレートさせるのではなく、夏子の場合は最初から肉として扱いたかった。夏子の身体をガタガタにしてしまってもいいとさえ思う。

「やめて!……そ、そんなこと、いやっ……死んでもいやです!」

夏子は泣きながら裸身を振りたてた。

だが、夏子は媚肉を瀬島に貫かれ、双臀を押さえつけられて臀丘を割りひろげられている。頭を振りたて、吊りあげられた片脚をうねらせることしかできなかった。

「いやあ!……二人なんて、駄目! お、お尻でなんて、いやです!」

そんな夏子の悲鳴を心地よく聞きながら、冷二はゆっくりと灼熱の先端を夏子の肛門に押し当てた。

「ひっ、怖い！……ひい！」

夏子は絶叫し、激しくのけぞった。

冷二と瀬島は夏子の後ろと前とで顔を見合わせて、ゲラゲラと笑った。

「オーバーな声出しやがって。まだ入れてねえのによ」

「冷二のはデカいからな。奥さんの尻の穴が裂けちまうかもな」

「なあに、これだけいい尻してりゃ、なんとか入るだろうぜ」

冷二はゆっくりと先端に力を加えた。ジワッ、ジワッと押し入れはじめる。

「やめて！……ああっ……」

ビクッと夏子の裸身は硬直し、泣き声が途切れたかと思うと、

「ひっ、ひいっ……ひいーっ！」

絶叫が夏子の喉にほとばしった。灼熱の肉棒に肛門の粘膜がジワジワと押しひろげられていく。

激痛が走った。浣腸に排泄、そしてさんざん指でいじられてただれたような肛門が、不気味に押し入ってくるものにミシミシと音をたてて引き裂かれていく。

「痛い……う、うむ、痛い……ひっ、ひいっ！」

「だったら自分からもっと尻の穴を開くようにしろよ、奥さん」

「う、うむむ……裂けちゃう……」

たちまち夏子は脂汗にまみれた。それは玉となってブルブルと苦悶する肌をすべり落ちた。

もう夏子は口もきけず、乱れ髪を汗で頬にへばりつかせた美貌を苦痛にひきつらせてうめき、喉を絞るばかりだ。

肛門にたっぷりと塗られた媚薬クリームには、括約筋を弛緩させる薬がまぜられているのだが、それでもメリメリと音をたてんばかりに押しひろげられていく。

「ひっ……ひっ……」

夏子は総身を脂汗のなかに揉み絞った。可憐だった夏子の肛門は極限までに押しひろげられて、灼熱の頭を呑みこもうとしていた。いっぱいにひろげられた肛門の粘膜がのびきった生ゴムのようだ。それがジワッ、ジワッともぐりこみはじめた肉棒に巻きこまれるように、内にめくりこまれていく。

「ううむ……むむう……」

夏子の目の前が墨を流したように暗くなって、苦痛の火花が飛んだ。

さらに押し入るにつれて、媚肉を貫いた瀬島の肉棒と粘膜をへだててこすれ合う。二本の肉棒がまるで電極のようにバチバチと火花を散らした。

冷二はできるだけ深く入れた。夢にまで見た夏子の肛門をついに征服したのだと思

うと胴震いがきて、天にも昇る心地だ。きつく締めつけてくる夏子の肛門に、少しでも油断するとのめりこんで、思わず精を漏らしてしまいそうだ。

「どうにか入ったぜ。ちくしょう、いい尻の穴しやがって」

「そんなにいいのか、冷二」

「たまらねえ、クイクイ締めつけやがって熱くてとろけそうだぜ」

「オマ×コも尻の穴も極上ってわけか。たいした奥さんだぜ」

夏子を挟んで冷二と瀬島はそんなことを話すのだが、もう夏子には聞こえない。

「た、助けて……あ、あむ……死んじゃう」

夏子は乳房から腹部をふいごのようにあえがせ、波打たせ、半狂乱になって泣きわめいた。そんな夏子が、冷二と瀬島をいっそう昂らせた。

「く、くそ……なんて尻の穴してやがるんだ。これほどとはな」

「おめえが尻の穴にぶちこんだんで、ますますオマ×コの具合がよくなってきたぜ」

夏子が泣き叫ぶのとは裏腹に、前も後ろもヒクヒクと締めつけてくる妖しい感触に、さすがの冷二と瀬島もうなった。夏子は成熟した人妻だけに、これまで犯してきたどの女よりも美味だった。冷二と瀬島はその妖美な肉の感触に誘われるままに、後ろと前から腰を突き動かしだした。

「やめて！　いやあ！」

夏子は悲鳴をあげて泣き声を噴きこぼした。逃れようと夏子が腰をよじり、揺すりたてるたびに肉がキュウと締まるのが、男たちはいっそうたまらない。

「泣け、もっと暴れろ。よく締まりやがる」

「こっちもすげえぜ。これだからレイプはこたえられねえよ」

冷二と瀬島はゲラゲラと笑いながら、いっそう荒々しく腰をたたきこんだ。

「いや、いやあ!……助けて!」

夏子の身体は二人の男の間で、揉みつぶされるようにギシギシと軋んだ。薄い粘膜をへだてて二本の肉棒がこすれ合う感覚が恐ろしい。こすれ合うたびに苦痛をともなったしびれがひろがっていき、息がつまりそうだ。

「どうだ、奥さん。こうやってサンドイッチにされてる気分は?」

「なんとか言いな。気持ちよくてたまらねえんだろ」

冷二と瀬島が覗きこんだ夏子の美貌は、汗にまみれて真っ赤に燃え、妖しい肉の疼きと苦悶とを交錯させた。泣き声のなかにハアハアッというあえぎが入りまじった。

「あ、あ……ああ、いや……」

夏子の泣き声が微妙な変化を見せた。突きあげられる媚肉がトロトロの蜜を絞りだし、肛門の張り裂けるような苦痛が熱い蜜にくるまれて肉棒になじみはじめた。そして悩乱のうちに苦痛と肉の快美とが絡まりもつれ合って、夏子をいっそうとろかしはじめる。

「ああ……いや、いやっ……」

夏子の吐く息が、ふいごにあおられる火のように熱くなり、頭のなかがうつろになった。

こんな……こんなことって……。

二匹のけだものに前と後ろから犯されているというのに、その動きに反応させられていく自分の身体の成り行きが夏子には信じられない。だが、夏子はなす術もなく官能の波がふくれあがっていくのを感じた。こらえようとすればするほど、かえって前と後ろから突きあげてくるものを感じとってしまう。特に薄い粘膜をへだてて二本の肉棒がこすれ合うと、夏子は声をあげて身震いが出るのをどうしようもない。

「気分が出てきたようだな、奥さん」

「いや、いやあ！」

「いやがりながらよがってやがる。もう身体が言うことをきかねえんだろ。好きな身体しやがって」

「ああ……いや、あああ！」

夏子は黒髪を振りたくって泣き、うめき、あえぎ、そしてよがり声をあげた。

「いい声で泣きやがる。思いっきり気をやらせてやるからよ」

「気をやる時ははっきりイクと言うんだぜ、奥さん。夏子、イクってな」

冷二と瀬島は最初こそ夏子の肉の感触に圧倒されそうだったが、今は余裕をもって責めたてた。

「あ、あうう……やめて、あああ……」

汗まみれになってうねる夏子の腰のあたりに、小さな痙攣が走りはじめた。吊りあげられた片脚にも痙攣が走る。

「ああっ……ああっ……」

「イクのか、奥さん」

「いやっ……ああ、いやっ！」

泣き声をひきつらせる夏子をさらに追いあげるように、冷二と瀬島は一段と深く激しく突きあげた。

「ひいっ！」

ガクガクと夏子はのけぞった。そしてまるで電気でも流されたように白い歯を嚙みしばり、凄絶な美貌をさらして、夏子は総身をキリキリと収縮させた。

「う、ううむ……」

夏子の腰が前と後ろから突きあげてくるものをキリキリ締めつけつつ、激しく痙攣を見せた。

「イキやがったぜ。しょうがねえな、あれほどイク時はちゃんと言えと言ったのによ」

「夏子、イク時はちゃんと報告するのが牝の礼儀ってもんだぜ」

夏子のきつい収縮に耐えながら、冷二と瀬島は責めるのをやめようとしない。

「そ、そんな……」

余韻もおさまらぬうちに、たてつづけに責められて、夏子はグッタリすることも許されずに悲鳴をあげた。

「いやあ!……もう、いやあ!」

「何回でも気をやらせてやるぜ。今度はイク時にちゃんと知らせるんだぜ、奥さん」

「ほれ、もっと気分出して狂わねえかよ」

冷二と瀬島はせせら笑って、さらにグイグイと夏子を突きあげていく。二人の間で夏子の腰はミシミシと軋む。

「いやっ……もうやめて! いやあ!」

夏子は本当に気も狂わんばかりに泣きじゃくった。だがその声も、すぐに身も心もゆだねきったようなすすり泣きとあえぎとに変わった。たちまちめくるめく官能に翻弄された。

「ああ……あうう、あああ……」

もう肛門の張り裂けるような苦痛はずっと薄らいで、いや、その苦痛さえ耐えられない快美につながった。

ああ、こんなことって……たまらない……。

身体中がドロドロにとろけて、灼けただれていく。たてつづけに責められ、一度昇りつめた絶頂感が引かぬうちに再び追いあげられるなど、夫との愛の営みでは夏子は経験したことがなかった。それだけに襲ってくる肉の快美は強烈だ。

「あうう……狂っちゃう！」

「狂っていいんだぜ、奥さん。こっちにとっちゃ奥さんの身体さえありゃいいんだ」

「ああ……あう、本当に狂っちゃう！」

そう叫ぶうちにも、夏子の裸身にまた痙攣が走りはじめた。その痙攣が次第に大きくなり、絶息するような悲鳴をあげて、夏子は大きくのけぞった。

身体の芯が恐ろしいばかりにひきつり、腰がガクガクはねて、吊りあげられた片足の爪先が反りかえった。

「ひいーっ！」

もう一度悲鳴をあげて、夏子はさらに痙攣を激しくした。

「イクと言わねえか、イクと。まったく言うことをきかねえ奥さんだ」

「こうなりゃ、とことん犯しまくって言わせてやるぜ」

冷二と瀬島は夏子を休ませようともせず、たてつづけに責める。

「ひっ、ひいっ……」

夏子は白目を剝いて喉を絞った。

4

どのくらいの時間がたったのか。

頰をはたかれ黒髪をつかんでしごかれ、夏子は深い闇の底から引きずりあげられた。パシッと裸の双臀を打たれた。

「しっかりしねえか。これくらいでだらしねえぞ」

「のびちまうほどよかったのか。何度もイキやがって」

夏子の目の前に冷二と瀬島の顔がニヤニヤと笑っていた。いつの間にか夏子は気を失ってしまったのだ。もう手足の縄は解かれて、畳の上に横たえられていた。

「初回でのびちまうほど気をやるとは、さすがに熟れた人妻だな」

「何度気をやったか覚えてるのか。途中から、イク、イクってわめいて狂ったみたいだったぜ、奥さん」

男たちの言葉が恐ろしい現実を甦らせて、夏子は肩を震わせてすすり泣きはじめた。

「ああ……」

夏子は泣きながら黒髪を振りたくった。いっそ死んでしまいたい。二人がかりで媚肉と、肛門を犯されて、幾度となく官能の絶頂へと昇りつめさせられた。なんと夫に言いわけをすればいいのか。

こんな……こんなことって……ああ、あなた、許して……。

夏子は畳に泣き崩れて身を揉んだ。

そんな夏子をニヤニヤと見おろしながら、冷二と瀬島は汗にヌラヌラと光る双臀を撫でまわし、時折り活を入れるようにピシッと平手で打った。

「あ、ああ……」

打たれるたびに夏子の双臀が玉の汗を弾かせて、ビクッとこわばった。そして、肛姦のあとも生々しく口を開いて感覚を失っている夏子の肛門が反射的に収縮を見せ、注ぎこまれた白濁の精を吐きだす。赤くひろがった媚肉からも、トロリと白濁が流れでた。

「こりゃ一発で妊娠するかもしれねえな」

「たっぷり奥まで注いでやったからな。きっと孕むぜ」

冷二と瀬島は夏子をからかってゲラゲラと笑った。

「い、いやあ！」

妊娠という言葉に、夏子は泣き声を高くした。けだものに犯されたあげく、その種を孕まされてしまうなんて。

「いや。妊娠なんていやです」

「もう遅いぜ、奥さん」

男たちはまたゲラゲラと笑った。

夏子はしばし泣いてから、フラフラと上体を起こした。にわかに子供の直美のことが甦ってきた。

やっと四歳になったばかりの直美は、クロロフォルムを嗅がされてまだ部屋の隅に横たわっていた。

直美ちゃん……。

這うようにして我が子のところへ行こうとする夏子の足首を、冷二がつかんだ。ズルズルと引き戻す。

「どこへ行こうってんだよ、奥さん」

「ああ……もう帰って！」

夏子は冷二を振りかえって、すすり泣く声で言った。

「お開きにしようってのか。甘いな。お楽しみはまだまだ、これからだぜ」

「俺たちがこれだけいい身体を、そう簡単に手離すとでも思ってるのか」

冷二と瀬島は夏子の双臀を撫で、乳房をいじりまわしてニヤニヤと笑った。

夏子は泣き顔をひきつらせ、唇をワナワナと震わせた。もうさんざん楽しんだくせに、さらに弄ぼうという男たち。

「お、お願い。もう帰って」

「ガタガタ言うんじゃねえよ」

冷二はパシッと夏子の頬をはたいた。

「お色直しをして、またお楽しみといこうじゃねえか」

「今度は少し趣向を変えて可愛がってやるからな」

瀬島が眠っている子供の直美を抱きあげて、ニヤニヤと笑いながら部屋を出て、玄関へ向かう。

「ああ、直美ちゃん……子供をどこへ連れていくの!?」

夏子はあとを追おうとしたが、冷二の手が腰を抱いて許さなかった。

「子供はしばらくあずからせてもらうぜ。奥さんが逃げようとしたり、暴れたりしねえためにな」

「そ、そんな……」

「よく見ろ。奥さんが俺たちの言うことをきかねえ時は、二度と子供には会えねえぜ」

冷二は夏子の黒髪をつかんで、窓から外を見せた。

瀬島が外に待たせていた川津と若い者に直美を手渡すのが見えた。川津と若い者は素早く子供を車に乗せると、いずこかへ走り去った。

「ああ、直美ちゃん！……直美！」

夏子は悲痛な声をあげて、冷二の腕のなかでもがいた。そして身を揉むようにして泣きだした。

「ああ、卑劣だわ！」

「子供に会いたきゃ、俺たちを楽しませることだ、奥さん」

冷二はせせら笑った。

瀬島が戻ってくると、夏子を浴室へ連れこみ、シャワーで身体の汚れを洗い流す。もう夏子はすすり泣くばかりで、されるがままだった。

ああ、どうして……。

男たちはもうさんざん夏子の身体を貪ったのだ。今さら子供を人質にとらなくても……。夏子には男たちの考えていることがわからない。

入浴をすませると、夏子は湯あがりの裸身を鏡台の前へ座らされ、綺麗に化粧をさせられた。洗い髪もセットさせられる。

「また一段と綺麗になりやがって。そそられるぜ、奥さん」

「さっき狂ったようによがってたのが、嘘みたいじゃねえか」

冷二と瀬島はまぶしいものでも見るように目を細め、夏子の裸身に見とれた。それから、夏子の肩にコートをはおらせ、玄関へ連れていってハイヒールをはかせた。

「そ、そんな……いやです！」

外へ連れだされるとわかって、戦慄が夏子の背筋を貫いた。

「かんにんして！……いやっ、こんな格好でなんていやです！」

「ガタガタ言うんじゃねえ。子供のいるところへ連れていってやろうというんじゃねえか」

冷二が夏子の腕をつかんで引けば、瀬島が後ろから背中を押して、

「途中で奥さんが俺たちを充分楽しませなかったら、子供のところへは行き着かねえからよ。そのつもりで気分出しな」

「ああ……あなたたちという人は……」

歯がカチカチ鳴って言葉がつづかず、夏子は恐ろしさと絶望とに目の前が暗くなっていく。

外でも弄ばれる……男たちがわざわざ子供を人質として、どこかへ連れていったのは、このためだった。

夏子は強引に外へ連れだされた。身体中が震え、膝とハイヒールがガクガクと崩れ

そうだ。

た、助けて！　誰か……。

救いを求めたくても、我が子のことを思うと夏子は叫ぶこともできない。震える手でコートの前を押さえているのがやっとだ。コートは前のボタンがすべて切り取られていた。

外はもう陽が西の空に沈みかかって、人通りもけっこうあった。

「ほれ、シャンとして歩かねえかよ。なんなら素っ裸で歩かせたっていいんだぜ」

「コートをかけてもらってるだけでも、ありがたいと思いな、奥さん」

冷二と瀬島は左右から夏子の腕をつかんで強引に歩かせた。

「か、かんにんして……」

夏子は腕をとられたことでコートの前を押さえられなくなって、白い太腿や乳房がチラチラとのぞいた。

「あ、あ……人に、見られます」

「いいじゃねえか。減るもんじゃあるまいしよ」

「許して……お願い……」

夏子は今にもベソをかかんばかりだ。コートの下は全裸。そんな格好で外へ連れだされるなど信じられない。夏子の気の強さもどこかへ消し飛んだ。

角を曲がったところで、いきなり風にあおられてコートの前がはだけた。夏子の裸身の正面が剝きだしになる。

「ああ、いやっ！」

あわててその場にしゃがみこもうとする夏子を、冷二と瀬島は左右から腕をつかんだ手で引き起こした。

「なにをあわてていやがる。誰もいやしねえじゃねえかよ」

「誰かいたら大騒ぎだったたな。なんたって美人で名高い佐藤夏子夫人が、コートの下は素っ裸なんだからよ」

冷二と瀬島はからかいながら、わざとコートの前を大きく開いたまま、夏子を歩かせた。

「いやっ、コートの前を……お願い、かんにんして」

夏子は泣きださんばかりに哀願した。

もし誰か来てこんな姿を見られたら……。

そう思うと生きた心地もなく、身体の震えがとまらない。

ちょうど人通りが途切れているのをいいことに、瀬島はもう一方の手で夏子の乳房をいじりはじめた。

「いいおっぱいしてやがるぜ。九十センチはあるな」

タプタプと音をたてんばかりに揉みしだいては、乳首をつまんでひねる。

冷二のほうは夏子の下腹に妖しくもつれ合っている茂みに手をのばし、繊毛をかきまぜるようにして隠された柔毛を撫ではじめた。時折り、つまんで引っぱる。

「ああ、いやっ……いやです。こ、こんなところで……」

「おとなしくしてねえと、ここの毛を剃っちまうぜ、奥さん」

「そんな……ああ……」

乳房と茂みをいじられながら、夏子は夕焼けの道を歩かされていく。

歯を噛みしばって必死に耐えようとするのだが、歯がカチカチと鳴って今にも泣き崩れそうだ。

「股をひろげて歩け、奥さん。オマ×コに触れるようにな」

「いやです！」

「尻の穴のほうがいいってのか、奥さん」

夏子はいやいやと頭を振った。

「そんなに尻はいやか。となりゃ、よけいに尻の穴をいじりたくなるってもんだ」

冷二は茂みをいじっていた手を、夏子の双臀にまわした。

「いやっ、かんにんして！」

よじりたてるのをかまわず、臀丘の谷間に指をもぐりこませて、夏子の肛門を指先

にとらえる。

「ああっ、そこはいやっ……もういやです！」

「そんな声を出すと、まわりの家に聞こえるぜ、奥さん」

「ああ……」

冷二の言葉が夏子の声だけでなく、身悶えまで弱めた。

それをいいことに、冷二はゆるゆると夏子の肛門を揉みこんだ。夏子の肛門は浣腸と肛姦のあとも感じさせず、ひっそりと可憐にすぼまっていた。冷二の指にさらにキュッとすぼまる動きを見せた。

「ああ、許して……こんな、こんなことって……」

思わず泣き声が出た。

路上で裸身をさらされ、乳房を揉まれ、肛門までいじられながら歩かされていく恐ろしさ。

「しっかり歩かねえか」

冷二は声を荒らげた。

5

人通りの多いところへ出ると、冷二と瀬島はさすがにコートで夏子の裸身を隠したものの、乳房や肛門をいじるのをやめようとはしなかった。

ああ、いやっ……やめて！

夏子はもう顔をあげることができなかった。すれ違う人が皆、夏子に好奇の目を向けて振りかえる。ハッとするほどの美女が、コートの前から太腿や乳房をチラチラのぞかせ、しかも左右を固めた人相の悪い男たちの手がコートにもぐりこんでモゾモゾと動いているのだ。人目を引かないほうがおかしい。

あ、ああ……助けて……。

好奇の目を感じ、嘲笑や驚きの声が耳もとをかすめるたびに、夏子は生きた心地もなく目の前が暗くなった。

膝とハイヒールがガクガクして、思わずフラッとしゃがみこみそうになる。そのたびに左右から腕をつかまれた手と、乳房と肛門をいじる手で引き起こされた。

「もう歩けねえほど気持ちいいのか、奥さん。入れて欲しくてしようがねえって顔だぜ」

「だがよ。こんなところで入れてみろ。たちまち人だかりができて、大騒ぎだぜ」

冷二と瀬島は夏子をからかって、ニヤニヤとあざ笑った。

「か、かんにんして……」

夏子はあえぐように言ったが、その声は騒音にかき消されてしまう。

どこをどう歩かされたのか、気がつくと駅前に来ていた。そのまま改札口を通って、ホームにあがらされた。

「ああ……」

夏子は唇を噛みしめ、ハアハアともれそうなあえぎをこらえた。もうコートの下は身体中が汗でじっとりとして、揉みこまれる乳房は火照り、乳首が硬くツンと尖っていた。そして、冷二の指でいじられる肛門は、すっかり揉みほぐされてとろけるような柔らかさを見せていた。フックラと盛りあがってヒクヒクと妖しい蠢きを見せる。

これからどこへ連れていかれるのか、考える余裕も夏子はなかった。

ああ……もう、許して……。

夏子は胸のうちで何度も叫んだ。子供の直美を人質にとられていなくても、もう夏子は救いを求める声をあげることもできなくなった。一時も早くこの人ごみのなかから逃げだしたいと思うのがせいいっぱいだ。

電車が入ってきて、夏子は冷二と瀬島に抱かれてドッと電車のなかへ押しこまれた。もう帰宅ラッシュがはじまっていて、身動きもできないすごい混みようだ。

「こりゃお楽しみに好都合じゃねえかよ、奥さん」

「おとなしくしてろよ。さもねえと二度と子供には会えねえぜ」

冷二と瀬島が夏子の耳もとで囁いた。

なにをされるのか、そう思う間もなく、コートの後ろがまくられて、裸の双臀が剝きだしにされた。

「あ……」

「騒ぐと子供の命はないぜ」

冷二が夏子の耳もとで念を押した。

そして冷二の指が引き抜かれると同時に、かわって熱くずっと太いものが夏子の肛門に押しつけられてきた。それはググッと押し入る気配を見せた。

「ああ……」

夏子はなにをされようとしているのかを知って、悲鳴をあげかけてあわてて唇を嚙みしばった。電車のなかでお尻の穴を犯されるなど、夏子には信じられない。だが、すぐに肛門が押しひろげられて、引き裂かれるような苦痛が襲ってきた。目の前に火花が散った。

「ああ、いやっ……ああっ……」

噛みしばった口から、こらえきれずに悲鳴があがる。あわてて唇を噛んでも遅かった。いっせいにまわりの者が夏子のほうを見たが、冷二と瀬島はあわてない。

「足を踏まれたくらいで、オーバーな声を出すんじゃねえよ」

冷二がわざと大きな声で言えば、瀬島は何事もないようにつかみだした肉棒を、夏子の肛門に押し入れた。

ああ、やめて！……痛い……いや、いやっ、こんなところで……。

今にも噴きあがりそうな悲鳴を、夏子は必死にこらえた。

「騒ぐと子供の命はねえぞ。俺たちがもしつかまったら、すぐに子供は殺すことになってるんだ」

もう一度冷二が夏子の耳もとで囁いた。夏子の肛門はいっぱいに押しひろげられて、灼熱を呑みこもうとしていた。そして頭を咥えこむと、夏子は目がくらんだ。脂汗がドッと噴きこぼれ、たちまち声も出せず、息もできなくなった。

「二度目ともなりゃ、思ったより楽に入ったじゃねえか」

ズブズブと根元まで埋めこんで、瀬島は夏子の耳もとに囁いた。

夏子は歯を嚙みしばり、固く両目を閉じて顔をうなだれさせた。引き裂かれるような苦痛を懸命にこらえている。

「しっかりと咥えこんだか、奥さん」

冷二が前からコートのなかへ手を入れ、下腹の茂みをまさぐりはじめた。夏子の太腿を開かせながら、指先を股間へもぐりこませていく。媚肉の割れ目にそって指先を這わせてから、瀬島に貫かれている肛門をまさぐった。

夏子の肛門は張り裂けんばかりに拡張されて、太い肉棒を苦しげに咥えこんでいた。串刺しと言うのがぴったりだ。

「よしよし、うまそうに咥えこんでるじゃねえか。どうだ、満員電車のなかで尻の穴を掘られてる気分は？」

「う、うむ……」

「いくら気持ちいいからって、声を出すんじゃねえぞ。子供が可愛けりゃな」

冷二は肉棒を杭のように打ちこまれている肛門をしばしまさぐってから、今度は媚肉に指を分け入らせた。肉襞をまさぐり、指を二本、膣に押し入れて薄い粘膜をへだてて肛門の肉棒を感じとる。そして瀬島も動きだした電車の震動に合わせて、ゆっくりと夏子の肛門を突きあげはじめた。

夏子は歯を噛みしばって、噴きあがろうとする声を噛み殺した。

ひどい。こんなことをされるなら、いっそ死んでしまいたい……。

そう思いながらも、夏子の脳裡に連れ去られた我が子の面影が甦った。直美を残して死ぬことはできない。

いくらこらえようとしても、瀬島に肛門を深く突きあげられ、冷二に媚肉をまさぐられて、夏子の肉はまた狂いはじめた。苦痛と恐ろしさの底から、妖しい疼きがふくれあがって熱くドロドロにとろけだしてしまう。

夏子の口から熱い息があえぎとなってこぼれた。まわりの者はさっきからずっと好奇の視線を夏子に向けていた。それでなくても美しい夏子は男たちの目を引くのだ。まさか夏子がコートの下は全裸で、肛門をいたぶられていようとは夢にも思わないようだ。そして夏子にまとわりついている冷二と瀬島がヤクザと思えるとなれば、ただ好奇の目を向けてくるだけだ。

夏子がいよいよこらえきれなくなってきたと見ると、瀬島と冷二は顔を見合わせてニヤリと笑った。冷二がいきなり夏子のあごをつかんで、唇に吸いついた。ハッとして振りほどこうとした夏子だったが、肛門を深く貫かれている身体は気力も萎えて、吸われるがままになった。

「う、うむ……」

口を吸われながら、夏子はうめいた。

冷二はまわりから好奇の視線が集中してくるのもかまわず、激しく夏子の口を吸いつづける。舌を夏子の口へ入れ、舐めまわし、夏子の舌を絡め取って吸った。そして唾液をたっぷりと流しこんでやる。

それをニヤニヤと眺めながら、瀬島も夏子の肛門を突きあげる動きを大きくした。深くえぐってこねまわす。

「うむ、うぐぐ……」

舌をあずけたまま、夏子は白目を剝いてブルッ、ブルルッと双臀を震わせた。刹那、夏子の膝がガクガクと力が抜け、ググッと背筋がのけぞったかと思うと、双臀が激しく痙攣した。きつい収縮が瀬島の肉棒を襲う。

ふさがれた口で「イクっ」と叫んだようだったが、くぐもったうめき声にしかならなかった。

瀬島は動きをとめたが、冷二は夏子の身体が余韻の痙攣を見せ、ガクッと力が抜けるのを感じてから、ようやく口を離した。

「あきれた奥さんだぜ。満員電車のなかで堂々と気をやるとはな」

「もう二度目でアナルセックスの味を覚えたようだな、奥さん」

冷二と瀬島は夏子の耳もとで囁いてあざ笑った。

だが、その声も夏子にはもう聞こえない。グッタリと身体を瀬島と冷二とにあずけたまま、固く目を閉じた美貌を冷二の胸に埋めるようにして、ハアハアとあえいでいる。冷二がニヤニヤと覗きこんだ夏子の美貌は、ピンクに上気して汗に洗われ、初産を終えたばかりの若妻のような美しさだった。

「駅に着くまではまだ時間があるからよ。まだまだ楽しめるぜ」

「俺も出しちゃいねえしよ」

まだ夏子の肛門を深々と貫いたままの瀬島が、後ろから夏子の耳たぶを噛んだ。そして再びゆっくりと電車の震動にリズムを合わせて、夏子の肛門を突きあげはじめた。冷二も媚肉をまさぐってくる。

「ひっ……」

夏子は喉を絞った。冷二の胸に顔を埋めたまま、キリキリと上衣を噛みしばった。

第十四章　マッチ売りの人妻

1

ようやく電車からおろされた夏子は、もう一人では立っていられず、グッタリと身体を冷二と瀬島の腕にあずけて、ハアハアとあえいでいた。

「一度や二度、気をやったくらいでだらしねえぜ、奥さん。シャンとしてねえかよ」

「そんな顔してると、尻の穴で気をやりましたって、まわりに教えてるようなもんだぜ」

冷二と瀬島はわざと大きな声で意地悪く夏子をからかいながら、改札口へと向かう人の流れのなかを歩かせた。

好奇の目が夏子に注がれてくる。もう夏子がコートの下は全裸なのに気づいている者も何人かいるようだ。

夏子は生きた心地もなく、膝とハイヒールとがガクガクした。顔もあげられず、今にも泣きだしてしまいそうだった。

こんなことって……ああ、ひどい……。

足を進ませるたびに、さっきまで電車のなかで貫かれていた肛門がズキズキと疼いた。それが助けを求める気力さえ萎えさせた。

夏子は何度も足がもつれてしゃがみこみそうになり、そのたびに引き起こされては歩かされ、どうにか改札口を出た。

駅前に黒い外車が待っていた。助手席と運転席からひと目でヤクザとわかる男たちが、冷二と瀬島を迎えた。

「ああ……」

夏子はおびえ、身体をこわばらせた。だが左右から冷二と瀬島とに挟まれて後部座席に乗せられた夏子は、もうほとんど抵抗らしいものは見せなかった。

シートにグッタリともたれて大きく息をついている。これからどこへ連れていかれるのかという不安よりも、好奇の目にさらされる人ごみのなかから連れだされたことで、ひとまず救われたと思う気持ちのほうが大きい。

「電車のなかで尻の穴を掘られたのが、そんなによかったのか、奥さん」

冷二がニヤニヤと囁きながら、あえいでいる夏子のコートの前を左右にはだけた。

夏子は喉から豊満な乳房と腹部、そして太腿にかけてびっしょりの汗だった。ボウッとけぶるように上気して、まるで油でも塗ったようにどこもヌラヌラと光っている。

「まったくいい身体しやがって、さすがに人妻は責めがいがあるぜ」

「まだまだこれからだぜ、奥さん。たっぷりと責めてやるからよ。これだけいい身体をしていることを、後悔するまでにな」

冷二がコートを脱がしてハイヒールをはいただけの全裸にすれば、瀬島が素早く夏子を後ろ手に縛った。充血した乳首を硬く尖らせている豊満な乳房の上下にも、縄はキリキリとくいこんだ。

「ああ、いやっ……もう、いやです」

夏子は弱々しく頭を振った。さんざん凌辱された身体をさらに弄ばれるのだ。

「お願い、もうかんにんして……ああ、もう子供をかえして」

「子供にはあとで会わせてやる。たっぷりと楽しんだらな」

「早く子供をかえして欲しけりゃ、せいぜいこのムチムチの身体を使って、俺たちを満足させることだな」

冷二と瀬島はあざ笑って左右から夏子の足首をつかんで、それぞれ自分の膝の上へのせあげた。

「あ、あ、そんな……いやっ」

夏子の両脚はほとんど水平に近いまでに開ききって、内腿の筋が浮かびあがり、ピクピクとひきつった。夏子は首筋まで真っ赤にして泣き声をあげた。外はもうすっかり夜の帳に包まれているが、車内灯をあかあかとつけられて全裸にされ、股間を開かされているなど信じられない。まわりの車や道行く人から、また覗きこまれている錯覚に陥った。

「か、かんにんして……」

夏子は頭を振って、すすり泣きだした。

それをあざ笑うように、冷二と瀬島は左右から夏子の乳房をいじりつつ、内腿を撫でまわした。汗にヌラヌラと光る乳房が、揉みこまれてタプタプと音をたてんばかりで、撫でまわされる内腿もブルブルと震えた。乳首がつままれ嬲られる。

「あ、あ、やめて……もういやっ」

「なにがいやだ。奥さんはうんと気分を出して、よがることとだけ考えてりゃいいんだ」

「そんな……いや、いやです！……ああ、どこまで辱しめれば……」

「牝になりきって、俺たちを満足させることだと言ったろうが」

冷二と瀬島はニヤニヤと笑って舌なめずりをした。

いやがって泣きながらも、夏子の乳首が血を噴かんばかりにツンと尖って、撫でまわされる内腿も熱く火照り、ブルブルと震える。それが男の欲情をそそる。

冷二と瀬島はうれしそうに笑ってさらに夏子の乳首を揉み、付け根から絞りこみ、その豊満な肉づきを楽しむようにてのひらにすくいあげ、揺さぶった。内腿を撫でまわすもう一方の手は、艶やかにもつれ合ってフルフルと震える女の茂みをかきあげ、開ききった肉の花園をいっそう剝きだした。

「いいオマ×コしやがって、そそられるぜ。とても子供を生んだとは思えねえ。綺麗なもんだ」

「もうオマ×コをいじりまわされたくて、しようがねえんだろ」

二人はニヤニヤと覗きこんだ。

電車のなかで肛門を犯され、さんざんいじりまわされた夏子の身体である。媚肉の割れ目は内腿の筋に引っぱられて開き、妖しく濡れ光る肉層を露わに見せた。ムンムンと女の匂いが色濃く立ち昇る。

そして夏子の肛門もまた、生々しい姿を見せた。肛姦のあとも生々しく、まだ腫れぼったくふくれて、おびえるようにヒクヒクと蠢いていた。

「オマ×コが濡れていい色になってるじゃねえか。クリちゃんもこんなに尖らせてよ」

「発情した牝ってのはたまらねえな」

覗きながら冷二と瀬島は夏子をからかい、左右から手をのばして媚肉の割れ目をさらに開き、女芯の包皮を剝きあげたり戻したり、さまざまによじれる肉襞を眺めてはせせら笑った。

「いやっ……ああ、いやっ……もう、やめてください」

夏子は泣き声をあげながらも、身体が男たちの指に反応してしまうのをどうしようもなかった。身体の奥底でくすぶっていた官能の残り火が、またあおられる。身体の芯が疼きだし、その熱がドロドロととろけだす。充血してツンと尖った肉芽が、今にも血を噴かんばかりに脈打った。

「ああ、駄目……こ、こんな……」

夏子は自分の身体の成り行きが信じられなかった。

ジクジクと溢れる甘蜜は、狭間を流れしたたって、フックリとほぐれた肛門をヌラヌラと光らせる。ヒクヒクと蠢く夏子の肛門が、甘蜜を吸いこんでいくようだ。

「オマ×コも尻の穴も、ますますとろけてきたじゃねえか、奥さん」

「いやっ……ああ、いやです！　やめて」

「泣き声もいいぜ、奥さん。そんなに気持ちいいのか」

冷二と瀬島はしつこく乳房を揉み、肉の花園をまさぐり、女芯をいじり、嬲っては夏子の反応を楽しんだ。

「どんどんお汁が溢れてきやがる。そろそろ太いのを咥えこませてやっちゃどうだ」

「このままじゃオマ×コがただれちまうかもしれねえか」

ニンマリと笑った冷二が、長大な張型を取りだした。長さは三十センチ、太さはコーラの瓶ほどもあるだろうか。

見せつけられて、夏子は喉を絞り、目をひきつらせた。

「い、いやっ……そんなもの……」

「どうだ、デカいだろうが。奥さんのオマ×コに入れてやろうと、特別製なんだぜ」

「そんな……」

あまりの大きさに夏子は言葉がつづかない。

「こいつでたっぷりと楽しませてやるからよ、奥さん。うれしいか」

「いやっ……やめて、いやあ！」

「子供を生んだ奥さんなら、これだけデカくても心配ないぜ」

「いや、いやです！……怖い」

「これだけいい身体をしてるんだ。そのうちにこれが忘れられなくなるぜ」

「やめて！……か、かんにんして！」

夏子の悲鳴は恐怖にかすれた。

それをあざ笑うように、冷二は張型の先端で夏子の乳首を嬲り、グリグリと小突いた。

夏子は悲鳴をあげ、泣き悶えた。ドッと生汗が噴きでる。

張型は一カ所にとどまっていず、乳房から腹部、そして茂みへと這いおりる。

「いやあ！……ああ、いやっ！」

逃げようとよじりたてられる夏子の腰は瀬島の手でがっしりと押さえこまれている。

「入れるぜ、奥さん。できるだけ深く咥えこませてやるからな」

冷二は張型の先端で媚肉のひろがりにそって二度三度となぞって、夏子に狂おしい悲鳴をあげさせ、ゆっくりと押し入れにかかった。

「あ、ああっ……ひいっ！」

「生娘じゃあるまいし、おとなしくオマ×コを開かねえか」

「いやあ！……ひっ、ひいっ、裂けちゃう！……ひいっ……」

処女みたいに夏子は絶叫し、必死に腰をよじりたてた。だが長大な張型は杭のようにジワジワと入ってくる。柔肉が引き裂かれていく。

「うむ……う、うむ……」

夏子は顔を真っ赤にしてキリキリと歯を噛みしばってのけぞった。腰がミシミシと軋んでこわれそうで、夏子はもう息すらつけない。

「こ、こわれちゃう……うむむ……大きすぎます！」

　夏子の声は苦悶のうめきにしかならなかった。張型の長大さを恐ろしいまでに思い知らされ、目の前が暗くなった。

「どうだ、奥さん。入っていくのがわかるか」

「色っぽい顔して呑みこんでいくじゃねえか。そんなにいいか」

　冷二と瀬島にからかわれても、夏子は返事をする余裕もない。

　ジワジワと入ってくる太い張型に、張り裂けんばかりの肉襞が巻きこまれ、内に引きこまれていく。夏子は息もできずに、ブルブルと腰を痙攣させた。

　ズシッと張型の先端が子宮口に達し、夏子は白目を剥いた。それでも張型は夏子の子宮を押しあげんばかりに入ってくる。胃まで突きあげられるようで、夏子は半ば気を失った。

「しっかりしろ、奥さん。せっかく特大のを咥えこませてやってるのによ」

瀬島が夏子の黒髪をつかんでしごき、てのひらで頬をはたいた。

「さすがに子供を生んだ人妻だけのことはあるな。見事に呑みこんだじゃねえかよ」

「うむ……うう……かんにんして……」

夏子はしとどの脂汗にまみれ、腰から割り開かれた太腿にかけてブルブルと震わせた。そして夏子の開ききった股間は、恐ろしいまでに長大な凶器を、それに較べて弱々しすぎると思われる媚肉が、せいいっぱいといった感じで咥えこんでいた。まるで太い杭を打ちこまれたように柔肉が苦しげに軋む。

冷二は張型から手を離し、瀬島と顔を寄せ合うようにして、しばし覗きこんだ。ゾクゾクと胴震いがくる。

「かんにんして……もう許して……」

夏子はブルブルと震えながら、息も絶えだえにあえいだ。自分を貫いているものの巨大さを思い知らされ、とてもじっとしてはいられなかった。だが腰をよじれば、かえってその巨大さを思い知らされる。

「デカいからズンといいだろうが、奥さん。亭主と較べてどうだ?」

「よほどうれしいと見えて、たいした濡れようだぜ。さっきよりずっとお汁が溢れてきたじゃねえか」

冷二と瀬島はからかいながら、張型を動かそうとはせず、バイブレーターのスイッチを入れることもしなかった。張型の巨大さをじっくりと夏子に思い知らせ、柔肉が自然とその巨大さになじむのを待っている。ニヤニヤと覗きながらも、冷二と瀬島の手は絶えず夏子の乳房をいじりまわし、内腿に這った。

夏子は唇を噛みしめたままうめき、泣き、グラグラと頭を揺らした。

「か、かんにんして……ああ、取ってください」

時折りあえぐように言って、夏子は腰をよじり、震わせた。

もう車がどこを走っているのかもわからない。信号で車がとまり、隣りの車の運転手が覗きこんでくるのも気がつかなかった。

「あ……ああ、いやっ……」

いつしか張り裂けるような苦痛の底から、妖しくしびれるような感覚がふくれあがってくるのを、夏子は恐ろしいもののように感じた。しびれは熱い疼きとなって子宮をとろけさせ、ドロドロと蜜を絞りだす。身体の芯がひきつれるように収縮し、夏子はいやでも妖しい快感を感じた。

「ああ、許して……ああ……」

肉がひとりでに快感を貪る動きを見せだしてしまう。

だが冷二と瀬島は夏子の乳房と内腿をいじってくるだけで、張型にはまったく触れようとはしなかった。

「オマ×コがヒクヒクしてるじゃねえか。早くこねまわされたくて、しようがねえみたいだぜ、奥さん」

「うれしそうに咥えこみやがって。そりゃバイブのスイッチを入れりゃ、一発で気をやるかもな」

冷二と瀬島はそんなことを言いながら、意地悪く夏子を焦らした。

「いや、いや!……ああ、もういやあ!」

夏子はキリキリと唇を噛んで、黒髪を振りたてた。長大な張型を押し入れただけであとをつづけようとしない男たちが、夏子には信じられなかった。どうせ嬲られるならひと思いに責めたてられて、おぞましさもみじめさもなにもかも忘れてしまいたい。だが夏子にそんなことを言えるわけがなかった。ただ自分を貫いているものの巨大さに圧倒され、張り裂けそうな苦痛のなかからふくれあがる快感に狼狽するばかりだ。

「色っぽい顔しやがって」

瀬島が車の窓を開け、夏子の黒髪をつかんで顔を外に向けた。

隣りにマイクロバスが並んで走っていた。そしてその窓から何人もの男たちがくい入るようにこっちを覗きこんでいるのが、夏子に見えた。

「ひいっ……そ、そんな……いや！」

夏子の口に悲鳴がほとばしった。

さっきからずっと覗かれていたのだろうか。車内灯がつけられたままなので、上下を縄で絞りこまれた乳房も、左右に大きく割り開かれている太腿も、そして長大な張型で貫かれた股間も、夏子のすさまじい姿がマイクロバスの男たちから丸見えだった。

「いやっ……見られてます！　ああ、いや、いやです！」

「いいじゃねえか。見せたって減るもんじゃあるまいしよ。少しサービスしてやれよ、奥さん」

「そ、そんな……かんにんして！」

夏子は男たちから必死に顔をそむけ、身体を隠そうともがいた。こんなあさましい姿を隣りのマイクロバスから覗かれていると思うと、とてもじっとしていられなかった。

腰をよじればいやでも巨大な張型の存在を思い知らされる。それでも夏子はよじらずにはいられない。くい入るように覗いてくる男たちの目。

「許して……ひ、ひどすぎます……ああ、かんにんして……」

「こんな太いのを咥えこんでいても、まだ牝になりきれねえのか、奥さん。まだ責めが足りねえらしいな」

夏子の内腿を撫でまわしていた冷二の手が、いきなり夏子の肛門にのびた。指先でゆるゆると肛門を揉みこむ。

「あ……い、いやっ……そこは……」

夏子の泣き声がフッとうわずった。

揉みこまれる夏子の肛門は、前から溢れた蜜にしとどにまみれ、フックリとゆるんでいた。肛姦のあとも生々しくまだ腫れぼったくふくれて、ヒクヒクと震えていたのだ。

「そ、そんな……かんにんして……ああ、そこは許して……」

「奥さんのような女は尻の穴を責めてやるのが一番なんだよ」

冷二はうれしそうに笑いながら、ゆっくりと指を押し入れはじめた。夏子の肛門の粘膜を指でジワジワと縫っていく。

「ああっ……い、いやあ!」

「そんな声を出すと、隣りの車まで聞こえるぜ。尻の穴に指を入れられてることを教えたいのか」

「そ、それは……」

意地の悪い冷二の言葉に、夏子は泣き声だけでなく、抗いまでが力を失った。それでなくても電車のなかで、あろうことか肛門を犯されたということが、夏子の気力を萎えさせる。

「どうだ、冷二。奥さんの尻の穴は」

「電車のなかで掘られたあとだってのに、いい感じだぜ。さすがにいい尻してるだけのことはあるぜ」

「もう尻の穴を責められる味を覚えたってわけか」

冷二と瀬島は顔を見合わせてニヤニヤと笑った。

媚肉に長大な張型を咥えこまされているせいもあるが、夏子の肛門は熱っぽく生ゴムのような感触がきつく冷二の指を締めつけた。その妖美できつい肉の感触を楽しみつつ、さらに深く指を入れると、きつい収縮が指の根をクイクイ締めた。

それはフッとゆるんではまた締まり、妖しい息づかいのような蠢きを見せた。その感触を楽しみつつ、冷二はゆっくりと指をまわして腸襞をまさぐり、抽送した。

「あ、あ……もう、やめて……ああ……」

「感じるんだろ、奥さん」

「かんにんして……」

夏子は真っ赤になって、ハアハアとあえいだ。腰がブルブルと震えだしてとまらない。

隣りのマイクロバスの男たちに覗かれながら、肛門を嬲られるのだ。おぞましさと恥ずかしさ、屈辱に、夏子は頭のなかまで灼ける。男たちの淫らな視線が、痛いまでに身体に感じられた。

「もう許して……ああ……」

「うんと気分出していいんだぜ、奥さん。覗かれていると思うと、よけい感じるんだろ」

冷二は夏子の肛門を指で触るだけで、まだ張型には手をのばしてはこなかった。瀬島も夏子の顔をマイクロバスのほうへ向けたまま、乳房をいじるばかりだ。

「奴らになにか言ってやれよ、奥さん。尻の穴をいじってくれるから、気持ちいいとかよ」

「それとも奥さんが気をやるところを、奴らに見てもらうか」

瀬島と冷二は夏子をからかって、ゲラゲラと笑った。

「ああ……いや……ああっ」

もう夏子は、そんなからかいに反発する気力もなかった。覗かれ、肛門を弄ばれているというのに、肛門から直腸へと妖しい疼きが走り、身体の芯がいっそうとろけだす。それが張り裂けんばかりに張型を咥えこまされたまま放っておかれる肉奥を、ますます切なくした。ひとりでに腰がうねりだすのを、夏子はどうしようもなかった。

ああ……た、たまらない……。

夏子はワナワナと震える唇を噛みしめ、両目を閉じた。頭のなかがうつろになる。

「ああ、あああ……」

こらえきれずに夏子の口から声が出た。

「やっと牝らしい声を出しはじめたじゃねえか、奥さん」

「もっとうんと気分出しなよ」

冷二と瀬島はさらに夏子を責めたてながらあざ笑った。

夏子は全身が火と化したように泣き悶え、息も絶えだえにあえぎだした。もうマイクロバスの男たちが覗きこんでいるのも忘れたようだ。

車がとまった。

「着いたぜ、奥さん。お楽しみの最中だけど、ここでおりるんだ」

「すぐにまたお楽しみのつづきをしてやるからな。さっさとしねえと、素っ裸を見られちまうぞ」

冷二と瀬島に耳もとで囁かれて、夏子はうつろに目を開いた。

窓の外に派手なネオンがいくつも輝いていた。覗き部屋やデートクラブ、バーなどのネオンに、通りを行きかう人の波。車はいつしか歓楽街にとまっていた。

夏子はハッとして身体を硬直させた。

「そ、そんな……いやあ！」

それまでの官能の火も一瞬に消し飛んだように狼狽して、夏子は裸身を隠そうとした。

もうマイクロバスの男たちはいなかったが、通りには較べようもないほどの男たちの姿があり、何人かは夏子の裸身に気づいたようだ。

瀬島が素早く夏子の肩にコートをかけた。

「ぐずぐずしてねえで、おりねえか」

「いやっ！　こ、こんな格好でなんて……ああ、かんにんして」

「こうやってコートをかけてもらってるだけでもありがてえと思いな。なんなら素っ裸のままおろしてもいいんだぜ、奥さん」

夏子は強引に車から引きずりおろされた。

「ああ……」

泣き声をあげそうになって、夏子はあわてて唇を噛みしめた。

ブラブラしていた男たちが夏子の美しさに気づいて、目を向けてきた。

いやっ！　ああ、助けて……。

冷二と瀬島に左右から抱かれるようにして歩かされながら、夏子はもう生きた心地もない。コートを肩にかけられているだけなので、足を進ませるたびにコートの前から白い太腿や乳房がチラチラとのぞく。

膝やハイヒールがガクガクとして、思わず崩れそうになるたびに左右から冷二と瀬島にグイと抱き起こされた。股間に長大な張型を埋めこまれたままの身体は、腰に力が入らずに、ひとりでにガクッ、ガクッと力が抜けてしまう。

さんざん指でいじりまわされ、ゆるみきってヒクヒクと疼く肛門の感覚も、夏子に追い討ちをかけた。

「すごい美人だな。どこの店の女なんだ」

「コートの下は裸みたいだぜ。ほれ、パンティもはいてねえよ」

「覗き部屋の女か。それにしちゃ、よすぎるぜ」

「見ろよ、縛られちまって。ということはＳＭクラブの女か。あれだけの美人なら、俺も責めてみてえよ」

そんな好奇の囁きが夏子を取り囲む。夏子は泣きだしてしまいそうなのをこらえるのがせいいっぱいだ。

「へたに騒ぎやがったら、二度と子供には会えねえぜ、奥さん」

「子供が可愛けりゃ、おとなしく俺たちの言うことをきいてることだ」

冷二と瀬島は夏子を歩かせながら耳もとで囁き、脅すことを忘れなかった。

「ああ、お願い……コートの前を押さえて。見られてしまいます」

夏子は消え入るような声でそう言うのがやっとだった。

すれ違う男たちがはじめ夏子の美貌に驚き、次にコートの合わせ目からチラチラのぞく白い肌に気づいて、好奇の目を向けてくる。ニヤニヤしながらついてくる者もいた。

突然に風が吹いて夏子のコートの前が大きく開き、白い裸身が男たちの目に露わになった。

「ああっ、いやあ！」

夏子は悲鳴をあげて、その場にしゃがみこんでしまった。

冷二も急いでコートで裸身を覆ったが遅かった。縄で縛りこまれた豊満な乳首となめらかな腹部。細くくびれた腰。ムチムチと官能美あふれる太腿とその付け根をかざった茂み。そして股間に突き刺された長大な張型。一瞬ではあったが、まわりの男たちにはっきりと見られてしまった。

たちまち男たちが大勢集まってきて、人垣ができた。

「なんだなんだ。ＳＭクラブの宣伝か」

「あんなすげえ美人が……どこの店だ。さっそく行ってみてえよ」

「ムチムチしたいい太腿してるじゃねえか。おっぱいもすごい」

「なんていい女なんだ」

人垣のなかから好奇の声と笑いがあがる。まさか夏子が子供を人質にとられ、さらに凌辱されるべく引きたてられているところだなどと思う者はいなかった。さっそく夏子と遊ばせて欲しいと、冷二や瀬島に金を見せてかけ合う者さえいた。

ああ、こんなことって……。

しゃがみこんだまま、夏子は耐えきれずに泣きだした。

2

すっかり夏子の美しさに魅せられて、しつこくつきまとってくる男たちに、冷二と瀬島はニガ笑いした。はじめは追い払おうかとも思ったが、少しばかり遊び心が湧いた。

「ちょいとばかり遊ばせてやるか」

「面白えかもな。みんな焦れたような目をしてやがる」

冷二と瀬島は互いに顔を見合わせて、ニンマリと笑った。瀬島はつきまとってくる男たちに向かって、マッチを取りだしてみせた。

「フフ、このマッチ一本二千円だ」

男たちはすぐにはなにを言われたのかわからない。

「目の保養をさせてやろうってんだ。このマッチの火がついてる間、好きなところを覗かせてやるぜ」

瀬島の言葉に男たちはざわめいた。

「オ、オマ×コまで見せるのかい!?　その美人のオマ×コまで」

「太いのを咥えこませてあるからすげえぜ」

「よ、よし。買った」

男たちのなかから一人が声をあげると、たちまち我れ先にと競争になった。

恐ろしい取引きがされているとも知らず、夏子は冷二によって狭い路地の暗い物蔭に連れこまれた。

「ああ……なにを、なにをしようというの!?」

夏子はおびえに声を震わせた。

冷二はニヤニヤと笑うと、後ろから夏子の身体を抱くようにして言う。

「お楽しみのつづきだよ。奥さんは気分を出してオマ×コと尻の穴を、もっととろけさせることだけ考えてりゃいいんだ」

「ああ、もう、これ以上いやらしいことは、しないで」

「子供が可愛けりゃ、言うことをきくんだな、奥さん。なあに、ちょいと奴らに身体を見せてやりゃいいんだよ」

「…………」

あまりのことに夏子は絶句した。ワナワナと身体が震えだす。

「そ、そんなひどいこと……」

「なにがひどい。さっきからチラチラ見せてたくせによ。覗き部屋の野外版ってわけだ」

冷二は夏子の耳もとで囁いて、せせら笑った。

「い、いやっ……そんなこと、いやです。かんにんして！」

「騒いだり暴れたりしたら、二度と子供には会わせねえぜ」

「な、なんて卑劣なの！　ああ……」

恐怖と絶望がドス黒く夏子を覆った。夏子の目に、瀬島が男たちを連れて近づいてくるのが見えた。

「ああっ、いやあ！」

夏子はビクッと震えると、反射的に逃げようとした。だが夏子の身体は冷二に後ろから、がっしりとつかまえられている。

「おとなしくしろ。子供がどうなってもいいのか」

冷二は夏子の耳もとで、低くドスの利いた声で言った。

「ああ……」

夏子は黒髪を振りたくった。

近づいてきた男たちは皆、手にマッチ棒を持ってニヤニヤと笑い、夏子の前に群がった。十人はいるだろうか。

「い、いやっ」

夏子は身体を凍りつかせた。

た、助けて！……

泣き叫びたくても、我が子のことを思うと夏子は声を出せない。唇をワナワナと震わせ、凍りつかせた身体をブルブルと震わせるばかりだ。

最初の男はでっぷりと太った中年男で、うれしそうに舌なめずりをした。

「へへへ、それじゃ見せてもらうかな」

男の声がうわずった。暗闇に血走った目がギラギラと光っている。それが飢えたけだものを思わせて、夏子は総毛立った。ブルブルと身体の震えがとまらなくなった。

男がマッチをすって火をつけると同時に、冷二は夏子の肩にかけたコートの前を大きく左右に開いた。

「あ……い、いやっ！」

夏子の口に思わず悲鳴がほとばしり、暗闇に夏子の裸身がボウッと白く浮かびあがった。

まぶしいものでも見るように男の目が細くなり、ゴクッと喉が鳴った。縄で絞りこ

まれた豊満な乳房からなめらかな腹部にかけて、汗でヌラヌラと光り、あえいでいるのが、マッチの火の明かりに妖しく蠢いて見えた。その下には茂みが妖しくもつれ合ってフルフルと震えている。そこから切れこんだ媚肉の合わせ目には、長大な張型が深々と埋めこまれていた。

「す、すげえ……こんなデカいのを……」

男はうなるように言った。激しく欲情が昂るのだろう、男は涎れをすすりあげんばかりに、何度も舌なめずりした。

「いやっ……ああ、いやっ……見ないでェ……ああ……」

夏子は後ろから冷二に抱かれたまま、右に左にと頭を揺らしながら泣き声をあげた。男がどこを見ているか、痛いまでの視線と淫らな息づかいに、いやでも夏子は感じとれた。こんなふうに見知らぬ男のさらしものにされるより、いっそ死んでしまいたい。

「もっとよく見せてやるぜ」

瀬島がそう言うなり、しゃがみこんで夏子の左足首をつかんだ。ジワジワと割り開いて持ちあげはじめた。

「そ、そんな……いやあ！」

夏子は泣き声をあげて、下半身を硬直させた。だが長大な張型で貫かれた下半身は力が入らない。

夏子の両膝が、そして内腿が、ジワジワと割り開かれていく。それにつれて外気とともにくい入るような男の視線が、内腿に忍びこんでくるのがわかった。

「やめて！……ああ、ひどいわ！　かんにんして！」

「おとなしくしてろ。二度と子供に会えなくていいのか、奥さん」

冷二が後ろから夏子を押さえつけて、耳もとで囁く。

「ああ……」

夏子の身体から力が抜けた。ガクッと両脚が開き、瀬島につかまれた足首は横へ高々と持ちあげられた。内腿がヒクヒクとひきつって、その中心に長大な張型が杭のように打ちこまれていた。肉の花園は張り裂けんばかりで、赤く充血した柔肉をのぞかせ、しとどに蜜を溢れさせているのが生々しい。

「す、すげえ……」

男はそう言っただけで、あとは声も失って見とれた。今にも鼻や口が夏子の内腿にくっつきそうだ。

「見ないでェ……ああ、いやあ！」

夏子はキリキリと唇を噛みしめて、すすり泣いた。

覗かれていると思うと、張型を咥えこまされた部分が火になった。その火がまた子宮をしびれさせ、夏子の意志に反して甘蜜をジクジク吐きださせる。

「ああ……もう、見ないでェ」

夏子は頭をグラグラと揺らし、泣き声をあげた。子供を人質にとられていなければ、どうしてこんな辱しめに耐えられようか。

「気どるなよ、奥さん。見られるのがうれしいくせしやがってよ」

「客のほうも気に入ったようだぜ。夢中になって覗きこんでやがる」

冷二と瀬島は夏子に囁いて、ニヤニヤとあざ笑った。

男の手のマッチ棒は短くなって、今にも燃えつきそうだ。

「熱っ……」

指先を火傷しそうになって、男はあわててマッチ棒から手を離した。開ききった夏子の股間が、またスーと闇のなかに吸いこまれた。

「あ、ちくしょう。まだだぜ」

男があわててもどうしようもなかった。

「へへへ、次は俺の番だ。さ、どいたどいた」

未練たっぷりに引きさがる男にかわって、二番目の男がのりだした。

「いやっ……ああ、もういやあ」

すすり泣く声で夏子が哀願しても、かえって男の欲情を昂らせるばかりだ。

二番目の男は夏子の前にかがみこむとマッチに火をつけ、はじめから開ききった股間を覗きにかかった。

「こ、こんなデカいのを咥えこんでたとはな。こりゃ、すげえ眺めだ」

男はくい入るように覗きこんで、驚きの声をあげた。

「しかもたいした感じようじゃねえか」

「いやあ……言わないで。ああ……」

夏子は泣き声を高くした。足首を瀬島につかまれて持ちあげられているため、身体を支えるもう一方の脚がガクガクして、今にも崩れそうになった。冷二に後ろから抱きかかえられていなければ、とても一人では立っていられない。

「たまらねえな」

男は我れを忘れたように張型に手をのばそうとした。その手を瀬島がつかんでとめた。

「見るだけだ」

瀬島のドスの利いた声に、男は手を引いた。冷二も瀬島もまだ夏子を手に入れたばかりなのだ。あわてて他人のおもちゃにさせる必要はまだない。

「これだけの美人のオマ×コを見れるだけでも、幸運と思わなくちゃよ」

瀬島はそう言うと、夏子の足首をつかんだまま、もう一方の手をのばして、長大な張型をつかんだ。見せつけるようにゆっくりと張型をあやつりはじめる。夏子の子宮が突きあげられ、柔肉がこねまわされる。

「あ、いやっ……そんな、動かさないで」

いきなり動きだした長大な張型に、夏子は狼狽の声をあげた。押し入れられてからまったく触れられなかった張型だ。それだけに突きあげられる子宮が疼き、肉襞が待ちかねたようにざわめきだした。

「あ、ああ、そんな……ああ、いやっ」

「気持ちいいんだろ、太いのがこんなになめらかに動くぜ」

「いや、いやよ……ああ、やめて！」

夏子は黒髪を振りたくった。いくらこらえようとしても、長大な張型に子宮を突きあげられ、肉襞をこすられると、声が出るのを抑えようがない。快美のさざ波が身体の芯から湧きあがり、背筋を走る。

「ああ、いやっ、ああ……」

夏子の息が火のように熱くなり、泣き声がどこか艶めいた。

男が手に持つマッチの炎に、出入りする長大な張型が妖しくヌラヌラと光り、汗の乳房から腹部が、波打つようにあえぎ、妖しい明暗をさまざまにつくりだす。そして張型が出入りするたびにジクジクと溢れる甘蜜が、夏子の内腿をツーッと流れ落ちた。濃い女の匂いとともに、妖しく秘めやかな音がたった。

「うんと気分を出して、よく見てもらうんだ、奥さん」

冷二が夏子の耳もとで囁きながら、両手で乳房をつかんでタプタプと揉みはじめた。

「いやっ……ああ、かんにんして……あああ、変になっちゃう」

夏子は頭をグラグラと揺らし、腰をブルブルと震わせ、膝をガクガクさせながら、息も絶えだえにあえぎ、よがりはじめた。

そんな夏子をマッチ棒を手にした男が、息をつめて凝視した。

3

いったい何人の男がマッチ棒を手にして、入れかわりたちかわり覗きこんできたのだろう。それすらもう夏子にはわからなかった。

「ああ、もう嬲らないで。本当に気が変になってしまいます」

腰をあられもなくうねらせながら、夏子はあえぎ、泣き声をあげた。哀願する目はもう焦点を失っていた。さっきから長大な張型で責め嬲られつづけて、夏子の媚肉はただれ、色づき、とめどもなく甘蜜を溢れさせた。肉襞もツンと屹立した肉芽も、ヒクヒクと蠢いている。

「イッていいんだぜ、奥さん」

口ではそう言いつつも、瀬島は夏子に気をやらせようとはせず、絶頂近くまで引きあげては引きずりおろすということを、何度となく繰りかえしている。

「ああ、そんな……許してェ」

夏子は総身がひきつって、絶叫しそうになる。

ああ、どうしてひと思いに……お願い……。

そんな言葉が出そうになって、夏子はキリキリと唇を噛みしめた。

瀬島と冷二はゲラゲラと笑った。

「ちょうどマッチ棒もなくなったしよ。ここまでだぜ」

瀬島は男たちに言った。

未練げに、血走った目で夏子を見つめる男たちを後ろに、瀬島と冷二は二十メートルほど行ったところにあるバーの前へ夏子を引きたてた。ドアをノックすると小窓が開いて、人相の悪い男が顔をのぞかせた。瀬島に気づくとすぐにドアが開いた。

「こりゃ坊っちゃん、どうぞ」

男はペコペコと頭をさげた。

店のなかは思ったより広く、あっちこっちで客がホステスとイチャついていた。暴力団・興竜会の経営する売春バーである。奥には個室がいくつかあり、そのなかのひと部屋へ夏子を連れこんだ。

「ここなら防音装置がしっかりしてるからな。いくら泣き叫んでも大丈夫だぜ、奥さん」

「思いっきり奥さんを責めることができるってもんだぜ」

瀬島と冷二は夏子の身体からコートを剝ぎ取って全裸にすると、テーブルの上にあお向けに横たえた。夏子の両脚を天井に向けてVの字に開かせ、足首をそれぞれ天井から垂れた鎖の先端の革ベルトにつないだ。

売春バーの個室とあって、女を責めるための装置がひと通りそろっている。

「あ、あ……」

さっきから焦らされつづけて死の苦しみのなかに翻弄された夏子は、どこへ連れこまれたのかもはっきりわからない。

「ちょいと遊ばしてやっただけで、このざまだ」

「そんなに見られてよかったのか、奥さん」

冷二と瀬島は夏子のVの字に吊りあげられた両脚の前に座って、あらためてニヤニヤと開ききった股間を覗きこんだ。

「こりゃすげえ」

瀬島はあざ笑いながら張型に手をのばし、ゆっくりとあやつりはじめた。

「あ、ああ……」

夏子はビクンと腰をはねあげ、次にはブルブルと震わせた。

そこへ店の責任者がブランデーを持って入ってきた。興竜会の幹部の一人の田代という。

「すごい上玉じゃないですか、坊っちゃん。これほどとは思わなかったですよ」

田代はブランデーをグラスについで、瀬島と冷二に差しだしながら言った。

「それも子持ちの人妻だぜ」

「道理で色気があるわけだ。これだけの上玉なら、客をとらせてもショウに出しても、すげえ評判になりますぜ」

田代もまた、長大な張型にこねまわされる夏子の媚肉を、ニヤニヤと覗きこんだ。

「どれ、尻の穴のほうも少し可愛がって

やるとするか」

うまそうにブランデーをあおった冷二は、指先をブランデーでたっぷり濡らしてから、おもむろに夏子の肛門に触れた。

「ああっ……ひいっ！」

夏子は悲鳴をあげてのけぞった。あとは瀬島が動かす張型と冷二の指とにあやつられるままに、ひいひいと声の出しっぱなしだ。

そのうえ、冷二が田代に向かって、「奥さんのおっぱいを揉んでやれよ」と言ったものだから、田代の手が乳房を握りしめて乳首をいびりだした。

だがここでも冷二と瀬島は、夏子を絶頂へ昇りつめさせようとはしなかった。また七合目から八合目あたりを、行ったりきたりさせる。

「気が変になっちゃう！……ああ、かんにんして！」

夏子は頭を振りたて、腰をはねあげて、泣きながらのたうった。

「ああっ、もう焦らさないで！……ひ、ひと思いに……」

「気をやりたいってのか、奥さん」

「お、お願い……」

夏子は我れを忘れて哀願した。このまま焦らされつづけると、本当に気が狂ってしまう。

「ちゃんとおねだりしねえかよ、奥さん」

「泣いてるばかりじゃ、イカせてやらねえぞ。もっとオマ×コを焦らされねえと、おねだりする気になれねえのか」

冷二と瀬島は意地悪く夏子の顔を覗きこんで、ニヤニヤと笑った。

「ああ……」

弱々しく頭を振った夏子だったが、抗う気力はすでにない。最後まで与えられないものを求めて、ひとりでに腰が揺れ、吊りあげられた両脚がうねった。ヒクヒクと痙攣さえ見せはじめた。

「い、イカせて……ああ、お願い。ひと思いにイカせてください」

夏子は泣きながら言った。

冷二と瀬島は顔を見合わせてニンマリとした。夏子は口にしたことでいっそう昂るのか、前も後ろもヒクヒクと張型と指を締めつけてくる。

「気をやらせてもらったら、次は生身を自分から進んで受け入れるんだぜ、奥さん」

「オマ×コと尻の穴、それに田代もいるから口も加えて三つの穴にだ」

冷二と瀬島はさらに夏子に追い討ちをかけた。

夏子はワナワナと唇を震わせた。張型で責めるだけでは飽き足りず、さらに三人がかりで凌辱しようというのか。

「いやっ……そんなこと……」

「オマ×コと尻の穴と口と三つとも使って俺たちを受け入れる気にならねえと、イカせてやらねえぞ」

「ああ、許して……そんなこと、できません」

「気どりやがって」

瀬島は張型の動きを小さくした。

それだけで夏子は泣き声をひきつらせ、不足分をおぎなうかのように、腰をいっそう振りたてた。もう官能の炎に包まれ、狂いださんばかりの身体をさんざん焦らされるのは、女にとってなによりもつらい。その一方で夏子の身体は、肛門と乳房をいじってくる冷二と田代の手で、絶えずあおりたてられる。

「ああ、もう焦らさないでェ……お願い、最後まで」

「気をやりたきゃ、オマ×コと尻の穴と口で俺たちを咥えこんで、何度もイキたいと言うんだな」

瀬島はそう言って笑うと、張型をわざとらしく引き抜きにかかる気配を見せた。

「ああっ、いやあ!　取らないで!……や、やめちゃいやあ!」

我れを忘れて腰をもたげて張型を離すまいと絡みつかせて、夏子は声を張りあげた。

「ど、どんなことでも、されますから」

「なんだ、その言い方は、はっきりとおねだりしねえかよ」

「ああ……夏子を犯してェ……夏子の口も、オ、オマ×コも、お尻の穴も、三人がかりでメチャクチャにして」

夏子はもう自分でもなにを言っているのかわからない。

冷二と瀬島と田代はゲラゲラとうれしそうに笑った。

「どれ、一度気をやらせてすっきりとさせてやるか。いくらいい身体をしていても、このままじゃ本当に狂っちまうかもしれねえからな」

「それじゃ尻の穴のほうも」

冷二が長大な浣腸器を取りだした。ガラスの筒にはすでにグリセリン原液が千五百CC充満して鈍く光っている。だが腰をうねらせながら泣き悶える夏子は、それに気づく余裕はなかった。

「イカせて！　お願い」

「よしよし、思いっきり気をやらせてやるからよ、奥さん。欲張りな身体しやがって」

瀬島は絡みついてくる肉襞を引きこむようにして、張型を一気に底まで埋めこんだ。大きく動かしてグイグイと子宮口を突きあげた。同時に冷二の持つ長大な浣腸器も、夏子の肛門を深く縫っていた。シリンダーが押されて、グリセリン原液が夏子の腸管にズンと流入しはじめた。

「あ、ああっ……ひいぃ！」

夏子の口に悲鳴がほとばしり、悦びに腰が震えて、よじれた。吊りあげられた両脚が大きくうねった。

「どうだ、満足か」

「浣腸もしてやってるから、よけいにいいだろうが、奥さん」

夏子の返事はない。浣腸されていることすらわからない。深く突きあげる張型の動きと、まるで男の精のほとばしりのように注入されるグリセリン原液の流れ。それが薄い粘膜をへだてて前と後ろとで共鳴し合い、夏子を灼きつくす。

「あ、あああ……あうう……もう、もう！」

「イクのか、奥さん」

「ひっ、ひいい……」

夏子は顔をのけぞらせて、ひいひいと喉を絞った。吊りあげられた両脚が激しく突っぱってブルブル震えだしたかと思うと、

「ああ……ああっ、イクッ！」

夏子は腰をガクガクとはねあげ、総身を揉み絞るようにして、激しく痙攣させた。

その痙攣はクイクイとくい締められた張型や浣腸器を伝って、瀬島と冷二の手にも

生々しくわかった。

　さらに二度三度と激しく痙攣してから、ガクッと力が抜けた。

「激しいな。たいしたイキっぷりだぜ」

「うれしそうに締めつけやがってよ」

　覗きこんだ夏子の顔は汗にびっしょりで乱れ髪を額や頬にへばりつかせ、固く両脚を閉じたまま、唇は半開きにして、ハアハアとあえいだ。まるで初産を終えたばかりの若妻のようである。

　瀬島は張型をあやつる手をとめたが、冷二のほうはまだジワジワとシリンダーを押して、夏子への浣腸をやめようとしない。

「千五百CC全部呑ませてやるからな、奥さん。まだまだ、これからだぜ」

「う……ううっ……」

　夏子は低くうめいた。右に左にと顔を弱々しく振り、腰を蠢かせる。だが、夏子はうめくだけで目を開こうとはしなかった。

　冷二も夏子の目を無理に開かせようとはしないで、

「どんどん入っていきやがる。いつまでそんなふうにのびてられるかな」

　ゆっくりとシリンダーを押しながら、うれしそうに舌なめずりした。

　ドクドクと入ってくるグリセリン原液と、次第にふくれあがる便意。夏子はうつつのなかにうめき声をあげた。

「ああ……う、うむ……」

腰を震わせながら、夏子は頭を右に左にと振りつつ目を開いた。

「あ、ああ……な、なにを!?」

なにをされているのか、すぐには夏子にわからない。まだ余韻のなかに沈んで、うつろな目が漂う。

「や、やめて……」

力の入らぬ腰をよじろうとして、夏子は自分の肛門を貫いた硬質な感覚に気づいた。そして不気味に薬液が注入されてくる感覚と腹部にこみあげる便意。夏子はなにをされているのかを知って、ハッと裸身を硬直させた。

「そ、そんな……いやあ!　いやです!」

「もう六百CCも呑みこんでおいて、今さらなにがいやだ。うまそうに呑んでたじゃねえか」

シリンダーを押しつつ、冷二はせせら笑った。

「浣腸されてるのも気がつかなかったくらい気持ちがよかったってわけか。奥さん」

「気が狂ったかと思うほどの激しいイキっぷりだったぜ」

瀬島と田代も左右から夏子の顔を覗きこんで笑った。

「いや、いやです！……ああ、もうかんにんして！」

夏子は腰をよじりたてて、また泣きだした。

いくら拒もうとしても、おぞましい薬液はあざけるように入ってくる。そして長大な張型も媚肉に深々と咥えこまされたままだ。

「もう、いやあ！　ああ、どこまで辱しめれば……ああ……」

夏子は裸身を揉み絞って泣いた。

ドクドクと流れこんでくるおぞましさ。浣腸の恐ろしさを思いださせる。夏子は冷二と瀬島に襲われた時、まず最初に浣腸された。またその時みたいに、便意の苦痛にのたうちながら、トイレに行かせてと泣かされ、排泄行為まで見られるのか。

ああ、どうすればいいの……。

悪寒が夏子の身体をかけまわりだし、歯がカチカチ鳴りはじめた。

「どうした、奥さん。綺麗な顔が蒼くなってきたぜ」

「もうウンチがしたくなってきたのか。それとも気持ちよすぎて、とてもじっとしていられねえのか」

「思いっきり気をやったあとだから、浣腸がズンといいだろ、奥さん」

冷二と瀬島、そして田代は夏子をからかってゲラゲラと笑った。そんなからかいに反発する気力も、夏子にはない。

「かんにんして……あ、あむむ……もう許して」

夏子は泣き、うめき、そしてあえいだ。グリセリン原液の注入が千ＣＣを超すと、
夏子はもう脂汗にまみれてうめくばかりになった。

「いい顔してるじゃねえか。浣腸がそんなにいいのか」

冷二がシリンダーを押しきって、千五百ＣＣ一滴残さず注入した。

「ひっ……う、うむ……」

夏子は白目を剝き、また絶頂へ昇りつめたように、のけぞって喉を絞った。

「全部呑むとは浣腸が好きなようだな、奥さん。いい呑みっぷりだぜ」

「オマ×コといい尻の穴といい、好きなんだな、奥さん」

「奥さんもますます牝らしくなってきたな」

脂汗にまみれて息も絶えだえにうめく夏子を眺めながら、冷二と瀬島と田代の三人
はブランデーを飲みはじめた。

「ああ……」

カチカチ鳴る歯を噛みしめ、ブルブルと震え、夏子が声をかけた。

「お、おトイレに……行かせて……」

もうまともに口もきけない。泣き声が途切れ、震えた。

男たちはブランデーを飲みながら笑った。

「心配しなくても、いつでもやれるぜ」

冷二がそう言うと、田代がテーブルの下から便器を取りだして夏子に見せた。

「そ、そんな……いやです！」

夏子はワナワナと唇を震わせ、美しい顔をひきつらせた。やはり男たちはここで排泄させて、それを見るつもりなのだ。

「かわりにこいつを使ってもいいんだぜ」

瀬島が取りだしたのはドリルのようなゴム棒だった。長さは二十センチほどで先細の捻じりの入ったものだ。

「こいつは女の尻の穴を掘る道具でよ。奥さんの尻の穴に入れてやる」

こういうふうに使うのだと、瀬島は夏子の目の前で親指と人差し指とで輪をつくり、そのなかへゴム棒をグリグリと捻じりこんでみせた。

夏子は泣き濡れた目をひきつらせて、悲鳴をあげた。

「いやっ！　そんなもの、使わないで」

「こいつを使えば尻の穴の栓にもなるし、尻の穴をひろげてあとでアナルセックスをやる準備にもなるってもんだ」

「そ、そんなひどいこと……ああ、かんにんして！……いや、いやです！」

「そういやがると、かえって使いたくなるぜ、奥さん」

瀬島はうれしそうに捻じり棒に潤滑クリームをたっぷりと塗りこみながら言った。

「そんなにいやなら、すぐにひりだしてみせたほうがいいってのか」

冷二が夏子の肛門を覗きながら、意地悪くからかう。

夏子の肛門は必死にすぼまって、ヒクヒクと震えた。今にも内から爆ぜそうな便意に痙攣しているのか、それとも捻じり棒を入れられる恐ろしさにおびえているのか。それが覗きこむ冷二や田代にとっては、なにかを咥えたがっておののきあえいでいるようにも見えた。

「どこまで入るか楽しみだぜ、奥さん。いいな、途中で漏らすんじゃねえぞ」

「いや、いやっ！　許してェ……ああ、怖い」

「入れるぜ、奥さん」

瀬島は捻じり棒の先端を夏子の肛門に押し当て、ゆっくりと捻じりこみはじめた。

「あ……いやあ！……ひっ、ひいっ！」

夏子はひきつらせた美貌をのけぞらせて悲鳴をあげた。腰をよじって矛先をそらそうとする。

それを冷二が前の媚肉を深く貫いた長大な張型をつかんで押さえつけた。まるで太い杭で夏子の腰をテーブルの上に打ちつけ固定するようだ。

「おとなしくしてろ」

「やめて！……いや、いやあ！」

必死にすぼめる肛門の粘膜が、ジワジワと捻じりに巻きこまれていく。夏子はじっとしてはいられずに泣き叫んで腰をガクガクと振りたてた。それがいっそう荒々しい便意をかけくだらせて、その便意を押しとどめ逆流させつつ、さらに入ってくる捻じり棒。夏子はたちまち灼けただれるような狂乱に追いこまれていく。

「あむ、うむむ……かんにんして！……し、しないで！……漏れちゃう」

夏子は脂汗を噴きだして、泣き声をひきつらせた。荒れ狂う便意に腸襞がかきむしられる。それに薄い粘膜をへだてて捻じり棒が前の張型とこすれ合う感覚が加わった。

「ひっ、ひいっ！……お腹が……あむむ……」

「漏らすなよ、奥さん。もっと奥まで入れてやるからよ」

瀬島は捻じり棒をさらに深く捻じりこんだ。もう十五センチ近くも入っただろうか、夏子の肛門は三センチあまりも押しひろげられて、ぴっちりと捻じり棒を咥えた。

「どうだ、これだけ入れりゃ、もう漏れねえだろ、奥さん」

冷二に聞かれても、夏子の口から出るのは悲鳴ばかり。もう夏子は満足に声も出ず、息さえできなくなって、のけぞらせた口をパクパクさせた。とてもじっとしていられず、狂おしく腰を振り、吊りあげられた両脚を揺さぶりたてる。その間も夏子は「ひっ、ひいっ」と喉を絞った。

「かんにんして……し、死んじゃう……」

「死んじゃうほど気持ちいいってわけか、奥さん。好きだな」

「それでうれしくって、そんなに泣いてるんだな。いい泣き声だ」

「まったくいい声で泣く奥さんだ。そんな声で泣かれると、酒の味もよくなるってもんだぜ。ほれ、もっと泣け」

泣き悶える夏子を眺めつつ、男たちはブランデーで喉をうるおした。

冷二がニヤリと笑うと、ブランデーのグラスを持ったまま、もう一方の手を夏子の肛門の捻じり棒にのばした。ゆっくりと回転させて巻き戻しては巻きこむことを繰りかえしながら、捻じりの部分に少量のブランデーを流した。ブランデーは捻じりを伝って、夏子の肛門の粘膜へしたたり、しみこんだ。

「ああっ」

ズキンと火のような衝撃が肛門に走って、夏子は悲鳴をあげて腰をはねあげた。

「やめて！……たまらない！」

「こっちのほうも、もっとたまらなくしてやるぜ、奥さん」

田代も手をのばして今度は長大な張型にグラスのブランデーをしたたらす。たちまち夏子の媚肉に火の刺激が走った。

「ひっ、ひいっ！……いやあ！」

吊りあげられた両脚を振りたてながら、夏子は泣き叫んだ。

女芯は充血しきってヒクヒクと脈打っている。そこにもブランデーは流れこんだ。ズキン、ズキンと火のような刺激が走って、そこらじゅうがカアッと灼けただれた。

「あ、ああっ、そんな……ひっ、ひいっ！」

泣き悶えればかえって便意が荒れ狂うとわかっても、夏子は腰を振りたてずにはいられない。

瀬島まで加わって、面白がってブランデーを夏子の股間に垂らした。ブランデーの火のような刺激。肛門の捻じり棒のおぞましさ。そして荒れ狂う便意。それらがドロドロに入りまじって、夏子はもうわけがわからなくなった。

だがそれも、ふくれあがる便意の苦痛にすべてが呑みこまれていく。いつしか夏子はうめくばかりになった。

「うう、もう駄目……あむむ、助けて……お願い」

冷二がニヤニヤと覗きこんだ夏子の美貌は、脂汗にまみれて眦をひきつらせ、唇をキリキリと噛みしばって極限まで迫った便意に今にも失神しそうだ。

「そろそろ限界のようだな、奥さん。またウンチをひりだすところを見てやるぜ」

「すっかり絞りだすんだぜ。腹のなかまで綺麗にして、俺たちの生身を咥えこむんだ」

そう言っても、もう夏子は男たちの言葉を聞く余裕すら失っている。苦しげにうめくだけで、限界を超えた便意だけが今にも失神してしまいそうな意識をジリジリと灼いた。冷たい便器が夏子のブルブルと震える双臀にあてがわれた。

「ああ……」

その冷たい感触に一瞬我れにかえったのか、夏子は最後の気力を振り絞るように、

「見ないで！……お願い、向こうへ行って」

だが、夏子の声は苦悶のうめきにしかならない。捻じり棒がゆっくりと巻き戻されていくにつれて、酒樽の栓がゆるめられたように夏子はショボショボと漏らしはじめた。

それは次第に勢いを増し、捻じり棒が引き抜かれたとたん、おびただしい薬液をドッと噴出した。

男たちはゲラゲラと笑い、号泣が夏子の喉をかきむしった。

4

夏子はグッタリと放心し、うつろな目を宙に向けた。冷二と瀬島、田代の三人が便器のなかを覗きこんでゲラゲラと笑っている。

「まったく派手にひりだしやがって。こんなにひりだすとは、あきれた奥さんだ」

「いい眺めだったぜ、奥さん。しっかり見せてもらったからな」

そんなことを言ってからかっても、夏子は反応らしいものは見せなかった。ティッシュで汚れを拭き取って、男たちはあらためて夏子の肛門を覗きこんだ。

浣腸の直後とあって、夏子の肛門は腫れぼったくふくれてゆるみ、腸襞までのぞかせた。

男たちは張型もようやく引き抜いて、女の肉の構造も覗きこんだ。長時間にわたって長大な張型を咥えこまされた夏子の媚肉は、生々しく口を開いたまま、奥まで露わにしていた。媚肉も肛門も、まだおびえているかのように、ヒクヒクと震えていた。

「う、う……」

夏子は時折り低くうめくだけで、まだ反応を見せない。冷二が唇を重ねて口移しにビールを飲ませても、夏子はむせかえったものの、ほとんどされるがままだ。

「だいぶまいってるようだな」

「なんたって昼間から責めつづけだからな。なあに、これだけいい身体してるんだ。まだまだいけるぜ」

「なんたってお楽しみの本番はこれからだからな」

グッタリとした夏子を眺めながら、男たちはブランデーをまた飲んだ。

夏子はドス黒い絶望感と哀しみのなかに深く沈んだ。いや、それを通りすぎて、夏子の頭のなかは白く灼けつきていた。

そんな夏子の脳裡に、なぜかふと我が子のことが甦った。

子供の直美はどこに連れていかれたのだろうか。今頃母の夏子を求めて泣いているのではないだろうか。

夏子はハッと我れにかえった。

「ああ、子供に会わせて……」

起きあがろうとした。だが夏子の身体はまだ後ろ手に縛られ、テーブルの上にあお向けにされて、天井から両脚をVの字に吊られたままだ。顔をあげるのがやっとだった。

「ど、どこにいるの!?　子供は」

「しつこいぜ。俺たちをたっぷり満足させたら会わせてやると言ったはずだ」

「いやっ！　子供に会わせて。お願い」

夏子が今まで気も狂うほどの辱しめに必死に耐えてきたのも、我が子をけだものたちから取り戻すためなのだ。

「ああ、子供の無事な姿を見せて。会わせてください」

「早く会いたきゃ、この身体でうんと楽しませるしかねえぜ、奥さん」

「そ、その前にひと目だけでも」

「ガタガタ言うんじゃねえ！　奥さんはよがり狂うことだけ考えてりゃいいんだ！」

瀬島が声を荒らげた。テーブルの上の夏子の頭のほうへまわると、瀬島はいきなり夏子の黒髪をつかむなり、ズボンの前からつかみだしたのをガボッとばかりに夏子の口に押しこんだ。

「あ……うむ、うむむ……」

夏子は白目を剝いて吐きだそうとうめき、もがいた。だが瀬島は夏子の黒髪をつかんで押しつけたまま、離そうとしない。

「これで少しはおとなしくなるだろうぜ。ほれ、しっかりしゃぶらねえか」

「う、うぐ……」

夏子は白目を剝いたまま顔をゆがめてうめいた。

たくましいものがムッとする性臭とともに口腔いっぱいに占領し、喉をふさがんばかりに入ってくる。息もできず、夏子は喉を絞った。

「お楽しみのはじまりといこうじゃねえか」

瀬島は夏子の黒髪をつかんだまま喉まで突きあげつつ、もう一方の手で乳房をいじりだした。冷二と田代がニンマリとうなずいた。

「こっちの口にも入れてやるか」

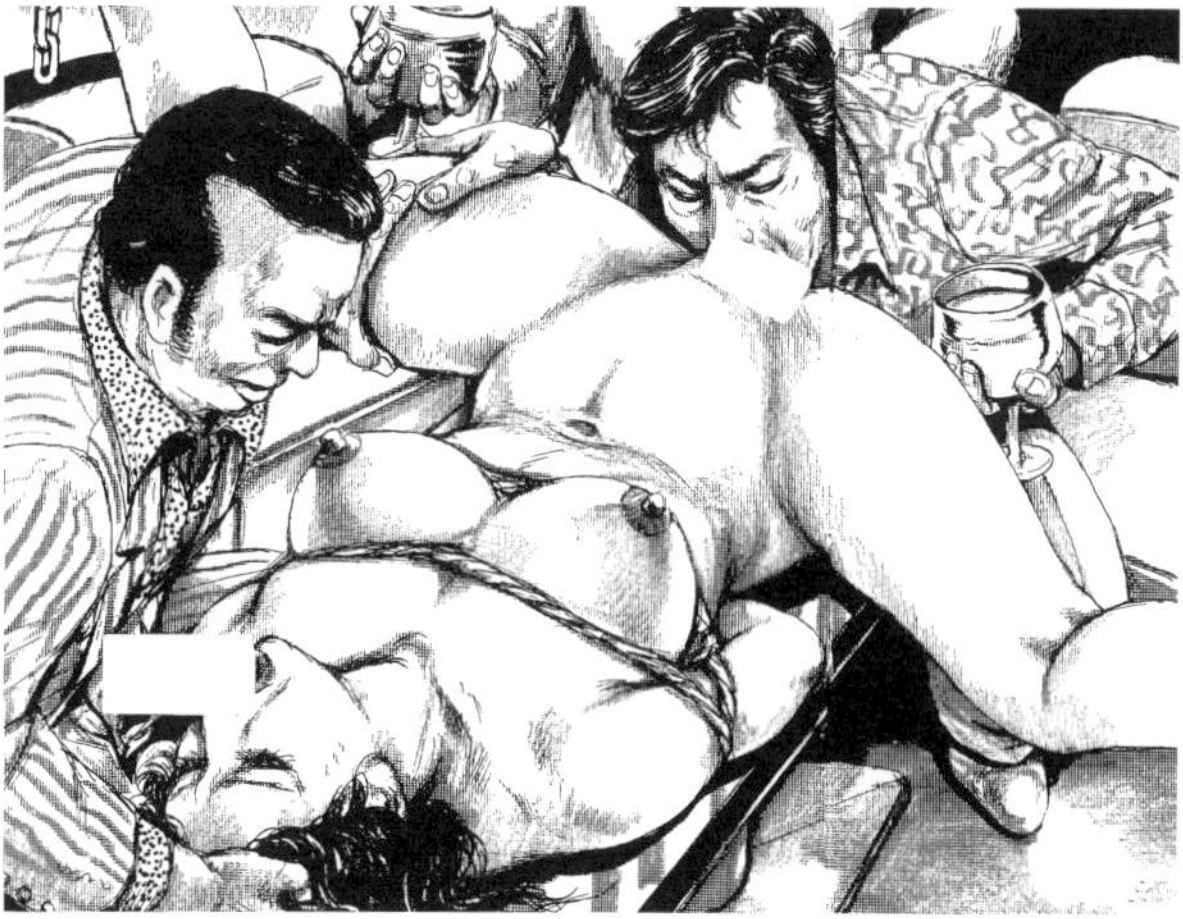

「早く咥えこみたくて、オマ×コも尻の穴もヒクヒクさせやがって」

「どっちから先に入れてやるかな」

冷二はそんなことを言いながらグラスのブランデーを口いっぱいに含むと、いきなり夏子の股間に顔を伏せ、媚肉に口を押し当てた。舌先で媚肉を舐めるようにして、含んだブランデーを徐々に膣内へ注いでいく。

「うむ、うぐぐ……」

瀬島の肉棒に口をふさがれたまま、夏子は「ひっ、ひいっ！」と喉を絞り、腰をガクガクとはねあげた。

だが冷二の口は蛭のように吸いついたまま離れなかった。身体のなかが火になって、疼きが走った。

やめて！　いや！　気が変になっちゃ

う！　たまらない！……

夏子はふさがれた口のなかで泣き叫んだ。灼けるような疼きが、妖しい快美を呼び肉をとろけさせる。

「どうだ、奥さん。オマ×コがたまらねえだろうが」

顔をあげた冷二はベトベトの口を舌なめずりしてせせら笑った。

「それじゃ俺はこっちのほうを」

田代がブランデーを口に含むと、今度は夏子の肛門にぴったりと押し当てた。浣腸でほぐれあえいでいる肛門に、口のなかのブランデーをまぶしてから、一気に吹きこんだ。

「うぐっ……うむ、うぐぐ……」

夏子の身悶えが一段と露わになった。肛門から直腸へと走る火に灼かれ、夏子は狂いださんばかり。もう開ききった夏子の股間はどこも火となって燃え、ブランデーの匂いや夏子の甘蜜や汗の匂いやらまざり合って、くるめくばかりの色香を立ち昇らせる。そしてまるで冷二や田代を誘うかのように、絶えず腰がうねり、せりあがった。

「味わい頃ってところだな。まずはオマ×コからいきますか」

田代がズボンを脱いでたくましい肉棒を見せながら言った。

「俺は尻の穴だ」

冷二もズボンを脱いだ。

「同時に入れてやる前に、かわるがわる入れて少し遊ぶか」

「へへへ、いいですね。冷二さん」

「時間はいくらでもあるんだ。じっくり楽しもうじゃねえか」

男たちはゲラゲラと笑った。

まず田代が夏子の吊りあげられた両脚の間に割り入った。両脚を左右の肩にかつぐようにしてのしかかる。

「うむ、ううむ……」

いよいよ犯されると知って、夏子のくぐもったうめき声がひきつった。必死に腰をよじって逃げようともがく。

だがそれも田代にとっては欲情を昂らせる心地よい動きでしかなかった。

「これまでいろんな女を犯ってきましたがね。これほどの上玉とのお手合わせは初めてだ。楽しませてもらいますぜ」

田代は瀬島と冷二に向かって言うと、たくましい肉棒を夏子の媚肉のひろがりにそって這わせてから、一気に貫いた。

「うむ、うむむ……」

夏子は白目を剝いてのけぞった。のけぞったまま総身を揉み絞る。

田代はできるだけ深く入れた。それからゆっくりと引いて結合を浅くし、また深く押し入れる。じっくりと夏子の肉の構造を確かめ、味わっている。

「どうだ、奥さんのオマ×コは」

瀬島が夏子の口を肉棒で荒らしつつ聞いた。

「こりゃ本当に上玉ですぜ。ヒクヒク締めつけてから、絡みついて……美人でこれだけオマ×コの味もいいってのは、俺は初めてだ」

田代はゆっくりと突きあげては、声をうわずらせた。

「尻の穴はもっといいぜ」

冷二が結合部を覗きながら言った。

田代はしばし夏子を突きあげ、じっくりと妖美な肉の感触を味わった。

「これほどいい女とは……へへへ、並みの男ならひとたまりもねえですよ」

まつわり絡みつき、さらに奥まで吸いこもうとする肉の蠢きに、さすがの田代も舌を巻くほどだ。

「そろそろバトンタッチといくか」

冷二が田代とかわった。

狙うのは夏子の肛門だ。肉棒の先端で夏子の肛門をさぐり当て、揉みこむようにジワジワと沈めていく。

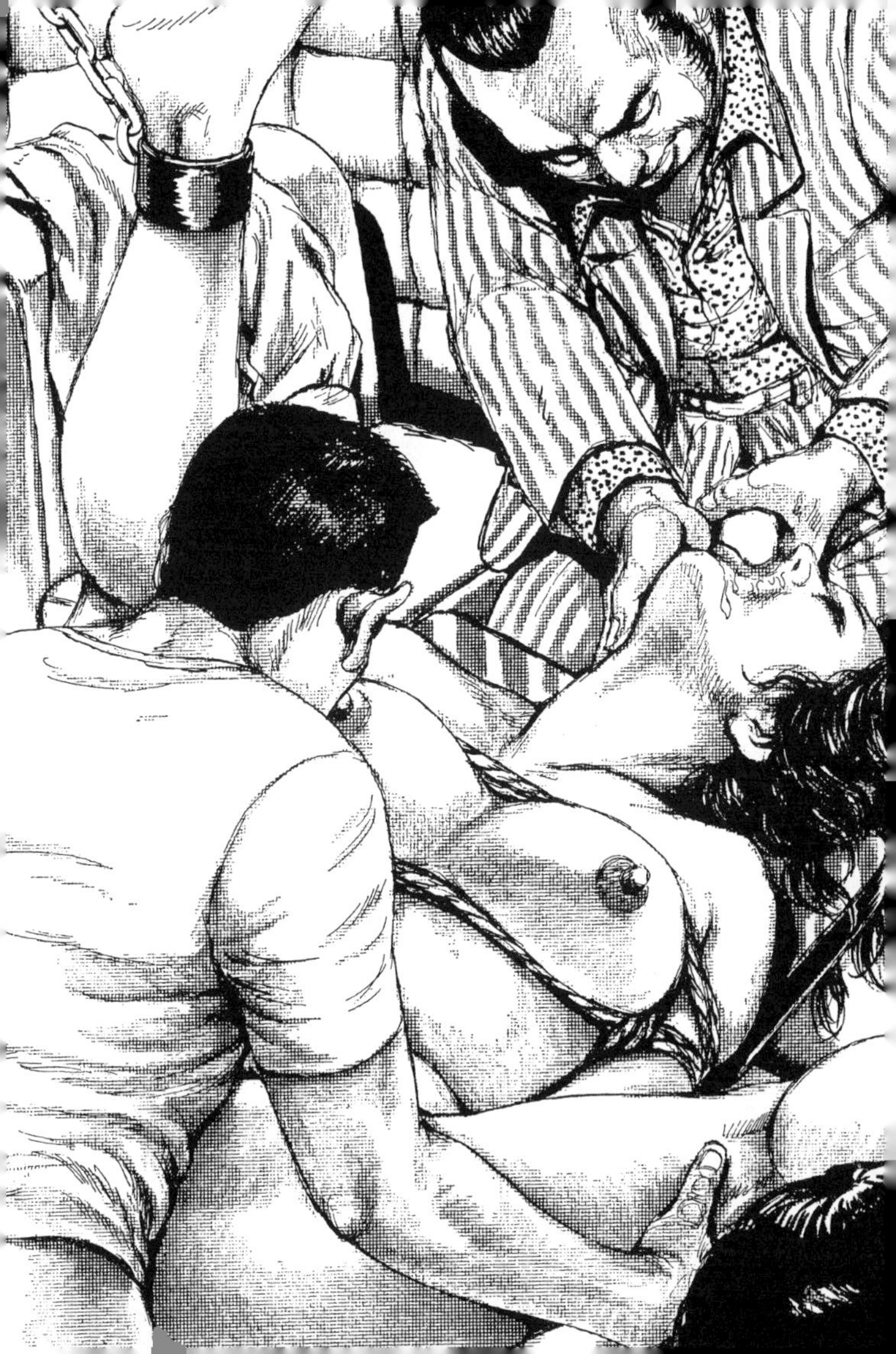

「うむ、うぐぐ……」

ビクッと夏子の双臀が震え、戦慄のうめき声があがった。

「う、うむ……ひっ、ひいっ！」

引き裂かれるような感覚が襲って、夏子は目がくらんだ。

たくましい肉棒に肛門の粘膜が押しひろげられていく。疼いていた粘膜がミシミシと軋む。

「歯を立てるんじゃねえぞ、奥さん」

瀬島が声を荒らげて、夏子の黒髪を揺さぶった。肛門を貫かれる夏子の身体のこわばりが、口に含まれた肉棒にまで伝わってくる。

「もっと尻の穴をゆるめろよ。初めてじゃねえんだから、わかってるはずだぜ」

「うむ、うむむ……うぐぐ……」

「もう少しだぜ、ほれ……ほれ……」

冷二は夏子のおびえようを楽しみつつ、ジワジワと入れた。

肉棒の頭の部分が入りこむと、夏子はブルブルと腰を震わせ、もう息すらできないように、「ひっ、ひいっ！」と喉を絞りたてた。

夏子の肛門はのびきった生ゴムみたいに、いっぱいに拡張された。冷二はその粘膜を内へ引きこむようにして肉棒を根元まで押し入れた。

「よく締まりやがる。たまらねえぜ」

根元を襲う、くい千切らんばかりのきつい収縮に、冷二はうめいた。奥には熱くとろけるような秘腔がひろがっていた。

「尻の穴でもつながったぜ、奥さん。俺のが入ってるのがわかるだろ」

「うむ……ううむ……」

夏子は返事をする余裕などなく、白目を剝いたままブルブルと総身を痙攣させる。吊りあげられた両脚の爪先が反りかえって震え、今にもハイヒールが落ちそうなのが、夏子を襲う衝撃の激しさを物語っている。

「う、うぐぐ……」

瀬島の肉棒をいっぱいに含まされた夏子の口の端から唾液が溢れ、流れ落ちた。もう脂汗にまみれてあえぎ波打つ肌は、匂うようなピンクに色づいて玉の汗をツーとしたたり流している。

冷二がゆっくりと動きだして突きあげてやると、夏子は狂ったようにもがき、のたうち、泣きだした。

「激しいな。そんなに尻の穴がいいのか、奥さん」

「ちょいと激しすぎねえか。これだと三人がかりで同時に入れる前にのびちまうんじゃねえのか」

「なあに、女ってのはしぶといぜ。まして人妻でこれだけいい身体をしてるんだ」

男たちはゲラゲラと笑った。

上と下から夏子の口と肛門を突きあげ、田代は手をのばして乳房をいじりまわす。

「バトンタッチだ。今度はオマ×コに入れてやるぜ」

また冷二と田代が入れかわった。女の生理などまったく無視して、単なる男の欲情のはけ口の肉として扱う。

夏子は本当に気も狂いそうだ。媚肉と肛門を交互に責められるなど信じられない。だがそれも、これからはじまる地獄の日々のほんのはじまりにしかすぎなかった。

そこへ興竜会の渡辺と川津が入ってきた。

「もうはじまってるぜ。こりゃすげえや」

「俺たちも仲間に入れてくださいや」

渡辺と川津はうれしそうに笑った。

第十五章　裸のホステス接待

1

「いつまで寝てる気だよ、奥さん」

揺り起こされてフッと目を開いた夏子は、うつろな視線であたりを見まわした。

薄汚い畳の上に敷かれた布団の上に、一糸まとわぬ全裸をまだ縄で後ろ手に縛られたまま寝かされていた。そして布団のまわりにちらばった長大な張型や浣腸器などのおぞましい責め具と、ニヤニヤと笑っている冷二と瀬島のいやらしい顔。そこはいかがわしいバーの二階の和室である。

夏子はハッと身体を固くした。

「ああ……」

これまでのことがドッと甦って、夏子は美貌をひきつらせて、硬直させた裸身をワナワナと震わせた。

次々と襲いかかった男たち、恐ろしい肉棒で媚肉と口を、そして肛門を貫かれて、錯乱のうちに何度気をやらされたことだろう。

夏子の身体は男たちの間で揉みつぶされるようにギシギシと鳴った。薄い粘膜をへだてて媚肉と肛門とで二本の肉棒がこすれ合い、さらに喉まで押し入れられてふさがれた。三人の男を同時に受け入れさせられるなど、夏子には信じられない。そして、それがこの世ならぬ肉の愉悦を生んだことが、いっそう信じられず恐ろしかった。

めくるめく官能に翻弄されて、いったい何度気を失ったことだろう。もう窓の外はすっかり陽が高くなって、時計は正午をまわっている。

夏子の身体はだるく、まだ下腹部になにか異物を挿入されているようだ。ことに肛門には拡張感が残って、むず痒いような感じがつきまとった。

「目がさめたか、奥さん。さっそくお楽しみといくか」

「今日もたっぷりと可愛がってやるからな。まったくいい身体しやがって」

冷二と瀬島がニヤニヤと舌なめずりをして、左右から夏子の身体に手をのばした。豊満な乳房をわしづかみ、腰から太腿にかけて手を這わせる。

「ああ、い、いやっ」

夏子は身体をよじって男の手を避けようとしたが、その抗いは弱々しかった。

乳房がタプタプと揉みこまれ、太腿がいやらしく撫でまわされる。

「昨夜の奥さん、すごかったな。明け方まで何度気をやったか覚えてるか」

「さすがに子供を生んだ人妻は激しいな。最後はイキっぱなしになってよ」

「やめてっ！　言わないで！」

夏子は右に左にと顔を伏せてすすり泣きだした。

昨夜のことを言われるのが、死にたいほどつらい。それが夏子に抗いの気力をいっそう萎えさせて、もう男たちにされるがままだった。左右から太腿を大きく割り開かれて、股間を剝きだされた。

「あ、ああ……」

夏子は泣き声をあげた。冷二と瀬島がニヤニヤと覗きこむのがわかって、夏子は首筋まで火になった。押し開かれた内腿の筋がピクピクとひきつった。

「何度見てもいいオマ×コをしてやがるぜ」

昨夜の乱れようが嘘のように、今はつつましやかに閉じた媚肉の合わせ目が、かえって瀬島の欲情をそそる。手をのばして媚肉の合わせ目をくつろげ、点検するように覗きこむ。

「あ、いやっ……ああ……」

「ひいひい泣いてよがったくせしやがって、今さらいやもあるかよ」

「いや、いやっ……かんにんして」

夏子は両目を閉じ、キリキリと唇を嚙みしばった。まだ火照っている肉襞が、男の視線を痛いまでに感じて疼く。

「何度もぶちこんでやったってのに、尻の穴もぴっちり締まってやがるぜ」

冷二はさらに視線を夏子の肛門へとずらして、ニヤニヤと覗きこんだ。

手をのばして触れると、夏子の肛門が、泣き声とともに、さらにキュウとすぼまる動きを見せた。

「ああ、いやっ……やめて、お尻はいや！　ああ、もういやです！」

ビクッビクッと腰を震わせながら、夏子は狼狽し泣き声を高くした。

「尻の穴はいやだが、オマ×コならいいってのか、奥さん」

「ち、違います。ああ、もういやっ！　どこまで辱しめれば……」

夏子の言葉は途中から泣き声に呑みこまれた。媚肉と肛門とを同時にいじってくる瀬島と冷二の指。今日もまた凌辱の限りをつくされるのだ。夏子はブルブルと身体が震えだしてとまらない。

「あ、ああ……」

乳房がいじられ、媚肉がまさぐられ、肛門がゆるゆると揉みこまれる。

昨夜は明け方までクタクタにされ、気を失うまで責められ、今また目をさますや二人がかりで女の官能を弄ばれる。身体中に火をつけられていくようで、乳首がツンと尖りはじめ、媚肉がとろかされていく。

「か、かんにんして……ああ、もういやっ……いやです」

「身体は悦んでるぜ、奥さん。ほれ、たちまち尻の穴がゆるみだしたじゃねえか」

「そんな……ああ、いやっ」

必死にすぼめた肛門が、冷二の指に揉みほぐされていく感覚がたまらなかった。いくらこらえようとしても、肛門に残った拡張感とむず痒さが、冷二の指に反応してしまう。肛門がゆるみ、フックラととろけていく。まさぐられる媚肉も肉襞が火照りだし、女芯が包皮を剝いてのぞきそうで、奥底に熱いものがたぎりはじめた。

こ、こんな……ああ、駄目よ……。

夏子は自分の身体の成り行きが信じられなかった。

「もう感じてやがる。敏感な奥さんだぜ」

「好きな本性が出たってところだな、奥さん。しょせん牝ってわけだ」

冷二と瀬島はゲラゲラと笑った。

昨夜、男五人がかりで責められて数えきれないほど昇りつめさせられたことで、夏子の人妻の性が堰を切ったのか、さすがの冷二や瀬島もあきれるほどの反応の早さだった。

「どれ、指を入れてやるか」

冷二が肛門を揉みこんでいた指を沈めにかかると、驚くほどの柔らかさで、たちまち指の根元まで呑みこんでいく。

「ああっ、い、いやっ……ああ、いやあ!……許してェ」

夏子は悲鳴をあげ、喉を鳴らしながら、キリキリと冷二の指をくい締めた。腰を狂おしく揺さぶりたてる。

それをニヤニヤ眺めながら、瀬島は夏子の肉芽を剝きあげた。

「ああっ」

夏子はガクンとのけぞった。剝かれた肉芽が充血してツンと尖り、ピクピクとおののいた。

「オマ×コにも指を入れてやるぜ、奥さん」

瀬島は親指で女芯の肉芽をいじりつつ、人差し指と中指をそろえて夏子の膣にもぐりこませた。

熱くとろけて、肉襞がざわめくように絡みついてくる。

「あ、ああ……やめて、ああ……」

たちまち夏子の白い肌が匂うようなピンクにくるまれ、汗がにじみでた。まさぐられる媚肉はジクジクと蜜を溢れさせて、熱くたぎるようだ。

「あ、あ……か、かんにんして……」

夏子のすすり泣く声に、ハアハアという熱いあえぎがまじりだした。

「たいした感じようじゃねえか。オマ×コも尻の穴もよく締まるぜ」

「もう指じゃもの足りなくて、うんと太いのを咥えこみたいんだろ、奥さん」

瀬島と冷二は薄い粘膜をへだてて媚肉と肛門とで指をこすり合わせながら、夏子をからかってゲラゲラと笑った。そしてもうさっきから天を突かんばかりにたくましく屹立した肉棒を、夏子に見せつけてブルンブルンと揺すった。

「いやっ……」

夏子は喉を絞った。

また二人がかりで犯される恐怖に夏子の腰が硬直した。それが媚肉と肛門を深く縫った瀬島と冷二の指をキリキリ締めつけることになって、夏子をいっそう悩乱と恐怖とに追いこんだ。

「いやっ、いやあ！」

夏子は悲鳴をあげ、布団の上をずりあがった。

「この太いのを咥えこませてやろうというんじゃねえか。欲しいんだろ」

「いやです！……ああ、許して……」

「気どるなよ。昨夜はこいつを咥えこんで、ひいひい悦んだくせしやがって」

冷二と瀬島は指を抜くと、またたくましい肉棒を揺すって見せつけ、ゲラゲラと笑った。

冷二の手が夏子の足首をつかんで引き戻すと、後ろから裸身を抱きあげた。そして幼児におしっこをさせる格好に、夏子の両腿の裏に両手をかけ、思いっきり下肢をひろげる。

「いやあ！」

いくら逃げようとしても、後ろ手に縛られた夏子の抗いは、たかが知れている。

「もう、うれし泣きか、奥さん」

瀬島が布団の上にあぐらをかいて、屹立した肉棒をつかんでニヤニヤと待ちかまえた。その上へ冷二は夏子の身体を運んだ。

「やめて！……もういやっ、いやあ！」

夏子は悲鳴をあげて、冷二の腕のなかで裸身をよじりたてた。だが、爪先がむなしく空を蹴りたてるだけで、股間は恐ろしいまでに開ききっている。剝きだされた媚肉は合わせ目をほころばせて、じっとりと濡れ光る肉襞を見せた。肛門もヒクヒクとおののいていた。

夏子にはふせぐ術がなかった。犯される。絶望が夏子をドス黒く覆った。

「どっちに入れて欲しいんだ。オマ×コか、尻の穴か」

瀬島がつかんだ肉棒を揺すった。その上に冷二は夏子の開ききった股間をゆっくりとおろしていく。

「いや、いやっ……ああ、こ、こんな格好でなんて、やめて！」

夏子は狂おしく、黒髪を振りたくった。

「ま、待って。お願い……ああ、待ってください」

「なんだ、奥さん」

「お願い。おトイレに……」

夏子はワナワナと唇を震わせた。さっきからもう耐えられないまでに尿意が高まっている。昨夜、浣腸されて排泄させられてから、一度もトイレに行かされていない。

冷二と瀬島は顔を見合わせて、ニヤリと笑った。夏子の尿意が高まっていることは、とっくにわかっていた。いつ夏子が耐えられなくなるか、今まで口にこそ出さないが、楽しみにしていた二人だ。

「どっちがしたいんだ、奥さん」

「おしっこかウンチか、はっきり言うんだ」

冷二と瀬島はニヤニヤと夏子の顔を覗きこんで、わざとらしく聞いた。

「そんな……」

夏子は絶句して弱々しく頭を振った。

「言えねえのか、奥さん。ならお楽しみをつづけるだけだぜ」

冷二はさらに夏子の身体を瀬島の上へおろした。

火のような肉棒の先端が開ききった夏子の内腿に触れ、夏子は焼け火箸でも押しつけられたように、美貌をひきつらせた。

「いや、待って……ああ、言いますから、やめて！」

「早く言えよ、夏子。なにがしたいのか、色っぽく言いな」

「ああ……夏子……夏子、お、おしっこがしたいの」

ためらう余裕も抗う気力もなく、夏子はすすり泣く声で言った。汗の光る美貌が首筋まで真っ赤に染まった。

冷二と瀬島はわざとらしくゲラゲラとあざ笑った。

「そうか。奥さんは小便がしたいってわけかい」

そう言うだけで冷二は夏子の身体を瀬島の上へおろしていくのをやめようとはしなかった。灼熱の先端が夏子の内腿を這い、媚肉のひろがりにそってなぞるようにして分け入った。

「そんな……いや、いやあ！……お願い、おトイレに」

夏子の美しい瞳が戦慄に吊りあがり、悲鳴が噴きこぼれた。

だが、肉棒は媚肉に溢れる蜜をすくうようにして、さらに夏子の肛門へと押し当てられた。

「ひっ……そこはいや！……ああ、お尻はいやです！……いやあ！」

「オマ×コのほうがいいってのか」

「それは……」

答えられるはずもない。肛門を犯される恐ろしさに、夏子は絶叫する。

「いや、お尻はいやあ！」

「尻の穴でいいんだよ、奥さん。オマ×コに入れたら、小便がしにくいだろうが」

「か、かんにんして！」

肛門をジワジワと押しひろげて入ってくる肉棒に、夏子はのけぞった。いくら逃れようとしても、自分の身体の重みで肛門はジワジワと貫かれていく。もがけばかえって侵入を助けた。

「ひっ、ひいっ！……ううむ……」

暗くなった目の前に、苦痛の火花がバチバチと散った。

2

あぐらをかいた瀬島の上に、夏子の身体は向かい合ってのせられた。尻もちをつくように夏子の双臀が、ぴったりと瀬島の太腿の上に密着している。

「見事につながったじゃねえか、奥さん。うれしそうに咥えこんでるぜ」

ニヤニヤと覗きこんで冷二が言った。

瀬島の膝の上で夏子の肛門が、せいいっぱいといった感じでドス黒い肉棒を咥えこんでいた。肛門の粘膜が今にも裂けんばかりにのびきって、ミシミシと軋むようだ。

「クイクイ締めつけやがって。そんなにうれしいのか、奥さん」

瀬島はしっかりと夏子の腰を両手でつかみ抱きこんで、ニヤニヤと舌なめずりした。じっくりときつい肉の感触を味わっていて、まだ動こうとしない。

夏子はもう息も絶えだえで、パクパクと口をあえがせたかと思うと、キリキリと噛みしばり、時折り耐えきれないように喉を絞った。

「許して……う、うむ……」

あえぎつつ夏子はグラグラと頭を揺らした。まるで肛門から脳へと麻薬に侵されたようだ。背筋が灼けただれて爪先までしびれた。

「どうだ、尻の穴で太いのを咥えこんでる気分は」

「よくってたまらねえという顔だぜ」

瀬島と冷二がニヤニヤと覗きこんだ夏子の顔は、脂汗にまみれて上気し、張り裂けるような苦痛と妖しい肉の疼きとを入りまじらせていた。

ハアハアと息もつまらんばかりにあえぎ、うめき、そして泣き声を噴きこぼす。思わずドキッとさせられるほどの凄艶な美しさと妖しさがあった。

「自分から腰を揺すって楽しんだっていいんだぜ、奥さん」

「おしっこを我慢しながらアナルセックスをするのも、案外いいかもしれねえぞ」

「かんにんして……」

夏子は力なく頭を振った。少しでも動くと、いやでも肛門を貫いているもののたくましさを思い知らされ、夏子はもう腰をよじることもできなかった。

瀬島と冷二は顔を見合わせてニヤリとする。

「やっぱりおしっこをしてすっきりしてから楽しみてえってことのようだな」

「よしよし、小便させてやるぜ」

冷二が夏子の左足首をつかんで上へ持ちあげ、瀬島の前を通してもう一方の足のほうへもっていく。それに合わせて瀬島は深々と夏子の肛門を貫いたまま、夏子の腰を回転させはじめた。

「あ、そんな……い、いやあ！」

夏子はビクッと腰を震わせて悲鳴をあげ、キリキリと唇を噛みしばった。夏子の身体は瀬島の膝の上で向かい合った格好から後ろ向きへと、ゆっくりと回転させられていく。しかも肛門を深々と貫かれたままで、それを軸に回転させられる。肛門のなかでたくましい肉棒がこすれ、位置を変えていく感覚に、混迷が夏子を襲った。

「こんな……あ、う、うむ、怖い……」

ひきつった美貌をのけぞらせて、夏子の裸身はまわりきってあぐらを組んだ瀬島の膝の上に前向きにのせられた。肛門を貫かれて力を失った両脚は、瀬島の膝をまたいであられもなくひろがりきった。

「いい格好だぜ、奥さん。これなら小便もできるってもんだ」

冷二はニヤニヤと覗きこんで言った。

まるで杭のように肉棒が肛門に打ちこまれ、その前に夏子の肉の花園がパックリと開ききっていた。奥の奥までしとどに濡れそぼって、肉襞をヒクヒク蠢かせ、淫らにあえいでいる。女芯も生々しく尖って、今にも血を噴きそうだ。

「こりゃたいした感じようじゃねえか。もうメロメロにとろけきってやがる」

冷二は指先で女芯をピンと弾いた。

「ひいっ！」

のけぞって、夏子は腰を振りたてた。たちまち肛門を貫いているものの大きさを思い知らされ、灼けただれた腸管が刺激されて、泣き声が噴きあがった。

「やめて！……ああ、ひっ、ひっ、いやあ！」

「クイクイ締めつけて、いい声で泣きやがる。いい味しやがってたまらねえぜ」

瀬島はうれしそうに笑って、両手で夏子の乳房をわしづかみにしてタプタプと揉んだ。冷二も覗きながら指先で夏子の肉芽をいびりつづける。

「かんにんして！……ああ、ひっ、ひっ！」

夏子はそれだけで今にも気がイキそうに泣き声を高くして、腰をよじりたてた。とてもじっとしてはいられない。

さんざん夏子を泣かせてから、冷二はおもむろに畳の上に転がった大ジョッキをひろいあげた。それを夏子の開ききった媚肉にあてがって、

「これでいいだろう。小便していいぜ、奥さん」

「そ、そんな……」

あまりのことに夏子は言葉が出ない。

「い、いやっ……そんなこと、できません！　ああ、そんなひどいこと……」

「さっさと出しな。溜まってるくせして、気どるんじゃねえよ」

「いや、いやです！　おトイレに……」

「奥さんのトイレはこのジョッキだぜ。こいつをいっぱいにしてみろ」

冷二は手にしたジョッキで夏子の媚肉をなぞり、女芯をこすった。

「出さねえのならお楽しみをつづけるぜ、奥さん。俺のこいつもさっきから奥さんのオマ×コに入りたがってるからよ」

冷二は硬く屹立した肉棒を揺すってみせた。夏子を瀬島と二人がかりでサンドイッチにする気なのだ。

「そ、それは……ああ、許して！」

「小便するのか、それとも俺の太いのをオマ×コにぶちこまれてサンドイッチにされてえのか」

「ああ……」

夏子は泣き声をあげて黒髪を振りたくった。ブルブルと身体が震えだしてとまらなくなった。もう尿意は苦痛となって耐える限界に達した。

このままでは本当に冷二がいどみかかってきて、サンドイッチにされてしまう。だからといって、自ら排尿してみせるなど、できるはずもなかった。

「お願い、おトイレに……」

いくら哀願しても駄目だった。

ジョッキにかわって冷二の灼熱が夏子の媚肉に押しつけられた。ゆっくりとなぞるようにこすりつけてくる。

「ひいっ、待ってェ……します。しますから、それだけは……」

「なにをするってんだ、奥さん」

「ああ、夏子……お、おしっこをしますから、かんにんして」

夏子はサンドイッチにされる恐怖に、我れを忘れて叫んでいた。

「嘘じゃねえだろうな」

冷二はニヤリと笑うと、肉棒を引いた。そして再びジョッキが夏子の媚肉のひろがりにあてがわれた。

「ああ……」

夏子は両目を閉じ、ワナワナと震える唇をキリキリと噛みしめた。

「どうした。早くしねえか」

夏子の乳房をタプタプと揉みこんでいた瀬島が後ろからグイと夏子の肛門を深く突きあげた。

「ああっ、ひいっ!」

夏子は悲鳴をあげて泣き声を噴きこぼす。そのはずみで耐える限界に達した尿意が、ショボショボと漏れはじめた。

「いやあ!」

いくらとめようとしても、いったん堰を切ったものは、次第に勢いを増してジョッキのなかへ流れこんでいく。激しく渦巻いて泡立った。

もう押しとどめようもないと知った時、夏子の喉に号泣が噴きあがった。

「派手に出しやがるぜ。よっぽど溜まってやがったんだな」

「出してるのが尻の穴までヒクヒク感じてくるぜ。どうだ、こうやって尻の穴を串刺しにされたまま、小便する気分は」

冷二と瀬島は夏子をからかってゲラゲラと笑った。

「気持ちよさそうな顔しやがって、いい声で泣くじゃねえかよ、奥さん」

冷二はジョッキを手に流れでるものを受けながら、もう一方の手で剝きだしの肉芽をいじりだせば、

「フフフ、もっとよくしてやるからな」

瀬島は夏子の乳首をいびりつつ、下から夏子の肛門をいっそう深く突きあげはじめる。

「ああ、そんな……ひっ、ひいっ！」

「小便を出しながら気をやったっていいんだぜ、奥さん」

「やめて……あ、あむむ、動かないで！……ひっ、ひっ、かんにんして！」

夏子は黒髪を振りたくり、喉を絞った。

排尿している最中に、こんなあくどいいたぶりを受ける恐ろしさ。突きあげられるたびに流れでるものがジョッキの外へこぼれそうになる。いやでも腰がガクガクとはねあがってよじれた。

「ああっ、いやあああ！……ひぃ！」

恐ろしさとおぞましさとは裏腹に、灼けただれる感覚が身体中にひろがって、夏子はわけがわからなくなっていく。

「すっかり出したらオマ×コにぶちこんで、もっとよくしてやるからな」

冷二はあざ笑ったが、もう夏子はその声もまともに聞こえない。流れでるものが次第に少なくなっていくにつれて、肛門を突きあげられる感覚にすべてが巻きこまれた。

「ああ……も、もう、かんにんして」

もう号泣も途切れ、夏子がハアハアとふいごのように吐く息が火のように熱くなった。

「まだか、冷二。そろそろオマ×コに入れてやれよ」

瀬島は夏子の乳房を揉み、肛門をゆっくりと突きあげながら言った。

「どうやらすっかり出したようだな。どれ、サンドイッチのお楽しみといくか」

冷二がニンマリとして舌なめずりをした。

夏子は涙にかすんだ目をひきつらせて、冷二のたくましく屹立した肉棒が迫ってくるのを見た。

「ああっ、それだけは……」

夏子は戦慄の声をあげて逃げようとした。だが夏子の身体は肛門を貫いた瀬島の肉棒が杭になってつなぎとめている。そのうえ瀬島は夏子の上体を少し後ろへ倒し、腰をせりあげるようにして冷二を待ちかまえた。

「いやっ、かんにんして！」

「オマ×コはとろけきって、ちょうど入れ頃ってところだぜ、奥さん」

「ああ、いやあ！」

灼熱の先端が媚肉に押しつけられ、ググッと入ってくる感覚に、夏子は目がくらんだ。

「ひっ、ひいっ！」

すでに火にくるまれている身体のなかを、さらに灼けただれるような火花が走った。ジワジワと沈む肉棒が薄い粘膜をへだてて、肛門の肉棒とこすれ合う。

「あ、ああっ……ひっ、ひいっ……」

「しっかりつながったぜ。オマ×コにも尻の穴にも入ってるのがわかるな」

「かんにんして……ああ、助けてェ」

白目を剝いた美貌を振りたてて、夏子は半狂乱に泣きわめいた。

冷二と瀬島は夏子を挟んで、リズムを合わせて突きあげ、責めたてた。

「うれしそうにグイグイ締めつけやがって。昨日サンドイッチを覚えたばかりだってのによ」

「こっちもすげえ締まりようだぜ。やっぱりオマ×コに入れると、尻の穴の締まりもきつくなりやがる」

そんな冷二と瀬島のからかいに反発する余裕もなく、夏子の身体は二人の間で揉みつぶされるようだ。もう夏子はなす術もなく、脳まで灼きつくされるような肉の快美をはっきりと感じとっていた。

「ああ……死ぬ、死んじゃう！」

夏子は冷二と瀬島にあやつられるままにあえぎ、うめき、そして泣いた。のけぞった美貌は白目を剝き、口の端から涎れさえ垂らしはじめた。

「た、たまらない……あうっ、死ぬ」

「激しいな、奥さん。犯るたびにどんどん敏感になりやがる」

「あ、あああ……かんにんして、ああ……あうう……」

「サンドイッチがそんなにいいのか。今に男一人じゃ満足できない身体になるぜ」

冷二と瀬島は夏子の反応を見つつ、余裕をもって責めた。
めくるめく官能に翻弄され、腰をよじりたてて双臀を波打たせ、二本の肉棒にあやつられて狂おしい肉の踊りを見せる夏子が、冷二と瀬島を楽しませる。えぐられる媚肉と肛門も、ますます妖美な粘着力と吸収性を増して、キリキリと収縮させてはフッとゆるみ、またきつく締めつけることを繰りかえした。それはさすがの冷二と瀬島も舌を巻くほどの妖しい肉の感触だった。
「ますます味がよくなりやがる。こりゃ並みの野郎じゃひとたまりもねえな」

「これだから熟れきった人妻ってのはたまらねえぜ。なんて締まりだ」

前と後ろとでそんなことを言っては、冷二と瀬島はニヤニヤと笑った。

冷二が舌なめずりをすると、いきなり夏子の唇に吸いついた。

「う、うむ……」

夏子はもう身も心も征服され、ゆだねきったように、ほとんど抵抗らしいものは見せなかった。冷二の舌の侵入をたやすく許し、たちまち舌を絡め取られて吸われ、唾液を流しこまれた。口を吸われたことで夏子はいっそう昂るのか、「うむ、ううむ」とうめきながら腰をうねらせ、身悶えを露わにする。

ようやく冷二が口を離すと、今度は後ろから瀬島が吸いついてきた。しびれるほどに舌を吸われ、たっぷりと流しこまれる唾液に夏子はむせるほどだった。

「すっかり可愛くなりやがって」

瀬島はあざ笑った。

「気持ちいいんだろ、奥さん。いいと言ってみろよ」

冷二がうつつな夏子の美貌を覗きこんだ。汗に洗われたような夏子の顔は真っ赤に上気して、乱れ髪を額や頬にへばりつかせ、唇を半開きにして凄艶なまでの表情だった。

「いい……ああ、気持ちいいわ」

夏子はハアハアと火のような息であえぎつつ言った。小鼻がピクピクと蠢いた。

「オマ×コと尻の穴に入れてくれるから、気持ちいいと言えよ」

「ああ……オ、オマ×コと……お尻の穴に……入れてくれるから、夏子……ああ、気持ちいいわ……」

夏子は強要されるままに口にしていく。ただれるような官能に翻弄されて、もう自分でもなにを言っているのかわからないようだ。

冷二と瀬島はこの時とばかりに、さらに夏子を屈服させようとする。

「奥さんの身体はもう俺たちのものだぜ。オマ×コも尻の穴も、俺たちのものだと言うんだ」

「ああ……夏子の……オ、オマ×コもお尻の穴も……あなたたちのものです」

「その言葉を忘れるんじゃねえぞ、奥さん。佐藤夏子はマゾの牝だと言え」

「佐藤夏子は……マゾの牝です……」

冷二と瀬島は次第に責めを激しくしていきながら、ゲラゲラと笑った。それを屈辱と感じる余裕も、もう夏子にはなかった。

「ああ……あう、も、もう……」

そう言う間にも夏子の身体に痙攣が走りはじめた。そして夏子の腰がいきなり電気でも流されたように、ガクガクとはねあがった。

「あ、ああっ……イッちゃう！」

よがり声をひきつらせたかと思うと、夏子はキリキリと歯を噛みしばってのけぞり、総身を恐ろしいまでに収縮させた。

「なんだ、もう気をやったのか、奥さん。好きだな」

「いい気のやりっぷりだ。よしよし、何度でもイカせてやるからな、奥さん」

冷二と瀬島は肉のきつい収縮に耐えて味わいながら、まだ突きあげる動きをとめようとはしなかった。

「あ、あ……そんな……」

グッタリと身体の力を抜くことも許されずに、夏子は狼狽の声をあげた。グイグイと突きあげられる媚肉と肛門が、荒々しい動きに軋むようだ。

「かんにんして……もう、もうやめて！」

「まだこれからじゃねえかよ。自分だけ楽しんでやめようなんて虫がよすぎるぜ。こっちはまだ出してねえんだよ」

「ああ、いやっ……夏子、狂ってしまう」

「いい思いをして狂うなら、マゾ牝の奥さんとしては本望じゃねえか」

冷二と瀬島はあざ笑った。

夏子はたちまち息すらできなくなって、身体中の肉がブルブル震えだした。唇をキリキリと嚙みしめ、目尻を吊りあげて泣く夏子。その凄艶さがいっそう男たちの欲情をそそって、責めが激しさを増した。グイと深く突きあげられると、今にも肉棒が口から出てきそうで、次に引かれると内臓が一緒に引きずりだされるようだ。

「あ、あああっ……たまんない……夏子、こわれてしまいます」

泣きわめきながら、夏子はまた快楽の絶頂へと追いあげられていく。一度昇りつめた絶頂感が引かぬ間に、つづけざまに気をやるようだ。

「あ、また……ひっ、ひいっ！」

「イクっ」という言葉は「ひいっ！」という声に呑みこまれ、夏子の腰がガクンガクンとはねあがって痙攣した。

「その調子だ、奥さん。どんどん気をやるんだ。マゾの牝になりきれ」

「あ、あ……も、もういやっ……お願い、かんにんして」

さらに責めつづけてくる男たちに夏子は泣き声をひきつらせた。どんなにいやだと思っても、絶頂に昇りつめて炎と化した夏子の身体は、恐ろしいことにひとりでに反応してしまう。

「お願い。あ、ああ、もう満足して」

「俺たちのことは気にしなくていいんだ。奥さんはよがり狂って、イクことだけを考えてりゃいいんだよ」

「そんな……あうう……また……」

「またイクのか。いくらでも楽しませてやるぜ。俺たちが二時間や三時間ぶっつづけてもまいらねえのは、昨日でわかってるだろうからな」

冷二と瀬島は夏子を責めたてつつゲラゲラと笑った。

夏子はひっきりなしに喉を絞りながら、わけがわからなくなった。持続する絶頂感にフラフラになって、汗まみれの肉がうねりビクッビクッと反応する。そして頭のなかが白く灼きつくされて、何度失神しそうになっただろうか。その失神から揺り起こされ、責めたてられた。

「どうだ、亭主じゃこれだけいい思いはさせてくれねえだろうが」

「たいした悦びようじゃねえか、奥さん。さっきからイキっぱなしだぜ」

冷二と瀬島のからかいの声も、夏子には聞こえていなかった。声も出せず、息すら満足にできずに唾液を溢れさせる口から、「ひい、ひいーっ」と喉を絞るばかりだった。

「ここらで一発出すか」

「いいだろう。同時発射といこうぜ」

夏子の前と後ろとで冷二と瀬島はニヤリと笑うと、一段とピッチをあげはじめた。荒々しく肉棒を打ちこみ、夏子の腰の骨がギシギシと軋むほど突きあげる。

「ひっ、ひいっ……死ぬ！」

ガクガクと夏子はのけぞり、身体の芯を恐ろしいばかりにひきつらせた。

「………」

声にならない声がのけぞらせた喉の奥から絞りでる。

「くらえ！」

「それ、そりゃっ！」

冷二と瀬島が同時に、前と後ろから最後のひと突きを与えた。薄い粘膜をへだてて二本の肉棒が恐ろしいまでに膨張したかと思うと、おびただしい白濁の精がドッとほとばしった。

「ひいーっ！」

灼けるようなしぶきを子宮口と直腸に感じて、夏子はもう一度ガクンガクンとのけぞって総身を収縮させた。

さらに二度三度と痙攣を見せてから、まるでゼンマイの切れた人形みたいにガクッと崩れた。その顔はしとどの汗のなかに白目を剝き、口の端から泡さえ噴いていた。

ようやく夏子から離れた冷二と瀬島は、満足げに大きく息を吐いた。

「まったくいい味してやがる。最後までヒクヒク絡みついてきやがるんだからな」

「犯れば犯るほどたまらねえ奥さんだぜ」

瀬島と冷二は煙草を咥えてうまそうに吸いながら、ニヤニヤと夏子を眺めた。

夏子は汗に濡れ光る乳房から腹部をハアハアとあえがせるだけで、死んだように布団の上に横たわっていた。両脚は大きく開いたまま、凌辱のあとも生々しく媚肉も肛門も剝きだしだった。媚肉は赤くひろがって肉襞まで見せ、注ぎこまれた白濁をゆっくりと吐きだしている。肛門もまだ口を開いたまま、ただれたような腸襞から白濁をしたたらせ、ヒクヒクと余韻の痙攣を見せていた。

それは無残な姿ではあったが、男の欲情をそそられずにはいられない生々しさがあった。さらに夏子を泣かせてみたいという嗜虐の欲情がメラメラと燃えあがった。

ニヤニヤと覗きこんでいた冷二と瀬島の肉棒が、再びムクムクとたくましさを取り戻しはじめた。

「お楽しみの再開といくか、瀬島」

「今度は場所を変えようじゃねえか。俺が奥さんのオマ×コで、おめえが尻の穴だ」

「いいだろう。それじゃまず、俺から入れるぜ」

冷二はうれしそうに舌なめずりをして、夏子の身体に手をのばした。

「しっかりしなよ、奥さん。これくらいでだらしねえぞ」

夏子の身体をゴロリとうつ伏せに引っくりかえして、双臀を高くもたげさせる。バシバシと双臀をはたいて、両膝とあごとで身体を支えさせた。

「う、ううっ……」

夏子は低くうめくだけで、まだ意識もうつろなままなにをされようとしているのかもわからない。そして冷二が後ろから双臀を抱えこんでジワジワと肛門を貫きはじめた時、ようやく正気に戻った。

「ああ……もう、許して……」

「まだお楽しみは終わっちゃいねえんだ。これからだよ、奥さん。もっと何度でも気をやらせてやるからな」

冷二は深く肛門を貫きながら、後ろから夏子の顔を覗きこんだ。

「そんな……ああ、死んじゃう……か、かんにんして」

泣き声をひきつらせて、夏子は耐えきれないように頭を振った。

「死ぬほど気持ちいいってことか。よしよし、今まで以上にこってりと責めてやるからな」

「ああ……た、助けて……」

「なにが助けてだ。ほれ、オマ×コにも入れてもらうんだよ」

肛門を深々と貫くと、冷二は夏子の上体を起こした。

「いや、いやあ！」

正面からまとわりついてくる瀬島に気づいて、夏子は悲鳴をあげた。

3

外がすっかり夜の帳に包まれ、歓楽街がにぎわいはじめた頃、冷二と瀬島は夏子を風呂に入れた。

長時間にわたる凌辱のあとも生々しく、夏子の裸身はおびただしい白濁や汗、唾液にまみれていた。その汚れをシャワーで綺麗に洗い流していく。

夏子はシクシクとすすり泣くだけで、もう縄も解かれていたが、されるがままだ。腰から膝がガクガクとして、一人では立っていられない。

「たっぷりと気をやって、また一段と色っぽくなったみたいだぜ、奥さん」

「腰が抜けるほど楽しんで満足したってわけか。こんなにムチムチした肉をしやがって」

冷二と瀬島は綺麗に清められた夏子の裸身を、あらためて惚れぼれと眺めた。

湯あがりの肌はピンクに上気し、ほのかな湯気をあげて艶やかに輝いていた。豊満な乳房は形よく張って、なめらかな腹部と細い腰、双臀から太腿にかけてのムチッとした肉づきが素晴らしい。さんざん弄ばれたにもかかわらず、夏子の身体は息づまるような官能美にあふれていた。

もうすすり泣く声も途切れ、放心したていでうなだれる夏子の全身から、女の哀しみがにじみでている。冷二と瀬島がからかっても、ほとんど反応らしい反応は見せなかった。

夏子がふと顔をあげ、冷二と瀬島を見た。

「お願い。もう、子供に会わせて。子供をかえしてください」

唇を震わせ、すすり泣くような声で言った。うつろな夏子の脳裡に、子供の直美のことが浮かんだのだ。

昨日の昼から我が子に会っていない。まだ四歳の直美が恐ろしいヤクザたちにいじめられてはいないか、母を求めて泣いてはいないか。そう思うと、夏子は我が身も忘れ、いても立ってもいられなかった。

「子供はどこにいるの？　お願い、会わせてください」

「子供は奥さんが騒いだり逃げようとしたりしねえための大事な人質だからな」

「お願い。会わせてください」

「甘ったれるな。奥さんはこのムチムチした身体を使って、男を楽しませることだけ考えてりゃいいと言ったろうが」

冷二と瀬島はあざ笑った。

こんな状態になってもなお、我が子のことを案じる夏子の母親としての姿が、ゾクゾクする新鮮さを感じさせた。女教師の悠子やスチュワーデスの由美子、そして同じく人妻でも子供のいない佐知子にはない女の姿だ。

「ああ、子供をかえして。ど、どうすればいいの」

夏子は冷二の足もとにすがりついて、シクシクと泣きだした。

今の夏子にとってただひとつ、心の支えは子供なのだ。それは同時に夏子の最大の弱みでもある。それを冷二と瀬島が利用しないはずはなかった。冷二と瀬島は顔を見合わせて、ニヤリと笑った。

「そんなに子供をかえして欲しいか。奥さんの態度次第ではかえしてやらねえこともねえけどよ」

「わかるか。子供をかえしてもらえるチャンスを奥さんにやろうってんだ。もちろん、タダってわけにはいかねえけどな」

夏子はすがりつくように冷二と瀬島を見て、唇を震わせた。

「ど、どうすれば……」

「簡単なことだぜ。今夜ひと晩だけ下のバーでホステスをやりゃいい。ヌードホステスってのをな」

「そんな……」

わななく唇を噛みしめて、夏子は弱々しく頭を振った。ヌードホステスとなればどんなことをさせられるのか、聞かなくても察しはつく。大勢の見知らぬ客たちに裸身をさらし、いやらしいことをされるなど、考えただけでも恐ろしい。

「いやなら子供のことは諦めるんだな。ここでひと晩中、またお楽しみのつづきということになるぜ」

「ああ……」

「客は変態ばかりだけどよ。ひと晩我慢すりゃ明日には子供をかえしてもらえるんだぜ」

冷二と瀬島は左右からネチネチと夏子に語りかけた。

「もうさんざん嬲られた身体じゃねえか。子供のためならヌードホステスぐらいどうってことねえだろうが、奥さん」

「せっかく子供をかえして奥さんが自由になれるチャンスをやろうってのによ。人の厚意を無にする気か」

夏子が男たちの言葉に屈服するのに、さほど時間はかからなかった。飽くなき色責めの連続に、正常な判断もできなくなっているのか、冷二と瀬島がしかけた巧妙な罠に夏子は簡単に落ちた。我が子に会いたい、かえして欲しいと思う一心だ。

「い、言う通りにすれば、本当に……明日には子供をかえしてくれるのね」

「嘘は言わねえよ。俺たちはもう充分に奥さんの身体を楽しんだしな」

冷二は心にもないことを言って低く笑った。夏子ほどいい女を手離してたまるか、もっととことん責め嬲ってやるのだ……と腹のなかでペロリと舌を出した。

「そのかわり、奥さんが客の前で少しでもさからったら、この話はなしだぜ」

「それどころか、二度と子供には会えねえと思いな、奥さん」

冷二と瀬島は夏子に冷たく釘を刺した。

夏子はワナワナと震えながら、小さくうなずいた。子供を取り戻すには、言う通りにするしかなかった。

「化粧しろ。客がびっくりするほどみがきあげるんだ、奥さん」

夏子は汚い鏡に向かわされた。

もうなにも言わず、命じられるままに化粧し、黒髪をセットする夏子の耳もとに、冷二がニヤニヤと笑いながら、バーでどうふるまえばいいかを囁きはじめた。

「ああ、そんな……」

夏子はにわかに真っ赤になって、思わず手からルージュを落とした。

ヌードホステスとしてどうふるまうか。それは夏子の全身の血が逆流し、毛穴から噴きださんばかりの恥ずかしく屈辱的な指示だった。

「かんにんして……ああ、そんなこと、できません」

「できなきゃ、子供はかえしてもらえねえぜ、奥さん」

「ああ……」

夏子はキリキリと唇を噛みしばった。今にも泣きだしそうなのを必死にこらえている。ルージュをひろう手もブルブルと震えた。

「綺麗だぜ、奥さん。こりゃ客も大喜びだ」

後ろから鏡のなかの夏子を覗きこんで、瀬島がニヤニヤと舌なめずりをした。

黒髪にブラシをかけ、綺麗に化粧をした夏子は、黒いレースのブラジャーとパンティを着けさせられた。ストッキングも黒で、ガーターで吊る。その上にはやはり黒のスリップを着け、ハイヒールをはかされた。

「ああ……」

夏子は弱々しく頭を振った。昨夜から一糸もまとうことを許されなかった肌をようやく隠せるというのに、かえって羞恥心がこみあげた。すぐにバーで自ら一枚ずつ脱いでみせなければならない。膝とハイヒールがガクガクと震えた。

「こりゃ色っぽい。ゾクゾクするぜ、奥さん」

「奥さんは肌が白いから、黒がよく似合うじゃねえか」

冷二と瀬島はまぶしいものでも見るように目を細め、何度も舌なめずりした。すぐにでも襲いかかって黒の下着をむしり取り、しゃぶりつきたい衝動に駆られずにはいられない美しさ、色っぽさだった。

「何度も言ったから、もうわかっているな、奥さん。下のバーへ行ったら、まずはス

な」

「うんと色っぽく身体をくねらせて、脱いでいくんだ。客を焦らすように少しずつトリップだぜ」

冷二と瀬島は左右から夏子の腕をとって引きたてようとした。

ビクッと夏子の身体が硬直して、反射的にあとずさろうとする。

「怖い……あ、ああ……」

泣きださんばかりに夏子の声がひきつった。

「どうした、今さら。可愛い子供をかえして欲しくないのか」

「ああ……怖い。怖いんです」

「殺されるわけじゃあるまいし。客たちに裸を見せて、ちょいと遊ばせるだけじゃねえか。可愛い子供のためだぜ」

冷二と瀬島は夏子の腕をとって階段をおりさせた。左右から腕をとって支えていないと、夏子はハイヒールがガクガクとして崩れ落ちそうだ。

すぐに戸口だった。その向こうはバーのカウンターのなかになっていて、ザワザワした客たちの声や笑い声が聞こえてくる。

「ああ、そんな……」

夏子はおびえ、全身がグルグルと震えだした。

「ほ、本当に、子供をかえしてくれるのね。ああ、今夜だけ耐えれば……」

「ちゃんと俺たちが教えた通りにすればな」

「ああ、怖い……こ、この辱しめさえ耐えれば……子供は……」

夏子は歯がカチカチと鳴って言葉がつづかなかった。

「さからえば二度と子供には会えねえぜ、奥さん。そのことを忘れるなよ」

冷二はもう一度残酷に念を押した。

バーのなかには客が二十人ほどもいて、もう満員だった。人妻の夏子がヌードホステスをやるということで、瀬島が田代に命じて好色な客を集めさせたのだ。それだけに待ちかねた客たちの目が、いっせいに入ってきた夏子に集中した。それまでのざわめきが嘘みたいに、たちまち静まりかえった。

「ああ……」

夏子は恐ろしさに顔をあげることもできなかった。それでも客たちのくい入るような視線が集中してくるのが、痛いまでにわかった。

「みんな奥さんの美しさに圧倒されて見とれてるぜ」

瀬島が意地悪く夏子の耳もとで囁いた。

実際、客たちはしばし声を失って夏子の妖しい美しさに見入った。いかにも上品な人妻らしさを感じさせる美貌とそのおびえたような表情。黒のスリップとストッキングに包まれた見事なプロポーション。ムンムンと女の色気が匂い立って見る者を圧倒せずにはおかない。

「す、すごい美人じゃないか」

客たちのなかから思わず感嘆の声が出た。まさかこんなバーで夏子ほどの美女に会えるとは、誰も思わなかったようだ。しかもその美女がヌードホステスをやるという。

「どうです、俺が言った通りでしょうが。これだけの美人、ちょいといませんぜ。しかも素人の人妻ですぜ」

田代が一人、得意げに客たちに向かってしゃべっている。

夏子はブルブルと身体の震えがとまらなかった。膝もハイヒールもガクガクとして崩れそうだ。

ああ……こ、怖い……助けて……。

夏子はすがりつくように冷二を見た。

だが冷二は冷たく笑うだけ。

「それじゃまず、ストリップからいくとするか、奥さん」

冷二はピシッとスリップの上から夏子の双臀をはたいた。

4

夏子はハイヒールをはいたまま、カウンターの上に立たされた。

照明がいっそう暗くなり、カウンターの天井のライトだけがまるでスポットライトのように夏子を照らしだした。そして妖しげなブルースがスピーカーから流れはじめた。

「いよ、待ってました。早く脱いでくれよ」

「いよいよ美人の人妻の裸が見られるってわけだ。たまらねえな」

「ほれ、早いとこ大事なところを見せてくれよ」

ようやく客たちが騒ぎだし、あっちこっちで声をかけた。

夏子の美貌がベソをかかんばかりになった。ブルブルと震えながら、唇を嚙みしめて弱々しく頭を振る。

「どうした。客たちの声が聞こえなかったのか。ストリップをはじめるんだ、奥さん」

カウンターのなかから冷二が低くドスの利いた声で言った。手にはいつの間にか乗馬用の鞭が握られ、それでうながすように夏子の双臀をピタピタと軽くたたいた。

「ああ……」

もう一度すがるように冷二を見た夏子は、やがて観念したようにカウンターの上でブルースに合わせて身体をうねらせはじめた。

二階の和室で教えられたままに、悩ましげに胸のふくらみを揺すり、双臀をうねらせる。

ああ、こんな……こんなことって……。

「わあっ」と泣き崩れそうになるのを、夏子は必死にこらえた。ヤクザに連れ去られた我が子を取り戻すためには、どうにもならないのだ。

ああ、直美ちゃん……。

我が子の名を胸のうちで何度も口にすることで、夏子は今にも萎えそうな気力を呼び起こした。

スリップを少しずつずりさげて、黒いストッキングにくるまれた左脚をさらしてみせる。

太腿を半ばまでさらすと、ガーターで吊られたストッキングとパンティとの間に剝きでた肌の白さが際立った。パンティもストッキングも黒だけに、夏子の内腿の肌の白さが鮮烈で、見る者の目を圧倒せずにはおかない。

客たちが口笛を吹き、奇声をあげていっそう身をのりだしてきた。

「あ、ああ……いや……」

夏子は思わず身体を硬直させた。自ら肌をさらすことが、こんなにも恥ずかしく屈辱的とは。いっそひと思いに、冷二と瀬島の手で剝かれたほうがましだ。

夏子は唇を嚙みしめ、ストッキングをガーターからはずし、まるで生皮を剝がすようにゆっくりと脱いだ。もう一方の足も同じようにストッキングを脱ぐ。

「もっと色っぽく身体をうねらせて脱がねえかよ、奥さん」

少しでも夏子の動きがとまると、すぐに冷二の手にする乗馬用の鞭が、ピタピタと双臀をたたいてきた。

「次はスリップだ、奥さん」

「ああ……」

夏子は震える手でスリップの肩紐を右、そして左とはずした。たちまちスリップは夏子の身体をすべって落ち、よろめくハイヒールのまわりに輪を描いた。夏子の白い肌を覆っているのは、もはや黒のブラジャーとパンティだけだ。

客たちが口笛を吹いて奇声をあげ、どよめいた。見事なまでの夏子の肢体を前に男たちの目が早くも血走って、淫らでよどんだ熱気が立ちこめた。

だが、夏子は肌を隠すことも、じっとしていることも許されない。冷二と瀬島の命令に従わないと、二度と我が子に会えないのだ。

ああ、直美ちゃん……直美……。

夏子はブルースに合わせて身体をうねらせつつ、ブラジャーの肩紐をはずして背中のホックをはずした。思わずハッと息を呑むほど見事な夏子の乳房が、ブルンと揺れて露わになった。

男たちのなかから感嘆の声があがった。

三十歳という夏子の成熟した乳房は、今にも乳が垂れてきそうな豊かさで、それでいて形よく、乳首も綺麗だ。

「いいおっぱいしてるじゃないか。九十センチはあるな」

「あれで子供を生んでるとはな。見事だ。少しも崩れていない」

「しゃぶりついてみたいねえ」

客たちから遠慮のない淫らな言葉が投げかけられる。

そして冷二がまた、鞭の先で夏子の双臀を突ついてきた。

「パンティが残ってるぜ、奥さん」

「そ、それは……」

「こら、誰が身体をうねらせるのをやめていいと言った。もっとおっぱいを揺すって腰をうねらせろよ」

「ああ……」

夏子の剝きだしの乳房がブルンブルンと躍り、黒いパンティでわずかに覆われた形

のいい双臀が振られる。そして夏子の震える手がおずおずとパンティのゴムにかかった。

こ、こんな……ああ、子供のためでなかったら、誰がこんな恥ずかしいことを……ああ、死にたい……。

夏子は唇を噛みしばり、羞恥と屈辱の涙を流しながらパンティを太腿へすべらせて脱ぎ取った。

客たちがどよめいて、さらに身をのりだすようにして覗きこんでくるのがわかった。

「ああ……いやっ、見ないで」

夏子は泣き声をあげたが、言葉にならなかった。首筋までカアッと羞恥の火に灼かれた。

「もっとおっぱいを揺すれ。腰をうねら

せろ」

瀬島があおりたてた。

官能美あふれる夏子の肢体が、ハイヒールをはいただけの全裸で、カウンターの上で妖しくうねる。いくら片脚をくの字に折っても隠しきれない茂みが、白い下腹を覆い、フルフルと震えた。

後ろを向かされて、裸の双臀も客たちの目にさらされた。ハイヒールをはいているため、それでなくとも形よく見事な肉づきの臀丘は高く吊りあがってピチッと引き締まっている。それが突きだされるようにして振りたてられ、うねるさまは、しゃぶりつきたくなるほどだった。

「なんという尻をしてるんだ」

「あの肉づき、たまらんねえ。ちくしょう、ゾクゾクするぜ」

「これほどいい尻してるとはな」

客たちはうなるように言って、舌なめずりをし、ゴクリと喉を鳴らした。

「いやっ……ああ……」

夏子は唇を噛みしばったまま、肩を震わせて泣いた。我が子を取り戻すためとはいえ、自ら大勢の男たちに裸身をさらし、乳房や双臀を振りたてている現実が信じられない。

「股の間もじっくりと見てもらうんだろ、奥さん」

「そんな……いやっ……」

「いやと言ったのか、奥さん」

いきなり冷二の手の鞭が、ピシッと夏子の双臀に飛んだ。

夏子はのけぞった。

「ああ……は、はい……」

「またいやだと言ったら、子供に会うのは諦めることになるぜ」

瀬島も夏子の耳もとで囁き、追いつめる。

夏子はすすり泣きながら、カウンターの上に尻もちをつくように腰をおろした。そして客たちに向かって両膝を立て、左右へ開いた。

両脚をMの字に開いてもたげ、両手を後ろにつく。

「ああ、恥ずかしい……」

夏子はなよなよと首を振った。

正面の客たちからは開ききった股間が丸見えである。そこに客たちの視線が痛いまでに集中するのを感じて、頭がグラッとなる。Mの字に立てた膝がガクガクと閉じそうになる。

「もっとおっぴろげろ」

「はい……ああ……」

夏子の両膝がさらに開いて、内腿の筋がひきつった。

開ききった股間に媚肉が生々しくさらけだされ、その合わせ目をほころばせた。妖しい彩色を見せて肉襞をのぞかせ、じっとりと濡れ光っている。

客たちの視線を感じるのか、肉襞はおびえるようにヒクヒクと蠢いた。茂みもその艶やかな繊毛をフルフルと震わせ、その奥に肉芽をわずかにのぞかせた。

「ああ、かんにんして……そ、そんなに、見ないで」

夏子は頭のなかまで灼けるようで、生きた心地もなかった。

「なにが見ないでだ。どうぞ、よくごらんになってだろうが」

また瀬島が夏子の耳もとで鋭く言った。

「……どうぞ、よく……ごらんになって……」

「なにを見て欲しいんだ、奥さん」

「ああ……夏子の……オ、オマ×コを、どうぞごらんになって」

命じられるままに、夏子はくい入るように覗きこんでくる客たちに言った。すすり泣きに声がかすれた。

「ああ……」

両脚をMの字に立て、両手を後ろについたまま、夏子は弱々しく頭を振りつづける。

女にとってもっとも恥ずかしいところを大勢の男たちの目にさらしているというのに、夏子の媚肉はすっかり濡れて、さらにジクジクと蜜を溢れさせた。自ら媚肉をさらしているという異常さが、夏子の感覚をも狂わせるのだろう。

「もうビチョビチョに濡れてるじゃないか。いやらしい色になって……形といい極上のオマ×コだな」

田代がわざと大きな声で言って、夏子をからかった。

「い、言わないで……ああ、恥ずかしい」

少しでも閉じようとすると、冷二に内腿を鞭で打たれ、夏子は喉を絞った。

「自分の手でもっと開いて、奥まで見てもらうんだ、奥さん」

「そ、それは……」

夏子はワナワナと唇を震わせた。はっきりと、いやと言って抗えないのがつらい。

「そ、そんな恥ずかしいこと、させないで。お願い」

「ヌードホステスがそれくらいできなくてどうする。早くひろげてみせろ」

「ひ、ひどい……ああ……」

夏子はすすり泣き、あえぎながら震える手を自ら開ききった股間へと持っていった。身体中の血が逆流し、灼けただれる。

ああ、できない。こんなあさましいこと、できるわけがないわ……。

胸のうちで狂おしいまでに叫びながらも、夏子は我が子のことを思うと、ためらう手を叱りつけ、気力を振り絞るように震える手を動かした。

歯がカチカチと鳴りだし、媚肉の合わせ目を左右へくつろげていく指先から力が抜け落ちそうだ。

「あ、あ……こんな、ああ……」

濡れているのが指先に感じられる。そして秘められた肉襞が男たちの目にさらされ、さらに視線が奥まで入りこんでくる感覚に、今にも遠のきそうな意識がジリジリと灼かれた。

「もっといっぱいにひろげろ」

冷二の非情な声がかけられ、鞭の先で突つかれた。

「ああ、恥ずかしい」

夏子は乳房と腹部を波打たせ、M字に立てた内腿をガクガクさせながら、萎えそうな力を振り絞って、さらに柔肉を左右へくつろげた。

「いいオマ×コしてるじゃないか。色といい形といい申し分ないねえ」

「さぞかし味のほうも……。フフフ、とろけきってうまそうだ」

「ずいぶんオマ×コが敏感なんだな。見られるだけでメロメロとは」

淫らな笑い声が夏子を苛んだ。

手を離すことを許されないつらさに夏子は生汗がドッと噴きでた。

5

客たちの淫らな目に充分さらしてから、冷二と瀬島はようやく夏子をカウンターからおろした。

「泣くんじゃねえよ。せっかくの化粧が落ちるだろうが」

「それに泣くのはまだ早いぜ、奥さん。ヌードホステスの仕事はこれからだからな」

冷二と瀬島は左右から夏子の耳もとに囁いた。

夏子はもうなにも言わない。ブルブルと震えながらも唇を噛みしめて、必死に泣き声を抑えようとする。おぞましいストリップショウをやらされたショックに、もう意識が麻痺してしまったようでもあり、ひたすら必死に地獄を耐えようとしているようでもあった。

「客にたっぷりとサービスするんだぜ、奥さん。もし客から不満が出たら、子供をかえしてやる話はなかったと思いな」

「どうふるまえばいいかは、もう言わなくてもわかってるな、奥さん」

冷二と瀬島はしつこく念を押した。

夏子は声もなく哀しげに小さくうなずいて、きつく唇を嚙みしめた。

ハイヒールをはいただけの全裸で、夏子は客たちのなかへ連れていかれ、酒の酌を命じられた。客たちのいやらしい視線が夏子を取り囲んで、容赦なく絡みついてきた。肌を隠すことは許されなかった。そして黙っていることも。

「……人妻の、佐藤夏子と申します。どうぞよろしくお願いします」

客たちの顔を見ずにあいさつして、ビールをついでまわろうとすると、いきなり手がのびてきて双臀を撫でられた。

「ああ……」

あわてて腰をよじって手を避けようとすると、別のほうからまた違う手がのびてきて、夏子の下腹や乳房を触る。

「そんな……ああ、待って……」

そこらじゅうからのびてくる手に踊らされるように、夏子は腰を振りよじり、泣き声をあげた。今にも男たちがいっせいに襲いかかってくるような錯覚に陥った。

だが客たちは、さっきから夏子の身体を見せつけられて、焦れたように目の色が変わっているものの、手はのばしても席は立たない。

「早く酒をついでくれよ。どうした。もっとこっちへ来ないとつげないぜ」

「こっちだ、奥さん。俺のにビールをついで欲しいね」

「俺のほうが先だぜ、奥さん」

客たちは口々に夏子に声をかけて酒の酌をさせては、その隙を狙って身体に手をのばした。

「ああ、そんなにされたら……ああ……」

男たちを突き飛ばして逃げたい気持ちを必死にこらえて、夏子はいやらしい手に弄ばれながら酌をしてまわった。

いきなり臀丘の谷間に指先を割り入れられそうになって、夏子は「ひいっ」とのけぞった。

「ま、待って……ああ……」

「いい尻してるじゃねえか。たまらねえ。もっと触らせろよ、奥さん」

「ああ、そんなに焦っちゃいや……さ、触らせますから」

夏子は客の指が肛門に触れそうになって、思わずはじけるように腰を振りたてそらした。だが、そこには別の客の指が待ちかまえている。

「へへへ、好きなところを触れるってのは本当かい」

「は、はい……」

「それじゃ、奥さんの尻の穴をじっくり見せてくれよ」

客の一人が言い、たちまちまわりが同調して口々に騒いだ。

ビクッと夏子の裸身が震え、思わず双臀がこわばった。

「………」

夏子の唇がワナワナと震え、今にも泣きだしそうになる。この客たちもまた、おぞましい排泄器官に興味を持っているようだ。

「どうした。嘘なのか」

しつこく夏子の双臀に手を這わせながら、男は言った。

「ああ、夏子のお尻の穴……ごらんに入れますわ」

もう観念したようにガックリと肩を落とすと、夏子はおずおずと客たちのほうへ向かって双臀を突きだした。ムチッと形よく張った夏子の双臀がブルブルと震えている。

夏子は上体を少し前へ倒すようにして、両手を臀丘にまわした。震える指が尻の谷間を左右へ割り開きはじめた。

「あ、ああ……」

いくら唇を噛みしばっても、思わず声が出てしまう。強要されたとはいえ、死にたくなるほどの恥ずかしいところを自分からさらすつらさに、夏子はまたシクシクと泣きだした。

臀丘を割るにつれて、秘められた谷間に外気とともに客たちの熱い視線が突き刺さってくる。

「……も、もうごらんになれるでしょう……ああ、もう……」

「まだ見えないぞ、奥さん。もっと思いきって開かなくちゃ」

割り開かれた谷間の奥に夏子の肛門がひっそりのぞいているにもかかわらず、客たちは意地悪く言って、さらに大きくひろげさせようとした。

奴らもなかなかやるじゃねえか。

さすがに田代が変態の客ばかり集めただけはあるな。

冷二と瀬島は顔を見合わせて、ニンマリとした。しばらくは口を出さずに、客たちにまかせることにする。

夏子が弱々しく頭を振った。

「ああ、もう、ごらんになれるでしょう」

「まだまだ、へへへ」

「意地悪しないで。ああ、こんなに開いてるのよ」

　夏子は泣きながらさらに臀丘を割った。

　もう夏子の臀丘の谷間はあられもなく開ききって、艶やかな肛門をさらけだした。夕方まで冷二と瀬島に肛姦されていたのが嘘のようにすぼまっている。客たちの視線を感じるのか、キュウとさらにすぼまる動きを見せて、ヒクヒク蠢いた。

「ようやく見えたぜ。奥さんの色っぽい尻の穴がよ」

「可愛い尻の穴をしてるじゃないか。もう男を知ってるとは、とても思えねえぜ」

「こういう尻の穴を見ると、いじめてみたくなっちまうな」

　くい入るように覗きこんでは、客たちはゲラゲラと笑った。そして手をのばすと、夏子の肛門に触りはじめる。

「あ、そんな……あ、あ……」

　夏子は双臀をブルブル震わせ、よじるようにしてあえいだ。それでも臀丘を自ら割り開いた手をどけようとしないのは、冷二と瀬島を恐れてだ。キリキリと唇を噛みしめ、必死にこらえるふうだ。

　客たちは、まるで順番でも決まっていたかのように、かわるがわる夏子の肛門をいじった。媚肉をまさぐって指に蜜をたっぷりすくい取っては、肛門になすりつけてゆるゆると揉みほぐす。

「あ、ああ……あむ……」

おぞましいと思う心とは裏腹に、たちまち夏子の肛門はフックラと盛りあがって柔らかくなった。ほぐれた肛門の粘膜が指先に吸いつく。

「すごく敏感な尻じゃないか」

「ついこの前、味を覚えたばかりでね。覚えたらクセになったったんですよ」

田代が客に向かって答えた。

客たちはあきれたようにゲラゲラと笑った。

「どれ、ちょっとばかり指を入れさせてもらうかな、奥さん」

「そ、それは……」

夏子は思わず後ろを振りかえったが、ニヤニヤと覗きこんでいる男たちの顔を見ると、恐ろしいものでも見たようにあわてて目をそらした。

男の指がゆっくりと夏子の肛門を縫ってきた。

「ああっ……ああっ……」

夏子は泣き声をうわずらせて双臀をブルルッとわななかせ、キュッと指をくい締めた。

「なるほど、こりゃすごい」

「どれどれ、私も入れてみたいねえ」

次から次へと指が入れかわった。そのたびに夏子は肉が狂いだすようだった。入ってくる指をねっとりと締めつけたかと思うとフッとゆるみ、またキュウと締まる。

「もう、かんにんして。夏子、変になってしまう」

膝とハイヒールをガクガクさせて、夏子は哀願の声をあげた。

客たちは夏子の肛門を指で嬲りつつ、さりげなく乳房や媚肉にも手をのばした。もう夏子の乳首は充血してツンと尖り、媚肉もしとどの蜜をたたえてジクジクと溢れさせていた。

ニヤニヤと眺めていた瀬島が田代に目で合図を送った。田代はニヤッと笑ってうなずくと、

「やっぱり尻嬲りとくれば、こいつをしてやらねえとねえ」

客たちにイチジク浣腸を配ってまわった。欲情の笑いがだらしなくこぼれ、夏子を包んだ。

「浣腸か、気がきくじゃないか」

「これだけいい尻をした奥さんに浣腸できるとは、こりゃついてるねえ」

「しかも一人二個ずつとは、サービス満点だよ」

客たちの言葉に、夏子はなにをされるのかを知った。

おびえた目でまわりを見ると、客たちの手にイチジク浣腸がそれぞれ二個あった。

「そんな……そんなことって……」

夏子は歯がカチカチと鳴って、言葉がつづかない。

ガクガクと夏子の膝が崩れた。そこへまた冷二と瀬島が来て、左右から夏子の裸身を抱き起こした。夏子の双臀をピタピタと鞭でたたきながら、冷二はわざとらしく客たちを見まわして瀬島に話しかけた。

「どうだ、瀬島。イチジクが何個入るか賭けねえか」

「面白え。受けるぜ。みんなもひとつどうだ」

瀬島もまたわざとらしく言って、客たちを誘った。

たちまち客たちはこの淫らで嗜虐性たっぷりの賭けにのってきた。美貌の人妻の夏子が、いったい何個までイチジク浣腸に耐えられるかという賭け。そしてその浣腸は客が自ら一人ずつ行なうのだ。

「へへへ、十二個というところかな」

「いやいや、あれだけいい尻をしているんだ。三十五個はいけるんじゃないか」

「俺は二十三個にするぜ」

客たちは口々に騒ぎ、あちこちで万札が飛んだ。

「九個から四十六個か。こりゃだいぶばらつきがあるな。面白くなってきやがった」

「せいぜいみんなを楽しませてやれよ、奥さん」

冷二と瀬島は夏子の顔を覗きこんで、ゲラゲラと笑った。

夏子は声を失って歯をカチカチ鳴らし、汗の光る裸身をブルブルと震わせている。客たちの手でイチジク浣腸をされ、賭けられるなど二階の和室では聞かされていなかった。

そんな……ああ、そんなひどいことって……いや、いやよ、かんにんして……ああ、浣腸なんて、いや……。

夏子は狂おしく叫びながら、なぜか声が出なかった。いくら哀願してもきいてくれる男たちではない。かえって喜ばせるばかりだ。そして冷二と瀬島の言うことは、聞かなくてもわかっていた。

ああ、直美ちゃん……。

もう哀願する気力もなく、夏子は我が子の面影を追い求めた。

「それじゃはじめるとするか。奥さん、浣腸のおねだりをしな」

冷二はうれしそうに言って、鞭で夏子の双臀をピタピタとたたいた。

第十六章　人妻催淫クリーム

1

夏子はテーブルの上にのせられて、四つん這いにされた。

「さっさと尻を開かねえか、奥さん。自分から尻の穴を見せて浣腸をねだるんだよ」

冷二が鞭でピタピタと夏子の双臀をたたいた。

「ああ、そんなこと……」

夏子は噛みしめた唇をワナワナと震わせて、弱々しく頭を振った。

おぞましい浣腸を自ら求め、何個のイチジク浣腸まで耐えられるかを賭けられるのだ。夏子の裸身がブルブルと震えた。

二十人ほどもいる客たちはそれぞれ手にイチジク浣腸を二個ずつ持ち、夏子を取り囲んで口々に騒ぎ、淫らな笑い声をあげ、いやらしく舌なめずりをしている。それを見るだけでも夏子はゾッとした。

「か、かんにんして……」

「さっさとしねえか」

冷二は声を荒らげると、鞭を振りあげてピシッと夏子の双臀を打った。

夏子はのけぞった。つづけざまに二度三度と打たれる。

「やめて……ひいっ！」

「素直に尻を開かねえからだ。こんなことじゃ明日になっても、ガキに会わせねえぞ」

「ああ……」

夏子はあわててブルブルと震える両手を自分から双臀へまわした。四つん這いの姿勢のまま臀丘を割り開いて、その奥に秘められた肛門をさらしていく。

群がる男たちの目が臀丘の谷間へもぐりこんで、肛門に集中するのが痛いほどわかった。これから男たちによってたかって浣腸されるのだ。夏子は背筋に悪寒が走り、歯がカチカチと鳴って身体の震えがとまらない。

「色っぽい尻の穴しやがって。そのままずっと尻を開いてろよ、奥さん」

「ヒクヒクとさせやがって、早く浣腸してくれと言ってるみたいだぜ」

冷二と瀬島がニヤニヤと笑って舌なめずりした。群がった男たちも淫らな笑い声をあげて、夏子の開ききった双臀を覗きこむ。

さっきまで男たちの指でいじりまわされていた夏子の肛門は、フックラとほぐれてとろけ、妖しくふくらんでいた。それがおびえるようにヒクヒクとあえぎ、キュウとすぼまるのが男たちの目を楽しませた。そして肉の花園はしとどに蜜をたたえ、妖しい肉の色を見せて襞々を蠢かせていた。

男たちにしばしじっくりと見せてから、瀬島がニヤニヤと夏子の顔を覗きこんだ。

「おねだりしな、奥さん」

「ああ……そんな……」

夏子はおびえた目ですがるように瀬島を見て、唇をワナワナと震わせた。

「早くしろ。この俺を怒らせるなよ」

瀬島は夏子の黒髪をつかんで、低くドスの利いた声で言った。冷二もうながすように鞭で夏子の双臀をピタピタとたたく。

「ああ……」

夏子は四つん這いの裸身をブルブルと震わせ、絶望の泣き声をあげた。自分からおぞましい浣腸を男たち一人ひとりに求め、悦んでみせねばならない。それは夏子にとって気も狂いそうな羞恥と屈辱だった。だが、それさえ必死に耐えれば、明日には我が子の直美に会えるのだ。

ああ、直美ちゃん……。

必死に我が子のことを思い、夏子は今にも萎えそうな気力を振り絞った。

「お願い。夏子に……ああ、夏子に浣腸してください」

口にしながら夏子は全身の血が逆流する。それが本心でないことを訴えるように、夏子は泣き顔を右に左にと振った。

「は、早く、浣腸してください」

「そんなに浣腸されてえのか、奥さん」

「さ、されたい。ああ、夏子によってたかって浣腸して……いっぱい浣腸してください」

「言われなくても、たっぷりと入れてやるぜ、奥さん。こんな尻を見せつけられちゃよ」

冷二や瀬島たちは顔を見合わせて、ゲラゲラと欲情の笑い声をあげた。

夏子は恐ろしさと屈辱、そして羞恥にわななく唇をキリキリと噛みしめた。もうこの地獄が一時も早く終わってくれることを願い、必死に耐えるしかない。

「どうした、奥さん。もっとおねだりしねえかよ」

「色っぽく尻をうねらせておねだりするんだ。おりゃ、しっかり尻の穴を見せとかんかい、奥さん」

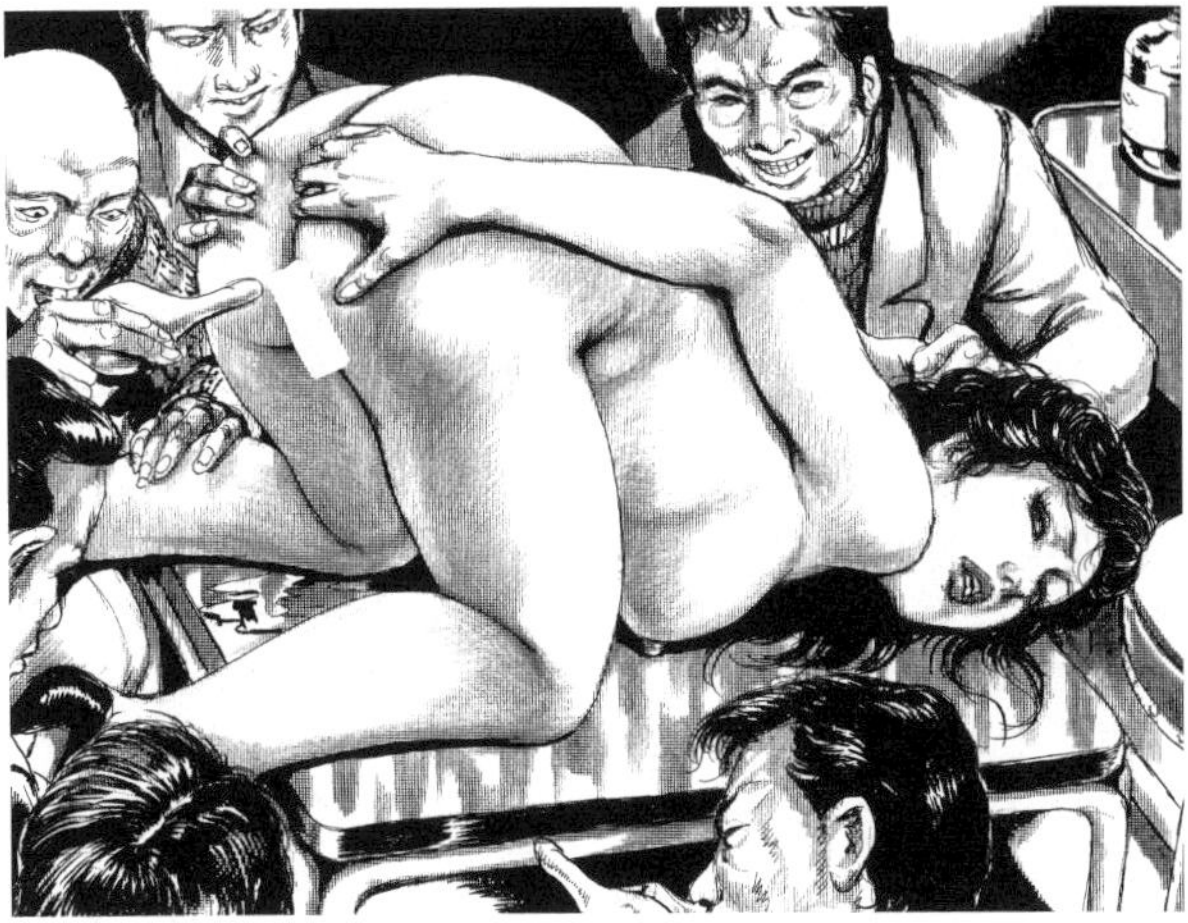

瀬島と冷二の鋭い声が飛んだ。

どうしても臀丘の谷間を割り開いている両手から力が抜けそうになり、夏子は必死に気力を絞ってさらに押し開いて肛門をさらした。それでも両手がブルブルと震えてとまらない。

「ああ、夏子に浣腸して……早く、してください」

夏子はすすり泣く声で何度も言った。

「それじゃまず、俺から浣腸してやるぜ、奥さん」

男たちのなかからでっぷりと太った中年男が、ニヤニヤと舌なめずりして身をのりだしてきた。美貌の人妻に浣腸できるというので、すっかりハゲあがった頭まで欲情に脂ぎっている。

「まったくいい尻の穴をしてるじゃない

か、奥さん。そそられるよ。こりゃ浣腸のしがいがあるってもんだ」

「あ、ああ……」

男の鼻がくっつきそうなほど覗きこんでくるのが、夏子は肛門にかけられる淫らな息でわかった。

剝きだされた夏子の肛門が、おびえるようにキュウとすぼまった。それをあざ笑うように、イチジク浣腸のノズルの硬質な感覚が肛門を貫いてきた。

「あ、あ……ああっ……いやあ！」

夏子は泣き声をあげ、キリキリと唇を嚙みしばって双臀をブルブル震わせた。こみあげる悪寒に泣き声もつまった。

「うれしそうに咥えこんで、ヒクヒクさせてるぜ」

男はできるだけ深くノズルを入れた。すぐには薬液を注入しようとはせず、ノズルをゆっくりと出し入れし、肛門をこねまわすようにして肉襞の妖美な感触を味わう。

あ、ああっ……いや、いやです！……やめて！　いやあ！……

泣き叫んで男の手を振り払いたいのを、夏子は必死にこらえた。

「お願い。早く、して……ああ、そんなこと、しないで」

「好きだな、奥さん。催促するとはねえ」

「お願い、もう、浣腸を……」

夏子は泣きながら哀願した。

それでも男はニヤニヤと笑ってノズルで夏子の肛門を嬲るばかりで、薬液を注入しようとはしない。

「ああ……もう浣腸してください。お願い……し、して……」

指を臀丘にくいこませ、夏子はさらに押しひろげてみせ、自ら肛門をノズルに絡みつかせた。いつまでも焦らされて弄ばれるのは耐えられない。

「へへへ……」

男はさんざん夏子の肛門をこねくりまわして泣き声をあげさせてから、おもむろにイチジク浣腸の容器を押しつぶした。

「あ、いや……ああっ！」

チュルチュルと薬液が流入してくる感覚に、夏子は喉を絞った。汚辱感に目の前が暗くなり、背筋が震えて歯がカチカチ鳴りだした。そのくせまるで射精されているみたいで、今にもイキそうな感覚がググッとせりあがる。

「ああっ……あああっ……」

夏子は我れを忘れて腰を振りたてずにはいられなかった。だが容器の薬液はわずか三十CCだ。すぐに注入されきってしまう。

「いい声で泣くじゃないか、奥さん。感じてるのかい」

男はニヤニヤと笑いながら、イチジク浣腸の二個目を夏子にしかけていく。ここでもすぐには薬液を注入しようとはせず、さんざん肛門をいじりまわしてからチュルチュルと入れた。

「あ、ああっ」

夏子はキリキリと唇を噛みしめて、双臀を震わせた。薬液を注入されるおぞましさ、妖しい感覚に、夏子は気が遠くなりそうだ。

そんな夏子の顔を冷二はニヤニヤして覗きこんだ。

「どうだ、イチジク浣腸は。ガラス製のデカいのじゃねえから、奥さんにはもの足りねえかな」

「そんな……」

「その分、何個でも入れてやるからな。ほれ、二人目におねだりしねえか」

冷二は夏子の黒髪をつかんで後ろを見せた。でっぷりと太った男にかわって、いかにも好色そうな老人がイチジク浣腸を手に、ニヤニヤと夏子の肛門を覗きこんでいる。

「あ、いやっ……」

夏子はブルッと震え、あわてて老人から顔をそむけた。

「ああ……夏子に、浣腸してください……お願い……」

老人の顔を見ずに、夏子はすすり泣く声で求めた。

「そんな声でねだられるとたまらんねえ。奥さんほどの美人に浣腸できるとは、この世の極楽だぜ」

イチジク浣腸のノズルを舐めて、老人はうれしそうに顔を崩した。

「夏子に、浣腸を……」

ジワッとノズルがのめりこんでくる感覚に、夏子は喉を絞った。

「入れるよ、奥さん」

老人はわざと知らせてから、イチジク浣腸の容器をゆっくりと押しつぶしていく。チビチビとしみこませるように入ってくる薬液ののろさ。夏子は思わず叫びだしたくなった。

「ああっ……あ、ああ、そんな……ひ、ひと思いに……」

「じっくり味わうんじゃ、奥さん。ほれ、ほれ、気持ちいいじゃろうが」

「あ、ああ……お願い……は、早くすませて……」

たまらないと言わんばかりに、夏子はブルブルと震える双臀をうねらせた。

「どうした、奥さん。ただ浣腸されるだけじゃなく、悦んでみせろと言ったはずだぜ」

「こんなことじゃ、子供に会わせるわけにはいかなくなるぜ。もっと気分を出しな」

左右から冷二と瀬島が意地悪く夏子の耳もとで囁いた。

「ああ……」

夏子はキリキリと唇を噛みしめた。

母の姿を求めてどこかで泣いているかもしれない我が子を思うと、夏子は抗うこともできない。自分はどうなっても、子供だけは救いださなくては……。

「……いい……か、浣腸してくれるから、夏子、気持ちいいわ……」

夏子は泣きながら強要された言葉を口にして、双臀を悩ましげにうねらせた。

我が子を救いだすためとはいえ、羞恥と屈辱とに頭の芯が灼きつくされる。

「い、いい……ああ、いいわ……もっと……」

「こりゃたいした悦びようじゃのう、奥さん。そんなに浣腸がいいのか」

老人はうれしそうに笑って、二個目のイチジク浣腸をまたチビチビと入れていく。

夏子が叫びだしたくなるようなのろさで注入しながら、もう一方の手でさりげなく媚肉をいじった。

夏子の媚肉はしとどに濡れそぼって、肉襞は熱くとろける。肛門がヒクヒクと蠢くにつれ、肉襞もざわめくのが指先にわかった。

断続的に射精されるようなイチジク浣腸の連続に、夏子はいっそう肉が狂いだす。

夏子の四つん這いの裸身はじっとりと汗に光り、匂うようなピンクに染まった。

ようやく二個目のイチジク浣腸の容器が押しつぶされて引き抜かれた。

「ああん、やめないで……もっと、して……ああ、浣腸してください」

「よしよし、次は俺がしてやるぜ、奥さん」

三人目の遊び人風の男がニヤニヤと笑って荒々しくノズルを肛門に突き立てた。グリグリと荒々しくこねまわすように肛門をえぐる。

「あ、あ、そんなにされたら……い、いやっ、かんにんして」

「気どるなよ。こうやって荒っぽくいじめられるのが、好きなくせに」

「ああ、そうよ。もう、どうにでもして……い、いい……」

夏子は黒髪をザワザワ鳴らしながら双臀をうねらせ、身悶えを激しくした。強要された言葉とはいえ、自分でもなにを言っているのか次第にわからなくなっていく。

いきなりイチジク浣腸の容器が荒々しく押しつぶされ、薬液が一気に注入された。

「あ……ひっ、ひいっ！」

夏子は気がいかんばかりにのけぞり、喉を絞った。

2

四人目、五人目と、男たちは次々と夏子にイチジク浣腸をしかけた。そのたびに夏子は身悶えを露わにして、

「夏子に浣腸して……あ、ああ……いい、たまらないわ」

強要されるままに声をあげ、泣き、うめき、あえいだ。もう店のなかは男たちの淫らな熱気でムンムンしている。

「十一個目をクリアしやがったぜ。ちくしょう、ハズレだ」

「残念だったな。これだけいい尻して十個や十五個で漏らすかよ。だから俺は二十個以上に賭けろって言ったんだ」

「いい呑みっぷりだ。十二個目も入っちまったぜ」

「この分だと三十個以上いくかもな」

何個のイチジク浣腸まで夏子が耐えられるか賭けている男たちは、イチジク浣腸の容器が押しつぶされるたびに口々に騒いだ。

「ああ……」

夏子はもう男たちの淫らな声もまともに聞こえない。

「お願い……夏子に浣腸して……」

男がかわるたびにあえぐように言い、注入される薬液に悦びの声をあげてみせねばならなかった。だが薬液が注入されるにつれて、次第に便意がふくれあがる。それが夏子をおびえさせた。男たちの見ている前で排泄させられると思うと、気が遠くなる。耐えなければと思うほど、かえって便意がふくれあがる。悪寒が総身をかけまわった。

「ああ……も、もう、かんにんしてェ……」

夏子はカチカチ鳴る歯を噛みしめ、胴震いしつつ耐えられないように哀願の声をあげた。自ら臀丘の谷間を割り開いた両手もブルブルと震え、今にも力を失いそうだ。

「十九個目でダウンか、奥さん」

「まだまだ。これくらいでだらしねえぜ、奥さん。これからじゃねえか」

「まだ漏らすなよ。俺は二十六個に賭けてるんだからよ。あと七個はがんばってもらわねえとな」

「なあに、あと十個はいけるぜ。なんたってこれだけの尻をしてるんだ」

男たちの騒ぎが一段と大きくなった。夏子が便意の苦悶を大きくしはじめたことで、嗜虐の欲情とともに賭けにも熱が入ってきた。

「ほれ、二十個目だ」

イチジク浣腸の容器が荒々しく押しつぶされて、チュルチュルと薬液が注入される。

「あ、ああっ、もういやっ！……うむ、ううむ……許して……」

夏子はもう生汗にまみれてヌラヌラと光る裸身をブルブルと震わせ、息も絶えだえにあえいだ。さっきまで真っ赤だった美貌も今では蒼ざめ、唇をワナワナと震わせて苦悶の色を露わにした。

「う、うむ……かんにんして……」

「かんにんしてじゃねえ。もっと浣腸してくださいだろうが、奥さん。どんどんおねだりしな」

冷二が夏子の黒髪をつかんでしごいた。覗きこんだ美貌はキリキリと唇を噛みしばって、まともに息をする余裕を失っていた。そして、片時もじっとしていられないように夏子の腰が震え、うねった。

「もう、許して……これ以上は、耐えられません」

「耐えられなくなって漏らすまで、浣腸のおねだりをつづけるんだよ。心配することはねえ。オマルもちゃんと用意してあるからよ」

瀬島が便器を夏子に見せつけて、ゲラゲラと笑った。男たちも一緒にあざ笑った。

「ああ、そんな……」

わかってはいても夏子は狼狽を見せ、ギリギリと唇を噛みしばって乱れ髪をバサバサと振りたてた。

「もっと……夏子に浣腸して……」

夏子は苦悶のうめきを入りまじらせて、強要された言葉を口にした。

その言葉を待っていたように、十一人目の男が、イチジク浣腸のノズルを夏子の肛門にえぐりこませた。

「ああ……い、いやあ！」

「へへへ、俺は二十一個目に賭けてるんだ。こいつでとどめといこうぜ、奥さん。ほれ、ひりだせよ。漏らせ！」

「あ……う、うむ……夏子、た、たまらない！」

「たまらなきゃ出せ。ひりだすんだ！」

男は声をうわずらせて叫びながら、荒々しくイチジク浣腸の容器を押しつぶした。

夏子は蒼白な美貌をのけぞらせて、喉を絞った。ブルブルと震える肌を、玉の汗がツーッとしたたった。

男たちの目がノズルを引き抜かれた夏子の肛門に集中し、一瞬奇妙な静寂があたりを覆った。皆、息を呑んで見つめる。だが、ヒクヒクと震える夏子の肛門がキュウと引きすぼまるのに気づくと、

「ちくしょう、出せってんだよ。もうひりだしてえんだろ」

「二十一個目もクリアだぜ。まだ漏らされてたまるかよ」

「この様子だと、俺の賭けた二十八個目あたりが勝負ってとこだな」

「女はしぶといぜ。三十個以上はいくな」

男たちは口々に勝手なことを言ってはざわめいた。さっきから目を離す者など一人もいないが、夏子の便意が次第に限界に近づいてきたことで、ますます目が離せなくなった。

　イチジク浣腸がひとつまたひとつと注入されるたびに、男たちは奇声、歓声をあげた。

「ほれ、ひりだせ。出すんだ」

「まだ漏らすなよ。しっかり尻の穴を締めねえかよ、奥さん」

　あっちこっちから声が飛び、交錯してすごい熱気だ。ムンムンと部屋の空気がただれるようだった。

「あ……も、もう……ううむ……」

　夏子が一人、脂汗にまみれて苦悶のうめき声をあげる。今にも爆ぜんばかりの肛門を引きすぼめているのがやっとで、夏子は満足に声を出せず、息すらつけない。身体中がワナワナと震えて、声を出せば便意が漏れてしまいそうだ。

「しっかりしろ。まだたった二十七個じゃねえかよ。これくらいでだらしねえぞ、奥さん」

「奥さんががんばりゃ、それだけ賭けも面白くなるってもんだ」

　冷二と瀬島が左右から夏子を叱咤し、嘲笑する。返事をする余裕すらなく、夏子は汗まみれの美貌を眦をひきつらせ、唇を噛みしばってうめいた。

「う、うむ……もう我慢できない……く、苦しい……」

「いよいよ二十八個が限界か、奥さん。尻の穴はまだまだ呑みこんでいくぜ」

イチジク浣腸を押しつぶして薬液を注入しながら、男は舌なめずりした。ここで漏らされてたまるかと言わんばかりに、二十九個目もたてつづけに注入する。

「うむ、ううむ……も、漏れちゃう……かんにんして！」

夏子は泣き、うめきながら双臀をよじり振りたてた。

それをあざ笑うように、次から次へとイチジク浣腸が注入された。

「で、出ちゃう……」

血の気を失った美貌を弱々しく振り、夏子は脂汗にびっしょりの裸身をワナワナと震わせるばかりだ。

目の前が暗くなって、限界に迫った便意だけが今にも遠くなりそうな意識を灼きつくす。

「う、うむ……もう、駄目……これ以上は、も、漏れちゃう……」

「漏れちゃうだと。可愛いことを言うじゃねえか。ほれ、三十三個目だ」

「あ、あ……出ちゃう、う、うむ……」

三十三個目のイチジク浣腸が出口を求めてかけくだろうとする便意を押しとどめ、逆流させるように注入された。逆流させられるだけ、次にかけくだろうとする便意は激しさを増した。

「あ、ああっ……」

夏子は肛門の痙攣を自覚した。大勢の男たちの目の前で、排泄という最悪の屈辱をさらさねばならない。夏子は必死に気力を振り絞ろうとしたが、ノズルを引き抜かれるのと同時に、限界を超えた便意がかけくだった。

「み、見ないで‼」

悲痛な叫びをあげて、夏子はドッとほとばしらせた。

男たちが歓声をあげ、ゲラゲラと笑いだした。

「三十三個か。よくも呑んだもんだぜ。このムチムチの尻はよ」

「その分派手にひりだすじゃねえか。次から次から。こりゃ処置なしだ」

「賭けはヤラれちまったけどよ。これだけ楽しませてもらえば、安いもんだぜ」

「すげえな。女がいいと、ひりだすところまで色っぽく見えやがる」

そんなことを言いながら、ニヤニヤとくい入るように夏子の排泄を見つめた。

「ああっ、死にたい……いやあ……」

あとからあとから絞りだしながら、夏子は身を揉んで号泣した。

一度堰を切ったものは押しとどめようがなく、生々しくほとばしらせて一度途切れたと思うと、またドッと噴きこぼした。あてがわれた便器にしぶきがはじけた。

「人妻ともあろうものが、もう少しおしとやかにするもんだぜ、奥さん」

「まるで牝じゃねえか。みんなあきれてるぜ」

冷二と瀬島が夏子の顔を覗きこんでからかっても、夏子は号泣するばかりだった。もう夏子は男たちの淫らなからかいも笑い声も聞こえない。

二度と立ち直れない……。

夏子はおびただしくひりだしながら、心のなかでなにかが音をたてて崩れていくのを感じた。

どのくらいの時間だっただろうか。夏子には永遠につづくとも思える排泄の時間だった。

「すっかり絞りだしたか」

「…………」

夏子の返事はなく、もう号泣も途切れてシクシクとすすり泣くばかりだった。夏子の肛門は妖しく濡れて腫れぼったくふくれ、腸襞まで生々しくのぞかせていた。まだ排泄の余韻でヒクヒクと震えあえいでいる。

「オマ×コまでビチョビチョじゃねえか。そんなに気持ちよかったのか」

瀬島はからかいながら、夏子の双臀をピタピタとたたいた。ムチッと張った肉は汗びっしょりで、瀬島の手に汗がはじけるほどだった。

「泣いてばかりいねえで、さっさと拭かねえかよ、奥さん」

冷二がティッシュを夏子の前に置いた。

夏子は肩を震わせてすすり泣きながら、男たちの見ている前でティッシュを使い、肛門の汚れを拭いた。

「よし、もう一度自分から尻の穴を剝きだしにして、よく見せな」

冷二はピシッと夏子の双臀をはたいた。

「早くしろ。また浣腸してもらうんだ」

「ああ、そんな……」

「まだ客は七人残ってるんだぜ。あと十三個入れてもらうんだよ、奥さん」

「………………」

夏子は唇をワナワナと震わせただけで、もうなにも言わなかった。

いやっ……これ以上、浣腸はいや……。

胸のうちで狂おしく叫びながら、夏子は哀願の気力さえ萎えた。

命じられるままにまた、四つん這いの姿勢で両手を双臀へまわし、臀丘の谷間を自ら割り開いた。それでも夏子の手や双臀はブルブルと震えている。

「おねだりはどうした」

冷二がまた夏子の双臀をピシッとはたいた。

ビクッと夏子の双臀がわなないて、剝きだされた肛門がおびえるように、ヒクヒクと蠢いた。

「お願い。夏子にまた、浣腸してください」

夏子は消え入るように言って、両目を閉じた。

3

ようやく浣腸と排泄とが終わると、冷二と瀬島は夏子をテーブルの上からおろした。

「ああ……」

夏子はハアッとあえいだ。身体中、油でも塗ったようにヌラヌラと光って、乳房から下腹にかけてハアハアと波打っている。もうグッタリとして一人では立っていられない。夏子は左右から冷二と瀬島に裸身を支えられていた。膝とハイヒールとがガクガクした。

「しっかりしねえか。腹のなかまで綺麗になったところで、今度はお楽しみだぜ」

「たっぷり浣腸してもらった礼も含めて、賭けで三十三個を見事に当てたお客に、たっぷりとサービスするんだ、奥さん」

冷二と瀬島はあざ笑うように言った。

それを聞いて喜んだのは、賭けに勝った男である。がっしりとした中年男は、早くもうれしそうにズボンを脱ぎはじめる。男たちが見ているのもかまわず、たくましいのをつかみだして揺すった。

「あ……」

恐ろしいものを見たように夏子はあわてて目をそらし、ブルルッと身震いした。

「もうかんにんしてっ……いや、ああ、いやです！」

「いやじゃねえよ。奥さんのほうから咥えこんでつながっていくんだ。尻の穴でな」

冷二が夏子の黒髪をつかんでドスの利いた声をあげれば、瀬島は夏子の耳もとでネチネチと囁く。

「これが最後だ。素直に客の相手をすりゃ、子供に会うことができるんだぜ」

「ああ……お尻は、いやっ」

「子供に会いたくねえのか。奥さんが自分から尻の穴で客とつながりゃいいだけじゃねえかよ」

「ああ……」

夏子は歯がカチカチと鳴りだした。

もう冷二と瀬島にさんざん弄ばれた身体とはいえ、おぞましい排泄器官で自分から見知らぬ中年男に犯されにいくなど、夏子は考えるだけでも震えがとまらなくなった。また膝がガクガクと崩れそうになる。

「どうなんだ、奥さん」

冷二が声を荒らげて、ピシッと夏子の双臀を張った。抗う気力もなく、夏子はガックリと頭を垂れた。絶望に打ちひしがれた肩を震わせてすり泣く。

「本当に、これで最後なのね。これさえ耐えれば……」

夏子は自分自身に言いきかせるように呟いた。

「奥さんの態度次第ってことを忘れるなよ。思いっきり気分を出して、客を満足させ
ることだ」

冷二がせせら笑って、ピシッと夏子の双臀をはたいた。

賭けに勝った中年男がテーブルの上にあがって、あお向けに大の字になった。

「へへへ、奥さん、いつでもいいぜ」

男は剝きだしの肉棒を揺すって夏子を手招きした。

「ああ、そんな……」

もう観念したつもりでも、男の肉棒を見せつけられて、夏子は思わずあとずさりし
ようとした。だが夏子の身体は冷二と瀬島に左右から腕をとられている。たちまちテ
ーブルの上にのせられ、男の腰をまたいで立たされた。

「ああ、いやっ……」

夏子はすがるように冷二と瀬島を見たが、歯がカチカチと鳴って哀願は言葉になら

なかった。

男たちが素早くテーブルを取り囲んで群がった。

「ちくしょう。あれだけの女を抱けるなんて、奴がうらやましいぜ」

「それも女のほうからつながってくるんだから、こいつはこたえられねえよな」

「絡みを見れるってのが、せめてもの救いだぜ。ここはじっくり見物させてもらうぜ」

「見るだけか。ちくしょう、犯りてえ」

そんな声がまわりから飛びかい、テーブルを包んだ。今にも男たちがいっせいに夏子に襲いかからんばかりの熱気だ。

「のってこいよ、奥さん。こいつが奥さんのなかへ入りたがってるぜ」

テーブルの上の中年男が肉棒をつかんでしごきながら待ちかまえていた。

「はじめな、奥さん」

冷二は低くドスの利いた声で言った。

ビクッと夏子の裸身が硬直した。唇がワナワナと震え、今にも泣き崩れそうになった。

で、できない……ああ、こんな恥ずかしいこと、できるわけがないわ……。

夏子は我が子のことを必死に思った。子供の直美を救いだすためだと必死に自分に言いきかせないと、とても耐えられそうにない。

ああ、直美ちゃん……。

我が子の面影を追い求めつつ、夏子はわななく唇を噛みしめて、ためらい萎えそうな気力を絞った。

「ああ……夏子のお尻の……穴を……犯してください……」

夏子はブルブルと震えながら、大の字になった男を見ずにすすり泣く声で言った。それたちまちざわめいていた店のなかが静まり、男たちが夏子の言葉に耳を傾けた。それがいっそう夏子の羞恥と屈辱を大きくした。

「夏子……い、いっぱい浣腸されて、とってもお尻の穴が……感じてしまったの。あ、ですから、夏子のお尻の穴に……あなたのたくましいのが欲しい」

夏子は泣きながら強要された言葉を口にした。言い終わって、顔をのけぞらせ、黒髪を振りたくる。

「そんなに感じてるのか。どれくらいか、ちゃんとお客に見てもらうんだ」

冷二があざ笑って、ピシッと夏子の双臀をはたいた。

「ああ……」

夏子は恨めしそうな目で冷二を見て唇を震わせたが、もうなにも言わなかった。

おずおずと両手を自分の双臀へまわすと、ためらう手を叱りつけるようにして臀丘い入るように覗きこむ。

「なるほど。こいつはすげえぜ」
男は顔をあげて、ニヤニヤと覗きこんだ。群がった男たちも顔をひしめかせて、く

「夏子のお尻の穴……こ、こんなに感じてるわ。ごらんになれるでしょう」
の谷間を割り開いた。

押し開かれた臀丘の谷底に夏子の肛門が妖しくのぞいていた。まだ腫れぼったくふくれて生々しく腸腔までのぞかせ、ヒクヒクとあえいでいた。その蠢きがおびえているようでもあり、男を咥えこみたがっているようでもあった。媚肉から溢れしたたった蜜にまみれて、ヌラヌラと濡れ光っているのがいっそう生々しさを感じさせた。

「そのまま発情した尻の穴を見せながら、自分からつながるんだ」
瀬島の命令に夏子の震えがさらに大きくなった。下では男が肉棒を屹立させてニヤニヤと待ちかまえ、それを取り囲むようにして二十人ほどの男たちが群がり、血走った目を夏子の肛門に集中させた。

「ああ……」
夏子は男たちのほうへ目を向けることができず、顔をのけぞらせたまま、おずおずと肉棒に向けて腰を落としていく。歯がカチカチととめどもなく鳴りだし、膝がガクガクとした。自ら双臀を割り開いている両手からも、力が抜け落ちそうだ。

「こ、こんなことって……ああ……」

のけぞらせた汗まみれの喉をヒクヒクさせて、夏子は思わず泣き声をあげた。火のような肉棒の先端が夏子の内腿に触れたとたん、

「あ、いやっ……ひいっ！」

夏子は悲鳴をあげて、ビクンと腰をこわばらせた。

思わず腰を浮かせようとしたが、冷二と瀬島がそれを許さなかった。

「触ったぐらいでオーバーに騒ぐんじゃねえよ。そのままつづけな」

「ほれ、しっかり狙いを定めねえか。もっと後ろだ。ぐずぐずするな」

夏子は泣き崩れたいのを懸命にこらえ、わななく唇をキリキリと噛みしめた。汗の光る裸身にさらに生汗を噴いて、乳房から腹部をハアハアと波打たせ、両膝をガクガクさせつつ、夏子は萎えそうな力を振り絞ってさらに腰を落としていく。

男の肉棒の先端が内腿に触れ、臀丘に触れてすべった。

「あ、あ……ああっ……」

夏子はいくら歯を噛みしばっても、思わず声が出た。

「もっと右だ、右。しっかり狙え」

「ああ……こんな……」

「しっかり尻の穴に入れるんだぜ、奥さん」

意地悪く声をかけては、冷二と瀬島はゲラゲラと笑った。

ブルブルと夏子の裸身が震え、それにつれて腰が揺れた。

「なにをぐずぐずしてやがる。まったく世話のやける奥さんだぜ」

しびれをきらした瀬島が、自ら臀丘を割り開いている一方の手をつかむと、男の肉棒を握らせた。

「自分でちゃんと尻の穴に押し当てて入れろ。生娘じゃあるまいし、このくらいできねえのかよ」

「あ、ああ……」

握らされた肉棒のたくましさに、夏子は戦慄した。火のように熱く、しかも生々しく脈打っている。あわてて離そうとすると、

「これでもちゃんと入れられなかったら、子供に会わせる話はなかったことにするぜ」

冷二が夏子の耳もとで囁いて、あらためて釘を刺した。

もう夏子は握らされた肉棒から手を離すことも、腰を浮きあがらせることもできなくなった。ガチガチ鳴る歯を噛みしめ、肉棒をつかまされた手から力が抜けそうになるのを必死に気力を振り絞り、自ら肉棒の先端を肛門にあてがう。

「あ、あ……い、いやあ……」

「尻の穴がキュウと締まってるぜ、奥さん。へへへ、締めるのは俺のを咥えこんでからじゃねえか」

夏子の下で男がうれしそうに言った。うわずった声がいやらしさをいっそう感じさせた。

「そのまま入れていくんだ。できるだけ深く入れろよ」

「そ、そんな……」

いくら気力を振り絞ろうとしても、おぞましい排泄器官に自ら受け入れていくことなどできない。ひとりでに手の力が抜けそうになり、膝がガクガクして腰が逃げる動きを見せてしまう。夏子は歯を嚙みしばってのけぞらせた頭を右に左にと振った。

「早く入れろ、奥さん」

「ああ、できないわ……そんなこと、かんにんして」

「子供に会えなくなってもいいのか」

瀬島が夏子の耳もとで囁いた。

我が子の面影が脳裡に浮かんで、夏子はハッとした。

ああ、直美ちゃん……あなたを救うため、ママは地獄に堕ちても……。

夏子は泣きながら、ぴったりと肛門に押し当てた肉棒に向かって、恐るおそる腰を落としはじめた。

ジワジワと肛門が押しひろげられていく感覚が、夏子をおびえさせた。ひとりでに肛門がすぼまる動きを見せ、それが引き裂かれるような苦痛をふくれあがらせた。

「いや……あ、ああ、痛い……」

だが苦痛よりも、そんなところに自分から男を受け入れていく恐ろしさ、恥ずかしさ。気が狂いそうになる。それでも夏子は我が子を思うと、やめることは許されなかった。絶壁から飛びおりる思いで、さらに受け入れていく。

限界まで引きのばされる肛門の粘膜が、ミシミシと裂けるようだ。

「う、うむ……ああっ、うむ……」

「もっと入れるんだ。根元まで咥えこむんだよ、奥さん」

「そ、そんな……あ、うむむ……ひい……」

あまりの恐ろしさに、夏子はガクガクと膝の力が抜けた。次の瞬間に夏子の腰が落ちて、自分の身体の重みで一気に肛門は肉棒に貫かれた。

「あっ、ひいっ、ひいーっ！……」

夏子は白目を剝いてのけぞった。

たちまち夏子はおびただしい脂汗にまみれ、すぐには口さえきけず、満足に息もできなかった。張り裂けんばかりの苦痛と、ついに自ら肛門に男を受け入れてしまった恐ろしさに、喉を絞り、乳房と腹部を激しくあえがせる。

「とうとう自分から尻の穴で咥えこんだな、奥さん。やりゃできるじゃねえか」

「根元まで咥えこんで、しっかりつながってるな。よしよし」

冷二と瀬島はびっしりと張り裂けんばかりに肉棒を埋めこまれた夏子の肛門を覗きこんだ。群がった男たちも一緒になって覗きこみ、騒ぎたてる。

「う、ううむ……」

夏子は泣き顔をひきつらせてのけぞらせたまま、耐えられないように両手で黒髪をかきむしっている。その下で男は恍惚に酔いしれるように低くうめいた。

「どうだ、奥さんの尻の穴の感じは？」

瀬島が男に聞いた。

「最高だ、へへへ、尻の穴がこれほどいいとはな。熱くてチ×ポがとろけそうだ」

「これだけいい味をした尻はめったにあるもんじゃねえぜ。締まりも最高だろうが」

「クイクイ締めつけてたまらねえよ。くい千切られそうだ」

男が声をうわずらせてうれしそうに言うのを、男たちがうらやましそうに聞いた。

ただ肛交を見せつけられるだけで、男たちはもう口数も少なく、焦れたように目の色が変わっていた。なかには金を払うから夏子を抱かせて欲しいと冷二に頼む者もいた。

だが夏子はそんな男たちの会話も聞こえずに、汗に濡れた美貌を真っ赤に上気させてグラグラと揺らし、苦悶と妖しい疼きとを交錯させた。

「う、うむ……かんにんして……」

　ハアハアッと吐く息が火のようだ。

「奥さん、他の客たちが奥さんと犯りてえとよ」

　冷二が夏子の黒髪をつかんで泣き顔を覗きこんだ。

「どうするんだ。奥さん。オマ×コと口にも咥えこんで三人ずつこなせば、朝までにはなんとかなるぜ」

「い、いや……そんなこと……ああ、夏子、死んじゃう」

「たっぷりと浣腸してくれた客たちに、そりゃ少し冷たくはねえか」

冷二はネチネチと語りかけながら、男たちに片目をつぶってみせた。男たちと打ち合わせているらしかったが、それに気づく余裕は夏子にはない。

「いや……ああ、いやです」

「それなら、せいぜい自分から腰を使って気分を出しな。十分以内に尻の穴で気をやるんだ。さもねえと、他の客たちの相手もさせることになるぜ」

「そんな、ひどい……許して……」

「こっちはこのまま輪姦にかけたっていいんだぜ」

冷二はあざ笑った。

「十分以内に尻の穴で気をやりゃ、奥さんの勝ちだ。負けりゃ他の客の相手もするってわけだ、奥さん。面白えだろうが」

瀬島もあざ笑うように言って、男の上にのった夏子の双臀をピタピタとたたいた。

男と排泄器官でつながっているだけでも死にたいほどなのに、次から次へとおぞましいことを考える冷二と瀬島は、夏子にはとても人間とは思えない。

「ああ、どこまで弄べば……」

「早くしたほうがいいぜ。もう三十秒たったぞ、奥さん」

「そ、そんな……」

夏子は哀願する余裕も、迷っている余裕もなかった。黒髪を振りたて、唇を嚙みしばって泣きながら、夏子は男の上にのせた双臀をうねらせ振りたてはじめた。深く腸管を貫いた肉棒が浅く引きだされ、また深く押し入ってくる。

「あ、あむ……」

「もっと声を出して気分を出せよ。そんなことじゃ十分以内にイケねえぞ」

「あ、ああ……あむ……」

自分から腰を上下させ、それにつれて腸襞と肛門が肉棒にこすれる感覚は、受け身の時と違ってまた異様だった。その異様さが張り裂けるような苦痛の底から、妖美なしびれと疼きをふくれあがらせる。身体の芯から背筋へと熱が走って、頭のなかまで灼ける。

「あ、あ……こんなことって……あああ……」

「三分たったぜ。もっと思いっきり腰を揺すらねえか」

「で、できないわ……」

すすり泣く声で言いながら、輪姦の恐怖から夏子の腰の動きが大きくなった。それにつれて腹部が波打ち、豊満な乳房が弾み、ブルンブルンと躍った。いつしか夏子の手は自然と乳房へいき、自ら揉むようにして乳首をつまむ動きを見せた。

「その調子だぜ、奥さん」

「気持ちよさそうな顔しやがって。そんなにいいのか」

冷二と瀬島はゲラゲラと笑った。

夏子は時折り耐えきれなくなったように頭を振りたてたが、もう羞じらう意識はふくれあがる肉の快美に呑みこまれた。

「ああ……あうう、たまらない」

夏子はハアハアと息も絶えだえにあえぎ、自ら乳房を揉みたて、男の上で腰を振りつづけた。張り裂けんばかりだった肛門はもう肉棒になじみ、苦痛も快美に呑みこまれていく。

「う、うっ、たまらねえ」

男も快感にうなり声をあげた。自分の上で美貌の人妻の双臀がはね、肉棒をくい締めた夏子の肛門が時折り痙攣するようにきつく引きすぼまるのがたまらない。そして右に左に揺れる夏子の美貌が、明らかに快美の色をきざしているのが、男をさらに酔わせるようだ。

「感じてるな、奥さん。尻の穴がすごいぜ」

男が夏子の顔を見あげつつ言うと、夏子はいっそう泣き声を露わにした。

「五分たったぞ。まだ気をやれねえのか」

瀬島が意地悪く言った。

夏子の身悶えが一段と生々しさを増した。我れを忘れて自ら官能を感じとり、のめ

りこもうとする。

「変になっちゃう……ああ、いい……」

夏子ははっきりとよがり声をあげはじめた。背筋が灼けただれ、息もつまって、頭のなかがうつろになる。

「あ、あう……いい……」

夏子は乳房を揉みながら、我れを忘れてもう一方の手を媚肉へ持っていった。白く細い指を媚肉に分け入らせて肉襞をまさぐり、女芯をいじる。

媚肉はしとどに蜜をたたえて熱くたぎり、肉芽はツンと尖ってヒクヒクあえいでいた。そこをいじることで、火になった身体にさらに炎が走る。

「ああ……あああ……」

「あと三分だぜ」

「あ、あ……も、もっと……あうう……」

「激しいな。奥さん。やっと牝らしくなってきたじゃねえか」

冷二と瀬島はあざ笑ったが、群がる男たちは息を呑んで夏子の身悶えを見つめる。

美貌の人妻が自ら乳房と媚肉とをいじりつつ、肛門に肉棒を咥えこんで狂ったように腰を振りたてる姿は、凄艶このうえない。

「どうした、あと一分になっちまったぜ」

「ああっ……あああ、いいっ……」

ひときわ大きくよがり声をあげたかと思うと、夏子はガクンガクンとのけぞった。身体の芯が恐ろしいばかりにつり、肛門が肉棒を捻じり切らんばかりに締めつける。

「い、イッちゃう！……ああ、イク！」

のけぞったまま裸身をブルブルと震わせ、夏子は白目を剥いた。

そのきつい収縮に男は耐えられなかった。吠えるようにうめいて下から腰を突きあげると、ドッと白濁をほとばしらせた。

「ひっ、ひいっ！」

ググッとひときわ膨張して激しく灼熱を爆発させる肉棒に、夏子は目の前に火が飛んだ。もう一度ガクガクと大きくのけぞって、夏子は灼けるような白濁を感じつつ頭のなかが暗くなった。ひきつった裸身が何度もブルブルと震え、ガクッと力が抜けた。あとは男の上にグッタリと崩れて、ハアハアと汗まみれの腹部を波打たせるばかり。両目を閉じて唇を半開きにしてあえぎ、汗と涙とに洗われた美貌は、初産を終えたばかりの若妻の美しさだ。

「見事な気のやりようだったぜ、奥さん。すっかり尻の穴での味を覚えたようじゃねえか」

「奥さんの尻の穴じゃ、お客もひとたまりもなかったたな」

冷二と瀬島はそんなことを言いながら、夏子の身体を抱き起こした。

両手を背中へ捻じりあげ、取りだした縄で素早く後ろ手に縛っていく。荒々しく波打つ乳房の上下にも、縄をギリギリとくいこませた。そうされても夏子は両目を閉じたまま、グッタリとして動かない。

ようやく満足げにテーブルからおりた男のあとに、夏子を横たえて右足首を天井から吊った。夏子の右脚はまっすぐ天井に向かってのび、股間が開ききった。

「ああ、いや……も、もう……」

自分のとらされている格好に気づいて、夏子は泣き声をあげて両目を開いた。

冷二と瀬島の顔が目の前でニヤニヤと笑っていた。そして群がった男たちの欲情した顔がひしめき合っていた。

「せっかく思いっきり気をやったのに、残念だったな、奥さん」

「三分のオーバーだぜ。奥さんの負けってわけだ」

冷二と瀬島はわざとらしく言った。実際は七分しかたっていないのに、十三分もかかったと平然とうそぶいた。

「………」

夏子はワナワナと唇を震わせた。冷二と瀬島ははじめから夏子を男たちに輪姦させる気だったのだ。

「奥さんの負けだから、他の客たちの相手をしてもらうぜ」

「尻の穴とオマ×コ、口を使って三人ずつ相手をするんだな。それでも最低七回はやることになるぜ、奥さん」

冷二と瀬島の声に、夏子は「わあっ」と声をあげて泣きだした。今まで行なってきた気も狂うような努力はなんだったのか。

ひどい、ひどすぎる……。

それをあざ笑うように男たちは歓声をあげ、夏子を抱く順番を決めるクジを引いていく。つい今まで夏子の肛門を貫いていた中年男まで、クジを引くのに加わった。

「おお、オマ×コの一番だ。やったぜ」

「尻の穴の六番か」

「俺は口の三番だぜ」

「オマ×コの七番か、ドン尻かよ。まあいいか、これだけの女を犯れるだけでも幸運ってもんだぜ」

男たちのなかから声が飛び、歓声や奇声があがって、もう興奮と欲情とがドロドロと渦巻いていた。そして夏子の口とオマ×コ、肛門それぞれの一番クジを引いた男が三人、身をのりだしてきた。もうたくましい肉棒を剝きだしにして、生々しく屹立させていた。

「い、いやあ！」

夏子の口に絶叫がほとばしった。泣き濡れた目がおびえにひきつり、腰がブルブルと震えて、吊られた右脚が激しく波打った。

「かんにんして……いや、いやあ！」

「泣くのはまだ早いぜ。いやでも三人がかりで思いっきりよがり狂わせてくれるからよ」

「夏子、こわれちゃう！　許して」

「さあ、はじめようぜ、奥さん。ぐずぐずしてると、朝までに終わらねえからよ」

冷二と瀬島はゲラゲラと笑った。

それが合図のように、三人の男は歓声をあげていっせいに夏子の裸身にまとわりついていった。

4

夏子が目をさましたのは、もう夕方だった。全身汗びっしょり。いつの間にか店の二階の六畳で布団の上に寝かせられていた。左右には冷二と瀬島が大の字で寝ていた。

昨夜のことがドッと甦って夏子は思わず声をあげそうになった。

男たちによってたかって朝まで責め嬲られた。前と後ろから媚肉と肛門とを犯されてサンドイッチにされ、口にまで肉棒を含まされた。夏子の身体は男たちの間で揉みつぶされるようにギシギシと鳴って、ドロドロにただれさせられた。

いったい何度官能の絶頂に追いあげられただろう。三人ずつ何組の男たちの相手をさせられただろう。それすら夏子には記憶がなかった。

何度も気を失っては揺すり起こされ、もうクタクタの身体をたてつづけに責められた。その名残りがまだ身体中にあって、腰のあたりは鉛でも入ったように重く、身体の芯が熱っぽくだるい。ことに肛門はまだ貫かれているような拡張感があった。

「ああ……」

夏子は顔を右に左にと振るようにしてすすり泣きだした。

身も心も征服され、骨までしゃぶりつくされた。起きあがろうとする気力さえ萎えた。こんな身体にされて、一生立ち直れないと思った。

「なにを泣いてやがる。たっぷりと楽しんだくせしやがって」

いきなり隣りの冷二が手をのばしてきて夏子を抱きしめた。

「たいした悦びようだったじゃねえか。狂ったかと思ったぜ、奥さん」

瀬島も目をさまして、反対側から夏子を抱きすくめる。

「い、言わないで……」

夏子は抗う気力もなく、泣き声を大きくした。

「輪姦されてまた一段と色っぽくなったみたいだぜ、奥さん」

「大勢の男によってたかって犯られるのが、奥さんには合ってるみたいだな」

冷二と瀬島は夏子の乳房や双臀を撫でまわしながら、ゲラゲラと笑った。

夏子の身体は汗と涙、男たちの唾液にまみれて汚れ、いたるところにキスマークや歯型がつけられていた。それが激しかった昨夜からの弄戯を物語っている。

夏子はされるがままに、ただ肩を震わせて泣くばかりだ。

冷二と瀬島は夏子を抱きあげて浴室へ連れこみ、風呂に入れた。

「ああ……」

湯のぬくもりが疲れきった肌にしみわたるにつれて、生気が戻ってくるように、これまでのことがますます夏子に甦ってきた。そして我が子のことも。

「ああ、これで……これで終わったのね。子供をかえしてくれるのね」

夏子は自分に言いきかせるように、すすり泣く声で言った。

「は、早く子供に会わせて」

夏子は冷二にすがりつかんばかりだ。

「あわてるな。身体を綺麗に洗ってからだ」

「びっくりするような美人にみがきあげてやるぜ。輪姦でまた一段と色っぽくなったこの身体をな」

冷二と瀬島はマットの上に夏子を座らせると、ニヤニヤとシャボンを塗りつけはじめた。

「ああ、本当に子供に会わせてくれるのね。本当なのね」

「こんな身体になっても、やっぱり母親ってわけか」

「ああ、子供に会わせて……」

身体を洗われながら、夏子はすすり泣いた。本当に子供に会わせてくれるのだろうか。子供と二人でこれで自由にしてくれるのだろうか。不安が夏子を覆った。

身体の汚れを綺麗に洗い流されると、夏子は一糸まとわぬ全裸のまま浴室から連れだされ、鏡台に向かわされた。

「化粧しろ。子供に会いたいんならな」

瀬島が後ろから鏡のなかの夏子の顔を覗きこんで言った。

夏子は命じられるままに洗い髪にブラシをかけてセットし、綺麗に化粧した。いつもと変わらぬ薄化粧なのだが、化粧をした鏡のなかの夏子の顔は、自分でもハッとするほどの妖しさだった。

「やっぱり昨夜で一段と色っぽくなりやがった」

「大勢の男の精を注がれて、美しさにみがきがかかったってわけだ」

後ろから鏡のなかを覗きこんで、冷二と瀬島は思わず舌なめずりした。

女の色気が匂う美貌と湯あがりに上気してピンクに色づいた肌。ムンムンと色香を立ち昇らせんばかりの乳房や太腿の肉づき。さすがの冷二と瀬島もまぶしいものでも見るように、目を細めて夏子に見とれた。

「も、もう、子供をかえして……」

夏子は恐るおそる鏡のなかの冷二と瀬島とを見た。

「よしよし、それじゃ子供のところへ連れていってやるか」

冷二がニヤリと笑ったかと思うと、いきなり夏子の手首をつかんで背中へ捻じりあげた。背中で交差された両手首に、瀬島の持つ縄が蛇のように巻きついた。

「ああっ、いや……どうして縛るんですか。やめて！」

「途中で奥さんが逃げねえように、用心のためだよ」

「縛らなくても逃げたりしないわ。ああ、いや、縛られるのはいやです！」

夏子の哀願をあざ笑うように縄は両手首を背中で縛り、豊満な乳房の上下にもきつく巻きついた。

「いや……う、ううっ……」

肌にくいこんでくるきつい縄目に、夏子は背中を丸めてうめいた。

冷二と瀬島は服を着ると、夏子を後ろ手に縛った縄尻を取った。夏子の背中を押して階段をおり、ハイヒールをはかせて店の裏口から外へ出ようとした。

「ああ、いやっ……こんな格好で外へ行くのは、いやです。許して」

「子供に会いたいんだろうが、奥さん。さっさと出ろ」

「なにか着せて。ああ、見られてしまいます。いや、いやっ」

夏子は強引に外へ引きだされた。

すぐ前に黒のベンツがとまっていた。川津が素早く車のドアを開けて出迎えた。

冷二と瀬島は夏子をなかに挟むようにして後部座席に乗りこんだ。裏通りといってもたそがれの繁華街の人通りは多い。そんななかを車に乗るほどのわずかの時間とはいえ、後ろ手に縛られた全裸をさらされ、夏子は生きた心地もない。

「通りの奴らが奥さんの素っ裸に気づいて、びっくりしてたぜ」

「もう少し見せてやりゃよかったかな。これが人妻佐藤夏子の本当の姿ですってよ」

走りだした車内で、冷二と瀬島は夏子をからかってゲラゲラと笑った。

夏子はなにも言わずにうなだれ、唇を噛みしめた。ネオンの灯が車のなかにまで入ってきて、夏子の白い裸身をさまざまに彩った。

車は繁華街を出ると西に向かった。どこへ走っているのか、夏子にはわかるはずもない。

直美ちゃん、待っていて。もうすぐママが行くわ……。

夏子は胸のうちで我が子のことを思いつづけた。

だが冷二と瀬島がおとなしく車に乗っているわけはなかった。

「まったくいい身体しやがって、たまらねえぜ」

冷二が夏子の乳房をいじり、太腿を撫でまわせば、瀬島もニヤニヤと手をのばして、

「ほれ、足を開け。オマ×コをしっかり見せるんだよ」

夏子の太腿を開きにかかる。

「あ、いやっ……もう、いやです！　もう、子供と一緒に自由にしてくれる約束だわ」

夏子は狼狽して太腿を閉じ合わせ、後ろ手に縛られた裸身をよじった。

「子供に会うまでの時間くらい楽しませろよ、奥さん」

「最後にちょいとサービスぐらい、いいじゃねえか」

冷二と瀬島は左右から夏子の両脚を持ちあげて、それぞれ膝の上にのせた。夏子の両脚はほとんど水平に開ききった。

「ああ、かんにんして……」

頭を弱々しく振るだけで、夏子の抗いはほとんどない。

フルフルと震える茂みから、媚肉の割れ目が生々しく剝きでていた。それは水平に近いまでに開いた内腿の筋に引っぱられ、合わせ目をほぐれさせて肉襞までのぞかせ

ていた。

「昨日からオマ×コは放っておかれて、すねてるみたいだぜ、奥さん」

「それとも、もうオマ×コより尻の穴のほうがずっとよくなったのか」

しつこくからかいながら、冷二と瀬島は左右から手をのばして茂みをかきあげ、媚肉をいじりはじめた。ほぐれた合わせ目をさらにくつろげて肉襞をまさぐり、女芯の表皮を剝いて肉芽をいじる。肉襞がじっとりと指先に吸いつくような感触が心地よい。

「あ、あ……ああ……」

夏子の口から思わず恥ずかしい声が出た。いくらこらえようとしても、身体が冷二と瀬島の指のいたぶりを覚えてしまったかのように、淫らな指の動きに慕い寄ってしまう。身体の芯がしびれ、熱を孕んで疼きはじめた。

「ああ、こんなことって……い、いやっ」

夏子は自分の身体の成り行きが信じられなかった。まさぐられる肉襞は熱くとろけ、肉芽が充血して尖ってくる。そして熱を孕んだ身体の奥から、ジクジクと蜜が溢れはじめた。

「フフフ、濡れてきたな。とろけてヒクヒクしはじめたぜ」

「い、いやっ……ああ……」

「ますます敏感な身体になりやがって。なんて感度だ、ますますお汁が溢れてきやが

る」

「かんにんして……」

　腰をガクガクさせてよじり、夏子は泣きださんばかりにあえいだ。もうあとからあとからとめどなく溢れるのが夏子を悩乱させ、狂おしいまでに屈辱を高めた。

　冷二と瀬島の指には催淫媚薬クリームが塗られているのだが、夏子はそんなことも知らず、いっそう昂る。

「好きだな、奥さん。もっとよくしてやるからな」

「許して、これ以上は……ああ、変になってしまいます」

「変にしてやろうというんだ」

　冷二がポケットから釣り糸を取りだし、その先端に小さな輪をつくった。

　瀬島が夏子の肉芽を根元から剝きあげ

た。もう夏子の肉芽は血を噴かんばかりに尖って、ヒクヒク蠢いていた。

そこに冷二が釣り糸の輪をかけて、根元から肉芽を絞った。

「あ、あ、そんな……」

夏子の腰がビクビクとおののいたかと思うと、悲鳴が噴きあがった。

「ひいっ、ひいい……」

ガクガクと夏子の腰が躍り、はねあがって美貌がのけぞった。

「どうだ、奥さん。ズンといいだろうが」

「いや……や、やめて！」

息もつけないで夏子は黒髪を振りたくり、うめき声を絞りだした。冷二がクイクイと釣り糸を引くと、たちまちうめき声はけたたましい悲鳴に変わった。

「いい声で泣くじゃねえかよ、奥さん。よくってたまらねえといったところだな」

「オマ×コがヒクヒクして、どんどんお汁が湧いてきやがる」

冷二と瀬島はクイクイと釣り糸を引いては夏子の悲鳴を絞り、それにいっそう嗜虐の欲情をあおられる。

「こんなのはまだ序の口だぜ。面白くなるのはこれからだ」

「せいぜい今のうち楽しんでおくことだ、奥さん」

冷二と瀬島はゲラゲラと笑った。

それも聞こえないかのように、夏子はガクガク腰をはねあげて、喉を絞るばかりだった。

5

いつの間にか車は郊外に出て、やがて大きな古い屋敷の門をくぐったが、夏子は気づかなかった。釣り糸で女芯の肉芽を責められて、夏子はもう息も絶えだえにあえいでいた。媚肉はとろけきってヒクヒクとあえぎ、しとどの蜜にまみれて、肛門にまでしたたっていた。

「着いたぜ、奥さん。いつまでよがってるんだよ」

「さっさとおりねえか」

冷二に釣り糸を引かれ、瀬島に縄尻を取られて車からおろされ、初めて夏子は古い屋敷に気づいた。

ひと目でヤクザとわかる男たちがところどころにいる。夏子の裸身をニヤニヤと見ながら、瀬島と冷二に向かってペコリと頭をさげた。

夏子はハッとして裸身をこわばらせた。ここがただの屋敷でないことは、ひと目でわかった。

「こ、こんなところへ連れてきて……どうしようというの？」

夏子は声が震えた。

「子供はこのなかだぜ、奥さん」

「直美ちゃん……」

夏子は釣り糸と縄尻を取られ、よろめきながら屋敷のなかへ引きたてられた。

地下への階段があった。その前まで来ると、夏子はブルッと身震いした。女の本能がなにかゾッとするような不気味で淫らなものを感じとったのだ。

だが夏子は我が子に会いたい一心で、冷二と瀬島に引きたてられるままに地下室への階段をおりた。膝がガクガクしてハイヒールの足が崩れそうになり、何度も瀬島に身体を支えられた。

「直美ちゃん、どこなの」

我が子を呼びながら地下室へ入った夏子は、なかを見るなりひっと息を呑んだ。

子供の姿はどこにもない。それどころか地下室には婦人科用の内診台や木馬、はりつけ台などが置かれ、天井や壁には女を拘束するための鎖が取りつけられてあり、まるで拷問部屋だ。壁には棚があり、女を責めるためのあらゆる責め具が並んでいた。

「ああ……」

夏子は唇をワナワナと震わせるばかりで、すぐには声も出なかった。

壁の反対側には二畳ほどの独房の檻が並んでいた。人の姿はなかったが、悠子、由美子、という名札がそれぞれかかっていた。そしてそのなかに夏子という名札もあった。それに気づいた夏子は、美貌をひきつらせた。

「こ、これは……どういうことなの!?」

「奥さんの檻に決まってるだろうが。牝にはぴったりだぜ」

冷二は瀬島と顔を合わせてゲラゲラと笑った。

「だ、だましたのね……そんな……」

「それだけいい身体をした奥さんを、そう簡単に手離すとでも思ってたのか」

「ひどい……あんまりだわ……」

「ガタガタ言うんじゃねえよ。奥さんを牝としてここで飼うことは、はじめから決まってたんだ」

「けだものだわ！　悪魔！　鬼！」

夏子は後ろ手に縛られた裸身をブルブルと震わせ、泣き声に言葉をつまらせた。

冷二と瀬島はあざ笑いながら、泣きじゃくる夏子を婦人科用の内診台にのせた。

「ああ、いや、いやです！……けだもの！　もういやあ！」

さっきまでの屈服ぶりが嘘のように夏子は泣き叫び、腰をよじりたてて両脚をバタつかせて抵抗した。

「おとなしくしねえか。ここへ来た以上、どんなに泣き叫んでも逃げられやしねえんだ」

「ここがどんなに恐ろしいところか、じっくりと思い知らせてやるぜ」

冷二と瀬島は左右から夏子を押さえつけて、暴れる両脚を大きく割り開いて足台にのせ、革ベルトで固定した。

「いや、いやあっ！……ああ、やめて！」

夏子はなおもがき、叫んだ。だがそれも女芯を絞った釣り糸が天井の鉤に引っかけられ、ピンと張られるまでであった。

「あ、そんな……ああ、いやあ！」

肉芽をキリキリと吊りあげられ、夏子は悲鳴をあげてのけぞり、もう動けなくなった。

腰をよじると、引き千切られんばかりの衝撃がズキンと肉芽に走り、夏子は気も狂わんばかりになる。女の急所を押さえられ、針でも打ちこまれたようだ。

「ああ、いっそ殺して……もう、責められるのはいやっ！　いやです！」

右に左に顔を振りたてて泣いた。

「奥さんほどの上玉を殺すなんてもったいねえ。まだいくらでも楽しませてもらわなくちゃよ」

「ああ……夏子、死にたい……これ以上、あなたたちのような悪魔のおもちゃにされるくらいなら」

「死ねるもんかよ、奥さん」

冷二と瀬島があざ笑っているところへ渡辺が入ってきた。渡辺は腕に子供の直美を抱いていた。

おびえきって今にもベソをかかんばかりの直美は、内診台の上の夏子に気づくと泣きだした。

「ママ、ママ……」

我が子の泣き声に夏子はハッとした。

「ああ、直美ちゃん……直美！」

夏子は反射的に我が子のところへかけ寄ろうとしたが、動くことはできない。

「約束通り子供とのご対面だぜ」

「死ねやしねえわな。こんな可愛い子供一人残してよ」

冷二と瀬島は、子供と互いに呼び合う夏子をあざ笑った。

「直美ちゃん！　ああ、お願い、子供を抱かせて。この手で抱かせてください！」

夏子は我れを忘れて冷二と瀬島に哀願した。何日ぶりに見る我が子だろうか。これまで淋しい思いをしてきたのだろう、子供の直美は泣きながら夏子を呼びつづけ、渡辺の腕のなかでもがいていた。

「直美を……子供を抱かせて。お願い！」

いくら哀願しても、冷二と瀬島はせせら笑うだけだ。

「クリちゃんをそんなに尖らせていても、やっぱり母親ってわけか」

「それにしても色っぽいママだ。そそられるぜ、奥さん」

そんなからかいを聞く余裕もなく、夏子は自分の置かれた状況も忘れて、我が子の名を口にしつづけた。

「直美ちゃん！」

「ママ、ママ！」

「ああ、直美ちゃん、つらい思いをさせて……ママを許して」

夏子は泣きながら身を揉んだ。

冷二と瀬島がニヤニヤと夏子の顔を覗きこんだ。

「せっかくのところだがよ。子供とのご対面はここまでだ、奥さん」

「そんな……いや、いやっ！」

「奥さんが俺たちの言うことをよくきいて、可愛い牝でいりゃ、また時々は会わせてやるぜ」

「いやっ！　直美を連れていかないで！……ああ、直美ちゃん！」

てしまう。
夏子がいくら泣き叫んでも渡辺は泣きじゃくる子供を抱いて、地下室から出ていっ

「ああ……ひどい、ひどすぎるわ」

「このムチムチした身体を使って俺たちを充分に楽しませりゃ、また子供に会える。そう思えばこれからの生活に張りが出るだろうが」

「け、けだもの！」

「奥さんはもうここで飼育される牝だってことを、じっくりと思い知らせてやるぜ。この色っぽい身体にな」

冷二と瀬島はニヤニヤと笑って舌なめずりをして、女芯を吊りあげられた股間を覗きこむだけで、なぜか手を出そうとはしなかった。それどころか、しばらくニヤニヤと覗きこんでから、冷二と瀬島は地下室を出ていった。夏子が一人残された。

「ああ……」

夏子はすすり泣く唇をキリキリと噛みしめた。

一人残されて不気味な静寂があたりを支配すると、かえって身体中の神経が釣り糸で吊りあげられている女芯の肉芽に集中しはじめた。肉芽がツーン、ツーンと疼き、それがすでに濡れたぎっている媚肉に伝わって、いっそう肉を燃えあがらせた。

こ、こんなことって……ああ、いや……。

釣り糸で絞られ吊りあげられた肉芽、わずかの時間だが子供に会えた心の昂り、そしていつまた冷二と瀬島が現われるかという恐怖。それらがドロドロと入りまじって、夏子の肉を狂わせる。

それに塗りこめられた催淫媚薬クリームが追い討ちをかけ、夏子を狼狽させて、声をあげて泣きたくなる。

あ、ああ……。

夏子の腰がブルブルと震え、もう片時もじっとしていられないように蠢いた。そんなことをすれば釣り糸に肉芽が刺激され、いっそうたまらなくなるのだが、夏子は蠢かせずにはいられなかった。

夏子の股間は肉襞のひとつひとつが燃えてただれるようで、ジクジクと蜜をとめどもなく吐きだした。その下の肛門までがヒクヒクとあえぎ、むず痒い。

ああ……もうなんとかして！……たまらない！……

そんな叫びが喉まで出かかった。こんなことなら冷二と瀬島にひと思いに責められたほうがましだった。

いつしか夏子の身体は、あれほど恐れ嫌悪していた冷二と瀬島が戻ってくることを望んでいた。そんな自分の身体に気づいて、夏子はあまりのみじめさに泣きだした。

「あ、ああ……あうう……」

泣き声に切なげなあえぎさえ入りまじって、夏子はますます泣き声を露わにした。

その頃冷二と瀬島は、屋敷の応接間でアメリカから来日したばかりの黒人のジョージと会っていた。身長は二メートル、体重は百キロ近くはあるだろうか、まるでプロレスラーだ。

「フフフ、さっそく自慢のものを見せてもらおうか、ジョージ」

「すぐにでも犯らせたい人妻がいるんでな」

瀬島と冷二はニヤニヤと笑って言った。

ジョージはニタッと笑うと、ズボンをずらして黒い肉棒をつかみだした。

ニヤニヤと笑っていた冷二と瀬島は、突きだされた黒い肉棒に思わず息を呑んだ。

「す、すげえ。なんてデカさだ。こりゃ馬並みじゃねえか」

「さすがだぜ。バケモノとは聞いていたが、これほどデカいとはな」

ジョージは自慢げに揺すってみせた。赤ん坊の腕ほどもある黒い肉棒はブルンブルンと音をたてて揺れた。

さすがの冷二と瀬島もその巨大さに舌を巻く。

「気に入ったぜ。さっそくそのすごさを見せてもらおうか」

「佐藤夏子にはぴったりの相手だぜ。こいつをぶちこまれて、あの夏子がどうなるか、楽しみだぜ」

冷二と瀬島はゲラゲラと笑った。

そんな恐ろしいことが話されているのも知らず、地下室では夏子が切なげな泣き声をもらしつづけていた。

「ああ、どうにかして……もう、たまらない、あ、ああ……して……」

夏子はあられもなく声をあげた。

第十七章　地下室の内診台

1

この不気味な地下室に連れこまれてから、どのくらいの時間がたつのだろう。天井や壁に鎖や縄が取りつけられ、そこらじゅうに置かれている女を責めるための木馬やはりつけ台、責め具の数々。まるで拷問室だ。そして物音ひとつしない冷たい静寂が夏子を包んでいた。

「ああ……あ……」

夏子は一人、婦人科用の内診台の上で裸身を悶えさせ、泣き声をあげた。いくら身悶えても夏子は全裸を後ろ手に縛られ、両脚は大きく開かされて革ベルトで足台に固定されている。夏子は黒髪を振りたくり、腰をよじることしかできなかった。

だが、腰をよじると釣り糸でピンと吊りあげられた女芯の肉芽に、ズキンと電気のような衝撃が走って、夏子は泣き声をあげずにはいられなかった。

「あ、ああっ……」

夏子の泣き声が恐ろしいほど静かな地下室に流れ、響きわたる。

女芯を釣り糸で吊りあげられるいたぶりに、人妻としての成熟した夏子の性が耐えられるはずはなかった。肉芽が絶えずツーン、ツーンと疼き、それが肉をとろけさせ、いっそう夏子の身体を燃えあがらせた。肛門までが切なげにヒクヒクとあえぐ。

それでなくても地下室へ連れこまれる前から、さんざん媚肉をいじりまわされ、身体に火をつけられた夏子だ。

ああ、なんとかして……。

夏子はキリキリと唇を噛みしめて、頭を振りたてた。身体に火をつけておいて、あとは焦らされているのと同じだった。いつしか夏子の身体は、悪魔のような冷二と瀬島が戻ってくることを、切なく望んでいた。

こんなふうに一人放置されて焦らされるくらいなら、冷二と瀬島にひと思いに責められて、なにもかも忘れてしまったほうがましだと思う。

なんとあさましいことを……。

夏子はあわてて打ち消すように頭を振りたてたが、身体はますます燃えて切なく疼くばかりだった。

「ああ……」

いくらこらえようとしても、夏子の口から声が出てしまう。ひとりでに腰が震え、それが釣り糸で吊られた肉芽をいっそう刺激することになって、ジクジクと蜜が溢れでた。もう媚肉はたぎる壺さながらに濡れそぼち、肛門にまでしたたり、さらに内診台のレザーを濡らしていた。

お願い、なんとかして……ああ、このままでは……。

夏子は耐えきれないように、狂おしく黒髪を振りたくった。

地下室は不気味に静まりかえって、冷二も瀬島も帰ってくる気配はまるでなかった。それでも夏子は、すがるように何度もドアのほうへ目を向けてしまう。そんな自分のあさましさがみじめで、夏子は屈辱に泣き声を大きくした。

どうしてこんなことになってしまったのか。救いを求めるように夏子は夫と我が子の面影を脳裡に追い求めた。これまでのことがドッと甦った。悪夢を見ているとしか思えない。

「た、助けて……」

夏子は泣きながら叫んだ。返事はなく、夏子の叫びは、むなしく地下室に響く。それがいっそう夏子に屈辱を与えた。いつしか夏子はハアハアとあえぎ、すすり泣くばかりになった。

ようやく冷二と瀬島がニヤニヤと笑いながら現われたのは、二時間ほどもたってからであった。

「おとなしくしてたか、奥さん。どれ、オマ×コの具合はどうだ」

「濡れきっていい色してやがるぜ。とろけきってるというところだな」

覗きこんでせせら笑う。

灼けるように熱を孕んだ秘肉に淫らな視線が這うのを感じて、夏子は思わず声が出そうになるのを必死にこらえた。

冷二の手が夏子の開ききった内腿を撫でまわし、ゆっくりと股間へ這いおりる。ビクッと夏子の裸身がこわばった。

「あ、い、いやあ！」

おびえと期待に背筋をおののかせながら、夏子はうわずった声をあげた。

「尻の穴までびっしょりじゃねえかよ、奥さん」

冷二の指先が夏子の肛門をとらえた。ヒクヒクとあえいでいた肛門が、キュウと引きすぼまる。それをあざ笑うように、冷二の指先がゆるゆると揉みこむ。

「あ、あ、いや……ああ……」

泣き声をうわずらせたまま、夏子は腰をブルブルと震わせた。

今まで放置されて火と化した身体を、ゆっくりと揉みこまれる肛門の感覚がたまらない。揉みほぐされ開かされていく感覚が、いっそう官能を昂らせる。

「か、かんにんして……」

「気持ちいいんだろ。こんなに発情してるんだからよ」

冷二はゆるゆると揉みこみつつ、指先を沈めにかかった。夏子の肛門を指で縫うように深く貫いていく。

「ああっ、やめて……あ、あああ……」

たちまち毒に侵されたように、夏子は息をするのも苦しいほどに昂りながら、黒髪を振りたくった。

「いや、いやです……ああっ！」

「いやいやと言いながら、こんなにうれしそうに咥えこんで、ヒクヒク締めつけてくるじゃねえか」

「あ、ああっ……」

夏子は今にも気がいきそうだ。

お、お願い、して……ああ、前にも触って……。

そんな叫びが喉まで出かかった。

冷二と瀬島が夏子の胸のうちを見抜いて、ゲラゲラと笑った。

「どうした、奥さん。オマ×コにも触って欲しいのか」

瀬島がからかいながら夏子の媚肉のひろがりにそっと指を這わせた。

「許して……ああ……」

「こりゃすげえ。熱くてとろけそうだぜ。ヒクヒク指に絡みついてきやがる」

瀬島はしとどに濡れそぼった夏子の秘肉をまさぐり、弄ぶ。

熱くたぎった肉襞がざわめいて、指に絡みつき、締めつけてくるのが心地よい。

「うれしいか、奥さん。それとも指じゃもの足りねえかな」

「うんと太いのを咥えこみたくてたまらなくしてやるぜ。ほれ、ほれ」

冷二と瀬島は後ろと前とで指の動きにリズムを合わせた。ゆっくりと指を抽送し、薄い粘膜をへだてて前と後ろとでこすり合わせる。

「ああ、いや、いやっ、ああ……」

ガクガクと夏子の腰が揺れ、よじれた。それが釣り糸に吊られた女芯をいやでも刺激することになって、夏子は生汗をドッと噴きだしつつ、泣き叫んだ。

「ああっ、やめて!……いやあっ!」

夏子は白目を剝き、ひいひい喉を絞りたてた。

「いい声で泣くじゃねえか、奥さん。オマ×コも尻の穴も、クイクイ締めつけてよ」

「かんにんして……あ、ああ、気が変になってしまう」

「変になるほど気持ちいいってわけか。好きな女だぜ」

冷二と瀬島はゲラゲラと笑った。

薄い粘膜をへだてて前と後ろとで指が肉襞をかき、えぐり、こねまわし、抽送される恐ろしさ。夏子は抗う気力もなく、ひっきりなしに喉を絞った。腰のあたりだけでなく、身体中の肉が火となってドロドロにとろけだす。

「どうだ、奥さん。うんとデカいのを咥えこみたくなったか」

「おねだりすりゃ、とびきりデカいのをぶちこんでやるぜ。太くて長くて黒いのをな」

夏子を責めたてながら、冷二と瀬島は意地悪く顔を覗きこんだ。

太くて長くて黒い……それは黒人のジョージのことなのだ。夏子は知るよしもない。黒人に犯されると知ったら、夏子はどんな顔をするだろうか。あの巨大な黒棒で貫かれたら、夏子はどんな声で泣くか。考えるだけでも冷二と瀬島はゾクゾクした。

「黒くてデカいのを咥えこみたくてしようがねえんだろ、奥さん」

「奥さんのためにすげえのを用意してあるんだぜ。ほれ、おねだりしねえか」

「かんにんして……」

夏子は弱々しく頭を振りながら、とろけきった身体はせがむように腰がせりあがって、淫らに揺れてしまう。

ああ、して……お願い、欲しい……。

そんな声がまた出かかって、夏子はあわててキリキリと唇を噛みしめた。

なぜか口に出せなかった。まさか黒人に犯されることになるとは夢にも思わない夏子だったが、なにかただならぬ気配を感じる。もう何度も淫らないたぶりを自ら求めさせられた夏子だったが、これまでとはなにかが違う。女の直感とでもいうのだろうか。

「どうした。早くおねだりしねえと、オマ×コも尻の穴もただれちまうぞ」

「うんとデカいので思いっきり気をやらせてやろうというんだ。太くて長くて黒いのが欲しい、と言ってみろよ」

冷二と瀬島はニヤニヤと夏子の顔を覗きこみながら、さらに指を淫らに動かして夏子を追いあげていく。だが決して絶頂までは行かせず、七合目と八合目のあたりを行ったりきたりさせる。

「あ、ああっ……もう許して……ああ、そんな、そんな……」

夏子の成熟した性にとって、そんなふうに焦らされるのは死の苦しみだった。グラグラと頭を揺らし、キリキリと唇を噛みしめて焦れたように腰を揺すりあげて焦る。もう夏子の身体は汗びっしょりで、ムンムンと匂うようなピンクにくるまれて、片時もじっとしていられず、ブルブルと震え、うねった。

「ああ……た、たまらないわ！」

「たまらなきゃおねだりするんだな、奥さん」

「ああっ……ああ……」

夏子は息も絶えだえにあえぎ、ヒクヒクと腰のあたりを痙攣させはじめた。媚肉をいじる瀬島の指はしとどに濡れ光り、指をくい締める肉襞も血を噴かんばかりに色づいて、とめどなく蜜を溢れさせる。そして釣り糸に絞りあげられて吊られた女芯も、充血してツンと屹立し、ヒクヒクとおののいていた。

「お、お願い……」

もう耐えきれなくなったように夏子は唇をわななかせた。

「なんだ、奥さん」

「はっきりと言わねえかよ」

意地悪く顔を覗きこまれても、夏子は羞じらうことも拒む気力もなかった。

「ああ……し、して……」

夏子はすすり泣きに声を震わせた。

「なにをして欲しいんだ?」

「ああ、ひと思いにして……も、もう焦らさないで」

「そんな言い方じゃ、ひと思いになにをして欲しいか、まったくわからねえぜ、奥さん。はっきりと言わねえかよ」

瀬島はせせら笑って、夏子の肉芽を吊った釣り糸をピンピンと弾いた。冷二も夏子の肛門を深く縫った指先を少し曲げて、夏子の下半身を吊りあげるようにした。

「あ……ひっ、ひいっ！……狂っちゃう！」

夏子は淫らがましいまでに腰を振りたて、のけぞらせた喉を絞った。

「してェ……ああ、太くて長くて、黒いのでしてください！」

夏子は我れを忘れて泣き叫んだ。

冷二と瀬島は互いに顔を見合わせて、ニンマリと笑った。おそらく夏子は黒く長大な張型で責められるくらいにしか考えていないのだろう。それが道具でなくて生身、それも黒人のだと知ったら……冷二と瀬島は愉快でならなかった。

「太くて長くて黒いのでどうされたいんだ、奥さん」

「ああ、太くて長くて黒いのを、夏子の……夏子に入れて……そ、そして、気をやらせてください」

もう夏子は抗う気力はなく、強要された言葉を従順に口にしていく。屈服の言葉を口にすることで、夏子はいっそう昂るのだ。

「黒くて大きいので、夏子を串刺しにして……ああ、欲しい……」

口にしながらグラグラと頭を揺らし、早く欲しいと腰をせりあげ、震わせる。

「は、早く……ああ……」

「そんなに太くて長くて黒いのを、オマ×コに咥えこみたいのか」

ガクガクとうなずく夏子を見おろして、冷二と瀬島はゲラゲラと笑った。

そして二人は夏子を内診台からおろした。後ろ手に縛った縄はそのままで、女芯を吊りあげた釣り糸の先は、冷二の手にあった。

「ああ……」

夏子は一人では立っていられない。膝とハイヒールをガクガクさせてよろめいた。

「シャンとしねえかよ、奥さん」

瀬島が夏子の腰に手をまわして抱き支え、声を荒らげる。

「奥さんの望み通りに、太くて長くて黒いので思いっきり責めてやるからな。楽しみにしてな」

そう言うなり、冷二は女芯を絞った釣り糸をクイクイと引いた。

悲鳴をあげてのけぞる夏子の腰に、瀬島は手をまわしたまま歩かせはじめる。

「か、かんにんして！……ひっ、ひいっ！　引っぱらないで！」

どこへ連れていかれるのか考える余裕すらなく、夏子は女芯の釣り糸を引っぱられ、悲鳴をあげてよろめきながら、一歩また一歩と歩かされた。

「泣くのはまだ早いぜ、奥さん。黒くてデカいのをぶちこまれてからにしな」

「いやでも泣きわめくことになるからよ」

冷二と瀬島はゲラゲラと笑った。

地下室のドアを出て階段をあがり、屋敷の廊下を奥へ進み、座敷へ夏子を連れこむ。すぐに瀬島が後ろ手縛りの縄尻を鴨居にかけて引き、夏子をハイヒールをはいたままの立ち姿にまっすぐ吊った。

冷二が手拭で夏子に目隠しをした。

「ああ、いや……ど、どうして目隠しなんかするのですか」

夏子はおびえて目隠しをほどこうと頭を振りたてた。暗闇に視界を覆われたことが、いっそう夏子の不安をかきたてるのだ。

「と、取って……目隠しはいやっ」

「なにをされるかわからなくて、奥さんもワクワクするだろうが」

「そ、そんな……」

夏子はワナワナと唇を震わせた。膝とハイヒールがガクガクと崩れそうになる。

そんな夏子をニヤニヤと見つめながら、瀬島は奥の襖を開けた。そこに黒人のジョージが二メートルほどもある巨体で待ちかまえていた。もう腰にバスタオルを巻いただけの裸だ。

瀬島は口に指を当ててなにも言わないよう身振りで命じてから、ジョージを手招きした。ジョージのことをすぐに夏子に教えてしまっては面白くない。夏子にはわからないように、じっくりと楽しむつもりなのだ。夏子ほどの美貌の人妻を黒人のおもちゃにしてメチャクチャにするのはたまらない刺激だ。

「奥さん、もう一度おねだりしな」

冷二がそう言って、夏子の双臀をピシッとはたいた。

「ああっ……し、して……太くて長くて黒いので、夏子をうんと責めて」

目隠しをされているので黒人のジョージが現われたことも知らず、夏子は命じられるままに言った。

「お願い……は、早く太くて長くて黒いのを……」

「よしよし、思いっきりお股をおっぴろげな」

冷二は笑いながら言った。

「ああ……」

顔をのけぞらせるようにして、夏子はおずおずと両脚を開いていく。溢れでた蜜が内腿にしたたって、ヌラヌラと妖しく光った。

ジョージはゆっくりと夏子に近づくと、舐めるような視線を這わせながら頭から足の爪先まで何度も見た。後ろへまわって夏子の双臀の形も眺める。そして瀬島と冷二を振りかえると、ニタッと白い歯を剝いて笑い、舌なめずりした。夏子がひと目で気に入ったようだ。

ジョージの異様な視線を感じるのか、夏子は裸身をよじるように蠢かせる。目隠しをされているため、視線の這う肌が恐ろしいまでに敏感になって、カアッと熱くなる。

「じ、焦らさないで……ああ、もう、してェ……触ってください」

ただ見られているだけの屈辱に耐えられなくなって、夏子はあえいだ。

「うんと気分出すんだぜ、奥さん。たっぷりと触ってやるからよ」

そう言うと瀬島はジョージのほうを見て、目で合図した。冷二が夏子の女芯を絞った釣り糸の端を、ジョージに手渡す。

ジョージはニンマリとうれしそうに顔を崩すと、まず黒い手を夏子の首筋から肩へと這わせ、豊満な乳房をいじった。

夏子はブルッと裸身を震わせて声をあげた。が、それは抗いの響きではなかった。

「あ、いやっ……ああ……」

「あ、あああ……許して……」

夏子の声がうわずり、艶めいた。

ジョージの手の動きは冷二や瀬島よりもずっと荒々しかった。豊満な乳房の肉づきを味わうように黒く大きな手がわしづかみにして、付け根から絞りこむように揉みしだく。今にも手の黒さを夏子の白い肌にしみこませるみたいだ。

タプタプと音がたちそうに夏子の乳房は黒い手の下で、さまざまに形を変えた。そしてツンと尖った乳首がつまみあげられ、しごかれ、ひねりあげられた。

「ああ、乱暴にしないで……ああ、ひっ、ひっ……いやっ！」

「乱暴にされるのが好きなくせに、ガタガタ言うんじゃねえよ」

ジョージのかわりに冷二が答えてせせら笑った。

「奥さんは気分を出すことだけ考えて、いい声でよがってりゃいいんだ」

瀬島も冷二と一緒に、ジョージに嬲られる夏子を眺めながら笑った。

ジョージはニヤニヤとうれしそうに笑いながら、冷二と瀬島になりすまして夏子の乳房をいじりまわしている。一方の手を夏子の乳房から腰へと這いおろし、ムチムチの双臀を撫でまわしはじめた。

まるで剝き卵のような見事な臀丘に黒い指をくいこませ、ギュウと肉をつかみ揺さぶっては、大きな手形がつくまでにバシッ、バシッとはたく。次には双臀全体を下からすくいあげるようにして揺さぶった。そしてまた、黒く大きな手が夏子の双臀をバシッ、バシッとはたく。

夏子は目隠しをされた美貌をのけぞらせて、喉を絞った。

「かんにんして。そんな、乱暴なのはいやですっ……ああ、ひと思いにして」

いくら泣き声をあげて哀願しても、ジョージはニヤニヤと笑うばかりだ。一方の手で夏子の乳房を荒々しく揉みしだき、乳首をつまんでひねりあげ、もう一方の手で夏子の双臀をつかんで揺さぶっては、バシッ、バシッと打つ。

「まだまだ時間をかけてたっぷりと可愛がるのが好みでねえ」

「奥さんをクタクタにしておいてから、太くて長くて黒いのでえぐるってわけだぜ。そうでねえと、耐えられねえかもな」

なんといったって馬並みのジョージ。瀬島と冷二はゲラゲラと笑った。

どういうことなのかと考える余裕もなく、夏子は前にしゃがみこんだジョージに片方の足首をつかまれ、横へ持ちあげられた。

「あ、ああ……そんな……」

張り裂けんばかりに股間をひろげられると同時に、ジョージの分厚い唇が蜜のしたたる内腿に吸いついた。

「ああっ、い、いやあ……」

夏子は悲鳴をあげてのけぞった。

ジョージは内腿の蜜を眺めながら上眼使いに股間を覗きこみ、ゆっくりと分厚い唇を這いあがらせていく。

開ききった夏子の股間に肉の花園が生々しく剝きでた。しとどに濡れそぼった肉襞が充血して、ヒクヒクと蠢く。そして釣り糸で縛られてツンと屹立した女芯、秘められた肛門までがフックリとゆるんであえいだ。

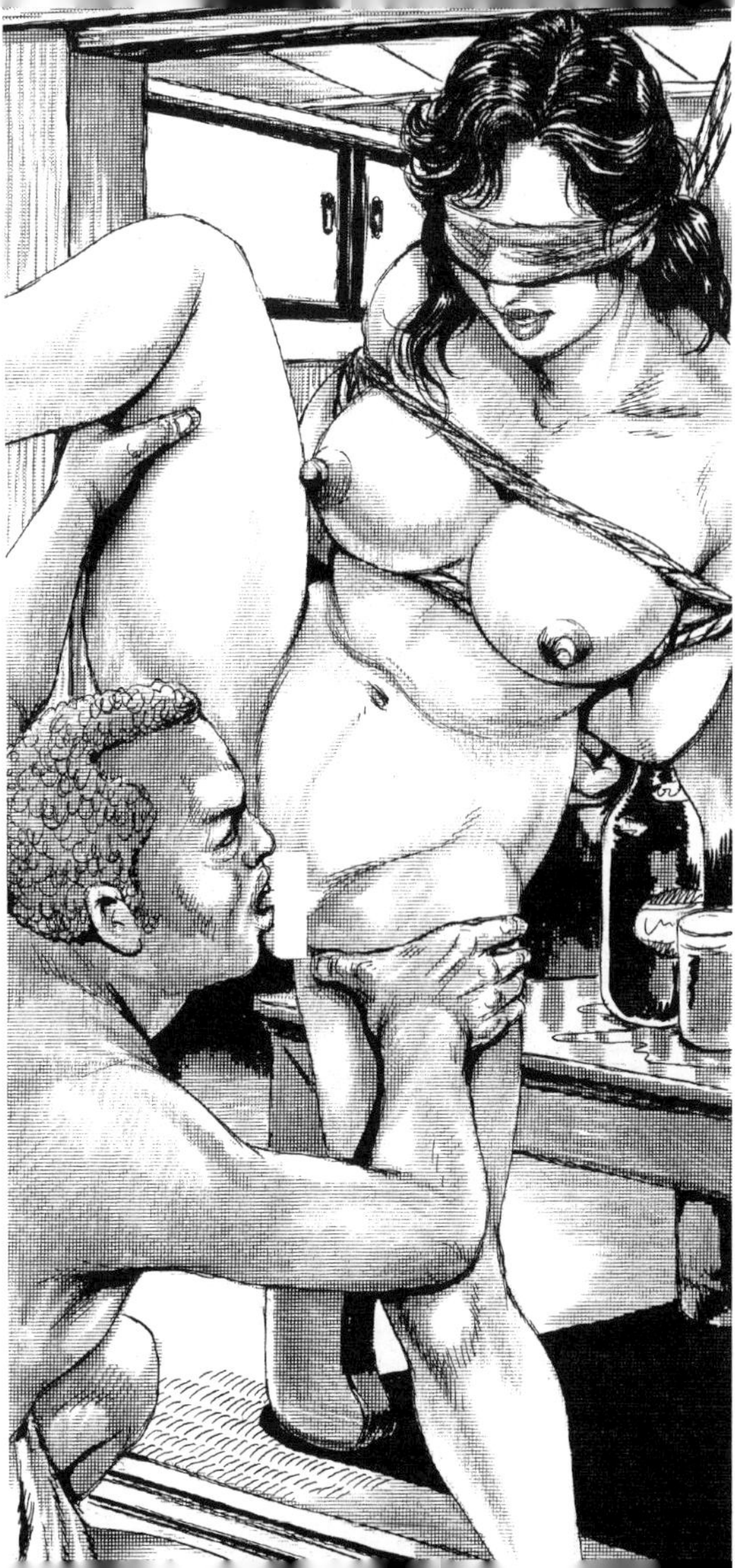

すべてが気に入ったようで、ジョージは一度口を離すとニヤニヤと笑い、舌なめずりをした。もう一度覗きこんでから、ジョージは今度は夏子の媚肉にしゃぶりついた。

「あ、ひいっ！」

電気でも流されたみたいに、夏子はのけぞりかえって腰をガクガクと震わせた。

「ほれ、もっと気分を出さねえかよ、奥さん。もっと自分から悦んでみせろ」

「そうでねえと、なかなか黒くてデカいのは入れてもらえねえぜ」

冷二と瀬島はかがみこんで覗きながら、せせら笑った。

ジョージの分厚い唇が夏子の媚肉に吸いついて、グチュグチュと動いた。おいしいものでもすするように唇を蠢かせ、ザラザラした舌で肉襞を舐めまわす。さらに釣り糸を引いて肉芽をクイクイ引っぱっては、舌先で舐めあげて音をたてて吸う。

「ひっ、ひっ……そんな……ひいっ！」

悲鳴をあげて黒髪を振りたくり、腰をよじり、振りたて、乳房を揺する。夏子はジョージの舌と唇にあやつられ踊らされる、肉の人形だった。目隠しをされているため、身体中の神経が恐ろしいまでにジョージの舌と唇を感じとって、灼けるような官能に全身が燃えあがる。今にも気がいきそうだった。

「気をやりそうだぜ」

「まだまだイカせるもんか。女をメロメロにして、ねちっこく責めるのが好みだからよ。ほんの序の口ってところだぜ」

冷二と瀬島がそんなことを言って笑っている間にも、ジョージの口は夏子の肛門を這っていた。すでにフックリとゆるんだ夏子の肛門を、尖らせた舌の先でゆっくりと舐めまわしてさらにほぐし、次には荒々しく吸いつく。

「あ、あ……た、たまらない！……そこは……ひっ、ひいっ！」

夏子はかぼそく喉を絞りつつ、双臀をブルブル痙攣させた。おぞましい排泄器官を舐めまわされ、しゃぶりつかれているというのに、肛門はヒクヒクとあえぎ、妖しい感覚がふくれあがる官能に入りまじった。

「かんにんして……もう許して……」

「気持ちよさそうだな、奥さん。どうして欲しいか、どんどんおねだりしねえか」

冷二があおってせせら笑った。

もう夏子は腹の底からこみあげる肉の快美に頭のなかまでうつろになった。

「入れて……ああ、も、もう太くて長くて黒いのを、入れて欲しい」

我れを忘れて狂おしく求めた。夏子の双臀がジョージの顔を弾き飛ばさんばかりに躍って、ブルブルと震える。

「お願い、イカせて……ああ、もう入れて、一度イカせてください！」

「よしよし、その言葉に嘘はねえだろうな」

瀬島は意地悪く念を押した。

夏子がガクガクと何度もうなずいた。

ようやく黒人のジョージが夏子の肛門から口を離して立ちあがった。夏子をひどく気に入ったらしく、うれしそうにニヤニヤと笑ってベトベトの口を何度も舌なめずりし、裸身から目を離そうとしない。

「品定めは終わったようだな。どうだ、気に入ったか」

「犯りがいがあると思うぜ。これだけとろけてりゃ、ひと突きで気をやってのびちまうかもな」

冷二と瀬島の言葉にジョージはニンマリとうなずいた。腰のバスタオルをはずして、長大な黒棒を剝きだした。それを自慢げに揺すってみせる。

さすがの瀬島と冷二も圧倒されるほどの太さと長さだった。それがブルン、ブルンと音をたてんばかりに夏子の双臀に打ちつけられた。ピシッ、ピシッと肉にはじけて、玉の汗が飛び散った。

「あ、あっ……ああっ……」

夏子の口から泣き声が出た。

冷二の肉棒とも瀬島のとも違う……。

臀丘に打ちつけられ、こすりつけられる長大な灼熱の感覚に、夏子は狼狽した。これまでとなにかが違う。さっきからそう感じていたが、その不安を夏子は今、はっきりと感じた。

「ああ、な、なにを⁉」

夏子の声が震えた。

「そろそろ見せてやるか。太くて長くて黒いのをな」

「やっぱり見せてやったほうが、犯る楽しみが大きくなるってもんだぜ」

冷二と瀬島はゲラゲラと笑った。

2

夏子から手拭いの目隠しが取り去られた。ずっと闇に覆われていた目は、まぶしさにボウッとして、すぐにはなにも見えなかった。

「どうだ、奥さん。こいつをぶちこんでやるんだぜ」

瀬島がジョージの長大な肉棒の根元をつかんで、揺さぶってみせた。

次第に視界がはっきりとしてくるにつれて、夏子はハッと息を呑んだ。そのあまりの長大さに、夏子の目がひきつった。

太さは赤ん坊の腕ほどもあろうか、長さも三十センチ近くもある。瀬島が根元を握っても、三分の二以上ははみでていた。先の頭はひときわ大きく傘を開いて、ヌラヌラと黒光りしている。

「………」

夏子はひと目見ただけで声を失って、蒼白になった美貌をワナワナと震わせた。その巨大さは、これまで使われたどの張型や男たちの肉棒も比ではなかった。

だが夏子はその長大な肉棒に目を奪われて、まだジョージには気づいていなかった。

「こいつで犯られると、外人の娼婦でさえ本当に殺されると思うらしいぜ」

「奥さんにはぴったりの相手だろうが。必死になりゃ、なんとか受け入れられるだろうぜ。相当きついかもしれねえけど」

「きついどころか、しばらくは使いものにならねえかもな」

冷二と瀬島はそんなことを言ってせせら笑った。

ジョージは巨大な肉棒を音をたてんばかりに揺すって見せつけ、夏子の顔を覗きこんでニタァと笑った。

夏子は総身が凍りついた。目がひきつり、歯がガチガチと鳴ってすぐには声も出なかった。

「どうしたい、奥さん。黒人を見るのは初めてじゃねえだろうが」

「さっきから奥さんが欲しくてしようがねえ太くて長くて黒いもんだぜ」

冷二と瀬島が左右から夏子をからかう。夏子は声もなく右に左にと頭を振ったかと思うと、

「い、いや……いやあ！」

のけぞった喉に絶叫が噴きあがった。後ろ手に縛られた裸身を激しく揉み揺すって、必死に逃げようともがく。

「許して！……ひ、ひどすぎます！　いや、いやあ！」

「人種差別はいけねえぞ、奥さん。それに黒いのが欲しいって言ったのは奥さんじゃねえかよ」

「そんな、いやあ！……助けて！」

夏子は縄をギシギシと鳴らして、泣き叫んだ。

黒人のおもちゃにされるとは。さっきから身体にしゃぶりついていたのが黒人だったとは……。

「た、助けて！」

ジョージがニヤニヤと近づいてくるのに気づいて、夏子は血の気を失って泣き叫んだ。

「ヒヒヒ……マイベイビー」

ジョージはうれしそうに舌なめずりをすると、黒く大きな手をのばして夏子を抱き

すくめた。

「ひい！……」

夏子はジョージの腕のなかでのけぞり、狂おしく腰を振りたてて首を左右に捻じりたてる。

だがジョージは猫がネズミを嬲るように余裕たっぷりでゲラゲラ笑いながら、分厚い唇を夏子の首筋に押しつけ、両手で乳房をわしづかみにして揉みしだきだした。

「いやっ……いやあ！」

「ヒヒヒ、ビューティフル」

「いやあ……ひっ、ひっ……」

ムチッと張った双臀に押しつけられてくる巨大な黒棒に、夏子の悲鳴が大きくなった。

「どうしたんだ。さっきはあんなにうれしそうにオマ×コや尻の穴までしゃぶらせてたくせしてよ」

「それともうれし泣きか、奥さん」

左右から冷二と瀬島が夏子をからかってあざ笑った。

「助けて。お願い……ああっ、いや、いやあ！」

夏子はジョージに弄ばれつつ、冷二と瀬島のほうを見て必死に哀願した。

「た、助けて！」

夏子の声は悲鳴にしかならなかった。

ジョージが夏子のあごに手をやって、顔をあお向かせたのだ。夏子の目の前にジョージの黒い顔があって、息がかかるほどの近さだった。

ジョージは舌なめずりをすると、悲鳴をあげる夏子の口にしゃぶりついた。

「うむ、ううむっ……ひいっ！」

夏子は黒人に唇を奪われたおぞましさに、喉の奥で泣き声を絞った。

いくら唇を振りほどこうとしても、ジョージはビクともしない。唇を吸われて、必死に嚙みしばった歯を舐めまわされ、たちまちゆるめられてしまう。すぐにむせかえるばかりの匂いとともに、大きな舌が夏子の口のなかへ入った。

「うむ……うむっ……」

夏子は喉を絞って泣き、うめいた。

ジョージの舌は夏子の口のなかを舐めまわし、舌を絡め取ってグイグイ吸う。さらにドロドロの唾液をおびただしく流しこんで呑みこませた。

毒液でも流しこまれたように、夏子の身体から抗いの力が抜けていく。

ジョージは夏子の口を吸ったまま、乳房を荒々しく揉みこみ、左右へよじれる双臀を撫でまわした。

「黒人に嬲られる奥さんがこれほど色っぽいとはな。いい眺めだ」

「まったくだ。やっぱり白には黒がよく似合うぜ」

冷二と瀬島はまぶしいものでも見るように目を細めて、夏子を眺めた。

ようやくジョージが口を離しても、夏子はすぐには口もきけない。舌がしびれきってしまい、ハアハアとあえいだ。

「かんにんして……も、もう、助けてください」

冷二と瀬島を見て、夏子はまたすすり泣きつつ哀願した。

「もう許して。どんなことでもしますから、黒人とだけは」

「奥さんには黒人がよく似合うんだよ。たっぷり可愛がってもらいな」

「怖い……助けて……」

「なんたって、あのデカさだからな。あいつをぶちこまれて奥さんがどうなるか、こいつは楽しみってもんだぜ」

冷二と瀬島はゲラゲラと笑った。

夏子は泣き顔をひきつらせて、もう悲鳴をあげる気力もない。

そんな夏子のおびえようを楽しみながら、ジョージは生き餌を与えられた獣さながら女体を弄び、そこらじゅうに分厚い唇を押しつけまくる。

「あ、ああ……いや、ああ……」

死ぬほどおびえながらも、夏子は快感の波に翻弄されていく自分の身体をどうしようもなかった。憎いまでに女の官能をさぐり当ててくる巧みさと執拗さ。もう夏子は身体中に火をつけられ、黒髪を波打たせて頭をグラグラと揺らしながら泣いた。肛門はゆるみきって腸襞までのぞかせ、媚肉も赤くただれてジクジクと蜜を内腿にまでしたたらせた。

「許して……もうかんにんして」

夏子は身体中を汗にして、息も絶えだえにあえいだ。黒人に巨大な肉棒で貫かれようとしているのに、自分の身体の成り行きが夏子は恐ろしかった。体内で肉の快美と恐ろしさとが入りまじって、いっそう夏子を悩乱させた。

「ヒヒヒ、夏子」

ジョージは顔をあげて夏子の名を呼び、ニヤリとした。いよいよ夏子を犯しにかかるのか、夏子の腰を抱きこむようにして、片方の太腿の後ろへ手をまわして持ちあげ、股間を割り開く。

「ああっ、いやあ！」

内腿にこすりつけられた長大な灼熱に、夏子は魂消えんばかりに絶叫を噴きあげた。ついに黒い長大な肉棒で貫かれて犯されるのかと思うと、それまでの官能の波も消し飛ばんばかりの恐怖だ。悲鳴がほとばしりでる。黒棒が内腿にこすりつけられる感覚が、いやでもその巨大さを思い知らせる。

「かんにんして！……それだけは、いやあ！」

夏子は狂ったように腰をよじりたてて泣きわめいた。

それをゲラゲラと笑いながら、ジョージは黒い長大な肉棒の先端で、開ききった夏子の媚肉を二度三度とこする。

「いやあ！……ひっ、ひいっ！　助けて！……どんなことでもしますから、お願い！」

どれほどもがいても、逃れる術はないと知った時、夏子は絶望の叫びをあげた。

「今にも死にそうな騒ぎじゃねえかよ、奥さん」

「無理もねえか。ジョージに犯られる女は本当に死ぬと思うらしいからよ」

冷二と瀬島はそんなことを言いながら、ニヤニヤしている。

ジョージは媚肉のひろがりにそって黒い肉棒を這わせるだけで、すぐには入れようとはしなかった。夏子のおびえを楽しんでいる。

「やめて！　それだけは……いやあ！」

夏子は少しでも長大な肉棒をそらそうと腰をよじり、泣き叫びつづけている。

「そのくらいおびえさせとけば充分だろう。今はそこまでだ」

瀬島がニヤニヤと笑ってジョージの肩をたたいた。冷二は夏子の黒髪をつかんで泣き顔を覗きこむ。

「ここですんなり犯られちゃ面白くねえからな。もう少し遊んでからだ」

「ああ、お願い、助けて……どんなことでもしますから」

なにを言われているのかよくわからなかったが、夏子は必死に冷二の言葉にすがりついた。この恐ろしい男から逃れられるなら、どんなことをされてもいいと思った。

「もっとじっくり遊んでからのほうが、ジョージも喜ぶだろうしな」

「奥さんだって、ジョージのバカデカいのを咥えこみたくてしようがなくなるかもしれねえしよ」

冷二と瀬島はジョージと顔を見合わせて、ゲラゲラと笑った。

3

ひとまずジョージに犯されることから逃れられ、夏子はグッタリとしてあえいだ。それでもいつまたジョージがいどみかかってくるかもしれないという恐怖に、夏子はジョージから目が離せなかった。

「これだけいい身体をしてるくせしやがって、ジョージの相手をさせられるのをあんなに怖がって、だらしねえぜ」

冷二は夏子をからかいながら、鴨居から吊った縄を解き、後ろ手縛りのまま畳の上にひざまずかせた。

「ああ……」

夏子はブルブルと震えてすすり泣いた。これからなにをされるのかということよりも、すぐ近くでニヤニヤと笑っているジョージが恐ろしかった。

ジョージは長大な黒い肉棒を夏子に見せつけるようにいじったり、揺らしたりしている。

どこへ行っていたのか、瀬島が戻ってきた。そのあとから、全裸で後ろ手に縛られた美女が三人、渡辺や川津に連れられて入ってくる。女教師の芦川悠子にスチュワーデスの藤邑由美子、そして冷二の兄嫁の佐知子だ。ジョージをひと目見るなり悲鳴をあげた。

「い、いやあ！」

「ひっ……許して！」

「そんな……ああ、いやあ！」

蒼ざめて悲鳴をあげる悠子と由美子と佐知子の双臀に、渡辺と川津はピシピシと鞭を当てた。

「ガタガタ言うんじゃねえよ。おとなしくひざまずかねえか」

「言うことをきかねえと、すぐにジョージに犯られるぜ」

鞭をふるいながら、悠子と由美子と佐知子の三人を、夏子の横に並べてひざまずかせる。その三人の美女たちが自分と同じような身の上であることは、聞かなくても夏子にはわかった。

「こっちから人妻の佐知子、二十八歳、まだ子供はねえ」

「次は女教師の悠子、二十五歳の独身だ。その次はスチュワーデスの由美子、二十四歳の独身」

「そして最後が子持ちの人妻、三十歳ってわけだ」

瀬島と冷二は並んだ女たちをあらためてジョージに紹介した。すでにビデオではジョージに見せている。

「ヒヒヒ……」

うれしそうに笑って舌なめずりをすると、ジョージはゆっくりと女たちの周囲をまわって眺めた。まるで舐めまわすような視線をねっとりと這わせる。

目の前で黒い肉棒が恐ろしいまでの巨大さで揺れるたびに、女たちは悲鳴をあげて目をそらした。いずれも甲乙つけがたい美女ばかり。それが全裸を後ろ手に縛られてひざまずき、並んでいる姿は圧巻であった。

「四つん這いになって尻を高くあげろ。膝も大きく開いてな」

冷二の声に渡辺と川津がまた鞭をふるい、女たちの上体を前へ伏せさせて双臀を高くもたげさせた。

「言う通りにしねえと、すぐにここでジョージにあのデカいので犯らせるぞ」

冷二の言葉が女たちをおびえさせ、抗いの気力を萎えさせ、命令に従わせた。

「ああ、許して……」

「こ、怖いこと、しないで」

「ああ……いやっ！」

声を震わせて泣き声をあげても、とらされた姿勢を崩す者はいなかった。

「どうだ、ジョージ。見事な尻が並んだだろうが」

瀬島がニヤニヤと笑いながら言った。

ジョージはニンマリとうなずくと、ひとつひとつ舌なめずりをして眺めていく。

どの双臀も白く、シミひとつなく、剝き卵のような形のよさと肌の張りで、しゃぶりつきたくなる肉づきだ。そのなかでも肌の張りと形のよさでは、まだ若い悠子と由美子の双臀だろう。肉づきのよさと淫らさでは、やはり人妻の夏子と佐知子だ。

「ヒヒヒ……」

ジョージはひとつずつ黒い手で撫でまわしては、バシッと打った。

「ひいっ！」

女の悲鳴があがり、臀丘がブルルッと震えた。

「ジョージ、どれが気に入った？」

「こりゃ悩むぜ。なんたってこれだけいい尻が並んでるんだからよ」

「ぜいたくな悩みってわけだ」

瀬島や冷二、渡辺らはゲラゲラと笑った。

ひと通り撫でまわし、黒い手で打ったジョージが、また夏子の双臀を撫でまわしている。どうやらジョージは色気では一番のつきたての餅のような夏子の双臀がお気に入りのようだ。

「ああ、許して……なにを、なにをしようというの!?」

恐怖にこらえきれなくなって、スチュワーデスの由美子が瀬島と冷二を振りかえって唇をわななかせた。佐知子に悠子、そして夏子もおびえた目で振りかえった。

「これから誰にジョージの相手をさせるか、決めようってわけだ」

「まずは浣腸だ。一番先に漏らしたら罰だぜ。ジョージに犯られたくなきゃ、せいぜい我慢するんだな」

瀬島と冷二の言葉に、由美子と佐知子が悲鳴をあげた。

「いや、いやあ！」

「そ、そんなこと、かんにんして！」

悠子と夏子は声もなく黒髪を振りたくった。

それをあざ笑うように、高くもたげられた双臀の前に浣腸器と便器とがそれぞれ渡辺と川津によって置かれていく。容量千CCの長大な注射型のガラス製浣腸器で、すでに薬液が充満し、鈍く光を放っていた。

「ああ、そんな……いやです。そんなこと、やめて！」

由美子が泣きながら言って、双臀を振りたてた。

「いやっ……ああ、いやです！」

夏子もブルブルと双臀を震わせて泣き声をあげた。

「いやならジョージの相手をさせるだけだぜ」

冷二にそう言われると、もう哀願の声も途切れて由美子も夏子もすすり泣くばかりになった。それにつられるように、佐知子と悠子も背筋を震わせてすすり泣いた。ニヤニヤと笑って舌なめずりをするジョージの存在が、美女たちを生きた心地をなくさせ、哀願の声をあげる気力をも萎えさせる。

「それじゃはじめるか」

瀬島がそう言って佐知子の前の浣腸器を取りあげると、冷二は夏子の前の浣腸器を、渡辺は悠子の、そして川津は由美子のと、それぞれ浣腸器を取りあげた。いっせいに臀丘の谷間を割って嘴管の先端を無造作に肛門に突き立てる。「ひいっ」と悲鳴がコーラスになり、四つの白い双臀がブルルッと震えて硬直した。

「あ、あ……ああっ、いやあ！」

「おとなしくして自分から味わうようにしねえと、つらいだけだぜ」

「だ、だって……あ、ああ……」

そんなやりとりがあっちでもこっちでも聞こえた。

キーとガラスを鳴らして長大なシリンダーが押され、薬液がドクドクと流入しはじめた。悲鳴があがり、白い双臀がブルブルと震えてよじれる。

「ヒヒヒ……」

ジョージは目を光らせて、一人ずつ嘴管を咥えこまされて薬液を注入されていく肛門を覗きこみ、次には前へまわって美女たちの苦悶の表情を楽しむ。

女教師の悠子はもう観念し、じっと唇を噛みしめて耐えようとしている。人妻の佐知子はすすり泣きながらもまるで味わうように双臀をくなくなと揺らした。

「気持ちいいか、芦川悠子先生。ほれ、なんとか言ってジョージに聞かせてやれよ」

「う、うむ……」

渡辺が嘴管で悠子の肛門をこねるようにして注入しても、悠子は固く両目を閉じてうめくだけだ。その横では瀬島が長大なシリンダーを押しながら、佐知子をからかっている。

「オマ×コが濡れてきやがった。すっかり浣腸の味を覚えたようだな」

「い、言わないで……ああ、いやらしいだけだわ」

佐知子はすすり泣きのなかに、時折りハアッというあえぎをまじえて背筋を震わせ、双臀を揺らした。

それに較べてスチュワーデスの由美子は泣き声に悲鳴さえまじえ、おぞましい注入から少しでも逃れようと悶える。

「いやっ……ああっ。入れないで！　いやです！」

「まったく、いつになったら浣腸に馴れるんだ。運び屋で何度も浣腸されてるってのによ」

「ああ……こんなこと……いや、いやあ！」

由美子は泣き声を高くした。

フライトのたびに何度も浣腸されて腸腔に覚醒剤などをつめこまれ、運び屋をやらされる死ぬほどつらい記憶を、浣腸が呼び起こすのだ。

「や、やめて！……ああ、もう、入れないで！」

「いやがってるわりにはいい呑みっぷりだぜ、美人のスチュワーデスさんよ。浣腸だけでなく、物をつめこまれたくなってきたんじゃねえのか」

「いやっ……ああ、いやあ！」

由美子は黒髪を振りたくり、双臀をうねらせて泣きつづける。そして夏子もまた、汗まみれの裸身を揉むようにして泣きじゃくった。

「あ、あ……かんにんして！……あむ、うう……いやあ！」

夏子はドクドクと薬液が入ってくる感覚に、キリキリと唇を噛みしばった。だがすぐに歯はガチガチと鳴り、こらえきれずに喉を絞る。

夏子の肛門は他の三人と違って、さっきからのいたぶりで腫れぼったくふくれ、ヒクヒクと肉襞まであえがせている。そこに冷たい薬液を注入されるのだ。肛門の粘膜と腸襞に薬液がしみて、キリキリと灼かれる。

「うむ、ううむ……た、たまらない……もう、もう、かんにん……許して！」

夏子の泣き悶えようは、際立っていた。

「き、きつい！……ああ、この浣腸、つらいわ！」

つらいか。奥さんの浣腸はグリセリンだけでなく、特別に酢をまぜてやったからな。きついはずだぜ……。

冷二は長大なシリンダーを押しながら、腹のなかでペロリと舌を出した。

「こ、こんな……ううむ……」

夏子はなにか言おうとしたが、泣き声とうめきに言葉は呑みこまれてしまう。

そこへジョージが来た。ぴっちりと嘴管を咥えこんだ夏子の肛門を覗きこみ、黒い指をのばして触りながら、ジョージはゲラゲラと笑った。長大な黒い肉棒で夏子の双臀をピタピタとたたいて、うれしそうに夏子の顔を覗く。やはりジョージは夏子が一番気に入ったようだ。

夏子はおびえ、泣き声を大きくした。

「いや、いやっ……来ないで！」

そんな夏子の拒絶反応が、かえってジョージの気を引き、嗜虐の欲情をかきたてる。

「ジョージ、おめえのために奥さんには特別きつい浣腸をしてやってるからな」

冷二はそう言って、ゲラゲラと笑った。

はじめから夏子をジョージに犯らせる気で注入する薬液に酢をまぜてあるなど、まだ夏子は知るよしもなかった。

4

千CCの薬液は一滴残さず注入され、ようやく嘴管が引き抜かれた。

四人の美女たちはもう脂汗にまみれて、息も絶えだえ。悠子と佐知子だけでなく、泣き悶えていた由美子も今は声を絶って、固く両目を閉じてキリキリと唇を噛みしめている。身悶えればかえって荒々しい便意が耐えきれなくなるのを知っているのだ。

それは何度も浣腸されたことのある夏子にもわかっていた。が、夏子は総身をかけまわる悪寒に歯をカチカチ噛み鳴らし、胴震いしつつ、腰を苦しげにうねらせた。夏子にだけ注入された酢が、その強烈な効き目を表わし、荒れ狂う便意にとてもじっとしていられない。

「これからが勝負だぜ。一番先に漏らしたのがジョージの生贄ってわけだからな」

「ジョージのあのどデカいので串刺しにされるのは、誰かな。こりゃ楽しみだ」

冷二と瀬島はジョージと一緒に四つ並んだ双臀を眺めながら、せせら笑った。

四人の美女が浣腸され、双臀を高くもたげて便意に耐えている図は、圧倒されるほどの凄艶さだった。そこからパアーッと光がひろがるようなまぶしさだ。ムンムンとむせるほどの色香も立ち昇っている。

渡辺と川津がビールを運んできて、男たちは便意に苦悶する美女たちを肴に、ビールを飲みはじめた。

「いつまで我慢できるかな」

「佐藤夏子が一番苦しそうじゃねえか、あんなに尻を振ってよ」

「尻の穴がヒクヒクしてやがる。こりゃいよいよ駄目かな」

ニヤニヤと覗きこんではからかった。誰の目にも夏子の身悶えが一番露わなのがわかった。もうブルブルと震える裸身は脂汗にびっしょりだ。男たちの言う通り、一番先に音をあげたのはやはり夏子だった。

「ああ、許して……」

ワナワナと唇を震わせながら、夏子は声をあげた。

「どうした、奥さん」

「ああ……も、もう、我慢が……」

「真っ先にひりだして、ジョージの相手をしたいってのか」

「そ、それは……」

夏子はキリキリと唇を噛みしめて、黒髪を振りたてた。玉の汗が震える肌をツーッとしたたった。

ああ、このままでは……ど、どうすればいいの？　助けて……。

このままでは恐ろしいジョージの相手をさせられることになる。

だがその間も猛烈な便意が荒れ狂い、かけくだってくる。今にも爆ぜそうな肛門を必死にすぼめているのがやっとで、夏子はまともに息をする余裕すらなくなった。

「た、たまらない……ああ、もう、駄目……も、漏れちゃう！」

夏子は泣き声をひきつらせ、双臀をみじめに揺すりたてた。苦悶に眦をひきつらせ唇を嚙みしばって、襲いかかる便意に美しい顔は血の気を失った。

そんな夏子の苦しみように狼狽しながらも、悠子と由美子と佐知子は巻きこまれまいと必死にこらえている。

「こりゃちょいとハンデがありすぎたかな」

冷二がニガ笑いをすると、鞭を取りあげた。いきなり由美子の双臀を打った。

ピシッ、ピシッ……。

二度つづけざまに鞭をふるった。

「ひいーっ！」

悲鳴をあげて由美子はのけぞり、双臀をブルブルと震わせた。

さらに悠子、佐知子と双臀に鞭を振りおろす。鞭が空を切る音とピシッと臀丘にはじける音、そして噴きあがる悲鳴。

「やめてっ……ひいっ！」

「もっと泣きわめけ！」

「ひいーっ……そ、そんなことされたら……で、出ちゃう！」

「そうだ、その調子で泣いて苦しめ」

「ひいっ……許して！」

悠子に佐知子、そして由美子の悲鳴が交互に噴きあがった。それが男たちの耳に心地よい。ジョージは喜んでゲラゲラと笑った。

それでもグリセリン液だけを注入された佐知子と悠子と由美子と、酢を混入されて注入された夏子とでは、勝負にならなかった。

「も、もう駄目！　漏れちゃう……ああ、出る、出ちゃう！」

夏子は泣き叫びながら、腰をよじりたてた。

「先にひりだしたら、ジョージのデカいので犯られるんだぜ。わかってるな、奥さん」

瀬島が言っても、もう夏子はそれを聞く余裕すらない。極限にまで迫った便意だけが、今にも気が遠くなりそうな夏子の意識をジリジリと灼いている。

「お願い……も、もう……」

「一番年上のくせにだらしねえな、奥さん。まったくこらえ性のねえ尻をしやがって」

瀬島が便器を取りあげようとすると、横からジョージが自分にやらせて欲しいと便器に手をのばし、夏子の双臀にあてがった。

「あ、ああ……出ちゃう……」

恐ろしいジョージの手で便器をあてがわれることに抗う余裕も、夏子はもうない。肛門の痙攣を自覚した。

「い、いやあ！」

絶望の悲鳴とともに、夏子の肛門が内からふくれるように蠢いたかと思うと、耐える限界を超えた便意がドッとほとばしった。

便器にはじけた水しぶきがはねるのもかまわず、ジョージは覗きこみながらゲラゲラと笑った。

「ああっ……ああっ……」

号泣が夏子の喉をかきむしった。

「派手に出しやがるぜ。気持ちよさそうな顔しやがって」

「いい声で泣く奥さんだ。うれし泣きってやつか」

「ジョージがあきれてるぜ。アメリカの娼婦でさえ、ここまでは見せねえってよ」

冷二や瀬島たちも夏子をからかいながら覗きこむ。

夏子の排泄に巻きこまれたのか、悠子と佐知子が泣き声をあげた。

「ああ、あ……もう、駄目……し、したい」

「こっちも、ああ……お願い」

渡辺と瀬島があわてて便器を手にして、悠子と佐知子にあてがった。

まず佐知子が、つづいて悠子がドッと抑えに抑えていたものを放った。

「ああ……恥ずかしい」

「いや、いやっ……見ないで、ああ……」

佐知子と悠子の泣き声が、夏子

の号泣に加わった。そして由美子も屈服した。

「あ、あ……させて……出る、出ちゃう……は、早く……」

由美子の号泣も加わって、妖しいまでの四重奏になった。

「さすがに四人一緒となるとすげえ迫力だな」

「女教師にスチュワーデスに人妻でも、出すものは同じだな。派手にひりだしやがるぜ」

「どれも見事に尻の穴を開いてやがる。いい眺めだぜ」

からかわれても言葉をかえす気力はなく、美女たちは黒髪を振りたくり、身を揉んで号泣しつづける。ウネウネとあとからあとからひりだして、一度途切れたかと思うと、またドッと噴きこぼした。そのたびに男たちはからかって、ゲラゲラと笑った。

「いつまでひりだしてるんだ」

「フフフ、すっかり絞りだしたか」

男たちはそんなことを言いながら、終わった順から次々とティッシュで汚れを拭き取っていく。もう美女たちは号泣も途切れてすすり泣くばかりになった。双臀を男の手にゆだねてされるがままだ。

「奥さんの負けだな。年上ってのにだらしねえぜ」

冷二が夏子の黒髪をつかんで顔をあげさせ、後ろを見させた。

ジョージがうれしそうに笑って、ティッシュで肛門を拭っているのが夏子の涙にかすんだ目に見えた。ビクッと夏子の身体が震え、こわばった。

「ひい！……いや、いやあ！」

浣腸と排泄のショックもさめやらぬうちに、ジョージに犯される恐怖が甦ってきた。

「かんにんして！……いやです！　ああ、許して」

「一番先にひりだしたんだから、ジョージの相手は奥さんということだよ」

冷二は夏子の黒髪をしごいてせせら笑った。

ジョージも拭き終わると、夏子はもう自分のものだとばかりに、大きな黒い手で夏子の双臀を撫でまわし、長大な肉棒でバシバシッと打った。

「ひい！……助けて！　ひっ、ひっ！」

狂いたつほどに泣き叫んで、夏子は激しくのけぞった。

悠子と由美子、そして佐知子は必死に顔をそむけて、シクシクとすすり泣いた。夏子がジョージの生贄になることで救われたとはいえ、夏子の恐怖と哀しみが痛いまでにわかる。それだけに、とても見てはいられなかった。耳もふさいでしまいたい。

「ひどい……黒人なんて、ひどすぎる」

佐知子が思わずすすり泣く声で言った。

「それじゃ奥さんが身がわりになるか。いずれジョージに犯られることになるんだからよ」

瀬島の言葉に佐知子は声もなく、いやいやと頭を振った。

「芦川先生はどうだ。かわってジョージに犯られてみるか」

「い、いやあ！……許して！」

「いつかジョージに犯られんだ。どうせなら、今犯られるのはどうだ、美人のスチュワーデスさんよ」

「ひっ……いや、そんなこと……死んでもいやです！」

悠子と由美子は悲鳴をあげて、泣き顔を恐怖にひきつらせた。

「ジョージも嫌われたもんだぜ。だがよ、ジョージはいやがる女を犯るのが大好きときてる。そんなにいやがると、ジョージを喜ばせるだけだぜ」

瀬島は意地悪く言った。

その通りだと言わんばかりにジョージは、夏子から由美子へ、さらに悠子に佐知子と、双臀を黒い肉棒で打って、ゲラゲラと笑った。

由美子と悠子、佐知子と恐怖の悲鳴が噴きあがる。

「それにジョージの相手はあの佐藤夏子と決まったわけじゃねえ。次の勝負で変わるかもしれねえぜ」

瀬島の言葉に由美子と悠子と佐知子は、さらに悲鳴をあげた。おぞましい勝負はまだ終わってはいなかった。

対照的に夏子はすがるように瀬島の言葉を聞いた。恐ろしいジョージから逃れられるなら、どんな辱しめでも耐えられる。

「今度は年上の貫禄を見せて、負けるんじゃねえぞと言いたいところだが、やっぱり奥さんが黒人に犯られるところを見てえからよ」

冷二が笑って、パシッと夏子の双臀をはたいた。

瀬島と冷二は後ろ手縛りの美女たちを、四つん這いの姿勢からあお向けに横たわらせた。両脚を大きく開いて、足首を鴨居から縄で吊る。

美女たちの両脚はまっすぐ天井に向かってVの字に吊りあげられた。腰の下にはそれぞれ座布団が二つ折りにして押しこまれた。

「今度はオマ×コが四つ、見事に咲きやがったぜ。こりゃいい眺めだ」

「さすがに芦川悠子先生と美人スチュワーデスのは若いだけあって、まだ初々しいぜ」

「それに較べて人妻のほうは熟れてやがる。どれもいいオマ×コしやがって」

男たちはニヤニヤと見較べた。

一人ずつでは何度も見馴れている肉の花園だったが、こうやって四人並べてみると、色といい形といい、それぞれ味わいがあって、圧倒される思いだ。

瀬島がグロテスクな張型を四本取りだしてくると、美女たちに見せた。

「一番先に気をやった者が、ジョージの相手だぜ」

瀬島はそう言ってニンマリと顔を崩した。

5

佐知子の前には冷二が、悠子の前には渡辺が、由美子の前には瀬島が、そして夏子の前にはジョージが、それぞれ張型を手にしてしゃがみこんだ。

「思いっきり気分を出して、一番先に気をやるんだぜ。美人のスチュワーデスが黒人に犯られるのを見てえからな」

「腕によりをかけて責めてやるからな。ジョージの相手は芦川悠子先生に決まるようによ」

瀬島と渡辺が由美子と悠子をからかって泣き声をあげさせれば、隣りでは冷二が兄嫁の佐知子になにかネチネチと語りかけている。

「義姉さん、すっかり牝らしくなったじゃねえかよ。もう黒人の味を知ってもいい頃だな」

「いやっ！　ああ、冷二さん、かんにんして。どこまでひどいことをすれば、気がすむというの」

佐知子は久しぶりに冷二と会ったことで、これまでの地獄の日々のことがドッと甦って、冷二への怒りや憎しみ、そして哀しみが噴きだすのだ。

「もういやっ……ああ、死にたい」

「黒人の相手をすりゃ、いやでも死ぬと思うぜ。なんたってあのデカさだ。馬並みのを咥えこんで、黒人の子を孕むってのも面白えぜ、義姉さん」

「いやあ！……ああ許して。そんな恐ろしいこと」

「そのためにも、自分からよがり狂って、一番先に気をやるんだ」

冷二は張型の先端で佐知子の媚肉のひろがりにそってなぞりながら、ゲラゲラ笑った。

このところ夏子にかかりっきりだったが、久しぶりに見た佐知子は一段と美しさにみがきがかかって、乳房や腰から太腿にかけての肉づきが妖艶さを増している。冷二は本気で佐知子をジョージに犯させ、妊娠させてみたくなった。

そして夏子もまた悲鳴をあげ、泣きじゃくった。

「やめて！……いや、いや！……ああ、かんにんして！」

ジョージは張型で夏子の乳房や腰、内腿を突ついてはうれしそうにゲラゲラと笑った。

夏子は泣き叫びながら黒髪を振りたくり、乳房を揺らして腰をよじりたて、吊りあげられた両脚をうねらせる。夏子にとってはジョージに責められるということのほうが、責め自体よりも恐ろしい。

ジョージはさかんに夏子の名を口にして舌なめずりをした。

「い、いやっ……」

夏子は名前を呼ばれただけでも背筋に悪寒が走った。不意に張型を媚肉のひろがりに押し当てられて、夏子は魂消えるような悲鳴を噴きあげてのけぞった。

「いや、いやあ!……ああっ、やめて!」

「ヒヒヒ、夏子」

「ひっ、ひいっ……」

張型の頭がジワジワと入ってくる。夏子の媚肉はしとどに濡れてとろけているのに、引き裂かれるようだ。ジョージに責められるという恐怖が疼痛を感じさせるのか。

冷二や瀬島、渡辺もいっせいに張型を埋めこみにかかった。

「い、いやあ!」

由美子と悠子と佐知子の口から悲鳴がほとばしりでた。

「ほれ、しっかり咥えこまねえかよ」

「ああっ、やめて!」

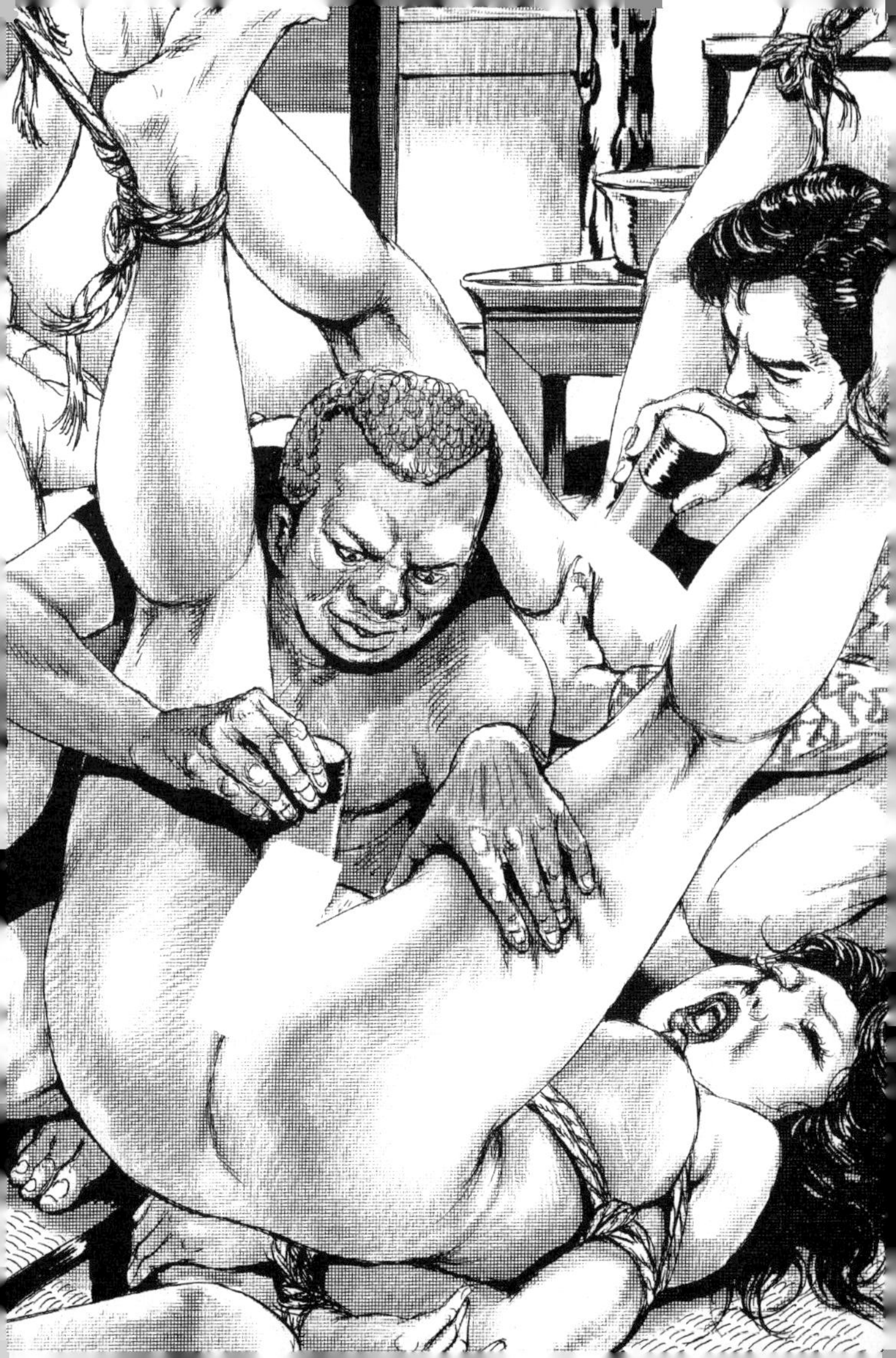

「これくらいでいやがってちゃ、ジョージのデカいのをぶちこまれたらどうするんだ。ほれ、ほれ……」

「いや、いやあ!……ああ……」

男たちは容赦なく埋めこみながらあざ笑い、美女たちは泣き叫んだ。

いくら腰をよじって避けようとしても、張型はもぐりこむ。蛇みたいに柔肉を巻きこんで入ってくる。由美子はのけぞり、悠子はキリキリと唇を噛み、佐知子と夏子は喉を絞って、汗まみれの裸身を震わせ、揉み絞った。

ズシッという感じで張型の先端が子宮を突きあげた。

「あ……ひいっ!」

夏子は白目を剝いて、ブルルッと双臀を激しく震わせた。さっきからくすぶっていた官能の火がパアッと燃えあがり、身体の芯がひきつるように収縮を繰りかえした。張型に絡みつき、クイクイと締めつけてくる。

さすがのジョージも驚いたようだ。ニンマリと笑って、そのきつい感触を楽しみつつ、張型をあやつりはじめる。

「あ、ああっ、かんにんして!」

夏子はのけぞったまま、ギリギリ唇を噛みしばった。いくらこらえようとしても、肉がひとりでに張型を貪る動きを見せてしまう。突きあげられ、こねまわされる肉が熱くとろけ、ざわめくのを夏子はどうしようもなかった。

駄目。感じては駄目……ああ、感じたら、恐ろしい黒人に弄ばれるのよ……。

いくら自分に言いきかせても駄目だった。

「あ、ああ……あうう……許して……」

思わず夏子の口からよがり声が出た。一度出ると、堰を切ったようにとめようがなくなった。

「義姉さん、もっと気分出さねえか。あっちの人妻はもう感じてよがりはじめたぜ」

冷二が張型をあやつりながら、佐知子の顔を夏子のほうに向けた。

「負けるんじゃねえよ、義姉さん」

「ああ、そんな……ああ……」

佐知子は弱々しく頭を振った。それをかまわず冷二は張型をリズミカルに抽送した。佐知子の腰がブルブルと震え、次第に張型が柔肉になじんでいくのがわかった。ジクジクと蜜が溢れでて、肉襞が快美にさざ波立つのが男心をそそる。

「あ、あ……あああ、いやっ」

ふくれあがる官能の炎に、佐知子はいやおうなく恥ずかしい声が出た。

「さすがだな、義姉さん。また一段と敏感になったようじゃねえか」

「い、いやっ……あ、ああ……冷二さん、駄目……変になっちゃう」

「変になっていいんだ。一番先に気をやってジョージの相手をするためにもな」

「ひいっ……それだけは……」

いくら耐えようとしても佐知子はめくるめく官能に翻弄されていく自分を抑えようがなかった。

瀬島に責められる由美子も、渡辺に責められる悠子も、張型にあやつられて息も絶えだえにあえいだ。

「フフフ、美人のスチュワーデスがよがりはじめやがった。敏感な身体しやがって」

「芦川悠子先生もいい声で泣きはじめましたぜ。オマ×コはもうメロメロだ」

瀬島と渡辺が舌なめずりをして言った。二人とも今では由美子と悠子を本気でジョージの相手にしようと、容赦なく責めたてていた。

「ああ、許して。悠子、駄目になっちゃう」

悠子があられもない声を放って腰をガクガク揺すれば、由美子も負けじと吊りあげられた両脚をうねらせてよがり泣く。

「もう許して……これ以上は……あ、あああ……あうっ、あうう……」

「どうだい。たいした悦びようじゃねえか」

瀬島はカサにかかって責めたてる。

ジョージがゲラゲラと笑いながら、英語でなにか言いはじめた。

「夏子のほうはひと足先にイキたがってると言ってますぜ」

ニヤニヤと覗きこんでいた川津が、ジョージの言葉を通訳した。

「こんなにいいオマ×コをした女は見たことがない。犯すのが楽しみだとも言ってますぜ。ジョージの奴、すっかり夏子が気に入ったようですぜ」

「それじゃこっちも急がねえとな。ほれ、もっと気分を出して気をやらねえか」

瀬島と冷二と渡辺は一段と張型をあやつる手の動きを大きくした。美女たちを有無を言わさず追いあげにかかる。

「ああっ……あ、だ、駄目！」

「あ、あうっ……い、いい！……ああ！」

「いや、いや！」

由美子と佐知子、そして悠子の泣き声がさらに露わになり、ひとつに入りまじった。

だが三人がいくら敏感でも、勝負ははじめから決まっていた。夏子に使われた張型にだけ催淫媚薬クリームが塗られていた。それでなくても、ずっと官能の火にあぶられつづけている夏子の身体だ。張型はその火に油を注ぐのと同じであった。そしてジョージの恐ろしいまでに女の身体を知りつくした技巧。夏子はひとたまりもなかった。

「あ、あうう……あああ……」

夏子はもう声さえ出せず、満足に息すらできない。背筋がとめどもなく震え、腰がうねってのたうつ。

「し、死ぬ……あううっ、も、もう……」

「ヒヒヒ、夏子」

ジョージは夏子を追いあげるだけ追いあげて、あと一歩というところで不意に張型をあやつる手をとめた。

「ああ……」

ハアハアと火の息を吐いてあえぎ、夏子はうつろな目でジョージを見た。唇がワナワナと震えたが、声にはならない。

ジョージはニヤニヤと夏子の顔を覗き、股間を覗きこんだ。しっかりと張型を咥えこんだ媚肉がただれんばかりに充血して、突然中断されたものを求めるようにヒクヒクと肉襞を蠢かせた。

ジョージは夏子を一気に昇りつめさせようとはせず、夏子がメロメロになるプロセスを楽しんでいる。余裕たっぷりである。

「も、もう、許して……」

夏子はやっとの思いで言った。

「ヒヒヒ……」

ジョージは白い歯を剝いて笑うだけだ。

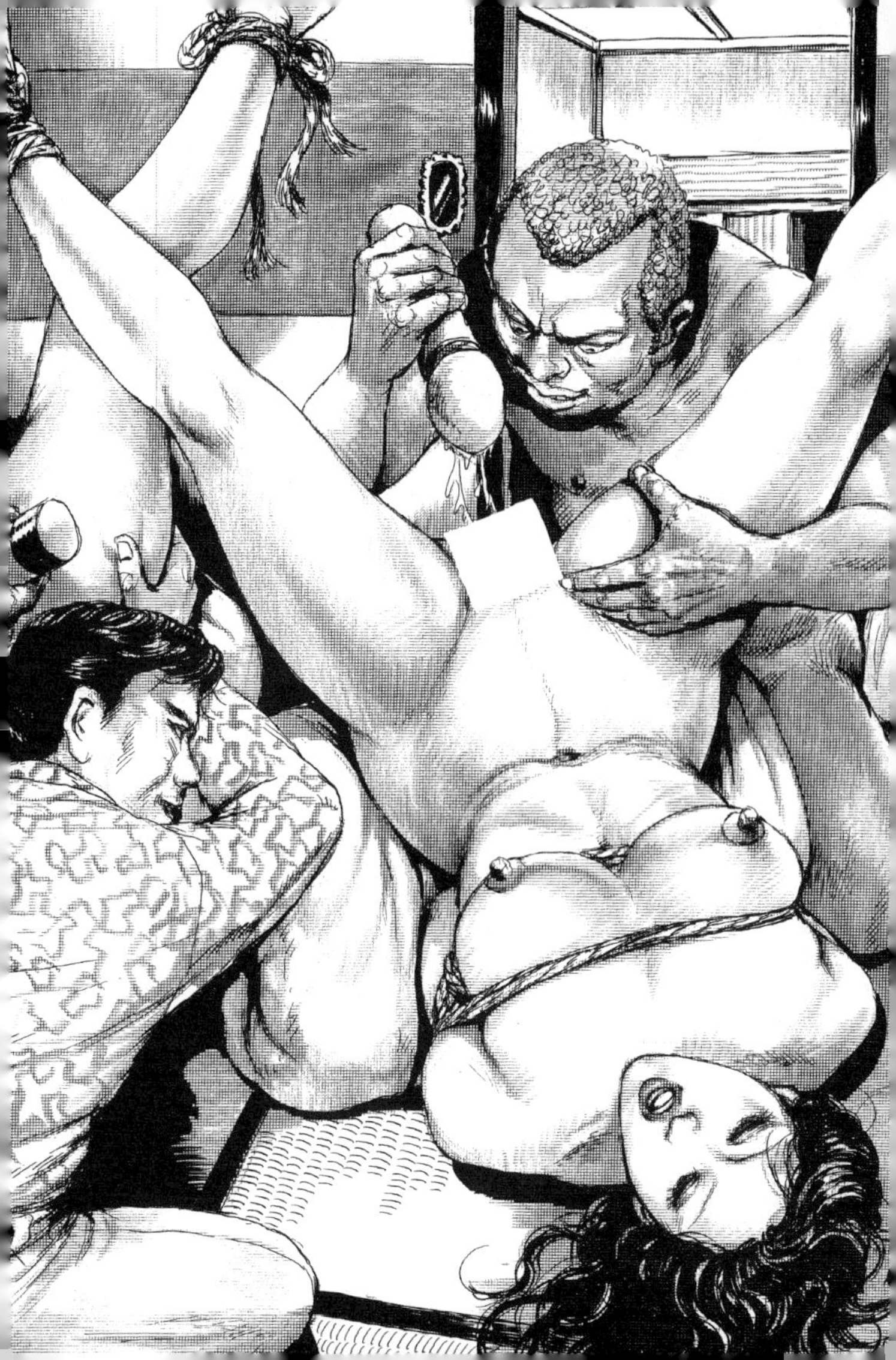

その間に由美子と悠子、佐知子の三人も張型にあやつられるままに泣き、あえぎ、よがり狂って、もうなにもかも忘れたように官能の渦に翻弄され、追いあげられていく。

「ほれ、イケ！　気をやるんだ」

「ああ、狂っちゃう！　あああ……」

「それ……それ……」

瀬島が由美子を激しく追いたてれば、渡辺も額に汗して悠子を責めたてた。

「あ、あ……いいっ……あうう……」

「どうした。気をやらねえかよ、芦川悠子先生。イクんだ」

そんななかで今にも気がいきそうなのは、佐知子だった。もう声もあげられない。喉を鳴らして汗まみれの裸身をブルブルと震わせた。佐知子の声も表情もほとんど苦悶に近いのは、それだけ肉の快美が大きく、限界に近いことを示している。

「フフフ、いいぞ、その調子だ。イクんだ、義姉さん」

それに気づいたジョージが、突然に張型を激しく動かしはじめた。夏子の子宮を突きあげ、柔肉をこねくりまわす。

「あ、あああ……あむむ……」

白目を剝き、吊りあげられた両脚をピンと突っぱらせて、夏子はのけぞった。中断されていただけ、突然再開された張型の動きは強烈だ。待ちかねたように、身体中の肉という肉が疼きだす。

「ひっ……ひぃーっ！」

夏子はもう一度ガクガクとのけぞった。突っぱらせた両脚を激しく痙攣させ、のけぞったまま総身を恐ろしいばかりに収縮させて、ジョージのあやつる張型をキリキリとくい締め、絞りたてた。

「い、イッちゃう！……イク！」

夏子はさらに痙攣を激しくして、腹の底を絞りたてつつ口走った。

ほとんど同時に佐知子も昇りつめた。腹部を二度三度と激しく動かしてキリキリとくい締め、痙攣を走らせた。

「イキます！」

佐知子は灼けただれるような肉の愉悦に喉を絞りたてた。

痙攣はしっかりとくい締められた張型を伝わって、ジョージと冷二の手にも生々しく感じとれた。

そしてジョージと冷二が張型をあやつる手をとめると、夏子と佐知子はグッタリと身体から力が抜け落ち、そのまま恍惚の痙攣のなかに意識が吸いこまれた。

ジョージと冷二はそれぞれ夏子と佐知子とを見おろして、ゲラゲラと笑った。

「やっぱり人妻だな。そろって気をやりやがったぜ。ジョージ、人妻を二人一緒に犯ってみるか」

冷二が聞くと、ジョージは黒くたくましい肉棒を揺すって、ニンマリとうなずいた。

第十八章　四匹の美肉牝奴隷

1

夏子は失神したように両目を閉じ、グッタリとあえぐばかり。開ききった股間には、まだ張型を深々と埋めこまれ、ヒクヒクと余韻の痙攣を見せていた。

それをジョージがニヤニヤとうれしそうに覗きこんでいる。

「ヒヒヒ、夏子、マイベイビー」

ジョージは舌なめずりをすると、張型を抜き取ろうともせずに、長い舌をのばして媚肉をペロリと舐めた。いっぱいに張型を咥えこまされ、しとどに溢れる蜜のなかに痙攣する柔肉を、なぞるように舌を這わせては、蜜を舐め取る。

「ああ……」

夏子は右に左にと頭をグラグラ揺らした。腰もブルブルと震えた。

「どうだ、ジョージに綺麗にしてもらう気分は？　奥さん」

「いやとぬかしても、おとなしく舐めさせてるじゃねえかよ」

冷二と瀬島は夏子の顔を覗きこんで、ゲラゲラと笑った。

そんなからかいの声が聞こえているのかいないのか、夏子は固く両目を閉じたままだ。

「あ……ああ……」

両目を閉じたまま声をあげて、夏子はキリキリと唇を噛みしめた。ジョージのザラザラとした舌の動きと、貪るように吸ってくる唇とに、まだ愉悦の残り火のくすぶっている夏子の身体が、またジワジワとあおられる。張型を咥えた秘肉が収縮する蠢きを見せた。いくら分厚い舌が舐め取っても、あとからあとからジクジクと蜜が溢れはじめた。

「それじゃきりがねえな、ジョージ」

「なんたって夏子は汁気が多いからな」

冷二と瀬島はからかって、またゲラゲラと笑った。

ジョージはヒクヒクと蠢く肉芽をペロリと舐めあげ、夏子に悲鳴をあげさせてから、ようやく顔をあげた。夏子をひどく気に入ったらしく、うれしそうに笑ってベトベトの口を舌なめずりした。そして人間のものとは思えない長大な黒い肉棒を揺すってみ

せた。さっきよりもまた大きく屹立したようだ。

さすがの冷二も瀬島も圧倒されている。

「まったくすげえな。あんなのをぶちこまれたら、夏子はどうなるやら」

「ここはじっくりと見物させてもらおうじゃねえか」

冷二と瀬島がそんなことを言っている間に、ジョージはニヤニヤと佐知子のところへ歩み寄った。嗜虐の欲情に目を光らせて佐知子の身体を舐めるように見る。夏子をひどく気に入ったにもかかわらず、ジョージは佐知子のことも気になるようだ。

「いい女だろうが。佐知子は人妻だぜ。まだ子供はいねえよ」

冷二が言うと、ジョージはニヤニヤとうなずいた。

佐知子もまた夏子と甲乙つけがたい美貌の人妻である。夏子が真紅のバラならば、佐知子は淡いピンクのバラというところだろうか。夏子には匂うような熟れた色気があり、佐知子は色気のなかにもまだ初々しい新妻らしさがあった。ジョージが夏子だけでなく、佐知子にも興味を示すのは無理のないことだ。

「ヒヒヒ、佐知子……」

ジョージは佐知子の名を口にすると、黒い長大な肉棒で佐知子の頰をピタピタとたたいた。

「うう……」

激しく昇りつめてグッタリと放心状態の佐知子は小さくうめいた。またピタピタと打たれて、うつろに目を開いた。

「ああ……」

佐知子は目の前に突きつけられた黒く長大なものがなにか、すぐにはわからない。うつろな目が次第にはっきりしてくると、ハッと佐知子の美貌がひきつった。

「い、いやあ！」

半ば気を失ったようにグッタリとしていた佐知子の身体が、悲鳴とともにのけぞった。必死に黒い肉棒から目をそらして、頭を振りたくった。

ジョージの黒い肉棒をこんなに近くで見せられるのは初めてだ。その巨大さに佐知子は気が遠くなる。

「いや、いやあ！　向こうへ行って！　ああっ、来ないで！」

「ジョージは奥さんを犯りたがってるみたいだぜ。どうだ、この男の子を孕ませてもらうか」

「ひいっ、いやあ！……や、やめて、そんなひどいこと！」

「義姉さんが黒い子を生むところを見てみてえな」

瀬島と冷二は佐知子の顔を覗きこんでからかった。

佐知子は恐ろしさに裸身を揉み絞って、ひいひい泣きだした。黒人に犯され、その子を孕まされてしまうなど、佐知子は考えるだけでも恐ろしい。

いきなりジョージは開ききった佐知子の股間に顔を埋めると、張型を深く咥えこまされたままの媚肉を舐めはじめた。

「ひいっ、ひっ、いやあ！」

悲鳴を噴きあげて佐知子はガクガクと腰をはねあげた。

だがジョージの口は蛭のように吸いついて離れない。張り裂けんばかりの肉襞をペロペロと舐めまわし、張型と肉襞の間に舌先をもぐりこませ、しとどの蜜をすすりあげる。まるでおいしいものでも貪るようだ。

「やめて！……いや、いやあ！……ああ、やめさせて！」

佐知子は冷二に哀願した。女のもっとも恥ずかしいところを黒人に舐めまわされている。嫌悪感とは裏腹に、また官能の火が燃えだすのが、佐知子をさらにおびえさせた。

「ああ、いやです！……や、やめさせて！」

「ジョージは味較べをしてるんだよ。お汁の味や匂いでオマ×コの性能がわかるらしいぜ、義姉さん」

「そ、そんな……いやっ、いやっ……」

「舐められるくらいでいやがってどうする。ジョージにやられて子を孕むことになる義姉さんがよ」

冷二は佐知子の黒髪をつかんでしごき、せせら笑った。

「ジョージの奴、奥さんのこともすっかり気に入ったようだな」

瀬島も佐知子の顔を覗きこんでせせら笑った。

「いやあ！」

佐知子は泣き叫んだものの、もうジョージの舌と唇とに官能を翻弄されていく自分の身体をどうしようもなかった。そんな自分の身体の成り行きが、いっそう佐知子をおびえさせた。

「ヒヒヒ……」

佐知子が息も絶えだえにあえぎだすと、ジョージはやっと口を離して低い声で笑った。

次はどうする気なのか、冷二と瀬島が見守るなかで、ジョージは今度は悠子や由美子のほうへ向かった。夏子や佐知子だけでなく、ジョージは若い悠子と由美子にも食指を動かされるらしい。

「四人とも犯りてえってわけか、ジョージ。これだけの上玉をそろえりゃ無理もねえか」

「ジョージにすりゃ、四人犯るくらい楽なもんだろうからな。なんたってひと晩でぶっつづけ二十九回犯った記録を持ってるんだ」

冷二と瀬島の言葉にジョージはニヤニヤとうなずいた。

冷二が由美子の黒髪をつかんで顔をあげさせ、ジョージの目にさらした。

「藤邑由美子、二十四歳だ。国際線のスチュワーデスだぜ」

「ヒヒヒ……」

由美子の気の強そうな美貌がジョージの欲情をそそるのだ。スチュワーデスだけあって、人妻の夏子や佐知子ほどの成熟した色気はなくても、プロポーションは抜群だ。

新体操の選手のようにピチピチとして、どこも肉がはじけんばかりだった。

「国際線のスチュワーデスだから一番黒人が合ってるかもしれねえぜ」

「い、いやあ！」

由美子は悲鳴をあげた。ワナワナと震える唇を噛みしめ、ジョージが近づいてきたら噛みつかんばかりに、必死に睨みつける。それでも恐怖に、時折り泣きだしそうな表情を見せた。

「ヒヒヒ……」

ジョージは由美子に対しても味見をするように、張型を咥えこまされたままの媚肉に吸いつき、ペロペロと舌を動かした。

「ひっ……いやっ！　黒人はいや、いやあ！」

由美子は喉を絞り、ジョージの顔を弾き飛ばさんばかりに腰をはねあげて悶え狂った。

「気どるなよ。本当はうれしくてしようがねえんだろ。それでそんなに腰を振ってるんだろうが」

「黒人に犯される美人スチュワーデスってのを見てみてえぜ。あのデカいのでえぐられてどうなるかをよ」

冷二と瀬島はゲラゲラと笑った。からかいながら、本気でジョージに由美子を犯させてみたいと思った。

ジョージもまた、すっかり由美子が気に入ったようだ。

「ジョージ、こっちは芦川悠子、二十五歳、小学校の先生だぜ」

瀬島が悠子のあごに手をやって美貌をさらして言った。

ジョージはすぐに寄ってきた。長大な黒い肉棒を揺すって見せつけつつ、ニヤニヤと悠子に視線を這わせた。

「あ、ああ……いやです」

悠子は唇がわななき、歯がカチカチ鳴って声が震えた。さっきから女たちの悲鳴と泣き声とを聞かされ、固く両目を閉じていても生きた心地もない悠子なのだ。恐ろしさのあまりに、悠子は悲鳴も哀願の言葉すら出ない。ジョージがそばへ来ただけで、気を失いそうになる。

ジョージは悠子を品定めするように、じっくりと舐めるような視線を這わせた。女教師らしい知的な美貌は、どこか良家のお嬢様のような上品さと清らかさがあった。あまり性経験がないことは、ひと目でわかった。開ききった股間に深々と張型を突き立てられ、しとどに濡れた柔肉をヒクヒク蠢かせていなければ、処女と見紛うところだ。

それがまた、ジョージの嗜虐の欲情をそそる。欲情の昂りを示すように、ジョージ

「ああ、そんな……い、いやです!」

悠子もまたジョージの口で媚肉にしゃぶりつかれて、のけぞった。ブルブルと震わせ、顔をのけぞらせたまま、喉を絞るばかりだった。もうまともに口をきくこともできない。

ジョージは執拗に悠子の媚肉を舐めまわし、さんざん泣き声を絞ってから、

「ヒヒヒ……」

うれしそうに笑って、あらためて悠子から由美子、そして佐知子に夏子と、欲情の視線を這わせ、舌なめずりをした。やはりもっとも気に入ったのは夏子のようだったが、他の三人にもひどく欲情をそそられるらしい。長大な黒い肉棒を誇示するように揺すってみせつけ、女たちに悲鳴をあげさせてジョージはゲラゲラと笑った。

「どうやらジョージの奴、四人とも犯りてえようだな。片っぱしから犯りまくらせるのも面白えな」

「焦ることはねえぜ」

冷二の言葉に女たちはまた、恐怖の泣き声をあげた。

「ここはやっぱり一人だけにして。一度にこれほどの上玉を四人ともジョージに犯らせるのはもったいねえぜ」

「ジョージには四人分がんばらせるか。ジョージにはもの足りね

えかもしれねえが、何回でも好きなだけ犯らせることにすりゃ……」

瀬島と冷二は女たちに聞かせるように、わざとらしく言った。

「となりゃ、誰が一番ジョージの相手にふさわしいか、もう少しテストするか」

「今のところ佐藤夏子が一歩リードってわけだが、佐知子もつづいてることだしよ。若い悠子と由美子にも逆転の可能性があるってわけだぜ」

もうはじめからジョージの相手は夏子と決めているくせに、そんなことはおくびにも出さず、女たちに恥ずかしい肉の競争をさせようというのだ。佐知子と由美子、悠子もいずれジョージに犯させることになるのだが、今は互いに肉の争いをさせるほうが面白い。

「あのデカい黒いペ×スをぶちこまれて孕まされるのは誰かな。こいつは楽しみになってきやがった」

「せいぜいがんばるんだな。特に佐藤夏子はもうあとがねえぜ」

冷二と瀬島は女たちに向かって言うと、ゲラゲラとあざ笑った。

2

ジョージがニヤニヤと見守るなか、冷二と瀬島は女たちの手足の縄をほどき、四つん這いにさせた。一メートルほどの間隔をとって、由美子と悠子、佐知子と夏子というように、互いに後ろ向きで双臀を向かい合わせた。そしてまだ女たちの媚肉に深々と埋めこまれたままの張型を、互いに向かい合う二人ずつ糸でつないだ。

「オマ×コで綱引きだ。しっかり咥えて抜け落ちねえようにしろよ」

冷二が鞭を手に悠子と夏子のほうへ行けば、瀬島も鞭を持って反対側の由美子と佐知子のほうへ陣取った。

「ああ、いや……こんなこと、いやです！　かんにんして」

夏子がブルブルと震えながら泣き声をあげれば、佐知子も黒髪を振りたくって泣きじゃくった。

「もう許して……ひどすぎます！」

佐知子の泣き声につられたように、悠子も泣き声を高くした。由美子も頭を振っている。

「そろってうれし泣きか。まだ早いぜ。泣くのはジョージに黒くてデカいのをぶちこまれてからだ」

「いやでもひいひい泣きわめくことになるってもんだ。ジョージに犯られると女は本当に死ぬと思うらしいからよ」

ムチッと官能美あふれる双臀はどれも汗にヌラヌラと光り輝いて、恐怖にブルブルと震えている。

「まずは芦川悠子先生と美人スチュワーデスの勝負といくか」

「い、いやあ！」

悠子と由美子は同時に悲鳴をあげて、泣き顔をひきつらせた。

「なにがいやだ。さっさと這わねえかよ」

「ぐずぐずしてやがると、ジョージがしびれをきらして来るぞ」

鞭に追いたてられ、悠子と由美子は一歩また一歩と這う。たちまち張型をつないだ糸はピンと張った。

「あ、ああっ、いやあ！」

「こんな……かんにんして！」

腰をビクンと震わせて、悠子と由美子は戦慄の悲鳴をあげた。

「しっかりオマ×コを締めて咥えてろよ、芦川悠子先生。ほれ、這うんだ」

「ああ、許して。こんな恥ずかしい……」

「ガタガタ言うんじゃねえよ。ジョージに犯りまくられてえのか」

冷二は悠子の双臀にピシッと鞭をはじけさせた。

「ひいっ……」

悠子の双臀が玉の汗を飛ばしてブルルッと震え、前へ這った。

「花のスチュワーデスともあろう女が、女教師に負けるんじゃねえぞ」

瀬島もまた由美子の双臀を鞭でピシッと打った。

「いやあっ……ああ、いや、いやよ！」

追いたてられて前へ這い、由美子は悲鳴をあげてキリキリと唇を噛みしばった。悠子も由美子も互いに反対側へ追いたてられることで、ピンと張った糸がさらに引っぱられて、今にも張型が引きずりだされそうになった。

「あ、あ、そんな……ううむ……」

「ああ、いや、いやよ……ああっ……」

悠子と由美子は歯を噛みしばり、張型を引きだされまいと下半身の力を振り絞った。必死に柔肉を張型に絡みつかせ、クイクイとくい締める。

「ああ、助けて……う、うむ……」

「駄目……ああ……ああっ……」

恐ろしい黒人に犯されるのだ。悠子と由美子は互いに必死になってたたかうしかなかった。

ピシッ……ピシッ……。

悠子と由美子の双臀に容赦なく鞭は振りおろされる。

「ほれ、もっとくい締めねえか。張型がズルズル抜けでてくるぜ、美人のスチュワー

デスさんよ」

「いやっ……ああ、うむ……」

由美子は硬直させた腰をブルブルと震わせた。

鞭で打たれるたびに糸がググッと引っぱられる。いくら引き締めても、ヌラヌラと引きだされていく。

「がんばらねえと、ジョージに腰が抜けるまで犯りまくられるのは、芦川悠子先生ってことになるぜ」

冷二も鞭をふるいながら、悠子をからかっていた。

「い、いやあ！」

悠子は悲鳴をあげて、総身の力を振り絞った。脂汗がドッと噴きでた。それでも張型は糸に引かれて少しずつ抜きだされていく。蜜にまみれてヌラヌラと光る張型の胴が次第に現われ、それを引き戻そうとするかのように肉襞が蠢くのがわかった。

「駄目っ……あ、ああ、いや、黒人なんていや、いやあ！」

由美子が追いつめられたような悲鳴をあげて、黒髪を振りたくった。

「なに言ってやがる。美人のスチュワーデスには、黒人がぴったりだぜ」

「かんにんして！……そ、それだけは」

「オマ×コでくい締めるだけでなく、深く吸いこむようにしてみろ」

瀬島はまた鞭で由美子の双臀を打って、ゲラゲラと笑った。

ピシッ……ピシッ……。

たてつづけに鞭が由美子と悠子の双臀に鳴った。そして噴きあがる悲鳴。それがジョージを喜ばせるのか、ジョージは一緒になって奇声をあげ、口笛を吹き、悠子と由美子をあおりたてってはゲラゲラと笑った。

「い、いやあ！」

悠子がひときわ高い悲鳴をあげた。次の瞬間、悠子の張型はヌルッと抜け落ちて、床に転がった。悠子は泣き崩れ、号泣が喉をかきむしった。

由美子は四つん這いのまま、しとどの汗のなかにハアハアとあえいでいた。張型は半ば抜けて、あやうく引っかかっているという感じだ。

「美人のスチュワーデスの勝ちってわけだな」

「それじゃ次は人妻二人の勝負といくか」

瀬島が佐知子の双臀を、冷二が夏子の双臀をピタピタと鞭でたたいた。

「ああ、いやっ……」

「そ、そんなこと、やめてください……ああ……」

さっきからおぞましい綱引きを見せられて生きた心地もない佐知子と夏子だ。ビクッと四つん這いの裸身が硬直し、ブルブルと震えがとまらない。

「人妻同士か。こりゃ見ごたえのある勝負になりそうだな。どっちも締まりのいいオマ×コしてやがるからな」

「子供を生んだことのない義姉さんのほうが、少し有利かな」

そんなことを言いながら、瀬島と冷二はほとんど同時に鞭を振りあげた。

ピシッと鋭く双臀を打たれ、佐知子と夏子は喉を絞って前へ一歩這わされた。糸がピンと張って互いの張型を引っぱり、佐知子と夏子はあわてて媚肉を引き締めた。

「いやあ!」

「あ、あああっ、いやあ!」

佐知子と夏子が悲鳴をあげ、ジョージがゲラゲラ笑いだした。

「誰がとまっていいと言った。這って引っぱり合うんだよ、奥さん」

「そ、そんな……ああ、こんなことって……」

あまりのみじめさに佐知子は泣き声をあげて頭を振りたくった。

「ほれ、しっかりオマ×コでくい締めて這わねえか」

冷二がピシッと夏子の双臀に鞭を振りおろした。

「ひいっ……」

夏子はキリキリと唇を噛んで、顔をのけぞらした。身体中の力を張型を咥えた柔肉に集中させて、前へ這おうとする。

だが佐知子も必死で、引き戻そうとする力が張型にかえってきて、ブルブルと引きだされそうになって夏子は狼狽の声をあげた。

「いやっ……やめて、ああ……いやあ！」

「ああっ、許してください」

狼狽の声をあげるのは佐知子も同じだった。夏子も佐知子もたちまち脂汗にまみれ、下半身の力を振り絞る。

「ほれ、もっと引っぱれ」

また双臀を鞭打たれて、佐知子と夏子は喉を絞った。

「ああっ、かんにんして。お願い」

「も、もういや……ああ、やめて！」

佐知子と夏子は黒髪を振りたて、キリキリと唇を噛みしばってさらに互いに引き合う。ピンと張った糸がブルブルと震えた。

「鞭でひっぱたいてやると、一段とオマ×コが締まるじゃねえか。さすがに好きな人妻だな」

「クイクイ締めつけやがって。ジョージに犯られることを考えて、もう気分出してるのか」

冷二と瀬島はニヤニヤとせせら笑って、またピシッと鞭を振りおろした。

「いやあ！」

佐知子は悲鳴をあげた。

いくら力を振り絞っても、張型は糸に引かれてズルズルと抜けでていくのがたまらなかった。

「こ、こんな……こんな……」

夏子は屈辱に目の前が暗くなった。こらえきれずに今にも「わあっ」と泣き崩れそうになる。だが目の前でジョージが黒い肉棒を揺らしてニヤニヤと笑っているのだ。それがいっそうおびえを呼び、夏子と佐知子は今にも萎えそうな気力を振り絞った。

「ずいぶん抜けだしてきてるぜ、奥さん。どうした、人妻のくせしてだらしねえぞ」

冷二が夏子をからかって笑えば、瀬島も合わせて佐知子をからかう。

「負けてるぜ、奥さん。しっかり吸いこまねえかよ。それとも鞭で打たれねえと、締まらねえのか」

「いやっ……う、うむ……」

佐知子は屈辱と恐ろしさにキリキリ唇を噛んでうめいた。

佐知子も夏子も引きだされる張型の胴が湯気をあげんばかりにヌラヌラと光り、それを引き戻そうと肉襞が生々しく蠢いて、ムンムンと女の色香が立ち昇る。肛門までがヒクヒクとあえいでは、キュウとすぼまる動きを見せた。

「これならどっちのオマ×コでも、ジョージのあのデカいのでもなんとかこなせそうだな」

「見ごたえがあるぜ。ジョージを咥えこむことになるのはどっちだ」

冷二と瀬島はいっそう佐知子と夏子をおびえさせ、ジョージと顔を見合わせてゲラゲラと笑った。それから佐知子と夏子とを追いつめにかかった。

「いつまでノロノロやってやがるんだ。さっさと勝負をつけねえか」

「ほれ、もっと引くんだよ」

冷二と瀬島は笑いながら、佐知子と夏子の双臀を打ちはじめた。

ピシッ……ピシッ……。

たてつづけの鞭打ちだ。鋭く臀肉を打つ鞭の音が響き、佐知子と夏子の悲鳴が入りまじる。

「いや!……ああっ、許してください」

「や、やめて!……あ、ひっ、ひいっ!」

向かい合った佐知子と夏子の双臀が、脂汗にまみれてブルブルと痙攣した。それがはじける鞭にピクッとこわばった。

ピシッ……ピシッ……。

キリキリと張型をくい締めて、肉がブルブルと震え、痙攣と収縮とを繰りかえす。

「駄目……ああ、駄目ェ!」

先に音をあげたのは佐知子のほうだった。もうズルズルと抜けでていく張型をどうしようもないようだ。

「い、いやあ!」

悲痛な叫びとともに、張型は佐知子の身体からヌルリと抜け落ち、転がった。

「フフフ、決まったな」

男たちはゲラゲラと笑った。

その笑い声も聞こえないように、佐知子は「わあっ」と泣き崩れた。

3

由美子は肩を震わせてシクシクとすすり泣き、夏子はガックリと崩れたまま、まだハアハアとあえいでいた。

それに対して負けた悠子と佐知子は、恐怖に美貌をひきつらせ、ほとんど悲鳴に近い泣き声をあげている。

「許して……いや、黒人なんていやです……ああ、助けて」

「いや、いやっ……ああ、お願い。どんなことでもしますから」

女たちの哀願を無視して冷二と瀬島は縄を取りあげて、ニヤニヤと笑いながら悠子と佐知子を後ろ手に縛った。由美子と夏子も後ろ手に縛りあげる。

「いよいよ決定戦だな」

冷二が由美子を引きずり起こして、後ろ手に縛った縄尻を天井から垂れさがった鎖につないだ。

由美子に向かい合って夏子も天井の鎖から立ち姿になった。二人の間は二メートルほどだった。

「ああ、なにをしようというの⁉」

由美子が狼狽の声をあげて、唇をワナワナと震わせた。

「決まってるじゃねえか。美人スチュワーデスと人妻との決戦ってわけだ」

「そ、そんな……」

夏子は絶句した。狼狽の目で冷二と瀬島とを見る。

負けたのは悠子と佐知子である。なのにどうして自分たちが決定戦をさせられるのか、と言いたげだ。

「い、いや……どうして……」

「綱引きじゃ勝ったほうが決定戦に出るのは当たり前じゃねえか。締まりのいいほうがジョージも喜ぶからな」

「そんな……ああ、ひどい……」

だまされたと知っても遅かった。夏子は震える唇を嚙みしめて、泣き声をあげた。

「いやあっ……」

由美子は泣きじゃくって、立ち姿の裸身を揉んだ。

それをあざ笑いながら、冷二と瀬島は夏子と由美子の両脚を左右へ大きく割り開いて、開脚棒に足首を革ベルトで固定していく。

「これで奥さんが負けりゃ、ジョージの相手は佐藤夏子に決定だぜ。今度こそもうあとがねえってわけだ」

「い、いやあ！」

夏子は恐怖の悲鳴をあげた。この男たちは、はじめから自分を黒人の嬲りものにさせたがっているのではないか。恐ろしい予感に襲われて、夏子はいっそう泣き声を高くした。

「俺は美人スチュワーデスが黒人に犯られるところを見てえからよ。早いとこ音をあげて負けるんだぜ」

わざとらしく由美子もからかって、瀬島と冷二はゲラゲラと笑った。

おびえた夏子と由美子の目に、冷二と瀬島が生卵を取りあげて手の上で転がし、ニヤニヤと笑うのが見えた。

「ああ……なにを？　なにをしようというの!?」

「いやっ。ああ、もう変なことはしないで……ゆ、許して」

生卵を手にして冷二が由美子の足もとに、瀬島が夏子の足もとにかがみこむと、夏子と由美子はハッと裸身をこわばらせて、恐怖に美貌をひきつらせた。

「この卵で勝負だぜ」

「ほれ、オマ×コに卵を呑みこむんだ。張型でとろけてるから、楽に呑みこめるはずだ」

開ききった夏子と由美子の股間に卵が押しつけられた。

「いやっ！　ああ、そんなこと、しないで！」

「そんな……ああ、いや、いやです……や、やめて！」

夏子と由美子は戦慄の悲鳴をあげた。押しつけられた卵は、ジワジワと柔肉に分け入っていく。

さっきからいじめられつづけた秘肉は赤く充血して、しとどに濡れそぼってまだヒクヒクと蠢いていた。それがとろけるような柔らかさで、卵を呑みこんでいく。

「ああ、いや、いや！」

泣き叫ぶ夏子と由美子の意志とは裏腹に、まるでそこだけが別の生き物みたいに自分から咥えこもうとする蠢きさえ見せた。

「ああ……いや、いやよ。やめて！」

「ひどい……ああ、こんなことって」

夏子と由美子は美貌をのけぞらせて、キリキリと唇を噛んだ。ブルブルと震える腰がよじれ、開ききった太腿がガクガクとひきつる。

「あとは自分でオマ×コの奥まで吸いあげてみな、奥さん」

「まったくうまそうに咥えこんでいくじゃねえか。美人のスチュワーデスさんよ。こりゃいい勝負になりそうだ」

卵がほとんど媚肉のなかに沈んでしまうと、あとは指でさらに奥へと埋めこみながら、冷二と瀬島はからかった。

夏子も由美子もまるで蛇が卵を呑みこむような肉の蠢きを見せた。そして悩ましくもつれ合った茂みに覆われた丘が、卵を呑んでひときわフックラ盛りあがった。

「ああ、ひどいわ。こんなことをして、なにをしようというの」

由美子が耐えきれないというように黒髪を打ち振って言った。

「これからが勝負だぜ。オマ×コを締めて卵を割ってみな」

「先に割ったほうが勝ちだ。ジョージのデカいのをぶちこまれたくなきゃ、先に卵を割るんだな」

信じられない冷二と瀬島の言葉だった。

夏子も由美子も噛みしめた歯がカチカチと鳴って、すぐには言葉も出ない。はじめろとばかり、夏子と由美子の双臀がピシッとはたかれた。

「ああ、できない。そんなこと、できないわ。いやです！」

夏子は激しく頭を振った。

「割れなきゃジョージに犯りまくられることになるだけだぜ、奥さん」

「いやっ、それだけは……」

「ならさっさと締めて、卵を割ることだ。尻の穴をグッと締める要領でやりゃ、奥さんなら楽にできるはずだぜ」

「そ、そんなこと……ああ、できないわ」

夏子は泣きながら黒髪を振りたくり、腰をよじった。

「奥さんがぐずぐずしている間に、美人スチュワーデスのほうはもうはじめてるぜ」

瀬島が夏子の黒髪をつかんで、由美子のほうを見せた。

由美子は泣きながら歯を噛みしばり、固く両目を閉じたまま、含まされた卵を割ろうと必死になった。腰をうねらせ、開かれた太腿を閉じ合わせようとするように力を振り絞っている。

「あぁっ」

夏子はもう迷っている余裕はなかった。あわてて身体中の神経を卵を含まされているところに集中し、腰をうねらせて卵を割るべく必死になった。

「どうだ。そうやって卵を呑みこんでる気分は⁉　牝になった気持ちだろうが」

「割れそうか。早くしねえと、今度は卵のかわりにジョージの子を孕まされることになるぜ」

必死になって力を絞り、腰をうねらせ揺する由美子と夏子を眺めて、冷二と瀬島はニヤニヤと満足げに頬を崩した。その前でジョージが黒く長大な肉棒を突きだし、由美子と夏子の腰の動きに合わせて揺すりながら、ギラギラした視線を這わせてさかんに舌なめずりした。

「いや、いやあ！」

「ああ、い、いやあ！」

ジョージの黒い肉棒への恐怖が、いっそう由美子と夏子の身悶えを露わにさせた。ジョージに犯されたくない一心で、卵を割ろうと懸命の努力を繰りかえす。それでも太腿を左右へいっぱいに開かされているためか、夏子のも由美子のも、なかなか卵は割れなかった。

「ああ……こんな、無理だわ」

いくら締めても割れない。夏子は泣き声をひきつらせた。肛門をくい締め、媚肉をキリキリと絞っても、ビクともしない感じだ。

「もっと締めねえかよ。人妻が弱音を吐くとはだらしねえぞ」

瀬島はてのひらで夏子の双臀をはたいた。

「ああっ、割れない……」

夏子はカチカチ鳴る歯を噛みしばって、さらに腰をうねらせた。

割れそうな気配があるのか、もうなにもいわずに必死にいどんでいる由美子の姿が、いっそう夏子を焦らせた。それだけではない。懸命に腰をうねらせているうちに、また身体に火をつけられたように官能の疼きがふくれあがりはじめた。それが夏子を狼狽させる。

「あ、ああっ……あああ！」

「感じてきたのか。色っぽい声出しやがって」

「あ、あむ……」

からかわれても羞じらう余裕は、もう夏子にはなかった。ふくれあがる官能に媚肉が収縮を見せ、夏子は必死になって卵を締めつけた。それでも割れる気配はなかった。

由美子もまたしとどの汗にまみれ、顔をのけぞらせたまま歯を噛みしばり、ひたすら腰を揺すりつづけた。

「あ、あ……あう、うむ……」

由美子の噛みしばった口から火の息が吐かれ、うねる裸身は匂うようなピンクにくるまれた。由美子もまた、官能の波に襲われている。

夏子と由美子の内腿に、溢れでた蜜がツーッとしたたり落ちた。

「まだ割れねえのか。しっかりしろ。気をやりゃ思いっきり締まって割れるかもしれねえぜ」

「気をやれるように少し手伝ってやってもいいんだけどよ」

冷二と瀬島はニヤニヤと由美子と夏子の顔を覗きこんだ。

「お、お願い……してェ……」

先に叫んだのは由美子のほうだった。

「こ、こっちも。お願い！」

夏子もあわてて叫んだ。

よしよしと冷二は由美子の身体に手をのばした。媚肉の合わせ目をくつろげてやると、妖しい女の匂いがムッと立ち昇り、秘肉はたぎる壺さながらで、ヌラヌラと光る卵を必死にくい締めていた。

冷二は媚肉の頂点にツンと尖った肉芽をいじりはじめた。

「あ、ああ……あああ……」

由美子はあられもない声をあげ、一段と身悶えをした。たちまちめくるめく官能の渦に翻弄される。

瀬島のほうはすぐには夏子の股間には触れようとはせず、後ろから乳房をわしづかみにして、タプタプと揉みこみはじめる。

「ああ、そんな……お願い、下を……下をいじって」

夏子は泣き声をあげた。由美子と正面で向き合っているため、いやでも由美子の状態が見えるのだ。

「ぜいたく言うんじゃねえよ、奥さん」

「だ、だって……ああ、不公平だわ。これじゃ負けちゃう」

「クリちゃんに触られねえんですねてやがる。あんなにいやがっていたのに、催促とはな」

瀬島はゲラゲラと笑った。

「そんなに奥さんがごねてるなら、公平にして、一緒に気をやらせちゃどうだ」

冷二が由美子の肉芽をいじりつつ、わざとらしく瀬島に言った。

「いいだろう。同時にいきゃ、それこそ本当にどっちのオマ×コの締めつけが強いか、わかるってもんだ」

瀬島は夏子の乳房を揉んでいた手をすべらせて、茂みをかきあげた。女芯を剝きだしにして責める。

「あ、あうっ……あああ、いやっ！」

夏子はブルルッと腰を震わせてのけぞった。しとどに濡れそぼった媚肉からジクジクと蜜がとめどもなく溢れでた。

「どうだ、満足か、奥さん」

「ああ、あうう……」

瀬島が聞いても、もう夏子は返事する余裕もない。

さらに夏子と由美子の肛門をそれぞれ人差し指が縫って、追い討ちをかけた。

「あ、あっ……たまらない」

「ひっ、ひいっ！……あああ、あむ……」

夏子と由美子は半狂乱になって、めくるめく恍惚の絶頂へと追いあげられていく。

顔がのけぞりっぱなしになって、開ききった太腿に痙攣が走りはじめた。ガクガクと腰が揺れる。正面に互いの姿が見えることが、いっそう夏子と由美子を焦らせ、必死にさせる。

「ジョージに犯られるかどうかがかかっているだけあって、激しいじゃねえか」

「これからはいつもこの調子で積極的になるんだぜ。ほれ、イクんだ。思いっきり気をやって卵を割ってみせろ」

冷二と瀬島はニヤニヤと笑うと、互いに由美子と夏子とを追いつめにかかった。

「あ、ああっ、ひいっ！」

夏子の両脚がピンと突っぱって、腰に生々しい痙攣が走りだした。そして最初に昇りつめたのは夏子のほうであった。

「い、イッちゃう！」

のけぞったかと思うと、夏子は総身を激しく収縮させた。前の卵が、そして肛門の瀬島の指がキリキリとくい締められて絞りたてられた。

つづいて由美子が生々しい声を放って、激しく昇りつめた。そのとたんキリキリと収縮する由美子の媚肉は、卵を押しつぶすように打ち砕いていた。

「ひっ、ひぃーっ！」

由美子はもう一度ガクンとのけぞって、総身に痙攣を走らせた。ブルブルと震える

内腿に、粘っこい卵の中味がしたたった。

それを見て男たちは歓声をあげ、ゲラゲラ笑った。

「美人スチュワーデスは見事に割りやがったぜ。さすがに締まりのいいオマ×コをしてやがる」

「それに較べて、人妻は気をやっても割れねえとはな。人妻のくせにだらしねえ奥さんだ」

冷二と瀬島はニヤニヤと覗きこみながら言った。

そんなからかいの声も聞こえているのかいないのか、夏子も由美子もグッタリと頭を垂れて身体を縄目にあずけ、ハアハアとあえぐばかりだ。

「しっかりしねえか、奥さん」

瀬島は夏子の黒髪をつかんで揺さぶり、顔をあげさせた。

「ああ……」

夏子はうつろに目を開いてハアハアッとあえいだ。卵がどうなったのかも、まだよくわかっていない。

「奥さん、卵を出しな」

「…………」

瀬島に命じられるままに、夏子は媚肉を蠢かせて奥の卵をひりだしていく。余韻の痙攣なのかヒクヒクと肉襞が蠢いた。

その前では由美子が冷二によってつぶされた卵の殻を吐きださせられていた。ポトリと卵が瀬島のてのひらに生み落とされた。割れていないばかりか、ヒビさえ入っていない。

「奥さんの卵は見ての通りだぜ。これでジョージの相手は奥さんと決定だな」

瀬島はニンマリと舌なめずりをした。

夏子はハッと我れにかえった。まったく割れていない卵が信じられない。

「こんな卵も割れないオマ×コを、ジョージの黒くてデカいのでヤキを入れてもらうんだな、奥さん」

「い、いや……」

歯がカチカチと鳴って、夏子の言葉は声にならなかった。ジョージに犯される恐怖に身体中がブルブルと震えだした。

冷二は由美子の開脚棒をはずし、天井の鎖から後ろ手縛りの縄尻を解くと、佐知子や悠子と一緒に並べて正座させた。

「ここで見ているんだ。人妻の佐藤夏子が黒人にどんな具合に犯られるか。こいつは見ものだぜ」

冷二は佐知子と悠子、そして由美子の顔をあげさせてニヤニヤと覗きこんだ。

「目をそらしたら、すぐにジョージに犯らせるからな。奴のすごさをよく見てるんだぞ」

佐知子と悠子、由美子の三人はもうなにも言わなかった。恐るおそるジョージを見た。

ジョージはニタニタと笑ってさかんに舌なめずりをし、ゆっくりと夏子のまわりをまわった。

「…………」

あまりの恐ろしさに、夏子は悲鳴をあげる余裕さえ失った。

「待たせたな、ジョージ。この佐藤夏子を思いっきり泣かせるんだ。好きなだけ犯らせてやるぜ」

瀬島の言葉にジョージはうれしそうにうなずいた。

「……い、いや、いやあ！」

夏子の美貌がひきつり、絶叫が噴きあがった。天井から立ち姿に吊られ、開脚棒をされた裸身を狂ったように揺すりたてて、夏子は黒髪を振りたくった。

「いい声で泣くじゃねえか。そうやって泣き叫んでる女とやるのが、ジョージは大好きなんだぜ」

瀬島は夏子が生み落とした卵をてのひらで転がしながらせせら笑った。

突然、卵が瀬島の手から転がり落ちた。それでも卵は割れない。卵はつくり物だった。いくら夏子がいどんでも割れないわけだ。

「そ、その卵は……ああ、そんな！」

夏子は思わず叫んだが、声は悲鳴にしかならなかった。ジョージが黒い大きな両腕をひろげて夏子に抱きついてきたのだ。

「ああっ……ひっ、ひいーっ……た、助けて！　いやあ！」

夏子は絶叫してのけぞった。後ろから黒い手で乳房をわしづかみにされて揉みしだかれ、分厚い唇がのけぞった首に吸いついてくる。

ジョージはうれしくてならない

というように何度もゲラゲラと笑った。黒く長大な肉棒を夏子のムチッと張った双臀にこすりつけては、夏子に悲鳴をあげさせて喜ぶ。

「ヒヒヒ、夏子、俺ノモノダ」

ジョージの黒い片手が締め殺すように夏子の喉に巻きついた。グイと顔を上向かせ、覗きこんで舌なめずりする。

「いや、いやあ！」

悲鳴をあげる夏子の口に、ジョージは分厚い唇で吸いついた。

「うむ、うう……」

夏子は白目を剝いて、反りかえった。必死に閉じた唇を開かれ、嚙みしばった歯もこじ開けられて、むせかえるばかりの口臭とともに、牛タンのような舌が入ってくる。

夏子はふさがれた喉奥で泣き声を絞った。

ジョージの舌は夏子の口のなかを舐めまわす。グイグイと吸いあげられ、ドロドロと唾液を流しこまれて呑みこまされた。

「うむ、うぐぐ……」

夏子は苦しさと吐き気にむせ、うめきのたうった。その間も黒い肉棒は夏子の双臀に押しつけられ、乳房が揉みこまれる。まるでジョージの肉棒や手の黒さが、白い双臀や乳房にしみこまされるようだ。ようやくジョージが口を離しても、夏子は唇や舌がしびれてすぐには口もきけずに、あえぐばかりだ。

「ヒヒヒ、夏子」

ジョージは夏子の名を口にして、ベトベトの分厚い唇を舌なめずりした。口は離しても黒い手は夏子の乳房や腹部、くびれた腰を撫でまわし、シミひとつない白い肌をこねまわし嬲りまわしている。

夏子は声にはならず、頭を振りたてた。

ジョージが夏子の前にしゃがみこむと、ニヤニヤと開脚棒で開ききった股間を覗きこんだ。

夏子の股間は卵割りのいたぶりのあとも生々しく、指をそえなくても割れ目をほころばせて、しとどに濡れた肉層を赤くのぞかせていた。溢れでた蜜が肛門にまでヌラヌラと光って、内腿にしたたり流れている。

「ひっ、ひいーっ！」

その妖しいたたずまいにしばらく見とれてから、ジョージはいきなり口を寄せた。

まるで電気にでも触れたみたいに、夏子はのびあがりのけぞって、腰をよじりたてた。

「いやあ！……やめて、かんにんして！」

夏子はガクガク首を揺すり、両脚をうねらせた。

ジョージの厚い唇は夏子の肉の花園をすっぽりとらえていた。おいしいものでも口にするように音をたててすすり、舌先を割れ目に分け入らせてペロペロと舐める。

「いやあ!……あ、ああ、やめてェ! 許して!」

たちまち夏子は半狂乱のてぃで泣きじゃくり、腰を揺すりたてた。

「もうオマ×コは充分にとろけてるってのに、ジョージの奴、すぐには犯らずに楽しんでやがる」

「ああやって女を充分いたぶってメロメロにしておいてから犯るんだ。そうでないと、あの馬並みのでえぐられたら、ひと突きでのびちまうからよ」

冷二と瀬島はわざとらしく大きな声で言って、ケラケラと笑った。それから佐知子と悠子、由美子の三人を振りかえって、

「どうだ、白い肌には黒がよく似合うだろうが。あの白い肌が黒に嬲り抜かれるところをよく見ておくんだぜ」

「いつかおめえらも、ジョージにああやって泣きながらおもちゃにされる時がくるかもしれねえしな」

からかわれても佐知子と悠子と由美子はかえす言葉もなかった。もう生きた心地もなく言葉を失っている。

ひ、ひどい……悪魔……。

そう思っても口に出せなかった。もし自分がかわりにジョージのおもちゃにされたらと思うと、背筋が凍った。

「面白くなるのはこれからだぜ。しっかり見てろよ」

「もしジョージに犯られたくなったら、いつでも言うんだぜ。すぐにあっちに加えてやるからよ」

冷二と瀬島はからかいながら正座している三人の後ろへまわると、かわるがわる乳房をいじりはじめた。両膝を開かせて、股間へも手をのばす。

「ああ、いやっ」

「ゆ、許して……」

佐知子と悠子が狼狽の声をあげ

て、腰をよじった。

「じっとして見てろ。おとなくしてねえと、ジョージのほうへまわすぞ」

冷二のドスの利いた声で、女たちの抗いも終わりだった。

「ひっ……いや、いやあ！……ひいっ！」

夏子の泣き声が高くなり、腰がジョージの顔をはね飛ばさんばかりに振りたてられた。媚肉をすすり舐めまわしていたジョージの口が、女芯を吸いあげたのだ。チュウチュウ音をたてて吸い、唇で挟んでつまむようにして舌先で舐めまわす。

「いや、いやです！……ひいっ！」

さらにジョージの黒い指が夏子の肛門をまさぐり、夏子の泣き声がひきつった。ジョージの指は夏子の肛門をゆるゆると揉みつつ、ジワッと入ってきた。

夏子はもう息もできない。女芯がしゃぶりまわされ、一方の手で肛門を貫かれてもう一方の手で乳房をいじられる。

「ああっ……ああ、いやあああ！」

夏子の悲鳴にあえぎとすすり泣きが入りまじった。

成熟した人妻の性は、どんなに恐ろしいと思っても、こんな仕打ちに耐えられなかった。身体の芯が熱く疼き、こみあげる快美に肉がドロドロととろけていくのを、夏子はどうしようもなかった。

4

冷二と瀬島がまたゲラゲラと笑った。

「さすがにジョージだな。佐藤夏子が感じてきやがったぜ」

「いやだと泣き叫びながら、オマ×コは黒いデカいのを欲しいと涎れを垂らしてやがる。やっぱりジョージには夏子がぴったりだったようだな」

そんなことを言いながら、冷二と瀬島はあぐらをかくと、膝の上に前向きに佐知子と悠子をのせあげた。

「ああ、いや、なにをするの!?」

「や、やめて……ああ……」

佐知子と悠子は股間に押し当てられた灼熱に泣き声をあげた。

「おとなしくしてろと言ったはずだぜ。ジョージに犯られてえのか」

「いや……ああ……」

「あっちから目を離すんじゃねえ」

冷二と瀬島は佐知子と悠子の黒髪をつかんでしごいた。

「ああ、そんな……ああ……」

「そこ、そこはいやっ……許して」

狙われたのは肛門だった。ググッと押し入ってくる肉棒に、佐知子と悠子は背筋に戦慄が走った。たちまち引き裂かれるような苦痛が肛門に襲ってきて、目がくらんだ。ドッと脂汗が噴きでて、佐知子と悠子はジワジワと入ってくる肉棒をくい締めつつ、喉を絞りたてた。

「おとなしく見てろってのがわからねえのか。ジョージに犯られるのに較べりゃ、これくらい楽なはずだぜ」

「尻を掘られたまま黒人にやられるあの人妻を見てるんだ。そのほうが気分も出るだろうからよ」

根元まで深々と埋めこんで、冷二と瀬島はせせら笑った。それから冷二は由美子を見た。

「美人スチュワーデスはこいつで我慢しな。ほれ、入れてやるから尻をあげろ」

長大な張型を手にして、冷二はピタピタと由美子の双臀をたたいた。

「ああ……」

由美子はワナワナと震える唇を噛みしめただけで、もうなにも言わなかった。ブルブルと震える双臀をおずおずとあげて、冷二のほうへ突きだした。

「ジョージに犯られるのがよほど怖いと見えて、素直なもんじゃねえか」

冷二は張型の先端を由美子の肛門にあてがうと、捻じりこむようにして入れた。

「あ、あ……ひいーっ！」

由美子は悲鳴をあげてのけぞった。

「これで気持ちよく見学できるってもんだろうが」

「そろそろジョージもあの黒いデカいのを佐藤夏子に入れるだろうからな」

冷二と瀬島はそう言って、また視線を夏子とジョージとに戻した。

ようやくジョージが夏子の媚肉から口を離して立ちあがった。うれしそうに笑って、黒く長大な肉棒をブルンブルンと揺すってみせる。

「ああ……」

夏子はもう満足に口もきけず、ハアハアと息も絶えだえにあえいでいる。その顔はすっかり上気して汗に光り、身体中も白い肌が匂うような色にくるまれて、まるで湯あがりのようだ。

ジョージは夏子の足首から開脚棒をはずすと、さらに両脚を大きく開いた。足首をそれぞれ縄で縛り、左右の柱に縄尻をピンと張ってつないだ。

「どうして股をもっとおっぴろげるかわかるか」

冷二が佐知子と悠子、由美子の三人に意地悪く聞いた。

「なんたってジョージはあのデカさだ。ああやって限界まで開いておかねえと、なかなか入らねえってわけだ」

瀬島がニヤニヤと解説した。

女たちの美貌がひきつり、恐怖に歯がカチカチと鳴った。身体がこわばって、それが肛門を収縮させて肉棒をきつく締めた。それがまた冷二と瀬島にはたまらなかった。

ジョージは威嚇するように大きく腰を揺すってみせ、黒い人間離れした肉棒を突きだした。それから、両脚をいっぱいに開いて立ち姿に吊られている夏子の後ろから、おもむろにまとわりついた。

ビクンと夏子の裸身が震えた。

「ひいーっ、い、いやあ！」

夏子の喉に絶叫が噴きあがった。いよいよ黒い肉棒で貫かれるのかと思うと、萎えきったはずの身体が恐怖にめざめさせられた。

「助けて！……それだけはいやあ！　かんにんして！」

「ヒヒヒ、夏子」

ジョージは夏子の双臀にぴったりと下腹を密着させると、股間から長大な黒い肉棒を前へ突きだしてみせた。

夏子の股間は開ききって、赤くひろがった媚肉の割れ目をほころばせていた。ジョージの唇と舌のいたぶりで、もうただれんばかりにとろけている。それを黒い肉棒でなぞるように這わせ、下からピシピシとたたいて、ジョージはゲラゲラと笑った。

「ああ、やめて！……怖い！　それだけは許して！」

夏子は悲鳴をあげて腰をよじりたてた。なぞられ打ちつけられるたびに、その恐ろしいまでの長大さを思い知らされた。

「それにしても、ジョージのはデカい。あんなのが本当に入るのか」

「少し心配になってきたな」

さすがの冷二と瀬島も息を呑んで見つめた。

ジョージの長大さに較べ、夏子があまりに弱々しく見えた。まるで大人の男と少女のようですらあった。

佐知子と悠子、そして由美子は夏子のすさまじいまでの怖がりように、肛門を貫かれているのも忘れ、目を釘づけにした。

ジョージは後ろから夏子の顔を覗きこんでニヤリと笑うと、股間に這わせた長大な黒い肉棒の先端を、媚肉のひろがりに押しつけて分け入らせはじめた。

「ひいーっ！……いや、いやあ！」

夏子はビクンとこわばって、ジョージの胸にもたれるようにのけぞった。

「た、助けて！……裂けちゃう！」

夏子は狂ったように腰をよじり、のけぞらせた頭を振りたてた。

それをあざ笑うように、ジョージはゆっくりと力を入れていく。柔肉を裂いて太い

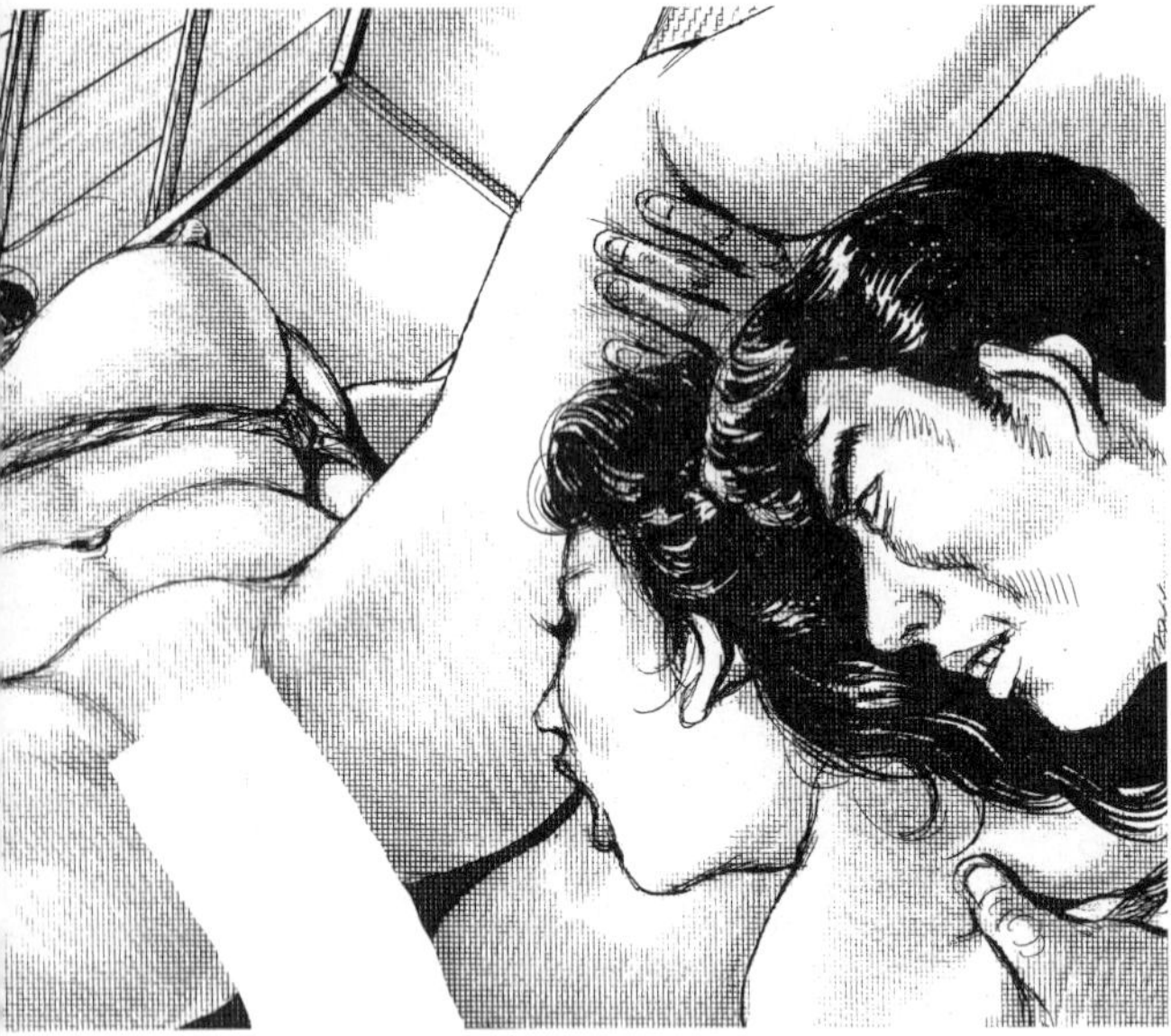

杭が打ちこまれていくようだ。

夏子の悲鳴はすぐに悶絶せんばかりのうめき声に変わった。

「うむ……ううむ……」

ギリギリと歯を噛みしばり、総身に脂汗を噴いて夏子はのびあがった。硬直した腰がブルブルとひきつった。

ジョージはそんな夏子の反応を見定めつつ、ゆっくりと押し入れていく。だが長大な黒い肉棒の頭は、一度ではとても入ってはいかなかった。肉棒をいっぱいに引きのばしつつ、ジョージは根気よく繰りかえし、少しずつ進ませて

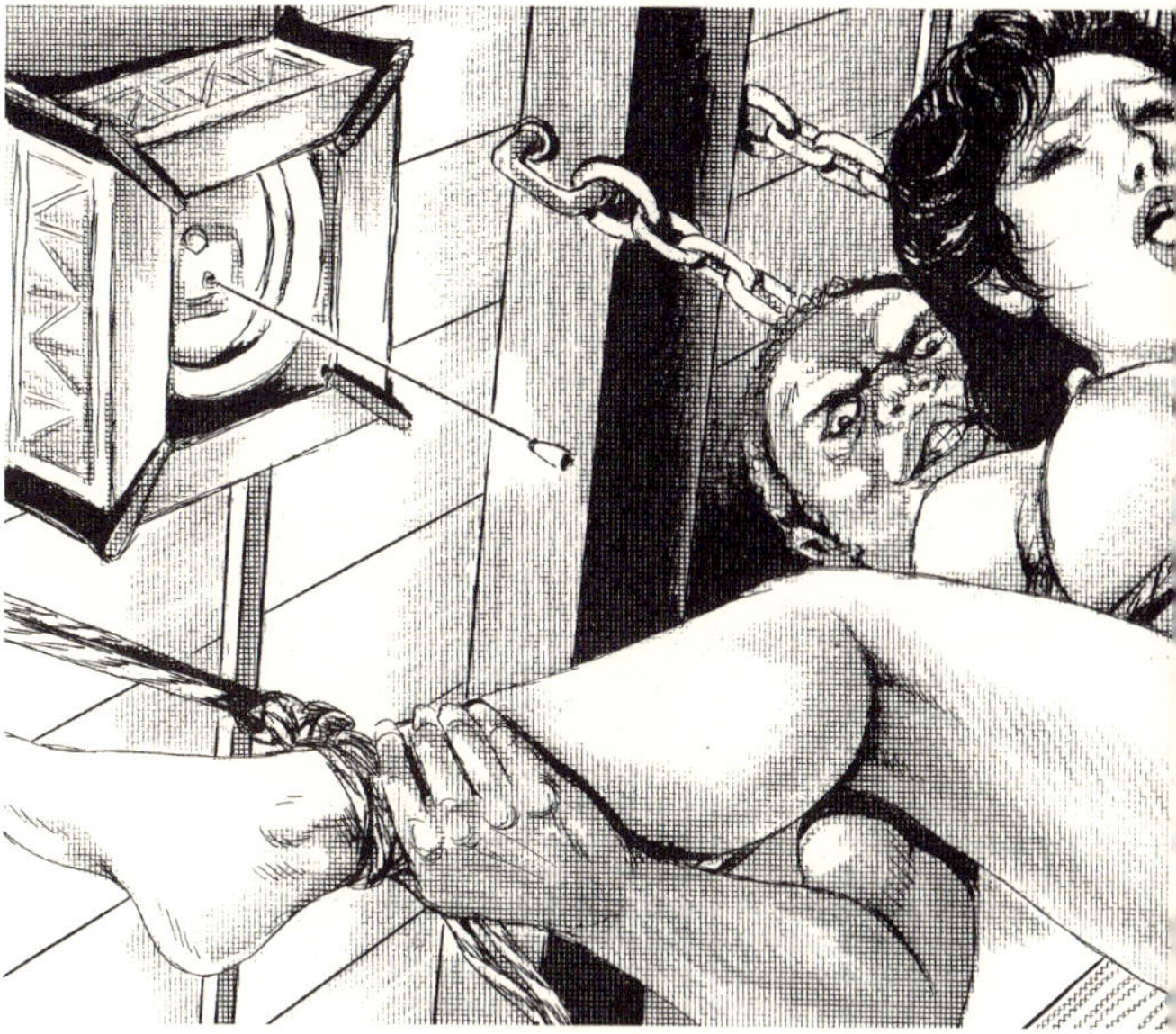

いく。

「うむ、ううむ……ひぃーっ……死んじゃう……ひぃっ」

ジワジワと沈むたびに、夏子は耐えきれずに悲鳴をあげてのけぞった。

「す、すげえな。音がしそうだぜ」

「だが、少しずつ入りはじめたな。それにしてもデカい」

冷二と瀬島は思わず佐知子と悠子の乳房を握りしめ、うなるように言った。佐知子と悠子と由美子の三人は、夏子の恐怖と苦悶に巻きこまれ、泣きだしていた。

「目をそらすな。しっかり見

てろ」

冷二が声を荒らげた。

さっきからキリキリくい締めてくる肛門が、佐知子たちのおびえようを物語った。

ジョージはニヤニヤと笑って、少しも焦るふうではなかった。むしろ夏子の悲鳴とうめき、苦しみようを楽しみながら、ジワジワ押し入れることを繰りかえす。

「うむ……無理だわ、ああ、大きすぎます。裂けちゃう」

いくら夏子が許しを乞うても、ジョージはニヤニヤと笑ってやめようとしない。

そしてついに黒い肉棒の頭が、夏子の柔肉のなかへ呑みこまれた。

「う、ううむ……ひっ、ひいーっ！」

夏子は白目を剝いてのけぞり、もう息もできない様子で総身を激痛に痙攣させた。柔肉を押しひしいでくいこんだ肉棒に、股間がミシミシと裂けるようだ。

ズシッという感じで肉棒の先端が夏子の子宮を突きあげた。

「あ、ひいーっ！」

夏子はまた白目を剝いてのけぞった。キリキリと唇を嚙みしばり、次には息もできないように口をパクパクとあえがせた。

長大な黒い肉棒は先端が子宮に達しても、まだ半分しか隠れていない。しかも子宮を押しあげるようにしてさらに深く入ってくる。

「ひっ、ひぃーっ……ひぃっ……」

白目を剝いたまま喉を絞りたてて、夏子は絶叫する。

ジョージはニヤニヤと笑うと、夏子の頰を黒い手ではたいた。気を失うのはまだ早いと言わんばかりだ。

「う、うむ……死んじゃう……」

グラグラと頭を揺らして、夏子はうめいた。膝がガクガクとして、そのたびに黒い肉棒でグイッと子宮を突きあげられ、夏子は何度も喉を絞った。もう黒い肉に腹の底まで占領され支配されたようで、身動きすらできない。

ジョージは長大な肉棒を三分の二あまり埋めこんだところで、ようやく動きをとめ、満足げに笑った。

「あのデカいのが見事に入りやがった。まるで丸太でも打ちこんだようだぜ」

冷二がうなるように言うと、さすがの瀬島も圧倒されうなずいた。

美貌の人妻の夏子が立ったまま後ろから黒人に股間を串刺しにされているのだ。白い肌に黒い肉棒がほとんど垂直に下から貫いている図は、息を吞むほどの凄絶な眺めだった。夏子の美貌がひきつり、激痛に総身を震わせているだけに、貫いている肉棒のすごさが伝わってくる。

「ジョージを受け入れちまうとは、たいした奥さんだぜ」

「もっともジョージの本当のすごさがわかるのは、これからだけどよ」

瀬島も冷二も声がうわずった。思わずゴクリと生唾を呑みこんだ。シクシクとすすり泣いていた佐知子と悠子、由美子はもう声を失った。冷二と瀬島の膝の上の裸身をブルブルと震わせ、クイクイと肛門を継続的に収縮させる。

「どうだ、美人のスチュワーデスさんよ。あんなふうにジョージに犯られてみてぇか」

瀬島が意地悪く由美子の顔を覗きこんでニヤリと笑った。

「い、いや……いやあ！」

こらえていたものが堰を切ったように、由美子は悲鳴をあげて身を揉んだ。

「あ、あんなことはいやっ！　死んでもいやです。許して……ああ、どんなことでもしますから」

由美子はまるで自分がジョージに犯されている錯覚に陥ったように泣き叫んだ。

「尻の穴がよく締まるじゃねえか、義姉さん。ジョージにあんなふうに犯られることを想像して、感じてるのかい」

冷二も佐知子をからかって、悲鳴をあげさせた。

夏子の泣き声に、由美子や佐知子、悠子の悲鳴が共鳴した。

5

ジョージは夏子を深々と貫いても、すぐには動きだそうとしない。じっくりと夏子の肉の感触を味わっているようであり、張り裂けんばかりに拡張された柔肉が長大な黒い肉棒になじんでくるのを待っているようでもあった。

「ヒヒヒ、夏子、マイベイビー」

ジョージはさかんに夏子の顔を覗きこんで、名前を口にした。

夏子は返事をする余裕もない。キリキリと唇を噛んでうめき、それでも癒えぬ苦痛に喉を絞って耐えきれないように腰を蠢かせる。そんなことをすれば自分を貫いているものの巨大さをかえって思い知らされるのだが、夏子はどうしようもない。

「う、うむ……助けて……」

夏子は意識もうつろになるようで、グラグラと頭を揺らしている。耐えきれずに腰を振りたてるうちに、いつしか張り裂けんばかりの苦痛の底から、しびれるような疼きがこみあげるのを、夏子は恐ろしいもののように感じた。

その疼きが熱を呼び、貫かれた肉をとろけさせる。それが次第に夏子の肉を長大な黒い肉棒になじませる。

それがわかるのかジョージはニタッと笑うと、ゆっくりと腰を動かしはじめた。

「ひいっ！　動かないで。ああ、いやあ！」

夏子はまたのけぞってキリキリと唇を噛みしばった。

「いや、いやあ！　死んじゃう！」

夏子は声も出ず、満足に息すらできなくなって半狂乱にのたうった。

丸太のような長大な黒い肉棒が夏子のなかで動き、柔肉をこねまわす。そのたびに内臓が一緒に引きずりだされるようで、次には子宮が押しあげられて内臓と一緒に喉からせりだしそうだ。その繰りかえしのなかで夏子の身体は次第に火にくるまれていく。苦悶のなかから官能の疼きがふくれあがり、苦痛と快感とが絡まりもつれ合って、せめぎ合う。

こんな……ああ、こんなことって……。

夏子はもう自分の身体がどうなっているのか、わけがわからなくなった。

「狂っちゃう！……ああっ、死ぬ、死ぬ！……ひっ、ひいっ！」

夏子は白目を剝きっぱなしにして、のけぞらせた口から泣き声をあげ、うめき、そしてあえぎ、悲鳴を放った。その口の端から唾液が糸を引いて溢れた。

ジョージはニタニタと夏子の顔を覗きながら、腰を揺すって容赦なく突きあげた。

夏子の腰がミシミシと軋んで、今にもバラバラになりそうだ。

「かんにんして……これ以上は……ああ、助けて！」

夏子はもうなす術もなく、苦痛と絡み合った肉の快美がふくれあがるのをはっきりと感じた。

引き裂かれんばかりの柔肉が、いつしか黒い肉棒に絡みつき、まつわりつくのがわかった。そして黒い肉棒が律動するたびに、ただれんばかりの媚肉がぴっちり咥えこんだそのあわいから、ジクジクと蜜をにじませる。

「驚いたな。ジョージに犯られて感じてやがるぜ」

「どうやら奥さんはあの男とは相性がいいようだな」

冷二と瀬島はあきれたように言った。

そう言う間にも、夏子の泣き声がうわずって、腰がブルブルと痙攣しはじめた。

「ああ、もう……あああ……」

「イクのか、奥さん。ジョージにやられて気をやるのか」

「いや、いやあ！」

夏子はキリキリ歯を噛みしばって、黒髪を振りたてた。

「ジョージ、その奥さんを孕ませていいぜ。思いっきり精を注いで黒い赤ん坊を生ませてやれ」

冷二がわざと大きな声で言った。

「いやあ！　そ、それだけは……かんにんして！」

夏子は泣き叫んだ。黒人に犯されて、その子を孕ませてしまうなんて。だがその恐怖さえ、グイグイと突きあげてくる黒い肉棒の暴虐の前にうつろになった。

「いやあ!……助けて」

夏子の叫びは言葉にならない。

ジョージがとどめを刺すようにひときわ大きく深く、夏子をえぐりあげた。

「う、ううむ、ううむ……」

夏子は悶絶せんばかりの生々しいうめき声をあげてのけぞり、ガクガクと腰を振りたてた。その腰に痙攣が走り、割り開かれた両脚が突っぱった。身体の芯が恐ろしいばかりにひきつって、秘肉がキリキリと黒い肉棒を締めつけ、絞りたてた。

そのきつい収縮に、ジョージがうれしそうに顔を崩した。これくらいで果てるジョージではないが、夏子を妊娠させるように冷二に命じられている。ジョージはもう一度深く突きあげると、ドッと精をほとばしらせた。

「ひっ、ひいっ!」

夏子はさらにガクン、ガクンとのけぞった。灼けるような精のほとばしりを子宮口におびただしく感じとって、目の前が暗くなった。二度三度と裸身に痙攣を走らせたかと思うと、夏子の身体からガクッと力が抜けた。

ジョージはゲラゲラと笑った。精を放ったというのに余裕たっぷりで、まだ夏子を突きあげるのをやめようとしない。

「夏子、コレカラダ」

腰を揺すりつつ、ジョージは夏子の黒髪をつかんで揺さぶった。

「ああ、いやっ……もう、許して」

グッタリとする余裕も与えられず、夏子はハアハアというあえぎを悲鳴に変えてのけぞった。精を放ってもたてつづけに責めてくるジョージが信じられない。

「ジョージの精を注いでもらって思いっきり気をやったくせして、いやもねえもんだぜ」

「どうだ、ジョージのすごさが少しはわかってきたか。一発や二発なんて、まだほんの序の口だぜ、奥さん」

冷二と瀬島はせせら笑った。そしてたてつづけに責められる夏子にあおられたように、膝の上の佐知子と悠子の腰を揺さぶって、肛門を突きあげはじめた。

「ああ、いやっ……や、やめて!」

「そ、そんな……かんにんして……」

佐知子と悠子は悲鳴をあげて、頭を振りたくった。

「ガタガタ言うんじゃねえよ。あっちの人妻と声を合わせて、一緒に楽しむんだ」

「こんなに尻の穴をヒクヒクさせて、さっきからこうされたかったんだろうが」

冷二と瀬島もジョージの動きに合わせて、グイグイと佐知子と悠子の肛門を突きあげた。それだけでなく、冷二は手をのばして由美子の肛門の張型をつかみ、同じように抽送しはじめる。

「あ、ああっ、許して……」

「ああ……あうっ、たまらない」

「いや……いやあ！」

由美子と佐知子と悠子も泣きはじめた。それでなくてもさっきからずっと肛門を貫かれているのだ。ひとたまりもなく官能の渦に翻弄された。

それに気づいたジョージは面白がって、さらに夏子を責めたてる。

「死ぬ……ああ、あむ……夏子、こ、こわれちゃう」

夏子は一度絶頂に昇りつめた余韻が引く間もなく、再び追いあげられる。

「いやあ……あうっ、駄目……あうう……」

さっきよりもずっと悩ましい声をあげて、夏子はあられもなくよがり狂った。

もう引き裂かれるような苦痛は官能の波に呑みこまれた。子宮を押しあげられるほどにえぐられるたびに、気も狂いだしそうな肉の快美が襲った。

「ああ……あうう……」

また夏子の汗まみれの裸身に痙攣が走りはじめた。

「おお、あっちの人妻はもうイキたがってるぞ。ほれ、こっちも合わせるんだ」

「ほれ、もっと気分を出せ。しっかり見てるんだ」

冷二と瀬島も佐知子と悠子、そして由美子を責めるピッチをあげた。

夏子のよがり声がうわずり、ひきつれた。

「あ、ああっ……ああっ！」

次の瞬間、夏子はガクンとのけぞって白目を剝き、総身をキリキリと収縮させた。

「あ、あああ……イッちゃう！」

またジョージの肉棒がひときわ膨張したかと思うと、ドッと精が夏子の子宮口にしぶいた。

「あ……イク！……」

ガクガクッと夏子の腰が大きく振りたてられた。

それを見せられつつ、佐知子と悠子と由美子も一気に追いあげられた。

「あ……う、うむ……」

「イク！……イクう！」

裸身をのけぞらせて痙攣を走らせ、肉の愉悦に喉を絞りたてた。

そのきつい収縮にこらえきれず、冷二と瀬島は一気に果てた。それでなくてもさっきから夏子とジョージのすさまじい絡みを見て、爆発寸前だった二人だ。白濁の精のほとばしりに、佐知子と悠子は喉を絞って白目を剝いた。

佐知子と悠子の身体からガクッと力が抜けて沈むと、冷二と瀬島はフウーと大きく息を吐いた。

だがジョージは精を放ってもまだ夏子を責めたてている。ニヤニヤと笑って余裕さえ見せ、グッタリとしてあえぐ夏子を容赦なく突きあげる。

「……そ、そんな……もう、かんにんして」

夏子は泣き声をひきつらせ、汗で湿るような黒髪をバサバサと揺する。

「ああ、休ませて……少しでいいから、ああ、お願い」

「ヒヒヒ、夏子……」

ジョージはあざ笑って、いっそう深く夏子を突きまくった。下から突きあげるたびに、夏子の身体がのびあがって宙に浮かんばかりに持ちあげられる。

「ああ、夏子、こわれちゃう。もう、やめて……いや、いやあ！」

耐えきれないように叫んだが、その声もすぐに途切れた。もうどうしようもなく、また気も狂うような官能の渦に巻きこまれ、やがて身も心もゆだねきったようなすすり泣きになった。

「さすがだな、ジョージ。抜かずの連発とはな」

「この分だと奥さんの妊娠は確実だな。それにしてもすげえぜ」

瀬島と冷二はそばへ寄ってしゃがみこみ、夏子とジョージのつながった部分を間近に覗きこんだ。

ドス黒い長大な肉棒が、夏子の後ろから媚肉を貫いて蛇のように蠢いている。夏子の媚肉は限界まで拡張されて、肉棒の動きにつれて赤くただれた肉襞がめくりだされ、めくりこまれる。苦しげに軋むようだった。

「いや、死んじゃう……ああ、もう、かんにんして」

今にも気を失わんばかりになって、夏子は腰をうねらせていた。もう身体が勝手に反応している。

「ああ、許して」

夏子の声はあえぎに呑みこまれた。ブルブルと腰が震えてとまらなくなった。

「たいした悦びようじゃねえか、奥さん。ジョージの黒くてデカいのが奥さんを朝まで貫きっぱなしにして、数えきれねえほど気をやらせてくれるぜ」

冷二と瀬島は夏子の顔を覗きこんで、ゲラゲラと笑った。

「ああ……あうう……」

夏子はなにか言おうとしたが、あえぎにしかならなかった。深く突きあげてくる黒い肉棒に頭のなかまでうつろになりそうだ。

「もう奥さんはジョージのものだぜ。これからは奴隷として、ジョージのハーレムをかざるんだ」

「毎日いやってほどジョージに犯られて、早く妊娠するんだぜ、奥さん」

冷二と瀬島の言葉に、夏子は背筋が震えだした。

奴隷……ハーレム……妊娠……そんな断片的な言葉が夏子のうつろな頭のなかをグルグルとかけめぐった。

ジョージがうれしそうにのけぞった夏子の口に吸いつき、グイグイと腰を突きあげた。

「う、うむむ……」

くぐもったうめきをあげて、夏子は白目を剝いた。ブルブルと震える裸身に痙攣が走り、キリキリと収縮した。

「うむっ……う、うーむ……」

悲鳴に近いうめき声をふさがれた喉から噴きあげ、夏子はガクガクと痙攣と収縮を繰りかえし、激しくした。

「またイキやがったぜ」

冷二はゲラゲラと笑った。

かつて下着ドロをした時にあざ笑った夏子の姿が脳裡に甦り、激しく昇りつめる今の夏子の姿にダブった。冷たいまでに美しかった夏子が、黒人の奴隷として犯されまくっている。

そしてすでに美人スチュワーデスの由美子は肛門に薬をつめられて密輸する運び屋として、女教師の悠子はSMショウや裏ビデオのスターとして、人妻の佐知子は客をとらされる娼婦として、ほぼ完成していた。

女たちへの復讐などということは、もうとっくに忘れた。今はただ、美しい四人の女たちをここまで堕としたことに、冷二はほとんど恍惚となる思いだ。

「いやっ！　ああ、もういやっ！……これ以上は死んじゃう！」

また夏子の泣き声が噴きあがり、ジョージがゲラゲラと笑った。

（完）

本作は『凌襲（上）悪魔の招待状』『凌襲（下）獣魔の恥肉祭』（結城彩雨文庫）を再構成し、刊行した。

フランス書院文庫X

【完全版《かんぜんばん》】凌襲《りょうしゅう》

著　者　結城彩雨（ゆうき・さいう）
挿　画　楡畑雄二（にれはた・ゆうじ）
発行所　株式会社フランス書院
〒102-0072　東京都千代田区飯田橋3-3-1
https://www.france.jp
印　刷　誠宏印刷
製　本　若林製本工場

ISBN978-4-8296-7946-3 C0193

本書へのご意見やご感想、お問い合わせは、QR コード、
または下記 URL より弊社公式ウェブサイトまでお寄せください。
https://www.france.jp/inquiry

フランス書院文庫X　偶数月10日頃発売

彼女の母【完全調教】　榊原澪央
「おばさん、亜衣を貫いたモノで抱かれる気分はどう？」娘の弱みをねつ造し、彼女の美母と結んだ奴隷契約。暴走する獣は彼女の姉や女教師へ！

赤と黒の淫檻【隷嬢女子大生】　綺羅 光
親友の恋人の秘密を握ったとき、飯守は悪魔に！憧れていた理江を脅し、思うままに肉体を貪る。清純なキャンパスの美姫が辿るおぞましき運命！

蔵の中の兄嫁【完全版】　御堂 乱
若未亡人を襲う悪魔義弟の性調教。46日間にも及ぶ、昼も夜もない地獄の生活。淫獣の毒牙は清楚な義母にまで…蔵、それは女を牝に変える肉牢！

完全敗北【剣道女子&文学女子】　舞条 弦
剣道部の女主将に忍び寄る不良たち。美少女の三穴を冒す苛烈な輪姦調教。白いサラシを剝かれ、プライドを引き裂かれ、剣道女子は従順な牝犬へ。

人妻女教師と外道 身代わり痴姦の罠　御前零士
（教え子のためなら私が犠牲になっても…）生徒を庇おうとする正義感が女教師の仇に。聖職者とはいえ体は女、祐梨香は魔指の罠に堕ちていき…。

ヒトヅマハメ【完全版】　懺悔
強気な人妻・茜と堅物教師・紗英。政府の命令で他人棒に種付けされる女体。夫も知らない牝の顔で極める絶頂。もう夫の子種じゃ満足できない!?

薔薇のお嬢様、堕ちる　北都 凛
「こ、こんな屈辱…ぜったいに許さない！」女王と呼ばれる高慢令嬢・高柳沙希が獣の体位で男に穢される。孤高のプライドは服従の悦びに染まり…。

フランス書院文庫X　偶数月10日頃発売

寝取られ母【孕ませ懇願】　河田慈音

「に、妊娠させてください」呆然とする息子の前で、隣人の性交奴隷になった母の心はここにはない…孕ませ玩具に調教される、三匹の牝母たち！

【限定版】人妻　悪魔の園　結城彩雨

我が娘と妹の身代わりに、アナルの純潔を捧げる由美子。三十人を超える嗜虐者を前に、狂気渦巻く性宴が幕開く。肛虐小説史に残る不朽の傑作！

痕と孕【兄嫁無惨】　榊原澪央

朝まで種付け交尾を強制される彩花。夫の単身赴任中、夫婦の閨房を実験場に白濁液を注ぐ義弟。着床の魔手は、同居する未亡人兄嫁にも向かい…

奴隷生誕　藤原家の異常な寝室　甲斐冬馬

義弟に夜ごと調教される小百合、茉莉、杏里。三人の姉に続く青狼の標的は、美母・奈都子へ。ドアも窓も閉ざされた肉牢の藤原家、悪夢の28日間。

【特別版】肉蝕の生贄　綺羅　光

肉取引の罠に堕ち、淫鬼に饗せられる美都子。昼夜の別なく奉仕を強制され、マゾの愉悦を覚えた23歳の運命は…巨匠が贈る超大作、衝撃の復刻！

【禁書版】淫母　鬼頭龍一

「ママとずっと、ひとつになりたかった…」背徳の行為でしか味わえない肉悦が、母と周一を狂わせた！　伝説の名作を収録した『淫母』三部作！

【悪魔版】美姉妹・肛姦の罠　結城彩雨

性奴に堕ちた妹を救うため生贄となる人妻・夏子。麗しき姉妹愛を蹂躙する浣腸液、魔悦を生む肛姦。肉檻に絶望の涕泣が響き、A奴隷誕生の瞬間が！